Alexandra Marinina
Der gestohlene Traum

Alexandra Marinina

Der gestohlene Traum

Roman

Aus dem Russischen von
Natascha Wodin

Argon

Die russische Originalausgabe erschien 1994 unter dem Titel
»Ukradennij Son«
im Verlag ZAO izdatelstvo EKSMO, Moskau

Deutsche Ausgabe:

Gesetzt aus der Sabon
Satz: LVD GmbH, Berlin
Druck und Bindung: Clausen & Bosse, Leck
Printed in Germany
ISBN 3-87024-563-8

DER GESTOHLENE TRAUM

ERSTES KAPITEL

»Stopp, Stopp! Aufhören! So geht das nicht.«

Der Regieassistent klatschte gereizt in die Hände und wandte sich an die junge Frau, die neben ihm saß.

»Siehst du?«, sagte er enttäuscht. »Diese jungen Schönheiten sind zu den einfachsten Dingen nicht fähig. Manchmal verzweifle ich und kann nicht mehr glauben, dass aus dem Stück noch etwas wird. Welche Rolle sie auch spielen, jede bemüht sich nur darum, so groß wie möglich herauszukommen. Larissa!«

Ein groß gewachsenes, schlankes Mädchen in einem schwarzen Trikot trat näher und ließ sich graziös auf dem Bühnenrand nieder. Sie zog ein Bein an die Brust, das andere ließ sie nach unten baumeln.

»Wer bist du, Larissa?«, fragte Grinewitsch streng. »Du spielst einen Mischlingshund, der die Frucht einer verbotenen Liebe zwischen einem Foxterrier und einer Malteserhündin ist. Du musst verspielt, freundlich, liebebedürftig und ein wenig hektisch sein. Aber vor allem musst du dich klein machen. Kurze Schritte und keinerlei große Gesten. Aber du gebärdest dich wie ein russischer Windhund. Wozu machst du das? Um deine großartige Figur besser zur Geltung zu bringen? Wir sind hier nicht bei einem Schönheitswettbewerb, meine Liebe, deine Figur tut hier nichts zur Sache. Ich möchte einen kleinen, unbedeutenden Mischlingshund sehen und nicht deinen aufregenden Busen. Ist das klar?«

Larissa hörte dem Regieassistenten stirnrunzelnd zu und wippte dabei aufreizend mit ihrem hübschen Bein.

»Kann ich etwas dafür, dass ich eine Brust habe? Soll ich sie mir vielleicht abschneiden lassen, um diesen Hund zu spielen?«, gab sie scharf zurück.

»Ich kann dir sagen, was du tun musst«, sagte Grinewitsch begütigend. »Du musst aufhören, dir selbst ständig gefallen zu wollen. Das ist das ganze Geheimnis. Mach dich wieder an die Arbeit.«

Larissa erhob sich langsam und entfernte sich wieder. Alles, was sie in diesem Moment über den Regieassistenten Gena Grinewitsch dachte, stand gleichsam in flammenden Lettern auf ihrem schönen Rücken geschrieben, während die aufreizenden Bewegungen ihrer runden Hüften und schmalen Schultern diesem vernichtenden Text die Satzzeichen hinzuzufügen schienen. Du bist genau der Richtige, um gute Ratschläge zu erteilen, sollte das alles heißen, schau dich lieber selber an, du aufgeblasener, eitler Kerl.

Grinewitsch wandte sich erneut seiner Gesprächspartnerin zu.

»Was denkst du, Anastasija, ist das alles vielleicht verlorene Liebesmüh? Ich habe schon an der Schauspielschule davon geträumt, ein Stück über Hunde zu machen. Diese Idee hat mich ständig verfolgt und nie losgelassen. Schließlich habe ich einen Autor gefunden, den ich überreden konnte, ein entsprechendes Stück zu schreiben. Danach habe ich ihn fast auf Knien angefleht, es so umzuschreiben, wie ich es haben wollte. Anschließend habe ich mit Engelszungen geredet, um den Regisseur von diesem Stück zu überzeugen. Ich habe so viel Zeit und Kraft in diese Sache investiert. Und jetzt stellt sich heraus, dass die jungen Schauspieler unfähig sind, ihre Rollen zu spielen.«

»Bist du dir sicher?«, fragte Anastasija Kamenskaja, die die Probe von Anfang an mitverfolgte, skeptisch. »Ich verstehe, was dich beunruhigt, aber das, was du meinst, kann man nicht lernen, das kann man sich nur durch Lebenserfahrung aneignen. Da kann kein Regisseur und kein Pädagoge helfen. Die Schauspieler müssen aufhören, sich selbst gefallen zu wollen, sie müssen ihr Äußeres vergessen, ihre Individualität, aber im Grunde ist das widernatürlich. Wenn du dir die Mühe machen würdest, ein paar Psychologiebücher zu lesen, würde dir klar werden, dass die völlige Negierung der eigenen Vorzüge und Werte ein Anzeichen für psychische Krankheit ist. Ein normaler, gesunder Mensch muss sich selbst lieben und achten. Natürlich muss das in einem vernünftigen Rahmen bleiben und darf nicht in Egozentrik ausarten. Du möchtest, dass die Schauspieler jenseits der Bühne Persönlichkeiten mit all ihren Vorzügen und Nachteilen sind, aber sobald sie hinter den Kulissen hervortreten, sollen sie sich in Knetmasse verwandeln, aus der man Beliebiges formen kann. Ist es das, was du erreichen möchtest? Dann rate ich dir, einen Psychologen zur Arbeit hinzuzuziehen.«

»Ja ... kann sein ... vermutlich hast du Recht«, murmelte Grinewitsch unsicher.

Nastja war keine Schauspielerin und hatte von Berufs wegen keinerlei Beziehung zum Theater. Mit Gena Grinewitsch hatte sie irgendwann mal in einem Haus gewohnt, auf derselben Etage, und seit er am Theater arbeitete, besuchte sie drei, vier Mal im Jahr seine Proben. Sie kam nur aus einem einzigen Grund: Sie wollte sehen und begreifen, auf welche Weise Gestik und Mimik zur Entstehung einer bestimmten Figur beitrugen. Grinewitsch hatte nichts gegen Nastjas Besuche, im Gegenteil, er freute sich immer, wenn seine alte Freundin zu ihm ins Theater kam. Der kleine, halb kahlköpfige Gena, der einem hässlichen, aber lustigen Troll glich, war seit vielen Jahren heimlich in Nastja Kamenskaja verliebt und ungeheuer stolz darauf, dass es bis heute niemand erraten hatte, nicht einmal Nastja selbst.

»Sie gebärden sich alle, als seien sie Madonna oder Van Damme«, brummte er gereizt. »Ihre Liebe zum Star in sich selbst ist größer als die zum Schauspielberuf und zum Theater. Sie haben schließlich jahrelang an sich gearbeitet, trainiert, geschwitzt, gehungert, alle möglichen Kuren gemacht, um so schön wie möglich zu werden, und nun wäre es natürlich jammerschade, wenn das alles umsonst gewesen wäre. Eine halbe Stunde Pause«, rief er laut.

Nastja und Grinewitsch gingen zur Kantine und nahmen sich je eine Tasse von dem dünnen, lauwarmen Kaffee.

»Wie geht es dir, Nastja? Wie steht es zu Hause, was macht die Arbeit?«

»Immer dasselbe. Meine Mutter ist in Schweden, mein Vater unterrichtet und hat nicht vor, in Pension zu gehen. Die Menschen bringen einander um und wollen aus irgendeinem Grund nicht, dass man sie dafür bestraft. Es gibt nichts Neues.«

Grinewitsch streichelte vorsichtig Nastjas Hand.

»Bist du müde?«

»Ja, sehr«, gestand sie, ohne ihre Augen von der Kaffeetasse zu heben.

»Hast du vielleicht deine Arbeit satt?«

»Na hör mal!« Nastja sah den Regieassistenten mit einem vorwurfsvollen Blick an. »Was redest du denn da! Ich bin manchmal furchtbar müde, meine Arbeit ist sehr schmutzig, im direkten und im übertragenen Sinn, aber ich liebe sie. Du weißt, Gena, ich kann so manches, als Übersetzerin könnte ich viel mehr Geld verdienen, oder ich könnte Nachhilfeunterricht geben. Aber ich will nur in meinem Beruf arbeiten.«

»Bist du immer noch ledig?«

»Die obligatorische Frage!«, lachte Nastja. »Du stellst sie mir jedes Mal, wenn wir uns sehen.«

»Und die Antwort?«

»Ebenfalls die obligatorische. Ich habe doch gesagt, dass es in meinem Leben nichts Neues gibt.«

»Aber du hast doch jemanden, oder?«

»Ja, natürlich. Es ist immer noch Ljoscha Tschistjakow. Der ist auch obligatorisch.«

Grinewitsch schob seine Tasse zur Seite und sah Nastja aufmerksam an.

»Sag mal, ist dein Leben vielleicht irgendwie eintönig und langweilig? Du gefällst mir heute überhaupt nicht. So sehe ich dich zum ersten Mal, und dabei kenne ich dich schon ... wie lange eigentlich?«

»Vierundzwanzig Jahre. Als ihr bei uns im Haus eingezogen seid, war ich neun und du vierzehn. Du solltest gerade in den Komsomol aufgenommen werden, aber wegen des Umzugs hattest du die Schule wechseln müssen, und dort sagte man dir, man kenne dich noch nicht und könne dich deshalb der Komsomolleitung nicht empfehlen. Alle wurden in der achten Klasse aufgenommen, und du erst in der neunten. Du hast dir das damals schrecklich zu Herzen genommen.«

»Woher weißt du das?«, fragte Gena verwundert. »Wir hatten damals doch gar nichts miteinander zu tun, du warst viel zu jung für mich. Ich erinnere mich genau, dass wir uns erst anfreundeten, als wir von unseren Eltern jeder einen Welpen aus demselben Wurf geschenkt bekamen. Ich glaube, bis dahin bin ich kein einziges Mal bei euch in der Wohnung gewesen.«

»Aber dafür waren deine Eltern bei uns. Und sie haben alles über dich erzählt. Vom Komsomol, von dem Mädchen aus der neunten Klasse und von der Kontrollarbeit in Physik.«

»Ich verstehe nicht, wovon du sprichst.«

»Von der Kontrollarbeit, die du nicht schreiben wolltest. Du hast eine heiße Dusche genommen und bist mit nassen Haaren, bekleidet nur mit einem Schlafanzug, auf den Balkon hinausgegangen, und das mitten im Februar, draußen lag Schnee. Dort haben deine Eltern dich schließlich gefunden.«

»Und was war weiter?«

»Nichts. Du hattest eine unverwüstliche Gesundheit und musstest die Kontrollarbeit trotzdem schreiben. Du hast nicht einmal einen Schnupfen bekommen.«

»Nicht zu fassen!« Grinewitsch brach in herzhaftes Gelächter aus. »Daran kann ich mich absolut nicht mehr erinnern. Du bindest mir nicht zufällig einen Bären auf?«

»Nein, bestimmt nicht. Du weißt doch, dass ich ein sehr gutes Gedächtnis habe. Aber was mein Leben betrifft, so irrst du dich, wenn du denkst, dass ich mich langweile. Ich langweile mich nie. Es gibt immer Dinge, über die es sich nachzudenken lohnt, selbst in einem eintönigen Leben.«

»Und trotzdem bist du heute irgendwie verstimmt, Nastja. Hat dich jemand gekränkt?«

»Das vergeht wieder«, sagte sie mit einem traurigen Lächeln. »Die Müdigkeit, die Magnetstürme, die Parade der Planeten. Alles vergeht.«

* * *

Zu welcher Jahreszeit hätte Urlaub unpassender sein können als im November! In den Wintermonaten konnte man Ski laufen, im März und April konnte man seinen vom Vitaminmangel geschwächten Körper mit Trinkkuren im Kaukasus beleben und sich in den frühen Sonnenstrahlen der dortigen Kurorte wärmen, von Mai bis August gab es ohnehin zahllose Möglichkeiten, der September und Oktober waren die so genannte Samtsaison an den Ufern der warmen südlichen Meere, aber was sollte man im November machen? Der November war der freudloseste Monat des Jahres, dem goldenen Licht des Herbstes folgten immer kürzere, dunklere und kältere Tage, deren schmerzhafte Unumkehrbarkeit man fast körperlich spürte. Im März und April waren Schneeregen und Matsch auf den Straßen bereits die ersten Zeichen des nahenden Frühlings, während der einsetzende Schneeregen im Spätherbst nur das Versprechen von Tristesse und Düsterkeit in sich barg. Nein, kein einziger vernünftiger Mensch würde seinen Jahresurlaub im November nehmen.

Die dreiunddreißigjährige Anastasija Pawlowna Kamenskaja, Volljuristin, leitende Beamtin im Rang eines Majors bei der Kriminalpolizei, war ein äußerst vernunftbegabter, rationaler Mensch, und doch war es so gekommen, dass sie im November Urlaub machte.

Natürlich hatte sie mit ihrer freien Zeit etwas ganz anderes vorgehabt. Zum ersten Mal in ihrem Leben war sie in ein Sanatorium gefahren, ein sehr teures und komfortables, wo man auf höchstem Niveau betreut und behandelt wurde. Aber nach zwei Wochen hatte sie diesen Ort wieder verlassen, da dort, direkt im Sanatorium, ein Mord begangen worden war, woraufhin Nastja zuerst in schwierige, verwickelte Beziehungen zur regionalen Amtsstelle der Kripo geraten war und anschließend zur örtlichen Mafia. Nachdem der auf den ersten Blick wenig spektakuläre Mordfall aufgeklärt war, folgte diesem eine Serie derart monströser Verbrechen, dass Nastja den gastfreundlichen Ort eilig wieder verlassen hatte, ohne die Verhaftung der Haupttäter abzuwarten, mit denen sie, wie sich herausstellte, gut bekannt gewesen war. Die Stimmung war ihr gründlich verdorben, sie fühlte sich miserabel, kurz, ein höchst gelungener Novemberurlaub.

Nastja hatte das Theater verlassen und schlenderte langsam zur Metro, wobei ihr noch nicht klar war, wo sie hinfahren wollte, nach Hause oder zu ihrem Stiefvater. Schließlich entschied sie sich dafür, zur Arbeit zu fahren. Warum sie das tat, wusste sie selbst nicht.

Sie traf ihren Chef, Viktor Alexejewitsch Gordejew, tatsächlich in seinem Büro an. Wäre er nicht an seinem Platz gewesen, wäre vielleicht alles ganz anders gekommen. Aber Viktor Alexejewitsch thronte hinter seinem Schreibtisch und nagte beherzt an einem Bügel seiner Brille, was bei ihm stets ein Anzeichen angestrengten Nachdenkens war.

»Viktor Alexejewitsch, ich möchte meinen Urlaub abbrechen«, sagte Nastja Kamenskaja ohne lange Vorreden. Nach ihrer Rückkehr aus dem Sanatorium hatte sie ihren Chef bereits gesehen, er wusste bestens Bescheid über alles, was dort vorgefallen war. Außerdem liebte Gordejew Nastja, er schätzte und verstand sie wie vielleicht kein anderer.

»Was ist los, Nastjenka? Geht es dir nicht gut?«, fragte er mitfühlend.

Nastja nickte wortlos.

»Gut, dann geh davon aus, dass du ab heute wieder im Dienst bist. Geh zu Mischa Dozenko und lass dir von ihm die Unterlagen zum Fall Jeremina geben. Und erinnere mich an den Wisch für die Personalabteilung wegen deines Urlaubs. Aber vergiss es nicht, sonst verlierst du deinen Resturlaub. Du wirst ihn bestimmt noch brauchen.«

Nastja holte die Unterlagen bei Dozenko ab, schloss sich in ihrem Büro ein und begann zu lesen. Das Verfahren war eingeleitet worden, nachdem man die Leiche einer jungen Frau gefunden hatte. Sie hatte keine Papiere bei sich gehabt und auch sonst nichts, was einen Hinweis auf ihre Identität hätte geben können. Der Tod durch Erwürgen war etwa vier bis fünf Tage vor der Leichenbeschau durch den Gutachter eingetreten. Zur Identifizierung der Ermordeten wurden alle Vermisstenanzeigen angefordert, die verschwundene junge Frauen betrafen. Aus diesen Anzeigen wurden jene herausgesucht, in denen es hieß, dass die Verschwundene lange dunkle Haare hatte und 168 bis 173 Zentimeter groß war. Es fanden sich vierzehn Anzeigen mit der entsprechenden Personenbeschreibung. Die Adressanten dieser Anzeigen wurden zum Erscheinen zwecks Identifizierung der Leiche aufgefordert, und die neunte erschienene Person erkannte die Tote. Es handelte sich um die sechsundzwanzigjährige Viktoria Jeremina, die als Sekretärin in der Firma arbeitete, bei der der Mann, der die Tote identifiziert hatte, Geschäftsführer war. Er hatte die Vermisstenanzeige aufgegeben, da Vika in einem Waisenhaus aufgewachsen war und weder Verwandte noch einen Ehemann hatte. Insofern wurde das Verfahren in diesem Fall aufgrund einer Vermisstenanzeige vom Arbeitsplatz eingeleitet.

Aus den Unterlagen ging ferner hervor, dass Viktoria Jeremina am Montag, dem 25. Oktober, nicht zur Arbeit erschienen war. Niemand machte sich deshalb ernsthafte Sorgen, weil jeder wusste, dass Vika dem Alkohol nicht abgeneigt war und oft versumpfte. Als sie auch am nächsten Tag ihrem Arbeitsplatz fernblieb, rief man bei ihr Hause an. Doch das Telefon wurde nicht abgenommen, woraus man den Schluss zog, dass sie sich diesmal für längere Zeit dem Suff ergeben hatte. Am Mittwoch, dem 27. Oktober, rief ihr Freund Boris Kartaschow in der Firma an und fragte nach Vika, aber natürlich wusste niemand etwas über ihren Verbleib. Nachdem man ihre sämtlichen Freunde angerufen und bei ihr in der Wohnung nachgesehen hatte (Kartaschow besaß einen Schlüssel zur Wohnung seiner Freundin), wurde offensichtlich, dass etwas nicht stimmte. Kartaschow wandte sich an die Miliz, aber dort sagte man ihm das, was in solchen Fällen üblich war. Vorläufig gäbe es keinen Grund zur Panik, man müsse noch ein paar Tage abwarten. Es handle sich schließlich um eine allein stehende junge Frau, die für ihre Trunksucht bekannt war. Sie würde sicher von selbst wieder auftauchen. Außerdem würde man von ihm, Kartaschow, ohnehin keine Vermisstenanzeige entgegennehmen, diese müsse vom Arbeitgeber der Vermissten erstattet werden.

Diese Anzeige erreichte die Miliz am 1. November, und am Tag darauf wurde Vika Jeremina fünfundsiebzig Kilometer hinter Moskau tot in einem Waldstück aufgefunden. Wenn man sich auf das Gutachten verlassen konnte, war der Tod nicht vor dem 30. Oktober eingetreten. Während Kartaschow fieberhaft nach seiner Freundin suchte, während die Kollegen in der Firma ratlos mit den Schultern zuckten und die Miliz nichts tat, war Vika also noch am Leben, und hätte man die Suche nach ihr früher eingeleitet, hätte man sie vielleicht noch lebend gefunden.

Viel ging aus den spärlichen Unterlagen, die Nastja zur Verfügung standen, nicht hervor, der größte Teil der Akte befand sich bei Konstantin Michajlowitsch Olschanskij, einem Untersuchungsführer der Staatsanwaltschaft. Nastja besaß nur die Fotokopien der Unterlagen, die die Zeit vom Eingang der Vermisstenanzeige bis zur Auffindung der Leiche betrafen. Das war in der Tat nicht viel, aber auch geringfügige Informationen mussten sorgfältig ausgewertet werden. Nastja drängten sich immer neue Fragen auf.

Warum beschäftigte eine solide Firma, die ihre Mitarbeiter zum Teil in Dollar bezahlte und keinen schlechten Ruf in Geschäftskreisen hatte, eine undisziplinierte, trunksüchtige Sekretärin? War es vielleicht möglich, dass die besagte Sekretärin die Geschäftsleitung erpresste und sich so ein angenehmes Pöstchen in Verbindung mit einer stabilen Valuta-Einnahme sicherte? War womöglich das der Grund für ihre Ermordung?

Warum war Kartaschow erst am Mittwoch, dem 27. Oktober, auf die Suche nach seiner Freundin gegangen, obwohl nach Aussagen von Vikas Bekannten bereits seit Samstag, dem 23. Oktober, niemand mehr etwas von ihr gesehen und gehört hatte? Am Freitag, dem 22. Oktober, war die Jeremina im Büro gewesen, das hatten ihre Kollegen bestätigt, um 17 Uhr war offizieller Büroschluss, und danach hatte man sich zu einem kleinen Umtrunk versammelt, um zusammen mit ausländischen Geschäftspartnern einen erfolgreichen Abschluss zu feiern. Anschließend brachte einer dieser ausländischen Geschäftspartner Vika mit seinem Wagen nach Hause. Allem Anschein nach war sie gut in ihrer Wohnung angekommen, denn gegen 23 Uhr desselben Tages hatte sie mit einer Freundin telefoniert, um sich für den Sonntag mit ihr zu verabreden. Dabei hatte sie keinerlei Andeutungen gemacht, aus denen man hätte schließen können, dass sie vorhatte, Moskau zu verlassen. War Vika während dieses Telefonats allein in der Wohnung gewesen? Der Mann, der sie nach Hause gebracht hatte, behauptete, er habe versucht, sich von Vika zu einer Tasse Kaffee in ihre Wohnung einladen zu lassen, aber die junge Frau habe abgelehnt. Sie war angeblich zu müde und hatte ihn auf ein anderes Mal vertröstet. Daraufhin hatte er die Dame zum Lift begleitet und sich mit einem Handkuss von ihr verabschiedet. Ob der Mann die Wahrheit sagte? Wie konnte man das überprüfen?

An diesem Freitag ab 23 Uhr tritt vollkommenes Schweigen ein. Niemand mehr bekommt einen Anruf von Viktoria Jeremina, niemand mehr sieht sie an Orten, an denen man sie kennt, und sie nimmt auch das Telefon nicht mehr ab. War sie nicht zu Hause, oder ging sie aus irgendeinem Grund nicht ans Telefon? Und wo konnte sie in der Zeit vom 23. bis 30. Oktober abgeblieben sein? Sollte sie tatsächlich eine ganze Woche lang so betrunken gewesen sein, dass sie nicht in der Lage war, irgendwo anzurufen, weder im Büro noch bei ihrem Freund?

Als Nastja aus ihren Gedanken auftauchte und von den Papieren auf ihrem Schreibtisch aufsah, war es bereits fast acht Uhr abends. Sie nahm den Hörer des internen Telefons ab und wählte Gordejews Nummer.

»Viktor Alexejewitsch, wer ermittelt im Fall Jeremina?«

»Du.«

Die Antwort kam so überraschend, dass Nastja fast der Hörer aus der Hand gefallen wäre. All die Jahre, seit sie bei der Kripo war, hatte sie nur Auswertungsarbeit gemacht, sämtliche Fälle, für die Gordejews Abteilung zuständig war, kamen zur Auswertung auf ihren Tisch. Sie arbeitete den Ermittlungsbeamten zu, die auf der Suche nach Zeugen und Beweisen Tag und Nacht unterwegs waren, riskante Operationen durchführten, sich in kriminelle Gruppierungen einschleusten und gefährliche Verbrecher festnahmen. Aber alle Informationen, die sie erbeuteten, trugen sie erst einmal zu Nastja und ließen die Last erschöpft auf ihren Schreibtisch fallen. Nastja würde sich schon zurechtfinden, das wussten sie, sie würde alles in die richtigen Kästchen einordnen und diese mit den entsprechenden Aufschriften versehen, sie würde das Wichtige vom Unwichtigen trennen, jede Information abwägen und auf ihre Richtigkeit überprüfen, sie würde die Zusammenhänge mit anderen Fällen entdecken und jede einzelne Information so lange drehen und wenden, bis sie den richtigen Platz dafür gefunden hatte. Sie würde ihren Computer anstellen, den berühmten Computer in ihrem eigenen Kopf, der keinen Strom brauchte, sondern nur reichlich Kaffee und Zigaretten, und am nächsten oder spätestens übernächsten Tag würde sie den Ermittlungsbeamten ihre Versionen mitteilen und weitere Vorgehensweisen vorschlagen. Nastja wertete alle Fälle von Mord, Körperverletzung und Vergewaltigung aus, und am Ende eines jeden Monats legte sie Gordejew ihren Auswertungsbericht vor. Anhand dieses Berichts konnte Viktor Alexejewitsch sich nicht nur ein Bild von den typischen Fehlern und Unterlassungen machen, die den Beamten bei ihrer Arbeit unterliefen, sondern auch von neuen, einfallsreichen Ermittlungsmethoden und vor allem von bisher unbekannten Vorgehensweisen, Methoden und Motiven der Täter.

Nastjas Aufgabe bestand in mühsamer, akribischer Schreibtischarbeit, und auf nichts war sie weniger vorbereitet als darauf, dass ihr Chef ihr die Ermittlungen im Fall Jeremina übertragen würde.

»Darf ich kurz bei Ihnen vorbeikommen?«, fragte sie.

»Ich rufe zurück«, erwiderte Gordejew kurz angebunden, offenbar hatte er gerade eine Besprechung.

Als es endlich so weit war und sie das Büro ihres Chefs betrat, stand dieser mit dem Rücken zu ihr am Fenster und klopfte mit einer Münze nachdenklich auf der Scheibe herum.

»Es sieht nicht gut aus bei uns, Nastjenka«, sagte er, ohne sich umzuwenden. »Irgendeiner von unseren Jungs ist nicht sauber. Vielleicht sind es auch mehrere. Oder sogar alle. Außer dir.«

»Woher wissen Sie das?«

»Ich habe deine Frage nicht gehört.«

»Ich habe sie auch nicht gestellt. Ich wollte nur wissen, warum alle außer mir. Womit habe ich so viel Vertrauen verdient?«

»Das ist kein Vertrauen, das ist Kalkül. Du hast keine Möglichkeit, unehrlich zu sein, weil du keinen Kontakt zu den Tätern hast. Du kannst ungenau oder unzuverlässig arbeiten, wenn du deine Auswertungen machst, aber das wird den nicht retten, der dich dafür bezahlt. Du kannst Unterlassungen begehen, so tun, als würdest du etwas Wichtiges übersehen, aber wer sagt uns, dass auch der Ermittlungsbeamte dasselbe übersehen wird? Nein, Kindchen, du bist gefährlich durch das, was du tust, und nicht durch das, was du unterlässt. Für einen, der sich mit Schmiergeld loskaufen will, bist du kein Objekt.«

»Vielen Dank«, sagte Nastja mit einem schiefen Lächeln. »Sie vertrauen mir also nicht aus Zuneigung, sondern aus Kalkül.«

Gordejew drehte sich abrupt um, und sein Gesicht war so schmerzverzerrt, dass Nastja erschrak.

»Ja, so ist es, ich vertraue dir nicht aus Zuneigung, sondern aus Kalkül«, sagte er hart. »Und solange wir nicht wissen, woran wir sind, muss ich vergessen, wie großartig ihr alle seid und wie ich euch liebe. Ich ertrage den Gedanken nicht, dass einer unter uns ist, der ein doppeltes Spiel spielt, denn jeder von euch ist mir lieb und teuer, jeden von euch habe ich selbst eingestellt, gelehrt und großgezogen. Ihr seid alle meine Kinder. Aber alles das muss ich jetzt aus meinem Herzen verbannen und nur noch dem Kalkül folgen, damit die Liebe oder auch einfach nur die Sympathie mir den klaren Blick nicht trübt. Wenn wir das alles hinter uns haben, wird die Liebe zurückkommen. Aber erst dann und nicht früher. Jetzt zur Sache.«

Viktor Alexejewitsch löste sich vom Fenster und ging langsam zu seinem Schreibtisch. Er war ein hoch gewachsener, breitschultriger Mann mit deutlichem Bauchansatz und einem runden, fast kahlen Kopf. Seine Untergebenen nannten ihn liebevoll Knüppelchen. Dieser Spitzname haftete ihm schon seit dreißig Jahren an und wurde nicht nur bei der Kripo, sondern auch in kriminellen Kreisen von Generation zu Generation weitergegeben. Nastja sah ihn an und dachte, dass er jetzt nichts von dem hatte, was sein Spitzname ausdrückte, jetzt schien er nur aus Schmerz und bleierner Schwere zu bestehen.

»Angesichts dessen, was ich dir gesagt habe, möchte ich den Fall Jeremina niemandem anvertrauen außer dir. Deshalb bin ich froh, dass du deinen Urlaub abgebrochen hast. Die Sache ist ungut, das riecht man auf hundert Kilometer Entfernung. Irgendeine Firma, Dollars, ein Umtrunk, ausländische Geschäftspartner, eine hübsche Sekretärin, die erwürgt und misshandelt in einem Wald aufgefunden wird, irgendein Bohemien als Freund. Das alles gefällt mir nicht. Solange ich nicht herausgefunden habe, wer von uns Geld für die Nichtaufdeckung von Verbrechen nimmt, wirst du in dem Fall ermitteln. Wenn du ihn nicht aufklären kannst, werde ich zumindest wissen, dass alles Menschenmögliche dafür getan wurde. Fahr morgen früh zur Staatsanwaltschaft, lass dir von Olschanskij sämtliche Unterlagen zeigen und mach dich an die Arbeit.«

»Ist das ein Scherz, Viktor Alexejewitsch? Wie soll ich das allein schaffen? Hat man schon einmal gehört, dass ein Beamter ganz allein in einem Mordfall ermittelt?«

»Wer sagt dir, dass du allein bist? Du kannst dich an die Kollegen in der Region wenden, wo die Leiche aufgefunden wurde, und an die Kollegen in dem Stadtbezirk, wo die Jeremina polizeilich gemeldet war. Dort ist eine Akte über den Fall angelegt. Außerdem gibt es die Mitarbeiter unserer Abteilung, denen du über mich Anweisungen erteilen kannst, ohne selbst in Erscheinung zu treten. Du wirst schon zurechtkommen. Du hast ja Köpfchen, und es wird Zeit, dass du praktische Erfahrungen sammelst.«

* * *

An diesem Abend, dem 11. November, beschloss Nastja Kamenskaja, nachdem sie gegen neun Uhr ihr Büro verlassen hatte, zum Übernachten in die Wohnung ihrer Eltern zu fahren, zu der es von der Petrowka 38 sehr viel näher war als zu ihrer eigenen Wohnung. Unter anderem rechnete sie mit einem schmackhaften Abendessen, denn ihr Stiefvater, Leonid Petrowitsch, war, im Gegensatz zu ihr selbst, ein sehr häuslicher Mensch, und der lange Auslandsaufenthalt seiner Frau, der Professorin Kamenskaja, hatte weder etwas an der Ordnung und Sauberkeit in der Wohnung verändert noch daran, dass bei ihm täglich ein Menü aus nahrhaften, gut zubereiteten Gerichten auf den Tisch kam.

Außer dem Abendessen hatte Nastja aber noch etwas anderes im Sinn. Sie wollte endlich über ein schwieriges und sehr heikles Thema mit ihrem Stiefvater sprechen, den sie von jeher Papa nannte und aufrichtig liebte. Nastja hatte lange gebraucht, um sich zu diesem Gespräch zu entschließen, und nun konnte sie den Anfang nicht finden. Sie verzehrte langsam das gebratene Fleisch auf ihrem Teller, brühte umständlich Tee auf, anschließend spülte sie lange und pedantisch das Geschirr, scheuerte die Töpfe und Pfannen. Aber Leonid Petrowitsch kannte seine Stieftochter gut genug, um zu wissen, dass es an der Zeit war, ihr zu Hilfe zu kommen.

»Was ist los mit dir, Kind? Heraus mit der Sprache.«

»Papa, glaubst du nicht, dass Mutter jemanden in Schweden hat?«, platzte Nastja heraus, ohne ihren Stiefvater anzusehen.

Leonid Petrowitsch schwieg lange, während er im Zimmer auf und ab ging, dann blieb er stehen und sah Nastja ruhig an.

»Es scheint so. Aber es scheint mir auch, dass dich das erstens nichts angeht und dass es zweitens keine Tragödie ist.«

»Wie meinst du das?«

»Ich werde es dir erklären. Deine Mutter hat sehr früh geheiratet, einen Klassenkameraden, wenn du dich erinnerst. Sie war damals gerade erst achtzehn. Die beiden haben geheiratet, weil du unterwegs warst. Diese Ehe war von Anfang an zum Scheitern verurteilt. Deine Mutter ließ sich von deinem Vater scheiden, als du noch nicht einmal zwei Jahre alt warst. Eine zwanzigjährige Studentin mit einem kleinen Kind. Windeln, Kinderkrankheiten, erfolgreiches Studium, Aspirantur, Kandidatin der Wissenschaften, eine eigene Richtung in der Wissenschaft, Essays, Konferenzen, Dienstreisen, Doktorarbeit ... Ist das nicht ein bisschen viel für eine einzige Frau? Von mir hatte sie nicht viel Hilfe zu erwarten, ich arbeitete bei der Kripo, ging früh aus dem Haus und kam spät zurück, sie musste alles allein machen. Auch als du groß genug warst, um ihr im Haus zu helfen, verlangte sie nicht von dir, dass du einkaufen gehst, Kartoffeln schälst und staubsaugst, weil sie sah, wie gern du liest, dich mit Mathematik und Fremdsprachen beschäftigst, und sie war überzeugt davon, dass die geistige Entwicklung für ein Kind wichtiger ist als die Erziehung zur Hausarbeit. Hast du einmal darüber nachgedacht, was für ein Leben deine Mutter hatte? Sie ist jetzt einundfünfzig und immer noch schön, obwohl Gott allein weiß, wie sie es bei diesem Leben geschafft hat, sich so gut zu halten. Als sie die Stelle in Schweden bekam, bot sich ihr zum ersten Mal die Möglichkeit, ein wenig freier, ruhiger und, wenn du so willst, schöner zu leben. Ja, schöner, rümpfe bitte nicht die Nase, daran ist nichts Verwerfliches. Ich weiß, dass es dir schwer zu schaffen gemacht hat, als sie ihren Arbeitsvertrag in Schweden um ein weiteres Jahr verlängert hat. Du denkst, dass sie uns nicht liebt, dass wir ihr nicht fehlen, und das kränkt dich. Nastjenka, mein liebes Kind, sie ist unserer einfach müde. Sie hat uns ein bisschen satt. In erster Linie mich natürlich. Aber sie soll sich ein wenig von uns ausruhen. Das hat sie verdient. Und ich gönne ihr auch eine Affäre. Auch das hat sie verdient. Ich war ihr immer ein guter Ehemann, aber nie ein guter Geliebter. Deine Mutter hat von mir schon seit zwanzig Jahren keine Blumen mehr bekommen, keine überraschenden Geschenke, ich konnte mit ihr nie eine schöne Reise machen, weil wir praktisch nie gleichzeitig über freie Zeit verfügten. Und wenn sie jetzt dort, in Schweden, alles das bekommt, was ihr so lange gefehlt hat, dann bin ich froh für sie. Es ist wenigstens ein kleiner Ausgleich.«

»Bist du denn überhaupt nicht eifersüchtig?«

»Doch, natürlich bin ich eifersüchtig. Aber in vernünftigen Grenzen. Weißt du, deine Mutter und ich sind sehr gute Freunde. Es ist keine Romantik in unserer Beziehung, aber wenn man siebenundzwanzig Jahre zusammengelebt hat ... du verstehst selbst. Wir sind Freunde, und das ist in unserem Alter viel wichtiger. Hast du Angst, dass unsere Familie auseinander bricht?«

»Ja.«

»Nun ja ... Entweder wird deine Mutter das bekommen, was ihr so sehr fehlt, und zurückkommen, oder sie wird sich von mir scheiden lassen und in Schweden heiraten. Was wird sich dadurch für dich persönlich verändern? Deine Mutter lebt auch jetzt nicht in Moskau, und wir wissen nicht, wann sie zurückkehren wird. Aber, Hand aufs Herz, ist dir die Anwesenheit deiner Mutter wirklich so wichtig? Entschuldige, mein Kind, aber ich kenne dich schon sehr lange und darf mir erlauben, dir manches zu sagen. Du brauchst deine Mutter eigentlich gar nicht besonders, es kränkt dich nur, dass sie aus eigenem Willen so weit weg von dir ist. Und was uns beide betrifft, so wirst du schließlich nicht aufhören, mich zu besuchen, nur weil ich vielleicht irgendwann nicht mehr der Mann deiner Mutter sein werde, nicht wahr?«

»Natürlich nicht, Papa. Ich liebe dich sehr, wie meinen leiblichen Vater«, sagte Nastja traurig.

»Und ich liebe dich, Kind. Verurteile deine Mutter nicht. Und mich übrigens auch nicht.«

»Ich weiß«, sagte Nastja. »Wirst du mich mit ihr bekannt machen?«

»Ist es nötig?«, lachte Leonid Petrowitsch.

»Jedenfalls ist es interessant.«

»Gut, wenn es interessant ist, dann mache ich euch bekannt. Aber versprich mir, dass du nicht traurig sein wirst.«

* * *

Nastja schlief erst gegen Morgen ein. Das, was sie von ihrem Chef erfahren hatte, ließ ihr keine Ruhe. Dass die Mafia sich Leute bei der Miliz kaufte, war nichts Neues. Doch wenn das andern passierte, in einer anderen Abteilung, in einer anderen Stadt, nahm man das als einen Teil der objektiven Wirklichkeit wahr, die man im Auge behalten und bei der Auswertung von Informationen und bei Entscheidungsfindungen berücksichtigen musste. Aber wenn so etwas in der unmittelbaren Nähe auftrat, in der eigenen Abteilung, im Freundeskreis, dann wurde aus einem dienstlichen Problem ein moralisch-psychologisches, das man nicht so ohne weiteres lösen konnte. Wie sollte Nastja jetzt weiterarbeiten? Wie sollte sie sich ihren Kollegen gegenüber verhalten? Wen sollte sie verdächtigen? Alle? Diejenigen, die sie weniger mochte, genauso wie die, die ihr sympathisch waren und mit denen sie aufrichtige Freundschaft verband? Und wenn ihr etwas Verdächtiges an einem ihrer Kollegen auffallen würde, was sollte sie dann tun? Zu Knüppelchen laufen und ihm ihren Verdacht mitteilen? Oder sollte sie es für sich behalten und sich einreden, dass sie sich getäuscht hatte? Durfte man Freunde verraten, oder verbot sich das, selbst dann, wenn sie im Unrecht waren? Musste man sie vielleicht ihren Feinden überlassen? Aber wer war in diesem Fall der Feind? Die Personalaufsicht der Kripo oder doch der Kollege, der der Mafia illegale Dienste erwies? Zahllose Fragen und keine einzige Antwort.

ZWEITES KAPITEL

Nastja betrat zum ersten Mal das Büro des Untersuchungsführers Konstantin Michajlowitsch Olschanskij im Gebäude der städtischen Staatsanwaltschaft. Sie kannte Olschanskij seit langer Zeit, war ihm bisher aber immer nur in der Petrowka begegnet. Er war ein kluger Mensch und ein erfahrener Untersuchungsführer, sehr gebildet, gewissenhaft und beherzt, aber aus irgendeinem Grund mochte Nastja ihn nicht. Sie hatte schon oft herauszufinden versucht, warum das so war, aber sie war nie zu einem Ergebnis gekommen. Sie wusste, dass auch andere ihn nicht mochten, obwohl sie ihn als Fachmann sehr schätzten.

In seiner äußeren Erscheinung machte Konstantin Michajlowitsch den Eindruck eines tollpatschigen Unglücksraben: ein immer verlegener Blick, ein zerknittertes Jackett, auf der Krawatte stets ein Fleck von unbekannter Herkunft, ungeputzte Schuhe, eine Brille mit einer lächerlich altmodischen Fassung. Er hatte eine äußerst lebendige, unkontrollierte Mimik, und besonders dann, wenn man ihn beim Schreiben beobachtete, musste man sich mit Mühe das Lachen verkneifen angesichts der Grimassen, die er dabei schnitt. Zugleich konnte er sehr unhöflich und schroff sein, aus irgendeinem Grund besonders im Umgang mit den Gutachtern. Er befasste sich geradezu fanatisch mit Kriminalistik, las die gesamte neue Literatur bis hin zu Dissertationen und Konferenzberichten. Bei Tatortbesichtigungen stand er den Gutachtern buchstäblich auf den Füßen, stellte schier unmenschliche Anforderungen an sie und verwirrte sie mit völlig überraschenden Fragen.

Olschanskijs Büro war ein Abbild seiner selbst. Auf der polierten Oberfläche des Beistelltisches zahllose Abdrücke von Teegläsern, ein heilloses Durcheinander auf dem Schreibtisch, der grüne Plastikschirm der Leselampe ergraut unter einer Schicht von Ewigkeitsstaub. Auch dieses Büro gefiel Nastja nicht.

Olschanskij begrüßte sie zwar freundlich, fragte aber sofort nach Larzew. Wolodja Larzew hatte in der Zeit vom dritten bis elften November gemeinsam mit Mischa Dozenko im Auftrag des Untersuchungsführers im Mordfall Viktoria Jeremina ermittelt, und Konstantin Michajlowitsch hatte einen der beiden in seinem Büro erwartet. In Gordejews Abteilung war bekannt, dass Olschanskij Larzew besonders schätzte. Er unterstellte ihm eine besonders gute Vernehmungstaktik und übertrug ihm deshalb oft die Arbeit mit Zeugen, wobei er stets betonte, dass Larzew dabei bessere Ergebnisse erzielte als er selbst.

»Larzew ist im Moment beschäftigt«, sagte Nastja ausweichend, »man hat ihm einen anderen Fall übertragen. Den Fall Jeremina werde in Zukunft ich bearbeiten.«

Olschanskij war zweifellos enttäuscht, aber er ließ sich nichts anmerken. Er holte die Akte aus dem Safe und ließ Nastja am Beistelltisch Platz nehmen.

»Lies das einstweilen, ich muss eine Anklageschrift fertig stellen. In einer Dreiviertelstunde habe ich eine Gegenüberstellung, bis dahin musst du hier wieder verschwunden sein. Sieh zu, dass du in dieser Zeit fertig wirst.«

Die Akte erwies sich als nicht sehr umfangreich. Aus dem Gutachten des Gerichtsmediziners ging hervor, dass der Tod durch Atemstillstand infolge von Erwürgen eingetreten war, wahrscheinlich hatte der Täter ein Handtuch benutzt (entsprechende Gewebeteilchen wurden an den spitzen Enden eines Ohrrings gefunden, der die Form einer Blüte mit fünf Blättern hatte). Der Körper der Ermordeten wies im Bereich des Rückens und der Brust zahlreiche Blutergüsse auf, die von Schlägen mit einem dicken Strick oder Riemen stammten. Die Blutergüsse hatten sich frühestens zwei Tage und spätestens zwei Stunden vor dem Eintreten des Todes gebildet.

Im Vernehmungsprotokoll, das angesichts des Gesprächs mit dem Generaldirektor der Firma, in der die Jeremina gearbeitet hatte, angefertigt wurde, hieß es: »Vika hat viel getrunken, trotzdem kam sie regelmäßig zur Arbeit. Natürlich benahm sie sich gelegentlich etwas absonderlich, wie alle Alkoholiker. Zum Beispiel verschwand sie manchmal für zwei, drei Tage mit einem Mann, den sie kaum kannte. Aber sie holte sich vorher immer die Erlaubnis ihres Chefs ein, wobei sie ganz offen zugab, wofür sie den Urlaub brauchte. In letzter Zeit hatte sie sich stark verändert, sie war plötzlich verschlossen und unberechenbar geworden, oft schien sie gar nicht zu verstehen, was man sie fragte, sie starrte geistesabwesend vor sich hin und bemerkte manchmal überhaupt nicht, dass man sie ansprach. Es hatte den Anschein, dass sie ernsthaft krank geworden war.«

Vikas Freund, Boris Kartaschow, hatte Folgendes ausgesagt: »Ich bin überzeugt davon, dass Viktoria krank war. Vor etwa einem Monat begann sie die fixe Idee zu verfolgen, dass jemand per Radio Einfluss auf sie nimmt und ihr die Träume stiehlt. Ich wollte sie zum Besuch eines Psychiaters überreden, doch sie lehnte kategorisch ab. Daraufhin habe ich mich selbst an einen befreundeten Arzt gewandt, der die Überzeugung äußerte, dass Vika unter einer akuten Psychose litte und dringend in eine Klinik eingewiesen werden müsste. Doch Vika wollte nicht auf mich hören. Manchmal verhielt sie sich höchst leichtsinnig, sie schloss irgendwelche zufälligen Bekanntschaften und ließ sich mit zwielichtigen Typen ein, besonders in alkoholisiertem Zustand. Manchmal verschwand sie sogar für mehrere Tage mit einem ihrer Liebhaber. Am 18. Oktober musste ich eine Dienstreise antreten, am 26. Oktober kam ich zurück und begann Viktoria zu suchen, da ich befürchtete, dass ihr etwas zugestoßen war. Davon, dass sie wegfahren wollte, habe ich nichts gewusst, sie hat mir nichts davon gesagt.«

Die Aussage von Olga Kolobowa, Jereminas Freundin: »Ich kenne Vika schon mein ganzes Leben, wir sind zusammen im Waisenhaus aufgewachsen. Natürlich kenne ich auch Boris Kartaschow. Vor etwa einem Monat sagte er mir, Vika sei krank geworden, sie hätte die fixe Idee, dass ihr jemand aus dem Radio die Träume stehlen würde. Boris bat mich, mit ihr zu sprechen und sie dazu zu bringen, einen Arzt aufzusuchen. Doch Vika lehnte entschieden ab, sie hielt sich für völlig gesund. Ich fragte sie, ob es wahr sei, was Boris gesagt hatte, ob ihr wirklich jemand aus dem Radio die Träume stehlen würde, und sie bejahte. Zum letzten Mal habe ich am 22. Oktober mit Vika gesprochen, gegen elf Uhr abends, ich habe sie zu Hause angerufen. Wir wollten uns am Sonntag treffen. Seitdem habe ich nichts mehr von ihr gehört und gesehen.«

Die Aussage des Psychiaters und Kandidaten der medizinischen Wissenschaften, den Kartaschow konsultiert hatte: »Vor etwa zwei, drei Wochen wandte sich Boris Kartaschow wegen seiner Bekannten an mich, die unter einer fixen Idee litt. Die Symptome, die er mir beschrieb, wiesen darauf hin, dass die junge Frau ernsthaft krank geworden war und dringend in eine Klinik eingewiesen werden musste. Eine solche Erkrankung nennen wir paranoid-schizoide Psychose. Menschen, die unter so einer Psychose leiden, können sehr gefährlich werden. Sie hören Stimmen, die ihnen Befehle erteilen und sie zu allem zwingen können, bis hin zum Mord an einem zufälligen Passanten. Ebenso leicht können solche Menschen Opfer eines Verbrechens werden, da sie äußere Umstände und Situationen nicht adäquat einschätzen können, besonders in Momenten, in denen sie unter dem Einfluss der Ratschläge stehen, die ihnen die Stimmen erteilen. Ich habe Kartaschow gesagt, dass die Einweisung in eine Klinik nicht ohne Zustimmung seiner Bekannten erfolgen kann, solange sie keine ungesetzliche Handlung begeht und bei der Miliz landet. Kartaschow erklärte mir, dass seine Bekannte eine Behandlung kategorisch ablehnt und sich für vollkommen gesund hält. In so einem Fall lässt sich leider nichts machen, eine Zwangseinweisung ist, wie schon gesagt, nur dann möglich, wenn der Kranke durch sein Verhalten die Aufmerksamkeit der Miliz auf sich zieht.«

In der Akte befanden sich noch einige Protokolle mit Aussagen von Kartaschow, von Kollegen und Bekannten der Ermordeten.

Aus diesen Protokollen ging nichts Neues hervor. Nastja fiel eine Liste mit Adressen von Orten auf, die Viktoria gewöhnlich aufsuchte, um sich zu betrinken. Der Liste waren sechs Aussagen beigefügt, denen zufolge die Jeremina in der Zeit vom 23. Oktober bis 1. November an keinem dieser Orte gesehen worden war. Zwei der Adressen hatte man noch nicht überprüft.

Nastja schloss die Akte und blickte auf. Der Untersuchungsführer saß mit dem Rücken zu ihr auf einem unbequemen Stuhl und tippte eifrig auf der Schreibmaschine.

»Konstantin Michajlowitsch!«, sprach sie ihn an.

Er wandte sich abrupt um und stieß dabei mit dem Ellenbogen gegen einen Papierstapel. Die Papiere flogen nach allen Seiten auseinander, einige fielen zu Boden. Doch das schien Olschanskij nicht im Geringsten zu beeindrucken.

»Ja?«, sagte er völlig ruhig, so, als sei überhaupt nichts geschehen, nahm die Brille ab und rieb sich die Augen.

»Ich habe drei Fragen an Sie. Eine dienstliche und zwei private.«

»Fang mit den privaten an«, sagte der Untersuchungsführer gutmütig. Er hatte den Kopf wie ein Vogel zur Seite geneigt und drückte mit Daumen und Zeigefinger die Nasenwurzel zusammen. Wie alle kurzsichtigen Menschen sah er ohne Brille verwirrt und hilflos aus. Etwas hatte sich an ihm verändert, Nastja bemerkte, dass er ein ungewöhnlich schönes Gesicht und riesige Augen mit fast mädchenhaft langen Wimpern hatte. Seine dicken Brillengläser machten seine Augen klein, und das vielfach geklebte und geflickte Gestell entstellte sein Gesicht bis zur Unkenntlichkeit.

»Reicht Ihnen Ihr Gehalt?«

»Es kommt darauf an, wofür«, erwiderte Olschanskij schulterzuckend. »Es reicht völlig aus, um nicht unter einem Zaun zu krepieren. Aber für ein gutes Leben reicht es nicht.«

»Was bedeutet für Sie ein gutes Leben?«, fragte Nastja nach.

»Für mich persönlich? Du bist unverschämt, Kamenskaja. Soll ich etwa meine Seele vor dir ausbreiten? Dir von meinen Wünschen und Leidenschaften, von meinen Hobbys, meinen familiären Problemen und allem Sonstigen erzählen? Wie komme ich dazu? Sind wir vielleicht miteinander verheiratet, verschwistert oder verschwägert? Rück mit deiner zweiten Frage heraus.«

Der Untersuchungsführer sprach diese schroffen Worte mit einem freundlichen Lächeln aus, zeigte dabei seine gerade gewachsenen, blendend weißen Zähne, und es war völlig unklar, ob er verärgert war oder scherzte.

»Ärgert es Sie, dass im Fall Jeremina nicht Larzew ermitteln wird, sondern ich?«

Olschanskij antwortete nicht sofort, aber das Lächeln auf seinem Gesicht wurde noch breiter.

»Ich arbeite sehr gern mit Wolodja zusammen, er versteht seine Sache, ein echter Meister seines Faches. Und außerdem ist er mir sehr sympathisch. Ich habe als Mensch und als Untersuchungsführer sehr gern mit ihm zu tun. Mit dir, Anastasija, habe ich bis jetzt noch nie zusammengearbeitet, und ich kenne dich kaum. Ich weiß, dass Gordejew dich immer sehr lobt, aber das sind für mich nur Worte. Ich bilde mir gern meine eigene Meinung über einen Menschen. Bist du mit meiner Antwort zufrieden?«

»Ehrlich gesagt, nein. Aber mehr werden Sie mir sicher nicht sagen, oder?«

»Nein.«

»Dann meine dritte Frage. Wo ist dieser Geschäftsmann, der die Jeremina am 22. Oktober nach dem Umtrunk in der Firma nach Hause gebracht hat?«

»Er ist leider wieder nach Hause gefahren, in die Niederlande. Aber die Wohnung der Jeremina hat er ganz offensichtlich nicht betreten. Hast du das Protokoll der Wohnungsbegehung gelesen?«

»Das habe ich nicht mehr geschafft. Ich habe nur die Zeugenaussagen gelesen, und eine Zeugenaussage dieses Mannes liegt nicht vor. Hat man ihn nicht vernommen?«

»Nein. Er ist abgereist, bevor man die Leiche gefunden und das Verfahren eingeleitet hat. Aber als die Jeremina verschwunden war, war er noch in Moskau. Der Generaldirektor der Firma hat ihn angerufen und nach dem Mädchen gefragt. Alles, was wir über den Abend des 22. Oktober wissen, basiert nur auf der Aussage des Generaldirektors. Aber in Vikas Wohnung wurden tatsächlich keine Fingerabdrücke des Holländers gefunden.«

»Wie haben Sie das festgestellt? Womit wurden die in der Wohnung vorhandenen Fingerabdrücke verglichen?«, fragte Nastja verwundert.

»Mit denen, die dieser reiche Gentleman auf den von ihm unterschriebenen Papieren hinterlassen hat.«

»Und diese Papiere hat wiederum dieser Generaldirektor der Miliz vorgelegt?«

»Genau so ist es.«

»Dann will das alles noch nicht viel besagen«, meinte Nastja skeptisch.

»Allerdings«, stimmte Olschanskij bereitwillig zu. »Aber vielleicht tröstet es dich, zu erfahren, dass dieser Herr um 22.30 Uhr desselben Abends aus seinem Hotel in Paris angerufen hat, in der Hotelrezeption liegt ein entsprechender Eintrag über den Anruf vor. Und du wirst dich erinnern, dass die Jeremina gegen 23 Uhr mit ihrer Freundin telefoniert hat und noch quicklebendig war. Und überhaupt ist es wenig wahrscheinlich, dass dieser Holländer etwas mit dem Mord zu tun hat, da die Jeremina keinesfalls vor dem 30. Oktober umgebracht wurde. Natürlich müsste man ihn vernehmen, aber das wäre eine lange Geschichte, wie du weißt, man müsste das Außenministerium einschalten, die Botschaft und so weiter. Und zudem ist es nicht sicher, ob er sich im Moment wirklich in Holland aufhält, er könnte auch auf Geschäftsreise sein. Und wir können ihn schließlich nicht in der ganzen Welt suchen.«

»Soll ich meine Arbeit nach Ihren Versionen ausrichten, Konstantin Michajlowitsch, oder soll ich mir selbst Gedanken machen?«

»Ich habe bis jetzt nur zwei Versionen. Entweder hängt der Mord an der Jeremina mit irgendwelchen dunklen Geschäften der Firma zusammen, oder sie ist wirklich psychisch krank und wurde das Opfer eines Verbrechers, dem sie zufällig in die Arme gelaufen ist. Mit der Überprüfung der ersten Version haben wir noch nicht begonnen, in Bezug auf die zweite ist schon ziemlich viel unternommen worden, aber bisher leider ohne Erfolg. Es wurden keinerlei Spuren gefunden, aus denen man schließen könnte, wo die Jeremina sich in den Tagen zwischen ihrem Verschwinden und ihrer Ermordung aufgehalten hat.«

»Worin sehen Sie meine Aufgabe?«, fragte die Kamenskaja.

»Ich möchte, dass du über die zweite Version nachdenkst, darüber, wo man bei der Suche nach Vikas letzten Spuren ansetzen muss, wenn man davon ausgeht, dass sie zum Zeitpunkt ihres Verschwindens an einer akuten Psychose litt. Konsultiere Fachleute, hole dir den Rat von Psychiatern ein, lass dich darüber informieren, wie Kranke sich in diesem Zustand verhalten, denk darüber nach, was das Mädchen in dieser Zeit getan haben könnte.«

»Und was ist mit der ersten Version? Die Firma, die dunklen Geschäfte? Soll das nicht überprüft werden?«

»Du bist wirklich rührend, Anastasija! Kannst du denn gleichzeitig das eine und das andere tun? Ich möchte, dass du an der Überprüfung der Version arbeitest, die ich in Anbetracht der Unterlagen, über die wir verfügen, für die wahrscheinlichere halte. Wenn du dich gleichzeitig mit der zweiten Version befassen kannst, werde ich dir nur dankbar sein. Allerdings kann ich das nur schwer glauben, solange du den Fall allein bearbeitest. Hat Gordejew nicht vor, weitere Leute für die Ermittlungen einzusetzen? Wo gibt es denn so etwas, dass in einem Mordfall nur ein einziger Beamter ermittelt?«

Nastja überlegte, was sie antworten sollte, um Knüppelchens Geheimnis nicht preiszugeben. Sie konnte Olschanskij schließlich nicht sagen, dass Gordejew in den Reihen seiner Mitarbeiter einen Verräter vermutete, der gemeinsame Sache mit der Mafia machte, und deshalb den Fall ihr allein übertragen hatte. Aber Konstantin Michajlowitsch wollte zum Glück gar nichts Genaueres wissen. Er hatte sein Befremden zum Ausdruck gebracht, damit begnügte er sich. Zumal die Zeit abgelaufen war und er zur Gegenüberstellung musste.

* * *

Nastja Kamenskaja ging von der Bushaltestelle nach Hause und sah angestrengt auf ihre Füße, um nicht bis zum Knöchel in Pfützen zu versinken. Sie war jetzt immer sehr müde, da sie, gewohnt an sitzende Arbeit, seit einigen Tagen die Pflichten einer ganz gewöhnlichen Kripobeamtin erfüllte. Sie musste kreuz und quer durch Moskau fahren, nach Adressen und bestimmten Personen suchen, sie musste mit diesen Personen sprechen und sie zum Reden bringen, was nicht immer leicht war, sie musste sie befragen und oft genug beknien, um eine Antwort zu erhalten. So war es eben, kaum jemand unterhielt sich gern mit der Miliz.

Ihre Erfolge waren bisher kümmerlich. Die Jeremina war nach dem 22. Oktober gleichsam vom Erdboden verschwunden. Niemand von den Personen, mit denen sie gewöhnlich verkehrte, hatte sie seither gesehen. Ihr fester Bekanntenkreis war nicht sehr groß, aber über die regelmäßigen Besäufnisse mit ihren Freunden hinaus hatte die Jeremina Kontakte zu zahlreichen zufälligen Saufkumpanen gepflegt. Alle diese Leute hatte Nastja gefunden und befragt, aber alle ohne Ausnahme hatten ausgesagt, dass sie Vika Jeremina seit dem 22. Oktober nicht mehr gesehen und auch nicht am Telefon gesprochen hatten. Mit vielen von ihnen war die Kommunikation gar nicht so einfach gewesen. Statt Nastja die Fragen nach ihrer so tragisch ums Leben gekommenen Bekannten zu beantworten, versuchten sie ständig zu beweisen, dass der Alkoholkonsum ihre persönliche Sache war und die Miliz nichts anging.

Aber etwas Wichtiges hatte Nastja aus diesen Gesprächen immerhin über die Jeremina erfahren: Je betrunkener sie war, desto stärker wurde ihr Bedürfnis, jemanden anzurufen. Während ihrer Besäufnisse, die manchmal zwei, drei Tage dauerten, rief sie fast alle zwei Stunden bei Boris Kartaschow an, um ihm mitzuteilen, dass bei ihr alles in Ordnung war, dass alle Männer Schurken und Idioten waren, die ihr nicht vorzuschreiben hätten, wie sie leben solle und wie viel und mit wem sie trinken dürfe. Sie rief auch bei ihrer Freundin Olga an, jener, mit der sie im Waisenhaus aufgewachsen war. Manchmal kam sie auch auf die Idee, in ihrer Firma anzurufen und anzukündigen, dass sie am nächsten Tag zur Arbeit erscheinen würde. Da sowohl Jereminas Chef als auch Olga und Boris Kartaschow versichert hatten, dass Vika seit ihrem spurlosen Verschwinden nicht bei ihnen angerufen hatte, konnte man daraus zumindest den Schluss ziehen, dass sie zu dieser Zeit nicht betrunken gewesen war. Vorausgesetzt natürlich, alle drei sagten die Wahrheit. Sollten diese drei ganz unterschiedlichen Personen, die weit voneinander entfernt wohnten und wenig miteinander gemeinsam zu haben schienen, allerdings in Absprache gelogen haben, dann musste das schwer wiegende Gründe haben. Und Nastja konnte sich nicht entscheiden, was sie nun an erster Stelle tun sollte: nach diesen geheimnisvollen Gründen forschen, sofern sie vorhanden waren, oder weiterhin versuchen, eine Spur der verschwundenen Frau zu finden.

Nastja teilte sich die Arbeit an dem Fall mit Andrej Tschernyschew aus der Regionalverwaltung für Inneres. Andrej war sehr sympathisch und rührig, und vor allem war er motorisiert, wodurch er am Tag dreimal mehr schaffte als Nastja. Er hatte ein Faible für Hunde, und seinen Schäferhund behandelte er wie ein Wunderkind, dessen intellektuelle Fähigkeiten auf keinen Fall durch falsche Ernährung oder ungenügende Betreuung in Gefahr gebracht werden durften. Man musste ihm allerdings lassen, dass der Schäferhund, der auf den seltsamen Namen Kyrill hörte, perfekt dressiert war, er gehorchte seinem Herrn nicht nur aufs Wort, sondern verstand sogar jeden seiner Blicke. Und Nastja wusste, dass Kyrill in der Tat besondere Fähigkeiten besaß. Vor einem halben Jahr, als sie an der Verhaftung eines Auftragskillers beteiligt gewesen war, hatte genau dieser Hund ihr dabei geholfen, sich unbemerkt aus der Gefahrenzone zu entfernen und den Killer den Beamten auszuliefern, die im Hinterhalt auf ihn warteten.

Äußerlich waren Nastja und Andrej Tschernyschew sich so ähnlich, dass man sie für Geschwister hätte halten können. Sie waren beide hoch gewachsen, hager und hellhaarig, sie hatten beide graue Augen und feine Gesichtszüge. Allerdings war Andrej sehr gut aussehend, was man von Nastja kaum behaupten konnte. Sie war weder schön noch hässlich, sondern einfach nur nichts sagend, ein blasses Gesicht mit ausdruckslosen Augen, das jeder sofort wieder vergaß. Aber Nastja litt nicht unter ihrer Unscheinbarkeit, denn sie wusste, dass elegante Kleidung und ein gekonntes Make-up sie in ein unwiderstehliches weibliches Wesen verwandeln konnten, und manchmal machte sie von dieser Möglichkeit Gebrauch. Aber normalerweise lief sie als unscheinbare graue Maus durch die Gegend und hatte nicht das geringste Bedürfnis, jemandem zu gefallen. Es war ihr einfach nicht wichtig.

Zu zweit schafften Nastja und Tschernyschew eine Menge, aber das Ergebnis war gleich null. Sie traten auf der Stelle. Die Kollegen aus der Abteilung zur Bekämpfung von Wirtschaftsverbrechen hatten keinerlei Anhaltspunkte dafür, dass die Firma, bei der die Ermordete beschäftigt gewesen war, in irgendwelche dunklen Geschäfte verwickelt war. Als Nastja Zweifel daran äußerte, dass es in der heutigen Zeit ein absolut sauberes Wirtschaftsunternehmen geben könne, bekam sie zur Antwort:

»Natürlich haben die alle Dreck am Stecken, diese Firma mit Sicherheit auch, aber mit den Finanzen ist bei denen alles in Ordnung, wir haben es überprüft.«

Es stellte sich heraus, dass Gordejew bereits bei den Kollegen angerufen und sich ebenfalls nach dem Geschäftsgebaren der Firma erkundigt hatte. Trotzdem beschloss Nastja, die Firma selbst aufzusuchen.

Der Generaldirektor versuchte wider Erwarten nicht, einem Treffen mit der Kamenskaja auszuweichen, er war sofort einverstanden und zeigte sich bereit, auf alle ihre Fragen zu antworten.

»Warum haben Sie so viel Nachsicht mit einer trunksüchtigen, undisziplinierten Sekretärin geübt?«, fragte Nastja.

»Das habe ich bereits Ihrem Mitarbeiter gesagt«, erwiderte der Generaldirektor schulterzuckend. »Natürlich gereicht uns das nicht zur Ehre, aber es hätte keinen Sinn, hier etwas zu verheimlichen, zumal Vika selbst nichts mehr bestätigen oder widerrufen kann. Zu Vikas Aufgaben gehörte es, die eingehenden Anrufe entgegenzunehmen, Gäste zu empfangen, sie mit Tee, Kaffee und anderen Getränken zu bewirten, besonders unsere ausländischen Geschäftspartner. Verstehen Sie mich?«

»Nein«, sagte Nastja trocken.

»Seltsam. Gut, dann sage ich es ganz unverblümt. Manchmal muss man einem Geschäftspartner mit Alkohol und einer schönen Frau etwas nachhelfen, damit er weich wird. Warum sehen Sie mich so an? Hören Sie so etwas zum ersten Mal? Machen Sie mir nichts vor, Anastasija Pawlowna, Sie sind ja nicht erst seit gestern auf der Welt. Alle machen das so. Und Vika habe ich aus genau diesem Grund behalten. Sie war atemberaubend schön, eine Frau, die keinen einzigen Mann auf der Welt gleichgültig lässt, egal, welchen Geschmack er hat. Gelegentlich hat sie unsere ausländischen Geschäftspartner begleitet, wenn sie St. Petersburg sehen wollten oder irgendeinen anderen Ort ihrer Wahl. Vika hat sich nie quer gestellt und immer alle meine Bitten erfüllt, egal, um welchen Mann es sich handelte. Dafür habe ich ihr ihre Besäufnisse und Arbeitsausfälle verziehen. Trotz ihrer Trunksucht war sie im Übrigen immer zuverlässig. Sie werden es nicht glauben, aber wenn sie wusste, dass ich wichtige Besprechungen hatte und sie brauchen würde, dann war sie immer zur Stelle. Sie hat mich kein einziges Mal versetzt. Darum ist es völlig verständlich, dass ich ihr vieles nachgesehen habe.«

»Mit anderen Worten, Sie haben sich die Jeremina als fest angestellte Prostituierte gehalten«, resümierte Nastja mit leiser Stimme.

»Ja!«, brauste der Generaldirektor auf. »Wenn Ihnen diese Bezeichnung besser gefällt, dann nennen wir es so. Ist das etwa ein Verbrechen? Sie hat als Sekretärin gearbeitet und ein Gehalt dafür bezogen, und ganz nebenbei hat es ihr Spaß gemacht, mit den Männern zu schlafen, sie machte das freiwillig und, beachten Sie das bitte, kostenlos. Offiziell war sie unsere Sekretärin und nichts anderes. Und alles, was ich Ihnen sonst noch über sie erzählt habe, tut nichts zur Sache.«

»Heißt das, Sie nehmen Ihre Worte wieder zurück?«, fragte Nastja nach.

»Aber nein, natürlich nicht. Ich habe Ihnen die Wahrheit gesagt. Ich möchte Ihnen helfen, Vikas Mörder zu finden, aber wenn Sie mir Moral predigen wollen, werde ich meine Aussage tatsächlich zurücknehmen, zumal ich sehe, dass Sie kein Gesprächsprotokoll führen. Wissen Sie, ich bin alt genug und bedarf Ihrer sittlichen Belehrungen nicht. Aber ein Mord ist eine furchtbare Sache, deshalb habe ich kein Recht, etwas vor der Miliz zu verheimlichen. Ich hatte gehofft, Sie würden mich richtig verstehen. Aber offenbar habe ich mich getäuscht. Sehr schade, Anastasija Pawlowna.«

»Nein, nein, Sie haben sich nicht getäuscht.« Nastja versuchte ein freundliches Lächeln, aber es wirkte irgendwie verwirrt, verschämt und unecht. »Ich danke Ihnen für Ihre Ehrlichkeit. Sagen Sie, wäre es möglich, dass einer dieser ... Kunden im Oktober in Moskau war und hinter Ihrem Rücken versucht hat, sich mit der Jeremina zu treffen?«

»Natürlich wäre das möglich. Aber wenn es so gewesen wäre, hätte ich es erfahren. Vika arbeitet ... arbeitete über zwei Jahre bei uns. In dieser Zeit haben wir ihre Dienste sehr oft in Anspruch genommen, aber es handelte sich dabei längst nicht immer um neue Kunden. Manchen gefiel sie so gut, dass sie auch bei weiteren Aufenthalten in Moskau den Kontakt zu ihr suchten. Manche taten das tatsächlich hinter meinem Rücken. Aber Vika hat mir das nie verheimlicht, denn hier handelte es sich schließlich nicht um ihr Privatleben, sondern um ihre Arbeit. Sie wusste sehr gut, was es bedeutete, wenn ein ausländischer Geschäftspartner mich bei einem erneuten Aufenthalt in Moskau nicht anrief, um wenigstens ein paar freundliche Worte mit mir zu wechseln, sie wusste, dass das etwas über sein Verhältnis zu mir persönlich, zur Firma und zu unseren Geschäften ausdrückte. Also hat sie mich über solche

Dinge immer informiert, zumal ihr bekannt war, dass ich das von ihr erwartete. Nein, ich glaube nicht, dass sie mir so etwas verheimlicht hätte.«

»Sie sind sich also sicher, dass im Oktober nichts dergleichen vorgefallen ist?«

»Ja, ich bin mir sicher. Dieser Holländer übrigens, der Vika am 22. Oktober nach Hause gebracht hat, kommt bereits seit zwei Jahren nach Moskau, und er hat bei jedem seiner Aufenthalte mit Vika geschlafen.«

»Ich brauche eine Liste mit allen Kunden der Jeremina«, verlangte Nastja.

Diese ziemlich lange Liste wurde Nastja zur Verfügung gestellt, und jetzt wartete sie. Die Liste lag beim Amt für Visa- und Aufenthaltsangelegenheiten und wurde dort überprüft, es musste festgestellt werden, ob eine der aufgeführten Personen sich zum Zeitpunkt von Vikas Verschwinden in Moskau aufgehalten hatte. Nastja setzte große Hoffnungen auf diese Version, aber sie wusste, dass sie auf das Ergebnis der Überprüfung lange würde warten müssen.

Zu Hause angekommen, ließ sie sich kraftlos aufs Sofa fallen und streckte erleichtert ihre müden Beine aus. Sie hatte Hunger, war aber zu faul, um wieder aufzustehen und in die Küche zu gehen.

Nachdem sie die Zeit bis zum späten Abend dösend auf dem Sofa verbracht hatte, nahm sie ihre Kräfte zusammen, erhob sich und schleppte sich in die Küche. Der Kühlschrank bot nicht viel Auswahl, Nastja musste nehmen, was da war. Ein weich gekochtes Ei und eine Dose Fisch. Aber sie war so in Gedanken versunken, dass sie gar nicht schmeckte, was sie aß. Sie hatte große Lust auf eine Tasse Kaffee, kämpfte aber heldenhaft gegen die Versuchung an, da sie wusste, dass sie auch ohne Kaffee nur schlecht würde einschlafen können.

Das Gefühl quälte sie, dass alles, was sie tat, umsonst war, dass es nicht den geringsten Fortschritt bei der Aufklärung des Mordfalles gab. Sie war überzeugt, alles falsch zu machen, und hatte

Angst, Knüppelchen zu enttäuschen. Zum ersten Mal ermittelte sie selbst in einem Fall, anstatt Informationen auszuwerten, die sie von anderen bekam, und kluge Ratschläge zu erteilen. Jetzt musste sie an diese Informationen selbst herankommen, und es gab niemanden, der sie dabei beriet.

Zudem quälte Nastja das Mitgefühl mit Viktor Alexejewitsch Gordejew, ihrem Chef, der von irgendwoher erfahren hatte, dass sich unter seinen Mitarbeitern ein Verräter befand, einer oder sogar mehrere, und nun konnte er niemandem mehr trauen und musste dabei so tun, als sei nichts geschehen, als würde er alle lieben und schätzen wie bisher. Es ist wie am Theater, dachte Nastja, während sie sich an Grinewitschs Theaterprobe erinnerte. Nur mit dem Unterschied, dass sich Knüppelchens gesamtes Leben in ein Theaterstück verwandelt hat, er steht jetzt den ganzen Tag auf der Bühne. Das wirkliche Leben spielt sich nur noch in seinem Innern ab. Der Schauspieler schminkt sich am Ende des Stücks ab, geht nach Hause und lebt sein wirkliches Leben, aber Knüppelchen wird auch dann, wenn er die Bühne verlassen hat, ständig daran denken, dass jemand, den er liebt und dem er vertraut, ihn betrügt. Wie wird er mit dieser Last leben können?

Aus irgendeinem Grund dachte Nastja nicht daran, dass auch sie ab jetzt mit derselben Last würde leben müssen …

* * *

Oberst Gordejew war kaum noch wiederzuerkennen. Der energische, agile Mann, der beim Nachdenken gern mit raschen Schritten in seinem Büro auf und ab ging, wirkte jetzt wie versteinert, er saß bewegungslos hinter seinem Schreibtisch, den Kopf in den Händen. Es schien, als würden so unbändige Emotionen in ihm kochen, dass er befürchten musste, beim ersten unvorsichtigen Wort die Beherrschung zu verlieren, worauf alles in ihm Aufgestaute hemmungslos nach außen schießen würde. Zum ersten Mal, seit Nastja in der Petrowka arbeitete, hatte sie fast Angst vor ihrem Chef.

»Wie steht es im Fall Jeremina?«, fragte Viktor Alexejewitsch. Seine Stimme klang matt und leidenschaftslos. Sie drückte nicht einmal Neugier aus.

»Schlecht, Viktor Alexejewitsch«, gestand Nastja. »Ich bin in einer Sackgasse und komme keinen einzigen Schritt weiter.«

»Soso«, murmelte Knüppelchen und sah dabei über Nastjas Kopf hinweg. Es schien, als würde er ihr gar nicht zuhören, sondern an etwas völlig anderes denken.

»Brauchst du Hilfe?«, fragte er plötzlich. »Oder kommst du einstweilen allein zurecht?«

»Ich werde sie brauchen, wenn ich neue Versionen habe. Bis jetzt habe ich herausgefunden, dass …«

»Schon gut«, unterbrach Gordejew. »Ich weiß, dass du ordentlich arbeitest. Kommst du mit Olschanskij zurecht?«

»Es geht«, erwiderte Nastja kurz und trocken, aber sie fühlte, wie Enttäuschung in ihr aufstieg.

»Soso«, sagte der Oberst wieder. Nastja hatte das Gefühl, dass er ihr nur Fragen stellte, um die Rolle des Chefs zu spielen. Ihre Antworten interessierten ihn gar nicht, er dachte an etwas anderes.

»Denkst du daran, dass wir zum ersten Dezember einen Praktikanten von der Moskauer Polizeihochschule bekommen?«

»Ja, ich weiß.«

»Und warum unternimmst du nichts, wenn du es weißt? Es sind nur noch zehn Tage bis dahin. Worauf wartest du?«

»Ich werde gleich heute anrufen und einen Termin vereinbaren. Machen Sie sich keine Sorgen, Viktor Alexejewitsch.«

Nastja bemühte sich, ruhig und gelassen zu sprechen, aber am liebsten wäre sie Hals über Kopf davongestürzt, um sich heulend in ihrem Büro einzuschließen. Warum sprach Gordejew so mit ihr? Was hatte sie sich zuschulden kommen lassen? Man konnte ihr nicht vorwerfen, dass sie in all den Jahren, seit sie hier arbeitete, auch nur ein einziges Mal etwas vergessen hätte. Es gab vieles, das sie nicht konnte, sie beherrschte weder den Umgang mit Feuerwaffen noch den Zweikampf, sie wusste nicht, was man tun musste, um einen Verfolger zu entdecken und abzuschütteln, sie war schlecht im Laufen, aber sie hatte ein phänomenales Gedächtnis. Anastasija Kamenskaja vergaß nie etwas.

»Schieb es nicht auf die lange Bank«, fuhr Gordejew währenddessen fort. »Suche dir einen Praktikanten für dich selbst aus und ziehe ihn dann zur Mitarbeit am Fall Jeremina heran. Allem Anschein nach wird der Fall in zehn Tagen ja noch nicht aufgeklärt sein. Er soll dir helfen und gleichzeitig von dir lernen. Wenn sich herausstellt, dass du den Richtigen ausgesucht hast, übernehmen wir ihn als festen Mitarbeiter, da uns ohnehin Leute fehlen. Jetzt etwas anderes. Im Frühjahr war eine Delegation der italienischen Kripo bei uns. Im Dezember ist ein Gegenbesuch von unserer Seite vorgesehen. Du wirst auch zu dieser Delegation gehören.«

»Ich?«, fragte Nastja verwirrt. »Warum denn das?«

»Stell keine Fragen. Du fährst und basta. Ich habe dich zu diesem Aufenthalt im Sanatorium überredet, habe dir selbst die Einweisung besorgt und fühle mich zum Teil dafür verantwortlich, dass du dich nicht richtig erholen konntest. Darum fährst du jetzt nach Rom.«

»Und was ist mit der Jeremina?«, fragte Nastja begriffsstutzig.

»Was sollte damit sein? Wenn du den Fall nicht aufgeklärt hast, solange die Spuren noch heiß sind, spielen fünf, sechs Tage auch keine Rolle mehr. Du fliegst am 12. Dezember. Wenn du den Mörder bis dahin nicht gefunden hast, wirst du ihn ohnehin nie mehr finden. Im Übrigen wird das Leben hier auch ohne dich weitergehen. Wenn etwas zu tun sein wird, wird sich Tschernyschew darum kümmern. Außerdem werden wir den Praktikanten haben.«

Viktor Alexejewitsch nahm die Auswahl seiner Mitarbeiter sehr genau und bezog in diese Auswahl stets auch die Absolventen der Polizeihochschulen des Innenministeriums ein. Er hatte eine geheime Absprache mit dem Rektor für Studienangelegenheiten und übertrug Nastja jedes Jahr die Auswahl eines Praktikanten. Die Hochschulen luden regelmäßig Mitarbeiter der Miliz zu Lehrveranstaltungen ein, bei denen es vor allem um Kriminalistik, Strafprozessangelegenheiten und praktische Ermittlungsarbeit ging. Nastja hielt in zwei, drei Absolventengruppen Seminare oder praktische Übungsstunden ab, woraufhin Gordejew bei der Schulleitung anrief und den Namen des Absolventen nannte, den Nastja für das Praktikum ausgesucht hatte. Das geschah natürlich unter Umgehung aller geltenden Regeln, aber Knüppelchen konnte man nur selten etwas ausschlagen. Er war ein weithin bekannter Mann und hatte viele gute Freunde. Mit Hilfe des genannten Verfahrens war Mischa Dozenko, Gordejews jüngster Mitarbeiter, zur Moskauer Kripo gekommen, er war Nastja während einer Dienstreise nach Omsk an der dortigen Polizeihochschule aufgefallen. Gordejew selbst hatte vor etwa zehn Jahren auf diese Weise Igor Lesnikow, einen seiner besten Mitarbeiter, von der Moskauer Polizeihochschule in seine Abteilung geholt.

Nastja rief bei der Schulleitung an, und man stellte ihr einige Themen zur Wahl, zu denen in den nächsten Tagen Seminare und praktische Übungsstunden stattfinden sollten. Sie bat darum, für den Praxisunterricht über psychologische Interpretationen von Augenzeugenaussagen eingeteilt zu werden.

»Das passt sehr gut«, sagte man ihr in der Abteilung für Studienangelegenheiten. »Der zuständige Dozent ist gerade krank, so brauchen wir uns keine Gedanken um einen Ersatz zu machen.«

Nastja wusste genau, nach welchem Prinzip sie bei der Auswahl des Praktikanten vorgehen musste. Sie wollte den Studenten den bekannten Raven-Test vorlegen. Der Test bestand aus sechzig zu lösenden Aufgaben, von denen neunundfünfzig auf ein und demselben Prinzip aufgebaut waren und sich nur im Schwierigkeitsgrad voneinander unterschieden. Die ersten sechs Aufgaben waren denkbar einfach zu lösen, die letzten sechs erforderten höchste Konzentration, da die richtige Antwort die Fähigkeit voraussetzte, mehrere Kriterien gleichzeitig zu fixieren und im Auge zu behalten. Mit Hilfe der ersten neunundfünfzig Fragen wurde der Proband auf seine Fähigkeit zur Konzentration und schnellen Entscheidungsfindung überprüft. Es musste sich zeigen, ob er unter Zeitdruck in der Lage war, die Übersicht zu behalten, nicht in Panik zu geraten und die richtige Entscheidung zu treffen. Die letzte der sechzig Fragen war sehr tückisch, da sie, so einfach sie auch war, auf einem völlig anderen Prinzip basierte. Wenn der Proband auch diese Frage richtig beantworten konnte, dann bedeutete das, dass er die ihm gestellte Aufgabe mit Abstand betrachten konnte, dass er flexibel war und schnell umschalten konnte, um nach neuen Lösungsmöglichkeiten zu suchen, anstatt automatisch dem bereits Bekannten zu folgen und zu versuchen, das Schloss mit demselben Schlüssel zu öffnen wie vorher.

Nastja wühlte eine Weile in ihren Aufzeichnungen und Notizen, rief zwei Kollegen von der Verkehrspolizei an und erstellte schließlich die Aufgabe für ihren Unterricht an der Polizeihochschule.

* * *

»Wie steht es?«, fragte Olschanskij lächelnd, als Nastja sein Büro betrat.

»Schlecht, Konstantin Michajlowitsch. Wir müssen wieder ganz von vorn anfangen.«

Nastja nahm unaufgefordert Platz und richtete sich auf ein längeres Gespräch ein. Aber der Untersuchungsführer schien ihre Absicht nicht zu billigen. Er sah verstohlen auf seine Armbanduhr und seufzte.

»Warum müssen wir wieder von vorn anfangen? Können wir nicht da weitermachen, wo wir aufgehört haben?«

Nastja wich der Frage aus, da die Antwort sowohl für sie als auch für Olschanskij schwierig gewesen wäre.

»Wir müssen noch einmal Boris Kartaschow vernehmen, den Freund der Jeremina.«

Der Untersuchungsführer hob den Kopf und fixierte Nastja mit seinen kleinen Augen hinter den dicken Brillengläsern. Sein Blick wirkte stechend.

»Wozu? Hast du etwas herausgefunden, das dich veranlasst, ihn zu verdächtigen?«

Nastja hatte tatsächlich einiges herausgefunden, aber erstens gab ihr das mitnichten einen Anlass, Boris Kartaschow zu verdächtigen, und zweitens war sie sich nicht sicher, ob das, was sie herausgefunden hatte, überhaupt von Belang für die Sache war. Sie brauchte die zweite Vernehmung nur, um sich ihrer Annahmen zu vergewissern.

»Ich bitte Sie sehr, Kartaschow noch einmal zu vernehmen«, wiederholte Nastja starrsinnig. »Hier ist die Liste mit den Fragen, auf die ich unbedingt eine Antwort brauche.«

Nastja holte ein gefaltetes Blatt Papier aus ihrer Handtasche und reichte es dem Untersuchungsführer. Aber anstatt das Blatt entgegenzunehmen, holte dieser ein Formular aus der Schreibtischschublade.

»Ist gut, du kannst ihn vernehmen«, sagte er trocken, während er die Anweisung ausstellte.

»Ich dachte, das werden Sie selbst tun.«

»Wozu? Du bist es doch, die Fragen an Kartaschow hat, und nicht ich. Du kannst ihn so lange ausfragen, bis du alles erfährst, was du wissen willst. Wenn ich die Vernehmung mache, wirst du vielleicht wieder unzufrieden sein mit dem Ergebnis.«

»So habe ich das nicht gemeint, Konstantin Michajlowitsch«, sagte Nastja vorwurfsvoll. »Ich habe doch nicht gesagt, dass die erste Vernehmung nicht zufrieden stellend war. Es sind einfach nur neue Fragen aufgetaucht.«

»Welche?« Olschanskij hob abrupt den Kopf.

Nastja schwieg. Sie hatte es sich angewöhnt, ihrem Gefühl zu trauen, auch wenn es noch so diffus war, aber sie sprach nie über dieses Gefühl, solange es nicht durch Fakten belegt war. Bei Viktoria Jeremina handelte es sich keinesfalls um einen verwickelten Mordfall mit widersprüchlichen Informationen. Alles, was Nastja in Erfahrung bringen konnte, fügte sich logisch ineinander, es gab nur nicht den geringsten Anhaltspunkt dafür, wo das Mädchen sich vom 22. Oktober bis zum 1. November aufgehalten hatte, in der Zeit also, in der sie allem Anschein nach erwürgt wurde. Wenn sie sich tatsächlich in einem psychotischen Zustand befunden hatte, war alles möglich, sie konnte jedem x-beliebigen Fremden an jeden x-beliebigen Ort gefolgt sein, es war sinnlos, hier nach Logik zu suchen. Einen Menschen, der sich in normaler geistiger

Verfassung befand, suchte man in erster Linie bei seinen Verwandten oder Bekannten, es kam nur darauf an, den entsprechenden Personenkreis möglichst komplett zu erfassen. Aber die Handlungen eines Geisteskranken waren unberechenbar. Vika verlässt das Haus ohne Papiere und vielleicht ohne jedes Ziel vor Augen. Ihre Leiche wird nur ganz zufällig entdeckt, denn die Beeren- und Pilzsaison ist vorüber, und der November ist nicht die Zeit für Waldspaziergänge. Zum Glück kann die Ermordete wenigstens identifiziert werden, allerdings nur deshalb, weil eine Vermisstenanzeige vorliegt. Nein, der Mordfall Jeremina war keinesfalls verwickelt. Es lag nur erstaunlich wenig Information vor, und das war die ganze Crux.

Obwohl die Antwort aus dem Amt für Visa- und Aufenthaltsangelegenheiten noch nicht vorlag, nahm Nastja innerlich Abschied von der Version, auf die sie noch bis vor zwei Tagen gebaut hatte. Das, was sie herausgefunden hatte, deutete nicht darauf hin, dass Vika von irgendeinem ausländischen Liebhaber ermordet wurde. Hier handelte es sich um etwas ganz anderes …

»Also, welche neuen Fragen sind aufgetaucht?«, erkundigte Olschanskij sich mit leiser, nachdrücklicher Stimme, während er Nastja den Vernehmungsauftrag über den Tisch schob. »Ich warte immer noch auf deine Antwort.«

»Darf ich Ihre Frage nach der Vernehmung beantworten?«

»Du darfst. Aber denk daran, Kamenskaja, du hast nicht das Recht, mir Informationen vorzuenthalten, sogar dann nicht, wenn du der Meinung bist, dass diese Informationen unwichtig für mich sind. Wir arbeiten zum ersten Mal zusammen, darum warne ich dich vor. Mit mir kannst du nicht Verstecken spielen. Wenn ich dir dahinter komme, packe ich dich am Fell und schmeiße dich hier raus wie eine räudige Katze. Du wirst dann zum letzten Mal an einem Fall gearbeitet haben, der einem Untersuchungsführer der Staatsanwaltschaft obliegt. Dafür werde ich Sorge tragen. Bilde dir nicht ein, dass du die Klügste von allen bist und selbst entscheiden kannst, was in einem Mordfall wichtig ist und was nicht. Vergiss nicht, dass die prozessführende Person ich bin und nicht du. Deshalb wirst du nach meinen Regeln spielen müssen und nicht nach denen, die bei euch in der Petrowka üblich sind. Hast du mich verstanden?«

»Ja, Konstantin Michajlowitsch, ich habe Sie verstanden«, murmelte Nastja und verließ rasch das Büro des Untersuchungsführers. Jetzt weiß ich, warum ich ihn nie gemocht habe, dachte sie wütend. Was bildet der sich eigentlich ein, dieser unverschämte Kerl, dieser Flegel!

Nastja musste Kartaschow anrufen und ein Treffen mit ihm vereinbaren. Sie ging hinunter ins erste Stockwerk, wo einer ihrer ehemaligen Kommilitonen, der inzwischen die rechte Hand des Staatsanwaltes war, sein Büro hatte. Von dort aus wollte sie den Anruf machen, denn auf die öffentlichen Telefone war kein Verlass. Entweder waren sie defekt, oder man hatte die passenden Münzen nicht zur Hand.

* * *

Nastja verließ sich nie auf den ersten Eindruck, den ein Mensch auf sie machte. Aber Boris Kartaschow war ihr sofort sympathisch.

Als er ihr die Tür öffnete, ein fast zwei Meter langer Mann in Jeans, einem blauweiß karierten Flanellhemd und einem dunkelgrauen Kamelhaarpullover, wollte Nastja sich ein Lächeln verkneifen, aber es gelang ihr nicht, stattdessen brach sie in lautes Gelächter aus. Die Tränen liefen ihr übers Gesicht, und während sie sich vor Lachen ausschüttete, war sie froh darüber, dass sie sich heute die Augen nicht geschminkt hatte, sonst wären jetzt ganze Bäche schwarzer Tusche über ihre Wangen gelaufen.

»Was ist mit Ihnen los?«, fragte Kartaschow erschrocken. Nastja winkte ab, zog ihre Jacke aus und reichte sie Kartaschow, worauf dieser selbst in haltloses Gelächter ausbrach. Nastja trug die gleichen Jeans wie er, das gleiche blauweiß karierte Hemd, nur ihr Kamelhaarpullover war von einem etwas helleren Grau als der seine.

»Wir sind ja wie zwei Geklonte«, sagte Kartaschow, sich verschluckend vor Lachen. »Wer hätte gedacht, dass ich mich genauso kleide wie die Leute von der Kripo. Treten Sie ein, bitte.«

Während Nastja sich in der Wohnung des Künstlers umsah, fragte sie sich erstaunt, warum Gordejew ihn einen Bohemien genannt hatte. Sie konnte in Jereminas Freund nichts dergleichen erblicken, weder in seiner Kleidung noch in seinem Aussehen. Er hatte kurzes, dichtes Haar, das sich vorn allerdings bereits etwas zu lichten begann, einen gepflegten Oberlippenbart, eine große, etwas zu lange Nase und den Körperbau eines trainierten Sportlers. Weder an ihm selbst noch an seiner Wohnung konnte sie etwas bemerken, das auf Nachlässigkeit schließen ließ. Das Zimmer war mit bequemen, eher konservativen Möbelstücken eingerichtet, am Fenster stand ein Schreibtisch, auf dem zahlreiche Skizzen und Bilder lagen.

»Möchten Sie Kaffee?«

»Sehr gern«, sagte Nastja erfreut, die es nie länger als zwei Stunden ohne eine Tasse Kaffee aushielt.

Sie nahmen in der gemütlichen, sauberen Küche Platz, die ganz in beigefarbenen und hellbraunen Tönen gehalten war, was Nastja ebenfalls gefiel. Erfreut stellte sie fest, dass der Kaffee stark und wohlschmeckend war, der Gastgeber hantierte geschickt mit dem türkischen Cezve, und trotz seiner eindrucksvollen Statur bewegte er sich leicht und graziös.

»Erzählen Sie mir etwas über Vika«, bat Nastja.

»Was möchten Sie wissen? Wie sie krank geworden ist?«

»Nein, erzählen Sie mir von Anfang an. Warum ist sie im Waisenhaus gelandet?«

Die dreijährige Vika Jeremina kam ins Waisenhaus, als ihre Mutter, eine Alkoholikerin, zwangsweise zu einer Entziehungskur in eine Klinik eingewiesen wurde. In dieser Klinik starb Mutter Jeremina nach einigen Monaten. Sie hatte sich mit Spiritus betrunken, der von wer weiß woher in ihre Hände gelangt war. Die Mutter war nie verheiratet gewesen, es gab auch keine Verwandten, die Vika hätten aufnehmen können. Nach dem Tod ihrer Mutter blieb sie noch für einige Zeit in dem Kinderheim, in dem man sie vorübergehend aufgenommen hatte, dann kam sie ins Waisenhaus. Dort wuchs sie auf, besuchte eine Berufsschule und wurde Malermeisterin. Sie begann zu arbeiten und bekam einen Platz in einem Wohnheim. In der Arbeitszeit arbeitete sie, in der Freizeit schlug sie Kapital aus ihrer auffallenden, ungewöhnlichen Schönheit. So ging es ziemlich lange, bis sie vor etwa zweieinhalb Jahren auf ein Stellenangebot in der Zeitung stieß. Eine Firma suchte eine Sekretärin, die nicht älter als dreiundzwanzig Jahre sein durfte. Vika war zynisch genug, um zu begreifen, worum es sich hier handelte. Sie kaufte sich noch ein paar weitere Zeitungen, las aufmerksam die Stellenangebote durch und wählte diejenigen aus, in denen junge hübsche Mädchen angesprochen wurden. So kam sie schließlich zu der Firma, bei der sie bis zuletzt gearbeitet hatte.

»Wann haben Sie Vika kennen gelernt?«

»Schon vor langer Zeit, als sie noch Malermeisterin war. Sie malte die Nachbarwohnung aus. Zuerst kam sie in ihren Arbeitspausen ab und zu auf eine Tasse Tee bei mir vorbei, eines Tages schlug sie mir vor, etwas zu kochen. Sie behauptete, dass sie das sehr gut könne und dass sie furchtbar gern einmal für einen Mann kochen würde anstatt immer nur für ihre Freundinnen im Wohnheim. Ich hatte nichts dagegen, Vika gefiel mir, sie erschien mir sehr nett und offen. Zudem war sie eine außergewöhnliche Schönheit.«

»Boris ...« Nastja wurde verlegen. »Hatten Sie nichts gegen die Art von Arbeit, der Vika nachging?«

»Ich war nicht begeistert darüber, aber nicht aus Eifersucht, sondern aus rein menschlichen Gründen. Wenn eine junge Frau sich ihren Lebensunterhalt durch Prostitution verdient, weil sie nichts anderes kann, womit sie viel Geld verdienen würde, dann ist das in jeder Hinsicht sehr traurig. Aber das konnte ich Vika nicht sagen.«

»Warum nicht?«

»Welche Alternative hätte ich ihr anbieten können? Die Firma hat sofort eine Wohnung für sie gekauft und eingerichtet, zudem verdiente sie dort in einem Monat so viel wie ich in einem ganzen Jahr. Solange sie noch Malermeisterin war, habe ich ihr Geschenke gemacht und sie verwöhnt. Aber dann wurde alles anders, dann war sie es, die mir Geschenke machte. Zuerst hat mich das alles sehr verwirrt, aber dann habe ich nachgedacht und einiges verstanden ...«

»Was haben Sie verstanden?«

»Das Waisenhaus. Versuchen Sie, sich das vorzustellen, und Sie werden auch verstehen. Sie hatte nie das, was andere Kinder haben, die in einer Familie aufwachsen. Vika versuchte immer, diesen Mangel zu kompensieren, etwas nachzuholen. Sie hatte keine guten Erinnerungen an das Waisenhaus, Olga Kolobowa war die einzige Freundin aus dieser Zeit, zu der sie noch Kontakt hielt. Die Beziehungen zu allen Freundinnen aus dem Wohnheim hat sie ebenfalls abgebrochen. Sie wollte einen ganz eigenen, individuellen Freundeskreis haben, Menschen, die sie sich selbst ausgesucht hatte, anstatt mit denen befreundet zu sein, mit denen sie das Schicksal zufällig in einer Schulklasse, in einer Gruppe oder in einem Zimmer zusammengeführt hatte. Sie wollte selbst bestimmen, was sie tat und mit wem sie verkehrte. Ihre persönliche Wahl war nicht immer die beste, aber ich konnte ihr schließlich nichts vorschreiben. Für sie war es nur wichtig, dass sie ihre Freunde selbst auswählte, auch wenn sie sich gelegentlich mit zwielichtigen Typen einließ. Genauso war es mit den Geschenken für mich und mit ihrem Kocheifer. Sie wollte für jemanden sorgen, sie wünschte sich eine Familie. Alle diese Wünsche hat sie mit Macht auf mich übertragen, und mit der Zeit begann mir das sogar zu gefallen.«

»Wäre sie gern Ihre Frau geworden?«

»Vielleicht. Aber sie war klug genug, mich nicht darauf anzusprechen. Sie wusste, dass ihr Lebenswandel nicht vereinbar war mit einem Dasein als Ehefrau.«

»War es denn unbedingt notwendig, dass sie diesen Lebenswandel beibehielt?«

»Ich habe Ihnen schon gesagt, dass Vika viel Geld haben wollte. Sie war nicht habgierig, sie hat das Geld nicht gespart, ganz im Gegenteil, sie hat es mit vollen Händen ausgegeben. Mit ihrem hemmungslosen Verlangen nach Wohlstand kompensierte sie ebenfalls ihre armselige Kindheit im Waisenhaus. Sie musste wählen zwischen ihrem Verlangen nach Geld und ihrer Sehnsucht nach einer Familie.«

»Und Sie, Boris, hätten Sie sie gern geheiratet?«

»Nun, ich war schon zweimal verheiratet und bezahle Alimente für eine Tochter. Natürlich hätte ich gern eine neue Familie gegründet und Kinder gehabt. Aber nicht mit Vika. Sie hat zu viel getrunken, um ein gesundes Kind zur Welt zu bringen und eine gute Ehefrau und Mutter zu sein. Sie hat gern Ehefrau mit mir gespielt, aber länger als zwei, drei Tage hielt sie es in dieser Rolle nie aus. Dann verbrachte sie ihre Zeit wieder mit einem ihrer Kunden, mit ihren Freunden, oder Sie lag auf dem Sofa und träumte. Möchten Sie noch Kaffee?«

Boris füllte die Kaffeemühle erneut mit Kaffeebohnen und setzte die Erzählung von seiner unseligen, liederlichen Freundin fort.

Viele Jahre, wahrscheinlich ihr ganzes Leben lang, träumte sie immer wieder einen schrecklichen Traum. Manchmal mehrmals hintereinander, manchmal in Abständen von einigen Jahren. Aber immer wieder kehrte der Traum zurück. Ihr erschien eine blutige Hand. Den Mann, der zu dieser Hand gehörte, konnte sie nicht sehen, sie sah nur, wie er sie an einer weißen Wand abwischte und fünf blutrote Streifen hinterließ. Daraufhin erschien eine zweite Hand, wieder ohne die dazugehörende Person, und diese Hand zeichnete quer über die fünf roten Linien an der Wand einen Violinschlüssel. Vika hörte ein gemeines Kichern, das allmählich in ein bösartiges, höhnisches Gelächter überging. Von diesem Gelächter erwachte sie, schweißgebadet vor Angst.

Ende September erschien Vika bei Kartaschow und machte ihm noch auf der Türschwelle eine überraschende Mitteilung.

»Jemand hat meinen Traum heimlich mit angesehen und erzählt jetzt davon im Radio.«

Boris war verwirrt. Nun ist es so weit, dachte er, das Mädchen hat sich um den Verstand gesoffen. Wie sollte man in einem solchen Fall reagieren? Sollte er Vika zu erklären versuchen, dass es so etwas nicht gab, dass es sich hier um eine psychische Störung handelte, oder sollte er so tun, als würde er ihr glauben? Er wählte eine dritte Möglichkeit, die, wie ihm schien, äußerliche Zustimmung mit therapeutischer Wirkung verband. Nachdem eine Woche vergangen war und Vika immer noch von ihrer fixen Idee verfolgt wurde, machte er ihr einen Vorschlag.

»Lass uns versuchen, deinen Traum auf ein Blatt Papier zu malen. Wenn es eine Macht gibt, die dir deine Träume stiehlt, wird sie das erschrecken.«

Wider Erwarten war Vika einverstanden. Boris machte einige Skizzen, und unter Vikas Anleitung entstand schließlich ein ziemlich genaues Bild dessen, was sie im Traum sah. Doch es nutzte nichts. Vika verfiel immer mehr ihrer fixen Idee, aber sie wollte nicht einsehen, dass sie krank war, und lehnte es kategorisch ab, einen Psychiater aufzusuchen. Schließlich beschloss Kartaschow, selbst einen Arzt zu konsultieren. Der Psychiater bestätigte ihm, dass die geschilderten Symptome auf den Beginn einer akuten Psychose hindeuteten. Wenn ein Mensch das Gefühl hätte, andere würden in seine Gedanken eindringen und ihn per Radio beeinflussen, müsse man davon ausgehen, dass er an einem Verfolgungswahn litt. Mit Sicherheit könne man aber nichts sagen, eine Ferndiagnose sei nicht möglich. Wenn das Mädchen sich weigere, einen Psychiater aufzusuchen, gäbe es nur eine Möglichkeit: Kartaschow könne ihn, den Arzt, unter einem Vorwand zu sich nach Hause einladen, wenn Vika gerade bei ihm sei. Sie würden ein paar Stunden zusammensitzen und Tee trinken, und dabei könne der Arzt das Verhalten des Mädchens beobachten. Es wurde vereinbart, so ein Treffen sofort nach Kartaschows Rückkehr von der bevorstehenden Reise zu organisieren. Aber als Boris am 27. Oktober aus Orjol zurückkehrte, wo er für einen Verlag Skizzen für ein Buch angefertigt hatte, erfuhr er, dass Vika bereits seit drei Tagen verschwunden war.

»Wie es weiterging, wissen Sie selbst. Ich habe mich an die Miliz gewandt und Vikas sämtliche Freunde angerufen. Aber leider war alles umsonst.«

»Haben Sie nicht versucht, noch einen anderen Arzt zu konsultieren? Oder hat Ihnen diese eine Meinung genügt?«

»Ich habe selbst diesen einen nur mit Mühe gefunden. Ich kenne keine Ärzte, sie gehören nicht zu meinem Bekanntenkreis.«

»Und wie haben Sie diesen Psychiater ausfindig gemacht?«

»Über einen Bekannten und auch das nur ganz zufällig. Er hat einmal verlauten lassen, dass er viele Freunde in medizinischen Kreisen hat, und wenn ich einmal Probleme mit der Gesundheit haben sollte, würde er mir gern weiterhelfen. So habe ich mich an ihn gewandt, und er hat den Kontakt hergestellt.«

Nastja hörte, wie nebenan das Telefon läutete, aber Boris blieb sitzen, als würde er es nicht bemerken.

»Nehmen Sie nicht ab?«, fragte sie erstaunt.

»Ich habe einen Anrufbeantworter. Wenn nötig, werde ich später zurückrufen.«

Nastja war zu Kartaschow gegangen, um herauszufinden, ob die Erkrankung der Jeremina nicht vielleicht dessen eigene Erfindung war. Es kam ja durchaus vor, dass Menschen eine psychische Krankheit eingeredet wurde, weil jemand Nutzen daraus ziehen wollte. Vika war nie bei einem Arzt gewesen, alles, was über ihre Krankheit bekannt war, wusste man nur von Kartaschow. Zwar hatte auch Olga Kolobowa behauptet, dass Vika ihr von ihren gestohlenen Träumen erzählt hatte, aber sie konnte mit Boris unter einer Decke stecken. Vielleicht wollten die beiden Vika aus irgendeinem Grund loswerden und inszenierten deshalb dieses böse Spiel. Das Motiv war bisher nicht bekannt, aber man hatte sich mit dieser Version auch noch nicht beschäftigt. Vielleicht existierte wirklich so ein Motiv, vielleicht war es ganz nahe liegend, nur hatte bisher noch niemand danach gefragt.

Um diese Version zu überprüfen, musste man erst einmal herausfinden, ob es irgendwelche Widersprüche oder zumindest Ungereimtheiten in den Aussagen von Kartaschow, Olga Kolobowa und Maslennikow, dem Psychiater, gab. Nun war ein neuer potenzieller Zeuge hinzugekommen, Boris' Bekannter, der ihm den

Arzt empfohlen hatte. Boris musste ihm irgendeine Erklärung dafür abgegeben haben, wozu er einen Psychiater brauchte.

Außerdem war die leise Hoffnung auf eine weitere Version aufgetaucht.

»War Ihr Anrufbeantworter angestellt, während Sie verreist waren?«

»Natürlich. Ich bin freischaffender Künstler, ich muss immer mit Anrufen von Auftraggebern rechnen. Wäre ich nicht erreichbar, könnten mir wertvolle Aufträge entgehen.«

»Nach Ihrer Rückkehr von der Reise haben Sie also sämtliche Nachrichten abgehört, die innerhalb von zehn Tagen eingegangen waren?«

»Ja, natürlich.«

»Und es war keine Nachricht von Vika dabei?«

»Nein. Hätte sie vorgehabt, für längere Zeit zu verreisen, hätte sie mich benachrichtigt, dessen bin ich mir sicher. Ich habe Ihnen ja schon gesagt, wie wichtig es ihr war, dass es jemanden gab, der sich um sie sorgte, dem es nicht gleichgültig war, wo sie war und wie es ihr ging. In ihrer Kindheit hat ihr ja genau das gefehlt.«

»Und was ist aus der Kassette mit diesen Nachrichten geworden? Haben Sie sie gelöscht?«

Nastja war sich sicher, Boris würde bejahen, sie fragte nur pro forma.

»Sie liegt in meiner Schreibtischschublade. Ich hebe solche Kassetten immer auf, man weiß nie, wozu es gut ist.«

»Wozu könnte es gut sein?«

»Im vorigen Jahr zum Beispiel hat während meiner Abwesenheit ein Verlag bei mir angerufen und mir angeboten, die Illustrationen zu einer Anekdotensammlung zu machen. Ich habe nicht zurückgerufen, weil die Illustration von Anekdoten nicht zu meinem Profil gehört, zudem hatte ich zu dieser Zeit ohnehin mehrere Aufträge. Kurz darauf beklagte sich ein befreundeter Karikaturist bei mir über Auftragsmangel, und ich erinnerte mich an den Anruf des Verlags. Ich suchte und fand die Nachricht auf der Kassette, gab meinem Freund die Telefonnummer des Verlags, und alle waren zufrieden.«

»Die Kassette mit den Nachrichten, die während Ihrer Reise nach Orjol eingegangen sind, existiert also noch?«

»Ja.«

»Könnten wir sie nicht zusammen abhören?«, fragte Nastja.

Kartaschows Gesichtszüge spannten sich an. Oder erschien es Nastja nur so?

»Glauben Sie mir nicht? Es ist keine Nachricht von Vika dabei.«

»Ich bitte Sie trotzdem darum«, insistierte Nastja. Boris gefiel ihr plötzlich nicht mehr, und sie bereitete sich auf eine Attacke vor. »Ich würde mir die Kassette gern anhören.«

Sie gingen nach nebenan, und Boris holte die Kassette aus der Schublade. Nachdem er sie eingelegt und angestellt hatte, reichte er Nastja eine Zeichnung, die in einer Mappe auf dem Schreibtisch gelegen hatte.

»Hier. Das ist Vikas Traum, von dem ich Ihnen erzählt habe.«

Nastja betrachtete die Zeichnung und lauschte gleichzeitig den Stimmen auf der Kassette.

Boris, vergiss nicht, dass Lysakow am zweiten November vierzigsten Geburtstag hat. Wenn du ihm nicht gratulierst, wird er tödlich beleidigt sein ...

Guten Tag, Boris Grigorjewitsch, hier spricht Knjasjew. Bitte rufen Sie mich an, wenn Sie zurück sind. Wir müssen noch über den Entwurf für das Buchcover sprechen ...

Kartaschow, du Schweinehund! Was ist mit der Flasche Cognac, um die wir gewettet haben ...

Boris, bitte sei mir nicht böse. Ich gebe zu, dass ich im Unrecht war. Bitte entschuldige ...

»Wer ist das?«, fragte Nastja rasch und hielt die Kassette an.

»Olga Kolobowa«, entgegnete Kartaschow widerwillig.

»Hatten Sie Streit mit ihr?«

»Wie soll ich sagen? Das ist eine alte Geschichte, und manchmal gibt es einen Rückfall. Mit Vika hat das nichts zu tun. Es hängt mit Olgas Mann zusammen.«

»Ich muss es genau wissen«, sagte Nastja hartnäckig.

»Nun gut«, seufzte Boris. »Als Olga ihren zukünftigen Mann kennen lernte, habe ich ihr gleich gesagt, dass er ein Filou ist. Als Olga nach der Hochzeit feststellte, dass er sie tatsächlich betrog, hat sie sehr gelitten. Und ich habe mich ihr dummerweise mit guten Ratschlägen aufgedrängt, ich war der Meinung, dass sie ihn verlassen sollte, obwohl ich wusste, dass mich das alles nichts anging. Olga reagierte allerdings sehr empfindlich auf meine Ratschläge und hatte offenbar den Wunsch, mich zu beleidigen. Sie sagte zum Beispiel, so wie ich könne nur einer daherreden, der entweder schwul oder impotent sei, oder ich sei einfach nur neidisch, weil ihr Mann eine Frau und eine Familie hätte. Jedenfalls endeten solche Unterhaltungen zwischen uns immer mit Streit, aber danach versöhnten wir uns natürlich wieder.«

»Und wofür hat sie sich diesmal bei Ihnen entschuldigt?«

»Sie hatte gesagt, ihr Mann sei zwar ein Weiberheld, aber er würde wenigstens versuchen, das vor ihr zu verbergen, was immerhin noch besser sei als das, was Vika täte, die sich ganz unverhohlen herumtreibt und sich nicht dafür schämt.«

»So hat sie sich über eine enge Freundin geäußert?«, fragte Nastja erstaunt.

Kartaschow zuckte mit den Schultern.

»Frauen ... Wer kennt sich mit denen schon aus! Wollen wir weitermachen mit dem Band?«

Boris, ich bin's, Oleg. Wir und die andern wollen zu Silvester nach Woronowo fahren. Wenn du mitkommen willst, sag bis zum zehnten November Bescheid. Wir müssen die Unterkunft im Voraus buchen ...

Boris, ich habe bei dir in der Wohnung eine Streichholzschachtel vergessen, auf der eine wichtige Telefonnummer steht. Wenn du sie findest, wirf sie nicht weg ...

Boris, Lieber, du fehlst mir sehr. Ich umarme dich ...

»Und wer ist das?« Nastja stoppte erneut das Band.

»Eine Bekannte.« Kartaschow sah Nastja herausfordernd an. Er erwartete weitere Fragen und wollte ihnen vorbeugen.

»Sind Sie sich ganz sicher, dass das nicht Vika war?«

»Ja, ich bin mir sicher. Wenn Sie mir nicht glauben, spiele ich Ihnen ein anderes Band vor, auf dem Sie Vikas Stimme hören können.«

Anrufe von Auftraggebern, von Freunden, von Frauen, von Kartaschows Eltern ... Und plötzlich entstand eine Pause.

»Was ist das?« Nastja drückte blitzschnell auf die Stopp-Taste.

»Ich weiß nicht«, erwiderte Kartaschow verwirrt. »Ich habe nicht darauf geachtet, als ich das Band abgehört habe.«

»Von wem stammt die Nachricht, die vor der Pause auf dem Band ist?«

Nastja begannen die Hände vor Anspannung zu zittern. Sie war sich sicher, dass sie jetzt ein Fädchen gefunden hatte.

»Von Solodownikow, einem meiner ehemaligen Kommilitonen.«

»Und der Anruf danach?«

Boris stellte das Band wieder an und hörte sich die Nachricht bis zum Ende an.

»Das ist Tatjana, meine Cousine.«

»Sie müssen unbedingt beide anrufen und fragen, wann genau sie bei Ihnen angerufen haben. An welchem Tag und zu welcher Uhrzeit. Bitte tun Sie das jetzt gleich.«

Kartaschow griff gehorsam zum Hörer, und Nastja vertiefte sich erneut in die Zeichnung, die Vikas Traum darstellte.

»Die Auskünfte sind sehr ungenau«, sagte Kartaschow, nachdem er die Telefonate beendet hatte. »Die Anrufe liegen ja schon einen Monat zurück, und beide erinnern sich nur noch vage. Solodownikow sagt, er hätte irgendwann am Wochenende angerufen, am 21. oder 22. Oktober, genau weiß er es nicht mehr, aber später könne es nicht gewesen sein, da er am 22. Oktober nach St. Petersburg gefahren ist. Deshalb hat er mich auch angerufen, er wollte mich nach der Telefonnummer eines gemeinsamen Bekannten fragen, der in St. Petersburg lebt. Und meine Cousine hat angerufen, nachdem sie meine erste Frau zufällig im Fernsehen gesehen hatte. Es handelte sich um eine Befragung von Passanten auf der

Straße. Aber meine Cousine erinnert sich überhaupt nicht mehr, wann das war, sie weiß nur noch, dass sie sofort danach zum Telefon gestürzt ist, um mir zu sagen, dass Katja wieder in Moskau ist.«

»Ist es so wichtig für Sie, das zu wissen?«

»Wissen Sie, Katja ist ein sehr schwieriger Mensch, hohl und streitsüchtig. Sie gibt mir die Schuld an allen ihren Miseren, sie kann mir nicht verzeihen, dass ich mich von ihr habe scheiden lassen, und ich muss immer darauf gefasst sein, dass sie sich irgendeine Gemeinheit einfallen lässt. Als sie das letzte Mal in Moskau war, hat sie einen ganzen Tag und eine ganze Nacht auf der Treppe über meiner Wohnung gesessen und darauf gewartet, dass eine Frau meine Wohnung verlässt. Und als es endlich so weit war, hat sie die Gelegenheit genutzt, mich bei der Frau schlecht zu machen.«

»Und diese Frau war nicht zufällig Vika?«

»Nein, diese Frau war nicht Vika«, sagte Boris nachdrücklich und sah Nastja dabei fest in die Augen. »Mehr möchte ich dazu nicht sagen, denn das geht Sie nichts an.«

»Erinnert sich Ihre Cousine, wie die Sendung hieß, in der sie Ihre geschiedene Frau gesehen hat?«

»Die Sendung lief im vierten Programm und hieß ›Freie Fahrt‹.«

Nastja überlegte. Sie musste die Kassette sicherstellen, das war klar. Die Pause konnte nur aus zwei Gründen entstanden sein: Entweder hatte jemand nach dem Signalton einfach geschwiegen, oder die Nachricht wurde gelöscht. Wenn Letzteres der Fall war, geriet Boris Kartaschow in den Verdacht, dass er entweder eine Nachricht der Jeremina gelöscht hatte oder eine, die etwas mit ihrer Ermordung zu tun hatte. Knüppelchen war der Meinung, dass hinter Vikas Ermordung möglicherweise die Mafia stand, und da diese bekanntlich mit den besten Anwälten zusammenarbeitete, wäre es ein grober Fehler gewesen, die Kassette einfach so an sich zu nehmen. Wie hätte man hinterher beweisen können, dass die fragliche Nachricht nicht von der Miliz selbst gelöscht wurde, mit der Absicht, Kartaschow zu kompromittieren? Nastja musste sich genau an die Vorschriften halten, sie brauchte eine offizielle Erlaubnis zur Beschlagnahmung der Kassette. Doch wie sollte sie das anstellen? Wenn Boris die Wahrheit sagte, was Nastja allerdings stark bezweifelte, konnte sie morgen früh mit der Anweisung zur Beschlagnahmung und mit einem Zeugen wiederkommen. Aber was, wenn Kartaschow wirklich in den Mord verwickelt und die Pause auf dem Band ein wichtiges Indiz dafür war? Was würde dann bis morgen mit diesem Band geschehen? Nein, es war unmöglich, die Sache auf morgen zu verschieben, sie musste das Band heute an sich nehmen. Aber wie sollte sie das anstellen? Wenn die Nachricht wirklich gelöscht wurde, musste auf dem Band jener akustische Hintergrund fehlen, der zwangsläufig entstand, wenn ein Anrufer aus irgendeinem Grund nach dem Signalton einfach nur schwieg. Nur die Gutachter konnten feststellen, welcher Art die unerklärliche Pause auf dem Band war. Was also tun?

Nastja warf einen Blick auf ihre Armbanduhr. Es war halb zwei. In ihr blitzte die verrückte Hoffnung auf, Andrej Tschernyschew könnte mitten am Tag kurz nach Hause gefahren sein, um seinen Hund zu füttern.

Nastja hatte Glück. Andrejs siebenjähriges Söhnchen teilte ihr gewissenhaft mit, dass sein Vater versprochen hatte, gegen ein Uhr kurz nach Hause zu kommen, um Kyrill zu füttern und auszuführen. Da es längst nach eins war, müsse er jeden Augenblick auftauchen, andernfalls hätte er bestimmt angerufen und gesagt, was der Hund heute zu fressen bekommen sollte. Nastja hinterließ dem Knirps Kartaschows Telefonnummer und bat ihn, dem Vater auszurichten, er möge sofort zurückrufen, sobald er nach Hause käme.

»Erzählen Sie mir von Ihrem Bekannten, über den Sie den Psychiater gefunden haben«, sagte Nastja.

»Ich kenne ihn nur flüchtig. Ich habe ihn bei Freunden getroffen. Er hat mir erzählt, dass er in der Geschäftsführung eines Verlages arbeitet, obwohl er einst Medizin studiert hat. Er sagte, er würde viele Ärzte kennen, und wenn ich einmal Probleme mit der Gesundheit haben sollte, würde er mir gern helfen. Er gab mir seine Visitenkarte. Das war alles.«

»Ich brauche seine Adresse. Haben Sie die Visitenkarte noch?«

Während Boris sein Notizbuch nach eingelegten Zetteln durchsuchte, warf Nastja erneut einen Blick auf die Zeichnung mit den blutroten Linien.

»Sagen Sie, Boris, warum ist der Violinschlüssel auf der Zeichnung hellgrün?«

»So hat Vika es geträumt. Ich habe mich selbst gewundert, aber sie sagte, der Violinschlüssel sei in ihrem Traum immer hellgrün und nie anders. Hier!« Kartaschow reichte Nastja die Visitenkarte von Valentin Petrowitsch Kosarj mit dessen privater und dienstlicher Telefonnummer.

DRITTES KAPITEL

Nastja sah sich aufmerksam im Auditorium um. Die fünfzehn Studenten der Moskauer Polizeihochschule, alle in Uniform, glatt rasiert und mit kurz geschnittenem Haar, sahen für sie vollkommen gleich aus. Gestern hatte sie praktische Übungsstunden in der Parallelgruppe abgehalten und niemanden entdeckt, dessen Intellekt dem Niveau der »sechzigsten Aufgabe« entsprach.

Die ersten zehn Minuten widmete sie der Rekapitulation des Unterrichtsstoffes, dann zeichnete sie das Schema eines Verkehrsunfalls an die Tafel.

»Schreiben Sie auf: Die Aussagen des Fahrers ... die Aussagen der Zeugen A, B, C, D ... Versuchen Sie zu erklären, warum die Zeugenaussagen voneinander abweichen, und stellen Sie fest, welche Aussagen der Wahrheit am nächsten kommen. Sie haben Zeit bis zur Pause. Nach der Pause werden wir die Antworten auswerten.«

Als es zur Pause läutete, ging Nastja hinaus ins Treppenhaus, wo man rauchen durfte. Einige Studenten aus der Gruppe traten zu ihr heran.

»Arbeiten Sie in der Petrowka?«, fragte ein junger Mann, der um einen Kopf kleiner war als sie.

»Ja.«

»Und wo haben Sie studiert?«

»An der Universität.«

»Und welchen Rang haben Sie bei der Miliz?«, fragte der Winzling weiter.

»Ich bin Majorin.«

Für einen Moment trat Schweigen ein, dann mischte sich ein anderer Student in das Gespräch ein. Er war groß gewachsen, hellhaarig und hatte eine kaum merkliche Schramme über der Augenbraue.

»Kleiden Sie sich absichtlich so, damit niemand etwas merkt?«

Die Frage brachte Nastja in Verlegenheit. Sie wusste, dass sie normalerweise sehr viel jünger wirkte als dreiunddreißig. Heute trug sie statt der gewohnten Jeans zwar einen strengen engen Rock, einen weißen Pulli und eine Lederjacke, aber sie sah trotzdem aus wie ein Mädchen: ein glattes, ungeschminktes Gesicht, langes helles Haar, das im Nacken zusammengebunden war. Sie tat niemals etwas dafür, um jünger auszusehen, als sie war, sie kleidete sich einfach nur so bequem wie möglich. Sie war viel zu faul, um sich zu schminken, und in Anbetracht dessen, dass sie normalerweise nur in Jeans und Turnschuhen herumlief, wäre es lächerlich gewesen, das lange Haar zu einer komplizierten Frisur aufzustecken. Eine andere, »solide« Garderobe lehnte Nastja kategorisch ab. Erstens schwollen gegen Abend stets ihre Beine an, da sie sich in der Regel wenig bewegte und viel Kaffee trank. Zweitens hatte sie Kreislaufprobleme, weshalb sie ständig fror. Die Kombination von Jeans, Wollhemd und Pullover war warm und bequem, und das schätzte Nastja über alles. Aber es wäre lächerlich gewesen, das alles dem Studenten zu erzählen.

»Was sollte man denn nicht merken?«, fragte sie ausweichend.

»Dass ... dass ...« Der junge Mann verstummte für einen Moment und begann zu lachen. »Tut mir Leid, ich bin ein Idiot«, sagte er.

Gut gemacht, dachte Nastja. Der hat Köpfchen. Es wäre tatsächlich reichlich dumm, wenn ich mich um ein Äußeres bemühen würde, das jedem sofort meinen Beruf verrät. Eine Kripobeamtin sollte sich viel eher darum bemühen, einem Chamäleon zu gleichen. Wenn ich in der Gruppe keinen besseren Kandidaten entdecke, werde ich die Praktikantenstelle diesem jungen Mann anbieten. Er ist wenigstens in der Lage, sich rechtzeitig zu besinnen und einen Fehler einzugestehen, und das ist schon eine ganze Menge.

Als Nastja nach der Pause in den Vorlesungsraum zurückkehrte, spürte sie, wie ihr Herz klopfte. Sie war nervös, wie jedes Jahr, wenn sie einen Praktikanten aussuchte. Immer hoffte sie, die Nadel im Heuhaufen zu finden, und immer fürchtete sie, diese zu übersehen. Sie warf einen Blick auf die Namensliste und begann mit ihren Fragen. Die Antworten der Studenten waren in der Regel nicht falsch, aber sie gingen nicht über das Übliche hinaus, meistens blieben sie oberflächlich und im Rahmen dessen, was Nastja zu Beginn des Unterrichts selbst vorgegeben hatte. Sie hatten sich nicht auf den Unterricht vorbereitet und nur mit halbem Ohr hingehört. Man könnte meinen, sie müssten hier eine Strafe absitzen, dachte Nastja voller Bedauern, während sie sich die langweiligen, teilnahmslosen Antworten anhörte. Dabei hat sie niemand zu diesem Studium gezwungen, sie haben sich selbst dafür entschieden.

Sie haben die Aufnahmeprüfung gemacht, zahllose Trainingsstunden abgeleistet, Examina abgelegt. Und jetzt scheint sie das alles nicht mehr zu interessieren. So sieht er also aus, der Nachwuchs der Moskauer Miliz, den man in einem halben Jahr auf die Menschheit loslassen wird …

»Mestscherinow, wie ist Ihre Antwort?«

Bis zum Ende des Unterrichts blieben acht Minuten. Nastja war zu dem Schluss gekommen, dass sie einen Besseren als den selbstkritischen blonden Studenten mit der Schramme über der Augenbraue sowieso nicht finden würde. Sollte er jetzt wenigstens einen halbwegs sinnvollen Satz von sich geben, würde sie bei ihrer Auswahl bleiben.

»Die Psychologie tut hier wahrscheinlich nichts zur Sache«, sagte Mestscherinow. »Vermutlich weichen die Aussagen voneinander ab, weil die Zeugen bestochen sind und das sagen, was man ihnen eingebläut hat.«

Nastja schoss das Blut ins Gesicht. Hatte sie tatsächlich die Nadel im Heuhaufen gefunden, den einen, der über den Rahmen des Vorgegebenen hinausdachte und die Lösung auf einer ganz anderen Ebene suchte? Ein echter Glücksfall!

»Und was steckt nach Ihrer Meinung hinter den falschen Aussagen?«, fragte Nastja und versuchte dabei, die freudige Erregung in ihrer Stimme zu verbergen.

»Vielleicht will man die Miliz verwirren und die Ermittlungen in die Länge ziehen. Der Fahrer des Wagens ist vielleicht jemandem im Weg, und man will ihn mit allen Mitteln an seiner Bewegungsfreiheit hindern. Das Opfer ist bei dem Verkehrsunfall ums Leben gekommen, insofern darf der Beschuldigte seinen Aufenthaltsort sicher nicht ohne behördliche Genehmigung verlassen. In Anbetracht so widersprüchlicher Zeugenaussagen werden die Ermittlungen sich sehr lange hinziehen, und das stellt sicher, dass der Beschuldigte in dieser Zeit die Stadt nicht verlassen wird, erst recht nicht das Land.«

Ausgezeichnet!, dachte Nastja. Du hast nicht nur die sechzigste Aufgabe gelöst, du bist ein Mensch mit Phantasie. Du denkst weit genug, um einen simplen Verkehrsunfall mit der Möglichkeit eines Verbrechens zu verknüpfen. Wirklich gut gemacht.

»Danke, Mestscherinow, Sie können sich wieder setzen. Der Unterricht ist zu Ende. Uns bleiben noch zwei Minuten, und ich möchte Ihnen zum Abschied noch ein paar Worte sagen. Ich habe den Eindruck, dass der Wissensstand in Ihrer Gruppe ziemlich niedrig ist. Bis zum Abschluss des Studiums bleiben Ihnen sechs Monate. Einen davon werden Sie im Praktikum verbringen, einen zweiten werden Sie brauchen, um Ihre Diplomarbeit zu schreiben. In der kurzen Zeit, die noch für das Studium bleibt, wird man Ihr Wissensdefizit kaum noch ausgleichen können. Ich bin mir sicher, dass Sie sich entsprechend auf das Staatsexamen vorbereiten werden, Sie werden alles gut auswendig lernen und bestehen. Aber die geistige Trägheit ist ein schweres Gebrechen. Und die meisten von Ihnen leiden an diesem Gebrechen. Vielleicht wollen nicht alle von Ihnen gute Ermittler oder Untersuchungsführer werden, vielleicht gibt es solche, denen es nur darum geht, das Diplom zu bekommen und Leutnant zu werden. Für die gelten meine Worte nicht. Aber diejenigen, die bei der Miliz arbeiten wollen, müssen wissen, dass sie scheitern werden, dass man Verbrechen nicht aufdecken kann, wenn man zu faul zum Denken ist. Ich wünsche Ihnen alles Gute.«

Auf dem Korridor holte Nastja Mestscherinow ein, der auf dem Weg in die Mensa war, und berührte ihn leicht am Ellenbogen.

»Warten Sie einen Moment, Mestscherinow. Wissen Sie schon, wo Sie Ihr Praktikum machen werden?«

»Ja. Im nördlichen Bezirk, in Timirjasewsk. Warum fragen Sie?«

»Würden Sie Ihr Praktikum vielleicht auch bei der Moskauer Kripo machen, in der Abteilung zur Bekämpfung schwerer Gewaltverbrechen?«

Mestscherinow hielt inne, runzelte die Stirn und sah Nastja mit leicht zusammengekniffenen Augen an.

»Wenn das möglich wäre ... Aber man hat uns die Praktikumsstellen bereits zugeteilt.«

»Dieses Problem kann ich lösen. Ich brauche nur Ihr Einverständnis.«

»Ich bin einverstanden. Aber wie kommen Sie ausgerechnet auf mich?«

Der junge Mann brachte Nastja zum zweiten Mal in Verlegenheit. Mit dir ist es gar nicht so einfach, mein Freund, dachte sie. Jeder andere an deiner Stelle wäre außer sich vor Freude und würde keine Sekunde zögern. Aber du überlegst, spekulierst und stellst Fragen. Wahrscheinlich hast du wirklich das Zeug zu einem guten Kripobeamten. Ich habe Glück mit dir.

»Bei uns herrscht, wie überall, Personalmangel«, erwiderte sie. »Deshalb sind wir froh über jede Unterstützung. Und je gescheiter ein Praktikant ist, desto besser, selbst dann, wenn er nur einen Monat bleibt.«

»Sie halten mich also für gescheit?«, lachte Mestscherinow. »Das freut mich. Denn schließlich haben Sie uns alle in einen Topf geworfen und zu Dummköpfen erklärt.«

Anastasija Kamenskaja, die Majorin der Miliz, fühlte sich plötzlich beschämt.

* * *

Nastja vernahm Andrej Tschernyschews Stimme in der Leitung.

»Habe ich dich geweckt?«

Sie knipste das Licht an und sah auf die Uhr. Es war fünf vor sieben. In fünf Minuten würde der Wecker klingeln.

»Ja, natürlich, du Sadist«, murmelte sie, »du hast mir fünf Minuten meines kostbaren Schlafs geraubt.«

»Ich verstehe nicht, wie du lebst, Nastja. Ich bin schon vor einer Stunde aufgestanden, habe einen Spaziergang mit Kyrill gemacht und meine Morgengymnastik absolviert. Jetzt fühle ich mich frisch und munter, und du liegst immer noch im Bett. Hast du wirklich noch geschlafen?«

»Natürlich habe ich noch geschlafen.«

»Dann entschuldige. Bist du jetzt wach? Kannst du zuhören?«

»Schieß los.«

Nastja machte es sich so bequem wie möglich in ihrem Bett und stellte sich das Telefon auf die Brust.

»Also, erstens: Die Sendung ›Freie Fahrt‹ ist am 22. Oktober von 21.15 bis 21.45 Uhr gelaufen. Zweitens: Viktoria Jereminas Mutter war wirklich Alkoholikerin, aber das Kind wurde nicht ins Kinderheim gesteckt, weil die Mutter wegen einer Entziehungskur abwesend war, sondern weil sie wegen vorsätzlichen Totschlags zu einer Haftstrafe nach Paragraph 103 verurteilt wurde. Bei Gericht wurde ihr allerdings gleichzeitig eine Entziehungskur verordnet. Sie ist wirklich an einer Vergiftung durch Spiritus gestorben, allerdings nicht in der Klinik, sondern im Lager, wo sie ihre Haftstrafe unter verschärfter Anstaltsordnung absolvierte.«

»Warum verschärfte Anstaltsordnung? War das nicht ihre erste Haftstrafe?«

»Nein, bereits die zweite. Vika wurde übrigens während der ersten Haftzeit geboren. In dem Waisenhaus hat inzwischen fast das gesamte Personal gewechselt, aber eine Erzieherin aus der damaligen Zeit ist noch dort. Sie hat bestätigt, dass man Vika nicht die Wahrheit gesagt hat, um sie nicht zu traumatisieren. Es reichte, wenn sie wusste, dass ihre Mutter Alkoholikerin war. Und jetzt kommt das Dritte und Schlechteste. Bist du bereit?«

»Ich bin bereit.«

»Valentin Petrowitsch Kosarj, der über so gute Beziehungen zu Medizinern verfügte, ist ums Leben gekommen.«

»Wann?«

»Wappne dich, meine Liebe, es scheint, wir sind da auf ein Wespennest gestoßen. Kosarj wurde überfahren. Es gibt aber keine Zeugen, niemand weiß, wie es passiert ist. Die Leiche lag einfach am Straßenrand, ein Autofahrer hat sie zufällig entdeckt. Der Fall wird von der Dienststelle im südwestlichen Bezirk bearbeitet. Mehr weiß ich bis jetzt nicht, aber ich will nachher mal bei den Kollegen dort vorbeischauen.«

»Warte, Andrjuscha, warte.« Nastja runzelte angestrengt die Stirn und presste ihre freie Hand an die Schläfe. »Ich habe nur Brei im Kopf und verstehe kein einziges Wort. Wann ist das passiert mit Kosarj?«

»Am fünfundzwanzigsten Oktober.«

»Ich muss nachdenken. Fahr du zu den Kollegen, ich selbst gehe ins Büro und werde Knüppelchen Bericht erstatten, danach fahre ich zu Olschanskij. Wir beide treffen uns dann gegen zwei Uhr. Passt dir das?«

»Wo treffen wir uns?«

»Ich nehme an, du wirst mittags Kyrill füttern wollen.«

»Ja, im Grunde schon ...«

»Dann hole mich bitte um halb zwei an der Metrostation Tschechowskaja ab, wir fahren zu dir nach Hause, du fütterst deinen Hund, und dann gehen wir ein bisschen spazieren. Weißt du, ich habe das Gefühl, dass wir uns im Kreis drehen, wir stoßen sinnlos Türen auf und wissen selbst nicht, was wir finden wollen. Es wird Zeit, dass wir uns zusammensetzen und nachdenken. Stimmst du mir zu?«

»Du weißt es besser. Schließlich sagt man nicht mir ein Computergehirn nach, sondern dir. Ich bin ja nur so etwas wie dein Laufbursche.«

»Was redest du da?«, fragte Nastja erschrocken. »Bist du sauer auf mich? Andrej, Lieber, wenn ich etwas Falsches gesagt habe ...«

»Aber nicht doch, Nastja, bei dir muss man ja wirklich genau aufpassen, was man sagt. Du bist schon aufgewacht, aber dein Humor schläft noch. Um halb zwei an der Metrostation Tschechowskaja. Tschüs.«

Nastja stellte das Telefon wieder an seinen Platz und trottete mit schweren Beinen zum Badezimmer. Sie fühlte sich miserabel. Die vagen Vermutungen, die sie seit kurzem heimsuchten, wurden immer schwerwiegender, und sie hatte keine Ahnung, was sie damit machen sollte.

* * *

Mit jedem Tag wurde Viktor Alexejewitsch Gordejews Stimmung düsterer. Seine Bewegungen wurden immer langsamer, sein rundes Gesicht immer spitzer und grauer, die Stimme immer stumpfer. Im Gespräch antwortete er immer häufiger mit einem zerstreuten »Soso«, was bedeutete, dass er wieder nicht zuhörte, sondern an etwas anderes dachte.

Während der morgendlichen Einsatzbesprechung musterte er die Gesichter seiner Untergebenen und stellte sich immerzu dieselbe Frage: Wer von ihnen ist es?

Er hatte einen Verdacht, aber es fiel ihm schwer, daran zu glauben. Und wenn es nicht der war, den er verdächtigte, dann war es ein anderer, und das machte die Sache auch nicht leichter. Er schätzte alle seine Mitarbeiter, deshalb machte es keinen Unterschied, wer der Verräter war, der Schmerz war in jedem Fall derselbe. Innerlich war er hin und her gerissen zwischen widersprüchlichen Wünschen. Einerseits hätte er die Kamenskaja gern in seinen Verdacht eingeweiht, andererseits war er sich sicher, dass er sie nicht in die Sache hineinziehen durfte. Nastja war natürlich sehr klug, sie hatte eine ausgezeichnete Beobachtungsgabe, ein sehr gutes Gedächtnis und einen scharfen Intellekt, mit ihrer Hilfe wäre vieles einfacher gewesen, aber Viktor Alexejewitsch wusste, was er ihr aufbürden würde, wenn er sie in seinen Verdacht einweihte. Sie würde weiterhin mit dieser Person zusammenarbeiten müssen, täglich mit ihr sprechen, über dienstliche und außerdienstliche Angelegenheiten. Außerdem war es möglich, dass sie sich verriet, und dann würde derjenige gewarnt sein, der sich jetzt noch in Sicherheit wähnte.

Während der Besprechung stellte er Nastja keine Fragen zu ihren Ermittlungen im Mordfall Jeremina. Sie verstand es richtig, kehrte in ihr Büro zurück und wartete geduldig darauf, dass der Chef sie zu sich rief. In der Tat vergingen keine zehn Minuten, bis das interne Telefon läutete und Gordejew sie in sein Büro bat.

»Viktor Alexejewitsch, ich bin der Meinung, dass Mischa Dozenko mit diesem Mann sprechen sollte.« Nastja reichte Gordejew ein Blatt Papier, auf dem Solodownikows Adresse stand, darunter die Fragen, die einer Klärung bedurften. Mischa Dozenko verstand es meisterhaft, das Gedächtnis der Menschen zu aktivieren, er setzte in ihnen Assoziationen in Gang, mit deren Hilfe der Befragte sich oft minutiös an die Details weit zurückliegender Ereignisse erinnerte. Nastja hoffte sehr darauf, dass es Mischa gelingen würde herauszufinden, wann genau Solodownikow seinen ehemaligen Kommilitonen Boris Kartaschow angerufen hatte. Mit Hilfe dieser Information würde sich der Zeitraum einkreisen lassen, in den der von der Kassette verschwundene Anruf bei Kartaschow fiel.

»In Ordnung. Was noch?«

»Wir müssen noch einmal den Psychiater befragen, den Kartaschow konsultiert hat. Das kann nur ich selbst tun.«

»Warum?«

»Weil ich mit Kartaschow gesprochen habe und mich genau an alle Einzelheiten des Gesprächs erinnere. Deshalb kann nur ich die Widersprüche in den Aussagen der beiden feststellen. Jedenfalls weicht das, was Kartaschow gesagt hat, ziemlich stark von dem ab, was Dr. Maslennikow in seinem Gesprächsprotokoll festgehalten hat.«

»Verdächtigst du diesen Künstler also ernsthaft?«

»Ja, sehr ernsthaft. Außerdem ist diese Version des Falles nicht unwahrscheinlicher als die anderen. Die Überprüfung der ersten beiden Versionen hat drei Wochen gedauert, es war eine sehr aufwendige Arbeit. Nach den Angaben des Amtes für Visa- und Aufenthaltsangelegenheiten war Ende Oktober niemand von Vikas ausländischen Klienten in Moskau, mit Ausnahme dieses Holländers, aber der hat ein Alibi. Was ein Mensch im Zustand einer akuten Psychose tut, lässt sich sowieso nicht im Einzelnen nachvollziehen. Alles, was in unserer Macht stand, haben wir getan. Jetzt können wir nur noch auf irgendeine zufällige Information warten, aber das kann bis zur Rente dauern. Und die Geschichte mit Jereminas Krankheit erscheint mir ohnehin verdächtig. Viktor Alexejewitsch, ich habe Grund zu der Annahme, dass diese Frau in Wirklichkeit gar nicht krank war und die Geschichte vom gestohlenen Traum ein Schauermärchen ist.«

»Und das Motiv? Was ist nach deiner Meinung das Motiv, wenn Kartaschow in die Sache verwickelt ist?«

»Genau das möchte ich herausfinden. Aber alles dauert länger als sonst, weil Tschernyschew und ich allein sind.«

»Mir scheint, du kommst im Grunde überhaupt nicht voran«, brummte Knüppelchen. »Du überprüfst wahllos dies und jenes und kommst zu keinerlei Ergebnis. Hast du Kontakt mit der für Jereminas Wohnort zuständigen Dienststelle?«

»Nun ja … eigentlich …«, stammelte Nastja.

Ursprünglich hatte in dieser Dienststelle Hauptmann Morozow die Fahndung nach der verschwundenen Jeremina geleitet, deshalb hatte man ihn auch in das Ermittlerteam der Petrowka aufgenommen. In den ersten Tagen hatte Nastja versucht, ihn in die Arbeit einzubeziehen, aber Morozow hatte ihr ziemlich unumwunden erklärt, dass er außer diesem Mord im Moment noch achtzehn Fälle von Einbruch zu bearbeiten hätte, zwei Dutzend Autodiebstähle, mehrere Raubüberfälle und außerdem noch einige unaufgeklärte Morde. Alles das müsse er allein tun, von der Petrowka sei keinerlei Unterstützung zu erwarten. Im Übrigen sei er, Morozow, nur für die Mordfälle in seinem Bezirk zuständig, und von diesem Mord wisse niemand, wo er begangen wurde, allem Anschein nach außerhalb der Stadt. Nastjas Bitten kam er nur sehr ungern und schleppend nach und tat alles, um sich der Zusammenarbeit zu entziehen. Nach drei, vier Tagen hatte Nastja es aufgegeben und machte die ganze Arbeit allein mit Tschernyschew.

Aber der Kamenskaja lag es nicht, sich zu beschweren und zu jammern, deshalb beantwortete sie die Frage ihres Chefs mit einem undeutlichen Murmeln.

»Alles klar«, erwiderte Knüppelchen kurz, er hatte sofort verstanden. »Ich werde bei Morozow anrufen und Erziehungsarbeit leisten. Spanne ihn ruhig ein, du brauchst ihn nicht zu schonen. Man könnte meinen, er hätte mehr zu tun als Tschernyschew. Übermorgen kommt der Praktikant und wird dir helfen. Außerdem kannst du immer auf unsere eigenen Jungs zurückgreifen, geniere dich nicht. Nur tu das unbedingt immer über mich, hast du verstanden? Als Chef werde ich ihnen Anweisungen erteilen und basta. Ich muss ihnen nichts erklären. Aber du wirst um Antworten nicht herumkommen, wenn sie dir Fragen stellen, nicht wahr?«

»Ja, natürlich. Sonst denken sie, ich spiele den großen Boss.«

»Ja, ja«, sagte der Oberst mit einem nachdenklichen Kopfnicken, und Nastja begriff, dass er wieder abwesend war.

Sie erhob sich von ihrem Platz und nahm ihre Unterlagen an sich.

»Ich gehe jetzt, Viktor Alexejewitsch?«, sagte sie halb fragend.

»Ja, ja«, wiederholte Gordejew und sah Nastja plötzlich mit einem seltsamen Blick an. »Sei vorsichtig, Nastjenka. Ich habe jetzt nur noch dich«, sagte er leise.

* * *

Im Gegensatz zu Gordejew war der Untersuchungsführer Olschanskij freundlich und liebenswürdig, aber auf die meisten Vorschläge, die Nastja ihm unterbreitete, reagierte er abweisend. Und Nastja ahnte, warum das so war. In der ersten Woche nach der Einleitung des Verfahrens im Mordfall Jeremina hatte der Untersuchungsführer mit Mischa Dozenko und Wolodja Larzew zusammengearbeitet. Mit Dozenko verband ihn nichts, aber Larzew gehörte zu seinen Lieblingen, was im Übrigen nicht verwunderlich war. Die beiden Männer waren auch privat befreundet, sie besuchten einander zu Hause, und auch ihre Ehefrauen hatten sich miteinander angefreundet. Als Larzews Frau vor anderthalb Jahren bei der Geburt ihres zweiten Kindes zusammen mit dem Kind gestorben und Wolodja allein mit seiner zehnjährigen Tochter zurückgeblieben war, waren es die Olschanskijs, die ihm beigestanden und dabei geholfen hatten, sich wieder irgendwie im Leben einzurichten.

Aber der Tod seiner Frau hatte nicht nur Auswirkungen auf Larzews Privatleben, sondern auch auf seine Arbeit. Wolodja war nicht mehr in der Lage, sich ganz und gar seinem Beruf zu widmen und vom frühen Morgen bis in die späte Nacht zu schuften, wie es früher der Fall gewesen war. Er musste sich jetzt allein um seine Tochter kümmern, was zahlreiche Sorgen und Probleme mit sich brachte. Tagsüber musste er Lebensmittel besorgen, zwischendurch schnell zu Hause nachschauen, ob alles in Ordnung war, abends verließ er so früh wie möglich das Büro, weil er die Hausaufgaben seiner Tochter kontrollieren und das Essen für den nächsten Tag vorbereiten musste. Die Kollegen hatten Mitgefühl mit Larzew und sahen ihm vieles nach, zumal nur der Umfang seiner Arbeitsleistung abgenommen hatte, nicht aber die Qualität. Doch Konstantin Michajlowitsch Olschanskij nahm sich alle Angelegenheiten seines Freundes sehr zu Herzen und reagierte sehr empfindlich auf alles, was auch nur den Anschein einer Missfallensbekundung gegenüber Wolodja hatte. Vom menschlichen Standpunkt war das alles gut verständlich, aber Nastja war es unangenehm, dass sie nun gezwungen war, die Weichen zu stellen.

»Das Gutachten für die Kassetten liegt noch nicht vor«, teilte Olschanskij Nastja mit, kaum hatte sie sein Büro betreten.

Nastja hatte nicht nur die letzte Kassette aus Kartaschows Anrufbeantworter mitgenommen, sondern auch die zwei vorhergehenden, und sie hatte den Untersuchungsführer gebeten, den Gutachter sowohl nach der unverständlichen Pause zu fragen als auch danach, ob auf der letzten Kassette eine Stimme zu hören war, die identisch war mit einer der Stimmen, die auf den ersten beiden Kassetten unter Nachricht vier, elf und achtundvierzig aufgezeichnet waren. Sie hatte beschlossen, Kartaschow überhaupt nichts mehr zu glauben. Es musste alles noch einmal von Anfang an überprüft werden. Nachdem sie erfahren hatte, dass das Gutachten noch nicht vorlag, seufzte sie schwer.

»Schade, ich hatte so sehr darauf gehofft. Aber wir müssen Kartaschow sowieso genau überprüfen, Konstantin Michajlowitsch.«

»Einverstanden«, sagte Olschanskij. »Hast du Vorschläge?«

»Ja. In erster Linie müssen wir noch einmal die Kolobowa, Jereminas Freundin, vernehmen und den Psychiater. Außerdem müssen wir noch einmal Kartaschows Eltern befragen und überhaupt alle Personen, die in den ersten Tagen vernommen wurden.« Fast hätte sie gesagt: alle Personen, die von Larzew vernommen wurden, aber sie biss sich rechtzeitig auf die Zunge.

Der Untersuchungsführer runzelte die Stirn.

»Was willst du mit diesen Vernehmungen erreichen? Was um Himmels willen willst du die Leute über das hinaus fragen, was man sie schon gefragt hat?«

Ich werde sie genau dasselbe fragen, aber die Antworten werden andere sein, hätte sie am liebsten gesagt, doch sie hielt sich erneut zurück.

»Es gibt keinerlei Fortschritt bei der Aufklärung des Falles«, fuhr der Untersuchungsführer unterdessen fort, »es passiert überhaupt nichts Neues. Du tust so, als würdest du arbeiten, aber in Wirklichkeit machst du immerzu dasselbe. Was ist denn mit deinem berühmten Verstand? Man hat mir so viel von dir erzählt, hat dich so in den Himmel gehoben, aber ich kann nichts von deinen außergewöhnlichen Fähigkeiten erkennen. Du bist eine ganz gewöhnliche Kripobeamtin, wie es sie zu Tausenden gibt. Also lass uns Tacheles reden, Kamenskaja. Ich habe dir eben unschöne Dinge gesagt, aber ich kann dir nur das sagen, was ich denke. Und wenn da etwas ist, das ich nicht sehen kann, dann bist du selbst schuld. Ich habe dich vor Heimlichkeiten und Alleingängen gewarnt. Gib zu, dass du Dinge unternimmst, von denen ich nichts weiß.«

Nastja war mit ihrer Geduld am Ende. Nein, dachte sie, ich bin nicht Greta Garbo, ich besitze nicht das Zeug zur Schauspielerin. Ich kann nur ich selbst sein, länger als fünf Minuten kann ich mich nicht verstellen. Sie beschloss, die Wahrheit zu sagen.

»Die Protokolle der ersten Vernehmungen taugen überhaupt nichts, Konstantin Michajlowitsch. Ich weiß, wie ungern Sie das hören, weil Larzew Ihr Freund ist. Ich kenne ihn seit langer Zeit, und glauben Sie mir, ich habe überhaupt nichts gegen ihn, im Gegenteil, ich schätze ihn und bin ihm freundschaftlich verbunden. Aber im Moment hindern uns unsere Gefühle daran, normal zu arbeiten. Wir sollten uns die Wahrheit eingestehen. Larzew wollte die Vernehmungen so schnell wie möglich hinter sich bringen, er hat viel zu schnell und schlampig gearbeitet, deshalb müssen wir alles noch einmal machen. Wir haben viel Zeit verloren, Zeit, die wir sinnvoller hätten nutzen können. Aber daran lässt sich nun nichts mehr ändern. Wolodja hat es schwer im Leben, wir müssen Nachsicht mit ihm haben und versuchen, das zu retten, was noch zu retten ist. Ich bitte Sie, die Augen nicht vor den Tatsachen zu verschließen und so zu tun, als wäre alles in Ordnung. Sie wissen sehr gut, dass die Vernehmungsprotokolle sehr schwach sind. Sie sind ein erfahrener Untersuchungsführer, es kann nicht sein, dass Ihnen das entgangen ist. Soll ich Ihnen ein Beispiel anführen?«

»Nein. Ich bin in der Tat ein erfahrener Untersuchungsführer und sehe alles selbst. Aber ich wäre dir sehr dankbar, Anastasija, wenn das unter uns bleiben könnte. Ich kann dir nicht versprechen, dass ich den Mut aufbringen werde, mit Larzew zu sprechen, aber wenn schon jemand mit ihm spricht, dann sollte das ich sein. Bitte beschwere dich nicht über ihn bei Gordejew, abgemacht? Als ich diese verdammten Protokolle gesehen habe, hätte ich die Leute selbst noch einmal vernehmen müssen. Aber weißt du, wie viele Fälle ich auf dem Schreibtisch habe? Siebenundzwanzig. Da bleibt einfach keine Zeit für doppelte Arbeit.«

Olschanskij sah plötzlich gealtert aus. Sein betörendes Lächeln war erloschen, er wirkte verzweifelt.

»Warum haben Sie mir dann so viel Widerstand entgegengesetzt, als ich Ihnen vorgeschlagen habe, die Vernehmungen zu wiederholen?«, fragte Nastja leise. »Sie wussten doch, dass ich Recht hatte. Wollten Sie Ihren Freund schützen?«

»Was hättest du denn an meiner Stelle getan? Hättest du deinen Freund nicht geschützt? Kripobeamte, die ausschließlich im Interesse der Sache funktionieren, gibt es nur im Kino. In der Realität sind wir alle Menschen, wir haben alle unsere Probleme, Familien, Krankheiten und ganz normale menschliche Gefühle, zu denen die Liebe zählt. Es ist viel einfacher, sich Probleme einzuhandeln, als sie zu lösen. Aber lassen wir es gut sein, Anastasija. Es wird Zeit, dass wir uns versöhnen und zu arbeiten beginnen. Wer wird die Vernehmungen machen?«

»Tschernyschew, Morozow und ich. Außerdem vielleicht noch Mischa Dozenko.«

»Morozow? Wer ist das?«

»Er sitzt in der Dienststelle von Perowo, in diesem Bezirk hat die Jeremina gewohnt. Er arbeitet ebenfalls mit uns zusammen.«

»Morozow, Morozow …«, murmelte der Untersuchungsführer nachdenklich. »Diesen Namen habe ich schon einmal gehört. Warte, wie ist sein Vorname? Heißt er zufällig Jewgenij?«

»Ja, Jewgenij.«

»So ein Kräftiger mit rotem Gesicht und einem Höcker auf der Nase?«

»Ja, genau. Kennen Sie ihn?«

»Kennen wäre zu viel gesagt, aber ich hatte gelegentlich mit ihm zu tun. Mit dem wirst du es schwer haben.«

»Warum?«

»Er trinkt viel und arbeitet wenig. Aber immer eine große Klappe. Als würden wir alle auf der faulen Haut liegen, während er allein die ganze Arbeit macht. Ein mieser Charakter. Im Grunde ist er nicht dumm und kennt sein Metier, aber er hat einfach keine Lust, sich anzustrengen.«

»Irgendwie werde ich schon zurechtkommen, Konstantin Michajlowitsch, ich habe ja keine große Auswahl. Sie haben selbst gesagt, dass es im Leben anders zugeht als im Kino. Woher sollten wir zwanzig blitzgescheite Beamte nehmen, die auf Befehl durch die ganze Stadt rennen und abends mit der gesamten Information zurückkommen, die ein Untersuchungsführer braucht, um sich ein Bild über den Fall zu machen? So etwas gibt es nicht, das wissen Sie selbst. Unser Beruf besteht nun mal aus mühsamer Kleinarbeit. Und ich bearbeite im Moment ja nur den einen Fall, während andere sich mit sehr viel mehr herumschlagen müssen. Insofern ist auch der faule Morozow ein Gewinn für mich. Lassen Sie mich nur machen.«

* * *

Nastja verließ das Gebäude der Staatsanwaltschaft und ging zur Metro. Sie war erleichtert, weil sie mit Olschanskij über Larzew gesprochen und ihr Verhältnis mit dem Untersuchungsführer sich entspannt hatte. Und gleichzeitig war sie deprimiert. Sie wusste nicht, wen sie mehr bemitleidete, Larzew, Olschanskij oder sich selbst.

* * *

Im gedämpften Licht einer Bar führten drei Männer eine leise Unterhaltung. Einer von ihnen trank Mineralwasser, die andern beiden nippten an Kaffee und Likör. Der Jüngste von ihnen war knapp über vierzig, der Älteste dreiundsechzig. Solide Männer mit Haltung. Sie rauchten nicht, weil sie auf ihre Gesundheit achteten, und sprachen mit leiser Stimme.

»Was tut sich in unserer Sache?«, fragte derjenige, der altersmäßig in der Mitte lag. Ein beleibter Mann mit schon etwas schütterem Haar und edlen Gesichtszügen, bekleidet mit einem teuren englischen Anzug.

»Ich weiß aus verlässlicher Quelle, dass einer von unseren Leuten die Ermittlungen kontrolliert. Also wird es keine Pannen mehr geben. Machen Sie sich keine Sorgen«, erwiderte der ältere Mann mit dem runzligen Gesicht und den scharfen hellen Augen. Natürlich hatte er außer seinem Vornamen auch einen Vatersnamen, aber aus irgendeinem Grund nannten seine Gesprächspartner ihn einfach nur Arsenn.

»Ich baue auf Sie«, schaltete sich der Jüngste der drei ein, ein unschöner, untersetzter Mann mit einem Mund voller Goldzähne. »Ich habe mir meine Leute sehr genau ausgesucht und möchte keinen von ihnen verlieren.«

»Keine Angst, Onkel Kolja, deinen Jungs wird schon nichts passieren, wenn sie nicht unverschämt werden«, sagte Arsenn grinsend.

Onkel Kolja lächelte und zeigte seine blitzenden Goldzähne, doch sein Lächeln wirkte gestellt, Unsicherheit und Angst traten darunter deutlich hervor.

»Ich möchte trotzdem Genaueres wissen«, insistierte der Mann in dem englischen Anzug.

»Sie brauchen nicht nervös zu werden, die Ermittlungen der Kripo stagnieren.« Arsenn verzog verächtlich seine Lippen. »Das Mädchen tappt im Dunkeln, sie macht ständig einen Schritt nach vorn und zwei wieder zurück. Soll sie nur arbeiten und sich ihr Gehalt verdienen, von der Wahrheit ist sie weit entfernt.«

»Und wenn sie sich ihr nähert?«

»Für diesen Fall haben wir unseren Mann bei der Kripo, er kontrolliert jeden ihrer Schritte. Sobald sie ihre Nase in etwas steckt, das sie nichts angeht, wird man sie sofort bremsen und uns in Kenntnis setzen. Es ist schon fast ein Monat vergangen, und nichts ist passiert. Wir müssen nur noch bis zum dritten Januar durchhalten. Wenn sie bis dahin keine Spur finden, werden sie die Ermittlungen einstellen. Die Akte verschwindet im Safe, und dann wird sie mit Sicherheit niemand mehr hervorholen. Die Miliz ist völlig überlastet, niemand dort hat Zeit, in alten, eingestellten Verfahren herumzuwühlen.«

»Werden meine Jungs für irgendetwas gebraucht?«, fragte der, der Onkel Kolja genannt wurde.

»Im Fall des Falles sage ich Bescheid. Vorläufig sollen sie sich nicht mucksen. Gott bewahre, dass einer von ihnen der Miliz auffällt. Besonders dieser eine … wie heißt er gleich? Derjenige, der so gern schnelle Autos fährt.«

»Slawik?«

»Ja, genau der. Sag ihm, er soll sein Auto in der Garage lassen und mit der Metro fahren. Sonst wird er garantiert von der Miliz angehalten, dieser hirnlose Idiot.«

»Ich werde dafür sorgen, dass nichts passiert«, versicherte Onkel Kolja. »Gibt es sonst noch etwas?«

»Nein, nichts mehr. Sollte es etwas geben, werde ich Bescheid sagen.«

Arsenn warf einen Blick auf seine Armbanduhr und erhob sich. Seine Gesprächspartner taten es ihm nach, und alle drei verließen gemächlichen Schrittes die Bar. Onkel Kolja stieg in einen unscheinbaren Shiguli, der »englische Anzug« fuhr in einem beigefarbenen Wolga davon, und der alte, hagere Arsenn machte sich, fröstelnd in seinem leichten Mantel, auf den Weg zur nächsten Bushaltestelle.

VIERTES KAPITEL

Was führte die Menschen zusammen? Was ließ sie aneinander festhalten? Unüberwindbare Anziehungskraft oder einfach Bequemlichkeit?

Nastja hatte sich Andrej Tschernyschews Bericht über dessen Gespräch mit Olga Kolobowa, geborene Agapowa, angehört und konnte zu keinem Schluss kommen. Sprachen die neuen Fakten für Boris Kartaschow oder gegen ihn?

Als Vika Jeremina seinerzeit Kartaschows Wohnung renoviert hatte, hatte sie das nicht allein getan, sondern zusammen mit Olga Agapowa. Boris hatte beide Mädchen gleichzeitig kennen gelernt und sich sofort der hübschen Olga zugewandt, nachdem er zynisch erwogen hatte, dass die Schwindel erregend schöne Vika mit Sicherheit bereits vergeben war. Olga war einfacher gestrickt als Vika, sehr häuslich und ohne besondere Ansprüche. Zu Anfang war Boris sogar einmal der Gedanke gekommen, das nette, häusliche und anhanglose Waisenmädchen zu heiraten. Olga trank nicht, rauchte nicht und hätte ihm ohne weiteres einen gesunden, hübschen Sohn schenken können. Doch schon sehr bald veränderte sich die Situation. Die energische, selbstgewisse Vika mischte sich ein und zog Boris schier vor den Augen ihrer Freundin in ihr Bett. Boris verliebte sich ernsthaft in Vika, und die stille Olga zog sich ergeben zurück, längst gewöhnt daran, ihrer schönen Freundin den Vortritt zu lassen. Alles, was Kartaschow über das gemeinsame Teetrinken mit Vika und ihre Begeisterung für das Kochen erzählt hatte, war die Wahrheit, aber nicht die ganze.

Nach einiger Zeit lernte Olga Agapowa Wassja Kolobow kennen, und die beiden beschlossen zu heiraten. Aber die Spannungen zwischen Olga, Vika und Boris nahmen weiter zu. Die schöne, vom Glück begünstigte Vika war außer sich vor Wut, weil Olga, die von jeher in ihrem Schatten gestanden hatte, früher einen Mann zum Heiraten gefunden hatte als sie selbst. Olga litt schweigend unter ihrer unerfüllten Liebe zu Boris und wusste genau, dass sie Wassja nur heiratete, um verheiratet zu sein. Boris bereute seine Dummheit und Schwäche und verfluchte den Tag, da er sich gegen jede Vernunft dazu hinreißen ließ, Olga dringend von der Heirat mit Wassja abzuraten, denn schließlich hatte er immer gewusst, dass hinter alledem nicht nur die unerfüllbare Hoffnung auf eine Heirat mit ihm, Boris, stand, sondern auch Olgas dummer, kindlicher Wunsch, wenigstens ein einziges Mal im Leben die schöne Freundin zu übertrumpfen. Eine Woche vor der Hochzeit erschien Olga bei Kartaschow und sagte:

»Boris, mach mir ein Hochzeitsgeschenk ...«

Und er machte seiner Ex-Geliebten das Geschenk, um das sie ihn bat. Er verbrachte mit ihr eine Woche voller glühender Leidenschaft.

»Wie ich mir wünsche, dass Vika das erfährt«, sagte Olga träumerisch, während sie sich wohlig im Bett rekelte. »Ich möchte, dass es ihr genauso wehtut, wie es mir wehgetan hat, als ich euch auf diesem Sofa erwischt habe.«

»Rede keinen Unsinn«, sagte Boris entsetzt. Er war nicht sehr mutig, und die Aussicht, sich der ungezügelten, temperamentvollen Vika erklären zu müssen, war nicht gerade erfreulich für ihn.

Dennoch riet er Olga sogar damals wieder, sich zu besinnen und Wassja Kolobow zu verlassen, solange es noch nicht zu spät war.

»Wirst du mich heiraten?«, fragte Olga eines Tages. »Wenn du Vika den Laufpass gibst und mich heiratest, jage ich Wassja sofort zum Teufel.«

Sie war auf dem Weg zur Arbeit, stand, bereits angezogen, vor dem Spiegel und trug Rouge auf ihre Wangen auf.

»Ich gebe dir bis heute Abend Bedenkzeit«, sagte sie lächelnd. »Und falls du nein sagst, möchte ich von dir kein einziges böses Wort mehr über Kolobow hören. Hast du mich verstanden, mein Schatz?«

Je näher der Abend kam, desto klarer wurde Boris, dass er nicht die Kraft haben würde, mit Vika Schluss zu machen. Wenn eine Beziehung von selbst zu Ende ging, war das etwas ganz anderes als der Versuch, ihr Ende bewusst und absichtlich herbeizuführen. Was sollte er Vika sagen? Ein Jahr lang war es gut mit dir, und jetzt ist es plötzlich schlecht geworden? Noch vor ein paar Tagen war alles in Ordnung, aber jetzt werde ich deine Freundin heiraten. Als du mich verführt hast, hatte ich nichts dagegen, weil du eine schöne Frau bist, aber im Laufe eines Jahres habe ich begriffen, dass du nicht die Richtige bist, weil man mit dir keine Familie gründen und keine Kinder haben kann. Purer Unsinn. Und was würde aus Vika werden, wenn er sie verließ?

Vika und Boris blieben zusammen, und aus Olga Agapowa wurde Olga Kolobowa. Kartaschow hing auf seine Weise an der unberechenbaren, unbeständigen Vika, sie war für ihn wie ein Kind, auf das man ständig aufpassen musste und das ihm, wenn es nicht gerade Unsinn trieb, erstaunlich glückliche Momente voller Wärme, Güte und Zärtlichkeit schenken konnte. In gewisser Weise fühlte Boris sich sogar verantwortlich für seine Freundin, er hatte ständig Angst um sie und war fast zu Tränen gerührt, wenn er am Telefon ihre beschwipste Stimme hörte: »Boris, Liebster, mach dir keine Sorgen, mit mir ist alles in Ordnung.«

Je schlechter das Verhältnis zwischen Olga und ihrem Mann wurde, desto besser wurde die Beziehung zwischen den Freundinnen. Vikas Wut verrauchte nach und nach, da sie begriff, dass ihre verheiratete Freundin nicht zu beneiden war, und Olga ihrerseits freute sich, dass Boris, obwohl er sie nicht geheiratet hatte, auch seine Beziehung zu Vika ganz offensichtlich nicht zu legalisieren gedachte. Gelegentlich, wenn Vika wieder einmal auf einer ihrer Sauftouren war oder mit einem ihrer Kunden verreiste, traf Boris sich mit Olga, ohne darin etwas Verwerfliches zu sehen. Er tröstete sich mit dem Gedanken, dass sie beide betrogen wurden. Olga von ihrem Mann und er von Vika. So zog sich das alles hin bis zu jenem Tag, an dem Vika verschwand ...

* * *

»Sieh mal, was sich für ein Bild ergibt. Die Kolobowa ist bereit, ihren Mann wegen Kartaschow zu verlassen, aber Kartaschow kann sich nicht von Vika trennen, er hat keine Kraft dazu. Durch Vikas Tod wird alles einfacher, findest du nicht?«

Nastja machte es sich auf der Bank bequem und holte ihre Zigaretten aus der Handtasche. Andrej Tschernyschew löste die Leine vom Halsband seines Hundes, befahl ihm streng, sich nicht weit zu entfernen, und wandte sich seiner Gesprächspartnerin zu.

»Du glaubst, dass die Kolobowa in den Mord an ihrer Freundin verwickelt ist?«

»Entweder sie oder Kartaschow oder beide. Sie haben die herzzerreißende Geschichte von Vikas psychischer Erkrankung erfunden, um damit ihr Verschwinden zu erklären. Warum nicht? Eine durchaus mögliche Version. Kolobowas Behauptung, sie habe am 22. Oktober spätabends noch mit Vika telefoniert, kann ebenfalls eine Lüge sein. Wir können das nicht überprüfen, da ihr Mann um diese Zeit nicht zu Hause war. Fragt sich nur, wo die Jeremina eine ganze Woche abgeblieben ist. Vom 23. bis 30. Oktober hat sie niemand mehr gesehen, und laut Gutachten wurde sie am 31. Oktober oder 1. November ermordet. Wir müssen genau überprüfen, wo Kartaschow und die Kolobowa in dieser Woche waren. Schritt für Schritt, buchstäblich Minute für Minute.«

»Seitdem ist ein ganzer Monat vergangen«, sagte Andrej skeptisch. »Wer wird sich jetzt noch erinnern, wo und wann er die beiden gesehen hat, worüber gesprochen wurde. Unsere Chancen sind gleich null.«

»Knüppelchen hat mir erlaubt, Mischa Dozenko einzusetzen. Der ist ein Meister in solchen Dingen. Bei dem erinnert sich jeder, sogar an das, woran er sich nicht erinnern will.«

»Wie macht er das denn? Schlägt er den Leuten auf den Kopf?«, lachte Tschernyschew.

»Du solltest nicht lachen, du hast Mischa noch nicht bei der Arbeit erlebt. Er wird uns sehr nützlich sein.«

»Dein Wort in Gottes Ohr, ich habe nichts dagegen. Warum fragst du mich eigentlich nicht nach dem Verkehrsunfall im südwestlichen Bezirk?«

»Gibt es etwas Neues?«, erkundigte sich Nastja aufgeregt.

»Nein, leider nichts. Der Fahrer überfährt einen Fußgänger und begeht Fahrerflucht. So etwas gibt es heutzutage leider immer häufiger. Eine stille Gasse, späte Nacht, keine Zeugen. Die Bewohner der anliegenden Häuser haben nichts gehört und gesehen. Bremsspuren konnten nicht festgestellt werden, aber bei diesem Wetter ist das auch nicht möglich, das Wasser steht knöcheltief in den Straßen. An der Kleidung des Opfers wurden Farbspuren entdeckt, die von dem Auto stammen. Ganz offensichtlich wurde das Auto zweimal umgespritzt, zuerst war es hellblau, dann schokoladenbraun, jetzt hat es diese Modefarbe, die ›Nasser Asphalt‹ heißt. Das ist die ganze Geschichte. Nach Ansicht der Gutachter handelt es sich um eine inländische Automarke. Mehr konnte nicht festgestellt werden.«

»Und das Opfer selbst, dieser Kosarj, was weiß man über ihn?«

»Valentin Petrowitsch Kosarj, zweiundvierzig Jahre, Medizinstudium. Er hat nur vier Jahre als Arzt gearbeitet, dann wurde er Redakteur beim Verlag ›Moderne Medizin‹. Er hat vor allem für die Zeitschrift ›Gesundheit‹ gearbeitet, später machte er sich selbständig und gab populärmedizinische Broschüren über Heilkräuter und Heilkunst heraus. Zuletzt arbeitete er als stellvertretender Chefredakteur bei der Zeitschrift ›Haus und Herd‹, ein Blatt für Rentner und Hausfrauen. Kochrezepte, Ratschläge, Klatsch, ausführliches Fernsehprogramm und dergleichen mehr. Verheiratet, zwei Kinder.«

»Traurig«, seufzte Nastja, »der arme Mann. Wir müssen anhand der Aussagen, die Kartaschow und der Arzt gemacht haben, alles genau rekonstruieren.«

»Meinst du, das bringt etwas?«

»Keine Ahnung, aber wir müssen es versuchen. Kartaschow muss Kosarj irgendeine Erklärung dafür gegeben haben, warum er einen Psychiater konsultieren wollte. Und Kosarj hat vorher mit diesem Psychiater gesprochen und ihm vielleicht gesagt, worum es sich handelt. Wer weiß, vielleicht hat Kartaschow Kosarj etwas erzählt, das nicht so ganz zu der Legende von Vikas Krankheit passt. Heute um halb sechs habe ich einen Termin bei dem Psychiater.«

Der Schäferhund namens Kyrill hatte sich ausgetobt, er war zu seinem Herrchen zurückgekehrt, hatte höflich zu seinen Füßen Platz genommen und die Schnauze auf sein Knie gelegt.

»Was für ein riesiger Kerl«, sagte Nastja voller Hochachtung. »Der frisst dir wahrscheinlich die Haare vom Kopf.«

»So ist es«, bestätigte Andrej, während er den Hund hinter dem Ohr kraulte. »Die richtige Ernährung für so ein Tier kostet enorm viel Geld.«

»Und wie schaffst du das?«

»Mit Hängen und Würgen. Du siehst doch, was ich anhabe.« Er deutete auf seine alten Jeans, die abgewetzte Jacke, die abgetragenen, wenn auch sauber geputzten Schuhe. »Ich trinke und rauche nicht, gehe nicht in Restaurants, esse nicht in der Kantine, sondern bringe belegte Brote von zu Hause mit. Strengste Sparmaßnahmen.« Er lachte. »Allerdings verdient meine Irina zweimal so viel wie ich. Sie kommt für meine Ernährung und Kleidung auf, ich bestreite die Ausgaben für Kyrill und für das Auto.«

»Du hast Glück. Was soll einer machen, der keine solche Irina hat? Mit unserem Gehalt kann man sich weder ein Auto noch einen großen Hund leisten. Wir Milizionäre werden in Armut sterben. Aber lassen wir das, gehen wir lieber arbeiten.«

* * *

Die Unterhaltung mit dem Psychiater ergab praktisch nichts Neues, außer dass Nastja sich noch einmal von der Unzuverlässigkeit ihres Kollegen Wolodja Larzew überzeugen konnte. Schon beim Lesen des Vernehmungsprotokolls war es ihr seltsam vorgekommen, dass ein Psychiater eine so präzise Ferndiagnose stellte. Soviel ihr bekannt war, taten Ärzte so etwas in der Regel nicht, schon gar nicht Psychiater. Dem Protokoll zufolge war Dr. Maslennikow völlig überzeugt davon, dass die Jeremina tatsächlich ernsthaft erkrankt war und dringend in eine Klinik eingewiesen werden musste.

»Gott bewahre«, protestierte der Psychiater, als Nastja ihn danach fragte. »Das wäre ein grober Fehler gewesen. Wissen Sie, in solchen Fällen sind wir sehr vorsichtig, wir sagen immer nur vielleicht, manchmal, es könnte sein und so weiter. Wir legen uns niemals fest. Um eine zuverlässige Diagnose zu stellen, müssen wir einen Patienten mindestens einen Monat lang beobachten, am besten stationär, und selbst dann kommt es vor, dass wir noch nichts Genaues sagen können. Kein einziger anständiger Arzt würde es sich erlauben, eine Ferndiagnose zu stellen.«

»Ist das Ihre Unterschrift?«

Nastja reichte Maslennikow das von Larzew angefertigte Vernehmungsprotokoll.

»Ja. Stimmt etwas nicht?«

»Haben Sie das Protokoll gelesen, bevor Sie es unterschrieben haben?«

»Ehrlich gesagt, nein. Ich hatte keinen Grund, Ihrem Kollegen zu misstrauen. Worum geht es denn?«

»Lesen Sie das Protokoll bitte durch, und sagen Sie mir, ob Sie mit allem einverstanden sind, was darin steht.«

Maslennikow vertiefte sich in Larzews kleine, schwer leserliche Handschrift. Als er die erste Seite gelesen hatte, warf er die Blätter verärgert auf den Tisch.

»Was soll das?«, fragte er gereizt. »Ich habe so etwas nie gesagt. Sehen Sie, was hier steht: ›Ihre Bekannte muss dringend in eine Klinik eingewiesen werden, da sie an einer akuten psychischen Erkrankung leidet.‹ In Wahrheit habe ich Kartaschow gesagt, dass seine Bekannte unbedingt einen Arzt aufsuchen soll. Es sei nicht ausgeschlossen, dass sie psychisch erkrankt sei, und der Arzt müsse entscheiden, ob sie behandelt werden muss. Man müsse allerdings darauf vorbereitet sein, dass der Arzt sie in eine Klinik einweisen wird, falls er eine akute psychische Erkrankung bei ihr feststellt. Bemerken Sie den Unterschied? Ihr Kollege hat alle Zweifel in meinen Aussagen weggelassen und überhaupt alles verdreht. Und hier ... ›Eine solche Erkrankung nennen wir paranoid-schizoide Psychose‹. Woher sollte ich wissen, an welcher Erkrankung diese Frau leidet, da ich sie nie im Leben gesehen habe? Ich erinnere mich, dass ich gesagt habe, die geschilderten Symptome könnten auf eine Erkrankung dieser Art hinweisen. Nein, ich verstehe wirklich nicht, warum Ihr Kollege den Inhalt meiner Aussage so entstellt hat.«

Maslennikow war ernsthaft verärgert. Und Nastja, die wieder einmal zum Sündenbock geworden war, auf dem jeder, dem es gerade einfiel, seinen Unmut ablud, fühlte, wie die Wut gegen Larzew in ihr hochkochte. Das hatte nichts mehr mit Eile und Ungenauigkeit zu tun, hier handelte es sich um grobe Entstellungen des Sachverhalts.

»Lassen Sie uns Ihre Aussage noch einmal neu aufschreiben«, sagte sie begütigend. »Ich werde versuchen, alles, was Sie sagen, wortgetreu festzuhalten, und anschließend lesen Sie den Text genau durch. Womit hat alles begonnen?«

»Im Oktober hat sich mein ehemaliger Studienkollege Valentin Kosarj an mich gewandt und mich gebeten, einem seiner Bekannten eine ärztliche Konsultation zu gewähren. Er sagte mir, Boris Kartaschow sei um den Gesundheitszustand seiner Freundin besorgt, da diese an der fixen Idee litt, jemand würde heimlich ihre Träume mit ansehen und per Rundfunk Einfluss auf sie nehmen ...«

Nastja schrieb eifrig mit und begriff missmutig, dass sie erneut eine Niete gezogen hatte. Sie konnte keinerlei Abweichungen in den Aussagen von Maslennikow und Kartaschow feststellen. Das änderte zwar nichts an dem Verdacht gegen den Künstler, aber das Fädchen, das sie aufzunehmen gehofft hatte, war ihr erneut aus den Fingern geglitten. O Larzew, Larzew!, dachte sie. Warum hast du dir nicht mehr Zeit für die Vernehmung der Kolobowa genommen? Warum hast du dem Anrufbeantworter in Kartaschows Wohnung keinerlei Aufmerksamkeit geschenkt? Warum hast du nicht nachgefragt, wie Kartaschow auf Dr. Maslennikow gekommen ist? Wir haben einen ganzen Monat verloren. Du hast dich in die Version verrannt, die Jeremina sei tatsächlich in geistiger Verwirrung spurlos verschwunden, du hast die Vernehmungsprotokolle dieser Version angepasst und dir nicht die Zeit genommen, dich um Details zu kümmern. Natürlich ist es nicht ausgeschlossen, dass diese Version stimmt, aber parallel hättest du auf jeden Fall noch andere Versionen überprüfen müssen. Ich weiß, du hast es schwer, aber …

Nastja hatte das Protokoll angefertigt und reichte es Maslennikow.

»Lesen Sie es bitte aufmerksam durch. Wenn auch nur ein einziges Wort nicht stimmt, machen wir eine Korrektur. Und unterschreiben Sie bitte jede Seite einzeln. Dürfte ich bitte Ihr Telefon benutzen?«

»Natürlich.« Der Arzt schob Nastja den Apparat über den Tisch. »Sie müssen eine Neun vorwählen.«

Nastja wählte Olschanskijs Nummer.

»Hier spricht die Kamenskaja, guten Abend. Gibt es etwas Neues?«

»Ja«, sagte der Untersuchungsführer mit seiner dünnen Tenorstimme. »Das Gutachten für die Kassetten ist gekommen.«

»Und?« Nastjas Herz begann heftig zu klopfen.

»Auf der Kassette Nummer eins wurde eine Nachricht gelöscht. Keine einzige der vorhandenen Nachrichten auf dieser Kassette stammt von der Jeremina, ihre Stimme wurde nicht identifiziert. Bist du zufrieden?«

»Ich weiß es noch nicht, ich muss darüber nachdenken.«

»Dann denk mal schön nach. Morgen bin ich den ganzen Tag nicht im Büro. Wenn du mich brauchen solltest, erreichst du mich über die Miliz im nördlichen Bezirk, Abteilung Otradnoje.«

Aus der psychiatrischen Klinik, in der Dr. Maslennikow arbeitete, fuhr Nastja zu sich nach Hause, in die Stschelkowskoje-Chaussee. Während der langen Fahrt kam sie erneut zu dem Schluss, dass ihr Verdacht gegen Boris Kartaschow keinesfalls unbegründet war. Wenn jemand außer Kartaschow selbst daran interessiert gewesen wäre, die Nachricht zu entfernen, hätte er das ganze Band gelöscht oder die Kassette verschwinden lassen. Aber Boris bewahrte die besprochenen Kassetten für alle Fälle auf, und deshalb hatte er die eine Nachricht gelöscht, die ihn der Teilnahme an der Ermordung von Vika Jeremina überführt hätte. Nastja war sich fast sicher, dass die gelöschte Nachricht das Geheimnis von Vikas Verschwinden barg.

* * *

Nastja übergab Gordejew das Blatt mit ihren Aufträgen für Mischa Dozenko und schloss sich danach in ihrem Büro ein. Heute wollte sie einen Tag am Schreibtisch verbringen. Es war an der Zeit, ihre Gedanken zu ordnen und die gesammelten Informationen zu systematisieren.

Sie stellte den Wasserkocher an, holte eine Dose mit Instantkaffee und ein Paket Würfelzucker aus dem Schreibtisch, zog den Aschenbecher näher zu sich heran, beschrieb einige Blätter Papier mit nur ihr selbst verständlichen Überschriften und vertiefte sich in die Arbeit.

Die Zeit verging, der Aschenbecher füllte sich mit Zigarettenkippen, die Blätter mit Sätzen, einzelnen Wörtern, Quadraten, Kringeln und Pfeilen …

Als es an der Tür klopfte, beschloss Nastja, nicht zu öffnen. Ihr Chef konnte es nicht sein, er hätte sie über das interne Telefon angerufen, wenn er sie gebraucht hätte. Und vor Begegnungen mit ihren Kollegen fürchtete sie sich ein wenig. Sie wollte niemandem freundlich lächelnd in die Augen sehen und sich dabei die unvermeidbare Frage stellen müssen: Bist du vielleicht derjenige, von dem Knüppelchen gesprochen hat?

Doch das Klopfen hörte nicht auf. Nastja ging zur Tür und drehte den Schlüssel im Schloss um. Vor ihr stand Wolodja Larzew.

»Verzeih, Nastja, ich muss dringend telefonieren, und in unserem Büro hängt Korotkow an der Strippe.«

Larzew war grau im Gesicht, seine Augen waren eingefallen, im Lauf des letzten Jahres war er sehr schmal geworden. Als er die Telefonnummer wählte, bemerkte Nastja, dass seine Hände zitterten.

»Nadja? Wo warst du? ... Du hast heute fünf Unterrichtsstunden gehabt, du hättest spätestens um halb zwei zu Hause sein müssen ... Ach so, dann ist es gut ... Hast du etwas gegessen? ... Warum nicht? ... Bist du gerade erst nach Hause gekommen? ... Hast du Noten bekommen? ... Sehr gut ... du bist ein braves Mädchen ... Zu welcher Freundin? ... Welche Julia? ... Ist sie aus deiner Klasse? ... Aus dem Nachbarhaus? ... Wie hast du sie denn kennen gelernt? ... Im Hof? ... Wann? ... Nadjuscha, vielleicht ist es besser, wenn Julia zu uns nach Hause kommt, ihr könnt doch auch bei uns spielen ... Ach so, ihr wollt Computerspiele machen ... Dann ist es natürlich etwas anderes. Hat Julia Telefon? ... Du weißt es nicht? ... Wie heißt sie denn mit Nachnamen? ... Das weißt du auch nicht? ... Dann wenigstens die Adresse, die Wohnungsnummer ... Auch nicht? Gut, dann machen wir es so. Du isst jetzt etwas, in einer halben Stunde rufe ich dich wieder an, und wir besprechen die ganze Sache noch einmal. Vergiss nicht, dass auf dem Fensterbrett ein Topf mit Kompott steht. Bis nachher.«

Larzew legte auf und sah Nastja schuldbewusst an.

»Darf ich noch einmal telefonieren?«

»Natürlich. Aber du bist ja ein richtiger Zerberus, Wolodja. Warum darf deine Tochter nicht zu ihrer Freundin gehen, um ein bisschen mit ihr zu spielen?«

»Weil ich immer genau wissen muss, wohin sie geht und wann sie zurückkommt. Um fünf Uhr ist es draußen schon dunkel. Hallo! Jekaterina Alexejewna? Guten Tag, hier spricht der Vater von Nadja Larzewa. Entschuldigen Sie bitte die Störung. Kennen Sie vielleicht zufällig eine Familie in Ihrem Haus, in der es ein etwa elfjähriges Mädchen namens Julia gibt? Die Obraszows? Wer sind denn diese Leute? ... Haben Sie vielleicht die Telefonnummer und die Wohnungsnummer? ... Danke, vielen Dank, Jekaterina Alexejewna. Noch eine Frage: Ist dort tagsüber jemand von den Erwachsenen zu Hause? ... Die Großmutter? ... Wie heißt sie denn? ... Nochmals vielen Dank, Sie sind mein Schutzengel, was würde ich ohne Sie tun! Auf Wiederhören, alles Gute!«

»Nicht schlecht«, sagte Nastja voller Bewunderung. »Deine kriminalistischen Fähigkeiten müsste man besitzen, und dann zum Wohl der Allgemeinheit.«

Sie bereute sofort, was sie gesagt hatte. Sie hatte keinesfalls vor, sich mit Larzew auf eine Diskussion über die Qualität seiner Arbeit einzulassen. Sie hatte Olschanskij ihr Wort gegeben, dass sie mit Wolodja nicht über diese Dinge sprechen würde. Außerdem hätte so eine Unterhaltung sie sofort auf die Ermittlungen im Mordfall Jeremina gebracht, und Gordejew hatte ihr verboten, mit jemandem über den Fall zu sprechen. Aber Larzew schien ihre unüberlegte Bemerkung offenbar gar nicht zur Kenntnis genommen zu haben.

»Wenn du eines Tages eine Tochter hast, wirst du mich verstehen. Ich predige ihr jeden Tag, den Gott werden lässt, die bekannten Weisheiten von den fremden Onkels und Tanten, aber wenn sie auch nur zehn Minuten zu spät von der Schule nach Hause kommt, vergehe ich vor Angst. Ach, Nastja«, seine Stimme bebte, die Augen blitzten verräterisch auf, »möge der liebe Gott dir solche Qualen ersparen. Es reicht, dass ich meine Frau und das Baby verloren habe, noch so ein Unglück überlebe ich nicht. Darf ich noch einmal telefonieren?«

»Warum fragst du denn ständig? Natürlich darfst du.«

Nachdem Larzew die telefonische Bekanntschaft mit der Großmutter des Mädchens gemacht hatte, das einen Computer besaß, und ihr das heilige Versprechen abgenommen hatte, dass sie Nadja entweder vor Einbruch der Dunkelheit wieder nach Hause schicken oder jemand von den Erwachsenen sie begleiten würde, rief er seine Tochter an und gab ihr die väterliche Erlaubnis zum Besuch der Freundin. Nastja sah ihn an und dachte, dass nur ein völlig herzloser Mensch imstande wäre, Larzew vorzuwerfen, dass er schlampig arbeitete. Nein, Olschanskij würde das nicht über sich bringen und sie selbst auch nicht.

* * *

Nastja erblickte schon von weitem die ihr gut bekannte rötliche Haarmähne und wunderte sich. Im Laufe von vielen Jahren war Ljoscha Tschistjakow wohl zum ersten Mal pünktlich. Sie hatten sich in der Metro verabredet und wollten gemeinsam zu Nastjas Stiefvater fahren. In Erfüllung seines Versprechens wollte Leonid Petrowitsch Nastja mit der Frau bekannt machen, die ihm sein Strohwitwerdasein versüßte.

Nastja selbst hatte sich noch nie in ihrem Leben verspätet. Sie war bequem und langsam, schnelles Gehen war ihr zuwider, und es wäre ihr nie in den Sinn gekommen, einem davonfahrenden Bus hinterherzulaufen. Sie plante ihre Wege immer mit einer großzügigen Zeitreserve, und meistens war sie früher da als nötig. Von ihrem Freund Ljoscha Tschistjakow hingegen konnte man keinesfalls dasselbe behaupten. Ein begabter Mathematiker, der bereits mit dreißig Jahren Doktor der Wissenschaft geworden war, war er so zerstreut und vergesslich, dass er Nastja gelegentlich zur Verzweiflung brachte.

»Ich bin von den Socken«, sagte Nastja und küsste Ljoscha auf die Wange. »Warum kommst du nicht zu spät, wie es sich gehört?«

»Ein Unglücksfall. Es wird nicht wieder vorkommen.«

Tschistjakow zupfte Nastja scherzhaft am Ohrläppchen, nahm ihren Arm und zog sie schnell zur Rolltreppe.

»Irgendwie kommst du mir traurig vor, meine Liebe. Ist etwas passiert?«, fragte er, als sie bereits durch die dunklen Hinterhöfe gingen, die zum Haus von Nastjas Eltern führten.

»Ich bin angespannt«, erwiderte Nastja knapp.

»Warum? Wegen dieser Frau?«

»Ja.«

»Aber du wolltest sie doch selbst kennen lernen.«

»Ja, sicher. Trotzdem ... Ich bin nervös und weiß selbst nicht, warum. Was mache ich denn, wenn sie mir gefällt?«

»Was sollte daran schlecht sein?«

»Und meine Mutter? Irgendwie muss ich dann mein Verhältnis zwischen ihr und dieser Dame ausbalancieren.«

»Jetzt machst du aber eine Mördergrube aus deinem Herzen, Nastja. Und wenn sie dir nicht gefällt? Wirst du dann dein Verhältnis zu deinem Stiefvater überdenken müssen?«

»So ist es. Und überhaupt ist die Situation irgendwie ... zweideutig. Hätte ich vielleicht lieber die Finger davon lassen sollen?«

»Du bist ein kluges Mädchen und tust nie etwas ohne Grund. Hör auf, dich aufzuregen.«

»Und du hör auf, mich zu beschwichtigen. In mir drin zittert alles. Lass uns einen Moment stehen bleiben, damit ich eine Zigarette rauchen kann.«

»Sag mal, wirst du eigentlich nie erwachsen? Du benimmst dich wie ein kleines Mädchen. Als gäbe es keine Grautöne zwischen Gut und Schlecht, Gefallen und Nichtgefallen.«

Sie blieben an der Toreinfahrt zu Nastjas Elternhaus stehen. Nastja setzte sich auf eine Bank und holte ihre Zigaretten aus der Handtasche. Sie machte einen tiefen Zug, nahm Ljoschas Hand und drückte sie an ihre Wange.

»Ich bin dumm, Ljoscha, nicht wahr? Bring mich zur Vernunft, sag mir etwas Kluges, damit ich mich beruhige. Ich schäme mich so. Es ist, als würde ich meine Mutter verraten.«

Ljoscha setzte sich neben sie und legte zärtlich den Arm um ihre Schultern.

»Du bist wirklich noch ein Kind, Nastja. Mit dreiunddreißig Jahren hast du immer noch keine Vorstellung von Ehe und Familie.«

»Das sagt ausgerechnet ein so angeschimmelter Junggeselle wie du. Du bist mir der richtige Fachmann für Ehe- und Familienangelegenheiten.«

»Bei mir ist das etwas anderes. Ich lebe noch bei meinen Eltern und sehe jeden Tag, wie sie miteinander umgehen. Aber du lebst seit langem allein und hast vergessen, was es bedeutet, im Laufe vieler Jahre Tag für Tag mit einem anderen Menschen Tisch und Bett zu teilen. Hör auf, dich schon im Voraus aufzuregen. Rauch lieber schnell zu Ende, damit wir gehen können.«

»Ljoscha, weißt du, woran ich gerade denken muss?«

»Wenn du damals die Abtreibung nicht gemacht hättest, wäre unser Kind bereits dreizehn Jahre alt.«

»Wie hast du es erraten?«

»Ich habe genau dasselbe gedacht. Außerdem kenne ich dich schon seit zwanzig Jahren. Ich habe es gelernt, deine Gedanken zu lesen.«

»Wirklich? Dann lies weiter.«

»Du hast daran gedacht, wie anders heute alles wäre, wenn du damals das Kind behalten und mich geheiratet hättest. Dann würdest du dich jetzt nicht mit der Frage herumschlagen müssen, ob es ethisch vertretbar ist, dass du die Geliebte deines Stiefvaters kennen lernst und dich mit ihr an einen Tisch setzt, während er immer noch der Ehemann deiner Mutter ist. Du würdest einfach keine Zeit haben, dir über solche Dinge den Kopf zu zerbrechen. Und vielleicht hättest du auch ein anderes Verhältnis zu ihnen. Stimmt's?«

»Soll ich dir die Wahrheit sagen, Ljoscha?«

»Sag die ganze Wahrheit, und dann lass uns endlich gehen. Ich bin schon ganz steif vor Kälte.«

Er erhob sich von der Bank und zog Nastja mit sich.

»Ich warte auf die versprochene Wahrheit«, sagte er lächelnd.

»Ich liebe dich sehr. Aber manchmal machst du mir Angst.«

»Du lügst«, erwiderte Ljoscha leise und streichelte ihre Wange. »Wenn du mich wirklich liebtest, würdest du mich nicht auf der kalten Straße festhalten, während das köstliche Knoblauchhähnchen deines Stiefvaters auf uns wartet. Und der Mensch, der dir Angst einjagen könnte, ist noch nicht geboren auf dieser Welt.«

* * *

Nastja lauschte Ljoschas gleichmäßigem Atem. Er schläft, dachte sie. Warum nur verteilt die Natur ihre Gaben so ungerecht? Die einen zählen bis zehn und schlafen sofort ein, die andern, solche wie ich, liegen bis zum Morgengrauen wach und können ohne Schlafmittel kein Auge zutun.

Sie stand wieder auf, warf sich einen warmen Morgenmantel über und schlich auf Zehenspitzen in die Küche. Obwohl die Heizung auf vollen Touren lief, war es kalt in der Wohnung, weil die Balkontür und die Fenster undicht waren. Es gab niemanden, der das hätte in Ordnung bringen können, und Nastja selbst war zu faul, die klaffenden Ritzen mit Watte oder Schaumstoff zuzustopfen. Sie zündete auf dem Gasherd alle vier Flammen an, und nach einigen Minuten wurde es in der Küche stickig warm.

Sie ging in Gedanken noch einmal den Abend durch. Ljoscha hatte Recht, man durfte das Verhältnis zu seinen Eltern nicht von ihren Beziehungen zu andern Menschen abhängig machen. Die Spannung, mit der Nastja diesem Abend entgegengesehen hatte, hatte sich schon sehr bald gelegt. Die Freundin ihres Stiefvaters hatte sich als reizende, sehr sympathische Frau erwiesen, die keinerlei Ähnlichkeit mit Nadeschda Rostislawowna, Nastjas Mutter, hatte. Ljoscha hatte sich nach Kräften bemüht, galant und scharfsinnig zu sein, was ihm auch voll und ganz gelungen war. Jedenfalls hatte er die neue Bekannte völlig verzaubert. Der Stiefvater war mit dem Verlauf des Abends ganz offensichtlich sehr zufrieden gewesen, er hatte seine Gäste mit einem köstlichen georgischen Knoblauchhähnchen bewirtet und sich keinerlei Familiaritäten oder plumpe Vertraulichkeiten in Bezug auf seine Bekannte erlaubt. Gegen Ende des Abends hatte Nastja sich beruhigt, aber ein undeutliches Schuldgefühl der Mutter gegenüber nagte auch jetzt noch an ihr.

Sie griff zögernd zum Telefonhörer und wählte die lange Telefonnummer im fernen Schweden, wo es jetzt noch nicht so spät war wie in Moskau.

»Nastja? Was ist passiert?«, fragte Nadeschda Rostislawowna beunruhigt.

»Nichts ist passiert. Du hast nur schon sehr lange nicht mehr angerufen.«

»Ist bei dir wirklich alles in Ordnung?«, fragte die Mutter noch einmal nach. Es war sehr ungewöhnlich, dass Nastja von sich aus bei ihr anrief, noch dazu um diese späte Stunde.

»Es ist wirklich alles in Ordnung, Mama, mach dir keine Sorgen. Es geht mir gut.«

»Und dein Stiefvater?«

»Dem geht es auch gut. Ljoscha und ich waren heute Abend bei ihm. Er hat uns ein sehr leckeres georgisches Knoblauchhähnchen vorgesetzt.«

»Sagst du auch die Wahrheit? Ist bei euch wirklich alles in Ordnung.«

»Ja, wirklich. Muss denn erst etwas passieren, damit wir einander anrufen? Ich habe einfach Sehnsucht nach dir.«

»Ich habe auch Sehnsucht nach dir, Töchterchen. Wie geht es dir mit der Arbeit?«

»Wie immer. Am zwölften Dezember fliege ich mit einer Delegation von Kripobeamten nach Rom.«

»Tatsächlich?«, rief die Mutter erfreut aus. »Das ist ja großartig. Herzlichen Glückwunsch. Wie war das, wann genau fliegst du?«

»Am zwölften Dezember. Und am neunzehnten komme ich zurück.«

»Warum hast du mir das nicht früher gesagt?«, fragte Nadeschda Rostislawowna mit Enttäuschung in der Stimme. »Jetzt wird es mir wahrscheinlich nicht mehr gelingen, bis dahin ein Visum für Italien zu bekommen, aber ich werde es trotzdem versuchen. Vom dreizehnten bis siebzehnten Dezember bin ich auf einem Linguistik-Symposium in Frankreich, mein Vortrag ist für den fünfzehnten geplant, und wenn es mit dem Visum klappt, sehen wir uns in Rom. Wo kann ich dich dort finden?«

»Das weiß ich nicht. Und wo kann ich dich finden?«

»Ich weiß es auch nicht«, lachte die Mutter. »Lass es uns so machen. Wenn ich das Visum bekomme, treffen wir uns am sechzehnten um sieben Uhr abends auf dem Platz vorm Petersdom. Es ist ein großer, übersichtlicher Platz, dort können wir uns nicht verfehlen. Abgemacht?«

Nastja war etwas überrascht von der Hartnäckigkeit ihrer Mutter.

»Aber Mama, ich fliege doch nicht allein, sondern mit einer Gruppe von Kollegen. Woher soll ich wissen, was für ein Programm wir haben werden. Vielleicht werde ich am sechzehnten keine Zeit haben.«

»Unsinn!«, sagte die Mutter entschieden. »Ich werde bis acht Uhr auf dich warten. Wenn du nicht kommst, warte ich am nächsten Tag wieder. Ich werde zusehen, dass es mit dem Visum klappt, und hoffe, dich zu treffen, Töchterchen, hörst du?«

»Gut, Mama.« Nastja schluckte krampfhaft. Ihre Mutter sollte nicht bemerken, dass sie weinte. »Ich werde da sein.«

»Wie steht es mit der italienischen Sprache bei dir?«, fragte die Mutter streng. »Erinnerst du dich noch an etwas, oder hast du schon alles vergessen?«

»Keine Sorge, dort kommt man auch mit Englisch zurecht.«

»Nein, Kleines, so geht das nicht. Versprich mir, dass du bis dahin dein Italienisch auffrischst. Als Kind hast du die Sprache sehr gut gesprochen.«

»Meine Kindheit ist längst vorbei, Mama. Ich arbeite von morgens bis abends und weiß nicht, ob ich die Zeit finden werde, mein Italienisch aufzufrischen. Sei mir bitte nicht böse.«

»Ich bin dir nicht böse.« Nastja war sich sicher, dass ihre Mutter in diesem Moment lächelte. »Ich bin stolz auf dich, Nastjenka. Und hör auf zu weinen. Glaubst du etwa, ich höre nicht, wie du ständig die Nase hochziehst? Geh schlafen und ruiniere dein schmales Budget nicht mit Auslandstelefonaten. Du hast keinen Grund, traurig zu sein. Denk dran, jeden Abend um sieben Uhr vor dem Petersdom. Umarme bitte deinen Stiefvater von mir, und Ljoscha auch.«

Nastja ließ den Hörer langsam auf die Gabel sinken und bemerkte erst jetzt, dass Ljoscha unbeweglich in der offenen Küchentür stand.

»Na? Ist dir jetzt wohler?«, fragte er lächelnd.

»Habe ich dich geweckt?«, murmelte sie schuldbewusst. »Entschuldige bitte.«

»Mein Gott, was bist du nur für ein Kind«, seufzte Tschistjakow.

Sie blieben noch eine halbe Stunde in der warmen Küche sitzen, bis Nastja sich endgültig beruhigt hatte.

FÜNFTES KAPITEL

Während der morgendlichen Einsatzbesprechung bei Gordejew beobachtete Nastja unauffällig ihre Kollegen und stellte sich immer wieder dieselbe Frage: Wer von ihnen ist es? Die einen kannte sie besser, die anderen schlechter, aber in keinem von ihnen konnte sie einen Betrüger und Verräter erblicken.

Mischa Dozenko. Er war der Jüngste aus Gordejews Ermittlerteam, schwarzäugig, hoch gewachsen. Manchmal war er unbeschreiblich naiv und rührend, manchmal verblüffte er mit seinem nüchternen Blick und seiner Professionalität. Immer elegant und teuer gekleidet, gebügelt und geschniegelt. Wahrscheinlich gab er sein ganzes Gehalt für Kleidung aus. Aber war die Vorliebe für gute Kleidung etwa eine Sünde? Was konnte Mischas wunder Punkt sein? Geld? Ja, wahrscheinlich. Oder eine Frau. Obwohl er Junggeselle war und deshalb nicht erpressbar wegen einer Geliebten. Es sei denn, es würde sich um eine verheiratete Frau handeln.

Jura Korotkow. Er lebte mit seiner Frau, seinem Sohn und seiner Schwiegermutter, die seit einem Schlaganfall bettlägerig war, in einer winzigen Zweizimmerwohnung. Er hatte viele Jahre auf der Warteliste für eine neue Wohnung gestanden, aber noch bevor er an die Reihe kam, wurde der staatliche Wohnungsbau eingestellt. Und sein Milizionärsgehalt würde nie im Leben für den Erwerb einer Eigentumswohnung reichen. Nastja war eng mit ihm befreundet, sie wusste immer über seine Affären Bescheid, über seine kleinen Siege und seine kleinen Tragödien. Seit anderthalb

Jahren hatte Jura eine feste Beziehung zu einer Frau, die er als Zeugin in einem Mordfall kennen gelernt hatte. Er verliebte sich leicht, war schnell entflammbar und ebenso schnell wieder abgekühlt, aber mit dieser Beziehung hatte er seinen eigenen Rekord in Beständigkeit eingestellt. Seine Geliebte hatte zwei Söhne, und Jura hatte die feste Absicht, so lange zu warten, bis sie groß waren, um die Frau dann zu heiraten. Brauchte er Geld? Zweifellos, und er brauchte viel. Aber war er deshalb zum Verrat fähig?

Kolja Selujanow. Einer der erfahrensten Ermittler in der Abteilung, ein Witzbold, ein Possenreißer, der gelegentlich zu groben Späßen neigte. Er konnte aber von einem Moment zum andern ernst werden und dem, der ihn brauchte, ganz uneigennützig zu Hilfe eilen. Kolja war geschieden, seine Frau hatte seinen schwierigen Charakter und seine unregelmäßigen Arbeitszeiten nicht ertragen, sie hatte die Kinder genommen und war mit ihrem neuen Mann nach Woronesh gezogen. Nastja wusste, dass Kolja manchmal während der Arbeitszeit heimlich nach Woronesh flog, um ein paar Stunden mit seinen Kindern zu verbringen und am selben Abend wiederzukommen. Danach betrank er sich jedes Mal und lief zwei, drei Tage lang düster und völlig niedergeschmettert herum. War es möglich, dass er, wenn er abwesend war, gar nicht nach Woronesh flog, sondern in diesen Zeiten irgendwelchen dunklen Machenschaften nachging?

Igor Lesnikow. Ein ausgesprochen gut aussehender Mann, nach dem sich alle jüngeren Frauen der Petrowka 38 verzehrten. Aber Igor war verschlossen und immer sehr ernst, fast menschenscheu. Nastja wusste nichts über sein Privatleben, außer dass er zum zweiten Mal verheiratet und vor kurzem Vater geworden war. War vielleicht er das schwarze Schaf? Er war sehr ehrgeizig und karrierebewusst, machte ihn das vielleicht erpressbar?

Nastjas freudlose Gedankengänge wurden von ihrem Chef unterbrochen.

»Kamenskaja, ich spreche mit dir. Wach auf!«

Nastja zuckte zusammen.

»Ich höre Ihnen zu, Viktor Alexejewitsch.«

»Ab heute bist du die Mentorin von Mestscherinow. Du kannst ihn unter deiner Anleitung für die Arbeit einteilen, er steht zu deiner Verfügung.«

Vom anderen Ende des Raumes lächelte Nastja der breitschultrige, hellhaarige Student der Moskauer Polizeihochschule zu.

Nach dem Ende der Besprechung nahm Nastja ihn mit in ihr Büro.

»Der freie Tisch gehört Ihnen, Oleg, das wird im Laufe des nächsten Monats Ihr Arbeitsplatz sein. Sie können mich einfach Nastja nennen.«

»Auf welche Art werden Sie mich denn unterweisen? Muss ich mir das so vorstellen wie den Unterricht bei uns an der Schule?«

»Ich weiß nicht, wie bei Ihnen an der Schule unterrichtet wird. Möglicherweise wird meine Methode Ihnen nicht gefallen. Dann müssen Sie sich einen anderen Mentor suchen. Für den Anfang würde ich gern herausfinden, ob Sie nach dem Prinzip des Ausschlussverfahrens denken können.«

»Wie das?«, fragte der Praktikant stirnrunzelnd.

»Ich denke mir ein Wort aus, zum Beispiel den Namen eines berühmten Schauspielers oder Regisseurs. Und Sie müssen erraten, wer es ist. Sie können mir jede beliebige Frage stellen, mit einer Einschränkung: Es müssen immer Fragen sein, auf die es zwei Antworten gibt, und Sie müssen so fragen, dass eine von den beiden Möglichkeiten zutrifft. Sie können zum Beispiel mit der Frage beginnen, ob es sich um einen Mann oder eine Frau handelt. Eine dritte Möglichkeit gibt es hier nicht. Haben Sie die Methode verstanden?«

»Ich glaube, schon«, sagte Oleg unsicher.

»Dann fangen Sie an.«

»Ist es ein Mann oder eine Frau?«

»Ein Mann.«

»Beginnt sein Nachname mit einem Konsonanten oder mit einem Vokal?«

»Sehr gut«, sagte Nastja, »mit einem Konsonanten.«

Aber Nastja hatte den Praktikanten zu früh gelobt. Er verfiel in tiefsinnige Grübelei und kam auf keine weitere Frage. Nastja drängte ihn nicht, sie sortierte schweigend die Papiere auf ihrem Schreibtisch.

»Ich weiß nicht weiter«, sagte Oleg endlich.

»Denken Sie nach«, erwiderte Nastja, ohne den Kopf von den Papieren zu heben.

»Ich verstehe nicht, wozu das gut sein soll. Ich dachte, Sie erzählen mir etwas über operative Vorgehensweisen oder erteilen mir irgendwelche Aufträge ...«

»Die werde ich Ihnen schon noch erteilen. Vielleicht. Aber zuerst muss ich mich davon überzeugen, dass Sie denken können. Es muss ja nicht schnell gehen, ich bin auch eine langsame Denkerin. Die erste Lektion für Sie ist die, dass Sie in der Ermittlungsarbeit nicht tun können, was Sie wollen. Sie können sich die zu lösenden Aufgaben nicht nach Lust und Laune aussuchen, sondern müssen bereit und in der Lage sein, alles zu tun, was der Aufklärung eines Falles dient. Kein anderer wird das für Sie machen. Wenn Sie glauben sollten, dass Ermittlungsarbeit nur darin besteht, Täter in den Hinterhalt zu locken und zu verhaften, muss ich Sie enttäuschen. Das alles findet erst am Ende der Ermittlungsarbeit statt. Wenn Sie mit der Leiche eines Menschen konfrontiert sind, wird Ihnen nichts anderes übrig bleiben, als erst einmal angestrengt darüber nachzudenken, von wem und warum dieser Mensch ermordet wurde, wie man das klären und überprüfen kann. Also seien Sie bitte so nett und stellen Sie Fragen, bis Sie die Aufgabe gelöst haben, trainieren Sie Ihr Gehirn und üben Sie gleichzeitig Geduld und Ausdauer.«

Der Praktikant runzelte die Stirn und drehte den Kopf zum Fenster. Mischa Dozenko betrat mit einer brennenden Zigarette in der Hand das Büro.

»Anastasija Pawlowna, darf ich ein bisschen hier bei Ihnen sitzen? Lesnikow hat gerade eine Besprechung, er muss mit seinem Besucher allein sein ...«

»Kommen Sie herein, Mischa.«

Mischa war der einzige Kollege in der Abteilung, mit dem Nastja per Sie war. Das hatte nichts mit besonderem Respekt für den

Oberleutnant zu tun. Es war Mischa, der Nastja in den Himmel hob, sie für außerordentlich intelligent hielt und nie anders ansprach als mit Namen und Vatersnamen. Kolja Selujanow machte deshalb sogar Witze und behauptete, der sympathische Oberleutnant habe sich insgeheim in die herbe, unterkühlte Kamenskaja verliebt. Das stimmte natürlich nicht, aber trotzdem blieb Nastja als Antwort auf Mischas unbeirrbares Sie nichts anderes übrig, als ihn ebenfalls zu siezen.

Eingedenk Gordejews strengem Verbot, mit einem von den Kollegen über den Mordfall Jeremina zu sprechen, räumte Nastja rasch die Papiere vom Schreibtisch. Sie plauderte mit Mischa friedlich über dies und das, beschwerte sich darüber, dass ihre alten Stiefel undicht waren und dass es wenig Sinn hätte, neue zu kaufen, da diese bei so viel Dreck und Wasser auf den Straßen sofort unansehnlich würden, kurz, sie redete, um Dozenko abzulenken und ihm nicht die Gelegenheit zu geben, auf dienstliche Angelegenheiten zu kommen.

Irgendwann ging Mischa wieder, aber der Praktikant saß immer noch schweigend da und wusste keine Frage zu stellen. Endlich wandte er sich vom Fenster ab.

»Stammt dieser Schauspieler aus der östlichen oder aus der westlichen Hemisphäre?«

Gottlob, es hat sich etwas bewegt, dachte Nastja, die bereits an ihrer Wahl zu zweifeln begonnen hatte, jetzt wird es hoffentlich etwas schneller vorangehen.

Nach anderthalb Stunden qualvollen Nachdenkens hatte Oleg Mestscherinow endlich herausgefunden, dass es sich um Charlie Chaplin handelte.

»Jetzt erhöhen wir den Schwierigkeitsgrad«, sagte Nastja. »Nehmen Sie bitte Papier und Stift und notieren Sie ...«

Sie beschrieb dem Praktikanten eine weitgehend typische Situation, in der eine Leiche an einem öffentlichen Ort entdeckt wird.

»Gehen Sie wieder nach dem Ausschlussverfahren vor und erstellen Sie eine komplette Liste möglicher Versionen. Beginnen können Sie mit der Frage, ob der Mörder sein Opfer gekannt hat oder nicht. In der Version, in der Sie davon ausgehen, dass er das Opfer nicht gekannt hat, gibt es erneut zwei Möglichkeiten: Handelt es sich um einen Mörder mit eigenem Motiv oder um einen Auftragskiller? Und so weiter. Haben Sie verstanden? Das ist eine Hausaufgabe für Sie. Jetzt fahren wir los und vernehmen diese Leute hier.«

Nastja schob eine lange Liste mit Namen in ihre Handtasche. Es handelte sich um Freunde und Bekannte von Kartaschow, in der Liste waren die Adressen ihrer Privatwohnungen und ihrer Arbeitsplätze verzeichnet. Viele Namen waren mit einem Häkchen versehen, was bedeutete, dass man diese Personen bereits vernommen hatte. Trotzdem blieb noch viel zu tun …

* * *

Wassja Kolobow, ein kleiner, unansehnlicher Mann mit schmierigen Gesichtszügen und winzigen, schlauen Augen, beantwortete Nastjas Fragen nur sehr lustlos.

»Wie war das Verhältnis Ihrer Frau Olga zu Viktoria Jeremina und zu deren Freund Boris Kartaschow?«

»Wie soll es schon gewesen sein«, brummte Kolobow. »Normal. Mit Vika stritt sie manchmal, mit Boris offenbar nicht.«

»Und warum stritt sie sich mit Vika?«

»Woher soll ich das wissen? Weiber …«

»Hat Olga Ihnen erzählt, dass Vika krank geworden ist?«

»Ja, sie hat so etwas gesagt.«

»Versuchen Sie bitte, sich so genau wie möglich zu erinnern, was sie gesagt hat.«

»Was sie gesagt hat? Das ist schon so lange her, ich weiß es nicht mehr. Ich glaube, sie meinte, Vika sei nicht mehr ganz dicht im Kopf, irgendwas mit Träumen … An mehr erinnere ich mich nicht.«

»Können Sie sich erinnern, wann Sie Vika zum letzten Mal gesehen oder am Telefon gesprochen haben?«

»Das weiß ich auch nicht mehr. Es ist lange her. Es war noch warm draußen, vielleicht war es September oder Anfang Oktober.«

»Warum erinnern Sie sich daran, dass es noch warm war?«

»Weil Vika ein schickes Kostüm getragen hat. Sie ist zu Olga gekommen, ich wollte gerade gehen und bin im Flur mit ihr zusammengestoßen. Sie trug keinen Mantel, sondern nur das Kostüm, also muss es noch warm gewesen sein.«

»Vielleicht hat sie keinen Mantel getragen, weil jemand sie im Auto gebracht hat.«

»Vielleicht«, grunzte Kolobow. »Bei dieser Schlampe ist alles möglich.«

»Warum bezeichnen Sie die Jeremina als Schlampe? Hat Ihnen ihr Lebenswandel missfallen?«

»Was ging mich ihr Lebenswandel an?! Solange sie mir nicht in die Quere kam ...«

»Ist sie Ihnen in die Quere gekommen?«

»Nein, wie kommen Sie darauf?«

»Ich wüsste trotzdem gern, was für ein Verhältnis Sie zu ihr hatten.«

Erneut undeutliches Murmeln und Schulterzucken. Wassja Kolobow war weiß Gott nicht der Zeuge, von dem ein Ermittler träumte. Er war Verkäufer in einem Kiosk auf dem Sawelewskij-Bahnhof, der rund um die Uhr geöffnet hatte. Er machte dort Schichtarbeit, immer im Turnus von vierundzwanzig Stunden.

»Sagen Sie, ist Vika nie bei Ihnen auf dem Bahnhof gewesen?«

Diese Frage schien Kolobow nicht zu gefallen. Er hörte auf zu grinsen, sein Gesicht verfinsterte sich.

»Was hätte sie dort tun sollen?«, presste er zwischen den Zähnen hervor.

»Ich habe Sie nicht gefragt, was sie dort hätte tun sollen, ich habe Sie gefragt, ob Sie Viktoria Jeremina jemals auf dem Sawelewskij-Bahnhof gesehen haben. Und wenn Sie sie gesehen haben, dann wüsste ich gern, ob sie allein oder in Begleitung war, ob sie zu Ihnen an den Kiosk gekommen ist und was sie gesagt hat. Haben Sie meine Frage verstanden?«

»Ich habe sie dort nie gesehen.«

»Haben Sie Vika vielleicht einmal in Ihrem Büro besucht?«

»Wozu? Was hatte ich dort verloren? Ich weiß nicht einmal, wo sie gearbeitet hat.«

Und so ging es weiter: Ich weiß nicht, ich erinnere mich nicht, ich habe nichts gesehen …

»Wann haben Sie erfahren, dass Vika verschwunden ist?«

»Olga hat es mir gesagt. Ich glaube, es war irgendwann Ende Oktober.«

»Was genau hat sie Ihnen gesagt?«

»Dass Boris nach Vika sucht, dass sie nicht zu Hause ist und auch nicht im Büro erscheint.«

»Ist Ihre Frau zu dieser Zeit vielleicht zufällig weggefahren? In eine andere Stadt oder für ein paar Tage zu einer Freundin in Moskau?«

»Ich glaube, nicht.«

»Sie glauben, nicht? Wissen Sie gewöhnlich, wo Ihre Frau sich aufhält?«

»Gewöhnlich weiß ich es nicht. Ich mache Schichtarbeit und bin nur jeden zweiten Tag zu Hause.«

»Und was ist, wenn Sie zu Hause sind?«

»Dann sitze ich auch nicht in der Wohnung herum. Und ich kontrolliere Olga nicht. Hauptsache, die Wohnung ist sauber und das Essen steht auf dem Tisch. Alles andere geht mich nichts an.«

»Aber sie ist doch Ihre Frau. Ist es Ihnen wirklich gleichgültig, wo sie ist und was sie macht?«

»Wie kommen Sie denn darauf, dass es mir gleichgültig ist?«

»Haben Sie das eben nicht selbst gesagt?«

»Ich glaube nicht, dass ich das so gesagt habe.«

»Sind Sie selbst Ende Oktober irgendwohin verreist?«

»Nein.«

»Sie haben die ganze Zeit Schichtarbeit gemacht?«

»Ja, die ganze Zeit.«

* * *

»Wir müssen zum Sawelewskij-Bahnhof fahren und dort nach diesem Kolobow fragen«, sagte Nastja nachdenklich, als sie mit Oleg wieder allein war. »Er ist irgendwie nervös geworden, als ich ihn gefragt habe, ob er Vika irgendwann dort gesehen hat. Sie fahren zum Bahnhof, ich zu Olga Kolobowa. Machen Sie schnell.«

* * *

»Wie oft denn noch?«, fragte die Kolobowa mit klagender Stimme, als sie Nastja erblickte. Sie war eine hübsche, füllige Blondine mit riesigen grauen Augen, einem großen Busen und schönen Beinen. Um den Eindruck einer möglichst schmalen Taille zu erwecken, trug sie zu enge Jeans und einen zu weiten Pullover. Sogar im Gespräch mit einer Kripobeamtin nahm sie den Kaugummi nicht aus dem Mund, sodass ihre ohnehin langsame Art, zu sprechen und die Vokale in die Länge zu ziehen, kindlich und gleichzeitig affektiert wirkte.

»Sie vernehmen mich schon zum x-ten Mal.«

»Ich vernehme Sie nicht, ich will mich nur etwas mit Ihnen unterhalten. Sagen Sie, Olga, warum haben Sie aufgehört zu arbeiten und sitzen jetzt zu Hause?«

»Wassja hat das so gewollt. Er braucht keine Ehefrau, sondern eine Haushälterin. Und ich sitze lieber zu Hause, als Wände zu verputzen.«

»Ist Ihnen nicht langweilig?«

»Nein, ganz im Gegenteil. Ich hatte früher nie ein eigenes Zuhause, erst das Waisenhaus, dann das Wohnheim. Jetzt räume ich den ganzen Tag auf und putze, ich wische die Böden, staube ab und wienere das Bad. Und ich koche auch sehr gern.«

»Wozu geben Sie sich so viel Mühe, wenn Ihr Mann jeden zweiten Tag für vierundzwanzig Stunden weg ist und auch seine Freizeit kaum zu Hause verbringt?«

»Ich mache das für mich selbst.«

»Und für wen kochen Sie? Auch für sich selbst?«

»Ja. Ich habe genug Wassersuppe im Waisenhaus gelöffelt. Außerdem bringt Wassja gern Gäste mit nach Hause, fast immer überraschend, und wenn ich nichts dahabe, um die Gäste zu bewirten, gibt es Ärger. Deshalb bin ich immer in Kampfbereitschaft.«

»Kommt es auch vor, dass er Gäste mitbringt, wenn Sie nicht zu Hause sind?«

»Das kommt sogar oft vor. Ich bin hier ja nicht angenietet. Und er sagt mir nie, wann er jemanden mitbringt und wen.«

»Und dann gibt es auch Ärger?«

»Nein.« Der Kaugummi erschien für einen Moment zwischen Olgas kleinen, ungleichmäßigen Vorderzähnen und wechselte von einer Seite auf die andere. »Ihm kommt es nur darauf an, dass die Wohnung sauber ist und das vorgekochte Essen im Kühlschrank steht. Aufwärmen kann er es selbst. Und wenn Besuch da ist, braucht er mich erst recht nicht. Ich bin so etwas wie ein Möbelstück für ihn.«

»Kränkt Sie das nicht?«

»Warum sollte mich das kränken? Ich habe ihn ja nicht aus Liebe geheiratet. Wassja braucht eine Haushälterin, und ich brauche eine eigene Wohnung mit Küche und Bad. Im Wohnheim habe ich nicht einmal zu träumen gewagt, dass ich jemals eine eigene Bude haben würde.«

»Ist Ihr Mann Ende Oktober vielleicht zufällig für längere Zeit weggefahren?«

»Nein, mit Sicherheit nicht. Er hat immer gearbeitet.«

»Woher wissen Sie das?«

»Ich fahre jeden Tag zweimal zum Bahnhof und kontrolliere ihn.«

»Wie bitte?«

Die Ehrlichkeit dieser üppigen, lasziven Blondine war einfach umwerfend. Entweder war das offener Zynismus, der ganz entschieden nicht im Gewand von Wohlanständigkeit daherkommen wollte, oder diese Frau war so verzweifelt, dass es ihr völlig gleichgültig war, was andere über sie dachten.

»Aber bitte sagen Sie ihm nichts davon. Sonst setzt es Schläge. Wissen Sie, er hat mich in dieser Wohnung nicht angemeldet, und wenn er auf die Idee kommen sollte, sich scheiden zu lassen, lande ich wieder im Wohnheim. Er hat sich letztes Jahr verliebt, und ich habe Angst bekommen, dass er mich verlässt und dieses Mädchen heiratet. Er hat mir damals immer erzählt, dass er wegfahren muss, um Ware für den Kiosk zu besorgen, aber in Wirklichkeit war er bei dieser Frau oder ist mit ihr zusammen weggefahren. Seitdem fahre ich regelmäßig zum Bahnhof und sehe nach, ob er am Kiosk ist. Er betrügt mich natürlich nach Strich und Faden, aber das macht nichts, Hauptsache, er lässt mich hier wohnen und schmeißt mich nicht raus. So lebe ich jetzt: Er fährt um acht Uhr morgens zur Arbeit, und zwei Stunden später fahre ich ihm hinterher. Ich schaue nach, ob er im Kiosk ist, dann mache ich mich wieder auf den Heimweg. Irgendwann am späten Abend fahre ich noch einmal hin. Deshalb weiß ich genau, dass er in den letzten zwei Monaten kein einziges Mal gefehlt hat. Sogar damals, als man ihn verprügelt hat, ist er am nächsten Tag wieder zur Arbeit gefahren, grün und blau, wie er war. Man kann ihn verstehen, weil er ja nicht der Besitzer des Kiosks ist, sondern auf Provision arbeitet. Wenn er nichts verkauft, verdient er nichts.«

»Und was ist mit dieser anderen Frau? Sie haben gesagt, dass er damals tagelang nicht zur Arbeit gegangen ist.«

»Na ja, sie hat viel Geld, wahrscheinlich hat sie ihm einiges zugesteckt. Aber im Grunde ist Wassja geizig, der zählt jede Kopeke. Darum bin ich damals auch hellhörig geworden, als ich erfahren habe, dass er seiner Arbeit fernbleibt. Mir war gleich klar, dass es sich in diesem Fall nicht um eines seiner Flittchen handelte, die er wechselt wie seine Hemden, sondern um etwas anderes. Keiner von denen hat er je auch nur eine Schachtel Zigaretten geschenkt.«

»Noch eine Frage. Wie kommt es, dass Sie nach dem Verlassen des Baukombinats weiterhin im Wohnheim gemeldet bleiben? Aufgrund Ihrer Kündigung haben Sie das Wohnrecht in diesem Heim doch verloren.«

»Nein, ich nicht, ich gehöre zum Waisenkontingent. Ich behalte mein Wohnrecht dort auch dann, wenn ich nicht mehr im Kombinat arbeite.«

»Gut. Noch einmal zu Ihrem Mann. Hat er Ihnen erzählt, warum man ihn verprügelt hat?«

»Der erzählt nie etwas. Und wenn er etwas erzählt, dann lügt er. Darum frage ich ihn gar nichts mehr und stecke meine Nase nicht in seine Angelegenheiten.«

»Sagen Sie, hat er nie etwas davon gesagt, dass er Vika auf dem Sawelewskij-Bahnhof gesehen hat?«

»Nein, davon hat er nie etwas gesagt.«

»Hat er Sie jemals danach gefragt, wo Vika arbeitet?«

»Ich habe ihm einmal erzählt, dass sie Sekretärin in einer Firma ist. Und er wollte nichts Näheres wissen. Er hat sie nicht besonders gemocht.«

»Warum?«

»Er war der Meinung, dass sie einen schlechten Einfluss auf mich ausübt.«

»In welcher Hinsicht?«

»Weil sie getrunken hat und überhaupt ... Ich glaube, es hat ihn schrecklich geärgert, dass Vika mehr verdient hat als er. Und mir gegenüber spielt er sich als Despot auf, weil ich keine Kopeke besitze und völlig von ihm abhängig bin. Er hat befürchtet, ich könnte in Vikas Fußstapfen treten und genauso viel Geld verdienen wie sie. Dann hätte ich mir eine eigene Wohnung kaufen können oder zumindest mieten. Wo findet er denn noch so eine Dumme wie mich? Keine einzige normale Frau würde so ein Leben ertragen, das können Sie mir glauben.«

»Haben Sie jemals daran gedacht, auf dieselbe Weise Geld zu verdienen wie Vika, oder hatte Ihr Mann keinen Grund zu solchen Befürchtungen?«

»Natürlich hatte er keinen Grund. Er ist ein Dummkopf und misst alle mit seinem eigenen Maß. Aber ich bin ja nicht auf den Kopf gefallen. Das, was Vika war, könnte ich nie werden, dazu bin ich nicht schön genug. Und für gewöhnliche Prostitution bin ich inzwischen etwas zu alt. Außerdem ist das sowieso nichts für mich. Ich möchte ein Haus haben und Kinder großziehen, sonst nichts. Aber Wassja, dieser Schurke, will keine Kinder.«

»Warum nicht?«

»Wozu sollten die gut sein? Sie machen nur Sorgen. Und wenn ein Kind da wäre, könnte er mich nicht einfach so wieder ins Wohnheim abschieben. Er kennt das Gesetz und will seine Macht über mich nicht verlieren.«

* * *

... Was führte die Menschen zusammen? Was ließ sie aneinander festhalten? ...

* * *

Die Auslage im Bahnhofskiosk bestand aus dem Standardangebot an Spirituosen, Zigaretten, Kaugummi und Präservativen. Der Verkäufer war ein dunkelhaariger junger Bursche von etwa zwanzig Jahren, der einen durchaus freundlichen Eindruck machte.

»Kennen Sie Wassja Kolobow?«

»Wassja? Ja, natürlich. Warum?«

»Wissen Sie, dass er vor etwa einem Monat, Anfang November, verprügelt wurde?«

»Er hat nicht darüber gesprochen, aber man hat es gesehen. Der war grün und blau im Gesicht.«

»Wissen Sie, weshalb man ihn verprügelt hat?«

»Er hat nichts gesagt, und ich habe nicht gefragt. Das ist bei uns nicht üblich. Das geht nur die etwas an.«

»Wer sind ›die‹?«

»Als wüssten Sie das nicht! Wassjas Kiosk steht auf jener Seite, meiner auf dieser. Die Seite dort drüben wird von der Butyrki-Gruppe kontrolliert, meine Seite von der Marjinskaja-Gruppe. Ich habe keine Ahnung, was bei denen dort drüben los ist. Wir mischen uns nicht ein.«

»Sie glauben also, es handelte sich um eine Abrechnung?«

»Klar.«

»Sehen Sie sich doch bitte mal dieses Foto an. Haben Sie dieses Mädchen schon einmal gesehen?«

»Nicht, dass ich wüsste. Sie sieht aber toll aus.«

»Danke, entschuldigen Sie die Störung.«

Der nächste Kiosk.

»Ob ich Wassja kenne? Klar. Wir kennen uns alle hier ... Ja, ich erinnere mich, dass man ihn verprügelt hat. Es war Anfang November. Warum? Das weiß ich nicht, Wassja hat nichts gesagt. Nein, das Mädchen habe ich nie gesehen ...«

Noch ein Kiosk und noch einer und noch einer ... Und das bis zum Abend. Niemand wusste, wer Wassja Kolobow verprügelt hatte und warum. Diejenigen, deren Kioske sich auf der Butyrki-Seite befanden, behaupteten, Wassja hätte sich nichts zuschulden kommen lassen und niemandem Grund für eine Abrechnung geliefert. Doch selbst dann, wenn sie logen und Kolobow die Prügel doch von der Mafia bezogen hatte, so bestand wohl kaum ein Zusammenhang mit dem Mord an Vika Jeremina. Niemand hatte sie auf dem Foto erkannt. Noch ein weiterer Tag war vertan.

Ach, wie gut ich jetzt Larzew gebrauchen könnte, dachte Nastja. Er würde es mit Sicherheit schaffen, diesen Kolobow an der richtigen Stelle zu packen und ihm die Wahrheit aus der Nase zu ziehen. Mit seinem psychologischen Gespür konnte Wolodja sogar eine Sphinx zum Reden bringen. Dieser Fähigkeit bedienten sich zuweilen nicht nur die Mitarbeiter der Abteilung, sondern auch viele Untersuchungsführer, die mit Larzew zusammenarbeiteten. Wie gern hätte Nastja diese Geschichte mit Kolobow aufgeklärt, um sie dann abhaken zu können! Im Grunde war sie überzeugt, dass die Prügelei nichts mit dem Mord an Vika zu tun hatte, aber sie war es gewohnt, alles, was sie anfing, zu Ende zu bringen.

Sie machte einen vorsichtigen Versuch, Gordejew um Larzews Unterstützung zu bitten, doch der Chef runzelte unzufrieden die Stirn.

»Ihr seid sowieso schon zu viert, mit Dozenko sogar fünf. Larzew hat genug anderes zu tun. Seht zu, wie ihr allein zurechtkommt.«

Trotzdem ging Nastja die Geschichte nicht aus dem Kopf. Warum hatte Kolobow plötzlich so angespannt gewirkt, als sie ihn gefragt hatte, ob Vika jemals bei ihm auf dem Bahnhof gewesen war? Oder war ihr das nur so vorgekommen? Auch das konnte natürlich möglich sein. Dennoch investierte Nastja noch einen ganzen Tag, um der Wahrheit auf die Spur zu kommen. Zusammen mit Jewgenij Morozow und dem Praktikanten befragte sie sämtliche Angestellten auf dem Bahnhof, die Fahrkartenverkäufer, die Bahnhofspolizei, die Kellnerinnen, die Ärzte in der Sanitätsstelle, die Bauarbeiter, die bereits seit drei Monaten eine riesige Baugrube neben dem Bahnhof aushoben ... Nichts. Niemand erinnerte sich an Vika. Alles war umsonst gewesen.

* * *

Der ältere Mann, den manche einfach Arsenn nannten, legte den Telefonhörer auf die Gabel, überlegte einige Minuten, dann nahm er den Hörer erneut ab und begann zu wählen. Unter der Nummer meldete sich niemand. Der Mann erhob sich vom Sessel, ging ins Nachbarzimmer, wo sich ebenfalls ein Telefon befand, und wählte dieselbe Nummer. Aber auch diesmal ertönten die langen Leerzeichen in der Leitung. Arsenn lächelte zufrieden, zog einen pelzgefütterten, dunkelgrünen Mantel an, schlüpfte in Straßenschuhe mit dicken Sohlen und ging hinaus auf die Straße. Zwei Häuserblocks weiter betrat er eine Telefonzelle, wählte noch einmal und bekam erneut keine Antwort. Er legte auf und ging zur Metro.

Eine halbe Stunde später saß er in einem gemütlichen Café und trank Mineralwasser. Ihm gegenüber saß Onkel Kolja vor einem Glas Bier.

»Wir müssen mit dem Jungen noch ein bisschen arbeiten«, sagte Arsenn mit ruhiger Stimme.

»Hat die erste Lektion nicht gefruchtet?«, fragte Onkel Kolja mit hochgezogenen Augenbrauen.

»Doch, doch, sie hat gefruchtet, mach dir keine Sorgen«, erwiderte Arsenn mit gönnerhaftem Lächeln. »Aber wir müssen auf Nummer Sicher gehen. Es scheint, dass man ihn bald unter Druck setzen wird. Dem müssen wir zuvorkommen und ihn daran erinnern, wer und was er auf dieser sündigen Erde ist.«

»Wir werden ihn daran erinnern«, nickte Onkel Kolja und lächelte sein seltsames Lächeln, das die Goldzähne in seinem Mund aufblinken ließ.

* * *

Der Mann, den heute viele unter dem Namen Arsenn kannten, hatte in seiner Kindheit den ganz einfachen Namen Mitja getragen. Er war ein ernster, nachdenklicher Junge, der gut in der Schule war und viel las. Seit früher Kindheit verfolgte ihn eine unerklärliche Angst um seine körperliche Unversehrtheit. Er hatte schreckliche Angst vor Schmerzen und Verletzungen, deshalb hielt er sich von der Straße fern, er ging nie hinaus, um mit den anderen Fußball, Revolution oder wilde Kosaken zu spielen, sondern saß lieber zu Hause, spielte mit sich selbst Schach oder dachte seine kleinen Kindergedanken.

Seine Kindheit fiel in eine Zeit, als alle Jungen noch davon träumten, berühmte Helden und Pioniere zu werden, Polarforscher, Seefahrer oder legendäre Piloten. Auch Mitja bildete da keine Ausnahme. Aber man erklärte ihm, dass er aufgrund seiner Schwächlichkeit, seiner Unsportlichkeit und seiner schlechten Augen keine Aussicht auf eine heroische Zukunft hätte. Mitja grämte sich deswegen nicht allzu lange, denn sein Gehirn hatte einen neuen Impuls bekommen und stellte ihn vor neue Fragen. Welche Berufe passten zu welchen Menschen? Ein Lastenträger musste stark sein. Ein Lehrer musste Geduld haben. Ein Pilot durfte keine Höhenangst haben … Die Frage beschäftigte Mitja so stark, dass er begann, psychologische Fachbücher zu lesen, von denen es zur damaligen Zeit noch nicht allzu viele gab. Man kannte ihn bald in fast allen Bibliotheken der Stadt, den kleinen, schmächtigen, bebrillten Jungen, der stundenlang in einer Ecke des Lesesaales hinter irgendeiner seltenen Buchausgabe saß.

Die Jahre vergingen, und als Mitja in der Personalabteilung des KGB zu arbeiten begann, hielt er sich für einen Experten in Sachen Berufswahl. Seine Nachdenklichkeit und sein Verantwortungsbewusstsein schlugen sich auch in seinem Berufsalltag nieder. Er unterhielt sich immer lange mit den Bewerbern und gab ihnen sogar zu verstehen, in welcher Abteilung des KGB sie nach seiner Meinung ihre Fähigkeiten und Begabungen am besten entfalten konnten. Er war überzeugt davon, eine wichtige und notwendige Aufgabe zu erfüllen, indem er einer so gewichtigen Organisation wie dem KGB beim richtigen Einsatz der Kader half und auf diese Weise wenigstens einen indirekten Beitrag zur Sicherheit seiner Heimat leistete.

Eines Tages kam ein junger Mitarbeiter des Moskauer Sicherheitsdienstes zu ihm, der gerade in den Auslandsdienst des Hauptapparates übernommen wurde. Gewohnheitsmäßig begann Mitja ihm zu erklären, mit welchen Besonderheiten ein Arbeitsaufenthalt im Ausland verbunden war. Er unterstrich die Notwendigkeit, sich in seinem Verhalten der Kultur und den Traditionen des Gastlandes anzupassen, ganz besonders im Alltagsleben. Alle Botschaftsräume würden vom feindlichen Geheimdienst abgehört, man warte nur auf die passende Gelegenheit, um einen Sowjetbürger anzuwerben.

Der neue Kandidat für den Auslandsdienst hörte zerstreut zu und gab seinem Gesprächspartner zu verstehen, dass er sich seine Ratschläge sparen könne. Er wisse selbst Bescheid, er hätte seinen Dienst in Moskau immer bestens versehen und würde sich auch im Ausland keine Blöße geben.

Mitja war völlig klar, dass dieser junge, zweifellos sehr fähige Mann, obwohl er fließend zwei Fremdsprachen beherrschte und über glänzende Zeugnisse verfügte, nicht für den Auslandsdienst geeignet war. Er war hier gut, in Moskau, in der sowjetischen Subkultur der Hauptstadt, aber im Ausland würde er versagen. Doch

Mitjas Versuch, dem künftigen Chef des Kandidaten seine Einwände vorzutragen, stieß bei diesem auf massiven Widerstand. Ihm wurde erklärt, er sei nichts weiter als ein Aktenreiter, eine Null, er solle seine Papiere sortieren und die Nase nicht in operative Angelegenheiten stecken. Die Sache sei bereits entschieden, man warte nur noch auf die Bestätigung von oben. Diese Reaktion erschütterte den Inspektor der Personalabteilung. Die Kränkung saß von da an wie ein rostiger Nagel in seiner Brust.

Einige Tage später wurde der für den Auslandsdienst vorgesehene Kandidat schwer betrunken aufgegriffen und in eine Ausnüchterungszelle gebracht. Er hatte keinen Dienstausweis bei sich, nur einen Aktenkoffer voller geheimer Unterlagen. Er wurde umgehend aus den Diensten des KGB entlassen und vor Gericht gestellt. Nie erfuhr jemand, dass alles so gekommen war, weil Mitja sich ein paar Abende lang mit medizinischer und pharmazeutischer Fachliteratur beschäftigt hatte, um anschließend die entsprechenden Leute anzuheuern und für ihre Dienste zu bezahlen. Er war sehr zufrieden damit, dass er einen Diensteinsatz verhindert hatte, den er selbst für falsch hielt. Es kam ihm keinen Augenblick in den Sinn, dass er das Leben eines Menschen verpfuscht hatte. Er empfand eine unerwartet heftige Genugtuung, weil schließlich alles doch noch so gekommen war, wie er es gewollt hatte. Es war sein erster Versuch, Menschen zu manipulieren, und es war ein erfolgreicher Versuch. Mitja begriff, dass es mitnichten nötig war, zu katzbuckeln oder mit der Faust auf den Tisch zu schlagen, um zu beweisen, dass man im Recht war. Man konnte ganz anders vorgehen, sich schlaue Schachzüge ausdenken, an unsichtbaren Fäden ziehen und mit Genugtuung beobachten, wie die Dinge sich genau nach dem Szenario entwickelten, das man selbst entworfen hatte, während die Betroffenen glaubten, ihre Geschicke selbst zu lenken. Die Opfer hatten dabei keinerlei Bedeutung. Sie waren nur Schachfiguren im Spiel eines andern. In Mitjas Spiel.

* * *

Die Witwe von Valentin Petrowitsch Kosarj, der am fünfundzwanzigsten Oktober unter den Rädern eines unbekannten Autos ums Leben gekommen war, war eine schlanke, jugendlich wirkende Frau mit einem sehr sympathischen Gesicht und einer prächtigen kastanienbraunen Haarmähne. Sie empfing den Kripobeamten sehr freundlich, aber man sah ihr an, dass sie nur mit größter Mühe Haltung wahrte und das Gespräch ihr sehr schwer fiel.

»Was hat das mit dem Verkehrsunfall meines Mannes zu tun?«, fragte sie verwundert, als sie auf die Ereignisse vom vergangenen Oktober angesprochen wurde.

»Es hat nichts damit zu tun. Wir untersuchen nicht die Umstände dieses Verkehrsunfalls.«

»Das habe ich mir gedacht«, seufzte die Frau. »Ich glaube, diese Umstände werden überhaupt nicht untersucht. Irgendein sang- und klangloser Kosarj, der niemanden etwas angeht. Wäre er Minister oder Abgeordneter gewesen, würde die Sache anders aussehen.«

»Ich verstehe Ihren Unmut, aber glauben Sie mir, Sie haben Unrecht. Mit dem Verkehrsunfall befasst sich die Dienststelle im südwestlichen Bezirk, aber ich arbeite bei der Hauptverwaltung der Moskauer Kripo, in der Petrowka, und wir versuchen, ein ganz anderes Verbrechen aufzuklären.«

»Was hat mein Mann Valentin damit zu tun? Er war ein durch und durch ehrlicher Mensch, der nie einer Fliege etwas zuleide getan hat.«

Die Frau begann zu weinen, aber sie fasste sich schnell wieder. »Ist gut. Fragen Sie.«

»Zwischen dem zehnten und zwölften Oktober hat sich ein gewisser Boris Kartaschow an Ihren Mann gewandt und darum gebeten, ihm eine Konsultation bei einem Psychiater zu vermitteln. Hat Ihr Mann Ihnen etwas davon erzählt?«

»Ja, ich kann mich erinnern, dass er davon erzählt hat. Er hat mir gleich nach diesem Telefonat gesagt, dass er versuchen wolle, Maslennikow zu erreichen, und wenn ihm das nicht gelingen sollte, würde er es bei Golubjow probieren, einem anderen Arzt, mit dem er bekannt war.«

»Hat Ihr Mann Ihnen gesagt, um welches Problem es sich bei Kartaschow handelte?«

»Ja, er hat es mir gesagt. Kartaschows Freundin litt angeblich unter der fixen Idee, dass jemand versuchen würde, sie über das Radio zu beeinflussen. Nein, ich glaube, es war anders ... Warten Sie ... Ja, jetzt weiß ich es wieder. Sie hat behauptet, dass ihr jemand ihren Traum stiehlt und ihn dann im Radio erzählt. So war es.«

»Und was geschah weiter?«

»Valentin hat sich sofort mit Maslennikow in Verbindung gesetzt und einen Termin für Kartaschow gemacht. Ich erinnere mich, dass Maslennikow gesagt hat, er würde in den nächsten zwei Tagen sehr beschäftigt sein, deshalb könne er Valentins Bekannten erst am Freitag empfangen.«

»Am Freitag? Haben Sie zufällig einen Kalender zur Hand?«

»Hier, bitte.«

Kosarjs Witwe entnahm dem Notizbuch, das vor ihr lag, einen kleinen Kalender. Darin war Freitag, der fünfzehnte Oktober, mit einem Kringel versehen.

»Können Sie sich erinnern, um welchen Freitag es sich handelte? Um den fünfzehnten Oktober oder um ein späteres Datum, vielleicht um den zweiundzwanzigsten?«

»Ich glaube, es war der fünfzehnte.« Sie warf einen Blick in den Kalender. »Ja, genau. Sehen Sie, das Datum ist angestrichen.«

»Und was bedeutet das?«

»Es war Valentins Kalender, er hat ihn ständig benutzt und die Daten in verschiedenen Farben angestrichen. Geburtstage, private Termine, Verabredungen und so weiter. Wenn er etwas zu erledigen hatte, das einen anderen betraf, hat er immer einen einfachen Bleistift benutzt, wie hier, im Fall Kartaschow. Wissen Sie, Valentin hatte immer Angst, etwas zu vergessen oder durcheinander zu bringen.«

Die Frau war drauf und dran, wieder in Tränen auszubrechen, aber sie beherrschte sich.

»Gehörte dieses Notizbuch Ihrem Mann?«

»Ja.«

»Darf ich es für kurze Zeit mitnehmen? Ich verspreche Ihnen, dass sie es zurückbekommen.«

»Nehmen Sie es mit, wenn es sein muss.«

»Bitte erlauben Sie mir noch eine Frage. Waren Sie immer über die Angelegenheiten Ihres Mannes informiert?«

»Natürlich. Wir hatten eine sehr gute Beziehung.«

»Hatte er viele Freunde?«

»Müssen Sie mich denn auch noch mit solchen Fragen quälen? Welche Bedeutung hat das jetzt? Sie werden doch nicht etwa annehmen, dass einer seiner Freunde ihn überfahren hat? Im Übrigen haben Sie gesagt, dass Sie für den Verkehrsunfall nicht zuständig sind.«

»Sagen Sie mir doch bitte trotzdem, ob er Freunde hatte, denen er sich mitgeteilt hat.«

»Valentin hat sich allen mitgeteilt. Er war ein so offener, kommunikativer Mensch.«

»Heißt das, dass er nicht nur Ihnen von Kartaschow und seiner erkrankten Freundin erzählt hat?«

»Er hat praktisch jedem davon erzählt, mit dem er an diesem Tag gesprochen hat. Sogar seiner Mutter. Er hat sie angerufen, um sich nach ihrem Befinden zu erkundigen, und dann hat er gesagt: ›Mama, du kannst dir gar nicht vorstellen, was für Krankheiten es auf der Welt gibt. Mich hat heute ein Bekannter angerufen …‹ Und so weiter. Die Geschichte hat aus irgendeinem Grund großen Eindruck auf ihn gemacht, er hat sich noch oft daran erinnert.«

»Hat Valentin Petrowitsch Ihnen nichts von Kartaschow erzählt?«

»Nein.«

»Daran erinnern Sie sich genau?«

»Sie können sich sicher sein, dass ich ein gutes Gedächtnis habe. Ich erinnere mich an alles, was Valentin angeht. Nach seinem Tod bin ich die letzten Monate genau durchgegangen, jeden Tag, jede Stunde, so, als hätte ich ihn auf diese Weise ins Leben zurückholen können. Mir schien, wenn ich mich an alles erinnere, an alles bis zur letzten Einzelheit, dann würde er wiederkommen.«

* * *

Der beigefarbene Wolga bog von der Kiewskaja-Chaussee ab und fuhr in Richtung Matwejewskoje. Vor dem Gebäude des Alten- und Behindertenheimes hielt er an, und dem Wagen entstieg ein korpulenter Mann mit einnehmenden, edlen Gesichtszügen. Er betrat entschiedenen Schrittes die Halle, fuhr mit dem Lift in die dritte Etage, ging über den Korridor und öffnete schließlich, ohne anzuklopfen, eine der Türen.

»Guten Tag, Vater.«

Vom Kopfkissen blickten ihn zwei trübe, tränende Augen an, in denen ein schwaches Lächeln aufschimmerte. Die greisenhaften Lippen des Mannes zuckten.

»Söhnchen ... Du warst schon lange nicht mehr da.«

»Entschuldige, Vater.« Der Mann schob sich einen Stuhl ans Bett und setzte sich. »Ich hatte zu tun. Ich war den ganzen Monat unterwegs und habe Wahlveranstaltungen abgehalten. Du weißt doch, in ein paar Tagen finden die Wahlen zur Duma statt. Wie fühlst du dich?«

»Schlecht, mein Sohn. Du siehst doch, ich liege und kann fast gar nicht mehr aufstehen. Ich wollte, du würdest mich hier rausholen, damit ich nicht in diesem fremden Bett sterben muss.«

»Ich werde dich herausholen, Vater, mach dir keine Sorgen. Sobald die Wahlen vorüber sind und diese ganze Hektik sich gelegt hat, nehme ich dich mit.«

»Hoffentlich bald, sonst erlebe ich es nicht mehr ...«

Der Greis schloss die Augen. Eine Träne lief ihm über die Wange und versickerte in der faltigen Haut.

»Vater, erinnerst du dich an das Jahr neunzehnhundertsiebzig?«

»Neunzehnhundertsiebzig? Du meinst das Jahr, in dem du ...«

»Ja, ja«, unterbrach der Mann ihn ungeduldig. »Erinnerst du dich?«

»Natürlich. So etwas vergisst man nicht. Warum fragst du? Hast du Schwierigkeiten?«

»Nein, nein, mach dir keine Sorgen. Diese Sache ist längst begraben. Aber trotzdem ... Meinst du, es gibt noch jemanden, der sich daran erinnert?«

»Dein Freund, mit dem du damals ...«

»Das ist klar«, unterbrach der Mann den Alten erneut. »Könnte es sonst noch jemanden geben?«

»Ich weiß nicht. Batyrjow ist längst gestorben. Smeljakow? Der erinnert sich vielleicht noch, aber er weiß nicht, wie das alles zusammenhängt. Außer mir weiß es wahrscheinlich niemand. Warum fragst du?«

»Nur so, für alle Fälle. Du weißt ja, wenn meine Partei genug Stimmen bekommt und ich in die Duma gewählt werde, werden sich bestimmt Leute finden, die gern in alten Geschichten herumwühlen.«

»Hast du Feinde, Söhnchen?«

»Wer hat heutzutage keine Feinde?«

»Ich habe Angst um dich, Söhnchen. Du solltest dich in Acht nehmen vor diesen Hyänen, sonst wirst du gefressen.«

»Du brauchst keine Angst zu haben, Vater, ich schaffe es schon. Jetzt muss ich wieder gehen.«

»Verlass mich nicht, Söhnchen, komm bald wieder, ja? Ich habe auf der Welt niemanden mehr außer dir. Deine Mutter ist gestorben, meine Frau auch ...«

»Übertreibe es nicht, Vater. Du hast außer mir noch eine Tochter und einen Sohn. Du bist selbst schuld, dass sie zu solchen Kreaturen geworden sind. Du hast alles für sie getan, was du nur konntest, und jetzt, im Alter, haben sie dich verlassen.«

»Sprich nicht so, Söhnchen, das darfst du nicht ...« Die Stimme des Greises war kaum noch zu hören. »Ich habe auch für dich einiges getan, erinnere dich.«

»Ich erinnere mich«, antwortete der Sohn mit harter Stimme. »Darum besuche ich dich ja auch. Also, Vater, halte durch, spätestens in einem Monat hole ich dich hier raus.«

»Leb wohl, Söhnchen.«

SECHSTES KAPITEL

Nastja versuchte, eine Gleichung aufzustellen. Boris Kartaschow und seine Geliebte Olga Kolobowa als diejenigen, die Vika Jeremina hatten loswerden wollen. Die mysteriöse Nachricht auf Kartaschows Anrufbeantworter, die gelöscht wurde. Wassja Kolobow, der von einer Prügelei berichtet hatte und inzwischen glattweg leugnete, jemals so etwas gesagt zu haben. Konnte man das alles tatsächlich in einer Gleichung unterbringen, ohne dass Widersprüche entstanden? Nastja Kamenskaja, Andrej Tschernyschew, Jewgenij Morozow und der Praktikant Oleg Mestscherinow ermittelten ins Blaue. Mischa Dozenko hatte alles getan, was er konnte, er hatte eine Vielzahl von Personen befragt, aber keinerlei Indizien dafür gefunden, dass Kartaschow und die Kolobowa in den Mordfall verwickelt waren. Allerdings gab es auch keine Beweise für ihre Unschuld. Es war ein ziemlich aussichtsloses Unterfangen, so lange Zeit nach Vikas Verschwinden irgendwelchen Alibis hinterherzujagen, zumal es sich um Alibis für eine ganze Woche handeln musste. Wo bist du in dieser Woche nur gewesen, Vika Jeremina, bevor man dich erwürgt hat?, fragte sich Nastja. Und warum hat man auf deinem Körper Spuren entdeckt, die von Schlägen mit einem dicken Strick stammen? Hat man dich misshandelt, gequält? Wahrscheinlich warst du wirklich krank und bist irgendeinem Unhold in die Hände gefallen, der deinen Zustand ausgenutzt und dich danach umgebracht hat. Unklar ist nur, warum dieser Anruf auf Kartaschows Band gelöscht wurde …

Nastja ließ ihre Gedanken schweifen, während sie in der Raucherzone der Maschine nach Rom saß. Als Einzige aus der Delegation hatte sie beim Einchecken um einen Platz für Raucher gebeten, und jetzt war sie froh darüber. Hier saßen nur sehr wenige Passagiere, sie musste sich nicht mit ihren Kollegen unterhalten und hatte dreieinhalb Stunden Zeit zum Nachdenken.

Also, Wassja Kolobow. Beim zweiten Gespräch hatte er kategorisch bestritten, verprügelt worden zu sein, er gab an, er sei betrunken gewesen und die Treppe hinuntergefallen. Seine Frau hingegen behauptete ebenso kategorisch, er sei verprügelt worden, denn als er an diesem Tag nach Hause gekommen war, habe er sich auf dem Bett zusammengekrümmt und immer wieder gemurmelt: Diese Schweine. Diese Hundesöhne. Alle hatten sie versucht, den starrsinnigen Kolobow weich zu klopfen, aber ohne jeden Erfolg. Sie hatten nur wieder Zeit verloren. Allerdings war etwas dabei aufgefallen. Je hartnäckiger Wassja die Sache mit der Prügelei bestritt, desto empfindlicher reagierte er, wenn er auf Vika angesprochen wurde. Schließlich beschloss man zu überprüfen, ob der für Frauen so zugängliche Verkäufer von Importzigaretten nicht vielleicht ein Verhältnis mit Vika gehabt hatte, von dem niemand etwas wusste. Vielleicht lag der Fall ja viel einfacher als angenommen, vielleicht war Vika aus Eifersucht umgebracht worden. Als Version war das immerhin denkbar. Und in diesem Fall konnte der von dem Band verschwundene Anruf von Vika gestammt haben, die Kartaschow mitgeteilt hatte, dass sie mit Wassja verreiste. In Anbetracht dessen, was man bisher über den Charakter des Mädchens in Erfahrung gebracht hatte, konnte es durchaus sein, dass es ihr nichts ausgemacht hätte, ihren Freund davon in Kenntnis zu setzen. Nach dem Mord an Vika, den in dieser Version Kolobow begeht, beschließen Boris und Olga, den Mörder zu decken. Zumal Vikas Tod einige Probleme löst. Der schwache Boris muss nun nicht mehr über eine Trennung von Vika nachdenken, und Olga eröffnet sich die Chance, die Frau des Künstlers zu werden und ein normales Familienleben mit Kindern zu führen. Die gelöschte Nachricht auf dem Band fügte sich widerspruchslos in diese Gleichung ein. Aber was war mit Kolobows Prügelei? Vielleicht tat sie ja gar nichts zur Sache. Vielleicht hatte das mit dem Mord an Vika überhaupt nichts zu tun, und Nastja vertat nur erneut ihre Zeit, wenn sie hier nach einem Zusammenhang suchte.

»Waren Sie schon einmal in Rom?«

Nastja vernahm eine angenehme männliche Stimme, die Englisch mit starkem Akzent sprach. Sie wandte ihren Kopf nach rechts, zu dem jungen Mann in dem weißen Pullover, der auf der anderen Seite des Ganges saß. Er blickte lächelnd auf den Michelin-Reiseführer auf Nastjas Knien. Diesen Reiseführer hatte Nadeschda Rostislawowna vor vielen Jahren von ihrer ersten Reise nach Italien mitgebracht.

Dem Akzent des Mannes nach zu urteilen, war er Italiener. Nastja widerstand mit Mühe der Versuchung, ihm auf Englisch zu antworten. Worauf soll ich warten?, dachte sie. Ich werde sowieso Italienisch sprechen müssen, und am besten fange ich gleich damit an. Englisch und Französisch sprach sie oft und fühlte sich deshalb in beiden Sprachen sicher, aber das Italienische, das sie als Kind dank der Beharrlichkeit ihrer Mutter ganz gut beherrscht hatte, lag, wie sie es selbst ausdrückte, verstaubt in einer abgelegenen Schublade, und Nastja hatte ein wenig Angst davor, es jetzt hervorzuholen. Dennoch entschloss sie sich dazu.

»Sie können Italienisch mit mir sprechen«, sagte sie, gegen die Hemmung ankämpfend und um gute Aussprache bemüht. »Nur bitte langsam.«

Der junge Mann lächelte verständnisvoll und ging, ganz offensichtlich erfreut, auf seine Muttersprache über. Sie unterhielten sich eine gute Viertelstunde, bis der Delegationsleiter Jakimow mit einer Zigarette in der Hand in der Raucherzone erschien. Er ließ sich im Sitz vor Nastja nieder, schnalzte mit dem Feuerzeug, blies den Rauch aus und wandte sich zu Nastja um.

»Sonderst du dich vom Kollektiv ab, Kamenskaja?«, fragte er scherzhaft. »Und einen Verehrer hast du also auch schon gefunden. Mach mir nur keine dummen Sachen!«

Jakimow gefiel Nastja. Er hatte nichts Autoritäres an sich und sah nie auf die herab, die, im Gegensatz zu ihm selbst, zum ersten Mal ins Ausland reisten und nicht wussten, wie sie sich benehmen und was sie sagen sollten. Er war immer bereit, seine Erfahrung mit anderen zu teilen, beantwortete ausgiebig alle Fragen und gab sehr wertvolle Ratschläge, die Nastja, die bereits einmal in Schweden gewesen war, um ihre Mutter zu besuchen, für richtig und angebracht hielt.

»Wie wird unser Programm in dieser Woche aussehen?«

»Von zehn Uhr morgens bis sechs Uhr abends werden sich die italienischen Kollegen uns widmen, danach können wir uns allein vergnügen. Der Mittwoch und der Samstag stehen uns zur freien Verfügung, du kannst die italienischen Geschäfte stürmen, wenn dir danach ist. Was willst du konkret wissen?«

»Ich möchte mich mit meiner Mutter treffen. Sie kommt am Donnerstag nach Rom.«

»Kein Problem. Nach sechs kannst du tun, was du willst, ich habe keinerlei Einwände. Für alle Fälle solltest du aber wissen, dass zwei Leute aus unserer Delegation bereits Wind von deinen Fremdsprachenkenntnissen bekommen haben und dich kraft ihres höheren Dienstgrades als Dolmetscherin für ihre Einkaufsangelegenheiten einspannen wollen. Wenn du also Zeit für dich selbst brauchst, sag mir Bescheid, dann versuche ich, die beiden zu bremsen.«

Jakimow drückte seine Zigarette aus und ging wieder zurück in den vorderen Teil der Maschine, wo die anderen Mitglieder der Delegation saßen. Zwei Generäle (einer aus dem Ministerium, einer aus der Hauptverwaltung für Innere Angelegenheiten), der Leiter einer Bezirksverwaltung für Innere Angelegenheiten und zwei Mitarbeiter aus der Hauptverwaltung der Moskauer Kripo.

»Ich hätte nie gedacht, dass Sie Russin sind. Ich habe Sie für eine Engländerin gehalten«, sagte der junge Mann in dem weißen Pullover.

Nastja musste innerlich grinsen. Es war kein Wunder, dass er sie für eine Engländerin gehalten hatte. Mager, hellblond und unscheinbar, wie sie war, mit ihrem schmalen Gesicht, das aufgrund seiner Ausdruckslosigkeit wahrscheinlich kalt wirkte, glich sie wohl in der Tat einer typischen alten Jungfer aus einem klassischen englischen Roman. Jedenfalls hatte sie in ihrem Äußeren nichts gemeinsam mit jener vollblütigen russischen Schönheit, wie man sie sich gemeinhin vorstellte.

»Wollen Sie damit sagen, dass ich aussehe wie eine Engländerin?«

»Nein, Sie sprechen Italienisch mit englischem Akzent.«

»Tatsächlich?«, wunderte sich Nastja. »Darauf wäre ich nie gekommen.«

Sie achtete genauer auf die Aussprache ihres Gesprächspartners und versuchte, so zu sprechen wie er. Sie hatte ein ausgezeichnetes Gehör, ihre Mutter hatte sie seit früher Kindheit zum Lernen von Fremdsprachen angehalten, deshalb hatte sie ihren englischen Akzent pünktlich zur Landung in Rom abgelegt. Der junge Italiener lobte Nastjas sprachliche Fortschritte und sagte zum Abschied:

»Jetzt sprechen Sie wie eine Italienerin, die lange in Frankreich gelebt hat.«

Sie brachen in freundschaftliches Gelächter aus.

»Habe ich jetzt einen französischen Akzent?«

»Nein, Sie haben keinen Akzent mehr. Aber jetzt sprechen Sie Italienisch mit französischem Satzbau.«

* * *

Man hatte sie in einem kleinen, ruhigen katholischen Hotel untergebracht, das auf einem Hügel unweit der Russischen Botschaft stand. Zu Nastjas Freude waren es von hier nur zwanzig Minuten Fußweg bis zum Petersdom.

Jakimow hatte Recht gehabt. Um sechs Uhr endete hier der Arbeitstag, und von da an wurde die russische Delegation sich selbst überlassen. Von russischer Gastfreundschaft war hier nichts zu bemerken. Mehr als eine Stadtrundfahrt und ein Lunch mit Vertretern des Ministeriums war innerhalb dieser Woche nicht vorgesehen. Man machte die russische Delegation mit der Arbeit der einzelnen Polizeidienststellen und deren Abteilungen bekannt, beantwortete ihre Fragen und führte den Gästen Lehrfilme vor. Von irgendwelchen gemeinsamen Unternehmungen nach Arbeitsschluss war nicht die Rede.

Nastja war das sehr recht. Nach dem Abendessen, das im Hotel eingenommen wurde, tauschte sie ihren Rock gegen eine Jeans aus, schlüpfte in ihre geliebten Turnschuhe, warf sich eine Lederjacke über und ging, mit einem Stadtführer in der Jackentasche, durch die Straßen. Am Mittwoch, als sie ihren freien Tag hatten, verließ sie das Hotel gleich nach dem Frühstück, das um halb acht Uhr serviert wurde. Außer Jakimow hatte sie niemandem etwas von ihrer Absicht verraten, und es war ihr gelungen, sich unbemerkt aus dem Hotel davonzustehlen, noch bevor jemand dazu gekommen war, sie als Dolmetscherin für seine Einkaufsvorhaben einzuspannen. Nastja ging den ganzen Tag durch die Stadt, immer wieder erstaunt über die Freundlichkeit und Zuvorkommenheit der Autofahrer, während sie sich durch das Gebrodel der Autos in den Straßen schlängelte. Trotz der wärmenden Dezembersonne und einer Temperatur von siebzehn Grad gingen viele Frauen in legeren, aufgeknöpften Mänteln aus Nerz oder Fuchspelz.

Auf Schritt und Tritt verfolgte Nastja der frische Kaffeeduft aus den zahllosen kleinen Cafés und Bars. Während der ersten zwei Stunden beherrschte sie sich noch, aber dann sagte sie sich, dass sie ihren Beinen früher oder später sowieso etwas Ruhe gönnen musste und dass sie für das Geld, das sie besaß, sowieso nichts von Bedeutung kaufen konnte, sodass ihr Verzicht nicht viel Sinn hatte. Von da an ließ sie sich immer wieder mit großem Vergnügen direkt auf der Straße an einem der Tische nieder, die zu den vielen Straßencafés gehörten. Trotz des Stadtplans in ihrer Jackentasche verlief sie sich gegen Abend, ging endlose Zeit an einer Mauer entlang und stellte schließlich fest, dass sie an diesem Tag einfach nur den Vatikan umrundet hatte.

* * *

Als sie am Donnerstag durch die Kolonnaden beim Petersdom ging, erblickte sie schon von weitem ihre Mutter. Nadeschda Rostislawowna, eine schöne, schlanke und Schwindel erregend elegante Frau, unterhielt sich angeregt mit einem hoch gewachsenen, grauhaarigen Mann und blickte sich dabei ständig nach allen Seiten um.

Mutter und Tochter umarmten und küssten sich.

»Darf ich vorstellen ...«, sagte Nadeschda Rostislawowna auf Englisch. »Das ist meine Tochter Anastasija. Und das ist mein Kollege Professor Kühn.«

»Ich bin Dirk«, berichtigte der Professor und drückte Nastja die Hand.

Das ist ja entzückend, Mama, dachte Nastja. Du hast also deinen Liebhaber mitgebracht. Ist dir das nicht peinlich? Wer wird hier eigentlich wem vorgeführt, er mir oder ich ihm? Aber sie ist wirklich eine atemberaubende Schönheit. Wie kommt es nur, dass aus mir eine so graue Maus geworden ist?

Der grauhaarige Dirk hatte ein jungenhaftes Gesicht und fröhliche gelbgrüne Augen. Er sprach ein wenig Russisch, Nastja konnte sich radebrechend auf Schwedisch verständigen, und die Unterhaltung, die sie zu dritt führten, geriet zu einem höchst originellen sprachlichen Mischmasch.

Sie verbrachten den Abend in einem Restaurant, in das der sympathische Professor, der in Rom jeden Winkel kannte, sie geführt hatte. Sie saßen dort bis in die späte Nacht, und Nastja konnte sich nicht erinnern, wann sie zum letzten Mal so viel gelacht hatte. Sie fühlte sich wohl mit ihrer Mutter und deren Freund, ihre Befürchtungen hatten sich nicht bewahrheitet, sie empfand nicht die geringste Anspannung, nichts von den Hemmungen, die sie bei dem Treffen mit ihrem Stiefvater und dessen Freundin hatte überwinden müssen. Ihre Mutter war glücklich, Dirks Augen waren voller Liebe und Bewunderung für sie. Was konnte falsch daran sein, wenn es allen gut ging?

»Morgen gehen wir in die Oper, ich habe Karten besorgt«, sagte Nadeschda Rostislawowna zum Abschied. »Und am Samstag schauen wir uns die Sixtinische Kapelle an.«

»Ich freue mich, dass Nadeschda eine so wunderbare Tochter hat«, sagte Dirk Kühn mit einem berückenden Lächeln.

Nastja kehrte heiter und zufrieden in ihr Hotel zurück. Die Sorgen, die sie sich seit Monaten um den Zusammenhalt der Familie gemacht hatte, erschienen ihr jetzt überflüssig und unbegründet. Die Menschen hatten ein Recht darauf, glücklich zu sein, zumal dann, wenn sie dadurch niemandem Schaden zufügten.

Hätte Nastja Kamenskaja gewusst, wie drastisch ihr Leben sich in ganzen drei Tagen verändern würde, hätte sie geahnt, wie fern und unwirklich ihr »italienischer Urlaub« ihr in der ihr bevorstehenden Angst und nervlichen Anspannung erscheinen würde, hätte sie wahrscheinlich versucht, der Freude und inneren Ruhe, die in der Ewigen Stadt in sie eingekehrt waren, einen tieferen und festeren Halt in sich zu geben. Doch wie alle glücklichen Menschen wiegte auch Nastja sich in der trügerischen Sicherheit, dass es nun für immer so bleiben würde. Aber sie täuschte sich.

* * *

Am Samstag, nach der Besichtigung der Sixtinischen Kapelle, schlug die Mutter einen Besuch auf der Buchmesse vor.

»Ich brauche ein paar Bücher für Freunde und für mich selbst. Lass uns zusammen fahren, es wird dich auch interessieren.«

In der Messehalle trennten sie sich. Die Mutter ging mit Dirk die von ihr benötigten Bücher suchen, Nastja blieb vor den Ständen zurück, über denen in riesigen Lettern »Europäische Bestseller« stand. Sie betrachtete die bunten Einbände und las Klappentexte, innerlich resümierend, was sie lesen würde, wenn sie Zeit hätte, und welche Art von Literatur ihr nicht lag. Sie wechselte zum nächsten Stand und glaubte plötzlich, der Boden würde ihr unter den Füßen wegsacken. Direkt vor ihren Augen stand ein Buch mit dem Titel »Todessonate«. Der Autor war ein Jean-Paul Brisac. Auf dem Hochglanzeinband waren fünf blutrote Notenlinien zu sehen, die von einem hellgrünen Violinschlüssel durchkreuzt waren.

Nachdem Nastja sich von dem Schock erholt hatte, nahm sie das Buch zur Hand und öffnete es gierig. Jean-Paul Brisac, las sie, ist eine der rätselhaftesten Gestalten der modernen europäischen Literatur. Noch keinem einzigen Journalisten ist es bisher gelungen, den Autor von über zwanzig Bestsellern zu einem Interview zu bewegen. Spannungsgeladene Intrigen, der Kampf zwischen Gut und Böse, die dunklen Seiten der menschlichen Natur – von alldem erzählen die Bücher des geheimnisvollen Schriftstellers, der sich auch der Fotokamera verweigert und nur über seinen Literaturagenten mit der Außenwelt kommuniziert.

Nastja sah sich noch einmal auf dem Stand um und entdeckte noch weitere Bücher von Brisac in deutschen, französischen und italienischen Ausgaben. Nachdem sie ihre Mutter in der Ferne erblickt hatte, bahnte sie sich durch das Gedränge einen Weg zu ihr.

»Mama, kann man hier Bücher kaufen?«

»Natürlich. Hast du etwas Interessantes gefunden? Gehen wir, ich kaufe dir die Bücher, du hast sowieso kein Geld, und hier ist alles sehr teuer.«

»Aber ich brauche viel ...«, sagte Nastja zögernd.

»Dann kaufen wir eben viel«, entgegnete die Mutter ungerührt.

Nastja konnte kein Deutsch, deshalb wählte sie die französischen und italienischen Ausgaben von Brisacs Büchern.

»Was willst du damit?« Nadeschda Rostislawowna verzog verächtlich den Mund. »Liest du wirklich solchen Schund?«

»Nun ja ... es könnte interessant sein«, sagte Nastja ausweichend.

Die Mutter zeigte wenig Verständnis für den literarischen Geschmack ihrer Tochter, und während sie den teuren Einkauf bezahlte, bemerkte sie:

»An jedem Bahnhofs- oder Flughafenkiosk bekommt man diesen Brisac billiger. Und dort ist die Auswahl größer.«

Jean-Paul Brisac war nach Ansicht von Nadeschda Rostislawowna ein sehr erfolgreicher, aber uninteressanter Autor. Seine Bücher dienten einer wenig anspruchsvollen Leserschaft als Reiselektüre. Aber eine Bemerkung der Mutter weckte dennoch Nastjas Interesse.

»Er bedient die Mode. Weißt du, in den letzten Jahren hat das Interesse an Russland in der Welt zugenommen. Und es gibt mehr und mehr russische Emigranten im Westen. Brisac hat einen ganzen Zyklus von Thrillern geschrieben, die in Russland spielen. Und diese Bücher werden mit Begeisterung von Russen gelesen, die im Westen leben. Eines kann ich dir versichern: Wer auch immer dieser Schriftsteller sein mag, er leidet bestimmt keine Not. Er hat kolossale Auflagen, und er schreibt sehr schnell.«

»Hast du etwas von ihm gelesen?«, fragte Nastja voller Hoffnung.

»Ich bin schließlich keine Emigrantin. Und ich mag auch keine Thriller. Ich verstehe nicht, dass du an so etwas Geschmack finden kannst.«

»Woher weißt du, dass er schlecht ist, wenn du nichts von ihm gelesen hast?« Fast hatte Nastja den Wunsch, den so geschmähten Autor in Schutz zu nehmen.

»Ich verlasse mich auf die Meinung der Leute, deren Geschmack ich vertraue. Und außerdem behaupte ich nicht, dass er schlecht ist. Aber ich weiß, dass echte Schriftsteller jahrelang an einem Buch sitzen. Und dein Brisac produziert mindestens fünf Werke pro Jahr.«

»Was meinst du«, fragte Nastja nachdenklich, »ob er vielleicht auch ein russischer Emigrant ist?«

»Das ist sehr unwahrscheinlich«, entgegnete Nadeschda Rostislawowna, während sie zerstreut in einem der Bücher blätterte. »Sein Französisch ist das eines Franzosen. Es genügt, ein paar Absätze zu lesen, um sich davon zu überzeugen. Übrigens«, fügte sie hinzu, während sie eine zufällig geöffnete Seite überflog, »er schreibt gar nicht so übel, sehr scharfsinnig. Lebendige Dialoge, interessante Vergleiche ... Vielleicht ist er in der Tat gar kein schlechter Schriftsteller. Aber er ist Franzose, daran besteht kein Zweifel.«

* * *

Am nächsten Tag flog Nastja mit der Delegation nach Moskau zurück. Im Flugzeug las sie »Todessonate«, in der Hoffnung, wenigstens auf einen ganz vagen Anhaltspunkt zu stoßen, der ihr dabei hätte helfen können, das Rätsel des unwahrscheinlichen Zufalls zu lösen, der in der Übereinstimmung der Covergestaltung dieses Buches mit jener Zeichnung bestand, die Boris Kartaschow nach Anleitung der ermordeten Jeremina angefertigt hatte. Was immer geschehen war, in einem war Nastja sich jetzt ganz sicher: Vika war keine geistesgestörte Kranke. Es war durchaus denkbar, dass sie die Beschreibung ihres Traumes tatsächlich im Rundfunk gehört hatte, denn viele westliche Radiostationen, die in russischer Sprache sendeten, brachten Ausschnitte aus literarischen Neuerscheinungen. Insofern war Vikas Behauptung, dass jemand versuchte, sie über das Radio zu beeinflussen, keineswegs die Ausgeburt einer kranken Phantasie. Aber wie kam die völlige Übereinstimmung der beiden Zeichnungen zustande? Sie waren bis ins Detail identisch, selbst das Hellgrün des Violinschlüssels stimmte überein.

Es gab natürlich eine ganz einfache Erklärung dafür: Vika hört im Radio einen Textauszug aus der »Todessonate« – Nastja konnte sich sogar vorstellen, um welche Stelle es sich handelte –, danach gibt sie das, was sie gehört hat, in allen Einzelheiten Boris wieder, und dieser fertigt nach ihren Angaben eine genaue Zeichnung an. Vielleicht hatte dieses Bild in Wahrheit nur eine entfernte Ähnlichkeit mit Vikas Albtraum, vielleicht war in ihrer Vorstellung etwas verrutscht, sodass sie sich eingebildet hatte, dass ... Aber das legte wiederum den Verdacht nahe, dass Vika doch an einer psychischen Störung litt. Nein, wieder passte nichts zusammen, wieder steckte Nastja in einer Sackgasse.

SIEBTES KAPITEL

»Wir müssen wieder ganz von vorn anfangen«, sagte Nastja deprimiert, während sie Tschernyschew, Morozow und den Praktikanten Mestscherinow ansah.

»Zum fünften Mal?«, fragte Andrej sarkastisch, schlug die Beine übereinander und machte es sich bequem auf seinem Platz.

Sie saßen bei Nastja in der Wohnung. Es war Sonntagabend, sie hatte sofort nach ihrer Rückkehr ihre Kollegen angerufen und sie dringend gebeten, bei ihr vorbeizukommen. Im Flur stand noch ihre unausgepackte Reisetasche, man musste über sie hinwegsteigen, um in die Küche zu gelangen. Aus irgendeinem Grund war bisher niemand auf die Idee gekommen, sie zur Seite zu stellen.

»Ja, zum fünften Mal«, erwiderte Nastja scharf. »Wir werden zweigleisig fahren, und ich glaube, dass wir diesmal etwas herausfinden werden. Oleg, Sie fahren morgen früh ins Archiv und suchen die Mordanklage gegen die Mutter von Vika heraus. Andrej und Jewgenij beginnen mit den Recherchen in der Verlagsszene, ausgehend von Valentin Kosarjs Kontakten.«

»Und worin wird deine Aufgabe bestehen? In der Leitung der Ermittlungen?«, fragte Morozow gereizt. Er machte nicht einmal den Versuch, seinen Ärger darüber zu verbergen, dass man ihn am Sonntagabend von zu Hause weggeholt hatte.

Nastja verstand seinen Ärger und beschloss, nicht auf die kleinliche Provokation einzugehen.

»Ich werde Brisacs unsterbliche Werke lesen«, entgegnete sie ruhig, »weil keiner von euch das tun kann. Bist du damit zufrieden?«

»Ich habe morgen andere Pläne«, protestierte Morozow erneut. »Glaubst du etwa, ich habe nichts anderes zu tun, als mich mit diesem lausigen Mordfall zu beschäftigen? Ihr in der Petrowka haltet euch für die Elite der Miliz und stürzt euch alle gemeinsam auf einen einzigen Fall, während die restlichen neunundneunzig an uns hängen bleiben.«

»Lass es gut sein, Jewgenij«, lenkte Tschernyschew ein. »Es ist nun einmal ein Beschluss von oben, dass wir eine Arbeitsgruppe mit Anastasija bilden. Dagegen kann man nichts machen. Also hör auf, dich aufzuregen.«

»Aber ich kann morgen wirklich nicht.«

Morozow war ganz offensichtlich nervös, und einen Moment lang tat er Nastja fast Leid. Es konnte ja tatsächlich sein, dass er morgen wichtige Termine hatte, die er nicht absagen konnte und von denen vielleicht viel für ihn abhing, dienstlich oder sogar privat.

»Nun gut«, seufzte sie, »wenn du nicht kannst, dann kannst du eben nicht. Dann fängst du am Dienstag an. Einverstanden?«

Morozow nickte erleichtert und wurde sofort fröhlicher.

»Darf ich, anstatt ins Archiv zu fahren, mit Andrej arbeiten?«, fragte der Praktikant, der bisher schweigend im Sessel in der Ecke gesessen hatte, wo es schrecklich kalt war, weil durch die Ritzen der Balkontür ständig eisige Zugluft ins Zimmer strömte.

»Nein«, lehnte Nastja kategorisch ab. »Sie fahren ins Archiv.«

»Bitte, Anastasija Pawlowna«, bettelte Oleg. »Was kann ich im Archiv schon lernen. Ich möchte praktische Arbeit machen ...«

»Sie werden lernen, Strafsachen zu lesen«, sagte sie hart und unterdrückte ihre zunehmende Gereiztheit. »Wenn Sie glauben, dass das einfach ist, dann irren Sie sich gewaltig. Haben Sie schon einmal eine Strafsache gesehen, die einem Gericht vorgelegt wurde?«

Mestscherinow schwieg düster.

»Eine Akte, die dem Gericht übergeben wird, ist etwas ganz anderes als die Unterlagen, die der Untersuchungsführer sammelt, während die Ermittlungen laufen. Das heißt, die Unterlagen sind natürlich dieselben, aber in einer Akte, die dem Gericht übergeben wird, kann sich selbst der Teufel verirren, besonders dann, wenn die Beschuldigten nicht nur ein Verbrechen begangen haben, sondern mehrere gleichzeitig. Sie werden in einem relativ einfachen Fall recherchieren müssen. Nur eine einzige Beschuldigte und nur eine Straftat. Aber bitte studieren Sie die Akte so aufmerksam wie möglich und verlassen Sie sich nicht auf Ihr Gedächtnis, sondern machen Sie sich Notizen. Schreiben Sie sich auch die Namen derer auf, die an der Untersuchung des Falles und an der Gerichtsverhandlung beteiligt waren. Und noch eines. Bitte denken Sie nicht, dass ich Ihnen misstraue, aber ich möchte Missverständnissen vorbeugen: Kommen Sie bitte nicht auf die Idee, nur die Anklageschrift oder das Urteil zu lesen. Mich interessiert der gesamte Verlauf der Untersuchung, unter anderem die Aussagen der Zeugen und der Beschuldigten, besonders solche, in denen sich Widersprüche finden. Haben Sie alles verstanden?«

»Ja«, sagte der Praktikant enttäuscht. »Dürfte ich vielleicht Ihr Telefon benutzen? Ich fürchte, dass meine Eltern inzwischen von der Datscha nach Hause gekommen sind und sich fragen, wo ich stecke. Ich bin nach Ihrem Anruf so überstürzt aufgebrochen, dass ich nicht einmal einen Zettel hinterlassen habe.«

»Das Telefon steht in der Küche.«

Oleg verließ das Zimmer, und Morozow setzte ein breites Grinsen auf.

»Das also ist die heutige Jugend, die in den Polizeidienst strebt! Am liebsten möchte er morgen schon Offizier werden, aber er muss die Eltern anrufen, um Bescheid zu sagen. Muttersöhnchen.«

»Du solltest dich schämen«, sagte Nastja vorwurfsvoll. »Vielleicht hat er einfach solche Eltern. Er wäre vielleicht froh, wenn er nicht Bescheid sagen müsste, aber er weiß, dass sie sich Sorgen machen. Für unsere Eltern bleiben wir immer dumme kleine Kinder, daran kann man nichts ändern.«

Nachdem Nastja die Tür hinter ihren Gästen geschlossen hatte, blieb sie unschlüssig vor ihrer Reisetasche im Flur stehen und überlegte, ob sie sie jetzt auspacken sollte oder später. Am Morgen war ihre Mutter mit Dirk zum Flughafen Leonardo da Vinci gekommen, um sich von Nastja zu verabschieden. Nadeschda Rostislawowna übergab ihr ein riesiges Paket mit Geschenken, und Dirk überreichte ihr mit einem Augenzwinkern ein Bücherpaket. Es handelte sich um die Thriller von Brisac, Taschenbuchausgaben, die er soeben auf dem Flughafen erstanden hatte. Die Bücher lagen in der Reisetasche. Es hilft nichts, ich muss auspacken, dachte Anastasija Kamenskaja missmutig und schritt zur Tat.

Nachdem sie ihre Sachen verstaut hatte, nahm sie eine heiße Dusche, um sich aufzuwärmen, dann holte sie das Telefon mit der langen Schnur aus der Küche, stellte es an das Kopfende des Schlafsofas, schlüpfte unter die Decke und schlug eines der Bücher auf, in denen Brisac sich einem russischen Thema widmete.

* * *

»Nastja!«, rief Gena Grinewitsch freudig aus und umarmte seine Freundin. »Was verschafft mir die Ehre? Du hast mich doch erst vor kurzem besucht. Ist etwas passiert?«

»Ich brauche deinen Rat.«

Nastja fuhr dem Regieassistenten zärtlich durch die Überbleibsel seines Haars auf dem Kopf und küsste ihn aufs Kinn.

»Du hast gesagt, dass du in Frankreich und Deutschland Bekannte hast, die Journalisten sind.«

»Möchtest du irgendeine sensationelle Enthüllungsgeschichte veröffentlichen?«, fragte Grinewitsch scherzhaft.

»Ich möchte dir ein paar Fragen stellen. Es gibt einen Schriftsteller namens Jean-Paul Brisac. Er ist nicht gerade ein leuchtender Stern am Literatenhimmel, bei uns wird er nicht übersetzt, ich glaube, man kennt ihn hier nicht einmal. Aber er ist sehr produktiv, seine Bücher verkaufen sich angeblich sehr gut, besonders als Reiselektüre. Ich würde gern mehr über diesen Mann wissen.«

»Ist er Franzose?«

»Vermutlich ja, aber genau weiß ich es nicht.«

»Und warum fragst du dann nach deutschen Journalisten?«

»Er hat einen ganzen Romanzyklus geschrieben, in dem er sich russischen Themen widmet, und man hat mir gesagt, dass solche Bücher großen Anklang bei den russischen Emigranten finden. Darum habe ich gedacht, dass vielleicht auch die Journalisten in Deutschland etwas über ihn wissen könnten.«

»Was möchtest du wissen?«

»Ich möchte wissen, wer dieser Jean-Paul Brisac ist. Wirst du mir helfen, es herauszufinden?«

»Ich werde es versuchen. Ist es dringend?«

»Dringender geht es nicht.«

»Ich versuche es«, wiederholte Grinewitsch nachdrücklich. »Sobald ich etwas in Erfahrung gebracht habe, rufe ich dich an. Bleibst du zur Probe?«

»Danke, Gena, aber ich habe keine Zeit. Ich muss wieder los.«

* * *

Nastja Kamenskaja las nicht nur Brisac, sondern auch andere ausländische Autoren, die sich in ihren Büchern mit dem heutigen Russland beschäftigten. Es interessierte sie, wie die Schriftsteller in anderen Ländern die Russen sahen und darstellten. Und jedes Buch zeigte ihr, dass sie alle weit entfernt waren von der Wahrheit. Sogar die emigrierten russischen Schriftsteller, die den größten Teil ihres Lebens in Russland verbracht hatten, kannten die aktuelle Lebenswirklichkeit in ihrer Heimat nicht mehr.

Aber bei Brisac war alles anders, seine Beschreibungen des russischen Alltags waren erstaunlich genau. Er schrieb, als hätte er sein ganzes Leben in Russland verbracht und als wäre er auch jetzt noch hier. Nastja wunderte sich, wie genau er die Preise für einzelne Waren und Dienstleistungen kannte, sogar dann, wenn die Handlungen seiner Bücher in den Zeitraum der letzten zwei, drei Jahre fielen. Obwohl das noch nicht viel besagte. Die aktuellen Preise wurden wöchentlich in der Presse veröffentlicht, und wer wollte, konnte sich darüber ohne weiteres informieren. Aber in Brisacs Büchern fanden sich auch andere Details, die in keiner

Zeitung nachzulesen waren, die man nur aus eigener Erfahrung kennen konnte und nur dann, wenn man lange Zeit eng mit Untersuchungsführern, Kripobeamten, Staatsanwälten und Richtern zusammengearbeitet hatte, wenn man täglich in der Warteschlange vor Geschäften stand und mit Verkäufern kommunizierte und wenn man zudem eine ordentliche Haftstrafe in einem Arbeitslager abgesessen hatte, wovon eines von Brisacs letzten Büchern mit dem Titel »Traurige Wiederkehr« ein deutliches Zeugnis ablegte. In Nastja wuchs die Gewissheit, dass Jean-Paul Brisac in Wirklichkeit ein russischer Emigrant war. Die Tatsache, dass seine Bücher in einwandfreiem Französisch geschrieben waren, besagte noch nicht viel, denn das konnte die Arbeit von Übersetzern und Lektoren sein. Er versteckte sich vor den Journalisten und Fotografen, weil er seine wahre Identität nicht preisgeben und die Legende vom französischen Bestsellerautor aufrechterhalten wollte. Oder er hatte Gründe, sich vor der Gerichtsbarkeit zu verbergen.

»Viktor Alexejewitsch, wir müssen herausfinden, ob dieser Brisac schon einmal in Russland war. Ich muss wissen, wie er auf diesen salatgrünen Violinschlüssel kommt, der auf dem Cover abgebildet ist. Da wir beide nicht an Hellseherei und übersinnliche Kräfte glauben, bleibt uns nur eine Schlussfolgerung: Vika Jeremina und Jean-Paul Brisac waren beide Zeugen eines Ereignisses, bei dem dieses Bild irgendeine Rolle spielte. Danach begann Vika, dieses Bild zu träumen, es wurde zum Albtraum, der sie verfolgte, während der weniger sensible Brisac es produktiv für seine literarischen Zwecke genutzt hat.«

Gordejew kaute nachdenklich am Bügel seiner Brille, während er Nastja zuhörte. Er sah inzwischen noch schlechter aus als vor einigen Tagen, aber in seinem Blick stand keine Frage mehr. Er weiß es bereits, dachte Nastja. Ja, so war es. Vielleicht hatte Oberst Gordejew noch keine letzte Sicherheit, aber im Grunde wusste er inzwischen, wer von seinen Mitarbeitern der Verräter war. Er wusste nur nicht, was er jetzt tun sollte, wie er die Pflicht mit seinen menschlichen Gefühlen vereinbaren konnte.

»Und du meinst, eine andere Erklärung kann es nicht geben?«

»Doch, wahrscheinlich schon, aber bis jetzt fällt mir nichts anderes ein.«

»Gut, ich werde mich mit dem Büro für Visa- und Aufenthaltsangelegenheiten in Verbindung setzen. Aber was machen wir, wenn Jean-Paul Brisac ein Pseudonym ist und in seinem Pass ein ganz anderer Name steht? Hast du an diese Möglichkeit schon gedacht?«

»Ich versuche, über einen Bekannten herauszufinden, ob man Brisac in Journalistenkreisen kennt. Vielleicht gibt es jemanden, dem seine wahre Identität bekannt ist.«

»Was ist das für ein Bekannter?«, fragte Gordejew misstrauisch.

»Gena Grinewitsch, er arbeitet als Regieassistent am Theater.«

»Kennst du ihn schon lange?«, wollte der Oberst wissen.

»Seit meiner Kindheit. Was ist los mit Ihnen, Viktor Alexejewitsch?«, platzte es aus Nastja heraus. »Man kann doch nicht die ganze Welt verdächtigen. So wird man ja verrückt.«

»Da hast du Recht. Manchmal denke ich, dass ich wirklich schon verrückt geworden bin«, sagte Gordejew mit einem bitteren Lächeln. »Ist gut, Nastjenka, mach deine Arbeit. Und ich bitte dich noch einmal, Kindchen, behalte deine Gedanken für dich. Sprich mit niemandem darüber, es sei denn mit Tschernyschew, und auch mit dem nur im Notfall. Hast du mich verstanden?«

»Ich habe es sehr schwer, Viktor Alexejewitsch«, sagte Nastja leise. »Sie haben mich in eine Lage gebracht, in der ich anderen ständig Anweisungen geben muss wie ein großer Boss, und die Jungs arbeiten für mich wie Laufburschen. Ich verstehe, dass sie das kränkt. Und mir liegt diese Rolle auch nicht, ich habe nicht das Zeug zum Kommandieren.«

»Halte durch, Nastjenka.« Zum ersten Mal seit langer Zeit klang die Stimme des Chefs wieder etwas weicher und wärmer. »Halte durch, es ist nötig für die Sache.«

»Viktor Alexejewitsch«, sagte Nastja vorsichtig. »Sie ... Sie wissen schon Bescheid?«

Gordejew sah sie mit müden Augen an und antwortete nicht, sondern machte nur eine wegwerfende Handbewegung.

* * *

Arsenn sah seinen Gesprächspartner mit einem unverwandten, bohrenden Blick an.

»Warum haben Sie mir nicht gleich etwas von Brisac gesagt?«, fragte er verärgert.

»Ich habe doch nicht gedacht ... Es war nicht vorauszusehen, dass es so weit kommen würde«, murmelte der.

»Sie haben nicht gedacht«, spottete Arsenn. »Dafür hat sie gedacht. Was sollen wir jetzt tun? Dieses Weibsbild ist viel gefährlicher, als Sie glauben, das habe ich schon vorher gewusst. Hätten Sie mir rechtzeitig etwas von Brisac gesagt, hätte ich etwas unternommen. Jedenfalls wäre sie dann nie nach Italien gefahren.«

»Aber Sie haben mir versichert, dass unser Mann ständig in ihrer Nähe ist. Warum hat er denn nicht aufgepasst?«

»Schieben Sie die Schuld nicht auf andere«, sagte Arsenn unwirsch.

»Ich hätte mich von Anfang an nicht mit Ihnen zusammentun dürfen, ich hätte mir Leute suchen müssen, die mit den Untersuchungsführern zusammenarbeiten. Ich zahle Ihnen so viel Geld, und Ihre Leute schlafen«, erwiderte Arsenns Gesprächspartner gereizt.

»Meine Leute tun alles, was Sie können, aber schließlich kann man dieser Kamenskaja nicht das Denken verbieten. Verstehen Sie doch endlich: Nur dann, wenn wir ihnen zuvorkommen, können wir verhindern, dass sie Informationen erhalten, die für uns gefährlich sind. Aber Ihr Schweigen hat dazu geführt, dass diese Frau die Information bereits bekommen hat, und jetzt haben wir es direkt mit ihr zu tun und müssen etwas unternehmen, damit sie nicht länger nachdenken kann. Und das, mein Lieber, ist sehr riskant und nicht unbedingt effektiv. Außerdem kostet es sehr viel mehr Geld.«

»Wollen Sie mich ruinieren?«

»Gott bewahre!«, wehrte Arsenn ab. »Ich kann mich aus dieser Sache jederzeit zurückziehen. Ich bin nur ein Mittelsmann und habe keinerlei eigene Interessen. Wenn Sie nicht zahlen wollen, werden meine Leute sich ab sofort nicht mehr in Ihre Angelegenheiten einmischen. Wissen Sie, wir haben genügend Auftraggeber und sterben nicht an Hunger. Entscheiden Sie sich.«

»Guter Gott, als hätte ich eine Wahl!«, murmelte der Mann verzweifelt. Er trug heute keinen exquisiten englischen Anzug, sondern einfache Hosen und eine dicke, wattierte Skijacke, denn er war direkt von seiner Datscha zu dem Treffen mit Arsenn gefahren.

»Natürlich werde ich bezahlen«, sagte er, »nur retten Sie mich bitte.«

* * *

Nastja saß in ihrem Büro und sah deprimiert aus dem Fenster. Der Dezember bescherte der Stadt nur Schneematsch und weigerte sich hartnäckig, ihr zum bevorstehenden Jahreswechsel ein feierliches winterliches Aussehen zu verleihen. Mestscherinow, der Praktikant, war immer noch im Archiv. Wahrscheinlich hatte Nastja ihn eingeschüchtert, und nun erfüllte er seine Aufgabe mit übertriebener Sorgfalt.

Sie betrachtete die Autos, die hinter dem verschnörkelten Metallzaun parkten, und bemerkte einen neuen roten BMW, den sie hier noch nie gesehen hatte. Sie starrte bewegungslos auf den grellen roten Fleck vor dem Hintergrund der schmutzgrauen Straße, während sie über den Fall Jeremina nachdachte und sich fragte, wie sie sich ihren Kollegen gegenüber verhalten sollte.

»Worüber grübelst du nach, du große Denkerin?«, fragte Jura Korotkow, der unbemerkt von Nastja das Büro betreten hatte.

»Ach, über nichts«, lächelte Nastja. »Ich habe den neuen BMW dort draußen angesehen und mich gefragt, wer mit so einer Luxuskarosse vor unserem Armenhaus vorfährt.«

»Weißt du das etwa nicht?«, wunderte sich Jura. »Das ist unser Lesnikow. Er hat sich vor kurzem ein neues Auto gekauft.«

»Was du nicht sagst!« Jetzt war es an Nastja, sich zu wundern. »Wie schafft er das mit unserem Gehalt?«

Korotkow zuckte mit den Schultern.

»Du denkst zu viel über das Geld der andern nach«, sagte er missbilligend. »Lesnikow hat wohlhabende Eltern, und seine Frau ist Modedesignerin, die bei keinem Geringeren als Saitzew arbeitet und entsprechend verdient. Du bist hier unser freier Vogel und verfügst nur über dein eigenes Budget, während die andern eine Familie haben und noch andere Geldquellen.«

Die Tür öffnete sich erneut, und Igor Lesnikow erschien auf der Schwelle.

»Ich suche dich überall, Korotkow, und du steckst hier, bei Nastja«, sagte er vorwurfsvoll.

»Oh, wenn man von der Sonne spricht ...«, lachte Jura. »Wir unterhalten uns gerade über dein neues Auto.«

Igor schien die Bemerkung überhört zu haben.

»Ich sehe dich in letzter Zeit so selten«, wandte er sich an Nastja. »Früher hast du tagelang in deinem Büro gesessen, und jetzt bist du immer unterwegs. Ist es wegen der Jeremina?«

Nastja nickte wortlos, in der Hoffnung, dass ihr weitere Fragen erspart bleiben würden.

»Und wie steht es? Kommst du voran?«

»Nein, so gut wie gar nicht. Eine ziemlich aussichtslose Sache. Wir warten noch bis zum dritten Januar, dann sind zwei Monate verstrichen, Olschanskij wird den Fall zu den Akten legen, und dann wird mein Leiden ein Ende nehmen. Ich habe keine Lust mehr, mir die Hacken abzulaufen, ich ziehe Schreibtischarbeit vor.«

»Das ist bekannt«, lachte Lesnikow. »Deine Faulheit ist legendär. Ich glaube, du führst uns alle an der Nase herum, Anastasija.«

»Wie meinst du das?« Nastja sah Lesnikow mit großen Augen an und fühlte einen kalten Schrecken in der Magengrube.

»Du liest während der Dienstzeit französische Romane, anstatt zu arbeiten. Willst du das etwa abstreiten? Immer, wenn ich in den letzten Tagen bei dir vorbeigeschaut habe, hattest du diese hübschen bunten Bücher mit den lateinischen Lettern vor dir auf dem Schreibtisch liegen. Erzähl mir nicht, dass du die brauchst, um den Fall Jeremina aufzuklären. Ich glaube dir sowieso nicht. Und du, Korotkow?«

»Was, ich?«, fragte Korotkow verwirrt.

»Glaubst du, dass die Lektüre französischer Romane bei der Ermittlungsarbeit hilft?«

»Keine Ahnung. Nastja hilft es vielleicht. Niemand auf der Welt weiß, wie ihr Kopf funktioniert.«

Die Tür öffnete sich erneut, und Wolodja Larzew kam herein.

»Jetzt habe ich euch erwischt! Der Kripobeamte verdient sein Geld mit den Beinen, und ihr habt euch hier bei Nastja verkrochen und palavert.«

»Und du selbst?«, rechtfertigte sich Lesnikow. »Du bist doch auch zum Palavern gekommen.«

»Nein, ich komme in dienstlichen Angelegenheiten. Nastja, welche Schuhgröße hast du?«

»Achtunddreißig, warum?«, fragte sie überrascht.

»Dann passt es ja!«, rief Larzew erfreut aus. »Hast du Skistiefel?«

»Nein, so etwas habe ich in meinem ganzen Leben nicht besessen. Man muss über viel Einbildungskraft verfügen, um sich jemanden wie mich in Skistiefeln vorzustellen.«

»Schade! Meine Nadja bekommt nämlich Ski-Unterricht in der Schule, und sie hat keine Skistiefel. Die vom letzten Jahr passen nicht mehr, und neue sind zu teuer. Zumal sie ja wächst, und nächstes Jahr sind die Schuhe schon wieder zu klein. Ich hatte gehofft, du könntest uns aushelfen«, seufzte Larzew. »Schade, Pech gehabt. Übrigens, Nastja, wie läuft deine Zusammenarbeit mit Konstantin?«

»Du meinst Olschanskij? Es läuft normal.«

»Übt er keinen Druck auf dich aus?«

»Nein, das habe ich noch nicht bemerkt.«

»Weiß du, er ist manchmal etwas grob ...«

»Das allerdings habe ich bemerkt. Hat er sich etwa über mich beschwert?«

»Aber nein, ganz im Gegenteil, er ist sehr zufrieden mit deiner Arbeit. Wie hast du es geschafft, ihn so für dich einzunehmen?«

»Mit meiner überirdischen Schönheit«, scherzte Nastja abwehrend. Langsam wurde sie nervös.

Jeder von ihnen versuchte irgendwie, das Gespräch auf den Fall Jeremina zu bringen. Was stand hinter ihren Fragen? Gewöhnliches kollegiales Interesse oder etwas anderes? Und wenn etwas anderes dahinter stand, dann bei wem? Bei einem von ihnen oder bei allen gleichzeitig? O mein Gott, stöhnte Nastja innerlich auf, wenn sie nur endlich gehen und mich in Ruhe lassen würden. Fehlte nur noch, dass genau jetzt einer von meinen Jungs aus dem Team anruft.

Zum Glück war Nastjas Büro wieder leer, als Andrej Tschernyschew bei ihr auftauchte. Nastja sah ihm an, dass er aus irgendeinem Grund sehr verärgert war.

»Willst du einen Kaffee?«, fragte sie.

»Nein. Hör zu, Kamenskaja, vielleicht bist du eine geniale Ermittlerin, aber warum machst du einen Idioten aus mir? Offenbar glaubst du, dass nur du allein die Weisheit mit Löffeln gefressen hast, während wir andern alle nur Stroh im Kopf haben.«

Nastja fühlte eine böse Vorahnung in sich aufsteigen, aber sie bemühte sich, ruhig zu bleiben.

»Was ist passiert, Andrej?«

»Was passiert ist? Du benimmst dich sehr seltsam. Ja, du leitest das Team, Gordejew hat es so gewollt, aber das bedeutet nicht, dass du das Recht hast, uns und insbesondere mir Informationen vorzuenthalten.«

»Ich verstehe dich nicht«, erwiderte Nastja kühl, aber sie fühlte, wie ihre Hände zu zittern begannen. Sie hatte Gordejew doch gesagt, dass sie so nicht arbeiten konnte!

»Warum hast du mir nicht gesagt, dass Mestscherinow bei Kosarjs Witwe war und das Notizbuch ihres Mannes an sich genommen hat? Kannst du dir vorstellen, wie ich dagestanden habe, als ich sie nach dem Notizbuch fragte und von ihr erfuhr, dass ein blonder junger Mann von der Petrowka es bereits mitgenommen hatte? Ganz offensichtlich weiß bei uns die rechte Hand nicht, was die linke tut. Und natürlich kam unter diesen Bedingungen kein Gespräch mehr zustande. Die Frau wollte nicht mehr reden, weil sie mir nicht glaubte, dass ich tatsächlich von derselben Dienststelle bin wie der junge Mann, der sie besucht hat. Wie soll ich das alles verstehen?«

»Ich weiß nichts von einem Notizbuch«, sagte Nastja betont langsam. »Oleg hat mir nichts gesagt, und er hat mir auch kein Notizbuch gegeben.«

»Wirklich?«, fragte Andrej ungläubig.

»Ehrenwort. Andrej, ich arbeite nicht erst seit gestern bei der Kripo und würde mich nie so verhalten. Das wäre reichlich kindisch.«

»So ein Idiot!«, rief Andrej wütend aus.

»Wen meinst du?«

»Natürlich deinen Praktikanten, wen sonst. Offenbar hat er beschlossen, auf eigene Faust Erfahrungen in praktischer Ermittlungsarbeit zu sammeln. Er wollte ja partout nicht ins Archiv, sondern gleich Pinkerton spielen, dieser Milchbart. Dem drehe ich den Hals um, sobald er hier auftaucht.«

»Beruhige dich«, sagte Nastja, »den Hals werde ich ihm selbst umdrehen. Es wird übrigens Zeit, dass er aus dem Archiv zurückkommt.«

»Ich schwöre dir, dass er nicht dort ist, sondern durch die Gegend rennt und Kosarjs Kontakte überprüft. Wollen wir wetten?«

Nastja nahm wortlos den Telefonhörer ab und wählte die Nummer des Archivs.

»Du wirst es nicht glauben, aber du hast die Wette verloren«, sagte sie, nachdem sie wieder aufgelegt hatte. »Mestscherinow ist im Archiv.«

»Wir werden ja sehen, was er dort ausbrütet«, brummte Andrej, der inzwischen den Dampf abgelassen und sich wieder etwas beruhigt hatte.

Nastja hingegen wurde immer unruhiger. Während der Unterhaltung über Lesnikows neues Auto hatte sie plötzlich das typische Ziehen in ihrer Magengrube verspürt. Das war ein deutliches Anzeichen dafür, dass irgendein wichtiger Gedanke in ihr aufgeblitzt und wieder erloschen war, bevor sie ihn hatte fassen können. Jetzt versuchte sie, das Gespräch Wort für Wort zu rekonstruieren, in der Hoffnung, sich zu erinnern. Etwas hatte nicht gestimmt. Was war es nur?

»Hattest du mir nicht Kaffee angeboten?«, fragte Tschernyschew.

»Ich mache dir welchen.«

Sie stellte den Wasserkocher an, holte Tassen, Löffel und Zucker aus dem Schreibtisch und rekapitulierte innerlich das Gespräch mit Jura Korotkow.

»Das ist unser Lesnikow. Er hat sich vor kurzem ein neues Auto gekauft ...«

»Lesnikow hat wohlhabende Eltern ...« Nein, hier war es nicht.

»Seine Frau verdient entsprechend ...« Was war mit entsprechend gemeint? Irgendwo hier musste es gewesen sein. Was hatte Korotkow noch gesagt?

»Seine Frau ist Modedesignerin ...«

Der Löffel zuckte in Nastjas Hand, sie verschüttete einen Teil des Pulverkaffees auf den Tisch.

»Andrej, was hat Jereminas Mutter gemacht? Wie hat sie ihr Geld verdient?«

»Sie hat genäht. Bevor sie sich endgültig um den Verstand gesoffen hat, war sie keine schlechte Schneiderin. Beim ersten Mal wurde sie wegen Diebstahls verurteilt, erinnerst du dich?«

»Ja, du hast davon gesprochen. Und was weiter?«

»Sie hat eine ihrer Kundinnen während der Anprobe bestohlen, direkt im Atelier. Sie hat ihr Geld aus der Handtasche genommen und wurde praktisch sofort gestellt. Nach der Freilassung aus der Haft hat man sie in dem Atelier nicht mehr genommen. Sie versuchte, anderswo unterzukommen, erhielt aber überall Absagen. Du weißt, damals hat man Vorbestrafte nicht gerade mit Kusshand eingestellt, zumal dann, wenn es sich um eine Mutter mit einem minderjährigen Kind handelte. Schließlich bekam sie eine Hauswartsstelle, sie hatte eine Dienstwohnung und verdiente sich mit privaten Näharbeiten etwas dazu.«

»Warum hast du mir das nicht schon vorher erzählt?«

»Du hast mich nicht danach gefragt.«

Das war ein schwerer Fehler, dachte Nastja. Du bist ein Schafskopf, Kamenskaja.

* * *

Als Nastja nach Hause kam, war es fast schon zehn Uhr abends. Sie verließ den Lift, trottete müde zu ihrer Wohnung und steckte den Schlüssel ins Türschloss. Der Schlüssel bewegte sich nicht.

Ihr Stiefvater hatte ihr schon in der Kindheit beigebracht, nicht nervös zu werden, wenn man etwas nicht verstand. Man musste innehalten, nachdenken und dann langsam und präzise handeln. Nicht nervös werden, nicht aufregen, nachdenken ...

Sie zog den Schlüssel wieder heraus und versuchte, sich an den Morgen zu erinnern. Hatte sie beim Verlassen der Wohnung vielleicht vergessen, die Tür abzuschließen? Nein, das war unmöglich. Das Abschließen der Tür gehörte zu den Gewohnheiten, die ihr in Fleisch und Blut übergegangen waren. Nastja stieß die Tür ein wenig an. Sie war offen. Die Falle am Schloss war hineingedrückt, sodass die Tür nicht zuschnappen konnte. Seltsam, Nastja selbst ließ die Falle immer draußen.

Vorsichtig zog sie die Tür wieder heran, ging ein Stockwerk tiefer und läutete bei einer Nachbarin.

Eine Dreiviertelstunde später war Andrej Tschernyschew da, mit dem riesigen Kyrill an der Leine.

»Geh hinein«, befahl er dem Hund, als sie vor Nastjas Wohnungstür standen. »Sieh nach, was dort drin los ist.«

Tschernyschew stieß die Tür auf und ließ den Hund von der Leine. Kyrill betrat vorsichtig den Flur, durchforschte systematisch die Küche, das einzige Zimmer, das Nastja als Wohn- und Schlafzimmer diente, blieb eine Weile stehen, horchte an den Türen von Bad und Toilette, schnupperte und kehrte wieder zurück zur geöffneten Wohnungstür. Er beschnupperte Nastjas Füße, verschwand erneut im Flur, schwänzelte dort noch eine Weile herum, dann kam er wieder heraus und ging ohne zu zögern zum Lift.

»Alles klar«, konstatierte Andrej. »Es ist niemand in der Wohnung, aber jemand war da, er hat es gerochen. Gehst du hinein, oder sollen wir die Miliz rufen?«

»Wozu die Miliz?«

»Vielleicht ist es ein Einbruch. Wenn du hineingehst, könntest du die Spuren verwischen.«

»Bist du noch bei Sinnen, Andrej? Soll ich etwa im Treppenhaus übernachten? Es dauert mindestens zwei Stunden, bis die Miliz kommt, und dann muss man bis zum Morgen auf den Gutachter warten. Aber was erzähle ich dir. Alles das weißt du selbst. Lass uns hineingehen.«

Sie betraten die Wohnung. Nastja sah sich rasch um. Zu holen gab es bei ihr nichts, es sei denn, etwas von den ganz neuen Sachen, die ihre Mutter ihr in Rom geschenkt hatte, alles andere war nicht von Interesse für Einbrecher.

»Wie sieht es aus?«, fragte Tschernyschew, nachdem sie alles begutachtet hatte. »Ist alles in Ordnung?«

Nastja öffnete die Schublade ihres Schreibtisches, wo sie ein wenig Goldschmuck in einem kleinen Kästchen verwahrte. Eine Kette mit Anhänger, ein Paar Ohrringe und ein sehr hübsches, teures Armband, das Ljoscha ihr geschenkt hatte, nachdem er für seine wissenschaftliche Arbeit einen angesehenen internationalen Preis erhalten hatte.

»Alles in Ordnung«, sagte sie mit einem Seufzer der Erleichterung.

»Dann sag mir, in was du da hineingeraten bist. Wenn man dich nicht bestohlen hat, dann kann es nur so sein, dass man dich einschüchtern will. Hast du eine Vermutung?«

»Ich arbeite nur am Fall Jeremina.«

»Alles klar. Unsere Karten stehen schlecht, Nastja.«

»Schlechter könnte es nicht sein«, sagte sie mit einem gequälten Lächeln. »Ich wüsste nur gern, was ihnen so missfällt, die Geschichte mit Brisac oder Olegs Recherchen im Archiv.«

»Wir müssen es abwarten«, erwiderte Andrej schulterzuckend. »Etwas anderes bleibt uns nicht. Irgendwann müssen sie schließlich kundtun, was sie wollen.«

Er sah auf die Uhr.

»Ich muss gehen, mein Täubchen, ich bin schließlich Ehemann und Familienvater. Kyrill lasse ich dir hier. Morgen früh um sieben komme ich bei dir vorbei und bringe ein neues Türschloss an. Du hast nichts zu befürchten, Kyrill wird niemanden hereinlassen, allerdings wird er auch dir nicht erlauben, die Wohnung zu verlassen, also versuche es gar nicht erst.«

»Vielleicht brauche ich Kyrill gar nicht«, wandte Nastja schüchtern ein. »Das Schloss ist ja nicht beschädigt, ich kann die Tür abschließen.«

»Ich glaube, sie haben dir den überzeugenden Beweis dafür geliefert, dass sie einen Schlüssel zu deiner Wohnung besitzen. Willst du mitten in der Nacht aufwachen und den geheimnisvollen Fremden neben dir erblicken? Dein Leichtsinn ist manchmal wirklich erstaunlich. Bis morgen.«

Andrej ergriff Kyrill liebevoll am Halsband und führte ihn zu Nastja. »Bewachen!«, sagte er streng und ging. Nastja blieb mit dem Hund allein zurück.

Sie war müde, durchgefroren und hungrig, aber ihr größter Wunsch war es, eine heiße Dusche zu nehmen, sich ins Bett zu verkriechen und in ein Kind zu verwandeln, das bei seinen Eltern wohnt und sich vor nichts fürchtet …

Nastja hatte sich auf dem Sofa zusammengerollt, ohne sich vorher auszuziehen. Nachdem sie aus ihrem Pullover geschlüpft war, um unter die Dusche zu gehen, war plötzlich solche Angst in ihr hochgestiegen, dass sie den Pullover schnell wieder angezogen hatte. Sie war sich sicher, dass sie nur ins Bad zu gehen brauchte, wo man das Geräusch des Lifts nicht hörte, und sofort würde es geschehen. Auch die Anwesenheit des vorbildlich abgerichteten

Schäferhundes vermochte sie nicht zu beruhigen. Sie stellte den Fernseher an, um sich abzulenken, stellte ihn aber gleich wieder ab. Bei laufendem Fernseher waren Schritte im Treppenhaus nicht zu hören. Ihre Angst ging immer mehr in Panik über. Sie konnte sich nicht dazu entschließen, die Kaffeemühle anzustellen, weil das Geräusch zu laut war, und machte sich stattdessen eine Tasse Pulverkaffee, der sie weder aufmunterte noch wärmte, sondern nur einen säuerlichen Geschmack im Mund hinterließ. Alles fiel ihr aus den Händen, sogar der Dosenöffner, sodass es ihr auch kaum gelang, etwas zu essen. Völlig erschöpft von ihren fruchtlosen Versuchen, die Angst zu überwinden, legte sie sich erneut aufs Sofa und versuchte, sich zu konzentrieren. Worin bestand der Unterschied zwischen dem heutigen und dem gestrigen Tag? Warum waren sie ausgerechnet heute in ihre Wohnung eingedrungen und nicht schon vor einer Woche? Weil sie vor einer Woche in Italien war und vorher nichts von einem Brisac gewusst hatte? Lag es an den Archivrecherchen des Praktikanten? Aber Tschernyschew war schon ganz zu Anfang der Ermittlungen im Archiv gewesen, und das hatte keinerlei Konsequenzen gehabt. Sie hatten weder auf die endlosen Vernehmungen reagiert, denen man in den letzten Wochen Boris Kartaschow und die Eheleute Kolobow unterzogen hatte, noch darauf, dass die Kassette aus Kartaschows Anrufbeantworter beschlagnahmt worden war. Sollte alles wirklich an diesem Brisac liegen? Aber warum? Und woher hatten sie den Schlüssel zu ihrer Wohnung?

Was war am heutigen Tag noch geschehen? Gegen Abend war Oleg Mestscherinow aufgetaucht und hatte seine Exzerpte aus der Akte über Jereminas Mutter mitgebracht. Es stellte sich heraus, dass sie ein ziemlich ungeordnetes Leben geführt hatte. Sie brachte oft zufällige Zechkumpane mit nach Hause, die nicht selten in ihrem Bett landeten, ihre kleine Tochter ließ sie währenddessen allein in der Küche spielen und vergaß gelegentlich sogar, ihr etwas zu essen zu geben. Einen dieser Zechkumpane brachte sie eines Tages schließlich um, sie erstach ihn mit einem Küchenmesser direkt in ihrem Bett und schlief anschließend zufrieden neben der Leiche ein. Als sie ihren Rausch halbwegs ausgeschlafen hatte, stürzte sie schreiend hinaus ins Treppenhaus, wo sie gutherzigen Nachbarn in die Hände fiel, die sofort die Miliz benachrichtigten.

Nastja hatte dem Praktikanten zugehört und überlegt, wie sie das Gespräch auf dessen eigenwilligen Besuch bei Kosarjs Witwe und das unglückselige Notizbuch lenken sollte. Sie wollte keinen Ärger mit Oleg, denn schließlich war er nicht hier, um heruntergeputzt zu werden, sondern um etwas zu lernen, und außerdem musste sie noch eine ganze Weile mit ihm zusammenarbeiten. Sie beschloss, mit etwas anderem zu beginnen.

»Was hat die Jeremina gemacht? Womit hat sie ihr Geld verdient?«

»Sie hatte eine Hauswartsstelle«, erwiderte Oleg, nachdem er einen Blick in seine Notizen geworfen hatte.

»Hatte sie Vorstrafen, bevor sie den Mord beging?«

»Ja, sie hatte eine Vorstrafe wegen Diebstahls.«

»Und was hat sie vorher gemacht?«

Mestscherinow blätterte in seinem Notizblock.

»Das habe ich nicht notiert. Ich glaube, das steht auch gar nicht in ihrer Akte. Ist das wichtig?«

»Vielleicht ja, vielleicht nein. Aber Sie sind nicht sehr gewissenhaft, Oleg. Das steht nämlich sehr wohl in der Akte. Seien Sie mir nicht böse, aber ich muss Ihnen sagen, dass Sie noch nicht in der Lage sind, selbständig zu arbeiten. Anstatt zu lernen und Fragen zu stellen, versuchen Sie, eigenmächtige Entscheidungen zu treffen und die Dinge selbst zu beurteilen. Was wichtig und was unwichtig ist, entscheide ich, Sie müssen mir nur die Fakten liefern. Ich werde diese Fakten mit Ihnen gemeinsam auswerten und Ihnen anschaulich erklären, wie diese zu interpretieren und einzuschätzen sind. Haben wir uns verstanden?«

»Ja«, sagte Oleg mürrisch und sammelte seine Papiere auf dem Schreibtisch ein.

»Was ist mit dem Notizbuch, das Sie bei Kosarjs Witwe beschlagnahmt haben?«

Oleg erstarrte, seine Wange zuckte, die kaum merkliche Schramme über seiner Augenbraue färbte sich flammend rot. Er schwieg.

»Ich warte«, sagte Nastja. »Geben Sie mir das Notizbuch. Ich habe nicht vor, Ihnen eine Szene zu machen, weil Sie auf eigene Faust gehandelt haben. Damit haben Sie zwar ein Dienstvergehen begangen, aber Sie sind Praktikant und lernen noch, deshalb werden wir diesmal auf Strafen und Verweise verzichten. Merken Sie sich einfach nur, dass Sie so etwas nicht tun dürfen.«

Mestscherinow sah aus dem Fenster und schwieg beharrlich.

»Was ist los, Oleg?«

Nastja schwante nichts Gutes, aber sie verdrängte ihre Befürchtungen.

»Anastasija Pawlowna, es tut mir sehr Leid, aber ... Ich habe das Notizbuch verloren«, sagte Oleg schließlich gepresst.

»Wie bitte?« Nastja fühlte Entsetzen in sich aufsteigen. »Wie ist das passiert?«

»Ich weiß es nicht. Ich habe das Notizbuch ins Büro mitgebracht, und Sie waren nicht da. Als Sie zurückkamen, wollte ich es Ihnen gleich geben, aber es war verschwunden. Darum habe ich auch nichts gesagt. Ich habe Angst gehabt, dass Sie mit mir schimpfen werden.«

»Ich schimpfe so oder so mit Ihnen. Haben Sie etwa geglaubt, niemand würde Sie nach diesem Notizbuch fragen, die Sache würde irgendwie unter den Tisch fallen?«

Oleg nickte.

»Dann merken Sie sich folgende Regel. Sie stammt nicht von mir, sondern aus der Physik. Alles, was verderben kann, verdirbt zwangsläufig. Und alles, was nicht verderben kann, verdirbt ebenfalls. In Bezug auf unsere Arbeit bedeutet das, dass nie etwas unter den Tisch fällt. Wenn man einen Fehler macht, muss man sofort versuchen, ihn wieder zu korrigieren. Sofort und ohne Verzögerung. Denn je länger man wartet, desto unwahrscheinlicher wird es, dass man noch etwas retten kann. Haben Sie das verstanden?«

Oleg nickte erneut.

»Wann haben Sie das Notizbuch zum letzten Mal gesehen?«

»Zu Hause bei Kosarj.«

»Wo haben Sie es aufbewahrt?«

»In meiner Jackentasche. Und als Sie ins Büro kamen, war es nicht mehr da.«

»Sind Sie auf dem Weg zur Petrowka noch irgendwo gewesen?«

»Nein.«

»Haben Sie Ihre Jacke irgendwo ausgezogen?«

»Nur hier, im Büro.«

»Hat jemand mein Büro betreten, solange ich nicht da war?«

»Ja, natürlich. Korotkow war hier, Larzew und dann dieser ... so ein gut aussehender Typ. Ich erinnere mich nicht an seinen Namen.«

»Igor Lesnikow?«

»Ja, genau. Und Kolja war auch hier.«

»Sie meinen Selujanow?«

»Ja. Und noch einige andere Leute, die nach Ihnen gefragt haben.«

»Waren sie aus unserer Abteilung?«

»Ich glaube, ja.«

»Was heißt, Sie glauben? Haben Sie diese Leute bei den Einsatzbesprechungen bei Gordejew gesehen?«

»Ich erinnere mich nicht. Ich habe ein schlechtes Personengedächtnis.«

»Dann müssen Sie es trainieren.« Nastja versuchte nicht mehr, ihren Ärger hinunterzuschlucken. »Haben Sie das Büro in dieser Zeit verlassen?«

»Ja, natürlich. Sie waren ja sehr lange weg.«

»Hören Sie auf, sich zu rechtfertigen, beantworten Sie nur meine Fragen, und zwar so genau wie möglich. Haben Sie die Tür abgeschlossen?«

»Ja ... ich glaube ...«

»Haben Sie abgeschlossen oder nicht?«

»Nun ja ... nicht immer. Wenn ich für länger hinausgegangen bin, dann schon, aber wenn es nur für kurze Zeit war ...«

»Alles klar. Geben Sie mir den Schlüssel. Sie sind ein Schussel, und ich kann nicht warten, bis Sie sich besonnen haben, dazu ist das Risiko zu groß. Sie haben zweifellos Fähigkeiten, Sie könnten ein guter Kripobeamter werden, aber Talent allein genügt leider nicht. Sie müssen lernen zu lernen, dann kann etwas aus Ihnen werden. Und Sie müssen an Ihrem Charakter arbeiten. Schüchternheit und Feigheit in Kombination mit Selbstgewissheit – das ist eine katastrophale Mischung. Damit kommen Sie nicht weit.«

Oleg zog wortlos seine Jacke an, nahm den Schlüssel aus der Tasche und legte ihn auf den Tisch. Nastja zog sich ebenfalls an, hängte sich ihre riesige Sporttasche, mit der sie sommers wie winters herumlief, um die Schulter und schloss den Schlüssel im Safe ein.

»Bitte seien Sie mir nicht böse, Oleg«, sagte sie trocken zum Abschied. »Unsere Arbeit ist wirkliche Arbeit und keine Spielerei. Vielleicht war ich zu streng mit Ihnen, aber Sie haben es verdient.«

»Ich bin nicht böse«, erwiderte Mestscherinow verstört.

... Das Läuten des Telefons ließ Nastja zusammenzucken. Sie warf einen Blick auf die Uhr. Es war halb zwei Uhr nachts. Wer rief um diese Uhrzeit an?

»Anastasija Pawlowna?« Nastja vernahm eine angenehm klingende Männerstimme in der Leitung.

»Ja. Und wer sind Sie?«

»Wie fühlen Sie sich?«, erkundigte sich der Mann vergnügt, ohne auf Ihre Frage einzugehen.

»Bestens. Wer sind Sie?«

»Ich glaube, dass Sie die Unwahrheit sagen, Anastasija Pawlowna. Sie fühlen sich schlecht. Sie haben Angst. Ist es nicht so?«

»Nein, so ist es nicht. Was wollen Sie?«

»Hören Sie zu, Anastasija Pawlowna, ich will vorläufig überhaupt nichts von Ihnen, außer einem. Ich will, dass Sie darüber nachdenken, wie Ihnen heute Nacht zumute ist.«

»Wie meinen Sie das?«

»Ich möchte, dass Sie sich gut merken, wie Sie sich jetzt fühlen, damit Sie auch morgen noch wissen, was für eine unvergessliche

Nacht Sie gemeinsam mit Ihrer Angst verbracht haben. Ich möchte, dass Sie eines verstehen: Diese Nacht ist nur eine kleine Kostprobe für Sie, damit Sie den Geschmack der Angst kennen lernen. Das nächste Mal werden Sie den Kelch bis zur Neige leeren müssen. Möchten Sie etwa, dass Ihrem Stiefvater etwas zustößt?«

»Was tut mein Stiefvater zur Sache? Ich verstehe Sie nicht.«

»Sie verstehen mich sehr gut, Anastasija Pawlowna. Ihr Stiefvater hat ein Auto, aber er ist kein reicher Mann und kann sich keine Garage leisten. Sie wissen sehr gut, was mit Autos passiert, die die ganze Nacht unbewacht auf der Straße stehen.«

»Sie werden gestohlen. Ist es das, womit Sie mir drohen wollen?«

»Diese Autos werden nicht nur gestohlen. Mit ihrer Hilfe werden Verbrechen begangen, die anschließend den Besitzern dieser Autos zugeschrieben werden. Und für die ist es dann nicht einfach zu beweisen, dass sie nicht selbst am Steuer gesessen haben. Möchten Sie Leonid Petrowitsch ein Vergnügen dieser Art bereiten? Außerdem werden Autos, die unbewacht herumstehen, manchmal mit einem Sprengsatz versehen. Manchmal wird auch das Lenkgetriebe angesägt. Auch die Bremsen sind ein beliebtes Objekt der Manipulation. Möchten Sie, dass so etwas passiert?«

»Nein, das möchte ich nicht.«

»Das ist gut, Anastasija Pawlowna«, sagte der Mann. »Es wäre dumm von Ihnen, das zu wollen. Vorläufig besteht für Sie keinerlei Gefahr, aber wenn Sie sich in Zukunft falsch verhalten sollten, werden Sie eine Angst erleben, die weit über die heutige hinausgeht. Heute fürchten Sie nur um sich selbst. Aber morgen werden Sie um andere fürchten müssen, um Menschen, die Ihnen sehr nahe stehen. Und diese Angst ist noch sehr viel unangenehmer als die Angst um sich selbst, sie ist geradezu unerträglich, falls Sie das noch nicht wissen sollten. Gute Nacht, Anastasija Pawlowna.«

Nastja legte den Hörer wieder auf die Gabel, so vorsichtig, als könnte das Telefon dadurch explodieren. Der Anrufer hatte sich völlig klar und unmissverständlich ausgedrückt: Ermittle ruhig weiter im Fall Jeremina, bleibe bei der Version eines Mordes aus persönlichen Motiven, und es wird dir nichts geschehen. Nur komm nicht auf die Idee, anderen Spuren zu folgen. Nun, dachte Nastja, es liegt nur an dir, du musst entscheiden. Niemand wird sich wundern, wenn du sagst, dass sowohl die Nachforschungen über Brisac als auch die Recherchen im Archiv nichts erbracht haben und du deshalb die Ermittlungen wegen Aussichtslosigkeit einstellst. Knüppelchen vertraut dir, Olschanskij vertraut dir, Tschernyschew vertraut dir, auch wenn er meutert, weil du ihm nicht alles erzählst, aber die Führungsrolle überlässt er dir trotzdem. Morozow? Der wird nur glücklich sein, wenn du ihn in Ruhe lässt. Der Praktikant? Der spielt in diesem Zusammenhang keine Rolle. Er wird sich an das halten, was man ihm sagt. Was also tun, Kamenskaja? Zurückweichen oder noch ein wenig dranbleiben?

Nastja richtete sich auf dem Sofa auf und stellte ihre Füße auf den kalten Fußboden.

»Kyrill«, rief sie leise.

Sofort wurde ein dumpfes Geräusch hörbar, das leise Klicken von Hundepfoten auf dem Parkett im Flur. Kyrill kam ins Zimmer getrottet und ließ sich mit einem fragenden Blick neben Nastja nieder.

»Kyrill, ich habe Angst«, sagte Nastja, wieder ganz leise und so, als könnte der Hund sie wirklich verstehen. Vielleicht hatte sie damit gar nicht Unrecht, denn Kyrill war in der Tat ein außergewöhnliches Tier. Andrej hatte sich seine Eltern genau ausgesucht und geduldig darauf gewartet, dass die beiden Schäferhunde, die über einzigartige Fähigkeiten in Bezug auf Gehör, Spürsinn und Auffassungsgabe verfügten, ihm den erwünschten Nachkommen schenkten. Er ließ Kyrill, der laut Stammbaum einen langen und schier unaussprechlichen Namen hatte, beste Pflege angedeihen, richtete ihn mit großer Ausdauer ab und erreichte, dass der Hund, wenn er jenseits der üblichen Befehle auch keine Worte verstehen konnte, es doch lernte, dem Klang der Stimme zu entnehmen, was man ihm sagte. Und die Liste der Befehle, die er aufs Wort erfüllte, war im Übrigen so lang, dass man zu glauben geneigt war, er könne die Sprache der Menschen womöglich doch verstehen.

»Ich habe Angst, Kyrill«, wiederholte Nastja etwas lauter.

Der Hund wurde nervös, aus seinem leicht geöffneten Rachen drang ein leises Knurren, in seinen Augen blitzte ein ungutes gelbes Feuer auf. Er versteht, dass ich Angst habe, dachte Nastja.

»Was soll ich tun?«, sagte sie, bemüht um Festigkeit in ihrer Stimme. »Soll ich vielleicht alles hinschmeißen? Was meinst du, Kyrill? Mein Leonid hat trotz seiner siebenundfünfzig Jahre natürlich noch Mumm in den Knochen, zum Glück ist er bei bester Gesundheit, er treibt Sport und hat fünfundzwanzig Jahre bei der Kripo gearbeitet, so leicht ist er nicht kleinzukriegen. Aber ich liebe ihn, ich fühle mich ihm tief verbunden, er hat mir den Vater ersetzt. Habe ich denn das Recht, ein Risiko einzugehen?«

Sie knipste das Deckenlicht im Zimmer an und begann, langsam auf und ab zu gehen, mit hängenden Schultern und schlurfenden Schritten in den Pantoffeln. Kyrill saß bewegungslos da, wie eine Statue, und beobachtete sie.

»Außerdem ist da noch Ljoscha«, fuhr sie fort, »ein begabter Mathematiker, aber ein richtiger Tollpatsch, zerstreut, schrecklich naiv und gutgläubig. Es ist eine Kleinigkeit, ihn auszutricksen und in die Falle zu locken. Ljoscha ist mir ebenfalls sehr kostbar, ich kenne ihn seit der Schule, er war mein erster Mann, ich hätte fast ein Kind von ihm geboren. Vielleicht liebe ich Ljoscha nicht mit der leidenschaftlichen Liebe, von der in Romanen die Rede ist, aber ich bin zu so einer Liebe wahrscheinlich einfach nicht fähig. Ich liebe ihn so, wie ich es kann. Er hat zwar eine Vorliebe für vollbusige, dunkelhaarige Frauen, und manchmal ist er untreu, aber so etwas dauert bei ihm zwischen zwei Stunden und zwei Tagen, und dann kommt er zu mir zurück, weil es uns nur miteinander wirklich gut geht. Und schließlich muss ich zugeben, dass ich auch andere Männer gehabt habe, in einen war ich sogar unsterblich verliebt. Aber Ljoscha blieb mir trotzdem immer der nächste und liebste Mensch. Im Übrigen würde mich ein anderer nie so liebevoll betreuen und pflegen wie er, wenn ich krank bin.

Und du musst wissen, Kyrill, dass ich manchmal ziemlich krank bin. Ich habe eine Rückenverletzung, und wenn ich schwer hebe, hat das böse Folgen für mich. Ich muss mich dann auf den Fußboden legen, weil ich die weiche Matratze nicht mehr vertrage, ich liege da und habe das Gefühl, sterben zu müssen. Und Ljoscha gibt mir Spritzen, er kocht für mich, hilft mir aufzustehen und erfüllt alle Funktionen einer Krankenschwester. An diesen Tagen wohnt er bei mir, obwohl er in Shukowskij lebt und arbeitet und zweieinhalb Stunden bis zu meiner Wohnung unterwegs ist. Aber er hat sich noch nie beklagt und es nie abgelehnt, mir zu helfen. Was meinst du, habe ich das Recht, ihn einer Gefahr auszusetzen?«

Das gemäßigte Auf-und-ab-Gehen und die zunehmende Sicherheit in der eigenen Stimme beruhigten Nastja. Das Zittern hatte sich gelegt, ihr war sogar etwas warm geworden. Sie sah Kyrill aufmerksam an und stellte fest, dass auch er viel ruhiger geworden war. Das ist gut, dachte sie befriedigt. Das heißt, dass es mir tatsächlich gelungen ist, mich wieder zu fassen, und Kyrill fühlt das.

Nastja wagte es, ihren Aktionsradius zu erweitern, und ging in die Küche. Der Hund folgte ihr sofort, er ließ sich auf der Türschwelle nieder und erstarrte wieder zu einer Statue.

Um drei Uhr nachts war es ihr endlich gelungen, etwas zu essen und einen starken, frisch gebrühten Kaffee zu trinken. Gegen vier wurde sie so mutig, dass sie sich eine Viertelstunde lang unter die heiße Dusche stellte. Gegen sechs Uhr morgens nahm sie die beschriebenen, mit rätselhaften Zeichen bedeckten Blätter vom Tisch, zerriss sie in kleine Fetzen und warf sie in den Mülleimer. Kyrill lag friedlich zu ihren Füßen, mit der Schnauze auf ihren weichen Pantoffeln, als wollte er sagen: Ich spüre, dass du jetzt ganz ruhig bist, du riechst nicht mehr nach Angst. Ich brauche mir keine Sorgen mehr zu machen, sondern kann beruhigt neben dir liegen.

Nastja warf einen Blick auf die Uhr. In einer Dreiviertelstunde würde Tschernyschew kommen. Sie ging zum Spiegel und zwinkerte ihrem eigenen Spiegelbild zu. Sie wusste jetzt, was sie zu tun hatte.

ACHTES KAPITEL

Wassja Kolobow öffnete ungeduldig das Kuvert und entnahm ihm einen maschinengeschriebenen Brief.

»Du redest zu viel. Offenbar hast du ein schlechtes Gedächtnis, Kolobow. Wenn du nicht möchtest, dass dir dasselbe noch einmal passiert, komme morgen, am dreiundzwanzigsten Dezember, um halb zwölf Uhr abends zu der dir bekannten Adresse. Solltest du auf die Idee kommen, Kontakt zur Miliz aufzunehmen, wirst du es bereuen.«

Kolobow steckte den Brief zögernd in seine Hosentasche und fuhr mit dem Lift hinauf in seine Wohnung. Wieder waren sie hinter ihm her! Sollte er den Brief einfach ignorieren? Nein, er musste hingehen. Die Prügel, die er bezogen hatte, waren nicht von schlechten Eltern gewesen, und eine Wiederholung konnte er sich nicht wünschen.

* * *

Oberst Gordejew ließ Selujanow in sein Büro kommen.

»Kolja, ich suche ein stilles, dunkles Plätzchen in der Gegend des Saweljewskij-Bahnhofs.«

Kolja Selujanow hatte sich einst ganz plötzlich und aus völlig unerklärlichen Gründen entschlossen, Kripobeamter zu werden. Er hatte immer, schon seit seiner Kindheit, davon geträumt, Städtebauer zu werden. Endlos brütete er Ideen zur baulichen Neugestaltung Moskaus aus, damit alle Bewohner es bequem haben und zu ihrem Recht kommen sollten. Die Fußgänger, die Autofahrer, die Kinder, die Rentner, die Hausfrauen ... Er kannte die Stadt wie seine eigene Wohnung, jeden Winkel, jeden Hinterhof, jede Kreuzung, auf der sich in den Stoßzeiten Staus bildeten. Diese detaillierten Stadtkenntnisse waren sehr nützlich für die Arbeit bei der Kripo, und nicht nur Selujanow selbst bediente sich ihrer, sondern auch alle seine Kollegen.

Kolja dachte einen Moment nach, dann nahm er ein Blatt Papier und einen Kugelschreiber und begann, etwas aufzuzeichnen.

»Hier ist eine gute Stelle«, sagte er und markierte einen Punkt auf seiner Zeichnung. »Wenn man langsam geht, sind das etwa zehn Minuten Fußweg bis zum Bahnhof. Hier befindet sich ein Torbogen und dahinter ein dunkler Hof. In dem Haus wohnt niemand, es wird zurzeit renoviert. Und dann hier noch ...« Selujanow markierte eine weitere Stelle. »Hier ist es ebenfalls ruhig und menschenleer, besonders nachts. Fünf Meter hinter dem Zeitungskiosk geht es nach links, und gleich dahinter befinden sich drei Verkaufspavillons. Sie stehen sehr günstig, von vorn sieht es so aus, als würden sie eine geschlossene Front bilden, aber von hinten erkennt man, dass da eine Lücke ist. Nachts sind diese Pavillons geschlossen. Reicht es, oder brauchen Sie noch mehr?«

»Noch ein paar mehr, für alle Fälle«, bat Gordejew.

Nachdem Selujanow wieder gegangen war, drehte der Oberst das Blatt mit den vier Zeichnungen in seiner Hand und schüttelte ungläubig den Kopf. Er hatte zwar dem Plan zugestimmt, den die Kamenskaja ihm vorgelegt hatte, aber nicht etwa deshalb, weil er diesen Plan für den Gipfel der Weisheit hielt, sondern weil ihm auch nichts Besseres einfiel. Der Plan enthielt ganz offensichtliche Unwägbarkeiten und Schwachstellen, Anastasija wusste das selbst, aber da war nichts, womit sie die Löcher hätten stopfen können, weil sie in diesem Fall mit einem Minimum an Mitarbeitern auskommen mussten. Es gab schon zu viele Informationslecks im Fall Jeremina, und dagegen konnten sie nur eines unternehmen: Sie mussten den Kreis der Eingeweihten so klein wie möglich halten.

Viktor Alexejewitsch sah voller Trauer, wie alles, was er in langen Jahren so beharrlich und liebevoll aufgebaut hatte, zusammenbrach. Das Kollektiv, in dem es keine Allroundprofis gab, dafür aber hoch qualifizierte, begabte Fachleute, von denen jeder über besondere Fähigkeiten verfügte, und alle diese Talente dienten in ihrem Zusammenspiel der gemeinsamen Sache. Hätte man jetzt zum Beispiel Wolodja Larzew einschalten können, hätte er mit Sicherheit eine Methode gefunden, Wassja Kolobow zum Sprechen zu bringen und ihm die Wahrheit über die Prügelei zu entlocken, über die er sich so beharrlich ausschwieg. Hätte Anastasija jetzt ihre übliche Auswertungsarbeit machen und sich die Zeit zum Nachdenken nehmen können, wäre sie mit Sicherheit auf einige kluge, raffinierte Ideen gekommen. Und der charmante, kontaktfreudige Korotkow hätte zusammen mit Lesnikow, dem strengen, attraktiven Intellektuellen, ein überzeugendes, brillantes Szenario entwickelt, das ihnen eine Flut von Informationen eingebracht hätte. Nur war das alles eben nicht mehr möglich. Jedenfalls vorläufig nicht.

Gordejew wusste bereits, wer von seinen Mitarbeitern der Gegenseite zuarbeitete, aber etwas hinderte ihn daran, dem qualvollen Zustand ein Ende zu setzen. Und das lag nicht nur an seinem Mitgefühl und an seinem Schmerz. Viktor Alexejewitsch wurde das Gefühl nicht los, dass alles nicht so einfach war, wie es aussah, dass hinter dem Verrat eines Einzelnen noch mehr stand. Etwas, das komplizierter und gefährlicher war, als es schien.

An dem Plan der Kamenskaja war noch etwas, das ihn beunruhigte. Er verlangte von seinen Mitarbeitern stets, dass sie sich in ihrer Arbeit streng an das hielten, was das Gesetz vorschrieb. Wenn er ganz ehrlich war, konnte er nicht behaupten, dass sein Rechtsempfinden gegen die nicht immer ganz korrekten Methoden protestierte, die operative Mitarbeiter mitunter zur Aufklärung von Verbrechen anwandten. Seit Gordejew bei der Kripo arbeitete, und das tat er bereits seit über dreißig Jahren, gehörte das zur alltäglichen Praxis der Aufklärungsarbeit. Doch Gordejew wusste aus Erfahrung, dass die ungestrafte Anwendung unerlaubter Methoden zunehmend negative Auswirkungen auf die Professionalität und Kreativität der Kripobeamten hatte. Wozu sollte man sich die Mühe machen, das Funktionsprinzip von Schlössern und Schlüsseln zu studieren, wenn man eine Tür einfach aufbrechen konnte? Und ihm war schon vor Jahren klar geworden, dass man sich in Zukunft auf Anwälte würde einstellen müssen, die bereits im Moment der Festnahme zum Verdächtigen zugelassen waren, und ebenso auf unbestechliche Staatsanwälte und Richter, die sich allmählich von ihrer Rolle als Erfüllungsgehilfen der Statistik befreiten und ihre Angst vor den Repressalien der Partei verloren. Diese Entwicklung hatte Gordejew schon sehr früh vorausgesehen, schon ganz zu Beginn des Demokratisierungsprozesses, und er hatte mit größter Geduld und Sorgfalt ein Team zusammengestellt, das lernen musste, unter den neuen Verhältnissen zu arbeiten. Ein Team, das ein für alle Mal begreifen musste, dass das Gesetz heilig und unantastbar war. Es musste sein professionelles Potenzial entwickeln und neue, zeitgemäße Methoden zur Aufklärung von Verbrechen erarbeiten. Es durfte und musste alles für die Arbeit einsetzen, die Psychologie, die Topographie, die physischen Kräfte, den Intellekt und was immer noch. Nur musste alles streng im Rahmen des Gesetzes bleiben.

Nastjas Plan enthielt nichts, was gegen das Gesetz verstieß. Aber Viktor Alexejewitsch hatte den Verdacht, dass sie ihm nicht alles gesagt hatte. Er wusste, dass sie ihn niemals hintergehen oder anlügen würde, aber sie hatte es faustdick hinter den Ohren …

* * *

Nastja vertilgte mit Genuss das von Ljoscha zubereitete Abendessen. Sollte sie ihn vielleicht doch endlich heiraten? Er wünschte sich das schon so lange. Wie gut, dass es ihn auf der Welt gab.

»Schmeckt es dir?«, fragte Tschistjakow mit einem lächelnden Blick auf seine Freundin, die einen beneidenswerten Appetit an den Tag legte.

»Köstlich«, sagte sie mit vollem Mund. »Ljoscha, bist du mir auch nicht böse, dass ich dich mitten in der Woche von zu Hause weggeholt habe?«

»Ich habe es so verstanden, dass du Unannehmlichkeiten hast«, sagte er vorsichtig. »Wenn ich mich nicht täusche, hast du das Schloss an der Wohnungstür ausgewechselt.«

»Nun ja, ich bin jemandem auf die Füße getreten, und man versucht, mich einzuschüchtern. Ich möchte nachts nicht allein in der Wohnung sein, zumindest die nächsten Tage. Ich wollte dich bitten ...« Sie begann herumzudrucksen.

»Bitte mich, geniere dich nicht«, ermunterte sie Ljoscha.

»Könntest du dich nicht für ein paar Tage beurlauben lassen und bei mir wohnen? Es ist sehr wichtig für mich, wirklich.«

»Natürlich kann ich das. Für dich bin ich Ljoscha, aber an meinem Institut bin ich Professor Tschistjakow. Mir stehen freie Tage für Bibliotheksarbeit zu, das habe ich dir schon hundert Mal gesagt.«

»Wie viele Tage sind das? Einer, zwei in der Woche?«

»Mein Schatz, bei mir sind alle Tage Bibliothekstage, bis auf einen, an dem ich anwesend sein muss. Gib mir also Instruktionen, und ich werde sie mit mathematischer Genauigkeit erfüllen.«

»Ich habe nur eine einzige Instruktion. Du nimmst das Telefon ab, wenn es läutet. Und du rufst mich auf keinen Fall an den Apparat. Du sagst, dass ich im Bad bin, auf der Toilette, bei den Nachbarn oder sonst wo, aber du gibst den Hörer auf keinen Fall an mich weiter. Du fragst nur, wer dran ist und unter welcher Nummer ich zurückrufen soll. Sonst nichts.«

»Wäre es nicht einfacher, zu sagen, dass du nicht zu Hause bist?«

»Das geht nicht. Wenn sich jemand für mich interessiert, dann wird er wissen, dass ich zu Hause bin. Es darf nicht der geringste Verdacht entstehen, dass ich mich verstecke oder ausweiche. Ich wiederhole noch einmal, Ljoscha, du darfst nicht fragen, ob du mir etwas ausrichten sollst. Lass dir nur die Telefonnummer geben.«

»Ich habe verstanden. Wird dein Telefon etwa abgehört?«

»Es scheint so.«

»Tja, was soll man dazu sagen. Offenbar sieht es gar nicht gut aus für dich. Wie bist du denn in diese Bredouille geraten?«

»Das weiß ich selbst nicht. Und ich fürchte, alles wird noch schlimmer werden.«

* * *

Wassja Kolobow ließ das Schiebefenster am Kiosk herunter, schob den Riegel vor und hinterließ eine mit Filzstift geschriebene Nachricht hinter der Scheibe. 23 bis 24 Uhr Pause. Der Ort, an den er für halb zwölf Uhr bestellt war, war mit dem Bus in etwa zehn Minuten zu erreichen, aber nachts fuhren die öffentlichen Verkehrsmittel selten, und Kolobow wollte sich nicht verspäten, um die nicht zu verärgern, die ihn schon einmal so böse zugerichtet hatten. In so einer Situation war es besser, etwas früher dran zu sein und zu warten.

Er schloss den Kiosk ab und machte sich auf den Weg zur Bushaltestelle, aber plötzlich hörte er eine leise Stimme hinter sich.

»Sehr gut, Wassja, das nennt man Disziplin. Dreh dich nicht um. Geh geradeaus weiter, zur Unterführung.«

Wassja begann der Nacken zu brennen, in den Achselhöhlen sammelte sich der Schweiß. Etwas Hartes bohrte sich ihm in den Rücken, genau zwischen die Schulterblätter. Er ging gehorsam zur Unterführung, stieg die Stufen hinab und durchquerte den unterirdischen Übergang zur anderen Straßenseite. Die Unterführung war, wie immer, unbeleuchtet. Kolobow hörte keine Schritte hinter sich, nur das Geräusch eines gleichmäßigen Atems, und im Rücken spürte er ständig dieses Etwas, das ihm den Gedanken an einen Pistolenlauf aufdrängte.

Als er wieder auf der Straße war, vernahm er das nächste Kommando.

»Nach links, um die Ecke. Langsam. Und nicht umdrehen. Jetzt unter den Torbogen.«

Er sah, wie ihm zwei sehr mächtig wirkende Gestalten entgegenkamen. Die Gesichter waren in der rabenschwarzen Dunkelheit nicht zu erkennen, kein Einziges der Fenster, die auf den Hof hinausgingen, war beleuchtet. Die Gestalten standen jetzt dicht vor ihm.

»Nun, Wassja, wollen wir uns ein wenig unterhalten?«

»Ich habe nichts getan«, sagte Kolobow flehentlich. »Ich habe niemandem etwas gesagt. Was wollt ihr von mir? Warum glaubt ihr mir nicht?«

»Warum sollten wir dir glauben? Du hast uns bereits einmal angelogen«, sagte der Mann, der etwas kleiner war als der zweite.

»Ich habe die Wahrheit gesagt. Ich habe Vika an diesem Tag nicht auf dem Bahnhof gesehen, ich schwöre es. Ich weiß nicht, was sie euch gesagt hat, ich weiß nicht, warum sie das getan hat, aber ich habe sie nicht gesehen!«

»Gut, Kolobow, für heute glauben wir dir, aber über morgen müssen wir noch nachdenken. Wir haben unsere Leute bei der Polente, und wenn du über Vika und uns nur ein Sterbenswörtchen gesagt hast, weißt du selbst, was dir blüht. Gestehe lieber gleich, dann werden wir dich nur verprügeln. Aber wenn herauskommt, dass du uns belügst, bringen wir dich um. Also, Wassja, wie steht es?«

»Ich habe nichts gesagt, ich schwöre es!« Wassja weinte fast vor Verzweiflung. »Ihr könnt es überprüfen, ich habe der Miliz nichts gesagt.«

»Und wie steht es mit Vika?«

»Ich habe sie nicht gesehen, ich habe sie wirklich nicht gesehen. Sie hat euch angelogen, um sich abzusichern, versteht ihr das denn nicht?«

»Nun gut, Wassja, geh mit Gott. Aber sieh dich vor ...«

Kolobow trat mit weichen Knien unter dem Torbogen hervor und trottete wieder in Richtung Bahnhof.

* * *

Bei der morgendlichen Einsatzbesprechung fragte Gordejew zum ersten Mal seit anderthalb Monaten nach dem Stand der Ermittlungen im Mordfall Jeremina. Alle spürten, dass dieser Fall den Chef nicht im Geringsten interessierte, er war nur unzufrieden damit, dass die Ermittlungen stagnierten.

»In zehn Tagen ist die Zweimonatsfrist der Voruntersuchung abgelaufen«, sagte er mit kalter Stimme. »Kamenskaja, berichte, was bisher geschehen ist.«

Nastja gab mit tonloser Stimme einen allgemeinen Bericht, bemüht, die offenkundigen Ungereimtheiten in Grenzen zu halten.

»Soeben haben wir erfahren, dass die Jeremina in Kartaschows Wohnung einen Zettel hinterlassen hat, bevor sie wegfuhr. Sie hat das einer Freundin gesagt, die bis gestern mit Schwangerschaftsproblemen im Krankenhaus war und von Jereminas Tod nichts gewusst hat. Als sie es erfahren hat, rief sie sofort bei uns an. Ihr selbst hat die Jeremina nichts erklärt, sondern nur gesagt, dass sie Kartaschow den besagten Zettel hinterlassen hat, an einer Stelle in der Wohnung, wo er ihn auf jeden Fall finden würde, wenn ihr etwas zustoßen sollte. Kartaschow scheint von diesem Zettel nichts zu wissen, jedenfalls hat er uns nichts davon gesagt. Zurzeit ist er leider nicht in Moskau, er ist für einige Tage weggefahren. Sobald er zurückkommt, werden wir eine Hausdurchsuchung bei ihm veranlassen, das ist bereits mit dem Untersuchungsführer abgestimmt.«

»Wann kommt er zurück?«, fragte Gordejew.

»Übermorgen.«

»Schieb es nicht auf die lange Bank, Anastasija. Du arbeitest sehr langsam, die Frist läuft ab, und es ist noch so gut wie nichts passiert. Es wird immer nur geredet. Und jetzt verzögert sich die Sache wieder um zwei Tage. Das ist schlecht, sehr schlecht ...«

»Ich werde mir Mühe geben, Viktor Alexejewitsch.«

»Wo ist dieser Kartaschow denn hingefahren?«

»Nach Wjatka.«

»Vielleicht solltest du die Miliz vor Ort bitten, ihn zu suchen und zu vernehmen. So könnten wir Zeit sparen«, schlug der Oberst mit unschuldiger Miene vor.

»Der Untersuchungsführer ist kategorisch dagegen. Er besteht darauf, auf Kartaschows Rückkehr zu warten«, sagte Nastja mit fester Stimme.

»Nun, er wird ja wissen, was er tut«, seufzte Gordejew. »Übrigens, Kamenskaja, das Jahr ist abgelaufen, und du warst noch nicht beim Gesundheitscheck. Tu das gleich morgen.«

»Morgen geht es nicht, Viktor Alexejewitsch, ich muss ...«, begann Nastja, aber Gordejew schnitt ihr das Wort ab.

»Es interessiert mich nicht, was du morgen musst. Ich habe keine Lust, mich jeden Tag mit der Poliklinik herumzustreiten. Für alle gelten dieselben Regeln. Sei so nett und unterziehe dich morgen allen Untersuchungen. Morgen Abend muss die Bescheinigung auf meinem Tisch liegen, hast du mich verstanden?«

»Ist gut«, seufzte Nastja ergeben.

Nach der Besprechung schloss Nastja sich in ihrem Büro ein und wartete auf den Anruf ihres Chefs. Nach einigen Minuten läutete das Telefon.

»Wie war es, Nastjenka? Habe ich dir sehr zugesetzt?«

»Ja, sehr, Viktor Alexejewitsch«, lächelte sie in den Hörer. »Es hat mir in der Seele wehgetan. Aber Sie waren sehr überzeugend.«

»Beschwere dich ruhig ein bisschen über deinen schrecklichen Chef. Und vergiss nicht, vor den Augen des erstaunten Publikums in der Poliklinik anzurufen und dich nach den morgigen Sprechzeiten zu erkundigen. In allem anderen sind wir uns einig, glaube ich. Ich wünsche dir Glück, mein Mädchen.«

»Danke. Ich werde mir Mühe geben.«

»Das hast du mir heute schon einmal gesagt«, erwiderte Gordejew mit einem missmutigen Lächeln und legte den Hörer auf.

* * *

Das Telefon läutete Sturm, aber Boris Kartaschow dachte nicht daran, den Hörer abzunehmen. Schon zum vierten Mal erschien keine Nummer auf dem Display, was bedeutete, dass die Anrufe aus einer Telefonzelle kamen. Boris straffte sich innerlich. Er hatte viele Jahre lang verschiedene Arten von Kampfsport betrieben und war ein sehr durchtrainierter Mann. So schwach und unentschlossen er in seinem Privatleben war, so mutig und selbstsicher reagierte er auf alles, was seinen körperlichen Widerstand forderte. Trotz allem war ihm in diesem Moment mulmig.

Im Treppenhaus schnappte mit einem leisen Geräusch die Lifttür ein. Und gleich darauf läutete es an der Wohnungstür. Boris ging mit weichen Schritten zur Tür und drückte sich gegen die Wand neben der Garderobe, wo der Eintretende ihn nicht würde sehen können. Noch einmal schrillte die Klingel direkt über Kartaschows Kopf. Und noch einmal. Endlich das Geräusch des Schlüssels im Schloss.

Die Tür öffnete sich leise, ein Mann betrat die Wohnung und streckte die Hand nach dem Lichtschalter aus. Es ertönte ein leises Klicken, aber das Licht im Flur ging nicht an. Der ungebetene Gast drückte noch einige Male auf den Schalter, aber es blieb so dunkel, dass man die Hand vor Augen nicht sehen konnte. Vorsichtig, mit tastenden Schritten bewegte der Mann sich ins Innere der Wohnung, und da warf sich Boris, dessen Augen sich längst an die Dunkelheit gewöhnt hatten, von hinten auf ihn und zwang ihn zu Boden. Der Mann war so überrascht, dass er nicht einmal aufschrie. Er fiel einfach auf den Teppich und hielt sich instinktiv die Hände über den Kopf. Der zwei Meter große Kartaschow drückte ihn mit seinen gut hundert Kilo zu Boden, er presste ihm das Knie ins Rückgrat und verdrehte ihm die Arme schmerzhaft auf den Rücken.

»Wer bist du? Wie kommst du zu meinem Wohnungsschlüssel?«, fragte er drohend.

Der Gast versuchte, sich loszumachen, weshalb Kartaschow ihm einige Schläge versetzen musste. Boris war ein erfahrener Kämpfer, er wusste genau, wie man zuschlagen musste, um dem Opfer größtmögliche Schmerzen zu bereiten und dabei die lebenswichtigen inneren Organe zu schonen. Die Widerstandskräfte des Unbekannten waren schnell erlahmt. Boris hob ihn vom Boden auf wie einen Sack Lumpen, schob ihn ins Zimmer und platzierte ihn in einem Sessel. Er zog ihm die dünnen Glacéhandschuhe von den leblosen Händen und drückte ihm ein mit einer durchsichtigen Flüssigkeit gefülltes Glas in die Hand. Danach machte er endlich Licht im Zimmer.

Der Gast erwies sich als ein junger, etwa zweiundzwanzigjähriger Mann mit einem kurzen Igelhaarschnitt und einem sehr sympathischen Gesicht, in dem allerdings die zu tief liegenden Augen etwas unschön wirkten. Der macht Bodybuilding, konstatierte Kartaschow, während er den Mann taxierte. Seine Jacke war geöffnet und zeigte eine hervorragend ausgebildete Muskulatur unter dem eng anliegenden Shirt.

Der Mann nahm einen Schluck aus dem Glas und begann zu husten.

»Das ist doch Wodka«, krächzte er und wischte sich das Blut von der aufgeplatzten Lippe.

»Was du nicht sagst!«, erwiderte Boris mit einem bösen Lächeln. »Trink, ist gut für deine Gesundheit.«

Der junge Mann wollte sich aufrichten, aber Boris beförderte ihn mit einem blitzartigen Stoß unter den Kiefer zurück in den Sessel.

»Was ist nun? Was hast du zu sagen?«

»Entschuldige, Alter«, murmelte der junge Mann, »man hat mich hereingelegt. Man hat mir gesagt, dass du nicht zu Hause bist. Ich habe doch angerufen und an der Tür geläutet. Es sah wirklich so aus, als wärst du nicht da. Und dann bist du plötzlich doch aufgetaucht.«

»Wie ärgerlich für dich! Du hast gewissenhaft angerufen und an der Tür geläutet, hast dir die Finger wund gewählt, und dann stellt sich heraus, dass dieser Schweinehund doch zu Hause ist. Ich verstecke mich vor einer Frau, nimm es mir also nicht übel. Was machen wir nun mit dir, du Weltmeister? Soll ich die Miliz anrufen, oder machen wir die Sache unter uns aus?«

»Hör zu, Alter, lassen wir das mit der Miliz. Ich habe dir nichts gestohlen, und du hast mir die Fresse so poliert, dass wir quitt sind.«

»Woher hast du die Schlüssel?«

»Ich habe sie gekauft.«

»Von wem?«

»Woher soll ich das wissen! Der Typ hat gesagt, dass du verreist bist und bei dir eine Menge zu holen ist. Elektrogeräte, Dollars, Klamotten.«

»Warum ist dein Freund nicht selbst gekommen, wenn es hier so viel zu holen gibt? Warum hat er den Schlüssel dir verkauft?«

»Er brauchte dringend Geld, weil er wegfahren musste. Und er ist auch kein Einbrecher, das sah man gleich.«

»Und du bist also ein Einbrecher?«

»Ja«, sagte der junge Mann und sah Boris mit ehrlichen Augen an. »Lass mich wieder gehen, ja? Wir trennen uns friedlich, das wäre doch am besten.«

»Das würde dir so passen«, sagte Kartaschow und versetzte ihm erneut einen Schlag. »Wo sind die Schlüssel?«

»In meiner Jackentasche.«

Boris durchsuchte rasch die Taschen der Jacke und zog die Schlüssel heraus, die an einem Ring mit Kette hingen.

»Du Bastard!«, zischte er. »Das sind Vikas Schlüssel. Warst du es, der sie umgebracht hat? Raus mit der Sprache, hast du Vika umgebracht?«

»Ich kenne keine Vika!«, heulte der junge Mann auf, während er ohne Erfolg versuchte, einem erneuten Schlag auszuweichen. »Bist du verrückt geworden? Ich habe dir doch gesagt, dass ich die Schlüssel ...«

Der nächste Schlag hinderte ihn daran, seine Rede zu beenden.

»Warum habt ihr Vika umgebracht? Was hat sie euch getan? Sag es! Sag es, du Ratte!«

Boris schlug immer weiter auf ihn ein, systematisch auf die empfindlichen Stellen zielend, bis der junge Mann mit dem Kopf auf den Couchtisch fiel und sich mit den Händen an der polierten Platte festklammerte.

Kartaschow sah ihn eine Weile nachdenklich an, dann ging er ins Bad, schloss die Tür und begann, sich die Hände sorgfältig mit

Seife zu waschen. Von nebenan drang Stöhnen zu ihm, dann das Geräusch schwerer, unsicherer Schritte. Endlich hörte er, wie die Tür ins Schloss fiel. Er trocknete sich die Hände ab, verließ das Bad, und nachdem er sich davon überzeugt hatte, dass der junge Mann wirklich verschwunden war, löschte er das Licht im Zimmer. Das war das vereinbarte Zeichen.

Nach einigen Minuten erschienen der Untersuchungsführer Olschanskij, der Gutachter Subow, Nastja und zwei Zeugen in seiner Wohnung.

»Wo?«, fragte Konstantin Michajlowitsch nur.

»Im Zimmer«, erwiderte Boris ebenso knapp. »Der Sessel, ein Glas, der Tisch, alles, wie Sie befohlen haben. Sogar die Handschuhe hat er dagelassen.«

»Ausgezeichnet«, sagte Olschanskij und rieb sich die Hände. »Gehen Sie mit der Kamenskaja in die Küche und stören Sie uns nicht.«

* * *

»Haben Sie mir verziehen?«, fragte Boris und stellte eine Tasse mit dampfendem Kaffee vor Nastja auf den Tisch.

»Ich war Ihnen nie böse.«

»Dann habe ich mich falsch ausgedrückt. Sie haben mich verdächtigt, das war nicht zu übersehen. Verdächtigen Sie mich immer noch?«

»Nein«, lächelte Nastja. »Jetzt weiß ich, dass Sie mit dem Mord an Vika nichts zu tun haben.«

»Und dieser junge Mann, hat er etwas damit zu tun?«

»Ich weiß es nicht. Vielleicht. Er war immerhin im Besitz von Vikas Schlüsseln, und an das Märchen, dass er sie jemandem abgekauft hat, glaube ich nicht.«

»Ich bin froh, dass wir Verbündete geworden sind.«

»Warum?«

»Sie haben mir gleich bei unserer ersten Begegnung sehr gefallen. Erinnern Sie sich, wie Sie zu mir in die Wohnung kamen und laut zu lachen anfingen, weil wir beide genau die gleiche Kleidung trugen? Ein Mensch, der einfache, bequeme Sachen mag, habe ich damals gedacht. Ich bin nämlich genauso. Vika hat das manchmal auf die Palme gebracht, besonders wütend machten sie meine ewigen Turnschuhe. Ich habe ihr tausend Mal erklärt, dass es keinen Sinn hat, auf unseren schmutzigen Straßen in Lederschuhen herumzulaufen, weil man sie nach einer Woche wegwerfen kann. Aber für Vika war Bequemlichkeit, die auf Kosten von Eleganz geht, etwas völlig Unverständliches. Als ich damals gesehen habe, dass Sie genauso angezogen sind wie ich, warm und bequem, habe ich in Ihnen sofort eine verwandte Seele erkannt und große Sympathie für Sie empfunden. Aber Sie haben mir nicht geglaubt und begannen, mich zu verdächtigen ...«

»Lassen Sie es gut sein, Boris, Vergangenes ist vergangen. So ist es eben in meinem Beruf. Ich hatte ja keinen Spaß daran, Sie zu verdächtigen, Sie haben mir auch auf Anhieb gefallen. Aber in meinem Beruf lassen sich persönliche Gefühle schlecht mit dienstlichen Angelegenheiten vereinbaren.«

»Ist das immer so?«, fragte Kartaschow und sah Nastja aufmerksam an, so, als hätte er verstanden, dass das, was sie sagte, nicht nur ihn betraf.

»Nicht immer«, seufzte sie, »aber bedauerlicherweise oft. Wissen Sie, in unserem Beruf ist es wie am Theater.«

»Am Theater?«, fragte Boris erstaunt. »Wie das?«

»Wir müssen uns oft verstellen. Nein, nicht einmal verstellen, sondern ... Man muss sich Zwang antun. Das ist schwer zu erklären. Sie zum Beispiel können es sich erlauben, Ihre Auftraggeber zu mögen oder nicht, Sie können mit dem einen freundlich und offen sprechen und mit dem anderen unverbindlich und schroff. Man wird Sie dann vielleicht für einen schwierigen oder schlecht erzogenen Menschen halten, aber davon geht die Welt nicht unter, niemandes Schicksal hängt davon ab. Sie können Sie selbst bleiben und in Übereinstimmung mit Ihren Sympathien und Abneigungen leben. Aber wenn wir uns von unseren Gefühlen leiten lassen würden, könnte das für einen anderen zur Katastrophe werden, zum Ruin. Im Allgemeinen gilt der Täter als böse, und das Opfer ruft Mitgefühl hervor. In Wirklichkeit gibt es Verbrecher, die man so bedauert, dass es einem fast das Herz zerreißt, während die Opfer durchaus unangenehme und unglaubwürdige Menschen sein können. Und nun stellen Sie sich vor, was passieren würde, wenn wir nur denen glauben würden, die uns sympathisch sind, und die Verdächtigen unter denen suchen, die wir nicht mögen. Wenn wir aus dem Kreis der potenziellen Schuldigen von vornherein diejenigen ausschließen würden, für die unser Herz schlägt. Können Sie sich vorstellen, wie viele Verbrecher dann auf freiem Fuß bleiben und wie viele Unschuldige Schaden erleiden würden?«

»Ich hätte nicht gedacht, dass Sie das in emotionale Schwierigkeiten bringen könnte«, bemerkte Kartaschow vorsichtig. »Das, was Sie sagen, liegt auf der Hand, aber es wäre mir nie in den Sinn gekommen, dass Kripobeamte darunter leiden.«

»Das kommt niemandem in den Sinn«, winkte Nastja resigniert ab. »Vielleicht gerade deshalb, weil es auf der Hand liegt. Ich besuche manchmal einen Freund, der am Theater arbeitet, und schaue mir die Proben an. Er hat ständig damit zu kämpfen, dass manche Schauspieler nicht von ihrer persönlichen Beziehung zu den Figuren, die sie darstellen, absehen können. Als ich ihm vorgeschlagen habe, einen Psychologen zu seiner Arbeit heranzuziehen, hat er mich angesehen wie eine Geisteskranke. Es scheint ihm gar nicht in den Sinn zu kommen, dass der Mensch kein Automat ist, den man nach Bedarf ein- und ausschalten kann. Manchen Menschen gelingt das relativ leicht, aber andere können nie vergessen, wer und was sie in Wirklichkeit sind. Haben Sie nie darüber nachgedacht, dass jede gut gespielte Rolle nicht nur ein Wunder der Verwandlung ist, sondern auch ein Gewaltakt gegen die eigene Individualität?«

»Irgendwie ist mir das noch nie in den Sinn gekommen ...«

»Und doch ist es so. Dabei ist jeder Gewaltakt gegen sich selbst ein Trauma, von dem man sich jedes Mal erholen muss, auch dann, wenn man sich diese Gewalt freiwillig antut und dafür Anerkennung und Erfolg erntet. Niemand hilft uns, mit diesem Trauma fertig zu werden, niemand bereitet uns auf diese Dinge vor. Es heißt immer nur, die Miliz sei hart und gefühllos oder bestenfalls gleichgültig. Und wie sollte es auch anders sein! Zum Schutz der körperlichen Unversehrtheit werden dicke Bücher mit sicherheitstechnischen Instruktionen geschrieben. Aber an die Seele denkt niemand.«

Das Gespräch wurde unterbrochen, Subow betrat die Küche, der immer mürrische, unzufriedene Gutachter, der bekannt war für seine pedantische Gründlichkeit. Er und Olschanskij ergaben eine explosive Mischung. Der Untersuchungsführer schätzte Subow und arbeitete sehr gern mit ihm zusammen. Subow hingegen konnte Konstantin Michajlowitsch nicht ausstehen, er hasste seine ständigen Bevormundungen und seinen Befehlston. Im Grunde wusste Subow natürlich, dass Olschanskij ein hervorragender Kriminalist war. Aber seine Penetranz und sein autoritärer Ton ...

Nastja sah Subow an und hatte den Eindruck, dass er nicht nur mit den Zähnen knirschte, sondern an jeder Nahtstelle seiner Gelenke.

»Olschanskij hat mir befohlen, dir auszurichten, dass du nicht mehr gebraucht wirst«, sagte er mit Todesverachtung in der Stimme. »Du brauchst also nicht auf uns zu warten, wenn du nicht willst.«

»Dauert es noch lange?«, fragte sie.

»Wir haben hier die ganze Palette: Fingerabdrücke, Blut, Speichel, Geruch, Mikropartikel. Wir haben noch mindestens eine Stunde zu tun, wenn nicht sogar zwei.«

Subow steckte sich eine Zigarette an und wandte sich an Boris.

»Ich möchte mich bei Ihnen bedanken. Sie haben sehr gute Arbeit geleistet. Ein steriler Tisch, ein steriles Glas, keinerlei andere Spuren, es ist ein Vergnügen, so zu arbeiten.«

Nastja erhob sich unwillig von ihrem Platz. Nach dem stundenlangen Warten auf der Straße war ihr gerade erst warm geworden.

»Ich werde wohl tatsächlich gehen, es ist schon spät.«

Kartaschow schraubte im Flur schnell die Glühbirne in der Fassung fest, die er in Erwartung seines Gastes sorgfältig gelockert hatte. An der Tür blieb Nastja plötzlich noch einmal stehen.

»Boris, könnten Sie mir vielleicht helfen?«

* * *

Nastja konnte inzwischen überhaupt nicht mehr schlafen. Sie lag neben Ljoscha im Bett, dachte nach und bereitete sich auf den nächsten Tag vor. Bedauerlicherweise hatte die Inszenierung in Kartaschows Wohnung nicht zu den Ergebnissen geführt, die sie sich erhofft hatte. Natürlich hatte man ausreichend Spuren gesichert, um im Bedarfsfall ohne weiteres beweisen zu können, dass dieser Mann, dessen Identität man innerhalb einer Stunde festgestellt hatte, in Kartaschows Wohnung war. Jetzt würde man ihn beschatten, und schon morgen würde man einiges über seine Verbindungen wissen. Aber die Provokation war nicht gelungen. Einen Mord hatte der Mann sich nicht anhängen lassen. Er hatte sich gut in der Hand gehabt und war offenbar bestens auf alles vorbereitet gewesen, da er, trotz des überraschenden Angriffs durch den abwesend vermuteten Wohnungsbesitzer, sofort bekannt hatte, ein Einbrecher zu sein, und kein einziges Mal versucht hatte, die Schläge zu parieren, obwohl er nach Kartaschows Aussage eine beachtliche Muskulatur besaß. Offenbar war er tatsächlich sehr gut durchtrainiert, denn er hatte sich überraschend schnell von den Schlägen erholt und war bei erster Gelegenheit auf leisen Sohlen aus der Wohnung verschwunden. Aber kein Ergebnis war auch ein Ergebnis. Aus der Tatsache, dass es dem Mann gelungen war, seine Identität nicht preiszugeben und seine Hintermänner nicht zu verraten, ließen sich wertvolle Schlüsse ziehen. Nicht alles konnte schließlich so glatt über die Bühne gehen wie der Bluff mit Wassja Kolobow, der vor Schreck sofort geglaubt hatte, was man ihm sagte. Und außerdem hatte hier auch Glück eine Rolle gespielt, denn den Brief hatten sie Kolobow aufs Geratewohl geschickt. Aber wie immer er auf den Brief reagiert hätte, es wäre in jedem Fall eine Aussage gewesen. Wäre er zum Beispiel überhaupt nicht erschrocken und hätte den Brief einfach weggeworfen, dann hätte das bewiesen, dass Nastjas Vermutung falsch gewesen war. Er hätte aber auch derart erschrecken können, dass er sofort zur Miliz gelaufen wäre und alles erzählt hätte. Aber Kolobow hatte das getan, was er getan hatte, und jetzt wusste Nastja einiges. Ganz offensichtlich hatte Vika ihren Mördern gesagt, dass Kolobow sie mit ihnen zusammen auf dem Saweljewskij-Bahnhof gesehen hatte. Und kurz darauf hatte man ihre Leiche bei Kilometer 75 hinter Moskau gefunden, auf der Strecke nach Saweljewsk.

Nachdem Nastja von Kartaschow nach Hause zurückgekehrt war, überreichte Ljoscha ihr eine Liste der für sie eingegangenen Anrufe. Es war schon sehr spät, aber mit einem der Rückrufe wollte sie nicht bis zum nächsten Tag warten. Sie ging hinunter zu ihrer Nachbarin Margarita Iossifowna, die immer bis spät in der Nacht vor dem Fernseher saß und sich die alten Filme ansah, die ab Mitternacht auf dem Moskauer Regionalsender ausgestrahlt wurden. Nastja wählte die Nummer von Gena Grinewitsch. Aber leider hatte er keine besonderen Neuigkeiten für sie. Die ihm bekannten Journalisten wussten über Brisac kaum mehr als das, was auf den Umschlägen seiner Bücher stand. Sie bestätigten, dass es sich um einen bekannten Namen handelte, dass die Bücher große Verkaufserfolge erzielten, aber keiner von den Journalisten hielt ihn für einen richtigen Schriftsteller. Nach ihrer Meinung beherrschte er zwar sein Handwerk, aber er besaß keinen göttlichen Funken. Er machte ein Geheimnis aus sich, um seinen Marktwert zu erhöhen. Die Journalisten waren davon überzeugt, dass hinter alledem keinerlei mysteriöse Verbrechen standen, sondern dass es sich lediglich um einen Reklametrick handelte, mit dem die Käufer bei der Stange gehalten werden sollten. O mein Gott, dachte Nastja deprimiert, habe ich schon wieder auf das falsche Pferd gesetzt? Habe ich mich schon wieder getäuscht?

... Ljoscha wurde sofort wach, als das Telefon läutete, und sah Nastja fragend an. Sie schüttelte den Kopf und richtete sich im Bett auf.

»Hallo?«, sagte Ljoscha mit schlaftrunkener Stimme.

»Bitte verzeihen Sie, dass ich so spät anrufe«, meldete sich eine angenehme Baritonstimme im Hörer, »aber ich muss dringend mit Anastasija Pawlowna sprechen.«

»Sie schläft.«

»Bitte wecken Sie sie. Es ist wirklich sehr dringend.«

»Das kann ich leider nicht tun. Sie hat ein Schlafmittel eingenommen und will nicht gestört werden.«

»Ich versichere Ihnen, dass es sehr wichtig für sie ist. Sie wartet auf meinen Anruf und wird sehr verärgert sein, wenn sie erfährt, dass ich angerufen habe und man sie nicht ans Telefon geholt hat. Es geht um ihre Arbeit.«

Tschistjakow blieb eisern. Vielleicht war er tatsächlich so naiv und vertrauensselig, wie Nastja glaubte, aber er ließ sich nicht aus dem Konzept bringen.

Nastja knipste die Nachttischlampe an, griff nach ihrer Handtasche, entnahm ihr den Passierschein für die Poliklinik und hielt ihn Ljoscha vor die Nase. Er hatte sofort verstanden und nickte.

»Hören Sie«, sagte er so zerknirscht wie möglich, »es geht ihr im Moment nicht gut. Sie hat alle möglichen Unannehmlichkeiten, kann schon seit einigen Nächten nicht mehr schlafen und fühlt sich insgesamt sehr angegriffen. Morgen muss sie zum Gesundheitscheck in die Poliklinik und möchte dort nicht in geschwächtem Zustand erscheinen, das werden Sie verstehen, denn immerhin ist sie ja im Offiziersrang. Deshalb hat sie drei Schlaftabletten eingenommen und sich früh hingelegt, um sich auszuschlafen und morgen fit zu sein. Selbst wenn es mir gelingen würde, sie aufzuwecken, würde sie jetzt nicht in der Lage sein, ein Telefonat zu führen.«

»Das ist sehr schade«, sagte der Anrufer mit aufrichtigem Bedauern in der Stimme. »Dann werde ich morgen wieder anrufen. Gute Nacht.«

Nastja stand mitten im Zimmer, eingewickelt in einen warmen Morgenmantel. Ihr bleiches Gesicht wirkte leblos im matten Licht.

»Waren sie das?«, fragte Tschistjakow.

Sie nickte wortlos.

»Warum sprichst du nicht mit ihnen? In diesem Fall spielt es doch keine Rolle, dass dein Telefon abgehört wird, denn schließlich sind sie selbst diejenigen, die es abhören.«

»Ich mag es nicht, wenn man mir Angst einjagen will. Ich habe schon genug Angst und will mir keine neuen Drohungen anhören.«

»Irgendetwas verstehe ich nicht, Nastjenka. Was führst du im Schilde? Warum weichst du ihnen aus und steckst deinen Kopf in den Sand?«

»Ich führe gar nichts im Schilde. Sie wollen mich verunsichern, und sie sollen ruhig glauben, dass ihnen das gelungen ist, dass ich vor Angst vergehe und deshalb dem Nervenzusammenbruch nahe bin. Was sollten sie mir Neues sagen? Dass sie das Auto meines Stiefvaters in die Luft jagen wollen? Ich habe keine Lust, mir das anzuhören. Sie werden ihre Drohungen erst dann wahr machen, wenn ich es ablehne, ihre Forderungen zu erfüllen, vorher ergibt das keinen Sinn. Und deshalb gebe ich ihnen keine Möglichkeit, ihre Forderungen auszusprechen.«

»Ich finde, das ist nicht besonders klug«, wandte Ljoscha ein. »Sie können dich jederzeit auf der Straße abfangen. Und was wirst du dann sagen? Dass du gerade schläfst oder bei den Nachbarn bist?«

»Ich glaube nicht, dass sie mich auf der Straße ansprechen würden, das ist zu gefährlich für sie. Auf diese Weise würden sie sich zu erkennen geben, das wissen sie genau. Das Einzige, was keine Spuren hinterlässt, ist ein Telefonanruf. Und sie rufen absichtlich nachts an, weil sie wissen, dass es nachts unheimlicher ist. Und natürlich benutzen sie eine Telefonzelle, denn ich könnte ja ein Display haben, auf dem die Nummer des Anrufers erscheint. Zudem könnte eine Fangschaltung eingerichtet sein, weil ich trotz ihrer Drohungen meinem Chef Bescheid gesagt habe, und in diesem Fall würde es keine drei Minuten dauern, bis man sie hätte.«

»Sag mal, hast du wirklich keine Angst vor ihnen?«

»Und ob ich Angst habe«, sagte Nastja mit einem bitteren Lächeln. »Ein Mensch mit einem gesunden Selbsterhaltungstrieb hat immer Angst. Und ich bin, wie du weißt, sowieso ein Feigling. Sie bitte so nett und lösche das Licht.«

»Warum?«

»Weil sie vielleicht unten vor dem Haus stehen. Und ich schlafe doch angeblich.«

»Du schläfst, aber mich haben sie schließlich geweckt«, entrüstete sich Ljoscha.

»Sei friedlich, mein Schatz«, sagte Nastja müde. »Unterhalten können wir uns auch in der Dunkelheit.«

Sie legte sich wieder ins Bett, rollte sich zu einem Knäuel zusammen und presste sich an Ljoschas Schulter. Er streichelte ihren Kopf und ihren Rücken, wiegte und beruhigte sie, erzählte etwas mit leiser Stimme. Endlich, gegen Morgen, gelang es ihr einzuschlummern.

* * *

Der sportliche, drahtige Onkel Kolja sah den jungen Mann mit dem Igelhaarschnitt nachsichtig an und zeigte beim Lächeln seine blinkenden Goldzähne.

»Mach dir nichts draus, Sascha, es war nicht deine Schuld. So etwas kommt vor.«

Er goss sich ein Glas Mineralwasser ein und trank es in einem Zug aus. Sascha war wirklich nicht schuld an dem, was geschehen war. Schuld war Arsenn, dieser alte Knickstiefel, der seinen Leuten blind vertraute und nicht auf die Idee kam, die Informationen zu überprüfen, die sie ihm lieferten. Der Plan war gescheitert, man musste sich etwas Neues überlegen. Vielleicht konnte man irgendeine scharfe Braut auf Kartaschow ansetzen, die sich ein bisschen in seiner Bude umsehen würde. Der Junge hatte ja wohl ohnehin eine Schwäche für das weibliche Geschlecht. Kaum war die eine unter der Erde, war es schon wieder so weit, dass er es nötig hatte, sich vor der nächsten zu verstecken. Er konnte einem wirklich Leid tun, der untröstliche Witwer.

»Wenn du wüsstest, was es mich gekostet hat, ihn nicht durchzuwalken«, sagte Sascha mit einem so schmerzvollen Seufzer, dass Onkel Kolja sich das Lachen nicht verkneifen konnte.

»Du hast es sehr gut gemacht, Sascha«, sagte er wohlwollend, »du musstest ihn davon überzeugen, dass du ein harmloser, unerfahrener Einbrecher bist. Deshalb durftest du nicht zurückschlagen.«

»Ja, ich weiß«, stöhnte Sascha erneut auf. »Aber wenn du wüsstest, wie der auf mich eingedroschen hat. Muss ein Profi sein, der Schweinehund, er weiß genau, wo die empfindlichen Stellen sind. Ich hätte fast das Bewusstsein verloren.«

»Dann war es erst recht wichtig, dass du dich zurückgehalten hast. Denn wenn er wirklich ein Profi ist, hätte er sofort gemerkt, dass du auch einer bist. Hör auf zu jammern. Ich muss mich über euch alle wundern. Ihr seid ausgebildete Kampfsportler und dabei verweichlicht wie Bestushew-Fräuleins.«

»Was für Fräuleins?«

»Du bist ein Finsterling, Sascha«, seufzte Onkel Kolja. »Weißt du überhaupt, was Buchstaben sind?«

»Wovon sprichst du?«

»Vom Alphabet. Wann hast du zum letzten Mal ein Buch in der Hand gehabt?«

»Hör auf, dich über mich lustig zu machen. Es ist alles sowieso schon zum Kotzen.«

»Zum Kotzen?« Onkel Kolja hob die Stimme und presste seine Handflächen auf den Tisch. »Du lieber Gott, was für Empfindlichkeiten! Man hat ihn verprügelt, und er durfte sich nicht revanchieren! Reiß dich gefälligst am Riemen. Du machst deine Arbeit und bekommst Geld dafür. Wenn es dir nicht passt – bitte sehr, du kannst jederzeit gehen. Nur denk dran, dass dich dann niemand mehr decken wird. Hast du vergessen, wie viele Leichen auf dein Konto gehen? Solange wir an unseren Boss angebunden sind, kannst du ruhig schlafen. Aber wenn du gehst, sind deine Tage gezählt. Du musst also wählen.«

»Ich habe doch längst gewählt ...«

»Dann hör auf, dich zu beklagen und zu jammern.«

»Es ist einfach schade drum. Ich gehe jeden Tag ins Studio, hebe und stemme stundenlang, und wofür das alles? Um mich von jedem nächstbesten Stümper grün und blau schlagen zu lassen?«

»An Eigenliebe fehlt es dir nicht, aber dafür an Verstand, mein Lieber. Sieh dir Slawik an: ein erfahrener Rennfahrer, ein Champion, und jetzt geht er schön brav zu Fuß, weil man ihm vorübergehend das Autofahren verboten hat. Er jammert nicht, weil er weiß, dass es um die Sache geht. Daran solltest du dir ein Beispiel nehmen.«

»Schon gut, schon gut. Ich habe verstanden.«

»Das hört man gern«, sagte Onkel Kolja erleichtert.

Nachdem er den Jungen entlassen hatte, blieb er noch lange in dem kleinen Zimmer hinter dem Trainingsraum sitzen. Es war fast halb elf. In ein paar Minuten konnte er anrufen. Onkel Kolja zog den Telefonapparat zu sich heran, nahm den Hörer ab und begann langsam zu wählen. Nachdem er die Wählscheibe zum letzten Mal gedreht hatte, hielt er sie so lange mit dem Finger fest, bis die elektronische Uhr 22.27 anzeigte. Dann ließ er los. Am anderen Ende wurde nicht abgenommen. Onkel Kolja wartete sieben Klingelzeichen ab und legte auf. Dann wählte er die Nummer erneut, ließ es fünf Mal klingeln und wählte wieder. Drei weitere Klingelzeichen. Ende. Die Kombination aus sieben, fünf und drei Klingelzeichen besagte, dass es nicht geklappt hatte, dass es zu Schwierigkeiten kommen konnte, aber dringende Maßnahmen im Moment nicht ergriffen werden mussten.

Er löschte überall sorgfältig das Licht, schloss ab und machte sich auf den Heimweg.

* * *

Nachdem der Mann im Rollstuhl das Läuten des Telefons vernommen hatte, nahm er einen Stift und notierte die Daten. Telefonnummer, Uhrzeit und Anzahl der Klingelzeichen. Bald würde das Telefon erneut läuten, zuerst würden sechs Klingelzeichen ertönen, dann drei und zuletzt elf. Erst beim vierten Anruf durfte er abnehmen. Es war ihm kategorisch verboten, auf andere Anrufe zu antworten. Der Mann im Rollstuhl hielt sich akribisch an die Anweisungen, denn er wusste, wie wichtig und verantwortungsvoll die Aufgabe war, die er zu erfüllen hatte.

Er war dreiunddreißig Jahre alt und saß bereits seit fast zehn Jahren im Rollstuhl. Sein Leben lang hatte er sich für Technik begeistert, besonders für Funkgeräte und Mikrochips. Er hatte die Hochschule für Rundfunktechnik absolviert und sich einen alten Traum erfüllt. Er ließ sich an der technischen Fakultät der KGB-Hochschule immatrikulieren, aber er schaffte es nicht mehr, das Studium anzutreten. Er erlitt einen Verkehrsunfall, bei dem seine Eltern und seine Großmutter ums Leben kamen, nur er allein überlebte. Seitdem gab es für ihn nur noch Einsamkeit, den Rollstuhl und zwei Krücken, auf denen er sich mit großer Mühe durch seine Wohnung schleppte.

Der Unfall hatte in einem einzigen Augenblick sein ganzes Leben verändert, aber nach und nach erholte er sich von dem Schock, er versuchte, sich wieder in die Hand zu bekommen und zu seiner alten Beschäftigung mit den Mikrochips zurückzukehren. Schon von Kindheit an las er gern Spionageromane und dachte sich alle möglichen technischen Raffinessen aus. Er hatte den großen Wunsch, sich nützlich zu machen, der Sicherheit seines Vaterlandes zu dienen, und eines Tages überwand er seine Scheu und schrieb an den KGB. In seinem Brief bot er an, den einschlägigen Spezialisten seine Erfindungen zu zeigen. Deshalb wunderte er sich nicht im Geringsten, als eines Tages ein Mann aus dem Komitee bei ihm erschien und ihm anbot, für das Wohl der Heimat tätig zu werden.

»Sie sind, wie es scheint, ein sehr gewissenhafter und korrekter Mensch«, schmeichelte ihm der Besucher, »und genau solche Leute brauchen wir beim Abwehrdienst. Sie wissen ja selbst, wie viele Feinde unser Land hat und wie viele labile Bürger von ausländischen Spionagediensten für deren Zwecke angeworben werden. Um unsere Heimat zu schützen, werden alle diese Leute von uns überwacht. Und damit unsere Mitarbeiter gefahrlos ihrer Tätigkeit nachgehen und dabei unerkannt bleiben können, müssen wir ein zuverlässiges Netz kontaktloser Verbindungen schaffen. Verstehen Sie mich?«

Natürlich verstand er. Er hatte eine ganze Tonne Bücher über den Alltag des Abwehrdienstes und seinen Kampf gegen die Staatsfeinde gelesen. Und natürlich versprach er dem Mann mit Freuden seine Unterstützung in diesem Kampf.

Die Aufgaben, die er zu erfüllen hatte, waren sehr einfach, verlangten aber sehr viel Aufmerksamkeit und Genauigkeit. Er musste die Uhrzeit der eingehenden Anrufe notieren, die Anzahl der Klingelzeichen und die Telefonnummern, die auf dem Display erschienen. Das war alles. Zu einer genau vereinbarten Zeit und unter einem Code ebenso genau festgelegter Klingelzeichen rief ihn sein Verbindungsmann an, und er musste Bericht erstatten.

Die Bedingung dieser gut bezahlten Arbeit für das Wohl des Vaterlandes bestand darin, dass der behinderte Mann keinerlei Verbindungen zur Außenwelt aufnehmen durfte. Die Mitarbeiter seines Verbindungsmannes versorgten ihn täglich mit Lebensmitteln, mit Medikamenten und allem anderen, was er zum Leben brauchte. Wenn er Probleme mit seiner Gesundheit hatte, schickte der Verbindungsmann ihm seinen eigenen Arzt. Wenn er etwas brauchte, genügte ein einziges Wort, und das Gewünschte wurde ihm sofort in bester Qualität in die Wohnung geliefert. Man brachte ihm jede gewünschte Lektüre ins Haus, ob schöngeistige Literatur oder Fachbücher, er bekam Werkzeuge, Geräte, Materialien, alles, was er brauchte, um seiner Lieblingsbeschäftigung nachzugehen und keinen Mangel zu leiden. Er durfte nur zu niemandem Kontakt aufnehmen, außer zu den Leuten vom KGB. Er kannte nicht einmal seine eigene Telefonnummer, um nicht in Versuchung zu kommen, sie jemandem mitzuteilen.

Er konnte nicht wissen, dass man ihn beim KGB ausgelacht und seinen Brief in den Papierkorb geworfen hatte. Nur ein einziger Mann hatte sich für diesen Brief interessiert. Er hatte die zerknüllten Blätter heimlich wieder aus dem Abfall geholt und beschlossen, den Behinderten für seine eigenen Zwecke zu benutzen, die nichts mit den Belangen der Staatssicherheit zu tun hatten. Der so Betrogene wusste nicht einmal, dass sich seine Telefonnummer mehrmals im Jahr änderte.

Er ging seiner Lieblingsbeschäftigung nach, glaubte an seine Nützlichkeit für das Vaterland und war glücklich.

NEUNTES KAPITEL

Pünktlich um acht Uhr morgens betrat Nastja die Poliklinik der Hauptverwaltung für Innere Angelegenheiten. Entgegen ihrer sonstigen Gewohnheit trug sie heute eine lange, leuchtend rote Wetterjacke, ihren Kopf schmückte eine große, flauschige Fuchspelzmütze.

Nachdem sie ihre Patientenkarte aus der Anmeldung abgeholt hatte, gab sie Jacke und Mütze an der Garderobe ab und fuhr hinauf in den zweiten Stock, in die Abteilung für Prophylaxe. Dort nahm sie alle Untersuchungsscheine in Empfang, ging wieder hinaus ins Treppenhaus und schlug den Weg zum Notausgang ein. Dort erwartete sie Tschernyschew mit einer großen Tasche aus hauchdünnem Kunststoff. Sie drückte Andrej einen Kuss auf die Wange, nahm wortlos die Tasche und begab sich zur nahe gelegenen Damentoilette. Zehn Minuten später verließ sie diese mit grell geschminkten Augen, in einem aufgeknöpften dunklen Mantel, unter dem ein schneeweißer Arztkittel zu sehen war. Um ihren Hals hing ein Stethoskop, in der Hand hielt sie einen Stapel Patientenkarten. Die dünne Kunststofftasche lag, zu einem winzigen Päckchen zusammengefaltet, in ihrer Manteltasche.

Nastja ging hinunter zum Dienstausgang, der in einen Hof führte, und stieg in einen hellen Wagen mit blauem Streifen, auf dem in roten Lettern »Medizinischer Dienst« stand. Es parkten noch mindestens drei Wagen derselben Art im Hof, und es würde nicht mehr lange dauern, bis andere Frauen, ebenso gekleidet wie Nastja, mit Stethoskop um den Hals und Patientenkarten in der

Hand, in diese Autos steigen würden. Ärztinnen, die zu Hausbesuchen aufbrachen.

Der am Steuer wartende Tschernyschew sah Nastja an und begann zu lachen.

»Was ist los?«, fragte sie erstaunt. »Ist etwas nicht in Ordnung?«

»Du siehst sehr hübsch aus, wenn du geschminkt bist.«

»Tatsächlich?«, fragte Nastja skeptisch.

»Ehrenwort. Du bist sogar schön. Warum machst du das nicht jeden Tag? Uns Männern zur Freude und dir selbst zu Gefallen. Bist du zu faul dazu?«

»So ist es«, murmelte Nastja und ordnete die vermeintlichen Patientenkarten auf ihren Knien. »Eure männlichen Freuden interessieren mich nicht, und so etwas wie weibliche Eitelkeit besitze ich nicht. Weißt du, wie wir fahren müssen?«

Andrej antwortete nicht, er steuerte den Wagen durch die Toreinfahrt auf die belebte Straße.

»Warum hast du mich gestern nicht zurückgerufen?«, fragte er. »Ich habe deinem Ljoscha doch meine Telefonnummer hinterlassen und dringend um deinen Anruf gebeten.«

»Ich bin sehr spät nach Hause gekommen, und du hast schließlich ein kleines Kind. Ich wollte nicht stören. Ist etwas passiert?«

»Ja, es ist etwas passiert. Der einstige Untersuchungsführer Grigorij Fjodorowitsch Smelkow wohnt jetzt bei Dmitrow, und um dorthin zu gelangen, müssen wir über die Straße in Richtung Saweljewsk fahren.«

Der sorgfältig geordnete Kartenstapel fiel Nastja von den Knien.

»Treffer«, sagte sie mit kaum hörbarer Stimme. »Noch nicht ins Schwarze, aber haarscharf daneben. Endlich! Ich kann es kaum glauben.«

»Kannst du mir vielleicht erklären, wie uns dieser Treffer gelungen ist?«

»Ich weiß es selbst nicht. Wahrscheinlich Intuition. Kannst du dich erinnern, wie ich dich gefragt habe, womit Vikas Mutter ihr Geld verdient hat?«

»Ich habe dir gesagt, dass sie als Schneiderin gearbeitet hat.«

»Genau. Und ich habe mir immerzu den Kopf darüber zerbrochen, warum der Violinschlüssel auf Kartaschows Zeichnung diese salatgrüne Farbe hat. Gibt es etwas in einem ganz gewöhnlichen Haushalt, das man zum Zeichnen dieses Violinschlüssels benutzt haben könnte?«

»Und zu welchem Schluss bist du gekommen?«

»Es ist Kreide. Ganz gewöhnliche Farbkreide, wie sie in jedem Schreibwarengeschäft zu haben ist. Jede Schneiderin besitzt einen Satz davon, mit Farbkreide überträgt man das Schnittmuster auf den Stoff. Ich bin noch einmal selbst ins Archiv gefahren und habe mir die Prozessakte der Jeremina mit eigenen Augen angeschaut. Es ist seltsam, Andrej. So etwas nenne ich ein Schulbeispiel.«

»Warum?«

»Alles ist so glatt und stimmig wie in einem Lehrbuch. Perfekte Unterlagen, chronologisch abgeheftet, die Protokolle sind mit der Schreibmaschine geschrieben, damit man sie bequem lesen kann und über nichts stolpert. Das ist eine Spielzeugakte, ein Weihnachtsgeschenk in einer hübschen Verpackung. Echte Strafsachen sehen anders aus.«

»Meinst du nicht, dass du übertreibst? Ich habe die Akte schließlich auch gelesen, und mir ist nichts Besonderes aufgefallen.«

»Du hast mit ganz anderen Augen geschaut als ich, du hast gelesen und nach Informationen gesucht. Dir ist es um den Inhalt gegangen, deshalb hast du nicht auf die Form geachtet.«

Eine Zeit lang schwiegen sie.

»Hast du etwas mit Kartaschow ausgemacht?«, fragte Nastja schließlich.

»Ja, er erwartet uns in Wodniki, am Yacht-Club.«

»Ich bitte dich, Andrej, bleib den ganzen Tag in Reichweite. Am besten, du verlässt heute die Petrowka nicht.«

»Ich bin kein kleines Kind und habe diese Idee selbst schon gehabt.«

»Mache ich dir schon wieder Vorschriften?«, fragte Nastja verwirrt. »Entschuldige bitte.«

Vor dem Yacht-Club stieg Nastja zu Boris Kartaschow ins Auto. Andrej fuhr den Shiguli mit der Aufschrift »Medizinischer Dienst« zum örtlichen Revier der Miliz, stellte ihn dort ab und kehrte mit der S-Bahn nach Moskau zurück.

* * *

Aus einem Wagen, der vor der Poliklinik anhielt, stieg ein sympathischer junger Mann. Er ging zum Gebäude, zeigte dem Pförtner seinen Passierschein und lief mit zielsicheren Schritten die Treppe hinauf zur Anmeldung.

»Guten Tag, Galotschka«, sagte er zu der jungen Frau hinter dem Schalter.

Diese zerfloss in einem breiten Lächeln, als sie ihren Bekannten erblickte.

»Guten Tag! Ist etwas passiert? Sind Sie krank?«, fragte sie teilnahmsvoll.

»Nein, ich suche eine Kollegin, Anastasija Pawlowna Kamenskaja. Ich brauche sie dringend, und im Büro hat man mir gesagt, dass sie heute zum Gesundheitscheck hier ist. Ich vermute zwar, dass sie in Wirklichkeit ein Rendezvous hat, aber für alle Fälle wollte ich mal bei euch vorbeischauen, ob sie nicht doch hier ist. Vielleicht habe ich ja Glück.«

»Wie war der Name?«

»Kamenskaja, Anastasija Pawlowna.«

»Ich sehe gleich nach.«

Die junge Frau verschwand hinter den langen, hohen Regalen im Innern des Raumes.

»Die Patientenkarte ist nicht da«, erklärte sie, nachdem sie zum Schalter zurückgekehrt war. »Demnach muss Ihre Kamenskaja irgendwo hier sein.«

»Können Sie mir sagen, wo ich sie suchen muss?«

»Fragen Sie bei der Prophylaxe, Zimmer 202. Dort wird man es Ihnen sagen.«

»Galotschka, ich stehe in Ihrer Schuld!«

Der Mann entfernte sich, blieb ein paar Sekunden vor der Garderobe stehen, entdeckte die leuchtend rote Jacke, die an einem Haken hing, und begab sich über die Treppe in den zweiten Stock.

Die Tür zu Zimmer 202 stand weit offen. Auf dem Korridor saßen Menschen mit Patientenkarten in der Hand vor einem laufenden Fernseher. Der Mann betrat das Zimmer.

»Guten Tag, ich bin von der Kripo, aus Gordejews Abteilung.«

»Kommen Sie zum Gesundheitscheck?«, fragte ein sympathisches Pummelchen, das gerade etwas in einem Karteikasten suchte.

»Nein, nicht ganz. Ich komme im Auftrag meines Chefs, um zu überprüfen, ob heute eine Anastasija Pawlowna Kamenskaja bei Ihnen war. Sie fehlt sehr oft im Büro, angeblich besucht sie die Poliklinik. Aber der Chef zweifelt daran, Sie verstehen selbst ...«

»Eine Kamenskaja?«

Das Pummelchen dachte angestrengt nach.

»Ich kann mich nicht erinnern.«

»Doch, doch, sie war hier«, meldete sich eine junge Krankenschwester mit rotem Pony aus der anderen Ecke des Zimmers zu Wort. »Weißt du noch, wir haben uns über sie gewundert, weil sie Majorin ist und aussieht wie fünfundzwanzig.«

»Ach ja, die«, lächelte das Pummelchen. »Jetzt weiß ich es wieder. So eine schlanke Blondine, ja?«

»Ja, genau die meine ich. Ich danke euch, ihr Hübschen. Jetzt kann ich meinem Chef guten Gewissens berichten, dass die Kamenskaja nicht blaumacht. Übrigens, wie lange dauern die Untersuchungen? Etwa zwei Stunden?«

»Wo denken Sie hin! Wir haben hier sehr lange Wartezeiten. Es dauert den ganzen Tag.«

Der Mann plauderte noch eine Weile mit den Mädchen und verabschiedete sich. Ohne sich umzusehen, ging er zum Ausgang und bemerkte den Blick in seinem Rücken nicht, der ihm aufmerksam folgte.

* * *

»Er hat gesagt, dass er bei Ihnen in der Abteilung arbeitet. Ein mittelgroßer Mann, dichtes dunkles Haar, schmale Schultern. Schöne, ebenmäßige Gesichtszüge, eine Narbe am linken Ohrläppchen. Eine hohe, klangvolle Stimme.«

»Das ist keiner von uns«, sagte Gordejew entschieden. »Bei uns gibt es nur zwei attraktive Männer, der eine ist zwar dunkelhaarig, aber sehr groß. Der zweite ist blond. Und niemand von meinen Mitarbeitern hat eine Narbe am Ohrläppchen. Was war weiter?«

»Er stieg ins Auto und fuhr in Richtung Sadowoje Kolzo. Irgendwie benahm er sich seltsam. Um elf Uhr zwanzig hielt er vor einer Telefonzelle, aber er stieg nicht sofort aus, sondern sah erst zweimal auf die Uhr. Dann ging er gemächlich zur Zelle, nahm den Hörer ab, hängte sofort wieder ein und stürzte zurück zum Auto. Offenbar war das Telefon defekt, und nun wurde die Zeit knapp. Er fuhr sofort wieder los und hielt vor der nächsten Telefonzelle, er schien sehr nervös zu sein. Dieses Mal hatte er Glück, das Telefon funktionierte. Er wählte eine Nummer und drückte gleich darauf auf die Gabel, ohne mit jemandem gesprochen zu haben. Dann wählte er erneut, wartete diesmal etwas länger, aber es meldete sich wieder niemand. Er wählte ein drittes Mal, wartete noch länger und hängte wieder ein, auch diesmal hatte er mit niemandem gesprochen. Er verließ die Telefonzelle, stieg ins Auto und fuhr in Richtung Ismajlowo.

»Er hat drei Nummern angerufen und niemanden erreicht. Was kommt dir daran seltsam vor?«

»Er hat auf die Uhr gesehen und ganz offensichtlich auf eine vereinbarte Zeit gewartet. Das heißt, dass seine Anrufe erwartet wurden. Warum hat dann niemand abgenommen? Außerdem hatte er weder ein Geldstück noch eine Telefonmünze in der Hand. Wie hätte er mit jemandem sprechen können?«

»Du hast Recht. Ich werde darüber nachdenken. Lasst ihn nicht aus den Augen.«

»Viktor Alexejewitsch, wenn er sich Einlass in die Poliklinik verschaffen konnte, muss er einer von unseren Mitarbeitern sein. Wir haben kein Recht ...«

»Hast du seinen Dienstausweis gesehen?«, unterbrach Gordejew seinen Gesprächspartner scharf.

»Nein, aber …«

»Ich habe ihn auch nicht gesehen. Behalte deine Schlussfolgerungen für dich. Solange du seinen Dienstausweis nicht mit eigenen Augen gesehen hast, ist er für dich kein Kollege, sondern ein Beschattungsobjekt.«

»Gut, wie Sie meinen.«

* * *

Boris Kartaschow hielt an und sah noch einmal auf die Karte.

»Ich glaube, wir haben die Abzweigung nach Ozerki verpasst. Wir müssen umkehren.«

Er wendete das Auto, und schon eine Minute später waren sie an der richtigen Kreuzung. Von hier war es nur noch ein Katzensprung bis zu Smeljakows Adresse.

Der ehemalige Untersuchungsführer Grigorij Fjodorowitsch Smeljakow bewohnte ein großes zweistöckiges Haus, das inmitten von Apfelbäumen stand. Alles hier ließ eine geschickte, fürsorgliche Hand erkennen. Die säuberlich zurückgeschnittenen Sträucher, der frisch gestrichene Gartenzaun, der gepflegte Weg, der vom Gartentor zum Haus führte.

»Werden wir vom Hausherrn erwartet?«, fragte Boris, während er das Auto abschloss.

»Nein.«

»Und wenn wir ihn nicht antreffen, was machen wir dann?«

»Das werden wir entscheiden, wenn wir ihn wirklich nicht antreffen sollten«, sagte Nastja so sorglos wie möglich. In Wirklichkeit war ihr bewusst, was geschehen würde, wenn Smeljakow nicht zu Hause war, wenn es ihr nicht gelingen sollte, den Zeitvorsprung zu nutzen, den sie heute gewonnen hatte. Sie wollte diesen Gedanken nicht zu Ende denken. Es war ganz klar, dass sie mit einem so primitiven Manöver wie dem heutigen kein zweites Mal durchkommen würde. SIE erwarteten komplizierte Schachzüge von ihr, und nur deshalb war es geglückt, mit diesem altbekannten Trick etwas Zeit zu gewinnen. Schon morgen würden SIE die Wahrheit erfahren, und dann würde Nastja unbemerkt nicht einmal mehr bis zur Toilette kommen. Heute war der entscheidende Tag, und alles hing davon ab, was sie aus dem Tag machte.

Sie stieß das Gartentor auf, und im selben Augenblick erschien auf der Türschwelle des Hauses ein älterer, grauhaariger Mann mit einem roten Vollbart.

»Zu wem möchten Sie?«, fragte er mit klangvoller Bassstimme.

»Sind Sie Grigorij Fjodorowitsch?«

»Ja, der bin ich.«

Nastja war schon dabei, ihren Dienstausweis hervorzuholen, aber dann überlegte sie es sich anders.

»Dürfen wir hereinkommen?«

»Bitte sehr.«

Smeljakow ging zur Seite und ließ die Gäste eintreten. Im Innern glich das Haus einer komfortablen, beinahe luxuriösen Stadtwohnung. Holzgetäfelte Wände, an den Fenstern schwere, teure Vorhänge, im Wohnzimmer brannte ein Kamin, kein elektrischer, sondern ein richtiger. Vor dem Kamin ein Schaukelstuhl mit einer achtlos zurückgelassenen Wolldecke, daneben, auf dem Fußboden, zwei riesige Neufundländer, die beim Auftauchen der Fremden sofort aufsprangen und in wachsamer Pose erstarrten.

»Wie schön es bei Ihnen ist!«, platzte es unwillkürlich aus Nastja heraus.

Der Hausherr lächelte zufrieden. Man sah ihm an, dass er sein Haus liebte und stolz darauf war.

»Was kann ich für Sie tun?«, fragte er, während er Nastja den Mantel abnahm.

»Grigorij Fjodorowitsch, könnten wir uns mit Ihnen über die Ereignisse des Jahres neunzehnhundertsiebzig unterhalten?«

Smeljakows Reaktion war völlig überraschend. Er lächelte erfreut.

»Also hat man meine Erzählung doch noch veröffentlicht! Ich hatte die Hoffnung schon aufgegeben. Ich habe das Manuskript voriges Jahr einer Zeitschrift angeboten und nie wieder etwas gehört. Ich dachte, man hätte es verworfen. Aber offenbar haben Sie die Erzählung gelesen, und sie hat Ihr Interesse geweckt. Allerdings müssen Sie wissen, dass dort nicht alles auf Fakten beruht, ich habe mir auch einige dichterische Freiheiten genommen. Aber nehmen Sie doch bitte Platz, ich mache Tee, und dann beantworte ich gern alle Ihre Fragen.«

Nastja klammerte sich an Kartaschows Arm fest, um nicht umzukippen. In Augenblicken plötzlicher Erleuchtung wurde ihr meistens schwindlig, alles begann sich zu drehen, und ihre Knie gaben nach.

»Ist Ihnen nicht gut?«, fragte Boris leise, während er Nastja vorsichtig zum Sofa geleitete.

»Schlechter könnte es nicht sein«, murmelte sie, während sie ihre eiskalte Handfläche an die Stirn presste und nach Luft rang. »Macht nichts, es vergeht gleich wieder. Boris …«

»Ja?«

»Ich glaube, ich habe alles verstanden. Wir sind in eine schreckliche Geschichte hineingeraten. Es könnte jetzt sehr gefährlich werden. Gehen Sie, gehen Sie auf der Stelle. Irgendwie schaffe ich es auch allein, wieder nach Moskau zu kommen.«

»Reden Sie keinen Unsinn, Anastasija. Ich bleibe natürlich hier.«

»Verstehen Sie doch, Boris, ich habe nicht das Recht, Sie in diese Geschichte hineinzuziehen. Ich werde für das Risiko bezahlt, aber Sie haben nichts damit zu tun. Ich bitte Sie, gehen Sie, solange es noch nicht zu spät ist. Wenn Ihnen etwas zustößt, werde ich mir das nie verzeihen können.«

»Nein. Versuchen Sie nicht, mich zu überreden. Wenn Sie nicht wollen, dass ich bei dem Gespräch dabei bin, kann ich so lange im Auto warten. Aber ich lasse Sie hier nicht allein zurück.«

Nastja wollte noch einmal widersprechen, doch in diesem Augenblick erschien der Hausherr wieder im Zimmer. Er schob einen kleinen Servierwagen vor sich her.

»Hier ist der Tee. Guter Gott, wie blass Sie sind«, sagte er mit einem besorgten Blick auf Nastja. »Sind Sie krank?«

Sie hatte sich inzwischen wieder gefasst und lächelte.

»Ich bin immer so, achten Sie nicht darauf.«

Sie tranken Tee, der mit Minze, Johanniskraut und Preiselbeerblättern angesetzt war, und Grigorij Fjodorowitsch erzählte ihnen von dem Mord, den Tamara Jeremina begangen hatte. Der einstige Untersuchungsführer versuchte nicht, etwas zu verschweigen. Seither war viel Zeit vergangen, und er hatte es nicht mehr nötig, sich zu rechtfertigen. Außerdem war es in den letzten Jahren modern geworden, über die einstige Willkür der kommunistischen Partei zu sprechen und zu schreiben. Die Partei wurde beschimpft, man bedauerte diejenigen, die ins Netz ihrer gnadenlosen Machtausübung geraten waren, insofern sah Smeljakow nichts Unanständiges oder Gefährliches darin, seine Geschichte zu erzählen.

Am Tag nach dem Mord, als Tamara bereits verhaftet worden war, wurde Smeljakow von einem Parteisekretär aus dem Stadtkomitee zu sich gerufen. Er verließ das Büro des Parteisekretärs als Chef einer Behörde für Innere Angelegenheiten im Umkreis von Moskau und als Inhaber einer großen Vierzimmerwohnung. Grigorij Fjodorowitsch fuhr sofort in sein Büro, entnahm Jereminas Akte sorgfältig einen Teil der Schriftstücke und ersetzte sie durch neue, auf denen er die Unterschriften der Zeugen gefälscht hatte. Anschließend rief er den Gutachter Batyrjow an und verabredete sich mit ihm zu einer Tatortbesichtigung. Batyrjow verspätete sich, und Smeljakow sah ihm sofort an, dass man auch ihn ins Parteikomitee gerufen hatte.

»Was sollen wir tun, Grigorij?«, fragte Batyrjow niedergeschmettert. »Man hat mich befördert und mir eine Stelle in Kirow angeboten.«

»Mir hat man dasselbe in der Nähe von Moskau angeboten. Hast du zugestimmt?«

»Habe ich denn eine Wahl? Wenn ich ablehne, setzen sie mich an die Luft. Mit Sicherheit erinnern sie sich dann daran, dass meine Eltern umgesiedelte Krimtataren sind.«

»Ich habe auch zugestimmt. Ich habe sechs Kinder, wir bewohnen zwei Zimmer in einer Gemeinschaftswohnung und treten einander fast tot.«

»Darum geht es doch gar nicht«, sagte der Gutachter deprimiert.

»Sondern?«

»Es geht darum, dass man uns überhaupt nichts anbietet, man befiehlt uns. Wohnung und Beförderung sind nur eine großzügige Zugabe, eine edle Geste. Man befiehlt uns, eine Strafsache zu fälschen, und danach will man uns loswerden. Wir sollen ein Verbrechen begehen.«

»Aber nicht doch, Raschid!«, widersprach Smeljakow nervös. »Das ist doch kein Verbrechen. Wir fügen niemandem Schaden zu. Die Jeremina ist eine Mörderin, das wissen wir, und sie bestreitet es auch gar nicht. Man will nur, dass die Namen der Zeugen, die sich zur Tatzeit in der Wohnung befunden haben, aus der Akte verschwinden. Was ist schon dabei? Wir schaden damit niemandem. Die Studenten waren zwar in Jereminas Wohnung, aber deshalb sind sie doch keine schlechten Kerle, so etwas kann doch jedem von uns einmal passieren. Du weißt doch, an welcher Hochschule sie studieren. Wenn man dort erfährt, dass sie sich mit einer trunksüchtigen Prostituierten eingelassen haben, wird man sie sofort exmatrikulieren, sie werden aus dem Komsomol ausgeschlossen, und vorbei ist es mit der Karriere. Warum soll man diesen Jungs das Leben ruinieren!«

»Vielleicht hast du Recht«, sagte Batyrjow trocken. »Was wird von mir verlangt?«

»Es geht um das Tatortbesichtigungsprotokoll«, erwiderte der Untersuchungsführer schnell. »Es dürfen dort keine Spuren von Personen auftauchen, die sich während der Tat in der Wohnung befunden haben. Nur die Jeremina und das Opfer.«

»Und die kleine Tochter?«

»Die kann bleiben. Jeder weiß, dass sie zu dieser Zeit in der Wohnung war.«

Die gefälschte Strafsache ging zur Staatsanwaltschaft, und Smeljakow und Batyrjow traten erfolgreich ihre neuen Stellen außerhalb von Moskau an. Vor vier Jahren war Grigorij Fjodorowitsch in Pension gegangen. Seine sechs Kinder waren längst erwachsen, sie lebten in Moskau und hatten inzwischen selbst Familien. Drei seiner Söhne gingen Geschäften in der freien Wirtschaft nach. Nach Smeljakows Pensionierung wurde beschlossen, die Vierzimmerwohnung zu verkaufen und ein großes, luxuriöses Haus zu bauen, in dem der vor kurzem verwitwete Vater bequem und behaglich leben konnte. Gleichzeitig schuf man sich so einen Ort, den man selbst mit Familie und mit Freunden besuchen konnte, um im nahen See zu schwimmen, im Winter Ski zu laufen, im Dampfbad zu schwitzen und sich ordentlich zu erholen.

Grigorij Fjodorowitsch hatte gegen diesen Plan nichts einzuwenden, im Gegenteil, er freute sich, weil sich nun dank seiner geschäftstüchtigen Söhne, denen es nicht an Geld mangelte, sein alter Traum von einem Haus mit Kamin und Bibliothek, mit Schaukelstuhl und großen Hunden erfüllte. Nachdem er das Haus nach eigenem Geschmack eingerichtet und sich an den Komfort und die Ruhe gewöhnt hatte, beschloss Smeljakow, sich in der Literatur zu erproben. Auch das war ein alter Traum von ihm. Zuerst schrieb er ein paar Tatsachenberichte, um in Fluss zu kommen, dann wagte er sich an eine Erzählung, in der er den Fall Jeremina beschrieb.

»Gehe ich recht in der Annahme, dass an der Wand in Jereminas Küche das da hing?«

Nastja reichte Smeljakow das von Kartaschow gemalte Bild mit dem grünen Violinschlüssel. Smeljakow nickte.

»Wo hat man meine Erzählung eigentlich veröffentlicht?«

»Ich fürchte, nirgends, Grigorij Fjodorowitsch.«

»Dann haben Sie das Manuskript also in der Redaktion gelesen?«

»Nein, ich habe Ihr Manuskript nicht gelesen.«

Smeljakow fixierte Nastja mit einem beunruhigten, argwöhnischen Blick.

»Woher wissen Sie dann Bescheid?«

»Bevor ich Ihnen antworte, würde ich Ihnen gern etwas vorlesen.«

Nastja holte die »Todessonate« aus ihrer Handtasche. Sie hatte das Buch vorsorglich in Papier eingeschlagen, damit man das Bild auf dem Einband nicht sehen konnte. Sie schlug das Buch an einer der vielen Stellen auf, die mit Lesezeichen versehen waren, und übersetzte vom Blatt. Nachdem sie zwei Absätze gelesen hatte, hob sie die Augen und sah Smeljakow an.

»Gefällt es Ihnen?«

»Was ist das?«, fragte er entsetzt. »Wo haben Sie das her? Das ist doch von mir, es stammt aus meiner Erzählung. Der Blick aus dem Fenster meines Büros. An der verwahrlosten Hauswand gegenüber das riesige Transparent mit der Aufschrift ›Es lebe die KPdSU‹. Darunter das von Hooligans hingeschmierte Hakenkreuz. Und unter diesem Gesamtkunstwerk lag jeden Samstag ein und derselbe Betrunkene, der irgendwann abgeholt und in die Ausnüchterungszelle gebracht wurde. So etwas kann man doch nicht frei erfinden, oder?«

»Ich lese Ihnen noch ein Stück vor.«

Sie schlug das Buch an einer anderen Stelle auf und übersetzte noch einen Abschnitt.

»Ich verstehe überhaupt nichts mehr. Die Namen sind verändert, insgesamt ist es ein anderer Text, aber die Einzelheiten, die Vergleiche, sogar einzelne Sätze stammen wortwörtlich von mir. Was hat das zu bedeuten?«

»Wo haben Sie Ihr Manuskript hingebracht?«

»In die Redaktion der Zeitschrift ›Kosmos‹.«

»Wem genau haben Sie es gegeben?«

»Ich sehe gleich nach. Ich habe mir den Namen aufgeschrieben.«

Grigorij Fjodorowitsch öffnete die Schublade seines Schreibtisches und entnahm ihr eine Visitenkarte.

»Hier«, sagte er und reichte Nastja die Karte. »Auf der Rückseite steht der Name. Der Mann, mit dem ich gesprochen habe, hieß Bondarenko. Er hat lange nach einem Zettel gesucht und schließlich nach irgendeiner Visitenkarte gegriffen, die auf seinem Schreibtisch lag. Auf der Rückseite … Lieber Gott, was ist mit Ihnen? Gleich, gleich ...« Smeljakow begann, aufgeregt in den Taschen seiner Strickjacke zu wühlen. »Ich muss irgendwo Nitroglyzerin haben ...«

»Nicht nötig, machen Sie sich keine Sorgen«, sagte Nastja mit tonloser Stimme, während sie die Visitenkarte in ihre Handtasche zu stecken versuchte. Sie schaffte es kaum, den Verschluss zu öffnen, ihre Finger gehorchten ihr nicht. »Es ist schon wieder vorbei. Hier ist es etwas stickig.«

Der Hausherr begleitete seine Gäste zum Wagen. Nach ein paar Atemzügen an der kalten, feuchten Luft ging es Nastja wieder besser.

»Grigorij Fjodorowitsch, haben Sie keine Angst, allein in diesem Haus zu leben?«

»Nein, ich habe die Hunde und eine Waffe. Außerdem sind die Nachbarn nicht weit.«

»Trotzdem ...«

»Warum trotzdem? Was meinen Sie?«

»Sie sind ein Profi und wissen genauso gut wie ich, dass Sie für gewisse Leute sehr gefährlich sind. Sie wissen sehr viel mehr, als Vika Jeremina wusste. Und wenn jemand dieses Mädchen so gefürchtet hat, dass ein Mord begangen wurde, dann können auch Sie in ernste Gefahr geraten. Ich weiß, dass Sie sehr viel mehr Erfahrung haben als ich und selbst am besten wissen, was Sie zu tun und zu lassen haben. Ich kann Ihnen nichts raten, ich kann Ihnen nur meine Hilfe anbieten.«

»Seltsam«, lachte Smeljakow. »Ich wollte Ihnen eben genau dasselbe sagen. Sie sind klug und zupackend, Sie sind mutig, aber auch sehr vorsichtig. Das ist eine typisch weibliche, aber in der Polizeiarbeit sehr nützliche Eigenschaft. Auch ich wage es nicht, Ihnen Ratschläge zu erteilen. Aber auch ich biete Ihnen gern meine Hilfe an.«

Nastja und Boris traten schweigend die Rückfahrt an. Boris hatte eine Menge Fragen auf der Zunge, aber er konnte sich nicht entschließen, ein Gespräch zu beginnen.

»Fahren wir wieder zum Yacht-Club?«, fragte er schließlich.

»Nein, nach Moskau.« Nastja holte die Visitenkarte, die Smeljakow ihr gegeben hatte, aus ihrer Handtasche. »Ich möchte versuchen, die Redaktion der Zeitschrift ›Kosmos‹ zu finden.«

Auf der Vorderseite der Visitenkarte stand in goldfarbenen Lettern: VALENTIN PETROWITSCH KOSARJ.

* * *

Um sich nicht zu verraten, musste Nastja unbedingt vor dem Ende der ärztlichen Sprechstunden wieder in die Poliklinik gelangen und sie demonstrativ in ihrer leuchtend roten Jacke verlassen. Sie trat gegen sieben Uhr abends aus dem Gebäude, ebenso gekleidet wie am Morgen, in der roten Jacke und mit der schwarzen Pelzmütze auf dem Kopf. Sie wusste, dass man ihr inzwischen wieder auf der Spur war und dass man ihr wahrscheinlich bis zu ihrem Haus folgen würde. Deshalb rief sie von unterwegs nirgends an, um ihre Verfolger nicht nervös zu machen und zu erneuten nächtlichen Telefonattacken zu provozieren. Sie betrat einige Geschäfte, um etwas einzukaufen, und dachte mit Genuss an das köstliche Abendessen, das Ljoscha Tschistjakow zubereiten würde.

Der Besuch bei der Redaktion der Zeitschrift ›Kosmos‹ war leider nur von halbem Erfolg gekrönt gewesen. Sergej Bondarenko arbeitete tatsächlich dort, aber er befand sich nicht an seinem Arbeitsplatz, weil er krank war. Nastja rief bei ihm zu Hause an, aber niemand meldete sich. Es war ärgerlich, den gewonnenen Zeitvorsprung wieder zu verlieren, aber es ließ sich nicht ändern. Sie saß zusammen mit Kartaschow im Auto unweit des Hauses, in dem Bondarenko wohnte, und rief alle Viertelstunde von einer Telefonzelle aus an. Endlich, gegen sechs Uhr abends, nahm eine Frau den Hörer ab und teilte mit, dass Sergej erst gegen zehn Uhr nach Hause kommen würde. Deshalb musste Nastja Tschernyschew bitten, das Gespräch mit Bondarenko zu führen. Er sollte nicht bis zehn Uhr warten, sondern versuchen, den Redakteur so schnell wie möglich zu finden. Man musste die Zeit nutzen, solange sie Nastja in der Poliklinik wähnten, es zählte jede Minute. Schon morgen würden sie ihr wieder auf Schritt und Tritt folgen und über alle Vorgänge im Bilde sein, sofern es Nastja nicht gelingen würde, sie auch weiterhin an der Nase herumzuführen.

* * *

Das auf geringste Lautstärke eingestellte Telefon schnarrte kaum hörbar, aber Arsenn wachte trotzdem auf. Er warf einen Blick auf das Display und stellte die Lautstärke auf null. Jetzt war nur noch am Blinken des roten Signallämpchens zu erkennen, dass jemand anrief. Arsenn nahm nicht ab. Neben ihm schlief seine Frau.

Nach einigen Sekunden blinkte das Lämpchen erneut auf. Der dritte Anruf kam pünktlich um 2.05 Uhr. Arsenn stieg vorsichtig aus dem Bett und schlich auf Zehenspitzen aus dem Zimmer. Drei Anrufe in der Zeit zwischen 2.00 und 2.05 Uhr – das bedeutete, dass ein sofortiges Treffen am vereinbarten Ort erwünscht war. Der Behinderte hatte das ihm gesandte Zeichen weitergeleitet.

Arsenn zog sich rasch an, schlüpfte in eine dunkle warme Jacke, schloss leise die Tür auf und verließ die Wohnung. Er ärgerte sich stets über den Schmutz und die Dunkelheit in den Moskauer Straßen, aber in diesem Moment war er der Stadtverwaltung dankbar dafür, dass sie die Stadt so verwahrlosen ließ. Nachts begegnete man auf den Straßen kaum Passanten.

Er ging schnellen, elastischen Schrittes, und nach einer Viertelstunde erblickte er eine stattliche Gestalt an einer Straßenecke.

»Was ist los?«

»Sie haben Kontakt zur Zeitschrift ›Kosmos‹ aufgenommen.«

»Wann?«

»Heute.«

»Wie haben Sie es erfahren?«

»Der stellvertretende Chefredakteur hat es mir mitgeteilt.«

»Haben Sie Bondarenko gefunden?«

»Bis jetzt offenbar noch nicht. Aber morgen werden sie ihn mit Sicherheit finden, das heißt heute schon.«

»Der Teufel soll dieses Weibsbild holen!«, presste Arsenn zwischen den Zähnen hervor. »Wie konnte sie auf die Zeitschrift kommen? Wer hat sie auf diese Idee gebracht, was glauben Sie?«

»Ich habe nicht die geringste Ahnung. Der Einzige, über den eine Verbindung zwischen Vikas Albträumen und der Zeitschrift bestand, war Kosarj. Aber er ist schon seit zwei Monaten nicht mehr unter den Lebenden.«

»Und der Autor? Ich meine den, der über diese Geschichte geschrieben hat. Kann es sein, dass sie ihn ausfindig gemacht hat?«

»Ich glaube, nicht ...«

»Ich frage Sie nicht danach, was Sie glauben oder nicht. Ich will wissen, ob das im Prinzip möglich ist.«

»Da sie sich in der diesseitigen Welt befindet und nicht in der jenseitigen, ist es wahrscheinlich möglich.«

»Wahrscheinlich, wahrscheinlich«, spottete Arsenn gehässig. »Wissen Sie, worin Ihr Unglück besteht, Sergej Alexandrowitsch? Sie können nicht einmal dann ehrlich sein, wenn es lebensnotwendig für Sie selbst ist. Warum haben Sie von Anfang an ein falsches Spiel gespielt? Warum haben Sie mir nicht gleich gesagt, dass Sie ein Büro in Paris haben? Wenn die Kamenskaja Smeljakow auf der Spur sein sollte, dann möchte ich nicht in Ihrer Haut stecken. Selbst wenn wir ihr den Hahn abdrehen würden, würde das nichts mehr nutzen. Denn wenn sie tatsächlich bei Smeljakow war und ihm das aus Rom mitgebrachte Buch von Brisac gezeigt hat, kann Smeljakow nun selbst auf die Suche nach dem gehen, der sein Manuskript gestohlen hat. Und natürlich wird er dann an erster Stelle Herrn Bondarenko in der Redaktion Ihrer heiß geliebten Zeitschrift aufsuchen. Was machen wir dann?«

»Könnte man ihn nicht? ... Und Bondarenko gleich dazu ... Ich bezahle.«

»Sind Sie verrückt geworden? Nachdem sie die beiden gefunden hat, dürfen wir das auf keinen Fall tun. Die Kamenskaja würde sofort begreifen, dass sie auf dem richtigen Weg ist, und dann würde sie immer tiefer graben. Wir hätten dann nicht nur sie, sondern die ganze Kripo am Hals. Aber vielleicht ist ja noch nicht alles verloren. Was hat Ihr Freund von ›Kosmos‹ Ihnen erzählt? Wer genau ist heute in der Redaktion gewesen?«

»Er hat den Mann nicht gesehen. Er hat nur durch die Tür gehört, wie eine männliche Stimme im Büro nebenan nach Sergej Bondarenko fragte. Man hat ihm gesagt, dass Bondarenko krank sei.«

»Hat der Mann nach Bondarenkos Privatanschrift gefragt?«

»Nein. Er hat gesagt, dass er in einer Woche noch einmal vorbeikommt. Der stellvertretende Chefredakteur hat sich bei seinen Mitarbeitern erkundigt, wie der Mann ausgesehen hat. Angeblich ist er etwa dreißig Jahre alt, sehr groß, dichtes dunkelbraunes Haar, Schnurrbart.«

»War er allein?«

»Ja.«

»Gut, Sergej Alexandrowitsch, gehen Sie wieder schlafen. Ich werde die Sache klären.«

»Ich verlasse mich auf Sie, Arsenn.«

»Das sollten Sie nicht tun. Ich bin nicht allmächtig und kann Ihnen nichts versprechen. Sie sind an allem selbst schuld.«

»Wer hätte denn ahnen können, dass Smeljakow über diese Geschichte schreiben würde, dass er sein Manuskript ausgerechnet zu ›Kosmos‹ bringen und dass es in die falschen Hände geraten würde? So etwas konnte niemand vorhersehen.«

»Sie hätten nicht lügen dürfen. Gute Nacht.«

Arsenn zweifelte keinen Augenblick daran, dass der Mann, der am heutigen Tag die Redaktion aufgesucht hatte, Boris Kartaschow war. Natürlich hatte Arsenn sich vor Sergej Alexandrowitsch nichts anmerken lassen, sondern so getan, als sei er sehr beunruhigt. In Wirklichkeit hatte er erleichtert aufgeatmet, nachdem ihm klar geworden war, dass es sich nur um Kartaschow handeln konnte. Was hatte es zu bedeuten, dass er ausgerechnet jetzt Kontakt zur Redaktion aufgenommen hatte? Es konnte nur bedeuten, dass er den Zettel gefunden hatte, den Vika für ihn hinterlassen hatte. Arsenn war erfahren genug, um nicht an einen Zufall zu glauben. Bis jetzt war dieser Zettel Kartaschow nie unter die Augen gekommen, aber ganz plötzlich, nachdem ein gewisser Einbrecher ihn besucht hatte, war Kartaschow fündig geworden. Auf wundersame Weise war der Zettel von einem Moment auf den anderen in seiner Wohnung aufgetaucht. Dafür konnte es nur zwei Erklärungen geben. Entweder hatten sich die Beamten von der Petrowka mit Kartaschow in Verbindung gesetzt und ihn gebeten, den Zettel zu suchen, oder der vermeintliche Einbrecher, den Onkel Kolja auf Kartaschow angesetzt hatte, hatte den Prügeln nicht mehr standgehalten und etwas ausgeplaudert.

Die erste Möglichkeit entfiel wahrscheinlich. In der Petrowka glaubte man, Kartaschow sei noch nicht nach Moskau zurückgekehrt. Und wenn die Kamenskaja tatsächlich wüsste, was auf dem Zettel stand, wäre nicht Boris in der Redaktion aufgetaucht, sondern sie selbst oder einer ihrer Kollegen. Stattdessen hatte sie den ganzen Tag in der Poliklinik vertrödelt und zu keinem ihrer Mitarbeiter Kontakt aufgenommen. Und wenn Kartaschow tatsächlich etwas erfahren hatte, dann war die Information wahrscheinlich noch nicht weitergeflossen. Davon konnte man im Moment jedenfalls ausgehen.

Arsenn kam zu dem Schluss, dass die Situation noch nicht sehr gefährlich war. Da Kartaschow nicht nach Bondarenkos Privatadresse gefragt hatte, hielt er das Gespräch mit ihm offenbar nicht für besonders wichtig, was bedeutete, dass er keinen Zusammenhang zwischen Vikas Tod und Bondarenko herstellte. Und wenn es so war, brauchte man die Pferde nicht scheu zu machen. Nichts auf der Welt ging Arsenn mehr gegen den Strich als überstürzte Handlungen. Er war davon erzeugt, dass Entscheidungen, die man unter Zeitdruck traf, falsch und dumm waren.

Alles sah gar nicht schlecht aus, nur dieser Onkel Kolja mit seinem Bengel … Wie hatte er nur so einen Fehlgriff tun können! Nicht genug, dass er diesen Jammerlappen in seine Mannschaft aufgenommen hatte, der es nicht einmal mit einem schwachbrüstigen Künstler aufnehmen konnte, nun hatte er sich von diesem Rotzlöffel auch noch hinters Licht führen lassen und nicht bemerkt, dass er angelogen wurde. Was hatte sich in Kartaschows

Wohnung wirklich abgespielt? Hatte der Junge von selbst gestanden, dass er gekommen war, um den Zettel zu suchen? Oder hatte Kartaschow sich in einer dunklen Ecke seiner Wohnung versteckt und seinen Gast beobachtet, um in dem Moment, als dieser gefunden hatte, was er suchte, aus seinem Versteck hervorzukommen und loszuschlagen? Anders jedenfalls konnte Arsenn sich die Tatsache nicht erklären, dass Kartaschow plötzlich in der Redaktion aufgetaucht war und nach Bondarenko gefragt hatte. Der Grund dafür konnte nur der Zettel sein. Und an den konnte er nur durch diesen Bengel herangekommen sein. Dieser Schwachkopf von Onkel Kolja musste jedenfalls sofort klären, was Sache war.

Was Kartaschow betraf, so musste man ihn für alle Fälle im Auge behalten und herausfinden, ob er vorhatte, sich mit der Kripo in Verbindung zu setzen. Arsenn hielt sich für einen guten Menschenkenner. Die Tatsache, dass Boris selbst zur Redaktion gegangen war, konnte zweierlei bedeuten. Entweder kannte er in der Petrowka nur die Telefonnummer der Kamenskaja, und da er sie den ganzen Tag nicht erreichen konnte, hatte er sich schließlich selbst auf den Weg zur Redaktion gemacht. Oder er hielt es gar nicht für nötig, die Miliz in diese Angelegenheit einzuweihen. Morgen würde man mehr wissen. Ein einziger Tag würde genügen, um herauszufinden, welche Absichten Kartaschow verfolgte.

Und da war noch ein Gedanke, der Arsenn beruhigte. Wenn die Kamenskaja vorläufig nichts wusste, konnte man die Zeit nutzen, um sich ein wenig mit Smeljakow und Bondarenko zu befassen. Hoffentlich würde man ohne weitere Morde auskommen. Es gab schon zu viele davon ...

* * *

Andrej Tschernyschew hatte in dieser Nacht das Gefühl, am Ende seiner Kräfte zu sein. Zuerst musste er Bondarenkos Frau schöntun und sie überreden, ihm zu verraten, wo sich ihr kranker Mann befand. Als er ihn schließlich in einer feuchtfröhlichen Gesellschaft in der Sauna gefunden hatte, versuchte Andrej, den netten Kumpel von nebenan zu spielen und sich so in Bondarenkos Vertrauen einzuschleichen, worauf es ihm gelang, den volltrunkenen Redakteur aus der Sauna in eine leere Wohnung zu transportieren, zu der er stets die Schlüssel bei sich trug. Anschließend rief er erneut Bondarenkos Frau an, redete mit Engelszungen und schwor ihr bei der heldenhaften Vergangenheit und lichten Zukunft der russischen Miliz, dass ihr Mann die Nacht nicht bei einer anderen Frau verbrachte, sondern sich vielmehr bei ihm, Andrej, befand, unter seiner fürsorglichen Obhut, und dass sie ihren Mann am nächsten Morgen nüchtern und völlig unversehrt an Leib und Seele wiedersehen würde. Dann musste Bondarenko nüchtern werden und sich bereit erklären, Tschernyschews Fragen zu beantworten, ohne in seinem verkaterten Kopf alles durcheinander zu bringen.

Zuerst hatte Tschernyschew gehofft, mit einfachen Mitteln auszukommen. Er gab Bondarenko starken Tee und Kaffee zu trinken und steckte seinen Kopf unter den kalten Wasserhahn. Aber das Ergebnis blieb irgendwie einseitig: Bondarenko stand nach einer Weile zwar einigermaßen sicher auf den Beinen, aber sein Blick wurde immer trüber und seine Rede immer zusammenhangloser. Die Zeit verging, der Morgen rückte näher, und die Aussicht, eine brauchbare Aussage zu bekommen, wurde immer geringer. Andrej wurde nervös, dann wütend und geriet schließlich in Verzweiflung. In dem Moment, in dem die Verzweiflung ihren Höhepunkt erreicht hatte, klickte plötzlich etwas in seinem Kopf, als hätte man einen Schalter umgestellt, und er sah die Situation in einem neuen Licht. Stell dir vor, dass du einen kranken Hund vor dir hast, sagte er sich. Über einen kranken Hund würdest du dich schließlich auch nicht ärgern. Und ein betrunkener Mann gleicht einem kranken Tier. Ihm ist schlecht, und er kann sich selbst nicht helfen. Und er kann auch nicht sagen, was ihm wehtut. Wenn Kyrill mitten in der Nacht krank würde, was würdest du dann tun?

Die Antwort ergab sich von selbst. Andrej überwand seinen Widerwillen, brachte Bondarenko in einen sicheren Stand vor der Kloschüssel und steckte ihm zwei Finger in den Hals. Vorsorglich hatte er einen Fünfliterbehälter mit einer schwachen Kaliumpermanganatlösung bereitgestellt und zwang Bondarenko abwechselnd zum Trinken und zum Erbrechen.

Gegen Morgen war Sergej Bondarenko, der Redakteur der Zeitschrift ›Kosmos‹, endlich so weit, dass er wieder vernünftig sprechen und über die zurückliegenden Ereignisse berichten konnte. Als Valentin Kosarj ihm eines Tages von der seltsamen Krankheit erzählte, unter der die Freundin eines Bekannten litt, hatte Bondarenko sofort das sichere Gefühl, etwas Ähnliches schon einmal gelesen zu haben. Schließlich fiel ihm ein Manuskript ein, das einst ein älterer Mann, ein früherer Untersuchungsführer, wenn sein Gedächtnis ihn nicht trog, in die Redaktion gebracht hatte. Er sagte es Kosarj, und dieser wurde plötzlich sehr ernst. Mit solchen Dingen dürfe man nicht scherzen, meinte er, man müsse unbedingt die Wahrheit herausfinden, denn eine unsachgemäße psychiatrische Diagnose könne sehr verhängnisvoll für den Betroffenen sein.

»Machen wir es so«, schlug er Sergej schließlich vor. »Du suchst in deiner Redaktion nach dem Manuskript, und ich gebe meinem Bekannten deine Telefonnummer, damit er sich mit dir in Verbindung setzen kann. Einverstanden?«

»Meinetwegen«, sagte Bondarenko mit einem gleichgültigen Schulterzucken. Die Krankheit irgendeiner ihm völlig unbekannten Person interessierte ihn herzlich wenig, und er hatte nicht die geringste Lust, im Keller der Redaktion in alten Papieren und ausgesonderten Manuskripten herumzuwühlen. In den letzten Jahren war eine schreckliche Schreibwut ausgebrochen. Früher, in den Zeiten der Stagnation, hatte es so etwas nicht gegeben. Aber heute jagte ein Modethema das nächste. Mal war die Partei dran, mal die Willkür in den staatlichen Besserungsanstalten, mal die Homosexualität, mal Putsch, mal Korruption. Und jedes dieser Modethemen löste eine neue Welle von Schreibwut aus, jeder glaubte, er habe dazu etwas zu sagen. Die Zeitschriftenredaktionen ertranken in Manuskripten, doch die meisten von ihnen waren völlig unbrauchbar und landeten in den Kellern oder auf den Speichern der Redaktionen.

Aber Sergej konnte Valentin Kosarj, seinem besten Freund, der ihm schon so oft geholfen hatte, die Bitte nicht abschlagen. Noch am selben Tag begab er sich in den Keller und unternahm den gewissenhaften Versuch, das Manuskript zu finden, aber er blieb erfolglos. Trotz des scheinbaren Chaos hatte hier alles seine Ordnung, an die sich jeder hielt. Jede Abteilung der Redaktion hatte hier ihr eigenes Stück Wand, ihre eigenen Bereiche und Regale. Bondarenko untersuchte Zentimeter für Zentimeter sein »Territorium«, aber das Manuskript des einstigen Untersuchungsführers Smeljakow blieb unauffindbar. Er versuchte sich zu erinnern, ob er es wirklich in den Keller verbannt hatte. Vielleicht war der Text ja gar nicht so schlecht gewesen, und er hatte ihn zur Lektüre an den stellvertretenden Chefredakteur weitergegeben. Doch dieser hatte nie ein Manuskript in der Hand gehabt, das von einem Smeljakow stammte. Sergej war deshalb nicht sonderlich betrübt. Wenn das Manuskript nicht mehr zu finden war, dann eben nicht. Er hatte sich Smeljakows Adresse notiert, und die konnte Valentin an seine Freunde weitergeben, wenn sie daran interessiert waren.

»Erinnern Sie sich, ob Kosarj seinen Bekannten angerufen hat?«, fragte Andrej, während er die nächste Tasse Schwarztee aufbrühte und eine neue Schachtel Würfelzucker öffnete.

»Ja, natürlich. Er wollte direkt aus meinem Büro anrufen, aber dann fiel ihm ein, dass er die Telefonnummer nicht dabeihatte. Am Abend desselben Tages rief er mich an und sagte, sein Bekannter sei gerade auf einer Dienstreise, aber er, Valentin, habe ihm eine Nachricht auf dem Anrufbeantworter hinterlassen. Sobald Boris wieder in Moskau sei, würde er ihn sicher zurückrufen.«

»Wissen Sie noch genau, dass er seinen Bekannten Boris genannt hat?«, fragte Andrej nach.

»Ja, ich bin mir ziemlich sicher.«

»Erinnern Sie sich, wann genau das war?«

»An das Datum erinnere ich mich nicht. Aber ich weiß, dass es ein Freitag war, weil mich am nächsten Tag eine junge Frau anrief und sagte, sie hätte meine Telefonnummer von Kosarj bekommen, sie wolle sich mit mir treffen, um über das Manuskript zu sprechen. Das war an einem Samstag. Ich musste mich vor meiner Frau herausreden und sie glauben machen, ich müsse dringend ins Büro. Ich konnte schließlich nicht eine fremde junge Frau zu mir nach Hause einladen, Sie verstehen schon.«

»Und wo haben Sie sie getroffen?«

»Natürlich in meinem Büro. Was glauben Sie, was passiert wäre, wenn meine Frau angerufen und mich nicht erreicht hätte? Sie hätte sofort die Scheidung eingereicht.«

»Und was geschah weiter?«

»Sie kam in mein Büro. Ich kann Ihnen sagen ... Haben Sie dieses Mädchen schon einmal mit eigenen Augen gesehen? Es haut einen um. Ich schmolz natürlich sofort dahin und hätte ihr zuliebe noch einmal den ganzen Keller durchwühlt. Kurz, ich gab ihr Smeljakows Adresse, sie drehte den Zettel eine Weile hin und her und sagte schließlich, sie hätte Angst, allein dorthin zu fahren. Es sei ein fremder, abgelegener Ort, sie könnte sich verfahren. Ich habe den Wink mit dem Zaunpfahl natürlich sofort verstanden. Ich versprach ihr, mir von einem Freund ein Auto zu leihen und sie am Montag zu Smeljakow zu bringen. Wir machten aus, dass sie am Montag um zehn Uhr zu mir in die Redaktion kommen würde und wir von dort aus losfahren würden. Dann trennten wir uns.«

»Und wie ging es weiter?«

»Es ging überhaupt nicht mehr weiter. Sie kam nicht und rief auch nicht an. Ich habe nie wieder etwas von ihr gehört.«

»Haben Sie nicht versucht, sie zu finden?«

»Wozu hätte ich das tun sollen? Sie war nur als schöne Frau von Interesse für mich, und da sie sich nicht wieder meldete, musste ich davon ausgehen, dass mein Interesse einseitig war. Wozu hätte ich sie suchen sollen?«

»War an diesem Samstag außer Ihnen noch jemand in der Redaktion?«

»Ja, fünf bis sechs Leute.«

»Hat jemand Vika in Ihrem Büro gesehen?«

»Praktisch alle. Ich habe mich im Gemeinschaftsraum mit ihr unterhalten, dort wird Tee getrunken, geplaudert und geraucht.«

»Haben Sie bemerkt, dass jemand besonderes Interesse an Ihrer Besucherin zeigte?«

»Sie stellen vielleicht Fragen!«, lächelte der Redakteur. »Ich glaube, kein einziger Mann könnte gleichgültig an dieser Frau vorübergehen. Alle Mitarbeiter männlichen Geschlechts, die den Raum betraten, standen sofort stramm und versuchten, sie kennen zu lernen. Etwas Besonderes habe ich nicht bemerkt, alle haben sich gleich verhalten.«

»Sergej, Sie müssen jetzt nachdenken und versuchen, sich an zwei Dinge zu erinnern. Welcher Samstag war das genau, und wer von Ihren Kollegen hat Vika an diesem Tag gesehen? Kriegen Sie das hin?«

Bondarenko legte die Stirn in Falten, rieb sich die Schläfen und nippte an der Tasse mit dem starken heißen Tee. Schließlich sah er Andrej verstört an.

»Ich weiß es nicht mehr. Ich habe keine Anhaltspunkte. Ich weiß nur noch, dass es ein Samstag war, aber das Datum ... Es könnte Ende Oktober gewesen sein, aber auch Anfang November.«

»Am fünfundzwanzigsten Oktober ist Kosarj ums Leben gekommen«, erinnerte ihn Tschernyschew.

»Tatsächlich?«, rief Sergej aus. »War das wirklich am fünfundzwanzigsten Oktober? Ja, sicher, am vierten Dezember waren es vierzig Tage, und wir haben uns versammelt, um seiner zu gedenken, wie es sich gehört. Das Mädchen habe ich getroffen, bevor Valentin ... bevor man ihn ... Kurz, es war vorher.«

»Demnach muss es am dreiundzwanzigsten Oktober gewesen sein«, sagte Andrej nach einem Blick in seinen Taschenkalender.

Mit den Namen der Kollegen, die an jenem Samstag im Büro gewesen waren, sah es schon schlechter aus. Schließlich kamen nicht jeden Samstag dieselben Leute in die Redaktion. Bondarenko erinnerte sich nur an zwei von ihnen, hinsichtlich der anderen hatte er Zweifel. Aber auch zwei waren schon etwas. Und da man nun das genaue Datum hatte, konnte man versuchen, mit Hilfe der beiden genannten Personen auch die anderen zu ermitteln.

ZEHNTES KAPITEL

Der Gesichtsausdruck von Oberst Gordejew hatte sich verändert. In den letzten Wochen hatte er niedergeschlagen und abwesend gewirkt, gleichgültig gegenüber allem, oft hatte er über Kopfschmerzen und Herzprobleme geklagt. Aber heute bemerkte Nastja, dass in seinen zuletzt so ausdrucklosen Augen wieder etwas funkelte, dass die alte Leidenschaft in sie zurückgekehrt war. Der Jäger wittert das Wild, dachte Nastja.

Im Laufe des gestrigen Tages und des heutigen Morgens hatte Viktor Alexejewitsch Unmögliches vollbracht. Es war ihm gelungen, eine Menge über jenen Parteiboss zu erfahren, auf dessen Anweisung im Jahr neunzehnhundertsiebzig die Namen der beiden Studenten, die sich zur Tatzeit am Tatort befunden hatten, aus der Strafakte von Tamara Jeremina verschwunden waren.

Alexander Alexejewitsch Popow, der zwei durchaus gut versorgte Kinder und sogar drei schon fast erwachsene Enkel hatte, fristete den Rest seines Daseins in einem Altenheim. Man hörte, dass er keine allzu gute Ehe geführt hatte, seinerzeit hätte er sich fast scheiden lassen, um eine andere Frau zu heiraten, die einen Sohn von ihm geboren hatte. Seine Ehefrau griff aber zu der damals üblichen Methode, der abtrünnige Ehemann bekam die eiserne Hand der Partei zu spüren und wurde wieder dem häuslichen Herd zugeführt. Der Skandal wurde sorgsam vertuscht. Dennoch unterstützte der edle Popow, so gut er konnte, seinen unehelichen Sohn. Vor dem Armeedienst konnte er ihn zwar nicht retten, aber danach sicherte er ihm einen Studienplatz an einem angesehenen Institut.

»Interessant«, sagte Nastja versonnen. »Ob er vielleicht sein eigenes Söhnchen retten wollte, als er damals die Strafakte fälschen ließ?«

»Richtig gedacht«, bestätigte Gordejew. »Wenn deinen Smeljakow die Erinnerung nicht trügt, hießen die beiden Zeugen Gradow und Nikifortschuk. Leider ist der Gutachter Radisch Batyrjow längst gestorben, sodass wir das nicht mehr überprüfen können. Aber gehen wir von der Hypothese aus, dass einer der beiden Zeugen tatsächlich Popows unehelicher Sohn war. Und jetzt hör weiter zu, Kindchen, jetzt wird es noch interessanter.«

Gordejew holte zwei Observationsberichte hervor. Bei dem einen Beobachtungsobjekt handelte es sich um den jungen Mann, der in Kartaschows Wohnung eingebrochen war, bei dem anderen um den Unbekannten, der sich in der Poliklinik nach Nastja erkundigt hatte.

Nachdem Alexander Djakow, genannt Sascha, Kartaschows Wohnung verlassen hatte, machte er sich unverzüglich auf den Weg zu einer Schule, einer ganz gewöhnlichen Mittelschule, die ihre Turnhalle abends an den Waräger-Club vermietete. Was Sascha an diesem Ort gemacht hatte, konnte nicht ermittelt werden, aber nachdem er das Schulgebäude wieder verlassen hatte, trat, etwa eine Viertelstunde später, ein zweiter Mann heraus. Man konnte seine Identität nicht sofort feststellen, aber schließlich gelang es doch. Es handelte sich um Nikolaj Fistin, genannt Onkel Kolja, den Leiter des Waräger-Clubs. Er war zwei Mal vorbestraft, einmal wegen Rowdytums und einmal wegen Körperverletzung. Da das Schulgebäude bis zum nächsten Morgen von niemandem mehr verlassen wurde, konnte man mit großer Sicherheit davon ausgehen, dass Sascha genau diesen Mann aufgesucht hatte.

Mit dem Mann, der sich in der Poliklinik nach Nastja erkundigt hatte, war die Sache nicht ganz so einfach. Er schien sehr erfahren und vorsichtig zu sein, denn er hatte sich leicht und elegant der Beobachtung entzogen, ohne identifiziert worden zu sein. Das bedeutete, dass er sich immer so verhielt, unabhängig davon, ob er sich beobachtet fühlte oder nicht. Im Moment mussten Gordejew und Nastja sich mit der Beschreibung seines ungewöhnlichen Verhältnisses zu öffentlichen Telefonzellen begnügen.

Im Laufe der Nacht hatte Viktor Alexejewitsch aus der Adressenzentrale eine Liste aller in Moskau gemeldeten Nikifortschuks und Gradows erhalten.

»Nikifortschuks gibt es weniger, die nehme ich«, sagte der Oberst. »Ich bin ein alter Mann, ich darf mich nicht mehr überanstrengen. Du nimmst die Gradows, und wir beginnen auszusieben.«

Er reichte Nastja einen Stapel Blätter mit Computerausdrucken.

»Gehen wir davon aus, dass Popows Sohn nicht nach neunzehnhundertfünfzig geboren wurde, da er neunzehnhundertsiebzig bereits den Armeedienst abgeleistet hatte und studierte, und nicht vor neunzehnhundertfünfundvierzig, weil Popow erst nach dem Krieg nach Moskau kam, vorher lebte er in Smolensk. Die Geschichte mit dem unehelichen Sohn gehört in seine Moskauer Zeit, das habe ich recherchiert. Der Freund seines Sohnes muss etwa im gleichen Alter sein, plus/minus drei Jahre.«

Nastja nahm die Blätter an sich und ging in ihr Büro. Sie überhäufte ihren Schreibtisch mit einem Berg Statistiken und Auswertungsmaterialien, öffnete die mittlere Schublade ihres Schreibtisches und verstaute die paar hundert Gradows darin. Sie wollte, wie sie es gewohnt war, die Tür abschließen, um in Ruhe arbeiten zu können, aber sie begriff, dass sie das heute nicht tun durfte. Sollten ruhig alle, die es wollten, ihr Büro betreten und sehen, dass sie an dem monatlichen Auswertungsbericht über die in der Stadt verübten Morde für Gordejew arbeitete.

Ständig ging die Tür auf, nicht alle kamen, aber viele. Im Lauf von zwei Stunden hatte annähernd ein Dutzend Leute ihr Büro betreten. Und bei jedem ihrer Kollegen beklagte Nastja sich über die Ärzte, die sie fast ins Krankenhaus eingewiesen hätten; über Olschanskij, der in der Mordsache Jeremina selbst nicht weiterwusste und seine schlechte Laune an ihr ausließ; über Gordejew, der bis morgen den fertigen Auswertungsbericht von ihr verlangte;

über ihre undichten Stiefel, deretwegen sie ständig nasse Füße hatte. Alle nickten, bemitleideten sie, baten sie um eine Tasse Kaffee, schnorrten Zigaretten und ließen sie nicht arbeiten. Jedes Mal, wenn die Tür aufging, musste Nastja mit einer blitzschnellen Bewegung ihres Oberkörpers die Schublade mit den darin befindlichen Listen zustoßen. Zum Glück rief wenigstens niemand an.

Als die Tür erneut aufging und Nastja der Schublade auch diesmal einen Stoß versetzen musste, war sie sich sicher, dass sie sich einen blauen Fleck geholt hatte. Es erschien Gordejew.

»Warum nimmst du das Telefon nicht ab? Tschernyschew versucht ständig, dich zu erreichen.«

Nastja warf einen verwunderten Blick auf das externe Telefon.

»Es hat kein einziges Mal geläutet.«

Sie nahm ab, horchte und hielt den Hörer dann Knüppelchen hin.

»Nichts. Die Leitung ist tot.«

Viktor Alexejewitsch ging rasch zur Tür und schloss von innen ab.

»Hast du einen Schraubendreher?«

Nastja zuckte hilflos mit den Schultern.

»Woher sollte ich so etwas haben?«

»Du Nulpe«, bemerkte Knüppelchen gutmütig. »Dann gib mir wenigstens eine Schere.«

Er betrachtete kurz die Steckdose und schraubte dann mit Hilfe der Schere geschickt den Apparat auf.

»Großartig«, sagte er, während er die Beschädigungen an den Drähten betrachtete. »Einfach und geschmackvoll. Sollen wir uns einen kleinen Scherz erlauben?«

»Wozu? Ich weiß auch so, wer es gewesen ist. Und Sie wissen es auch.«

»Vielleicht wissen wir es, vielleicht aber auch nicht. Wir könnten uns täuschen. Und überhaupt, du machst ihm das Leben ganz schön leicht. Er hält sich hier für den Klügsten, den Schlauesten, den Erfolgreichsten von allen. Er macht, was er will oder was seine Auftraggeber ihm befehlen, und wir beide lassen den lieben Gott einen guten Mann sein und uns an seinem Gängelband führen wie dumme Kälber. Es wird Zeit, ihn ein wenig an den Nervenenden zu kitzeln, sonst schöpft er noch Verdacht. Er ist ein erfahrener Kripobeamter, er weiß genau, dass nur auf dem Papier alles glatt geht, in der Praxis stellt sich immer etwas quer. Wir sollten ihm Gelegenheit geben, sich ein wenig den Kopf darüber zu zerbrechen, was er falsch gemacht hat.«

Nastja zuckte mit den Schultern.

»Ich verstehe trotzdem nicht, was er damit bezwecken wollte. Ich hätte längst merken können, dass das Telefon nicht funktioniert. Es ist purer Zufall, dass ich selbst heute nirgends anrufen musste.«

»Und was hättest du getan, wenn du den Hörer abgenommen und gemerkt hättest, dass die Leitung tot ist?«

»Ich weiß es nicht. Wahrscheinlich hätte ich jemanden gebeten nachzusehen, was los ist.«

»Und wen hättest du gebeten?«

»Sie haben zu hundert Prozent recht, Viktor Alexejewitsch. Ich hätte genau ihn gebeten. Erstens ist sein Büro gleich nebenan, und zweitens weiß jeder, dass er sich gut mit technischen Dingen auskennt. Die Leute schleppen ständig Kaffeemühlen, Föhne, Rasierapparate und anderes zu ihm, damit er den Kram repariert. Er besitzt übrigens auch verschiedene Schraubendreher, die sich alle bei ihm ausleihen. Und mein defektes Telefon wäre ihm natürlich auch nicht entgangen.«

»Eben, eben«, entgegnete Gordejew, »er hätte es sich selbst vorgenommen und dir weisgemacht, dass der Defekt zu kompliziert sei, um ihn so ohne weiteres zu beheben. Es sei ein winziges, schwer erhältliches Ersatzteil nötig, er würde es morgen von zu Hause mitbringen, aber bis dahin müsstest du ohne Telefon auskommen.«

»Alles klar. Es gibt jemanden, der mich nicht erreichen soll. Dabei handelt es sich natürlich nicht um einen Kollegen, der es unter einer beliebigen Nummer im Haus versuchen könnte, zum Beispiel unter Ihrer, sondern vielleicht um einen Zeugen, der nur diese eine Nummer besitzt. Was glauben Sie, Viktor Alexejewitsch, wen möchte er von mir fern halten? Kartaschow?«

»Es ist alles möglich. Hast du eine Flasche?«

»Eine was?«

Nastja hob verblüfft ihre Augenbrauen.

»Eine Flasche. Etwas Alkoholisches. Was bist du nur für eine Kripobeamtin, Kamenskaja? Kein Schraubendreher, keine Flasche im Schrank. Dann muss ich die Flasche eben selbst holen.«

Ein paar Minuten später begannen sich die Kollegen in Nastjas Büro zu versammeln. Viele waren außer Haus, aber etwa sieben Leute kamen doch zusammen. Als Letzter trat Gordejew ein, in einer Hand hielt er feierlich eine Flasche Sekt, in der anderen eine Plastiktüte mit Gläsern.

»Meine lieben Freunde«, begann er gefühlvoll, »wir haben heute ein kleines Fest zu feiern, den Namenstag all derer, die den Namen der heiligen Märtyrerin Anastasija tragen. Unsere Nastja feiert nicht gern ihren Geburtstag, aber wir wollen ihr wenigstens zu ihrem Namenstag gratulieren. Möge sie noch viele Jahre so jung und so klug bleiben, wie sie ist.«

»Und so faul«, fügte Jura Korotkow hinzu.

Alle brachen in freundschaftliches Gelächter aus, Knüppelchen öffnete die Flasche und goss ein.

In diesem Moment läutete das Telefon.

»Hier ist Papa«, hörte Nastja Andrej Tschernyschew in der Leitung sagen. »Ich gratuliere dir, Töchterchen.«

»Danke, Paps«, erwiderte Nastja mit einem glücklichen Lächeln. »Schön, dass du daran gedacht hast. Ich habe nämlich mit Ljoscha gewettet, um eine Flasche Cognac. Er ruft alle halbe Stunde an und erkundigt sich, ob du mir inzwischen gratuliert hast oder nicht ... Nein, Papa, ich selbst war es, die geglaubt hat, dass du es vergessen würdest. Ljoscha hat die Wette gewonnen ...«

Am Ende des Gesprächs konnte Andrej kaum noch an sich halten vor Lachen.

»Ich habe die Wette verloren.« Nastja setzte eine tragische Miene auf. »Jetzt muss ich die Flasche kaufen.«

»Bist du etwa zu faul dazu?«, fragte Korotkow.

Wieder lachten alle, tranken den Sekt aus, küssten Nastja der Reihe nach und gingen wieder auseinander. Doch so genau Nastja eines der Gesichter auch beobachtet hatte, sie hatte darin keine Spur von Erstaunen, Verwirrung oder Angst entdecken können. Da war einfach gar nichts gewesen. Sie hatte weder eine plötzliche Blässe bemerkt noch eine Aufwallung von Röte. Das Lächeln hatte völlig natürlich gewirkt, und die Stimme hatte kein einziges Mal gezittert. War es doch nicht er? Aber wer dann? Sie hatte ihre ganze Aufmerksamkeit auf ihn gerichtet und die anderen nicht beachtet. Das war ein Fehler gewesen.

Als sie wieder allein war, setzte sie sich an den Schreibtisch und stützte ihren Kopf in die Hände. Sie waren also zu zweit. Knüppelchen hatte von Anfang an Recht gehabt, als er sagte, dass es vielleicht mehrere waren, oder sogar alle. Sie hatte das damals nicht ernst genommen, und als sie dem einen auf die Spur gekommen war, hatte sie voreilig beschlossen, dass er der Einzige war und es keine anderen gab. Schon wieder hatte sie sich getäuscht. In Wahrheit waren es zwei. Mindestens zwei, verbesserte sie sich. Oder womöglich sogar alle? Guter Gott, welch ein schauerlicher Gedanke!

Es gelang ihr, sich zu überwinden und wieder in die Listen mit den Adressen Moskauer Einwohner des nicht gerade seltenen Namens Gradow zu vertiefen. Systematisch strich sie alle Personen, die aufgrund ihres Alters nicht infrage kamen. Plötzlich schnitt ihr etwas in die Augen. Sie kniff die Lider zusammen, in der Schwärze, in die sie nun blickte, schwirrte etwas umher, das widerwärtigen gelben Fliegen glich. Ihre Augen begannen vor Anstrengung zu tränen. Sie befeuchtete ein Taschentuch mit dem Wasser aus der Karaffe auf ihrem Schreibtisch, warf ihren Kopf zurück und legte sich das feuchte Tuch aufs Gesicht. Es wurde etwas besser.

Nachdem sie das nasse Taschentuch auf die Heizung gehängt hatte, begann sie wieder in die Liste zu starren. Gradow, Sergej Alexandrowitsch, wohnhaft ... Irgendwie gefiel ihr diese Adresse nicht. Warum eigentlich nicht? Straße, Hausnummer, Block, Wohnungsnummer. Eine Adresse wie jede andere.

Sie schloss erneut die Augen und versuchte, an etwas anderes zu denken. An Ljoscha, an das köstliche Hähnchen, das ihr Stiefvater zubereitete, an den Cognac, den sie nicht zu kaufen brauchte ... Federatiwnyj-Prospekt Nummer ... Die verdammte Adresse ließ sie nicht los. Sie durfte nicht vergessen, ihren Stiefvater anzurufen, denn vielleicht würde sie nach der Arbeit zu ihm fahren. Und für diesen Fall musste sie Ljoscha instruieren. Er sollte allen Anrufern sagen, dass sie bei ihrem Vater war und erst spät nach Hause kommen würde. Federatiwnyj-Prospekt Nummer ... Federatiwnyj-Prospekt ...

Plötzlich ging eine heiße Welle durch ihren Körper, die Hitze schoss ihr ins Gesicht, die Hände wurden feucht. Sie griff zum internen Telefon.

»Viktor Alexejewitsch, sind Sie allein?«

»Ja. Was ist los?«

»Ich komme gleich bei Ihnen vorbei.«

Im Büro ihres Chefs musste sie erst einmal schlucken. Vor Aufregung blieb ihr die Stimme weg, sie brachte nur ein heiseres Flüstern hervor.

»Haben Sie mir die Adresse genannt, unter der dieser Mann wohnt, der den Waräger-Club leitet?«

»Ja, habe ich. Ich habe dir den gesamten Observationsbericht vorgelesen.«

»War es Federatiwnyj-Prospekt 16, Block 3?«

»Bist du gekommen, um mir einen Beweis deines phänomenalen Gedächtnisses zu liefern?«

»Unter dieser Adresse wohnt ein gewisser Sergej Alexandrowitsch Gradow, geboren neunzehnhundertsiebenundvierzig.«

Knüppelchen lehnte sich im Sessel zurück, nahm die Brille ab und schob das Ende eines Bügels in den Mund. Dann erhob er sich langsam von seinem Stuhl und begann, im Raum auf und ab zu gehen, zuerst langsam, dann immer schneller und schneller, wie ein Gummiball bewegte er sich um den langen Konferenztisch und schob die Stühle zur Seite, die ihm im Weg standen. Je länger dieser Auftritt dauerte, desto glänzender wurden seine Augen, seine Glatze färbte sich rosig, und sein Mund presste sich immer fester zusammen. Endlich hielt er inne, ließ sich in den Sessel am Fenster fallen und streckte seine kurzen Beine aus.

»Diesen Gradow übernehme ich, mit dem wirst du nicht fertig. Ich werde in Erfahrung bringen, wer und was er ist, und mich selbst mit ihm treffen. Du hast die Aufgabe, dir Gedanken darüber zu machen, wovor er so große Angst hat. Der Grund dafür kann natürlich nicht darin liegen, dass er vor einem Vierteljahrhundert Zeuge eines Verbrechens wurde. Hier ist noch etwas anderes im Spiel ... Nein, ich habe es mir anders überlegt. Ich werde mich weder mit Gradow noch mit dem alten Popow treffen. Wir werden es anders machen, ganz anders.«

»Sind Sie sich absolut sicher, dass dieser Gradow der ist, den wir suchen?«

»Hör auf zu kokettieren, Nastja, du bist dir selbst sicher, sonst hättest du nicht so einen Aufstand wegen dieser Adresse gemacht. Aber bis zum Abend werde ich es genau wissen. Es ist ganz einfach, das herauszufinden. Sag mir lieber, ob du schon einmal gehört hast, dass in einem eingestellten Verfahren ermittelt wurde.«

»Laut Gesetz ...«, begann Nastja, aber Gordejew unterbrach sie.

»Wie es laut Gesetz ist, weiß ich genauso gut wie du. Ich frage nach der Praxis.«

»Wenn ein Verfahren eingestellt wird, weil der Fall nicht aufgeklärt werden konnte, legt man die Akte in den Safe oder bringt sie ins Archiv, man atmet erleichtert auf und versucht, die Sache zu vergessen, wie einen Albtraum. Gelegentlich kommt es zur Wiederaufnahme eines Verfahrens, weil der Täter wegen eines anderen Verbrechens verhaftet wird und plötzlich damit beginnt, alte Sünden zu beichten. Es kann auch andere Gründe geben, aber fast immer ist es Zufall oder Glück.«

»Richtig. Ein eingestelltes Verfahren interessiert niemanden mehr. Deshalb werde ich mich sofort mit Olschanskij in Verbindung setzen und ihn bitten, das Verfahren im Mordfall Jeremina einzustellen, sobald die vom Gesetz vorgeschriebene Zweimonatsfrist verstrichen ist.«

»Das heißt, dass wir noch eine ganze Woche warten müssen ...«, sagte Nastja unzufrieden.

»Das macht nichts, denn ich werde sofort dafür sorgen, dass jeder, den es etwas angeht, von der bevorstehenden Einstellung des Verfahrens erfährt. Verstehst du, worauf ich hinauswill?«

»Ja, natürlich. Ich fürchte nur, dass Olschanskij nicht mitmacht. Er ist ein Prinzipienreiter und wird sich dagegen sperren, ein Verfahren einzustellen, in dem noch die Chance zur Aufklärung des Falles besteht.«

»Du unterschätzt Kostja. Er ist ein Grobian, das weiß ich, er trägt immer schmutzige Schuhe und zerknitterte Anzüge. Aber er ist ein sehr kluger Mensch und Untersuchungsführer.«

»Aber er kann es nicht ausstehen, wenn andere für ihn entscheiden. Er ist versessen auf seine Autonomie als Untersuchungsführer.«

»Ich habe auch nicht vor, seine Autonomie anzugreifen. Er wird die Entscheidung selbst treffen. Denk nicht, dass er dümmer ist als wir beide.«

Viktor Alexejewitsch rieb sich zufrieden die Hände und zwinkerte Nastja zu.

»Warum lässt du die Flügel hängen, Mädchen? Denkst du, dass wir es nicht schaffen? Keine Angst. Selbst dann, wenn wir es wirklich nicht schaffen sollten, werden wir eine nützliche Erfahrung machen. Schau nicht so verdrossen drein, freu dich lieber.«

»Worüber sollte ich mich freuen, Viktor Alexejewitsch? Diese Geschichte mit dem Telefon ...«

»Ich weiß«, sagte Gordejew unerwartet scharf. »Ich habe es auch gemerkt, ich bin nicht blind. Aber das ist kein Grund zur Aufregung, sondern einer zum Nachdenken. Vergiss übrigens nicht, mir den Apparat zurückzugeben, ich habe Wyssokowskij mein Ehrenwort gegeben, dass er ihn nach ein paar Stunden zurückbekommt. Ich hätte mich mit diesem Geizhals nicht eingelassen, wenn er nicht der Einzige wäre, der genau denselben Apparat hat wie du. Jetzt hör auf, Trübsal zu blasen, Nastja! Kopf hoch und lächeln, komm schon!«

»Ich kann nicht, Viktor Alexejewitsch. Solange ich geglaubt habe, dass er der Einzige ist, war ich nur enttäuscht und bedrückt. Aber seit mir klar ist, dass es mindestens zwei sind, habe ich Angst. Das ändert schließlich alles. Und deshalb sehe ich keinen Grund zu Freude oder Optimismus und kann, im Gegensatz zu Ihnen, keine Scherze machen und lächeln.«

»Ich habe alle meine Tränen schon geweint, Nastjenka«, sagte der Oberst leise. »Jetzt bleibt mir nur noch das Lächeln. Als ich begriffen habe, dass er nicht der Einzige ist, hat sich in einem einzigen Moment alles verändert. Vorher konnte ich mir sagen: Du musst nur herausfinden, wer der Wolf im Schafspelz ist, du musst ihn aus der Abteilung und aus der Miliz überhaupt entfernen, dann wird alles wieder seine Richtigkeit haben. Aber inzwischen sieht die Sache ganz anders aus. Wenn es zwei sind oder sogar mehr, dann habe ich die Situation nicht mehr unter Kontrolle, dann kann ich nichts mehr tun. Sollten es wirklich nur zwei sein, ist vielleicht noch etwas zu machen. Aber wenn wir es mit einer organisierten Unterwanderung der Polizeiarbeit zu tun haben, sind wir machtlos. Dann kann ich nur noch in Pension gehen.«

»Und alles aufgeben, was Sie mit so viel Mühe und Liebe aufgebaut haben?«

»Ich war ein Idealist, ich habe geglaubt, dass wir nur gute und ehrliche Arbeit leisten müssen, dass alles nur von uns selbst abhängt, von unserem Wollen und Können. Ich habe versucht, euch zu motivieren, das Beste aus euch herauszuholen, und niemand wird behaupten können, dass ich damit ganz erfolglos war. Erinnere dich, wie viele Fälle, die früher klammheimlich unter den Tisch gefallen sind, wir in den letzten Jahren dem Gericht zugeführt haben. Kein Anwalt kam gegen uns an, weil in jedem von uns selbst so ein Anwalt steckt und wir jeden Beweis, jede Tatsache mit noch strengeren, noch unerbittlicheren Augen betrachtet haben als er selbst. Ja, ich habe erreicht, was ich wollte. Aber das

Kind, das ich mit so viel Liebe großgezogen habe, hat sich als lebensunfähig erwiesen, weil normale, gesunde Kinder in unserer Umwelt keine Überlebenschance haben. Sie können dem Druck des materiellen Anreizes nicht standhalten, sie sind zum Tode verurteilt. So traurig das auch ist.«

»Und wenn es doch kein System ist, sondern Zufall? Oder ein System, das man sprengen und vernichten kann?«, wandte Nastja zaghaft ein. Die Aussicht, einen Vorgesetzten wie Knüppelchen zu verlieren, war alles andere als erfreulich für sie. Er war es, der sie seinerzeit aus der Bezirksverwaltung für Inneres in die Petrowka geholt und ihr die Auswertungsarbeit ermöglicht hatte, die sie so liebte. Kein anderer Vorgesetzter würde ihr erlauben, Tag für Tag in ihrem Büro zu sitzen und Planspiele mit Zahlen, Fakten, Beweisen und fragmentarischen Informationen zu machen, vereinzelte, rätselhafte Mosaiksteinchen zu diffizilen Mustern zusammenzusetzen. Nicht zu reden davon, dass Nastja den komischen, dicken, glatzköpfigen Oberst sehr liebte und zutiefst verehrte.

»Man darf sich nicht selbst betrügen, Kindchen. Natürlich werden wir versuchen, alles zu tun, was in unseren Kräften steht, sonst wären wir keinen Pfifferling wert, aber wir dürfen nicht auf Erfolg hoffen. Hier geht es nicht um das Ziel, das wir sowieso nicht erreichen werden, sondern nur um den Weg. Das Resultat ist uns von vornherein bekannt, wir werden nichts daran ändern, und insofern können wir uns entspannen. Wir werden Fehler machen, je mehr, desto besser, denn an Fehlern lernt man. Man muss aus jeder Situation den größtmöglichen Nutzen ziehen …«

* * *

Nach der schlaflosen Nacht fühlte Andrej Tschernyschew sich ausgesprochen schlecht. Im Gegensatz zu Nastja, die Schlaflosigkeit gewöhnt war, hatte Andrej, der vor dem Zubettgehen regelmäßig seinen Hund ausführte, einen festen, gesunden Schlaf, und wenn er sich eine Nacht um die Ohren schlagen musste, litt er am nächsten Tag unter Schwäche und Kopfschmerzen. Nachdem er Sergej Bondarenko am frühen Morgen bei dessen Frau abgeliefert hatte, widerstand er dennoch seinem Drang, wieder nach Hause zu fahren und sich noch ein wenig aufs Ohr zu legen, und machte sich daran, Nastjas Auftrag zu erfüllen. Er musste die Familie des Mannes finden, den die betrunkene Tamara Jeremina vor dreiundzwanzig Jahren umgebracht hatte. Es stellte sich heraus, dass Vitalij Lutschnikow kurz vor seiner Ermordung geheiratet hatte, aber die junge Witwe hatte gleich nach seiner Beerdigung Moskau verlassen und war in die Gegend von Brjansk gezogen, zu Verwandten ihres verstorbenen Mannes, die sich bereit erklärt hatten, sie und ihr ungeborenes Kind aufzunehmen. Weder Lutschnikow selbst noch seine Frau hatten Verwandte in der Stadt, da sie beide nicht aus Moskau stammten, sondern als Zeitarbeiter in die Stadt gekommen waren.

Nachdem Andrej sich den Zugfahrplan angesehen hatte, kam er zu dem Schluss, dass es bequemer war, mit dem Auto zu fahren. Das einzige Problem bestand darin, dass er nicht mehr genug Geld zum Tanken hatte. Nachdem Tschernyschew die finanzielle Lage geklärt hatte, machte er sich auf den Weg in Richtung Brjansk.

Gegen zehn Uhr abends hatte er den Wohnort von Jelena Lutschnikowa erreicht. Die Tür öffnete ihm ein liebreizendes junges Mädchen mit dem Ausdruck offensichtlicher Empörung im zarten Gesicht. Wahrscheinlich hatte sie jemand anderen erwartet, denn als sie Andrej auf der Schwelle erblickte, wurde sie sofort zugänglich.

»Wollen Sie zu uns?«, fragte sie freundlich.

»Wenn ich hier bei den Lutschnikows bin, dann ja. Ich würde gern mit Jelena Petrowna sprechen.«

»Mama«, rief das Mädchen. »Du hast Besuch.«

»Und ich habe gedacht, dass Denis dich abholen kommt«, erwiderte eine tiefe Frauenstimme aus dem Innern der Behausung. »Lass den Gast nicht draußen stehen, Nina, bring ihn herein.«

Nina öffnete die Tür zu einer riesigen hellen Küche, in der es nach Teig und Gewürzkräutern roch. Am Tisch saß eine füllige

Frau und strickte. Sie hatte helle Augen und ein schönes, sympathisches Gesicht, das von einem dicken Zopf umrahmt war.

Die Frau des Hauses zeigte weder Verwunderung noch Befremden, als sie erfuhr, wer Andrej war. Er hatte aus irgendeinem Grund den Eindruck, dass sie schon lange auf jemanden wartete, der kommen und sich nach den Umständen erkundigen würde, unter denen ihr Mann sein Leben gelassen hatte. Andrej nahm sich vor, diesen seltsamen Eindruck am Ende des Gesprächs unbedingt zu überprüfen.

Nina brach mit ihrem Bräutigam, der inzwischen eingetroffen war, zu einem Spaziergang auf, was Andrej allerdings verwunderte, da es draußen nasskalt und längst dunkel war. Aber in Wahrheit gingen die beiden wahrscheinlich gar nicht spazieren, sondern zu Freunden, die ihrerseits spazieren gehen und dem jungen Paar die Wohnung überlassen würden.

Allein mit Tschernyschew, begann Jelena Petrowna sofort freimütig davon zu erzählen, was im Jahr neunzehnhundertsiebzig geschehen war. Sie sprach mit leiser, ruhiger Stimme, so, als würde sie aus einem ihr gut bekannten, aber völlig uninteressanten, langweiligen Buch vorlesen.

Sie hatte Vitalij neunzehnhundertneunundsechzig kennen gelernt, er war in die Gemeinschaftswohnung gekommen, in der Jelena damals wohnte, um einen Bekannten zu besuchen. Es war nicht einfach für die beiden, sich zu treffen, denn sie arbeiteten an entgegengesetzten Enden der Stadt und wohnten in sehr beengten Verhältnissen, Vitalij mit fünf, Jelena mit vier Personen in einem Zimmer. Sie hätte nicht sagen können, dass sie Vitalij sehr liebte und ohne ihn nicht leben konnte, trotzdem freute sie sich, wenn sie ihn sah. Irgendwie kamen sie über den Winter und den nassen, windigen Frühling, und im Sommer wurde dann alles einfach. Sie stimmten ihre Schichtarbeit aufeinander ab, und an ihren freien Tagen fuhren sie hinaus aus der Stadt, in den Wald. An einem dieser Tage schlummerte Lena, schläfrig geworden von der Sonne, im Schatten eines Baumes ein, und Vitalij beschloss, auf Pilzsuche zu gehen, solange seine Freundin schlief.

Lena erwachte von der Berührung einer Hand in ihrem Gesicht. Sie öffnete die Augen und wollte sich aufrichten, aber sie wurde zu Boden gedrückt.

»Halt still, du Dummerchen, keine Angst. Es tut nicht weh, es wird dir gefallen«, hörte sie eine fremde Männerstimme sagen.

Sie wollte Luft holen und nach Vitalij schreien, aber sie brachte nur ein Röcheln hervor. Die Hand des Fremden hielt ihr den Mund zu. Gleich darauf traf sie ein Schlag ins Sonnengeflecht und ein nächster in den Bauch. Sie verlor das Bewusstsein vor Schmerz. Als sie wieder zu sich kam, lag einer der Männer auf ihr, der andere kniete neben ihr und hielt ihre Arme fest. Als er bemerkte, dass sie die Augen geöffnet hatte, griff er sofort nach ihren Schultern, hob sie an und schlug ihren Hinterkopf auf die Erde. Sie stürzte erneut in die gnädige Dunkelheit. Als sie das Bewusstsein wiedererlangte, waren ihre Peiniger fort. Die Sonne ging bereits unter, und Lena begriff, dass inzwischen viel Zeit vergangen war. Wo ist Vitalij geblieben?, fragte sie sich voller Entsetzen. Die Angst um ihn war größer als der Schrecken über das, was ihr selbst soeben widerfahren war. Wahrscheinlich war er zurückgekommen, hatte sich auf die beiden Männer gestürzt, und sie hatten ihn umgebracht, dachte sie. Er ist so weich, so schutzlos, gegen solche Bullen wie die kommt er nicht an.

Lena begann zu schreien, nach Vitalij zu rufen, aber es war umsonst. Zuerst fürchtete sie, den Ort zu verlassen, an dem er sie schlafend zurückgelassen hatte, sie hoffte immer noch, er würde zurückkommen. Aber als es dunkel wurde, machte sie sich auf den Weg zur Straße und trottete in Richtung Bahnstation. Sie hatte sich innerlich bereits von ihrem heldenhaften Geliebten verabschiedet und traute ihren Augen nicht, als sie ihn auf dem Bahnsteig erblickte.

»Ich habe sie aufgespürt«, flüsterte er aufgeregt, während er Lena die Tränen trocknete.

»Wen?«, fragte sie verständnislos.

»Na diese Kerle ... die dich ...«

»Du guter Gott«, schluchzte sie auf, »ich habe geglaubt, sie hätten dich umgebracht. Zum Glück hast du keine Schlägerei mit ihnen angefangen. Lass uns zur Miliz gehen.«

»Zur Miliz? Wozu?«

»Du sagst doch, dass du sie aufgespürt hast. Wir erzählen der Miliz alles, man soll sie verhaften und einbuchten, diese Schweine.«

»Bist du noch bei Trost?«, widersprach Lutschnikow entrüstet. »Wir haben das große Los gezogen, und du redest von Miliz.«

Während Sie auf die S-Bahn warteten, eröffnete Vitalij Lena seinen großartigen Plan. Er hatte die beiden jungen Männer, die seine Freundin vergewaltigt hatten, tatsächlich aufgespürt und wollte sie nun erpressen. Das war nach seiner Ansicht sehr viel besser und vielversprechender als eine Anzeige. Wenn man es richtig anstellte, konnte man den beiden eine Summe aus der Tasche ziehen, die als Schmiergeld ausreichen würde, um Mitglied bei der Wohnungsbaugenossenschaft zu werden. Dann würde einer Heirat nichts mehr im Wege stehen. Solange sie in verschiedenen Gemeinschaftswohnungen leben mussten, in denen Ehepaare nicht zugelassen waren, war für sie kein Glück in Sicht.

»Sogar dann, wenn ich genügend Geld hätte, könnte ich nicht Mitglied bei der Wohnungsbaugenossenschaft werden, weil ich noch keine fünf Jahre in Moskau lebe«, erklärte Vitalij der immer noch schluchzenden Lena geduldig. »Ich müsste ein so riesiges Schmiergeld bezahlen, dass es für zwei Wohnungen reichen würde.«

Lena hörte nur mit halbem Ohr hin und dachte daran, dass Vitalij, um den sie so große Angst gehabt hatte, dass sie darüber ihr eigenes Unglück vergessen hatte, die ganze Zeit hinter den Büschen gestanden, die zwei Kerle, die sie vergewaltigten, beobachtet und sich dabei ausgerechnet hatte, welchen Nutzen er daraus ziehen konnte. Er hatte sie bewusstlos im Wald zurückgelassen und war den Männern bis zur Stadt gefolgt, um herauszufinden, wo sie wohnten. Dann war er zurückgekommen, wenn auch erst gegen Abend, als es bereits dunkel und unheimlich wurde im Wald, aber immerhin war er zurückgekommen …

Zunächst lief alles wie geplant. Die ersten Summen gingen regelmäßig ein, pünktlich alle zwei Wochen.

»Die Hauptsache ist es, sie nicht zu verschrecken«, sagte Vitalij mit gewichtiger Miene, während er das Geld nachzählte und in das Kuvert schob, in dem er es später zur Sparkasse bringen würde. »Wenn ich gleich fünftausend von ihnen verlangt hätte, wären sie in Ohnmacht gefallen und dann zu ihren Eltern gelaufen. Sie hätten ihnen irgendein Märchen aufgetischt, und wir beide hätten in der Tinte gesessen. Wer hätte uns schon geglaubt? Wir sind Zeitarbeiter, auf uns gibt niemand etwas. Aber so drücken die beiden alle zwei Wochen ein kleines Sümmchen ab und merken nicht, worauf sie sich eingelassen haben. Mal knapsen sie etwas von ihrem Taschengeld ab, was ihnen nicht allzu schwer fällt, weil ihre Eltern Kohle haben und gut für sie sorgen, mal pumpen sie ihre Freunde an, mal verkaufen sie etwas, das sie nicht mehr brauchen, mal betteln sie ihre Eltern um Geld an, weil sie angeblich ein Geschenk für ihre Freundin kaufen müssen. Sie wollen natürlich nicht ins Kittchen, und auf den ersten Blick verlange ich ja nicht viel.«

Der viel versprechende Anfang des zweifelhaften Unterfangens weckte Hoffnungen in Vitalij und Lena, sodass sie zwei Monate später, im Dezember des Jahres neunzehnhundertsiebzig, heirateten, obwohl sie weiterhin getrennt lebten, jeder in seiner Gemeinschaftswohnung.

Ende November, an dem Tag, als Vitalij die nächste Summe abholen ging, wartete Lena umsonst auf die Rückkehr ihres Mannes. Gegen Morgen des nächsten Tages erschien die Miliz bei ihr und eröffnete ihr, dass Vitalij von einer betrunkenen Prostituierten in deren eigenem Bett ermordet worden war. Am darauf folgenden Tag erschien der Untersuchungsführer und wollte von Lena wissen, was ihr Mann bei der trunksüchtigen Jeremina zu suchen gehabt hätte, ob er sie gekannt hätte und wo er im Laufe dieses Tages von Rechts wegen hätte sein müssen. Natürlich sagte Lena weder etwas von der Vergewaltigung noch von der Erpressung. Und von einer Tamara Jeremina hatte sie tatsächlich noch nie etwas gehört.

Am Ende der Ermittlungen und der Gerichtsverhandlung war Lena Lutschnikowa bereits im achten Monat schwanger. Vitalijs Eltern, die zur Gerichtsverhandlung gekommen waren, nahmen sie mit in die Provinz. Lena war davon nicht begeistert, aber sie wagte nicht zu widersprechen. Sie fühlte sich schuldig am Tod ihres Mannes. Wenn sie damals nicht auf ihn gehört und die Täter angezeigt hätte, hätte er sie nicht erpressen können und wäre folglich an jenem Tag nicht das Geld abholen gegangen. Er hätte diese schreckliche Frau nicht kennen gelernt und wäre nicht ermordet worden. Diese Gedankengänge erschienen Lena logisch und folgerichtig, deshalb fühlte sie sich verpflichtet, Vitalijs Eltern zu folgen und ihnen nach dem Tod ihres Sohnes beizustehen und sie mit der Gegenwart ihres Enkelkindes zu beglücken.

Als Nina zwölf Jahre alt geworden war, heiratete Jelena Petrowna zum zweiten Mal, diesmal den Direktor der örtlichen Mittelschule. Die Ehe war sehr glücklich, aber sie währte nicht lange. Sieben Jahre später durchbrach ein betrunkener LKW-Fahrer den Zaun vor ihrem Haus und raste auf das Grundstück. Lenas Mann war nicht mehr zu retten …

»Wissen Sie, manchmal glaube ich, dass mein Leben aus einer Kette von unglücklichen Zufällen besteht, an denen ich schuld bin«, sagte die Lutschnikowa mit einem traurigen Lächeln, während sie Andrej Tee nachgoss und die Schale mit Konfitüre auffüllte. »Auch am Tod meines zweiten Mannes fühle ich mich schuldig. Er hat an jenem Morgen die Außentreppe unseres Hauses repariert, ich habe ihm einen ganzen Monat lang damit in den Ohren gelegen, weil das Holz der untersten Stufe durchgefault war, und am Morgen dieses Tages habe ich ihn fast mit Gewalt gezwungen, sich die Sache vorzunehmen. Er machte sich an der untersten Stufe zu schaffen, und ich stand oben und sah zu. Diese verfluchte Treppe … Manchmal scheint es, als wären es immer irgendwelche Kleinigkeiten, die den Menschen das Leben zerstören.«

»Jelena Petrowna, haben Sie wirklich nicht gewusst, wie und wo Ihr Mann Tamara Jeremina kennen gelernt hat?«

»Nein, ich habe es wirklich nicht gewusst. Ich habe ihren Namen damals zum ersten Mal gehört.«

»Und Gradow und Nikifortschuk?«

»Was ist mit Gradow und Nikifortschuk?«

»Haben Sie diese Namen schon einmal gehört? Waren das vielleicht Freunde Ihres Mannes?«

»Schöne Freunde«, sagte Jelena Petrowna mit einem müden Seufzer. »Sie waren keine Freunde, sondern Feinde. Diejenigen, die Vitalij erpresst hat. Woher kennen Sie diese Namen? Ich habe sie doch kein einziges Mal erwähnt.«

»Und warum haben Sie sie nicht erwähnt? Sie haben so ausführlich berichtet, aber die Namen haben Sie weggelassen. Hat Sie jemand darum gebeten, oder hat man Ihnen sogar gedroht, Jelena Petrowna?«

»Gott bewahre. Wer sollte mich schon um so etwas bitten oder mir gar drohen! An mir hat niemand Interesse. Ich wusste nur nicht, ob ich die Namen nennen soll oder nicht. Ich warte schon seit etwa einem halben Jahr darauf, dass jemand anfängt, in dieser alten Geschichte herumzustochern, sie an die Öffentlichkeit zu zerren und schmutzige Wäsche zu waschen. Unsere Journalisten lieben so etwas ja, sie sind ständig auf der Jagd nach Schuldigen. Ich habe mich ein halbes Jahr lang auf dieses Gespräch vorbereitet, aber bis zuletzt ist mir unklar geblieben, ob ich seinen Namen nennen soll oder nicht. Er ist zwar ein Schurke, aber immerhin Politiker, ich habe Angst, und Rachsucht liegt nicht in meiner Natur. Ich weiß gar nicht, warum ich es nun doch gesagt habe. Wahrscheinlich deshalb, weil Sie anders gefragt haben, als ich erwartet hatte.«

»Von wem genau sprechen Sie? Sie waren doch zu zweit.«

»Von Gradow natürlich, Sergej Alexandrowitsch Gradow. Seit ich ihn vor einem halben Jahr im Fernsehen gesehen habe, warte ich darauf, dass jemand kommt und mich nach seiner schwarzen Seele fragt. Er hat sich ein halbes Jahr lang darauf vorbereitet, sich einen Platz in der Duma zu erobern, und ich mich auf dieses Gespräch. Nun haben wir beide erreicht, was wir wollten, jeder das Seine.«

Auf dem Weg zur örtlichen Miliz dachte Andrej über die absurde Verbindung zwischen Lena und Vitalij nach. Eine Verbindung ohne Liebe, ohne Leidenschaft, ohne Freundschaft. Da war nur die deprimierende Einsamkeit eines Provinzlers, der als Zeitarbeiter in die Hauptstadt gekommen war und alles daransetzte, sich den Status zu erobern, der damals als das höchste der Gefühle galt: Wohnrecht in Moskau, eine eigene Wohnung, Familie. Was führte die Menschen zusammen? Was ließ sie aneinander festhalten?

* * *

Arsenn war außer sich vor Wut. Diese kleine Polizistin, diese Rotznase hatte ihn ausgetrickst. Sie hatte das Unschuldslamm gespielt, die Schwache, die Sterbenskranke, die sich kaum noch auf den Beinen hielt, aber in Wirklichkeit hatte sie klammheimlich Bondarenko aufgesucht. Derjenige, der das zugelassen hatte, dem ihre Abwesenheit in der Poliklinik entgangen war, würde nichts zu lachen haben. Aber das stand auf einem anderen Blatt. Im Moment kam es nur darauf an, dieser kleinen Ratte die Luft abzudrehen, und zwar so, dass ihr das Schnüffeln für lange Zeit vergehen würde.

Arsenn öffnete sein Notizbuch und machte zwei kurze Telefonate. Man musste sich jetzt mit Bondarenko befassen, und dazu brauchte er Leute aus dem östlichen Stadtbezirk. Alle Fäden, die zur Hauptverwaltung für Inneres und zur Petrowka 38 führten, hielt Arsenn selbst fest in der Hand. Als er seinerzeit auf die Idee gekommen war, eine eigene Organisation zu gründen oder, wie er es nannte, ein eigenes Kontor, hatte er hochfliegende Pläne gehabt. Seine Idee war ganz einfach und wurde in einer Warteschlange geboren, als Arsenn wieder einmal nach Sauersahne und Quark im Milchgeschäft anstand und die Bemerkung der feisten, unverschämten Verkäuferin aufschnappte:

Ihr seid viele, und ich bin allein!

Niemand beachtete diese Bemerkung, die von jeher zum Standardrepertoire des Verkaufspersonals gehörte, aber bei Arsenn war sie hängen geblieben.

Zu jener Zeit war es bereits bekannt, dass es eine riesige Anzahl krimineller Verbände in der Stadt gab. Das organisierte Verbrechen, das außerhalb der Stadt sein Unwesen trieb, stand diesen Verbänden in nichts nach, aber sämtliche Händel und Abrechnungen zwischen den einen und den anderen fanden auf dem Territorium von Moskau statt. Und natürlich waren alle gleichermaßen daran interessiert, sich der Strafe für die traurigen Folgen ihrer gewalttätigen Auseinandersetzungen zu entziehen. Bestechung, Erpressung und andere einschlägige Methoden, mit denen man Untersuchungsführer und Kripobeamte unter Druck setzte, wurden gang und gäbe. Und Arsenn sah schon damals voraus, wie das weitergehen würde. Jede mehr oder weniger stabile kriminelle Organisation würde ihren eigenen Mann bei der Moskauer Kripo und beim Untersuchungsgericht haben wollen, es würden wüste, chaotische Aktivitäten zur Anwerbung von Mitarbeitern der Justiz einsetzen. Aber das quantitative Missverhältnis zwischen denen, die bestimmte Dienste beanspruchen wollten, und jenen, die diese Dienste erweisen konnten, würde zu erneuten Kämpfen zwischen den Banden führen. Arsenn stellte die einfache Rechnung auf, dass es nicht genügend Kripobeamte und Untersuchungsführer für alle gab, dass die Nachfrage größer war als das Angebot.

Deshalb musste zwischen den zahlenmäßig ungleichen Seiten ein Vermittler aktiv werden. Gleich am nächsten Tag begann Arsenn damit, seine Theorie in die Praxis umzusetzen. Er entnahm dem großen Schrank in seinem Büro die persönlichen Akten von zwanzig KGB-Mitarbeitern, und selbst bei flüchtiger Durchsicht fielen sieben Personen auf, die zu Recht der Ansicht waren, dass man sie schlecht behandelt hatte. In ihren Personalbogen entdeckte Arsenn unerklärliche Herabsetzungen in der Dienststellung und windige, stümperhafte Vollstreckungsbefehle. Es fanden sich auch andere auffällige Details: unmotivierte Verleihungen von Dienstgraden, Unregelmäßigkeiten beim Durchlaufen der Attestationskommission, Vermerke über Jahresurlaube im späten Herbst oder vor Frühjahrsbeginn und tausend andere Abweichungen von der Norm, aus denen man schließen konnte, wer grünes Licht bekam und wer ausgebremst wurde. Besonderes Augenmerk richtete Arsenn auf diejenigen, bei denen es klar war, dass man ihnen in Kürze die Pensionierung nahe legen würde.

Nach zweieinhalb Monaten nahm die von Arsenn aufgebaute Vermittlungsorganisation ihre Arbeit auf. Ihre Kunden waren hochkarätige Mafiosi und Mitglieder organisierter Verbrecherbanden, mit denen sich der KGB befasste. Diejenigen, die einen Vertrag mit der Organisation abgeschlossen hatten, brauchten vor der Miliz keine Angst mehr zu haben. Sie hatten es nicht mehr nötig, den Gang der Ermittlungen zu beobachten und Wege zu Kripobeamten und deren Vorgesetzten zu suchen. Diese und zahlreiche andere Aufgaben übernahmen jetzt Leute, die Arsenn sorgfältig ausgewählt hatte. Sie kannten die Mitarbeiter der einzelnen Abteilungen des KGB sehr gut und wussten, wie und womit man jemanden »kriegen« konnte, wie und womit man ihn zum Sprechen bringen musste, um in den Besitz der nötigen Information über den Stand der Ermittlungen in diesem oder jenem Fall zu gelangen. Sie wiesen auf Zeugen hin, die belastende Aussagen machten, und unterbreiteten ihren Klienten Vorschläge, wie man diese Zeugen am wirksamsten unter Druck setzen konnte, damit sie aufhörten, die Schuldigen zu belasten. Die Hauptaufgabe der Vermittler bestand darin, zu verhindern, dass Verbände mit gegensätzlichen Interessen dieselben Beamten für ihre Zwecke anwarben, denn derartige Kollisionen hätten zu nichts Gutem geführt, weder für die Vermittler selbst noch für ihre Klienten.

Die Arbeit lief gut, und allmählich weitete Arsenn seinen Aktionsradius auf die Organe für Inneres aus. Zu jener Zeit saßen in allen diesen Behörden seine Freunde aus dem KGB, getarnt als Kader oder als Politarbeiter. Arsenn träumte bereits von einer landesweiten Vermittlungsorganisation, die zum Bindeglied zwischen dem organisierten Verbrechen und der Justiz, einschließlich Gericht und Staatsanwaltschaft, werden sollte. Er zweifelte nicht an der Richtigkeit seines Kalküls. Die Anzahl der ernst zu nehmenden kriminellen Verbände nahm rasant zu, während man vorläufig nicht vorhatte, den Personalbestand des Justizapparates zu vergrößern. Bestenfalls würde es zu geringfügigen Personalaufstockungen kommen, wie man sie schon früher vorgenommen hatte, aber zu spürbaren Verbesserungen bei der Verbrechensbekämpfung hatte das nie geführt. Die Nachfrage würde immer größer bleiben als das Angebot, solange es sich um eine unorganisierte, chaotische Nachfrage handelte. Und er, Arsenn und sein Kontor, waren dazu bestimmt, Angebot und Nachfrage zu regeln.

In der Theorie schien alles denkbar einfach zu sein, aber in der Praxis musste Arsenn sich von seinem Traum verabschieden und mit weniger zufrieden geben. Er begriff schon sehr bald, dass eine landesweite Organisation sich nicht realisieren ließ. Das Risiko war zu groß, ein einziges schwaches Glied in der Kette konnte alles zunichte machen. Zur Wahrung der Konspirativität war es besser, sich in kleine Gruppen aufzuteilen, die die einzelnen Justizbehörden kontrollierten, und nur einige wenige Leute einzusetzen, die die Arbeit der Gruppen auf oberster Ebene koordinierten. Es fiel Arsenn schwer, sich von seinem Traum von dem Riesenkraken zu verabschieden, der mit seinen Fangarmen das gesamte System der Verbrechensbekämpfung umschlingen würde, aber sein gesunder Menschenverstand sagte ihm, dass eine Kette kleiner, voneinander unabhängiger Vermittlungskontors unvorhersehbaren Schwierigkeiten und Krisen sehr viel besser standhalten konnte. Arsenn war nicht ehrgeizig, er verlangte nicht nach Ruhm und Geld, es dürstete ihn nicht nach Macht. Sein Leben lang hatte ihn nur eines interessiert: Menschen zu manipulieren, an geheimen Fäden zu ziehen, die er in der Hand hielt, ohne dass andere es wussten, und mit Genuss zu beobachten, wie Schicksale und Karrieren sich unter seinem Einfluss verwandelten. Mitarbeiter von Personalabteilungen verfügten bekanntlich über schier unerschöpfliche Möglichkeiten der Manipulation, und im Lauf vieler Jahre hatte Arsenn diese Möglichkeiten genutzt und sich insgeheim an den Dramen und Komödien ergötzt, die er selbst inszenierte. Nach größeren Freuden verlangte es ihn nicht im Leben. Und auch bei der Verwirklichung seines neuen Planes ging es ihm nicht um Geld und Ruhm. Friedlich und gerecht teilte er alles zwischen sich und seinen Mitarbeitern auf. Er überlegte lange, welches Stück von dem Kuchen er sich selbst nehmen sollte, und entschied sich schließlich für die Moskauer Hauptverwaltung für Inneres. Warum ausgerechnet dafür, konnte er selbst nicht sagen. Ihn lockte das Wort »Petrowka«, etwas von jugendlicher Romantik haftete ihm an. In dem riesigen Sowjetreich gab es vier Orte, die jeder kannte. Den Kreml, das Gebäude des ZK der KPdSU am Alten Platz, das Lubjanka-Gefängnis und die Petrowka. Vier heilige Adressen, vier Symbole der Herrschaft, der Macht und der Weisheit. Für den Kreml und den Alten Platz war Arsenns Kontor nicht zuständig, im Lubjanka-Gefängnis war er ohnehin jeden Tag. So kam es, dass er damit begann, Beziehungen zwischen den Verbrechern des Landes und den Mitarbeitern der Petrowka herzustellen, zu einer Zeit, da die UdSSR bereits auseinander gefallen war, da das Gebäude auf dem Alten Platz allmählich in Vergessenheit geriet, der Kreml seine magische Anziehung verloren hatte und das Lubjanka-Gefängnis für immer mit Schmach und Schande bedeckt war. Zuerst hatte man dieses legendäre Gefängnis verkleinert, dann öffentlich angeprangert, dann umstrukturiert, schließlich ganz abgeschafft und irgendwelche kläglichen Reste hinter einem neuen Namen versteckt. Aber der Zauber der Petrowka war erhalten geblieben ... Arsenn hatte die richtige Wahl zur richtigen Zeit getroffen.

Nach dem nächtlichen Treffen mit Sergej Alexandrowitsch ordnete Arsenn an, dass man Bondarenko für alle Fälle unter Beobachtung nehmen sollte. Obwohl die Informationen, die er von Gradow bekam, auf nichts Böses hindeuteten, war Arsenn innerlich auf das Schlimmste vorbereitet. Als er erfuhr, dass Bondarenko am frühen Morgen von einem Wagen nach Hause gebracht worden war, hinter dessen Steuer Andrej Tschernyschew gesessen hatte, war ihm sofort klar, dass die Kamenskaja ihn hereingelegt hatte. Zuerst versuchte er, sich auszumalen, wo sie am gestrigen Tag gewesen war und was sie inzwischen herausgefunden hatte. Erst nach einer Weile fiel ihm plötzlich Kartaschow ein.

Er war also nicht deshalb in der Redaktion von »Kosmos« erschienen, weil er den bewussten Zettel gefunden hatte, sondern weil dieses gerissene Weib ihn geschickt hatte. Was folgte daraus? In Wahrheit existierte überhaupt kein Zettel.

Die Information über die Kontaktaufnahme zwischen Bondarenko und dem Kripobeamten Tschernyschew erhielt Arsenn erst am Abend. Beim Aufbau des Verbindungsnetzes innerhalb seiner Organisation hatte Arsenn eine schwere Entscheidung treffen müssen. Was war als Arbeitsmethode vorzuziehen, die Konspiration oder die Informationsübermittlung auf operativem Weg? Nach reiflicher Überlegung hatte Arsenn sich für das Letztere entschieden. Das Prinzip der operativen Informationsübermittlung war sehr einfach und zuverlässig, erforderte allerdings ein sehr gutes Gedächtnis und ein hohes Maß an Präzision. Der Nachteil bestand darin, dass die Informationen nicht immer rechtzeitig eintrafen. Aber so war es nun einmal, hatte Arsenn sich gesagt, man musste immer irgendeinen Kompromiss eingehen, es gab auf der Welt nichts Ideales.

Arsenn wusste bereits, dass der Versuch, die Kamenskaja von ihrem Diensttelefon abzuschneiden, aus unerklärlichen Gründen gescheitert war. Aber in Anbetracht des Zusammentreffens zwischen Bondarenko und Tschernyschew hatte das keine große Bedeutung mehr. Trotzdem geriet Arsenn ins Nachdenken. Zuerst die Pleite mit der Suche nach dem Zettel in Kartaschows Wohnung. Kartaschow selbst hatte den Grund für diese Pleite hinreichend erklärt, es bestand keine Veranlassung, dem Mann aus Gordejews Abteilung, der unüberprüfte Informationen geliefert hatte, die Schuld daran zu geben. Am nächsten Tag hatte ein anderer Kontaktmann, der ebenfalls in der Petrowka arbeitete, falsche Informationen über den Aufenthalt der Kamenskaja in der Poliklinik geliefert. Heute die völlig unerklärliche Geschichte mit dem Telefon. Drei Pleiten mit drei verschiedenen Leuten, und alle praktisch gleichzeitig. Einer von den dreien musste ein Verräter sein, daran bestand kein Zweifel. Nur wer?

Arsenn setzte sich umgehend mit Onkel Kolja in Verbindung. Er holte, wie immer, weit aus und kam dann unmerklich zum Punkt.

»Sicherst du dich ausreichend ab?«, fragte er.

»Ja.«

»Und kontrollierst du auch deine Leute?«

»Warum fragen Sie mich das?«, wollte Onkel Kolja mit aufsteigendem Unmut wissen. »Ich habe in zwei Jahren keinen einzigen Fehler gemacht.«

»Was nicht ist, kann noch werden«, erwiderte Arsenn giftig. »Du wirst schon seit zwei Tagen beschattet. Du und dieser Knabe, der den Zettel bei Kartaschow gesucht und nicht gefunden hat.«

»Sie meinen Sascha?«

»Du weißt besser als ich, wen du auf Kartaschow angesetzt hast. Wie konntest du so unvorsichtig sein, du Häuptling der Schafsköpfe ... Wegen deiner Nachlässigkeit ...«

»Ich verstehe nicht«, unterbrach ihn Onkel Kolja. »Wenn Sie gewusst haben, dass man uns beschattet, warum haben Sie es mir dann nicht gleich gesagt? Aber was wollen Sie überhaupt von mir? Soviel ich weiß, gibt es eine Abmachung darüber, wie die Aufgaben zwischen uns verteilt sind. Wir erfüllen Ihre Anweisungen, und Sie sorgen für unsere Sicherheit. Hören Sie gefälligst auf, mich anzuraunzen. Nach zwei Aufenthalten im Arbeitslager kann mich so etwas nicht beeindrucken.«

Im Innersten musste Arsenn zugeben, dass sein Gesprächspartner in gewisser Weise Recht hatte. Für die Sicherheit war Onkel Kolja tatsächlich nicht verantwortlich, das war Arsenns Sache. Aber Leichtsinn musste schließlich eine Grenze haben! Einer, der im Auftrag eines anderen Verbrechen beging, konnte sich nicht auf den guten Onkel verlassen, der ständig hinter ihm herlief und seine schmutzigen Spuren beseitigte.

»Es geht dich nichts an, was ich weiß und was ich zu tun habe«, sagte Arsenn trocken. »Du bist keinen Pfifferling wert, wenn du nicht bemerkt hast, dass man dieses Bürschlein abgeworben hat.«

»Wie kommen Sie denn auf so etwas?«, fragte Onkel Kolja mit ehrlichem Erstaunen.

»Weil er Kartaschow allzu leicht entkommen ist, mein Lieber. Er ist in eine fremde Wohnung eingebrochen, hat dem Bewohner das Blaue vom Himmel heruntergelogen und sich erfolgreich wieder aus dem Staub gemacht, ohne seinen Auftrag erfüllt zu haben. Und am nächsten Tag stellt sich heraus, dass Kartaschow plötzlich reges Interesse daran zeigt, was auf diesem Zettel gestanden haben mag. Macht dich das nicht stutzig?«

»Worauf spielen Sie eigentlich an?«

Onkel Kolja musste sich Mühe geben, seine Stimme nicht zu erheben.

»Darauf, dass dieser Bengel geredet hat. Entweder weißt du Bescheid und deckst ihn, betrügst mich und deinen Seelenfreund Sergej Alexandrowitsch, oder du bist ein kompletter Idiot und lässt dich von diesem Grünschnabel hinters Licht führen. Sowohl in dem einen als auch in dem anderen Fall musst du bestraft werden.«

»Interessant, was Sie da sagen. Und wie steht es mit dem Mann, der behauptet hat, dass Kartaschow weggefahren ist? Werden Sie den auch bestrafen? Oder möchten Sie mich allein zum Sündenbock machen?«

»Der andere geht dich nichts an. Du bist verantwortlich für dich und deinen Mitarbeiter. Von heute an werden wir beide uns nicht mehr treffen. Es wird nur noch telefonische Verbindung mit doppelter Kontrolle geben. Morgen werde ich versuchen herauszufinden, ob dein Telefon abgehört wird, bis dahin darfst du es nicht mehr benutzen.«

»Warum versuchen Sie, mich einzuschüchtern, Arsenn? Warum sollte mein Telefon abgehört werden?«

»Weil ich befürchte, dass diesem Burschen jemand folgt, seit er Kartaschows Wohnung verlassen hat, und damit bist auch du im Visier. Aber du spielst den Unschuldsengel und hältst es nicht einmal für nötig, dich zu vergewissern, ob du beschattet wirst oder nicht. Aber lassen wir das jetzt, du bist gewarnt, kommen wir zur Sache.«

Onkel Kolja hörte aufmerksam zu und stellte keine überflüssigen Fragen. Einerseits war Arsenn das sehr recht, er hasste es, Erklärungen abzugeben und Fragen zu beantworten, andererseits misstraute er Onkel Koljas Gefügigkeit. Er tat immer bereitwillig, was man ihm auftrug, ohne nach dem Sinn eines Befehls zu fragen. Und wenn man den Sinn einer Sache nicht verstand, konnte man nicht richtig reagieren, wenn etwas Unvorhergesehenes geschah. Aber wenn jemand den Sinn verstand, dann war es wiederum so, dass er bereits zu viel wusste und gefährlich werden konnte …

* * *

Als das Telefon läutete, zuckte Nastja zusammen, aber Ljoscha Tschistjakow hob ab, ohne Notiz davon zu nehmen. Er glaubte inzwischen nicht mehr daran, dass Nastja jemals wieder selbst ans Telefon gehen würde.

»Ich vermute, Anastasija Pawlowna ist nicht zu Hause, wie immer«, hörte Ljoscha den Mann sagen, mit dem er bereits letzte Nacht gesprochen hatte. »Bitte seien Sie so freundlich und richten Sie ihr aus, dass ich wieder angerufen habe und sie bitte, sich einmal Jack London vorzunehmen, besonders die Erzählungen aus Band fünf.«

»Was genau soll ich ihr ausrichten? Dass sie diese Erzählungen lesen soll?«

»Richten Sie ihr aus, dass jeder ihrer künftigen Schritte mit Unannehmlichkeiten verbunden sein wird.«

»Mit welchen Unannehmlichkeiten?«

»Das ist alles bei Jack London beschrieben, sie soll es nachlesen.«

Ljoscha hörte das Klicken in der Leitung und sah auf seine Armbanduhr. Es war ihm nicht gelungen, den Anrufer länger als drei Minuten in ein Gespräch zu verwickeln, worum Nastja ihn gebeten hatte. Die Nummer war nicht auf dem Display erschienen, da der Anruf erneut aus einer Telefonzelle gekommen war.

»Tut mir Leid«, sagte er mit einem schuldbewussten Lächeln. »Ich habe mir Mühe gegeben, aber es hat nichts genutzt. Er hat gebeten, dir auszurichten, dass du den fünften Band der gesammelten Werke von Jack London lesen sollst. Und dass jeder deiner künftigen Schritte mit Unannehmlichkeiten verbunden sein wird.«

Nastja saß bewegungslos am Küchentisch, ihre Hand umklammerte einen silbernen Teelöffel. Sie hatte den Löffel gerade an seinen Platz legen wollen, es aber sofort vergessen, nachdem sie begriffen hatte, wer der Anrufer war. Sie spürte ihre Arme und Beine nicht mehr, sie waren wie abgestorben. Sie musste jetzt die Kraft finden aufzustehen, dann musste sie bis zur Wohnungstür gehen, hinaus ins Treppenhaus und dann weiter, bis zur Wohnung von Margarita Iossifowna. Sie musste unbedingt anrufen und sich erkundigen ... Aber es war so weit bis dorthin! Sie war sich sicher, sie würde unterwegs hinfallen und nie wieder aufstehen. Zum Teufel mit diesem Telefon!, sagte sie sich. Sollten sie doch ruhig mithören! Es wäre ja ausgesprochen dumm, nicht vom eigenen Telefon aus anzurufen. Dieser Mann hatte ihr soeben eine Information übermittelt, und es war klar, dass sie diese Information sofort überprüfen würde. Täte sie das nicht von ihrem eigenen Telefon aus, würden sie mit Sicherheit auf die Idee kommen, dass sie zum Telefonieren des Öfteren zu Nachbarn ging.

Nastja nahm den Hörer ab und wählte rasch Tschernyschews Nummer. Dann warf sie einen abwesenden Blick auf Ljoscha, der am Herd stand und ihr schon zum vierten Mal dieselbe Frage stellte.

»Soll ich dir den Band von Jack London bringen?«

»Wie bitte? Nein, nicht nötig.«

»Interessiert es dich nicht?«

»Ich habe Angst.«

»Warum?«

»Weil er bestimmt die Erzählung ›Der Midas Clan‹ meint. Und damit will er mir sagen, dass jeder Zeuge, mit dem ich es zu tun habe, sterben wird.«

»Bist du dir sicher?«, fragte Ljoscha skeptisch, ließ sich vorsichtig auf einem Küchenhocker nieder und nahm Nastja den Silberlöffel aus der immer noch fest zusammengepressten Hand.

»Bald werde ich es genau wissen.«

»Vielleicht irrst du dich. Vielleicht gibt es noch eine andere Erzählung, die zur Situation passt.«

Nastja schüttelte resigniert den Kopf.

»Nein, ich erinnere mich sehr gut. In meiner Kindheit habe ich sämtliche Erzählungen in diesem Band mindestens zehn Mal gelesen.«

»Es könnte ja sein, dass er eine andere Ausgabe meint, in der Band fünf ganz andere Erzählungen enthält.«

»Ljoschenka, Lieber, du brauchst mich nicht zu beruhigen. Es geht um genau diese Ausgabe, weil sie in meinem Bücherschrank an der sichtbarsten Stelle steht. Und derjenige, der in meiner Wohnung war, hat sie gesehen. Wenn Andrej zurückruft, werden wir sehen, wer von uns beiden Recht hat.«

In Erwartung des Anrufs saßen sie schweigend in der Küche. Ljoscha legte Patiencen, Nastja schälte mechanisch Kartoffeln. Sie war so in Gedanken versunken, dass sie gar nicht bemerkte, dass sie bereits einen riesigen Dreilitertopf bis oben hin angefüllt hatte. Hilflos blickte sie Ljoscha an.

»Sieh mal, was ich angerichtet habe. Was machen wir nun damit?«

»Kochen«, erwiderte der Doktor der Wissenschaften ungerührt, insgeheim froh darüber, dass Nastja wenigstens für den Moment ihre düsteren Gedanken vergessen hatte.

»Aber so viel können wir doch nicht essen …«

»Das werden wir auch nicht tun, jedenfalls nicht auf einmal. Einen Teil essen wir heute, den Rest braten wir nach und nach, mit Eiern oder mit Büchsenfleisch.«

»Du hast Recht«, sagte Nastja mit einem verwirrten Lächeln. »Darauf bin ich nicht gekommen, weil ich nie vorkoche.«

»Du kochst überhaupt nicht, also hör auf, dich zu rechtfertigen. Nimm einen kleinen Topf.«

»Wozu?«

»Willst du warten, bis dieser ganze Kübel gar ist? Für jetzt kochen wir uns einen kleinen Topf, und den Rest stellen wir auf eine zweite Flamme. Verstanden?«

»Wie einfach … Was ist mit mir los, Ljoscha? Ich bin völlig kopflos und kapiere die einfachsten Dinge nicht mehr.«

»Du bist müde, Nastjenka.«

»Ja, ich bin müde. Warum ruft Andrej nicht an?«

»Er wird schon anrufen, reg dich nicht auf.«

Als der Anruf kam, war Nastja an der Grenze zur Hysterie.

»Was ist?«, fragte sie atemlos.

»Nichts. Acht Leichen, aber keine, die uns etwas angeht. Fünf Brandstiftungen, aber keine hat etwas mit unserem Fall zu tun.«

»Andrej, ich habe große Angst. Was soll ich tun? Hast du eine Idee?«

»Vorläufig nicht, aber morgen wird mir etwas einfallen. Ich hole dich um acht Uhr ab.«

»In Ordnung.«

ELFTES KAPITEL

Konstantin Michajlowitsch Olschanskij war ein guter Mensch, und er wusste das. Viele andere konnten sich zurückhalten und schweigen, wenn sie unzufrieden waren, wenn sie sich gekränkt fühlten oder etwas nicht verstanden, sie konnten ihren Ärger hinunterschlucken und Monate und Jahre so leben, ohne klärende Gespräche zu suchen und die Dinge auf den Punkt zu bringen. Konstantin Michajlowitsch hingegen war ganz anders. Ein Psychologe hätte wahrscheinlich gesagt, dass er nicht sehr konfliktfähig war.

Er wusste schon seit langer Zeit, dass mit Wolodja Larzew etwas nicht stimmte. Zu Anfang hatte er versucht, seine düsteren Gedanken zu verdrängen und die offensichtlichen Schnitzer, die sein Freund sich bei der Arbeit leistete, mit der Tragödie zu erklären, die ihm widerfahren war. Er hoffte inständig, dass niemand außer ihm selbst merkte, dass Wolodja einen Fehler nach dem anderen machte. Aber seit dem Gespräch mit der Kamenskaja, die die Dinge beim Namen genannt hatte, fühle Olschanskij sich ausgesprochen unwohl, obwohl Anastasija ganz offensichtlich bereit war, alle Augen zuzudrücken und für sich zu behalten, was sie wusste. Dafür war Konstantin Michajlowitsch ihr dankbar. Aber mit jedem Tag wurde es schwerer, zu schweigen und so zu tun, als sei alles in Ordnung.

Ein Anruf von Oberst Gordejew erwies sich als der Tropfen, der das Fass zum Überlaufen brachte. Gordejew hatte ihn gebeten, keine Fristverlängerung für die Voruntersuchung beim Staatsanwalt zu beantragen, sondern die Ermittlungen im Fall Jeremina einzustellen, obwohl durchaus brauchbare Ansätze zu seiner Aufklärung vorhanden waren und man bereits einen Hauptverdächtigen im Visier hatte. Olschanskij kannte Gordejew schon sehr lange und wusste, dass seine Bitte schwerwiegende Gründe haben musste. In einer anderen Situation hätte er vielleicht Erklärungen und handfeste Argumente verlangt, aber jetzt fürchtete er sich davor, das Gespräch zu vertiefen, weil es früher oder später die Anfangsphase der Ermittlungen und damit unweigerlich auch Larzew berührt hätte. Und dazu war Konstantin Michajlowitsch nicht bereit. Denn weder für den Oberst noch für seine Untergebenen war seine Freundschaft mit Wolodja ein Geheimnis. Olschanskij hätte so tun müssen, als bemerkte er nichts von den Fahrlässigkeiten seines Freundes, womit er professionelle Inkompetenz eingestanden hätte, oder er hätte sein Verhalten in Bezug auf Major Larzew irgendwie erklären müssen. Olschanskij tat weder das eine noch das andere, sondern holte nur tief Luft und gab Gordejew eine zurückhaltende Antwort.

»Ich glaube Ihnen aufs Wort, Sie haben mich bis jetzt noch nie in Schwierigkeiten gebracht. Am dritten Januar ist die Zweimonatsfrist verstrichen, und gleich nach den Neujahrsfeiertagen werde ich die Einstellung der Ermittlungen anordnen. Sind Sie einverstanden?«

»Danke, Konstantin Michajlowitsch, ich werde alles tun, um Sie auch diesmal nicht in Schwierigkeiten zu bringen.«

Der Untersuchungsführer legte auf, warf seine Brille unmutig auf den Tisch und bedeckte die Augen mit der Hand. Ob die Kamenskaja ihrem Chef womöglich doch etwas über Larzew gesteckt hatte? Dann hatte der gewiefte Gordejew ihn auf einem lahmen Esel überholt, wie man im Volksmund sagte. In diesem Fall wusste er, dass Olschanskij sich in Bezug auf Larzew alle Fragen verkneifen musste. Nun konnte man ihm im Fall Jeremina mit jedem Ansinnen kommen, ohne befürchten zu müssen, dass er ablehnte. Die Frage war, was Knüppelchen eigentlich vorhatte. Hatte er im Wissen um den schwachen Charakter des Untersuchungsführers womöglich etwas verlangt, das nicht mit den Interessen der Rechtsprechung zu vereinbaren war? Sie waren sehr unterschiedliche Menschen, Oberst Gordejew und der Staatsrat der Justiz Olschanskij. Gordejew war zutiefst überzeugt von der Professionalität und Aufrichtigkeit des Untersuchungsführers. Konstantin Michajlowitsch hingegen war von niemandem überzeugt, er traute niemandem, denn er war sich immer bewusst, dass selbst der anständigste Mensch und überlegenste Profi nur ein Mensch war und keine Denkmaschine, die gegen Gefühle gefeit war.

Olschanskij zögerte einen Moment, dann nahm er den Telefonhörer ab, machte Larzew ausfindig und lud ihn mit seiner Tochter zu sich nach Hause ein, zum letzten Plinsenessen im alten Jahr, wie er sich ausdrückte.

* * *

Guter Gott, seit Nataschas Tod ist er ganz grau geworden, dachte Olschanskij, während er Wolodja Larzew ansah, der fröhlich mit seiner Frau Nina und seinen Töchtern plauderte. Seit Larzew verwitwet war, umsorgte Nina ihn liebevoll. Wenn sie während der Schulferien mit ihren Töchtern verreiste, nahm sie nach Möglichkeit auch seine Tochter Nadja mit, sie lud die beiden regelmäßig zum Abendbrot und zum Sonntagsessen ein und half mit schwierigen Einkäufen. Ich habe jetzt anderthalb Männer und drei Töchter, scherzte sie sogar gelegentlich.

»Warum nur anderthalb und nicht zwei?«, fragte Konstantin Michajlowitsch, der diesen Scherz zum ersten Mal gehört hatte.

»Weil Wolodja zum ganzen Mann nicht taugt. Meine Sorge um ihn ist schließlich ganz einseitig«, lachte Nina.

Während Olschanskij seine nichts ahnende Frau und den Freund ansah, rang er innerlich um die Kraft, die er brauchen würde, um den ersten Satz zu sagen, sobald seine Frau die Küche verlassen haben würde. Endlich ging sie hinaus zum Telefon, und Konstantin Michajlowitsch stockte der Atem.

»Ist mit dir alles in Ordnung, Wolodja?«, fragte er endlich gepresst.

Gott allein wusste, wie sehr Olschanskij darauf hoffte, ein fröhliches Erstaunen im Gesicht seines Freundes zu erblicken, sein kurzes Lachen zu hören und die gewohnte scherzhafte Antwort zu bekommen. Stattdessen verengten Wolodjas Augen sich zu eisigen Schlitzen, und Olschanskij begriff sofort, dass seine Hoffnung sich nicht erfüllen würde.

»Warum fragst du mich das, Kostja? Mit mir ist schon seit über einem Jahr nicht mehr alles in Ordnung, aber das ist dir bekannt.«

»Ich meine etwas anderes.«

»Was meinst du denn?«

»Du hast in deiner Arbeit nachgelassen. Verzeih mir, Wolodja, ich verstehe alles, aber so geht es trotzdem nicht ...«

»Wie geht es nicht?«

Olschanskij hatte im Laufe seiner langen Dienstzeit schon so viele Verhöre durchgeführt, dass er das Gespräch nicht mehr fortsetzen musste. Es war bereits alles klar. Larzew rechtfertigte sich nicht, versuchte nicht, etwas zu erklären, er stellte Gegenfragen, drückte sich um eine Antwort und versuchte zu verstehen, was sein Freund über ihn wusste. Der Untersuchungsführer seufzte tief auf. Also handelte es sich nicht einfach nur um gewöhnliche Schlamperei, sondern um etwas sehr viel Ernsteres. Offenbar hatte man Wolodja fest im Griff.

»Hör zu, wenn du nichts erzählen willst, ist das deine Sache. Natürlich ist es traurig für mich, wenn du mir etwas verschweigst, aber ...«

»Was aber?«, fragte Larzew kalt.

»Es wird nicht mehr lange dauern, bis du Ärger bekommst.«

»Warum?«

»Weil in deinen Protokollen, in allen Schriftstücken, die du anfertigst, etwas nicht mehr stimmt. Hältst du mich für so dumm, dass ich das nicht bemerke?«

»Du hast es also bemerkt.«

Larzew lachte auf und griff nach einer Zigarette.

»Ja, stell dir vor, ich habe es bemerkt. Ich habe nur lange so getan, als würde mir nichts auffallen. Aber so kann es nicht weitergehen.«

»Warum?«, fragte Larzew, der aufgestanden war und einen Aschenbecher aus dem Regal holte.

Verdammt, dachte Konstantin Michajlowitsch, nicht ich stelle ihm die Fragen, sondern er mir. Er hat die Ruhe weg, während mir der Schweiß ausbricht vor Aufregung.

»Weil das inzwischen nicht nur ich gemerkt habe.«

»Wer denn noch?«

»Die Kamenskaja. Sie hat alle deine Zeugen noch einmal befragt. Ist dir das bekannt? Du hast zehn Tage gebraucht, um diesen Mist zu fabrizieren, und sie musste noch einmal von vorn anfangen. Das hat noch einmal zehn Tage gedauert. Und fast alles war umsonst, weil Zeugenaussagen nach zwanzig Tagen nicht mehr viel wert sind. Das weißt du nur allzu gut. Zwanzig von den sechzig Tagen, die wir für die Voruntersuchung haben, sind verloren. Willst du mir nichts dazu sagen?«

In der Küche wurde es still. Olschanskij stand am Fenster und hörte nur das scharfe Geräusch, mit dem Wolodja hinter ihm den Rauch seiner Zigarette ausblies. Er drehte sich um und stieß auf ein strahlendes Lächeln in Larzews Gesicht.

»Bist du so gut gelaunt?«, fragte Konstantin Michajlowitsch düster.

»Ja, das bin ich«, erwiderte Wolodja. »Danke, Kostja. Ich danke dir, dass du es mir gesagt hast. Ist nur schade, dass du es nicht gleich getan hast. Warum hast du so lange gewartet?«

»Ich musste erst Mut fassen. Wofür dankst du mir?«

»Irgendwann wirst du es erfahren ... Nina!«, rief Larzew. »Wie lange willst du noch an der Strippe hängen? Komm her und lass uns auf deinen Mann trinken. Er ist ein prima Kerl.«

Olschanskij, der prima Kerl, empfand Enttäuschung und Erleichterung gleichzeitig. Er war froh, dass Larzew nicht beleidigt war, dass er nicht versucht hatte, sich zu rechtfertigen, und dass er nicht grob geworden war. Schlecht war nur, dass Larzew weder ja noch nein noch vielleicht gesagt hatte. Er hatte es vorgezogen, sich mit einem Scherz aus der Affäre zu ziehen, und seine Fröhlichkeit hatte dabei keinesfalls künstlich gewirkt. Und Olschanskij konnte natürliche Fröhlichkeit von gespielter durchaus unterscheiden. Was ging mit Wolodja vor sich?

* * *

Die elfjährige Nadja Larzewa war ein folgsames und sehr selbständiges Mädchen. Zum ersten Mal musste sie Hausfrauenpflichten übernehmen, als ihre Mutter mehrere Monate im Krankenhaus lag. Damals hatte der Vater der achtjährigen Nadja, die bis dahin an der Hand ihrer Mutter durch die Welt gegangen war, die Verhaltensregeln zu predigen begonnen, die sie zu ihrer Sicherheit beachten musste. Nach dem Tod der Mutter hatte Nadja sich schnell daran gewöhnt, allein zu Hause zu bleiben und ihre Probleme ohne fremde Hilfe zu lösen. Insgeheim hielt sie sich für völlig erwachsen und ärgerte sich über ihren Vater, der sie ständig vor den Onkels und Tanten warnte, von denen man sich nicht auf der Straße ansprechen lassen durfte. Nadja sollte auf keinen Fall Geschenke von ihnen annehmen oder ihnen sogar folgen, ganz egal, was sie ihr versprachen. Das versteht sich doch von selbst, dachte Nadja jedes Mal empört, mein Vater scheint mich für völlig dumm zu halten.

Ganze Tage sich selbst überlassen, vernachlässigte Nadja ihre Hausaufgaben und las stattdessen eine Vielzahl »erwachsener Bücher«, vorzugsweise Krimis, die Larzew seinerzeit stapelweise für seine kranke Frau mit nach Hause gebracht hatte. Aus diesen Büchern erfuhr sie, was mit allzu vertrauensseligen Kindern geschehen konnte, sie war immer auf der Hut und sprach innerlich oft die Verhaltensregeln ihres Vaters nach. Den Hauseingang niemals allein betreten, sondern immer auf einen Nachbarn warten, den man kennt. Auf der Straße niemals zu nah an die Fahrbahn herangehen. Menschenleere Straßen meiden. Nicht mit Fremden sprechen. Niemals nach Hause laufen, wenn man unterwegs belästigt wird, sondern das nächste Lebensmittelgeschäft betreten, dort warten, bis ein Nachbar erscheint, und erst mit diesem zusammen nach Hause gehen. Es waren sehr viele Regeln, und fast alle erschienen Nadja durchaus vernünftig. Sie verstand nur nicht, warum man keine Geschenke von Fremden annehmen durfte. Larzew erklärte es seiner Tochter immer wieder. Wenn du ein Geschenk annimmst, sagte er, wirst du dich verpflichtet fühlen und nicht mehr ohne weiteres nein sagen können, wenn der Fremde etwas von dir will, außerdem kann in dem Geschenk etwas versteckt sein, zum Beispiel Geld oder ein Brillantring, und dann würde es große Unannehmlichkeiten geben. Aber was immer Larzew sagte, es war umsonst.

»Ich verstehe es nicht«, erwiderte seine Tochter. »Ich werde tun, was du sagst, aber ich verstehe es nicht.«

* * *

Heute, am Tag vor Silvester, kehrte Nadja von einem Besuch bei einer ihrer Schulfreundinnen nach Hause zurück. Die beiden Mädchen waren im Kino gewesen, anschließend hatten sie Tee getrunken und köstliche, von der Großmutter der Freundin gebackene Piroggen gegessen. Im Dezember waren die Tage kurz, als Nadja nach fünf Uhr die Wohnung der Freundin verließ, war es draußen bereits völlig dunkel. Vor dem Haus ihrer Freundin stand das dunkelgrüne Auto. In der Dunkelheit war die Farbe zwar nicht zu erkennen, aber Nadja hatte dieses Auto schon bei Tageslicht gesehen, auf dem Heimweg vom Kino. Das Auto hatte zwischen dem Kino und einem Schuhgeschäft geparkt, und Nadja war es aufgefallen, weil hinter der Heckscheibe eine blonde Barbiepuppe gestanden hatte, der Traum aller ihrer Freundinnen. Nadja und Rita waren an einer Straßenecke stehen geblieben, zu Nadja nach Hause ging es geradeaus, zu Rita nach rechts.

»Ich werde wohl nach Hause gehen«, sagte Nadja unentschieden, während sie die violette Wattejacke fester um ihren Körper zog und ihren Schal richtete. In Wirklichkeit hatte sie keine Lust, in die leere Wohnung zu gehen, aber sie wartete höflich auf die Einladung ihrer Freundin.

»Stell dich nicht an«, sagte Rita, ein hoch aufgeschossenes, eckiges Mädchen, das in der Schule nie über die Note »Drei« hinauskam und das Wort »müssen« nicht anerkannte. »Wir gehen zu mir, meine Oma bäckt heute Piroggen. Komm schon, so kriegst du wenigstens etwas Anständiges in den Magen.«

»Ich habe meinem Vater versprochen, gleich nach dem Kino nach Hause zu gehen. Er wird mit mir schimpfen«, sagte Nadja, matt gegen sich selbst ankämpfend. Schmackhafte Hausmannskost war seit dem Tod ihrer Mutter eine Seltenheit für sie. Ihr Vater konnte nicht kochen und sie selbst im Grunde auch nicht. Und die Piroggen von Ritas Oma waren in der ganzen Klasse berühmt. Sie galten als echtes Kunstwerk.

»Stell dich nicht an«, sagte Rita erneut, es war ihr Lieblingsspruch. »Du rufst an und sagst, dass du bei mir bist, meine Oma bestätigt es, wenn nötig. Mach schon, komm.« Die lange Rita legte fürsorglich den Arm um die Schulter ihrer Freundin.

Die Mädchen bogen um die Ecke, und in diesem Moment erblickte Nadja aus dem Augenwinkel die Barbiepuppe. Der Wagen fuhr langsam an ihnen vorbei und blieb kurz vor der Kreuzung stehen, hinter der ein vierstöckiges Haus stand, gefolgt von dem fünfzehnstöckigen, in dem Rita wohnte. Nadjas Herz krampfte sich zusammen in einem unguten Vorgefühl, aber schließlich war sie ja nicht allein, sie ging neben ihrer Freundin zu ihr nach Hause, und dort war die Großmutter. Und wenn sie sich später auf den Heimweg machen würde, würde das Auto verschwunden sein. Davon war das Mädchen aus irgendeinem Grund überzeugt …

Doch das Auto war nicht verschwunden. Im Innern brannte Licht, und die Barbiepuppe in dem auffällig roten, mit glitzernden Pailletten besetzten Abendkleid war deutlich hinter der Heckscheibe zu sehen. Nadja erschrak, aber sofort versuchte sie, sich zu beschwichtigen. Wie kam sie auf den Gedanken, dass das Auto ausgerechnet auf sie wartete? Es stand einfach da und ging sie überhaupt nichts an.

Entschiedenen Schrittes ging sie weiter zur Kreuzung und bog am Schuhgeschäft nach rechts ab, zu ihrem Haus. Hier war es etwas heller, die Straßenlaternen brannten, und Leute gingen vorbei. Nadja beruhigte sich etwas, aber gleich darauf sah sie, wie das Auto sie langsam überholte und mit aufleuchtenden Bremslichtern nah vor ihrem Hauseingang stehen blieb. Nadja fühlte, wie Panik in ihr aufstieg. Sie verlangsamte ihren Schritt und versuchte sich zu erinnern, was man in einer solchen Situation tun musste. Natürlich, man musste einen Passanten mit Hund ansprechen. Ihr Vater hatte ihr erklärt, dass jemand, der seinen Hund ausführte, wahrscheinlich ganz in der Nähe wohnte und deshalb vermutlich nicht zu denen gehörte, die sie bedrohten. Leute, die kleine Mädchen belästigten, taten das gewöhnlich nicht in der Nähe ihres eigenen Wohnortes. Am besten wäre es gewesen, einer Frau mit Hund zu begegnen. Und der Hund sollte möglichst groß sein.

Nadja blickte sich um. Überall nur Häuser, nirgends eine Parkanlage, wo man Hundebesitzern hätte begegnen können. Aber gleich neben ihrem Haus befand sich ein großer begrünter Hof, und Nadja wusste, dass dort immer Leute mit Hunden anzutreffen waren. Schlecht war nur, dass sie auf dem Weg dorthin an dem Auto vorbeigehen musste. Aber vielleicht würde sie Glück haben und vorher noch jemanden treffen.

Und sie hatte tatsächlich Glück. Sie erblickte plötzlich eine sympathische Frau in Jeans und Jacke, mit einer sportlichen Mütze auf dem Kopf. Sie hielt einen riesigen, Furcht erregenden Dobermann an der Leine. Nadja holte tief Luft und sagte die auswendig gelernten Sätze.

»Entschuldigen Sie bitte, könnten Sie mich vielleicht bis zu meinem Hauseingang begleiten? Ich wohne in diesem Haus dort, aber ich habe Angst, allein hineinzugehen. Es ist dort dunkel, weil die Beleuchtung ausgefallen ist, und die Jungs machen ständig Unsinn und erschrecken alle.«

Aus irgendeinem Grund hatte sie sich nicht entschließen können, der Frau etwas von dem grünen Auto mit der Barbiepuppe zu sagen, sie wäre sich lächerlich vorgekommen. Ein dunkler Hauseingang war etwas anderes, das verstand jeder. Aber das Auto … Vielleicht war das alles Unsinn.

»Natürlich, Kleine, wir begleiten dich gern. Nicht wahr?«, sagte die Frau, zu ihrem Dobermann gewandt.

Nadja gefiel es nicht, dass die Frau sie »Kleine« genannt hatte, aber sie war dieser Fremden trotzdem schrecklich dankbar. Während sie an dem Auto vorübergingen, bemühte sie sich, nicht noch einmal zu der Puppe im erleuchteten Innern des Wagens zu sehen. Die Puppe war so schön, dass sie sogar der erwachsenen Frau auffiel.

»Schau mal, welch eine Pracht!«, rief die Frau aus und verlangsamte ihren Schritt.

Aber Nadja senkte ihren Kopf und ging schnell an dem Auto vorüber.

Es dauerte lange, bis sie an der Haustür waren, weil der Hund ständig stehen blieb und alles beschnupperte, was auf dem Weg lag, Bäume, Sträucher und Mauern. Endlich waren sie da. Die Frau betrat das Haus als Erste und hielt Nadja die Tür auf.

»Warum hast du mich angelogen?«, sagte sie vorwurfsvoll. »Hier ist es hell, die Beleuchtung ist völlig in Ordnung. Schämst du dich nicht?«

Nadja suchte krampfhaft nach einer Rechtfertigung, sie wollte gerade etwas sagen – das Licht hätte einen ganzen Monat nicht gebrannt, wahrscheinlich hätte man es gerade erst repariert –, aber in diesem Moment fiel die Tür hinter ihr leise ins Schloss. Nadja wollte sich umdrehen, um nachzusehen, wer das Haus betreten hatte, aber aus irgendeinem Grund gelang ihr das nicht. Ihre Beine waren plötzlich wie aus Watte, und es wurde dunkel um sie.

* * *

Arsenn war sehr zufrieden. Der Junge hatte keine schlechte Arbeit geleistet. Es war nicht umsonst gewesen, dass man ihn von Kindesbeinen an gedrillt, zu Lehrern und Trainern geschickt und viel Geld in seine Ausbildung investiert hatte. Und alles das hatte man nicht etwa deshalb getan, weil er schlecht in der Schule gewesen war, ganz im Gegenteil, er hatte von Anfang an zu den Klassenbesten gehört. Aber was war ein Klassenbester in einem so erbärmlichen Schulsystem? Nicht etwa derjenige, der wirklich etwas wusste, sondern einfach nur der, der in einem Haufen von Dummköpfen der am wenigsten Dumme war. Aber Arsenn wollte, dass der Junge wirklich etwas lernte, eine wirkliche Ausbildung genoss.

Arsenn hatte sein Leben lang bei einer Behörde gearbeitet, die in unmittelbarer Beziehung zum Geheimdienst stand, und wusste, dass ein frisch angeworbener Agent etwas ganz anderes war als einer, der schon seit langem in seinen Diensten stand. Den Neulingen konnte man noch nicht trauen, zumal man bei ihrer Anwerbung meistens mit Drohungen arbeiten, materielle Notlagen, Angst, Gier, Schwächen und Leidenschaften ausnutzen musste. Doch Arsenn hatte auch andere Leute, solche, auf die er sich felsenfest verlassen konnte. In der Zusammenarbeit mit ihnen erfüllte er die Aufträge, die ihm von verschiedenen kriminellen Verbänden erteilt wurden. Natürlich waren seine Klienten manchmal auch Einzelpersonen, wie zum Beispiel Gradow, aber das kam höchst selten vor. Arsenns Dienste kosteten sehr viel Geld, das konnten nur Organisationen mit hohen Einnahmen bezahlen. Und auch Gradow war im Grunde keine Einzelperson, der ganze Streit war ja entbrannt, als die Finanzgrundlagen seiner Partei in Gefahr geraten waren.

Ja, Arsenn hatte auch seine Topagenten, aber das waren bis jetzt noch nicht viele. Die taktische Vorgehensweise bei ihrer Einschleusung in die Behörden des Innenministeriums war noch nicht perfekt ausgearbeitet, aber erste Erfolge waren bereits zu verzeichnen.

Solche Leute wurden bereits in jungen Jahren angeworben, noch vor dem Antritt des Militärdienstes, damit die Jahre in der Armee nicht umsonst verstrichen. Der Kandidat musste in der Armee alles lernen, was man dort lernen konnte, denn militärische Ausbildung konnte im Polizeidienst niemals schaden. Gewöhnlich wurden junge Männer angeworben, die bei der Einberufung alte, schlecht versorgte Eltern zurückließen, schwangere Freundinnen oder junge Ehefrauen mit Kindern. Man versprach ihnen, in den zwei Jahren ihrer Abwesenheit für ihre Familie zu sorgen und sie finanziell zu unterstützen. Dafür musste der Kandidat gewissenhaft dienen, seine Muskeln trainieren, nach Kräften militärische Weisheit anstreben und sich Auszeichnungen erwerben. Nach der Armee musste er die Polizeihochschule besuchen und sich zu Gehorsam gegenüber Arsenn und seinen Leuten verpflichten. Dabei legte Arsenn großen Wert auf Freiwilligkeit, da er der Meinung war, dass man sich nur auf überzeugte Anhänger und Verbündete verlassen konnte. Wenn einer der Angeworbenen, dessen Familie zwei Jahre lang nicht gerade schlecht auf Kosten des Kontors gelebt hatte, nach dem Armeedienst keinen Kontakt mehr aufnahm, verbot Arsenn seinen Leuten kategorisch, ihn zu suchen und etwas zu erzwingen. Wenn er sich nicht mehr meldete, hatte er es sich anders überlegt. Und wenn er es sich anders überlegt hatte, war er nicht überzeugt. Und wenn er nicht überzeugt war, dann konnte er jederzeit zum Betrüger oder Verräter werden. Sicher, das Geld war verloren, aber das erschien Arsenn nicht so wichtig. Zum Teufel mit dem Geld, sagte er sich, Geld macht nicht glücklich, und jedes Geschäft ist mit Unkosten verbunden. Zumal es sich um Summen handelte, die Arsenn leicht verschmerzen konnte. Und er wusste, dass er sich auf diejenigen, die nach Ablauf ihrer Armeezeit von selbst wieder Kontakt zum Kontor aufgenommen hatten, felsenfest verlassen konnte. Sie hatten sofort mit dem Studium an der Polizeihochschule begonnen, einige hatten bereits den Abschluss gemacht und arbeiteten jetzt bei den Moskauer Behörden für Inneres. Qualifizierte, bestens ausgebildete Fachleute mit glänzenden Zeugnissen, die über handfestes Wissen und eiserne Muskeln verfügten und ihren offiziellen Dienst spielend mit der Arbeit für das Kontor vereinbaren konnten.

Darüber hinaus gab es unter Arsenns Leuten einige Auserwählte. Das waren solche, die man nicht erst kurz vor der Einberufung zur

Armee angeworben hatte, sondern schon lange vorher. Halbwüchsige, die noch zur Schule gingen und gerade die ersten Erfahrungen mit Alkohol und Mädchen machten. Diese Halbwüchsigen lockte man mit der Romantik ihrer zukünftigen Aufgabe. Sie waren ausersehen zum Kampf gegen eine ungerechte Gesellschaftsordnung, gegen ein borniertes, brutales System, sie würden die Überlegenen sein und, hinter den Kulissen agierend, fremde Geschicke manipulieren, die Handlungen und Gedanken anderer Menschen beeinflussen. Man suchte diese Auserwählten ausschließlich unter den Waisen, die in Kinderheimen lebten und adoptiert wurden, wenn nötig gegen Zahlung horrender Bestechungsgelder. Sie wurden höchst sorgsam und umfassend auf ihre zukünftigen Aufgaben vorbereitet und hatten eine glänzende Karriere vor sich.

Einer von diesen Auserwählten war Oleg Mestscherinow, der gerade sein Praktikum bei der Petrowka 38 absolvierte, in der von Oberst Gordejew geleiteten Abteilung. Von ihm stammte auch die ebenso einfache wie wirksame Idee, Nadja Larzewa zu entführen. Er hatte oft genug die Telefongespräche mit angehört, die Larzew mit seiner Tochter führte, und machte sich eine ziemlich genaue Vorstellung sowohl von dem Charakter des Mädchens als auch von den Verhaltensregeln, die der Vater ihm ständig einbläute. Die wichtigste Voraussetzung für die geplante Aktion bestand darin, kein Aufsehen zu erregen, damit niemand auf den Gedanken kam, dass vor aller Augen ein Kind entführt wurde. Man musste Nadja Angst einjagen und sie in die Arme eines Menschen treiben, von dem sie Hilfe erwartete. Es war nur eine Frage der Technik und Regie, eine solche Person zu finden und sie zur richtigen Zeit am richtigen Ort einzusetzen. Auch die Barbiepuppe war Olegs Idee. Es war nicht anzunehmen, dass Nadja sich mit Automarken auskannte, ihr würde gar nicht auffallen, dass sie einen ganzen Tag lang von ein und demselben Wagen verfolgt wurde, wahrscheinlich nicht einmal dann, wenn es sich um das seltenste und teuerste ausländische Fabrikat handeln würde. Aber eine Barbiepuppe würde ihr ganz sicher auffallen. Und wenn das Mädchen über eine gute Auffassungsgabe verfügte, würde es zweifellos erschrecken. Wenn sie aber dumm war und die Belehrungen ihres Vaters nicht ernst nahm, würde sie sofort auf die Puppe hereinfallen, und der Rest war dann ein Kinderspiel. Arsenn war zufrieden. Die Barbiepuppe war eine ausgezeichnete Idee. Er hätte gern gewusst, wie dieser kaltblütigen, unerschütterlichen Kamenskaja jetzt zumute war.

* * *

Das Läuten an der Wohnungstür ließ Nastja zusammenzucken. Sie wandte sich nicht vom Fernsehschirm ab und warf Ljoscha nur einen Blick aus den Augenwinkeln zu.

»Machst du auf?«

»Muss das sein?«, entgegnete Ljoscha und rührte sich nicht vom Fleck.

Nastja zuckte mit den Schultern. Es läutete noch einmal.

»Wahrscheinlich muss es sein. Man kann ja nicht wissen, wer es ist ...«

Ljoscha ging hinaus auf den Flur und zog die Tür hinter sich zu. Nastja hörte, wie sich draußen der Schlüssel im Schloss umdrehte, und gleich darauf erklang die Stimme von Wolodja Larzew.

»Ist Nastja zu Hause?«

Sie atmete erleichtert auf. Nein, zum Glück waren es nicht sie. Doch Larzew war kaum wiederzuerkennen. Er war grau im Gesicht, seine Lippen waren blau verfärbt, wie bei einem Herzkranken, in seinen Augen stand der Wahnsinn. Er hatte, ohne abzulegen, das Zimmer betreten und sich mit dem Rücken an die Tür gelehnt, die er vor Tschistjakows Nase zugeschlagen hatte. Ist er so schnell gerannt?, fragte Nastja sich verwirrt.

»Sie haben Nadja entführt«, stieß er endlich hervor.

»Wie bitte?« Nastjas Stimme war tonlos geworden.

»Als ich nach Hause kam, war sie nicht da, und gleich darauf läutete das Telefon. Das Kind lebt, sagte man mir, es geht ihm gut, vorläufig jedenfalls.

»Was wollen sie?«

»Du musst aufhören, Anastasija. Ich flehe dich an, du musst die Ermittlungen im Fall Jeremina einstellen. Ich bekomme Nadja nur dann zurück, wenn du damit aufhörst.«

»Warte, warte!« Sie setzte sich aufs Sofa und presste beide Hände an die Schläfen. »Lass uns von vorn anfangen, ich verstehe überhaupt nichts.«

»Mach mir nichts vor, du verstehst alles bestens. Du hast genug Selbstbeherrschung und Kaltblütigkeit besessen, um dich von ihnen nicht einschüchtern zu lassen und den Kontakt mit ihnen zu vermeiden. Jetzt haben sie beschlossen, über mich zu gehen. Ich schwöre dir, Anastasija, ich schwöre dir bei allem, was auf der Welt heilig ist: Wenn Nadja etwas zustößt, werde ich dich erschießen. Ich werde dich so lange verfolgen, bis ...«

»Ist gut, das habe ich verstanden«, unterbrach Nastja ihn. »Was muss ich tun, damit sie dir deine Tochter zurückgeben?«

»Du musst Kostja Olschanskij sagen, dass man im Fall Jeremina nichts mehr tun kann. Kostja wird dir glauben und den Fall abschließen.«

»Das wird er nach den Feiertagen ohnehin tun. Früher geht es nicht, weil das Gesetz es nicht erlaubt. Was willst du von mir?«

»Ich will, dass du aufhörst zu ermitteln und dass das Verfahren eingestellt wird. Und zwar nicht nur zum Schein, sondern de facto«, sagte Larzew langsam und sah Nastja fest in die Augen.

»Ich verstehe dich nicht ...«

»Glaubst du etwa, ich kenne Knüppelchen nicht?«, entgegnete Larzew. »Ein Fall wie dieser! Der stinkt hundert Kilometer gegen den Wind. Ich habe zehn Tage investiert, um etwas daran zu drehen, das Schlimmste zu vertuschen, aber es scheint mir nicht gelungen zu sein, denn du hast es ja trotzdem gemerkt. Solche Fälle gibt Knüppelchen nicht auf, die würde er bis an sein Lebensende zu knacken versuchen. Erzähl mir nichts davon, dass das Verfahren eingestellt werden soll.«

»Wie hast du erfahren, was wir vorhaben?«

»Ich bin von selbst darauf gekommen. Wenn du bemerkt hast, wie ich an diesem Fall gearbeitet habe, dann musst du auch gewusst haben, dass ich euer Spiel durchschaue. Und du musst auch gewusst haben, warum ich tat, was ich getan habe. Und da es so ist, kannst du dich jetzt nicht herausreden. Du nicht und auch Knüppelchen nicht. Dazu kenne ich euch zu gut.«

»Und was sagt Kostja?«

»Er sagt, dass du mich durchschaut hast und dass ich demnächst in Schwierigkeiten geraten werde. Aber was tut Olschanskij zur Sache, Nastja? Die Anweisung zur Einstellung des Verfahrens ist ein Stück Papier, das für den Untersuchungsführer verbindlich ist, aber nicht für uns, die Ermittler. Der Untersuchungsführer legt das Papier in den Safe und vergisst die Sache, sofern wir ihm keine neuen Informationen liefern, die eine Wiederaufnahme des Verfahrens begründen. Für ihn ist der Fall abgeschlossen, aber nicht für uns. Jetzt ist es halb zwölf. Um zwei Uhr werden sie mich wieder anrufen, und ich werde ihnen die feste Zusage geben müssen, dass du im Fall Jeremina nichts mehr unternehmen wirst. Ich flehe dich an, Nastja, meine Tochter muss so schnell wie möglich wieder bei mir sein. Vielleicht werden sie ihr gar nichts Schlimmes antun, aber sie ist in Angst und Schrecken und kann einen schweren psychischen Schaden davontragen. Sie hat es ohnehin nicht leicht gehabt, als Natascha ...« Larzew verstummte und schwieg eine Weile. »Jedenfalls wirst du schuld sein, Anastasija, wenn ihr etwas zustößt, du allein. Und ich werde dir nicht verzeihen. Niemals.«

»Und du selbst, Wolodja, du bist an gar nichts schuld? Hast du dir selbst überhaupt nichts vorzuwerfen?«

»Was sollte ich mir vorwerfen? Dass ich für die Sicherheit meiner Tochter sorge? Sie haben mich gleich nach Nataschas Tod gegriffen. Ich habe mit meinem Schwiegervater gesprochen, aber er lehnt es kategorisch ab, nach Moskau umzuziehen. Sie haben in Samara Kinder und Enkel, und wie hätten wir hier in Moskau auch zusammenleben sollen? Ich habe kein Geld, um eine größere Wohnung zu kaufen, und meine Schwiegereltern können ihre Wohnung in Samara nicht gegen eine Wohnung in Moskau tauschen, sie haben nur zwei Zimmer in einer riesigen Gemeinschaftswohnung. Mein Vater ist schon über siebzig, ein kranker alter Mann, der selbst Pflege braucht, er kann mir Nadja nicht abnehmen. Glaub mir, ich habe viele Möglichkeiten durchgespielt und sogar daran gedacht, eine Kinderfrau für Nadja zu nehmen, aber auch dafür reicht mir das Geld nicht. Ich wollte meine Stellung wechseln, doch daraus ist ebenfalls nichts geworden.«

»Warum nicht?«

»Weil überall da, wo mein Wissen gebraucht wird, auch die Mafia nicht weit ist. Ich hätte erneut wählen müssen. Entweder mit ihnen zusammenarbeiten und damit zum Verbrecher werden oder Tag und Nacht um mein Kind bangen. Ich hätte eine ganz unqualifizierte, niedrig bezahlte Arbeit annehmen müssen, und das kann ich mir nicht erlauben. Weißt du, was Kinderkleidung kostet? Und die Schule für Nadja? Aber das weißt du natürlich nicht, über solche Dinge bist du erhaben, du musst ja nicht für Kinder sorgen.«

»Nicht doch, Wolodja ...«

»Entschuldige, Nastja, es ist mir nur so herausgerutscht. Du musst mich verstehen, ich hatte keine andere Wahl.«

»Warum bist du nicht zu Knüppelchen gegangen und hast es ihm gesagt? Ihm wäre bestimmt etwas eingefallen. Warum hast du dich ihm nicht anvertraut?«

»Du verstehst nicht, Nastja. Ich bin nicht der Einzige. Es gibt viele, sehr viele wie mich. Du kannst dir gar nicht vorstellen, wie groß das Netz ist, das sie gespannt haben. Jeder kann ihr Mann sein, auch jeder von uns.«

»Auch Knüppelchen?«

»Ja, auch Knüppelchen.«

»Das glaube ich nicht. Das ist unmöglich.«

»Ich behaupte nicht, dass es so ist. Aber du musst begreifen, dass sie praktisch jeden irgendwo packen können, weil sie bestens informiert sind und über jeden von uns mehr wissen als die leibliche Mutter. Auch wenn Knüppelchen ganz aufrichtig versucht hätte, mir zu helfen, wäre er früher oder später auf einen ihrer Leute gestoßen, sie hätten alles erfahren und mich an der Gurgel gepackt. Hätte ich davon ausgehen können, dass ich bei der ganzen Kripo der Einzige dieser Art bin, hätte ich keine Sekunde gezögert und wäre sofort zu Gordejew gegangen. Oder zum Beispiel zu dir. Aber das ganze Unglück besteht ja darin, dass wir viele sind und einer es nicht vom anderen weiß.«

»Bedeutet das, dass sie uns alle in der Hand haben und wir ihnen völlig hilflos ausgeliefert sind?«

»Offenbar ist es so.«

»Weißt du etwas darüber, wer sie sind? Setz dich doch endlich, hör auf, an der Tür zu stehen, wir müssen uns unterhalten. Und zieh deine Jacke aus.«

Larzew löste sich langsam, unwillig von der Tür, nahm seine Jacke ab und ließ sie achtlos zu Boden fallen. Nastja begriff, dass seine Beine ihm nur widerwillig gehorchten, deshalb waren seine Bewegungen kraftlos und unsicher. Er warf einen Blick auf die Uhr.

»Ich muss die letzte Metro noch erreichen«, sagte er, »sie wollen um zwei Uhr wieder anrufen.«

»Lass nur«, sagte Nastja, »sie werden hier anrufen. Schließlich wissen sie genau, wo du hingegangen bist, nicht wahr? Zudem wird es für sie viel angenehmer sein, mit mir selbst zu sprechen, um sich davon zu überzeugen, dass du sie nicht anlügst, sondern mich wirklich festgenagelt hast. Was weißt du über sie?«, fragte sie noch einmal, als Wolodja ihr endlich gegenübersaß.

»Nicht viel. Sie haben lediglich zwei Mal Kontakt mit mir aufgenommen, in zwei verschiedenen Fällen. Das erste Mal liegt schon über ein Jahr zurück. Erinnerst du dich noch an den Mord an Oser Jussupow?«

Nastja nickte.

»Aber der Fall wurde doch aufgeklärt. Oder etwa nicht?«

»Ja, er wurde aufgeklärt«, bestätigte Larzew. »Aber da gab es ein heikles Detail ... Sie wollten, dass eine Zeugenaussage aus der Akte entfernt wird. Das änderte nichts an der Beweislast gegen den Beschuldigten und auch nichts am Straftatbestand. Auch ohne diese Zeugenaussage blieb der Tatbestand des Mordes unter Anwendung besonders brutaler Mittel bestehen. Aber das Tatmotiv veränderte sich durch den Wegfall der Zeugenaussage ganz grundlegend. Wahrscheinlich erinnerst du dich, dass man bei dem Mord von einem Rohheitsdelikt mit tödlichen Folgen ausging. Aber der Zeuge hatte eine Unterhaltung zwischen dem Mörder und Jussupow angehört, aus der hervorging, dass Jussupow Verbindung zu einer Bank hatte, die Geld aus illegalen Geschäften mit Waffen und strategischem Rohstoff wusch. Jussupow steckte eine große Summe dieses Geldes in seine eigene Tasche, und die Direktoren der Bank ließen ihn ermorden, um ein Zeichen zu setzen. Diese Zeugenaussage musste aus der Akte verschwinden.«

»Und wie hast du das gemacht? Hast du das Vernehmungsprotokoll aus der Akte entfernt?«

»So plump kann man das doch nicht machen. Natürlich wäre es kein Kunststück gewesen, das Protokoll verschwinden zu lassen, aber schließlich hatte jemand den Zeugen vernommen und erinnerte sich an seine Aussage. Der Akte wurde ein neues Vernehmungsprotokoll hinzugefügt, in dem der Zeuge gestand, dass er während seiner ersten Vernehmung unter Drogen gestanden und im Augenblick der Tat kaum etwas gesehen und gehört hatte, da er sich gerade einen Schuss gesetzt hatte und auf den Trip wartete. Das war alles.«

»Ausgezeichnete Arbeit!«, sagte Nastja. »Wie viel hat man dir dafür bezahlt?«

»Gar nichts. Sie setzen mich mit Nadja unter Druck. Und die Angst, Nastja, ist ein viel stärkeres Motiv als die Geldgier. Es ist erstaunlich, wie es dir bisher gelungen ist, dich von ihnen nicht einschüchtern zu lassen.«

»Wer sagt dir denn, dass ich nicht eingeschüchtert bin? Ich habe sogar das Schloss an meiner Wohnungstür ausgewechselt, ganz zu schweigen davon, dass Tschistjakow bei mir wohnen muss.«

»Man sagt, dass du nicht mehr ans Telefon gehst.«

»Ich bemühe mich.«

»Es ist sinnlos, Nastja, du siehst selbst. Mag sein, dass du keine Angst um deinen Stiefvater hast, weil du glaubst, dass er für sich selbst einstehen kann. Deine Mutter ist weit weg. Mit dir ist es nicht so einfach. Aber ein elfjähriges Mädchen kann man schließlich nicht seinem Schicksal überlassen, nicht wahr?«

»Zweifellos. Was sollen wir tun, Larzew? Wir haben zwei Stunden, um uns zu überlegen, wie wir deine Tochter wiederbekommen. Erzähl mir doch, wie das alles passiert ist.«

»Gestern war ich mit ihr zu Besuch bei den Olschanskijs. Kostja hat lange herumgedruckst und mir dann gestanden, dass du mich verdächtigst und die ganze Arbeit im Mordfall Jeremina noch einmal gemacht hast. Ich war natürlich erfreut. Da meine Schwindeleien endlich aufgeflogen sind, dachte ich, können sie mich nicht mehr für ihre Zwecke benutzen und müssen mich in Ruhe lassen. Am selben Abend habe ich ihnen das mitgeteilt. Und heute haben sie Nadja entführt und verlangt, dass ich dich dazu bringen muss, die Ermittlungen einzustellen, da es dir irgendwie gelingt, dich indirektem Druck immer wieder zu entziehen. Da du mich ohnehin verdächtigst, sagen sie, könne ich ganz offen mit dir reden.«

»Was sind ihre Forderungen?«

»Keiner von euch, weder du noch Tschernyschew noch Morozow, darf Kontakt mit dem Kosmos-Verlag aufnehmen. Sobald man sich davon überzeugt hat, dass du dieser Forderung nachkommst, wird man mir Nadja wiedergeben.«

»Und wenn ich es ihnen verspreche, mich aber nicht daran halte?«

»Warte, das ist noch nicht alles. Morgen früh rufst du einen Arzt und lässt dich krankschreiben. Du bleibst einige Tage zu Hause und beschränkst die Kontakte zu Gordejew, Tschernyschew und Morozow auf das Nötigste. Du darfst nur telefonisch mit ihnen sprechen.«

»Kann ich daraus schließen, dass mein Telefon abgehört wird?«

»Ja. Weiter. Morgen früh rufst du Gordejew an und teilst ihm mit, dass deine Version geplatzt ist, dass dir zu dem Fall nichts mehr einfällt und dass man das Verfahren einstellen kann, nicht nur zum Schein, sondern de facto. Du rufst von hier aus an, damit sie es kontrollieren können. Dann rufst du Olschanskij an und sagst ihm dasselbe. Ebenso verfährst du mit Tschernyschew und Morozow. Sollte jemand versuchen, mit dem Kosmos-Verlag Verbindung aufzunehmen, wird das sofort bekannt werden und Folgen für Nadja haben. Sie ist in ihren Händen, und beim geringsten Alarmsignal ... Versuche nicht, deine Wohnung zu verlassen. Sie würden es sofort erfahren. Ist dir alles klar?«

»Nein, noch nicht alles. Erstens wüsste ich gern, wie es dir gestern gelungen ist, sie über dein Gespräch mit Olschanskij zu informieren. Hast du eine Telefonnummer? Oder rufen sie selbst dich täglich an?«

»Nein, ich habe keine Telefonnummer. Es gibt ein vereinbartes Zeichen, über das ich sie wissen lasse, dass ich Kontakt mit ihnen aufnehmen möchte.«

»Was für ein vereinbartes Zeichen?«

»Nastja, mach bitte keinen Idioten aus mir. Ich möchte nur eines: dass meine Tochter wieder in Sicherheit ist. Und deshalb muss ich dafür sorgen, dass ihre Forderungen erfüllt werden. Wenn ich dir sage, wie man mit ihnen Kontakt aufnehmen kann, wirst du sofort irgendetwas aushecken. Ich denke im Moment nur an Nadja und nicht an die Interessen der Kripo. Und du versuchst, mich auszutricksen.«

»Du sagst es mir also nicht?«

»Nein.«

»Gut. Noch eine Frage: Warum verlangst du nur von mir Garantien? Befürchten sie nicht, dass Tschernyschew und Morozow die Ermittlungen fortsetzen werden?«

»Nein, das befürchten sie nicht. Du bist in diesem Fall der Boss, und wenn du den beiden sagst, dass die Ermittlungen abgeschlossen sind, werden sie nichts mehr unternehmen. Sie haben ja noch genug anderes zu tun.«

»Und wenn ich ihnen etwas anderes sage?«

»Dein Telefon wird abgehört, vergiss das nicht. Ein falsches Wort und Nadja ...«

»Ist schon gut, ich habe verstanden«, fiel Nastja Larzew gereizt ins Wort. »Hast du nie daran gedacht, sie irgendwo zu verstecken, sie an einen anderen Ort zu bringen? Oder eine Leibwache für sie zu organisieren, zum Beispiel über Knüppelchen?«

»Mein Gott, du verstehst die einfachsten Dinge nicht«, erwiderte Larzew verzweifelt. »Nadja war von Anfang an ihre potenzielle Geisel. Hätte ich etwas dagegen unternommen, hätten sie mich einfach beseitigt, und Nadja wäre eine Waise geworden. Vielleicht bin ich ein Idiot, ein Schwächling oder ein Schurke, aber ich möchte, dass mein Tochter gesund bleibt und möglichst glücklich wird. Ist das nach deiner Ansicht ein Verbrechen? Habe ich nicht das Recht, das zu wollen?«

»Beruhige dich, Wolodja«, sagte Nastja mit einem Seufzer. »Ich werde tun, was du verlangst. Aber du musst wissen, dass Knüppelchen alles über dich weiß. Er wird die Sache durchschauen. Er wird mir nicht glauben und das tun, was er für richtig hält.«

»Woher weiß er es? Hast du es ihm gesagt?«

»Nein, er weiß es längst. Deshalb hat er dafür gesorgt, dass du von den Ermittlungen ausgeschlossen wurdest. Aber warte, bring mich nicht aus dem Konzept. Ich wollte dich noch etwas fragen ...«

Nastja runzelte die Stirn und presste ihre Hände an die Wangen.

»Jetzt weiß ich es wieder. Du hast gesagt, dass ich der Boss bin und dass Tschernyschew und Morozow deshalb tun werden, was ich ihnen sage. Richtig?«

»Richtig.«

»Ist das deine persönliche Meinung, oder hat dir das jemand gesagt?«

»Beides. Ich kenne dich schon eine Weile, ebenso Morozow, und mit Andrej habe ich schon oft zusammengearbeitet. Es ist nicht schwer zu erkennen, wie die Rollen bei euch verteilt sind.«

»Wer hat es dir gesagt?«

»Sie natürlich, wer sonst.«

»Man merkt, dass sie dich gut auf das Gespräch mit mir vorbereitet und dir sogar die Argumente geliefert haben. Ich frage mich nur, woher sie wissen, dass ich die Ermittlungen leite. Hast du es ihnen gesagt, Larzew?«

»Nein, Ehrenwort, ich habe nichts gesagt. Es hat mich selbst gewundert, dass sie es wissen.«

»Nun gut.« Sie erhob sich mühsam vom Sofa. »Ich gehe einen Kaffee kochen, mein Kopf ist schon völlig wirr.«

Larzew sprang sofort auf und machte einen Schritt zur Tür.

»Ich komme mit.«

»Wozu? Ich ziehe Tschistjakow nicht in meine Angelegenheiten hinein, du brauchst keine Angst zu haben.«

»Ich komme mit«, wiederholte Larzew. »Oder du bleibst hier.«

»Bist du noch bei Verstand?«, fragte Nastja empört. »Glaubst du mir etwa nicht?«

»Nein«, sagte Larzew mit Nachdruck, ohne Nastja dabei anzusehen.

»Interessant. Du kommst mitten in der Nacht zu mir, um mich um Hilfe zu bitten, und jetzt stellt sich heraus, dass du mir nicht traust.«

»Du verstehst immer noch nicht.«

Man sah, dass Larzew das Sprechen immer schwerer fiel. Es schien, als würde ihm jedes Wort unerträgliche Qualen bereiten.

»Ich bin nicht gekommen, um dich um Hilfe zu bitten. Ich bin gekommen, um dich zu zwingen. Du musst tun, was sie verlangen, damit ich meine Tochter zurückbekomme. Hast du jetzt verstanden? Ich bitte nicht, ich befehle. Wie könnte ich dir trauen, da du nichts anderes im Kopf hast als deine geliebten Denksportaufgaben, die du so gerne löst, während es mir um das Leben meines Kindes geht, das Leben meiner einzigen Tochter, die ihre Mutter verloren hat. Wir sind keine Verbündeten, Anastasija, wir sind Gegner, obwohl Gott allein weiß, wie weh mir das tut. Wenn du es wagst, etwas zu tun, das Nadja schadet, werde ich Mittel und Wege finden, dich zum Schweigen zu bringen. Und zwar für immer.«

Mit diesen Worten holte Larzew seinen Revolver hervor und zeigte Nastja die geladene Trommel. Sie begriff, dass er drauf und dran war, die Nerven zu verlieren. Ich darf ihn nicht provozieren, dachte sie. Ich Idiotin spreche mit ihm wie mit einem Kollegen, mit einem Menschen, der logisch und vernünftig denken kann, aber er ist ein völlig verwirrter, von seinem Unglück zerschmetterter Vater, der nur an sein Kind denkt.

»Was redest du denn da, Wolodja« sagte sie weich. »Denk doch einmal nach. Wenn du mich umbringst, wird man dich hinter Schloss und Riegel bringen, und Nadja kommt ins Waisenhaus. Dann wird sie nicht nur ohne Mutter aufwachsen, sondern auch ohne Vater, und sie wird wissen, dass du ein Mörder bist.«

Larzew sah Nastja mit einem Blick an, der sie erschauern ließ.

»Man wird mich nicht hinter Schloss und Riegel bringen. Ich werde dich und deinen Tschistjakow so beseitigen, dass mich nie jemand entlarven wird. Du kannst mir glauben, dass ich dazu in der Lage bin.«

Die Tür öffnete sich einen Spalt, und Ljoscha sah herein.

»Wie wäre es mit einem Kaffee?«

Sein Blick wanderte zerstreut über Larzews Gestalt und blieb an dem Revolver hängen, den Larzew in der gesenkten Hand hielt.

»Was ist das?«, fragte er erstaunt, aber keinesfalls erschrocken. Er hatte in Nastjas Wohnung noch nie eine Waffe gesehen.

»Das ist eine Makarow, Ljoschenka, die Dienstwaffe von Major Larzew«, sagte Nastja, bemüht, die peinliche Situation zu überspielen und so ruhig wie möglich zu sprechen. Sie wollte Ljoscha nicht erschrecken und Larzew gleichzeitig die Möglichkeit geben, den leichten Ton aufzugreifen, alles zu einem Scherz zu wenden und den Wahnsinn zu beenden.

»Und was hat das zu bedeuten?«

Nastja wandte ihren Blick zu Larzew, in der Hoffnung, er würde jetzt den erlösenden Scherz machen, etwas sagen, das die Lage schlagartig entspannte. Komm schon, flehte sie innerlich, sag Ljoscha, dass du mir beibringen wolltest, wie man einen Revolver in der Hand hält, sag ihm, dass du mir eine aufregende Verhaftungsszene vorgespielt hast, lächle, steck den Revolver wieder weg, denn das alles ist dir selbst nicht geheuer, du vergehst vor

Qual, komm schon, ich habe dir eine Tür geöffnet, nutze die Chance.

Doch Larzew stand mit versteinertem Gesicht da und sah, über Nastjas Kopf hinweg, irgendwohin zur Wand. Sie begriff, dass er sich festgefahren hatte. Der Teufel soll ihn holen, dachte sie, er könnte ja wirklich schießen … und ich möchte noch nicht sterben.

»Major Larzew bedroht uns«, sagte sie mit ruhiger Stimme. »Wenn wir seinen Anweisungen nicht folgen, wird er uns erschießen. Gebe ich das richtig wieder, Major?«

Larzew nickte langsam. Nastja war, als hätte sie ein Zucken in seinem Blick wahrgenommen, aber vielleicht irrte sie sich.

»Und was müssen wir tun, damit er uns am Leben lässt?«, fragte Ljoscha ungerührt, so, als handelte es sich nicht um Erpressung und Mord, sondern darum, wie man einen Wasserhahn behandeln musste, damit er nicht kaputtging.

»Wir müssen zu Hause bleiben und dürfen niemanden sehen. Telefonieren ist uns erlaubt, aber nur Gespräche über neutrale Themen.«

»Was könnte aufregender sein als eine Gefängniszelle, die man mit der geliebten Frau teilt!«, erwiderte Ljoscha fröhlich. »Wie lange werden wir dieses Glück denn auskosten dürfen?«

»Etwa fünf Tage. Wird das reichen, Major? Werden deine Freunde mit fünf Tagen auskommen, um in dieser Zeit alle Spuren zu verwischen?«

Wieder glaubte Nastja, ein winziges Zucken in Larzews Augen zu bemerken, diesmal war sie sich fast sicher, dass sie sich nicht getäuscht hatte. Sie begriff, dass sie den richtigen Ton gefunden hatte, dass nun wahrscheinlich nicht mehr viel fehlte, bis Larzew zur Besinnung kommen und die Dinge mit nüchternem Blick betrachten würde. Solange das nicht geschah, konnte er jeden Moment auf den Abzug drücken, der Auslöser konnte beliebig sein, eine winzige Bewegung, die er nicht einschätzen konnte, ein Geräusch, das plötzliche Läuten des Telefons. Am wichtigsten war es jetzt, nicht aus dem Konzept zu geraten und den gefundenen Ton nicht wieder zu verlieren. Hoffentlich würde Ljoscha keinen Schnitzer machen.

»Dürfen wir uns in dieser Zeit wenigstens ein Brot holen gehen?«, fragte Tschistjakow sachlich nach, so, als ginge es nicht um eine tödliche Bedrohung, sondern nur darum, ein paar Kleinigkeiten in Bezug auf den bevorstehenden Tagesablauf zu klären.

»Nein, Ljoschenka. Wir dürfen die Wohnung nicht verlassen«, erklärte Nastja geduldig, ohne den Blick von Larzew zu wenden.

»Und was ist mit dem Müll? Dürfen wir den hinuntertragen?«

Manchmal vollbrachte Professor Tschistjakow wahre Wunder an Pedanterie. Und manchmal konnte er, der wunderliche, zerstreute, zottelhaarige Ljoscha, Nastjas erster Mann und Freund von Jugend an, auch erstaunlich scharfsichtig und weitblickend sein.

»Den Müll dürfen wir hinuntertragen«, gestattete Nastja großzügig und hörte dabei nicht auf, Larzew zu beobachten. Er gibt auf, dachte sie erleichtert, langsam gibt er auf.

»Ich verstehe trotzdem nicht, wie wir ohne Brot auskommen sollen«, sagte Ljoscha unmutig. »Ich war heute zwar einkaufen, um uns für die Feiertage einzudecken, für fünf Tage sind wir durchaus versorgt, aber ich habe natürlich nicht genügend Brot gekauft. Und die frische Milch wird uns auch fehlen. Du weißt ja, Nastja, ohne Brot und Milch kann ich nicht leben. Frag deinen Major doch einmal, ob er vielleicht ein Auge zudrücken kann.«

Jetzt übertreibt er, dachte Nastja. Bisher hat er sich völlig richtig verhalten, man musste die Absurdität der Situation tatsächlich auf die Spitze treiben, um sie zu entschärfen, aber nun wurde es zu viel. Hoffentlich würde Larzew jetzt nicht wütend werden.

Larzew sah beharrlich zur Wand. Nastja sah Larzew an, Ljoscha Tschistjakow sah Nastja an. Er bemerkte, dass sie unwillig ihren Mund verzog.

»Gut, Kinder, lassen wir es«, lenkte er ein, so, als sei nichts gewesen. »Ich will mich nicht einmischen. Es ist, wie es ist, daran lässt sich wohl nichts ändern. Eure Arbeit ist eine besondere, davon verstehe ich sowieso nichts. Ich wüsste nur gern, was die Dienstwaffe von Major Larzew hier zur Sache tut.«

»Das kann ich dir sagen«, erwiderte Nastja leise. »Major Larzew hält mich für eine hirn- und herzlose Kreatur. Man hat seine Tochter entführt, und ihr weiteres Schicksal hängt von meinem und deinem Verhalten ab. Und der Major glaubt, ich könnte etwas tun, das seinem Kind schaden wird. Er glaubt, ich wüsste gar nicht, was ein Kind ist, weil ich selbst keine Mutter bin und die Gefühle eines Vaters nicht verstehen kann. Er glaubt, dass mir seine Tochter völlig gleichgültig ist.«

Ljoscha wandte seinen Blick zu Larzew und sah ihn angespannt an.

»Glaubst du das wirklich?«, fragte er.

Larzew antwortete nicht. Er stand seitlich neben Ljoscha, und das, was in ihm vorging, konnte Ljoscha nur erahnen, wenn er Nastja ansah. Jede geringste Veränderung in der Mimik des nächtlichen Gastes schien sich in ihrem Gesicht abzuzeichnen wie in einem Spiegel. Ihre Nasenflügel bebten, ihre Wangenknochen traten plötzlich scharf hervor, und Tschistjakow begriff, dass die Gefahr ihren Höhepunkt erreicht hatte. Jetzt fehlte nur noch ein winziger Impuls von außen, und dann würde Larzew entweder schießen oder zur Besinnung kommen. Es musste ein sehr feiner, kaum merklicher, aber höchst genau überlegter Impuls sein. Und Tschistjakow wusste, dass er von ihm ausgehen musste. Er befand sich jetzt auf der Bühne, alle Augen im Saal waren auf ihn gerichtet, und er musste etwas sagen. Anschließend würde entweder rauschender Beifall für die gelungene Pointe einsetzen, oder das Publikum würde ihn für seinen missglückten Auftritt mit faulen Eiern bewerfen.

»Du bist ein Idiot, Major!«, sagte er zornig, bemüht, so aufrichtig wie möglich zu wirken.

Nastjas Gesicht entspannte sich sofort, und er begriff, dass er ins Schwarze getroffen hatte. Larzew löste sich aus seiner Starre, er ließ seine Schultern fallen und senkte den Kopf. Dann krümmte er sich zusammen und schien in einem einzigen Augenblick um zehn Jahre gealtert zu sein.

»Versprich mir, dass du tun wirst, was ich dir gesagt habe.«

»Aber ja, natürlich, ich verspreche es«, sagte Nastja mit weicher Stimme. »Mach dir keine Sorgen. Lass uns in die Küche gehen, dort ist es wärmer.«

Sie tranken schweigend Kaffee, aßen Kekse und dachten alle drei an dasselbe. Pünktlich um zwei Uhr sahen Nastja und Larzew sich an. Dann erhoben sie sich langsam und gingen nach nebenan, wo das Telefon stand. Eine Minute später ertönte ein ohrenbetäubendes Läuten.

ZWÖLFTES KAPITEL

Der sechsundvierzigjährige Jewgenij Morozow hielt sich für einen Pechvogel. Alle seine Altersgenossen hatten es inzwischen zum Oberstleutnant oder sogar zum Oberst gebracht, aber er war immer noch Hauptmann, nicht einmal den Status des Majors hatte er erreicht. Seine Hauptaufgabe bestand in der Fahndung nach vermissten Personen sowie nach Verdächtigen und Beschuldigten, die untergetaucht waren, um sich der Gerichtsbarkeit zu entziehen. Seine Arbeit erschien ihm grau und freudlos, er hatte schon lange die Hoffnung auf Beförderung aufgegeben, verrichtete seinen Dienst ohne jeden Enthusiasmus und wartete nur noch auf seine Pensionierung. Seit einiger Zeit trank er, nicht sehr viel, aber regelmäßig.

Nastja Kamenskaja hatte er vom ersten Augenblick an nicht gemocht. Vor allem ärgerte es ihn, dass er mit einer Frau zusammenarbeiten musste, die über zehn Jahre jünger war als er und sich bereits Majorin nennen durfte. Und dieser Frau musste er sich sogar unterordnen! Das war die schwerste Kränkung, die man seiner Selbstliebe hatte zufügen können. Zudem verstand und billigte er die Arbeitsmethoden der Kamenskaja nicht. Archivangelegenheiten, Bücher ausländischer Autoren, ewige Verhöre, ein Violinschlüssel und anderer Unsinn. Ihn hatte man seinerzeit ganz anders zu arbeiten gelehrt. Es ging nicht darum, mit klugem Gesicht auf dem Sofa herumzusitzen, sondern darum, die Beine in die Hand zu nehmen und auf die Suche zu gehen.

Die Wut auf diese Rotznase von der Petrowka 38 hatte Morozow auf die Idee gebracht, den Mordfall Jeremina im Alleingang aufzuklären. Auf eigene Faust und allen anderen zum Trotz. In der Abteilung, in der er arbeitete, war vor kurzem eine Stelle frei geworden, die den Aufstieg zum Major bot und vier Jahre später eine weitere Beförderung zum Oberstleutnant. Das war eine Chance, und es wäre dumm gewesen, sie nicht zu nutzen. Er musste nur einen unübersehbaren, spektakulären Erfolg erzielen und denen von der Petrowka zeigen, was eine Harke war. Sein Abteilungsleiter würde mit ihm sehr zufrieden sein, denn auch er mochte die elitären Kripobeamten von der Petrowka nicht. Doch vorläufig dachte Morozow nicht daran, seinen Chef in seine Pläne einzuweihen.

Nachdem die Jeremina als vermisst gemeldet worden war, hatte er sich, wie immer, kein Bein ausgerissen. Eine attraktive, ledige junge Frau, die als Trinkerin bekannt war – wozu hätte man so eine suchen sollen? Solche wie die kamen von ganz allein wieder nach Hause, sobald sie nüchtern waren und ihren Spaß im Bett gehabt hatten. Wie oft hatte er das in seiner langjährigen Dienstzeit schon erlebt Doch als man Vika erwürgt aufgefunden hatte, hatte Jewgenij sich sofort an die Arbeit gemacht. Eine Woche lang graste er die ganze Bahnstrecke nach Saweljewsk ab, er sprach mit Milizionären und durchkämmte sämtliche Züge auf der Suche nach Dauerfahrgästen, die die auffallend schöne junge Frau bemerkt haben könnten. Morozow wusste aus Erfahrung, dass Menschen, die die Vorstadtzüge nicht regelmäßig benutzten, andere Fahrgäste nicht weiter beachteten. Solche jedoch, die immer dieselbe Strecke fuhren, suchten in der Regel nach Bekannten aus ihrer Stadt oder ihrem Dorf, um sich mit einer Unterhaltung die Fahrzeit zu verkürzen.

Morozows hartnäckige Kleinarbeit erbrachte einige Resultate. Es war ihm gelungen, zwei Männer zu finden, die die Jeremina in Begleitung irgendwelcher Rambos im Zug gesehen hatten. Den beiden Männern war das Mädchen aufgefallen, weil es mit seinen Begleitern deren Stammplätze im Zug belegt hatte. Die Männer wohnten beide in Dmitrow, sie waren Nachbarn, machten Schichtarbeit in ein und demselben Betrieb in Moskau und fuhren seit vielen Jahren täglich um die gleiche Zeit in die Hauptstadt. Aus irgendeinem Grund nahmen sie immer den zweiten Wagen von vorn und dort das zweite Abteil in Fahrtrichtung. Und da langjährige Gewohnheiten manchmal stärker waren als jede Vernunft, war es inzwischen so weit gekommen, dass die Männer immer beizeiten zum Bahnhof fuhren, um ihre Stammplätze belegen zu können. Aber an diesem Tag war man ihnen zuvorgekommen, die Plätze waren schon besetzt, und das war so ungewöhnlich, dass die Männer sich noch gut an die Situation erinnerten.

Während der Fahrt hatten sie die seltsamen Fahrgäste verstohlen beobachtet und sich halblaut darüber unterhalten, was die attraktive, teuer gekleidete junge Frau mit dem hochmütigen Gesichtsausdruck und dem seltsam zerquälten, nach innen gerichteten Blick mit diesen primitiven Bodybuildern gemeinsam haben könnte. Die Typen versuchten mehrfach, sie in ein Gespräch zu verwickeln, aber die Frau antwortete nur sehr einsilbig oder gar nicht. Gelegentlich ging sie hinaus, um eine Zigarette zu rauchen, wobei einer der Männer ihr stets folgte. Als der Zug nach anderthalb Stunden in Dmitrow hielt, waren die beiden Freunde zu dem Schluss gekommen, dass die junge Frau in einer geschäftlichen Angelegenheit unterwegs war und ihre persönlichen Leibwächter mitgenommen hatte. Obwohl auch das nicht ganz logisch zu sein schien. Wenn sie sich eine persönliche Leibwache leisten konnte, musste sie auch das Geld für ein eigenes Auto haben. Solche Leute fuhren gewöhnlich nicht mit dem Zug.

Es konnte also festgestellt werden, dass Vika Jeremina sich am Sonntag, dem 24. Oktober, in Begleitung von drei jungen Männern im Zug von Moskau nach Dubna befunden hatte. Der Zug fuhr um 13.51 Uhr vom Moskauer Saweljewskij-Bahnhof ab und erreichte um 15.34 die Bahnstation bei Kilometer 75. Vikas Leiche wurde eine Woche später in der Nähe dieser Bahnstation gefunden, der Tod war in der Zeit vom 31. Oktober bis 1. November eingetreten. Es musste herausgefunden werden, wo sie eine ganze Woche lang gewesen war.

Genau zu diesem Zeitpunkt wurde Morozow mitgeteilt, dass man in der Petrowka ein Ermittlerteam unter der Leitung der Kamenskaja gebildet hatte und dass er in diesem Team mitarbeiten sollte. Jewgenij tat alles, um ihr den Kontakt mit ihm so schwer wie möglich zu machen, und seine Bemühungen waren durchaus von Erfolg gekrönt. Nastja verlangte nicht viel von ihm, und so blieb ihm genügend Zeit, um seinen Alleingang im Mordfall Jeremina fortzusetzen. Die wenigen Aufgaben, die ihm übertragen wurden, erfüllte er mit größter Sorgfalt, nur von den Resultaten seiner Arbeit berichtete er Nastja auf seine Weise. Er gab ihr keine falschen Informationen, Gott bewahre, er sagte ihr nur nicht alles, sondern lediglich das, was für seine eigene Version des Falles nicht von Bedeutung war. So erfuhr Nastja auch nichts davon, dass Morozow zwei Augenzeugen gefunden hatte, die Vika im Zug gesehen hatten, dass Datum und Uhrzeit dieser Zugfahrt genau bekannt waren und eine ziemlich detaillierte Beschreibung der drei Männer existierte, die Vika begleitet hatten. Angeblich hatten Morozows Recherchen auf dieser Bahnstrecke nichts ergeben.

Während Nastja gemeinsam mit Andrej Tschernyschew Freunde und Bekannte von Vika Jeremina befragte, während sie Vikas verwickelte Beziehungen zu Boris Kartaschow und dem Ehepaar Kolobow zu erforschen versuchte, während sie der Frage nachging, von wem und aus welchem Grund Kolobow verprügelt worden war, während sie dies und eine Menge anderer notwendiger Dinge tat, recherchierte Hauptmann Morozow in den Ortschaften, die im Umkreis des Fundortes der Leiche lagen. Er zeigte den Leuten Vikas Foto, beschrieb das Äußere ihrer drei Begleiter und versuchte zu erfahren, wo die Jeremina sich in der besagten Woche aufgehalten hatte. Als Nastja herausgefunden hatte, dass Vika auf dem Moskauer Saweljewskij-Bahnhof gesehen wurde, aller Wahrscheinlichkeit nach am Sonntag, dem 24. Oktober, war bereits so viel Zeit verstrichen, dass es nicht mehr viel Sinn machte, noch einmal mit den Ermittlungen auf der bewussten Bahnstrecke anzufangen. Morozow hingegen hatte zu dieser Zeit bereits das Haus gefunden, in dem Vika nach Aussage eines Zeugen mit ihren drei Begleitern gewohnt hatte. Sie wurde in dem Ort nur ein einziges Mal gesehen, am Tag ihrer Ankunft. Danach war sie keinem der Bewohner noch einmal unter die Augen gekommen. Allerdings gelang es Jewgenij, eine Verkäuferin ausfindig zu machen, die sich noch daran erinnern konnte, dass die Leute, die vorübergehend in Onkel Pawels Haus gewohnt hatten, zum Einkaufen in ihr Geschäft gekommen waren. Ihren Aussagen zufolge handelte es sich um mindestens drei Personen, unter ihnen eine Frau.

Morozow fand auch Pawel Iwanowitsch Kostjukow, genannt Onkel Pawel, der sein Haus in Ozerki diesen Personen für einen Monat überlassen hatte. Er selbst wohnte im benachbarten Jachroma bei seiner Tochter. Dort hütete er seine Enkel und war immer und zu jeder Jahreszeit gern bereit, sein eigenes Haus für beliebig lange Zeit an Gäste zu vermieten. Es stellte sich heraus, dass der Mann, der das Haus bei ihm angemietet hatte, keiner von Vikas Begleitern war. Diesen beschrieb Pawel Iwanowitsch als seriösen, Vertrauen erweckenden Herrn von etwa fünfzig Jahren, vielleicht auch etwas jünger, aber auf jeden Fall über vierzig. Er bezahlte die gesamte Miete im Voraus und versuchte nicht zu handeln, obwohl der schlaue Alte ihm vorsichtshalber einen unverschämt hohen Preis genannt hatte, um sich anschließend wieder herunterhandeln zu lassen und seinem neuen Mieter so das Gefühl zu geben, er habe ein gutes Geschäft gemacht.

Wie Morozow den rätselhaften Mieter finden sollte, wusste er nicht. Kostjukow verlangte von seinen Gästen keine Papiere, wenn sie im Voraus bezahlten. Das verstieß natürlich gegen das Gesetz, die Gäste des Ortes waren verpflichtet, sich für die Dauer ihres Aufenthaltes polizeilich anzumelden, aber die Mitarbeiter der örtlichen Miliz kannten Pawel Iwanowitsch sehr gut und ließen ihm seine Unterlassungen durchgehen, zumal er sich während der Saison stets streng an die Vorschriften hielt und seine Gäste anmeldete. Aber im Herbst, wenn die Straßen und Wege im Schlamm versanken, hatte er so gar keine Lust, von Jachroma nach Ozerki zu fahren, um dort die nötigen Formalitäten zu erledigen. Allerdings schrieb Kostjukow alles, was mit der Vermietung seines Hauses zusammenhing, in ein dickes Schulheft, und so erfuhr Morozow, dass der Vertrag über die Vermietung des Hauses für die Zeit vom 24. Oktober bis zum 23. November am Samstagnachmittag, dem 23. Oktober, abgeschlossen worden war.

Im Weiteren wollte Jewgenij sich auf sein Glück verlassen und stürzte los, um die Straße zwischen Moskau und Jachroma abzugrasen, in der Hoffnung, dass der Mann, der Kostjukows Haus gemietet hatte, mit dem Auto nach Jachroma gekommen war. In diesem Fall bestand eine geringe Aussicht, diesen Mann zu finden. Hatte er allerdings den Zug genommen, war die Chance gleich null. Im Lauf der ganzen Woche, während die Kamenskaja in Rom war, fuhr er Kilometer für Kilometer über die Dmitrowskij-Chaussee, den nassen Schnee verfluchend, den Wind, den Matsch und den aufsässigen Schnupfen, den er sich inzwischen geholt hatte. Er hielt an jedem Posten der Straßenpolizei und stellte ein und dieselbe Frage: Welche Autos hatte man am Samstag, dem 23. Oktober, wegen Verletzung einer Verkehrsvorschrift oder zum Zweck der allgemeinen Verkehrskontrolle angehalten?

Man gab ihm dicke Aktenordner, in denen sich die entsprechenden Protokolle für Oktober befanden, und Jewgenij schrieb sich sorgfältig sämtliche Daten heraus. Er suchte keine bestimmte Person, denn am Steuer des Wagens konnte ein beliebiger Mensch gesessen haben. Morozow war sogar davon überzeugt, dass der Mann, den er suchte, nicht allein nach Jachroma gefahren war, sondern in Begleitung eines der Männer, die am nächsten Tag zusammen mit der Jeremina das Haus bezogen hatten. Anders konnte es nicht gewesen sein, denn die Bewohner von Ozerki hatten die Fremden zwar gesehen, aber keiner von den Zeugen konnte sich daran erinnern, dass jemand von ihnen nach dem Weg zu Kostjukows Haus gefragt hätte. Das bedeutete, dass sie den Weg bereits gekannt hatten. Wahrscheinlich war der geheimnisvolle Fremde, nachdem er die Miete bezahlt und den Schlüssel vom Hausbesitzer erhalten hatte, von Jachroma nach Ozerki gefahren und hatte dort seinem Begleiter das Haus gezeigt, damit diejenigen, die es am nächsten Tag beziehen sollten, nicht mehr nach dem Weg fragen mussten und so in der ganzen Ortschaft auffielen.

Dennoch blieb eine Frage offen. Wie hatte der Fremde selbst Kostjukows Haus gefunden? Auch er hatte ganz offensichtlich niemanden nach dem Weg gefragt. Niemand hatte ihn und seinen potenziellen Begleiter gesehen, niemand erinnerte sich. Dafür hatte Jewgenij keine Erklärung. Trotzdem war er davon überzeugt, dass sich in dem Auto, nach dem er suchte, mindestens zwei Personen befunden hatten. Sofern sie tatsächlich mit dem Auto gefahren waren. Den Gedanken, dass sie womöglich den Zug genommen hatten, wollte Morozow gar nicht aufkommen lassen, denn er nahm ihm jede Hoffnung auf Erfolg.

»Wen suchst du denn, Hauptmann?«, fragte man ihn bei einer Dienststelle der Straßenpolizei. »Vielleicht kennen wir ihn.«

»Ich weiß selbst nicht, wen ich suche«, erwiderte Morozow mit einem schweren Seufzer. »Ich probiere einfach auf gut Glück, ihn zu finden.«

»Du kennst nicht einmal seinen Namen?«

»Nein.«

»Auch die Automarke nicht?«

»Nein, die auch nicht. Vielleicht sind sie hier vorbeigekommen, aber sie wurden offenbar kein einziges Mal angehalten.«

»Tja, mein Junge«, sagte der Sergeant mitfühlend, »du bist nicht zu beneiden. Weißt du, was du machen könntest? Versuche es mal in der Umgebung von Ikscha. Die hatten dort Ende Oktober einen Zwischenfall, zwei Minderjährige sind aus der Strafkolonie geflohen, und man hat eine ganze Woche lang jedes Auto überprüft, bis man die beiden wiedergefunden hat. Wo ist der, den du suchst, denn hingefahren?«

»Nach Jachroma.«

»Dann muss er durch Ikscha gekommen sein. Wenn das in der bewussten Woche war, hat man ihn auf jeden Fall angehalten und die Personalien aufgenommen.«

Morozow flog wie auf Flügeln nach Ikscha. Dort, dessen war er sich sicher, würde er endlich Glück haben. Aus der dort befindlichen Kolonie für minderjährige Straftäter waren am Freitag, dem 22. Oktober, zwei Insassen geflohen, die man nur noch sehr bedingt als Minderjährige bezeichnen konnte. Beide waren vor kurzem achtzehn Jahre alt geworden und warteten auf ihre Überführung in eine Kolonie für erwachsene Straftäter, wo sie den nicht geringen Rest ihrer Haftzeit verbüßen mussten. Beide waren wegen bewaffneten Raubüberfalls und Mordes verurteilt worden, in der Strafkolonie für Minderjährige hatten sie nicht einmal ein Jahr verbracht, und nun standen ihnen neun Jahre unter sehr viel härteren Bedingungen bevor. Ihre Flucht wurde offenbar außerhalb der Kolonie vorbereitet und organisiert. Die beiden entflohenen Häftlinge galten als gefährlich und gewalttätig, deshalb hatte die Miliz sofort nach ihrer Flucht den ganzen Ort umzingelt. Niemand hätte diese Absperrung unbemerkt passieren können. Aus zuverlässigen Quellen war bekannt, dass die Flüchtlinge sich im Umkreis von zehn Kilometern versteckt hielten, und als sie am fünften oder sechsten Tag nach ihrer Flucht versuchten, den Ort zu verlassen, wurden sie festgenommen.

Am Abend desselben Tages lag vor Morozow eine ellenlange Liste mit den Namen von Autofahrern, die am 23. Oktober den Ort Ikscha in Richtung Jachroma passiert hatten. Nun musste er damit beginnen, die Spreu vom Weizen zu trennen.

Nach Kostjukows Aussage war der Mann, der sein Haus gemietet hatte, am Nachmittag des 23. Oktober bei ihm erschienen. Demnach konnten aus der Liste all jene Wagen gestrichen werden, die sich vor zwölf Uhr mittags und nach sechs Uhr abends auf dem Weg nach Jachroma befunden hatten. Ferner entfielen LKW, Autos, in denen Familien mit Kindern oder Frauen unterwegs waren, außerdem Männer, die aufgrund ihres Alters nicht infrage kamen.

Jewgenij war bis in die späte Nacht mit der Liste beschäftigt. Am Ende blieben sechsundvierzig Wagen mit insgesamt einhundertneunzehn Insassen übrig. Fünfundachtzig von ihnen stammten aus Moskau, und diese Personen wollte Morozow sich vor allen anderen vornehmen. Als die Kamenskaja aus Italien zurückgekommen war, hatte er bereits einen Hauptverdächtigen eingekreist. Einen gewissen Nikolaj Fistin, der in Moskau einen Jugendsportclub namens »Waräger« leitete. Dieser war an dem bewussten Tag in Begleitung des ebenfalls aus Moskau stammenden Alexander Djakow durch Ikscha gekommen. Da Jereminas Begleiter von den Augenzeugen, sowohl denen im Zug als auch denen aus Ozerki, als sportliche, durchtrainierte junge Männer beschrieben worden waren, war Morozow sich fast sicher, dass er eine heiße Spur entdeckt hatte. Auf jeden Fall lohnte es sich, der Sache nachzugehen. Am Montag, dem 19. Dezember, hatte er eine wichtige Verabredung mit einem Mann, der ihm einiges über den Waräger-Club und dessen Leiter erzählen konnte. Als die Kamenskaja am Vortag, kaum von ihrer Reise zurückgekehrt, das gesamte Ermittlerteam zu sich nach Hause bestellt und versucht hatte, Jewgenij in eine ihrer schlauen Operationen einzuspannen, hatte er deshalb alles versucht, um sich herauszureden, zumindest für den Montag, und diese Nebelkrähe von der Petrowka hatte sich als erstaunlich nachgiebig erwiesen. Wenn du nicht kannst, dann kannst du eben nicht, hatte sie nur gesagt, dann fängst du eben am Dienstag an.

Am Dienstag hatte sich Morozows Verdacht verdichtet, dass es sich bei Fistin und Djakow um die handelte, die er suchte, doch es blieben noch Zweifel. Er beschloss, den Club ein wenig zu beobachten, und stellte schon sehr bald fest, dass nicht er allein sich für Fistin und Djakow interessierte. Sein geübtes professionelles Auge erkannte sofort die Kollegen in der Nähe des Clubs. Die Kamenskaja, diese Nebelkrähe, die er nur deshalb so nannte, weil ihm bei aller Anstrengung seiner Phantasie kein weibliches Äquivalent für Milchbart einfiel, diese Kamenskaja hatte also auch schon Tuchfühlung mit dem Club aufgenommen, nur von irgendeiner anderen Seite. Morozows Wut und Enttäuschung kannten keine Grenzen. Aber nachdem er eine Weile nachgedacht hatte, schien ihm plötzlich, dass er stolz auf sich sein konnte. Er war ganz allein zu demselben Ergebnis gekommen wie die Kamenskaja, die über ein ganzes Team von Mitarbeitern verfügte. Und er hatte

Dinge herausgefunden, von denen sie und die anderen nichts ahnten, sodass er ihnen gegenüber eindeutig im Vorteil war. Natürlich musste er ein hohes Maß an Verstellungskunst aufbringen, um seine Kollegen von der Petrowka, die ihr eigenes Wissen ganz selbstverständlich mit ihm teilten, zu täuschen, aber jetzt war der sportliche Ehrgeiz in ihm erwacht. Wir sind in einem bestimmten Moment an ein und demselben Punkt angelangt, dachte er, aber wir sind auf unterschiedlichen Wegen zu diesem Punkt gekommen, und wir werden auch weiterhin getrennte Wege gehen. Mal sehen, wer von uns das Ziel schneller erreichen wird.

Doch Jewgenij Morozow war es nicht beschieden, seine Kräfte noch länger mit der Kamenskaja zu messen. Buchstäblich über Nacht war Djakow spurlos verschwunden, und am nächsten Tag rief die Kamenskaja zeitig morgens bei ihm an und teilte ihm mit, man hätte die Ermittlungen im Fall Jeremina eingestellt, sodass er, Jewgenij, ab sofort aus allen Pflichten entlassen sei. Man hätte alle nur denkbaren Versionen überprüft, aber keine davon hätte zum Erfolg geführt. Gleich nach den Feiertagen würde der Untersuchungsführer die Einstellung des Verfahrens anordnen.

»Danke für deine Hilfe, Jewgenij. Ich wünsche dir schöne Feiertage«, sagte sie zum Abschied, aber ihre Stimme klang seltsam niedergeschlagen.

Du bist eben das Verlieren nicht gewöhnt, du Nebelkrähe, dachte Morozow schadenfroh. Aber warte nur, du wirst es noch lernen. Ich werde den Mörder fassen, und du wirst dir die Haare raufen vor Wut. Wie konntest du dir nur Fistin und Djakow entgehen lassen? Du hattest die beiden doch schon an der Angel. Warum hast du auf halbem Weg aufgegeben? Weil du dir nicht sicher warst, weil du nichts in der Hand hattest, um deinen Verdacht zu begründen. Ich hingegen habe etwas in der Hand. Denn ich weiß etwas, das du nicht weißt. Ich weiß, dass Fistin ein Haus gemietet hat, in dem seine Handlanger, zu denen unter anderen Djakow gehört, Vika Jeremina eine ganze Woche gefangen hielten. Und ich weiß, wo dieses Haus sich befindet. Ich kenne den Besitzer, der in der Lage ist, Fistin zu identifizieren, und ich kenne eine Verkäuferin, die Vikas Begleiter wiedererkennen wird. Und es gibt noch zwei Männer, die Vika im Zug gesehen haben und die diese Begleiter ebenfalls wiedererkennen würden. Wenn diese drei Männer in irgendeiner Beziehung zum Waräger-Club stehen, wird Fistin nicht mehr rauskommen, dann hängt ihm der Mord an der Jeremina für alle Zeiten an.

Jewgenij dachte nicht darüber nach, warum Nikolaj Fistin, der Leiter des Jugendsportclubs, diese ganze Geschichte mit Vika eigentlich angezettelt hatte. Warum er sie in dieses Haus hinter Moskau hatte bringen lassen, um sie dort eine Woche lang gefangen zu halten, bevor sie erwürgt wurde. Die Motive, der psychologische Hintergrund einer Tat interessierten den Hauptmann nicht. Fistin war zwei Mal vorbestraft, und damit war nach Morozows Meinung alles klar. Es kam nur darauf an, wer die Tat begangen hatte, mit dem Warum und Weshalb sollte sich gefälligst das Gericht herumschlagen. So war Hauptmann Morozow nun einmal, und vielleicht bestand darin der größte Unterschied zwischen ihm und Nastja Kamenskaja, die unbedingt herausfinden wollte, was Vika Jeremina gewusst oder getan hatte, dass sie mit ihrem Leben dafür bezahlen musste.

* * *

Nach Nastjas frühmorgendlichem Anruf beschloss Viktor Alexejewitsch Gordejew, erst einmal nicht ins Büro zu gehen.

»Ich habe heute Nacht Zahnschmerzen bekommen«, teilte er Pawel Sherechow, seinem Stellvertreter, kurz angebunden mit. »Ich muss zum Arzt. Wenn jemand nach mir fragt – ich komme erst am Nachmittag ins Büro.«

Nachdem seine Frau zur Arbeit gegangen war, begann Gordejew in der Wohnung umherzugehen und versuchte, seine Gedanken zu ordnen. Nastjas Telefon wurde abgehört, das hatte man bereits festgestellt. Was war geschehen? Wer hatte sie so in die Enge getrieben? Wer und mit welchen Mitteln? Er musste irgendeine Möglichkeit der Kontaktaufnahme mit ihr finden …

Sie hatte gesagt, dass sie krank sei und einen Arzt rufen müsse. Man konnte es versuchen, Probieren ging über Studieren. Knüppelchen stürzte zum Telefon.

»Aufnahme«, sagte eine gleichgültige weibliche Stimme am anderen Ende der Leitung.

»Hier spricht Oberst Gordejew, Abteilungsleiter der Kripo«, stellte Viktor Alexejewitsch sich beherzt vor. »Sagen Sie bitte, hat meine Mitarbeiterin, die Majorin Kamenskaja, heute um den Hausbesuch eines Arztes gebeten?«

»Wir geben keine Auskunft«, erwiderte die Stimme unverändert gleichgültig.

»Wo kann ich so eine Auskunft einholen?«, fragte Gordejew. Doch die Dame am anderen Ende hatte bereits aufgelegt.

Verdammtes Miststück, fluchte Gordejew laut und wählte eine andere Nummer.

»Gesundheitsvorsorge. Guten Tag.«

Diese Stimme schien Viktor Alexejewitsch vielversprechender zu klingen.

»Guten Tag, hier spricht Oberst Gordejew von der Kripo«, sagte Knüppelchen kleinlaut, belehrt von der schlechten Erfahrung mit der Vorgängerin, und machte eine Pause.

»Guten Tag, Viktor Alexejewitsch«, erwiderte die Stimme, und der Oberst atmete erleichtert auf. Er war auf jemanden gestoßen, der ihn kannte. Alles Weitere würde jetzt einfacher sein.

Für alle Fälle gab er noch seiner Freude darüber Ausdruck, dass man ihn in der Poliklinik kannte, und ging erst dann zum Eigentlichen über. Bevor er einen Arzt an den Apparat bekam, der für Hausbesuche zuständig war, musste er noch sechs Anrufe machen, aber endlich war er am Ziel.

»Sie haben Glück, dass Sie mich noch erwischt haben«, sagte die Ärztin Ratschkowa, »ich war schon in der Tür.«

Schweigend, ohne ihn zu unterbrechen, hörte sie sich Gordejews wirre, nebulöse Erklärungen an.

»Jetzt werde ich wiederholen, was Sie gesagt haben. Sie möchten, dass ich der Kamenskaja von Ihrem Anruf berichte und sie frage, ob sie Ihnen etwas ausrichten möchte. Ich soll sie ungeachtet ihres tatsächlichen gesundheitlichen Zustandes für so lange wie möglich krankschreiben. Darüber hinaus soll ich eine Einweisung in die Klinik in Erwägung ziehen und das mit der Patientin besprechen. Für den Fall, dass sie damit einverstanden ist, soll ich von ihrem Telefon aus in der Klinik anrufen. Und schließlich soll ich nach Möglichkeit herausfinden, ob sie unter jemandes Einfluss handelt oder nicht. Ist alles richtig?«

»Ja, alles ist richtig«, bestätigte Gordejew mit einem Seufzer der Erleichterung. »Fahren Sie gleich zu ihr und rufen Sie mich anschließend sofort an, ich bitte Sie sehr darum, Tamara Sergejewna. Ich muss wissen, was vor sich geht.«

»Und natürlich darf ich Sie nicht von ihrer Wohnung aus anrufen, habe ich das richtig verstanden?«

»Völlig richtig. Ich danke Ihnen, Tamara Sergejewna.«

Viktor Alexejewitsch legte den Hörer auf, ließ sich auf dem Sofa nieder, stellte einen Wecker vor sich auf den Tisch und begann zu warten.

* * *

Tamara Sergejewna Ratschkowa hatte dem Fahrer die Adresse genannt und begann, in der Patientenakte der Kamenskaja zu blättern. Sie wollte eine möglichst einfache und glaubhafte Diagnose erfinden, ohne viel Zeit darauf zu verwenden. Tamara Sergejewna hatte in ihrem Leben schon einiges hinter sich, mit ihren zweiundsechzig Jahren war sie bereits seit vier Jahrzehnten im Dienst staatlicher medizinischer Einrichtungen. Deshalb hatte Gordejews Bitte sie nicht sonderlich schockiert.

Die Patientenakte der Kamenskaja enttäuschte sie. Nur eine einzige Krankschreibung in acht Jahren, und selbst die im Zusammenhang mit einer Noteinlieferung ins Krankenhaus aufgrund eines Kreislaufzusammenbruchs. Die Ergebnisse der alljährlichen Vorsorgeuntersuchungen waren allerdings durchaus inspirierend. Chronische Rückenbeschwerden aufgrund einer Wirbelsäulenverletzung. Kreislaufdystonie. Herzrhythmusstörungen. Schlaflosigkeit. Chronische Bronchitis. Schlechte Blutwerte aufgrund verschleppter Virusinfektionen (was natürlich kein Wunder war, wenn die Patientin sich nie krankschreiben ließ, um eine Grippe auszukurieren). Als der Wagen sich dem Haus in der Stschelkowskij-Chaussee näherte, wusste Tamara Sergejewna bereits, was sie in die Patientenakte eintragen und welche Diagnose sie der 1960 geborenen A. P. Kamenskaja aller Voraussicht nach stellen würde.

Mehr denn einer Ärztin glich die kleine, füllige Ratschkowa mit den kurzen dicken Beinchen, dem kurz geschnittenen grauen Haar und den dicken Brillengläsern einer Charakterschauspielerin im Komödienfach. Sie hätte eine illegale Schnapsbrennerin spielen können, eine alte Wucherin, eine Kupplerin oder eine ähnlich unsympathische Rolle. Nur wer sie näher kannte, wusste um ihren Scharfsinn und lebendigen Humor und konnte sich vorstellen, dass sie einmal eine ausgesprochen anziehende, reizvolle junge Frau war. Der Ehemann von Tamara Sergejewna erinnerte sich daran noch sehr gut, er schätzte seine Frau und liebte sie zärtlich.

Während die Ratschkowa Nastja untersuchte, ihr den Blutdruck maß, den Puls fühlte und das Herz abhorchte, dachte sie daran, dass es der jungen Frau tatsächlich nicht schaden würde, sich in einer Klinik behandeln zu lassen. Ihr Gesundheitszustand war nicht der beste.

»Sie sollten für eine Weile ins Krankenhaus gehen«, sagte sie, ohne den Kopf von der Patientenakte zu heben, in die sie die Untersuchungsergebnisse eintrug. »Einen Kreislaufzusammenbruch hatten Sie ja schon, es sieht so aus, als würde es bis zum nächsten nicht mehr sehr lange dauern.«

»Nein«, sagte Nastja schnell und bestimmt. »Ich will nicht ins Krankenhaus.«

»Warum nicht?«

Die Ärztin legte die Patientenakte weg und griff in ihre Tasche, um ein Formular für die Krankschreibung herauszuholen. »Unsere Klinik ist sehr angenehm. Sie werden ein bisschen liegen und sich ausruhen, das wird Ihnen gut tun.«

»Nein«, sagte Nastja erneut, »ich kann nicht.«

»Können Sie nicht oder wollen Sie nicht? Ihr Chef, Oberst Gordejew, ist übrigens sehr besorgt um Ihre Gesundheit. Er hat mich gebeten, Ihnen auszurichten, dass er nichts dagegen hat, wenn Sie für eine Weile ins Krankenhaus gehen. Er braucht Sie nicht krank, sondern gesund.«

Nastja schwieg, verkroch sich tiefer in ihren warmen Morgenmantel und zog sich eine Wolldecke über die Beine.

»Ich kann nicht. Ich kann wirklich nicht. Vielleicht später, in ein paar Monaten, aber jetzt geht es nicht. Haben Sie heute mit Gordejew gesprochen?«

»Ja, er hat mich angerufen und mich gebeten, Ihnen einen Hausbesuch zu machen, da Sie ihm mitgeteilt haben, dass Sie krank sind.«

Die Ratschkowa setzte ihre Unterschrift unter das Formular, packte Blutdruckmesser und Stethoskop wieder ein und sah Nastja aufmerksam an.

»Gordejew macht sich Sorgen um Sie. Soll ich ihm etwas ausrichten?«

»Richten Sie ihm aus, dass er völlig Recht hatte. Und sagen Sie ihm noch, dass ich sehr gern etwas tun würde, aber ich kann nicht, mir sind die Hände gebunden. Ich habe mein Wort gegeben und muss mich daran halten. Ich danke ihm für seine Fürsorge. Und Ihnen ebenfalls.«

»Bitte«, erwiderte die Ärztin mit einem Seufzer und erhob sich schwerfällig. »Übrigens, der junge Mann auf der Fensterbank im Treppenhaus ... ist das vielleicht Ihr Verehrer?«

»Ich glaube, schon«, sagte Nastja mit einem schmalen Lächeln.

»Ist Ihr Mann darüber im Bilde?«

»Ja, natürlich, obwohl er nicht mein Mann ist.«

»Darauf kommt es nicht an. Soll ich Gordejew Bescheid sagen?«

»Sagen Sie es ihm ruhig.«

»Gut, ich werde es ihm sagen. Kurieren Sie sich aus, Anastasija Pawlowna, ich meine das völlig ernst. Sie treiben Raubbau mit Ihrer Gesundheit, das dürfen Sie nicht. Nutzen Sie die Gelegenheit, da Sie im Moment sowieso zu Hause sind, nehmen Sie die Medikamente, die ich Ihnen verschrieben habe, schlafen Sie sich aus. Und essen Sie ordentlich, Sie sind zu dünn.«

Nachdem die Ratschkowa wieder gegangen war, begann Ljoscha, sich wortlos anzuziehen.

»Wohin gehst du?«, fragte Nastja überrascht.

»Man hat dir Medikamente verschrieben. Wo sind die Rezepte?«

»Aber du darfst nicht hinausgehen, Ljoschenka, du kommst sowieso nicht an ihm vorbei. Hast du nicht gehört, was die Ärztin gesagt hat? Er sitzt auf der Fensterbank im Treppenhaus.«

»Der kann mich mal«, brauste Tschistjakow auf. »Du stirbst mir hier noch weg, solange diese Bestien sich um ihre Beute streiten.«

Er öffnete mit demonstrativer Lautstärke das Türschloss und ging hinaus.

»He, du, Bullterrier!«, rief er ins Treppenhaus.

Eine Etage tiefer ertönten kaum hörbare Schritte, dann näherte sich, mehrere Stufen auf einmal nehmend, ein schmieriges hellblondes Bürschchen.

»Du gehst jetzt zur Apotheke«, befahl Tschistjakow ihm barsch. »Hier sind die Rezepte, hier ist das Geld. Und komm nicht auf die Idee, das Wechselgeld zu behalten.«

Das Bürschchen nahm die Scheine und die Rezepte und lief leichtfüßig, fast lautlos die Treppe hinunter.

»Und bring noch Brot mit, ein dunkles«, rief Ljoscha ihm hinterher.

»Warum reizt du ihn?«, fragte Nastja vorwurfsvoll, als Tschistjakow wieder zurück war. »Wir sind doch mit Haut und Haaren abhängig von ihnen. Besser ein fauler Frieden als ein offener Krieg.«

Ljoscha antwortete nicht, sondern ging mit raschen Schritten zum Fenster und sah hinunter auf die Straße.

»Da läuft er«, sagte er, während er der Gestalt hinterherblickte, die sich in sportlichem Trab in Richtung Apotheke entfernte.

»Aber es ist ein anderer. Offenbar werden wir von mindestens zweien bewacht. Eine sehr ernsthafte Organisation.«

»Ernsthafter geht es nicht«, erwiderte Nastja traurig. »Vielleicht sollte ich uns jetzt wenigstens etwas zu essen kochen. Guter Gott, wie konnte mir das nur passieren! Das Mädchen tut mir Leid, und Larzew auch.«

»Und du selbst tust dir nicht Leid?«

»Doch, das auch. Es war ein so interessanter Fall. Diese Nuss hätte ich nur zu gerne geknackt. Und Vika Jeremina tut mir auch Leid. Ich weiß nämlich, warum man sie umgebracht hat. Aber wenn ich ehrlich bin, war ich sowieso darauf eingestellt, dass ich in dieser Geschichte nicht sehr weit kommen würde. Ich wusste nur nicht, in welchem Moment und auf welche Weise sie mich kaltstellen würden. Früher hätte mich der Kripochef zu sich gerufen und mich höflich aufgefordert, mich nicht mehr um diesen Fall zu kümmern, sondern stattdessen einen anderen zu übernehmen, einen sehr viel brisanteren und schwierigeren, für dessen Aufklärung nur die Besten gut genug seien, und ich hätte mich geehrt fühlen müssen, weil seine Majestät mein Können und Wissen so hoch einschätzt und mich persönlich auserwählt hat, mich an der allgemeinen Hetzjagd nach dem schrecklichen, blutrünstigen Mörder zu beteiligen. So oder ähnlich jedenfalls. Und Knüppelchen hätte mir mit einem schweren Seufzer geraten, mich deshalb nicht zu grämen, aber innerlich hätte er vor Wut gekocht und trotzdem weitergemacht, natürlich heimlich und ohne mich, um mich vor dem Zorn der Obrigkeit zu schützen. Früher wusste man alles im Voraus. Man kannte ihre Methoden und die eigene Reaktion darauf. Aber heute würde sich selbst der Teufel ein Bein brechen, wenn er kapieren wollte, wann, wo, wie und von wem du an der Gurgel gepackt wirst. Und es gibt keinerlei Schutz vor ihnen. Auf einen armen Milizionär kommen heutzutage zu viele Reiche, und für ihr Geld kaufen sie sich Schergen, die uns unter Druck setzen. Wir würden auch dann nicht auskommen, wenn wir über Nacht die edelsten und genügsamsten Menschen der Welt würden, die sich glücklich schätzen würden, ihr halbes Leben lang mit ihren Kindern und kranken alten Eltern in einer Einzimmerwohnung hausen zu dürfen. Aber wozu reden! Du hast Recht, Ljoscha: Die Bestien streiten sich um ihre Beute. Und eine junge Frau musste sterben …

* * *

Während Tamara Sergejewna die Adressen der Kranken durchsah, die sie heute besuchen musste, und dabei versuchte, die Fahrstrecken so sinnvoll wie möglich miteinander zu verbinden, stellte sie fest, dass eine der Adressen sich ganz in der Nähe ihrer Wohnung befand. Das passte gut. Sie beschloss, nach dem Hausbesuch kurz zu ihrer Wohnung zu fahren, eine Tasse Tee zu trinken und bei dieser Gelegenheit Gordejew anzurufen. Tamara Sergejewna wohnte sehr weit entfernt von der Poliklinik, wenn ihr Arbeitstag um acht Uhr begann, musste sie sehr zeitig aufstehen, und gegen elf Uhr war sie meistens sehr hungrig.

Als sie die Wohnung betrat, vernahm sie sofort die Stimmen aus dem Wohnzimmer. Schon wieder die Philatelisten, dachte sie. Ihr Mann war vor kurzem in Rente gegangen und hatte sich mit Haut und Haaren seinem Hobby verschrieben. Er beschäftigte sich nur noch mit dem Tausch von Briefmarken, mit Käufen und Verkäufen, besuchte Ausstellungen und Konferenzen, las Fachliteratur und hielt sogar Vorträge. In der Wohnung waren ständig Besucher, das Telefon läutete unentwegt, Tamara blieb oft tagelang unerreichbar für ihre Kinder, Freunde und Kollegen. Schließlich gelang es den Ratschkows, über Beziehungen und mit Hilfe kleiner Geschenke ein zweites Telefon in ihrer Wohnung installieren zu lassen, mit einer eigenen Nummer für die Philatelisten. Seitdem verlief das Leben wieder in normalen Bahnen.

So leise es in Anbetracht ihrer Leibesfülle möglich war, ging Tamara Sergejewna in die Küche, zündete das Gas unter dem Wasserkessel an und wählte Gordejews Nummer.

»Es steht schlecht um Ihre Kamenskaja«, sagte sie mit halblauter Stimme.

»Was ist los mit ihr?«, fragte Knüppelchen aufgeregt.

»Erstens ist sie wirklich krank, ich habe ihr ganz ernsthaft geraten, sich in die Klinik einweisen zu lassen, dafür gibt es gute Gründe.«

»Und was hat sie dazu gesagt?«

»Sie hat kategorisch abgelehnt.«

»Aus welchem Grund?«

»Sie wird überwacht, und zwar völlig offen und ungeniert. Das war das Zweite. Und drittens hat sie mich gebeten, Ihnen auszurichten, dass Sie völlig Recht hatten. Sie würde gern etwas unternehmen, aber sie kann leider nicht, da sie jemandem ihr Wort gegeben hat und sich daran halten muss.«

»Wem hat sie ihr Wort gegeben?«

»Ich habe Ihnen alles Wort für Wort ausgerichtet, Viktor Alexejewitsch. Mehr hat sie nicht gesagt.«

»Konnten Sie sich ein persönliches Bild von der Lage machen, Tamara Sergejewna?«

»Nun ja, mehr oder weniger ... Die Kamenskaja ist bedrückt und niedergeschlagen, sie weiß, dass sie überwacht wird. Offenbar hat sie die Einweisung ins Krankenhaus abgelehnt, weil man ihr angedroht hat, dass jemand von ihren Nächsten in Schwierigkeiten gerät, wenn sie das Haus verlässt.«

»Ist sie allein in der Wohnung?«

»Nein, irgendein zotteliger rothaariger Mann ist bei ihr.«

»Ich kenne ihn, es ist ihr Mann.«

»Es ist nicht ihr Mann«, widersprach die Ratschkowa, die es gewohnt war, die Dinge beim Namen zu nennen.

»Dann nennen wir ihn eben ihren Freund. Von wem wird sie überwacht?«

»Ein junger Mann mit dem Gesicht eines Cherubs. Er sitzt auf der Fensterbank im Treppenhaus.«

»Haben Sie sonst noch jemanden bemerkt?«

»Ich habe, ehrlich gesagt, nicht darauf geachtet. Mir ist auch dieser eine nur deshalb aufgefallen, weil er mir gefolgt ist, um zu sehen, ob ich zur Kamenskaja gehe.«

»Ziemlich dreist«, bemerkte Viktor Alexejewitsch.

»Ich sage Ihnen doch, sie versuchen gar nicht, sich zu verbergen. Ich glaube, sie wollen so Druck auf sie ausüben.«

»Das ist durchaus möglich«, stimmte der Oberst nachdenklich zu. »Ich danke Ihnen, Tamara Sergejewna. Sie können sich gar nicht vorstellen, was Sie für mich getan haben.«

»Doch, ich kann es mir durchaus vorstellen«, sagte die Ratschkowa mit einem wissenden Lächeln.

Sie legte auf, ging zum Herd, um das Gas unter dem kochenden Wasser abzustellen, und bemerkte ihren Mann, der gerade die Küche betrat.

»Ich habe dich gar nicht gehört, Mamotschka«, sagte er und küsste seine Frau auf den grauen Scheitel.

»Wie solltest du mich auch hören, wenn hier wieder eine Philatelistenversammlung stattfindet. Du würdest es nicht einmal merken, wenn man die Wohnung ausräumt, bei diesem Lärm.«

»Das stimmt nicht«, sagte ihr Mann beleidigt, »so laut war es nun auch wieder nicht. Bist du ganz nach Hause gekommen?«

»Nein, ich trinke nur eine Tasse Tee, dann muss ich wieder los. Ich habe heute viele Hausbesuche zu machen, es ist wieder einmal eine Grippeepidemie im Anmarsch.«

»Und einfach so, über Nacht, werden plötzlich alle Leute krank?«, fragte der Mann skeptisch. Für ihn gab es nur zwei Krankheiten, die er ernst nahm, Herzinfarkt und Schlaganfall. Alles andere hielt er für fadenscheinige Vorwände, um sich vor der Arbeit zu drücken.

»Die meisten deiner Patienten sind wahrscheinlich Simulanten. Sie wollen bei so scheußlichem Wetter einfach nicht zur Arbeit gehen und jagen deshalb eine alte Frau durch die Gegend.«

Tamara Sergejewna zuckte schweigend mit den Schultern, nahm einen großen Schluck von dem glühend heißen Tee und biss herzhaft in das dick mit Butter und Orangenmarmelade bestrichene Milchbrötchen. Sie liebte von jeher alles, was süß und aus Teig war.

* * *

Diese Halunken, schimpfte Gordejew innerlich, während er langsamen, trägen Schrittes von der Metro zur Petrowka ging. Trotz des bevorstehenden neuen Jahres herrschte in Moskau nasskaltes Schmuddelwetter, der nur gelegentlich fallende Schnee taute sofort und vermischte sich mit dem Matsch und dem Wasser auf den Straßen. Der Himmel war grau und schwer, und ebenso war die Stimmung von Oberst Gordejew. Er ging mit hängenden Schultern, die Hände tief in den Manteltaschen vergraben, den Blick auf den Boden geheftet.

Womit erpressten sie Nastja? Es musste etwas sehr Einfaches, aber Wirkungsvolles sein. Solange sie noch vorsichtig aus dem Hintergrund agierten, hatte Nastja sich ihnen, so gut es ging, entzogen. Aber jetzt hatten sie den direkten Weg gewählt, ohne jede Zurückhaltung und Scham.

Und noch etwas anderes ließ Viktor Alexejewitsch keine Ruhe. Warum hatte Nastja die Hilfe von Tamara Sergejewna Ratschkowa nicht in Anspruch genommen? Über sie hätte sie Gordejew jede beliebige Information zukommen lassen können, in mündlicher oder schriftlicher Form, und dann wäre ihm, Gordejew, schon etwas eingefallen. Warum hatte sie das nicht getan? Es konnte nicht daran liegen, dass sie nur ganz einfach nicht auf diese Idee gekommen war, dazu kannte Knüppelchen Nastja zu gut. Das war ausgeschlossen. Was hatte sie gehindert? Gordejew hatte das Gefühl, dass sich in dieser Tatsache als solcher die entscheidende Information verbarg. Genau damit, dass Nastja ihm praktisch nichts Neues und Wichtiges hatte ausrichten lassen, wollte sie ihm etwas sagen. Aber was? Was war es nur?

Knüppelchen beschleunigte abrupt seinen Schritt, stürzte durch die dämmerigen Korridore der Petrowka, riss die Tür zu seinem Büro auf, warf den feucht gewordenen Mantel über einen Stuhl und rief seinen Stellvertreter zu sich.

»Was gibt es Neues?«, fragte er außer Atem.

»Nichts Besonderes«, erwiderte Sherechow. »Die übliche Routine. Ich habe heute Morgen an deiner Stelle die Einsatzbesprechung geleitet. Lesnikow hat die Vergewaltigung im Bizewskij-

Park aufgeklärt, der Untersuchungsführer ist sehr zufrieden. Selujanow ist wieder einmal im Suff, er kommt erst gegen Abend ins Büro. Er war vorgestern bei seinen Kindern und ist, wie immer nach diesen Besuchen, in eine tiefe Depression gefallen. Wir müssen den Mord an einem Vorstandsmitglied der Junost-Bank aufklären, ich habe die Ermittlungen Korotkow und Larzew übertragen. Die Kamenskaja ist krank. Alle anderen sind gesund und am Leben und machen ihre übliche Arbeit. Wie geht es deinem Zahn?«

»Meinem Zahn?« Gordejew zog erstaunt die Augenbrauen hoch. »Ach so, ja, danke der Nachfrage. Ein Nerv hat blank gelegen, man hat mir eine Arseneinlage gemacht.«

»Warum machst du mir etwas vor, Viktor?«, fragte Sherechow mit leiser Stimme. »Du hast keine Zahnschmerzen und warst auch nicht beim Zahnarzt. Seit wann lügst du mich an?«

Da haben wir es, dachte Gordejew, jetzt muss ich Pawel etwas erklären. Guter Gott, womit habe ich das verdient? Warum muss ich ständig lügen, etwas verheimlichen, verschweigen? Warum kann ein Ingenieur oder Schlosser es sich erlauben, offen und ehrlich zu leben und nachts ruhig zu schlafen, und warum kann ich es nicht? Welch ein schrecklicher Beruf, von Gott verflucht und von den Menschen verachtet. Ach Pawel, Pawel, ich kenne dich nun schon fast zwanzig Jahre, du bist meine rechte Hand, meine Hoffnung und meine Stütze. Ich habe dir immer vertraut, Pawel, und in diesen zwanzig Jahren hast du mich kein einziges Mal enttäuscht. Wir sind sehr unterschiedlich, immer streitest du mit mir und lässt meine Argumente nicht gelten. Aber in unseren Auseinandersetzungen schärft sich der Blick für die richtigen Kombinationen und Vorgehensweisen, obwohl ich dich manchmal, ehrlich gestanden, am liebsten umbringen würde. Du hast keine Phantasie, keine Kreativität, dir fehlt die innere Weite, die Leidenschaft, alles das, was ich in einem fast gefährlichen Überfluss besitze. Du bist ein Pedant und Paragraphenreiter, ein Langweiler und Haarspalter, ein Erbsenzähler und Nörgler, laut Pass bist du acht Jahre jünger als ich, aber im wirklichen Leben bist du mindestens siebzig. Wir sind sehr unterschiedlich, aber all diese Jahre habe ich dich geliebt und dir vertraut. Was soll ich jetzt tun? Hast du einen Rat für mich?

Sich innerlich bekreuzigend, traf Oberst Gordejew eine Entscheidung.

»Es ist so, Pawel ...«, begann er mit gleichmäßiger, leidenschaftsloser Stimme, gegen das innere Zittern und den Verdacht ankämpfend, dass auch Sherechow zu ihnen gehören könnte.

Sherechow hörte seinem Chef zu, ohne ihn zu unterbrechen. Seine kleinen dunklen Augen funkelten vor Aufmerksamkeit, seine immer etwas nach vorn gebeugten Schultern waren jetzt so eingezogen, dass es schien, als hätte er keinen Hals und keine Brust.

Je länger Viktor Alexejewitsch sprach, desto schmaler wurden Sherechows Lippen, bis der feine, akkurate Strich seines Lippenbartes ganz mit dem Kinn verschmolzen war. Er wirkte jetzt zutiefst hässlich, wie ein Iltis, der alle seine Muskeln angespannt hatte, bereit zum Angriff.

Als Gordejew geendet hatte, schwieg sein Stellvertreter eine Weile, dann seufzte er tief, bog seine Schultern gerade, löste die ineinander verklammerten Finger und begann mit schmerzverzerrtem Gesicht seinen verspannten Rücken zu reiben.

»Was hast du dazu zu sagen, Pawel?«, durchbrach Gordejew das Schweigen.

»Vieles. Das Erste tut nichts zur Sache, aber ich sage es trotzdem, weil wir schon lange zusammenarbeiten und es, so Gott will, noch eine Weile so bleiben wird. Du verdächtigst alle, unter anderen auch mich. Es ist dir sehr schwer gefallen, dich heute zu einem Gespräch mit mir zu entschließen, weil du nicht weißt, ob Larzew der Einzige ist, den sie in ihrer Gewalt haben. Du bist dir auch jetzt nicht sicher, ob es kein Fehler war, mich in den Fall Jeremina einzuweihen. Aber ich möchte, dass du eins weißt, Viktor: Ich bin dir nicht böse. Ich verstehe, wie schwer es für dich ist, alle verdächtigen zu müssen, die du liebst und schätzt. Aber du musst zugeben, dass das zu den dunklen und, wenn du so willst, schmutzigen Seiten unseres Berufes gehört. Das ist so, daran können wir nichts ändern. Und deshalb braucht dir die Sache nicht peinlich zu sein. Das alles hast nicht du dir ausgedacht, du bist daran nicht schuld.«

»Ich danke dir, Pawel«, sagte Gordejew leise.

»Keine Ursache«, erwiderte Sherechow lächelnd. »Jetzt das Zweite. Sag mir, was du willst, Viktor.«

»Wie meinst du das?«

»Du stehst vor zwei Problemen. Das eine ist der unaufgeklärte Mord an der Jeremina, das zweite sind deine Mitarbeiter. Du kannst diese zwei Probleme nicht gleichzeitig lösen, dafür reichen unsere Kräfte nicht. Deshalb frage ich dich, welches von den beiden Problemen du lösen und welches du vernachlässigen willst.«

»Du hast dich verändert, Pawel«, bemerkte Gordejew. »Ich erinnere mich daran, dass wir uns vor einem Jahr fast zerstritten hätten, weil ich der Meinung war, dass man darauf verzichten sollte, einen Auftragskiller zu fassen, wenn man dadurch erfahren könnte, wie die Organisation funktioniert, für die er arbeitet. Du hast mir damals kategorisch widersprochen und mir die Rache des Himmels prophezeit, weil ich die Interessen der Rechtsprechung verrate. Hast du das vergessen?«

»Nein, das habe ich nicht vergessen. Allerdings ist das nicht ein Jahr her, sondern schon anderthalb. Du warst immer schon schneller als ich und hast neue Tendenzen und Veränderungen sofort erfasst, deshalb bist von uns beiden auch du der Chef und nicht ich. Du weiß doch, dass ich eine lange Leitung habe, Viktor. Das, was du schon vor einem Jahr gewusst hast, beginne ich erst jetzt zu ahnen. Sag mir, was du vorhast. Willst du den Mordfall Jeremina aufklären oder nicht?«

»Ehrlich?«

»Ja, ehrlich.«

»Ehrlich gesagt, nein. Ich könnte es, aber ich will nicht.«

»Warum?«

»Mir tun die Menschen Leid. Der Mann, der so viel in Bewegung gesetzt hat, um eine Vergewaltigung zu vertuschen, die längst verjährt ist, und dafür sogar ein neues Verbrechen begangen hat –

so ein Mensch macht vor nichts Halt. Das Gefängnis brauchte er nicht zu fürchten, weil das Opfer keine Anzeige erstattet hat, man hätte ihn keinesfalls zur Verantwortung ziehen können. Es ist auch nicht strafbar, Manuskripte ins Ausland zu schaffen und dort zu veröffentlichen, so hoch die Einnahmen auch sind, das ist freies Autorenrecht. Aber wenn er so erschrocken ist, dass er beim ersten Geruch nach Angebranntem sofort das Mädchen ermorden ließ, dann bedeutet das, dass sein Ruf in Gefahr geraten ist und dass dieser Ruf ihm viel kostbarer ist als die Freiheit. Aber etwas Kostbareres als die Freiheit gibt es nicht, Pawel. Nur noch das Leben selbst.«

»Und was weiter? Willst du damit sagen, dass hinter diesem Mann eine Organisation steht, die ihn nicht schonen wird, wenn er ihren Ruf in Gefahr bringt?«

»Genau das will ich damit sagen. Oder er hat noch irgendwelche anderen Leichen im Keller, die ans Tageslicht kommen würden, wenn wir die Ermittlungen im Fall Jeremina fortsetzten. Deshalb wird er bis zum Letzten kämpfen. Er versucht, sein Leben zu retten. Heute arbeitet Larzew für ihn, morgen wird er sich einen anderen greifen. Er hat nur zwei Möglichkeiten: Bestechung oder Erpressung. Und wir leben alle nur von unserem Gehalt, und jeder von uns hat Menschen, die ihm wichtig sind. Anastasija haben sie sich bereits gegriffen. Ich kann kein Risiko mehr eingehen.«

»Ich stimme dir zu«, sagte Sherechow. »Ich würde auch kein Risiko mehr eingehen. Ich würde etwas anderes machen. Hast du irgendwelche Ideen?«

»Keine einzige«, seufzte Knüppelchen.

Er sprang plötzlich auf und begann im Zimmer umherzulaufen, wieder ganz das alte impulsive Knüppelchen.

»Ich kann nichts unternehmen, solange ich nicht weiß, in welcher Lage die Kamenskaja ist«, rief er erregt aus. »Mir sind die Hände gebunden, ich könnte etwas tun, das ihr schadet. Die Tatsache, dass sie mir durch die Ärztin nichts ausrichten ließ, kann nur eines bedeuten: Sie hat irgendwie erfahren, dass Larzew nicht der Einzige in diesem Spiel ist, aber man weiß nicht, wer die anderen sind, und deshalb ist niemandem zu trauen. Woher hat sie das erfahren? Was ist vorgefallen? Es gibt tausend Möglichkeiten und Varianten, die man sofort ausprobieren könnte, aber das geht nur dann, wenn man weiß, womit man es zu tun hat. Wenn man aufs Geratewohl handelt, kann man Gott weiß was anrichten.«

»Reg dich nicht auf, Viktor«, sagte Sherechow ruhig. »Tu, was sie sagen.«

»Wie bitte?«

Gordejew blieb wie angewurzelt stehen und starrte seinen Stellvertreter ungläubig an.

»Tu, was sie sagen, habe ich gesagt. Sie wollen, dass die Ermittlungen eingestellt werden und der Fall unaufgeklärt bleibt. Tu ihnen den Gefallen, unternimm einfach nichts mehr. Lehne dich zurück und beobachte vom Gipfel des Berges aus in aller Ruhe den Kampf der Raubtiere im Tal.«

DREIZEHNTES KAPITEL

Ljoscha Tschistjakow legte die Karodame nachdenklich auf den Karobuben, dann streckte er die Hand aus und stellte das Radio lauter, das auf dem Küchentisch stand. Es kamen gerade Nachrichten. Nastja steckte ihren Kopf durch die Tür.

»Mach das Radio bitte leiser«, sagte sie gereizt.

»Ich möchte Nachrichten hören.«

»Das geht auch leiser.«

»Wenn es leiser ist, höre ich nichts, weil das Fleisch auf dem Herd brutzelt. Ich bereite gerade das Mittagessen zu, falls du es noch nicht bemerkt haben solltest.«

Er legte die Patience »Napoleons Grab«, wobei er die Karten systematisch von einem Stapel auf den anderen beförderte.

»Aber du weißt doch, wie lärmempfindlich ich bin. Ich kann nicht nachdenken, wenn nebenan das Radio läuft.«

In ihrer Gereiztheit bemerkte Nastja nicht, wie sich der Gesichtsausdruck ihres Freundes veränderte, sie nahm gar nicht wahr, dass die Atmosphäre in der Wohnung sich stetig aufheizte und jetzt ein Punkt erreicht war, an dem ihre ständigen Forderungen und Launen nicht nur lächerlich und peinlich, sondern gefährlich wurden.

»Ach so ist das, die Dame kann nicht nachdenken«, sagte Ljoscha höhnisch, während er die auf dem Tisch ausgelegten Karten einsammelte. »Das alles ist sehr praktisch für Sie, Majestät. Sie haben sich eine Kinderfrau vom Land kommen lassen, die gleichzeitig Köchin, Zimmermädchen, Wachhund und Krankenschwester für Sie ist. Natürlich gibt es dafür kein Geld, Sie bezahlen in

Naturalien. Ich arbeite bei Ihnen für Kost und Logis. Man braucht tagelang nicht mit mir zu sprechen, man braucht mich gar nicht zu bemerken, da ich ja nur ein Dienstmädchen bin, man kann mich nach Lust und Laune herumkommandieren und sogar der Revolvermündung eines Verrückten aussetzen, der mitten in der Nacht in die Wohnung einbricht. Auf mich selbst kommt es überhaupt nicht an, weder auf meine eigene Arbeit noch auf meine Verpflichtungen gegenüber meinen Freunden und Kollegen, man kann mich einfach hier einsperren, ohne mir etwas zu erklären, und mir dann das Radiohören verbieten. Mein Aspirant muss in einer Woche seine Dissertation verteidigen, und anstatt etwas zu tun für mein Professorengehalt und ihm bei der Vorbereitung zu helfen, sitze ich hier und bewache deine Wohnung. Ich bin einer Hochzeit ferngeblieben, zu der ich schon vor zwei Monaten eingeladen wurde, ich habe den Geburtstag meines wissenschaftlichen Betreuers verpasst und den alten Mann damit tödlich beleidigt, ich habe das Treffen mit einem anderen Aspiranten versäumt, der am anderen Ende Russlands wohnt und nach Moskau gekommen ist, um mich zu sehen, stattdessen sitzt er jetzt im Gästehaus der Universität, verbrät sein armseliges Ingenieursgehalt in der horrend teuren Hauptstadt und wartet geduldig, bis seine Majestät, Professor Tschistjakow, endlich geruht, sich von seiner Geliebten loszureißen und im Dienst zu erscheinen. Ich bringe alle möglichen Leute in Schwierigkeiten und beleidige sie. Später werde ich mich ihnen erklären und zusehen müssen, wie ich das alles wieder in Ordnung bringe. Ich wüsste eigentlich ganz gern, wofür ich alles das auf mich nehme.«

Nastja war, als könnte sie sehen, wie die Wogen des Zorns, die sich unter Ljoschas dunkelrotem Lockenschopf bildeten, an seinen Schultern und Armen hinabflossen, in die langen, gelenkigen Finger, wo sie in den Karten versandeten, die diese Finger nicht zu mischen aufhörten. Wären die Karten nicht gewesen, so schien es ihr für einen Moment, hätte sich der gesamte Zorn aus diesen Händen direkt auf sie ergossen. Das Bild war so deutlich, dass sie sich unwillkürlich zusammenkrümmte.

»Ljoschenka, ich habe dir doch erklärt ...«, begann sie, doch er unterbrach sie erbost.

»Es kommt dir nur so vor, dass du mir etwas erklärt hast. In Wirklichkeit erteilst du mir nur Befehle wie einem Diensthund. Und das lasse ich mir nicht mehr bieten. Entweder erzählst du mir alles von Anfang an, damit ich endlich begreife, was zum Teufel hier vor sich geht, oder du kaufst dir einen Hund und lässt mich gehen.«

»Bist du mir böse?«

Nastja ging vor Ljoscha in die Hocke, stützte ihr Kinn auf seine Knie und umfasste mit beiden Armen seine muskulösen Waden.

»Verzeih mir, Ljoschenka, ich bin im Unrecht, ich habe mich nicht richtig verhalten, aber ich gelobe dir sofortige Besserung. Nur sei bitte nicht böse, ich flehe dich an, du bist mir der nächste und liebste Mensch auf der Welt, und wenn wir uns zerstreiten, besonders jetzt, in diesem schwierigen Moment, werde ich es sehr schwer haben. Sag bitte, dass du mir verzeihst.«

Nastja wählte und sagte automatisch die in dieser Situation notwendigen Worte, Ljoschas Ausbruch hatte sie nicht im Geringsten verletzt. Sie hatte gewusst, dass das früher oder später kommen musste, dass Ljoscha sich nicht lange zum Prellbock machen lassen würde. Sie hatte gehofft, dass die Lage sich entspannen würde, bevor seine Geduld riss. Aber sie hatte sich verrechnet, und dann war auch noch Larzew mit dem Revolver in der Hand aufgetaucht. Natürlich hatte Ljoscha das Angst einjagen müssen, wie konnte es anders sein, und es war nur allzu verständlich, dass er wissen wollte, aus welchem Grund man ihn hätte erschießen können. Du dumme Gans, schimpfte sie sich innerlich, du selbstgewisse dumme Gans. Du kämpfst mit einem Phantom und vergisst dabei die einfachsten menschlichen Gefühle, deren stärkste Liebe und Angst sind. Du hast Ljoscha in deiner Wohnung eingeschlossen und nicht bedacht, dass er dabei eine ähnliche Angst empfinden muss wie du selbst in jener Nacht, als du nach Hause kamst und die Tür zu deiner Wohnung offen stand. Durch das Auswechseln des Türschlosses ist die Gefahr nicht geringer geworden, denn wenn sie sich den alten Schlüssel besorgen konnten, werden sie sich auch den neuen besorgen können. Und Ljoscha sitzt Tag für Tag hier mit seiner Angst und spielt die Ruhe selbst, wie es sich für einen Mann gehört. Es ist ganz offensichtlich, dass du in eine sehr ernste Lage geraten bist, und er macht sich schon seit langem Sorgen um dich, schon seit Wochen kann er erst aufatmen, wenn du abends endlich nach Hause kommst, und du selbstsüchtige Ignorantin bist nicht einmal auf die Idee gekommen, ihn wenigstens ab und zu aus dem Büro anzurufen und wissen zu lassen, dass alles in Ordnung ist. Liebe und Angst. Larzew und seine Tochter. Lena Lutschnikowa und ihr Halunke von Ehemann. Der Parteifunktionär Alexander Alexejewitsch Popow und sein unehelicher Sohn Sergej Gradow. Und noch einmal Sergej Gradow, der Parteifunktionär. Die schöne, trunksüchtige Prostituierte Vika Jeremina. Gradow und das Phantom …

Die analytische Maschine in Nastjas Kopf lief ohne Unterbrechung, auch dann, wenn sie an ihre Beziehung zu Ljoscha dachte, ließ sie der Gedanke an den Mord nicht los. Es würde gut tun, Ljoscha alles der Reihe nach zu erzählen, er war ein aufmerksamer, scharfsinniger Zuhörer und würde sofort jede Unstimmigkeit in ihrem Bericht erkennen.

»Es waren einmal Lena und Vitalij, die als Zeitarbeiter aus der Provinz nach Moskau kamen«, begann Nastja, nachdem sie es sich am Küchentisch bequem gemacht und ihre kalten Finger um eine Tasse mit heißem Kaffee geschlungen hatte.

Der ausführliche Bericht über die Ereignisse des Jahres neunzehnhundertsiebzig dauerte fast eine halbe Stunde. Bevor Nastja auf den Mord an Vika kam, erzählte sie Ljoscha vom Kosmos-Verlag.

»Der Verlag hat die Angewohnheit, eingehende Manuskripte prinzipiell nicht an die Autoren zurückzuschicken. Der Autor kann sein unsterbliches Werk zwar jederzeit zurückbekommen, muss es aber persönlich in der Redaktion abholen. Die unabgeholten Manuskripte verschwinden irgendwohin, und dann tauchen einzelne Episoden oder Ideen aus diesen Manuskripten plötzlich in den Werken des berühmten westlichen Bestsellerautors Jean-Paul Brisac auf, dessen Thriller enorme Auflagen erreichen. Der Untersuchungsführer Smeljakow, der sich auf seine alten Tage entschlossen hatte, zur Feder zu greifen, beschrieb in einer Erzählung den Mord an Vitalij Lutschnikow und die anschließende Aktenfälschung, bei der die Existenz von zwei Augenzeugen vertuscht wurde. Er brachte sein Manuskript zu Kosmos, und von dort ging es postwendend an den geheimnisvollen Brisac, der unter dem Titel ›Todessonate‹ einen seiner Thriller daraus machte. Aus dem dilettantischen Werk eines Anfängers hat der Meister ein großartiges Plagiat geschaffen. Und eines Tages überträgt ein russischer Rundfunksender in seinem Literaturprogramm Passagen aus dem neuen Bestseller in russischer Übersetzung. Wie es der Teufel will, hört Vika diese Sendung. Das, was sie vor dreiundzwanzig Jahren mit eigenen Augen gesehen und was Smeljakow in seiner Erzählung beschrieben hat, war als eine der eindrucksvollsten und unheimlichsten Szenen der ›Todessonate‹ in Brisacs Werk eingegangen. Und ausgerechnet mit dieser Szene wird im Rundfunk um die Gunst der russischen Leserschaft geworben. Doch für Vika stellt sich das alles ganz anders dar. Die in der Kindheit erlebte Szene hat sich tief in ihr Unterbewusstsein eingeprägt, und ohne zu wissen, wo das Bild herkommt, träumt sie ihr Leben lang von den fünf blutroten Linien mit dem grünen Violinschlüssel. Als sie im Radio plötzlich die Beschreibung ihres eigenen Traumes hört, gerät sie in schreckliche Verwirrung. Alles hätte wahrscheinlich seinen vorgezeichneten Lauf genommen, am ehesten hätte Vika sich wohl eine psychiatrische Diagnose eingehandelt, wäre nicht Valentin Kosarj aufgetaucht. Ein offener, kommunikativer Mensch, der sich seiner Umwelt gegenüber anteilnehmend und wohlwollend verhält und jedem Nächstbesten, unter anderen auch seinem Freund Bondarenko vom Kosmos-Verlag, von Vikas seltsamen Krankheitssymptomen erzählt. Und Bondarenko fällt ein, dass er irgendwann einmal schon etwas über diesen unseligen grünen Violinschlüssel gelesen hat. Jeden anderen hätte das nicht weiter gekümmert, aber nicht so Kosarj. Er nimmt sich vor, Boris Kartaschow anzurufen und ihm von seinem Gespräch mit Bondarenko zu berichten.«

Nastja hielt inne und goss sich eine neue Tasse Kaffee ein.

»Und wie geht es weiter?«, fragte Ljoscha ungeduldig.

»Alles Weitere sind nur Vermutungen. Vielleicht hat Kosarj wirklich angerufen. Aber Boris Kartaschow ist gerade verreist, und Kosarj hinterlässt eine Nachricht auf seinem Anrufbeantworter. Vika, die einen Schlüssel zu Kartaschows Wohnung besitzt, kommt zu ihm nach Hause, hört den Anrufbeantworter ab, vernimmt Kosarjs Nachricht und setzt sich mit Bondarenko in Verbindung. Dieser versucht, das besagte Manuskript zu finden, aber ohne Erfolg. Er möchte der attraktiven jungen Frau helfen und bietet ihr an, mit ihr zusammen Smeljakow, den Autor des verschollenen Manuskripts, aufzusuchen. Sie wollen sich in zwei Tagen, am darauf folgenden Montag, wieder treffen, aber Vika erscheint nicht, und Bondarenko vergisst die ganze Geschichte. Und eine Woche später wird Vika erwürgt und misshandelt aufgefunden. Und zwar ganz in der Nähe von Smeljakows Wohnort. Ganz offensichtlich ist sie tatsächlich zu ihm gefahren, nur aus irgendeinem Grund nicht mit Bondarenko.«

»Warte«, sagte Ljoscha stirnrunzelnd, »ich verstehe nicht, was hier Fakten und was Vermutungen sind.«

»Kosarj wollte Kartaschow anrufen, das ist eine von Bondarenko bestätigte Tatsache. Vika war im Besitz von Kartaschows Wohnungsschlüssel, auch das ist uns bekannt. Sie hat sich mit Bondarenko getroffen, er hat auf ihre Bitte hin nach dem Manuskript gesucht, hat es aber nicht gefunden und mit Vika vereinbart, gemeinsam den ehemaligen Untersuchungsführer aufzusuchen. Das alles wissen wir von Bondarenko selbst. Aber ich weiß nicht, ob Kosarj wirklich bei Boris angerufen und eine Nachricht hinterlassen hat, ich weiß nicht, ob Vika in Kartaschows Wohnung war und die Nachrichten auf dem Anrufbeantworter abgehört hat. Das sind nur Vermutungen.«

»Im Vergleich zu der Vielzahl der Fakten halten sich deine Vermutungen in Grenzen, und sie scheinen durchaus zu den Fakten zu passen. Erzähl weiter.«

»Viel mehr weiß ich nicht. Ich weiß nur, dass es jemanden gibt, der um jeden Preis verhindern möchte, dass die Vorgänge aus dem Jahr neunzehnhundertsiebzig ans Tageslicht kommen, und dieser Jemand hat erfahren, dass Vika im Verlag war und am Montag darauf zusammen mit Bondarenko zu Smeljakow fahren wollte. Vika machte kein Geheimnis aus ihrem Interesse an dem verschollenen Manuskript, und sie verschwieg auch nicht, woher sie Bondarenkos Telefonnummer hatte. Eine weitere Tatsache, die wir festgestellt haben, spricht dafür, dass Bondarenkos Nachricht auf dem Anrufbeantworter gelöscht wurde. Ich könnte mir vorstellen, dass die Leute, die Vika eine Woche lang gefangen hielten und schließlich ermordeten, ihr den Schlüssel zu Kartaschows Wohnung abnahmen, dort eindrangen und die Nachricht löschten. Anschließend brachten sie Kosarj um.«

»Sie brachten ihn um?«

»Ja, sie haben ihn überfahren. Der Fahrer beging Fahrerflucht und wurde bis heute nicht gefunden. Kosarj starb auf der Stelle. Vika und Kosarj waren tot, die Nachricht auf dem Anrufbeantworter gelöscht und auf diese Weise alle Hinweise auf den Kosmos-Verlag beseitigt.«

»Und wofür all diese grandiosen Anstrengungen?«

»Wenn man das wüsste! Aber das ist noch nicht alles. Nachdem die Ermittlungen im Mordfall Jeremina eingeleitet sind, werden noch größere Anstrengungen unternommen, um die Aufklärung des Verbrechens zu verhindern. Zuerst wird eine Version in Umlauf gebracht, nach der die psychisch kranke Vika irgendwo auf der Straße einem zufälligen Banditen in die Hände gefallen sein soll. Dann, als Brisac ins Visier der Kripo gerät und niemand mehr an Vikas psychische Erkrankung glaubt, beginnen sie damit, zuerst mich, dann Larzew unter Druck zu setzen. Das Ergebnis hast du letzte Nacht mit eigenen Augen gesehen.«

»Aber was tut Larzew zur Sache?«

»Sie haben Wolodja gezwungen, die Zeugenaussagen in der Akte zu fälschen. Als sich herausstellte, dass die Sache so nicht funktioniert, haben sie mich aufs Korn genommen, aber du hast mir geholfen, eine Weile durchzuhalten. Verstehst du, Ljoscha, sie sind sehr vorsichtig. Mit Larzew hatten sie schon vorher zu tun und wissen, dass er aus Angst um sein Kind den Verstand verloren hat. Er verhält sich ihnen gegenüber nicht wie ein Kripobeamter, sondern wie ein Vater, der alles tun würde, um sein Kind zu retten. Sie haben sich ausgiebig mit ihm beschäftigt und herausgefunden, wo seine Schwachstelle liegt. Aber womit sie es bei mir zu tun haben, wissen sie noch nicht so recht. Mein Verhalten lässt sich für sie nicht einordnen, sie wissen nicht, ob sie mich für dumm oder für besonders schlau halten sollen. Deshalb lassen sie sich die Kastanien erst einmal von anderen aus dem Feuer holen. Sie haben Larzews Tochter entführt, damit er mich zwingt, das zu tun, was sie wollen. Wolodja hat ihnen bisher gehorcht, und sie wissen, dass er das auch weiterhin tun wird. Mich hingegen können sie nicht einschätzen.«

»Ich weiß nicht«, sagte Ljoscha schulterzuckend, »ich an seiner Stelle ...«

»Du an seiner Stelle ...«, erwiderte Nastja scharf. »Ich weiß, was du tun würdest. Aber du bist Ljoscha Tschistjakow mit deinem eigenen Gehirn und deiner eigenen Lebenserfahrung. Er hingegen ist Wolodja Larzew, ein Mensch mit anderen Werten, einem anderen Charakter, einer anderen Lebenserfahrung und anderen Verlusten. Alle Menschen sind verschieden und handeln deshalb auch unterschiedlich. Wir dürfen andere nicht mit unseren Maßstäben messen, das bringt nur Unglück.«

»Wann wird Larzew seine Tochter zurückbekommen? Können wir beide etwas tun, damit das so schnell wie möglich geschieht?«

Nastja antwortete nicht. Sie starrte schweigend in die halb leere Kaffeetasse, als könnte sie darin die Antwort auf Ljoschas Frage entdecken.

»Hörst du mich?«, fragte Ljoscha. »Was können wir tun, um Larzew zu helfen?«

»Ich fürchte, wir können gar nichts tun«, erwiderte Nastja mit kaum hörbarer Stimme.

»Wie meinst du das?«

»Erfahrungsgemäß werden Geiseln nicht wieder freigelassen.«

»Wie kannst du so eiskalt darüber sprechen? Es kann nicht sein, dass man nichts tun kann, ich glaube dir nicht. Du gibst dich einfach geschlagen, weil dir nichts einfällt. Komm zu dir, Nastja, wir müssen etwas tun.«

»Rede keinen Unsinn«, unterbrach Nastja ihn scharf. »Du kennst mich schlecht, wenn du glaubst, ich könnte mich geschlagen geben. Sie werden das Mädchen nicht wieder freigeben, weil es schon zu groß ist. Würde es sich um ein zwei-, dreijähriges Kind handeln, bestünde eine Chance, weil ein Kind in diesem Alter keine Zeugenaussagen machen kann. Aber ein elfjähriges Mädchen erinnert sich und kann alles beschreiben. Es wird erzählen, was es zu essen bekommen hat, worüber die Geiselnehmer miteinander gesprochen, welche Ausdrücke sie gebraucht haben, was man aus dem Fenster gesehen hat, welche Geräusche zu hören waren und vieles mehr. Und danach ist es nur noch eine Frage der Technik und der Geduld, sie zu finden. Deshalb wird eine Geisel niemals freigelassen. Es gibt bei Entführungen allerdings noch ein anderes Gesetz, und man kann nur hoffen, dass es auch in diesem Fall greifen wird.«

»Welches Gesetz?«

»Je mehr Zeit die Entführer mit ihrer Geisel verbringen, desto schwerer fällt es ihnen, sie zu ermorden. Sie fangen an, sich an sie zu gewöhnen, eine Beziehung zu ihr aufzubauen. Je länger sie Nadja festhalten, desto größer wird unsere Chance. Sie werden sie natürlich nicht einfach so wieder laufen lassen, aber sie werden sie vielleicht auch nicht umbringen, zumindest nicht gleich. Larzew will das alles nicht sehen, er ist verzweifelt und spielt ihr Spiel mit. Aber wenn sie richtige Profis sind, ist das Mädchen wahrscheinlich gar nicht mehr am Leben.«

»Du bist ein Ungeheuer«, sagte Ljoscha entrüstet. »Wie kannst du nur so ruhig über solche Dinge sprechen?«

»Sag mir jetzt noch, dass ich eine moralische Missgeburt bin. Aber ich sehe die Dinge einfach nüchterner und realistischer als Larzew. Vielleicht deshalb, weil ich keine Kinder habe, in dieser

Hinsicht hat er Recht. Aber wenn ich anfange, mir die Haare zu raufen, zu jammern und zu klagen, wird sich an der Situation auch nichts ändern. Wenn das Mädchen bereits tot ist, haben wir freie Hand und können tun, was wir für richtig halten, um die Verbrecher zu fassen, aber dann riskieren wir, dass Larzew hier auftaucht und uns tatsächlich umbringt. Und wenn Nadja noch am Leben ist, bleibt uns ebenfalls nichts anderes übrig, als hier zu sitzen und uns mucksmäuschenstill zu verhalten, um die Verbrecher nicht zu provozieren. Wir können nur hoffen und beten, dass es uns gelingt, sie so lange wie möglich hinzuhalten. Jeder Tag, jede Stunde, die Nadja in ihrer Gewalt verbringt, wird eine Folter für sie sein, ein Trauma, aber je länger es dauert, desto größer wird die Chance, dass sie am Leben bleibt. Darum sitze ich hier und überlege ununterbrochen, wie wir Zeit schinden können, ohne ihr Misstrauen zu wecken. Und du machst mir eine Szene, weil ich dich bitte, das Radio leiser zu stellen.«

»Ich entschuldige mich, mein Schatz. Einigen wir uns darauf, dass wir beide nicht Recht hatten. Aber du musst zugeben ...«

Ljoscha wurde vom Läuten des Telefons unterbrochen.

»Wie geht es dir, Nastjenka?«, erkundigte sich Knüppelchen besorgt.

»Schlecht, Viktor Alexejewitsch. Der Arzt war hier und hat mich für zehn Tage krankgeschrieben. Ich muss das Bett hüten, soll viel schlafen und darf mich nicht aufregen.«

»Du hast es gut«, seufzte Gordejew neidisch. »Und ich werde hier kübelweise mit Dreck übergossen.«

»Von wem?«

»Zuerst von Olschanskij. Sein Abteilungsleiter hat ihn zu sich gerufen und ihm den Marsch geblasen. Wenn ihr im Mordfall Jeremina nicht weiterkommt, hat er gebrüllt, dann gebt es ehrlich zu und stellt die Ermittlungen ein, anstatt so zu tun, als würdet ihr euch die Beine ausreißen. Nachdem er die Akte höchstpersönlich durchgelesen und festgestellt hatte, dass seit dem sechsten Dezember keine einzige neue Unterlage hinzugekommen ist, hat er Kostja einen Nichtstuer geschimpft und ihm befohlen, sofort die Einstellung der Ermittlungen anzuordnen. Danach ist Kostja auf mich losgegangen, und ich habe ihm natürlich auch eine entsprechende Abreibung erteilt. Meine Ermittler wissen nicht, wo ihnen der Kopf steht vor Arbeit, und solche Untersuchungsführer wie er tun selbst überhaupt nichts, sondern warten nur darauf, dass andere ihnen die Fälle lösen. Und gleich darauf kam Gontscharow, du weißt schon, der Leiter der operativen Kräfte, angestürzt und hat mich ebenfalls beschimpft. Ihm würden hinten und vorn die Leute fehlen, und wenn ich ihm keine Personalanweisung vom General selbst vorlegen könne, würde er seine Leute von allen unseren Objekten abziehen. Insofern stehen jetzt alle, die im Mordfall Jeremina ermittelt haben, nackt da.«

»Dann lassen Sie sich doch eine Personalanweisung vom General geben, wo ist das Problem?«

»Ich habe es versucht.«

»Und?«

»Natürlich hat es nicht geklappt. Ich musste mir nur wieder anhören, dass wir alles falsch machen, du, ich und der ganze Rest. Du weißt es vielleicht noch nicht, aber ein Vorstandsmitglied der Junost-Bank wurde ermordet. Das ist jetzt der Fall Nummer eins, in den wir unsere gesamten Kräfte investieren müssen. So ungefähr ist die Lage.«

»Man setzt Ihnen ja ganz schön zu«, sagte Nastja mitfühlend.

»Das kann man wohl sagen. Außerdem habe ich das Gefühl, Kindchen, dass jemand alle Register zieht, um zu erreichen, dass die Ermittlungen im Mordfall Jeremina eingestellt werden.«

Jetzt ist alles aus, dachte Nastja und fühlte, wie eiskaltes Entsetzen in ihr aufstieg. Warum zum Teufel hat Gordejew das gesagt? Er hat nichts verstanden. Oder die Ärztin hat ihm nichts ausgerichtet. Alles ist aus.

»Und was nun?«, fragte sie vorsichtig.

»Nichts. Wir hatten ja sowieso vor, die Ermittlungen einzustellen, du hast mir ja heute Morgen selbst gesagt, dass alle Möglichkeiten zur Aufklärung des Falles ausgeschöpft sind. Und Kostja Olschanskij ist derselben Meinung. Wir mögen es einfach nur beide nicht, wenn man versucht, uns unter Druck zu setzen. Ich bin störrisch geworden auf meine alten Tage. Es ist ein großer Unterschied, ob man eine Entscheidung selbst trifft oder ob sie einem aufgezwungen wird. Früher hat man bekanntlich alles geschluckt, was von oben kam, aber die Zeiten haben sich schließlich geändert. Wenn man versucht, mich zu bevormunden, möchte ich zum Trotz genau das Gegenteil tun.«

»Regen Sie sich nicht auf, Viktor Alexejewitsch, die heutigen Chefs sind schließlich immer noch die von früher, was will man von ihnen erwarten? Sie verhalten sich so, wie sie es gewohnt sind, nach den alten Mustern. Ärgern Sie sich nicht, Ihre Gesundheit sollte Ihnen wichtiger sein«, sagte Nastja.

»Du hast völlig Recht. Jetzt, nachdem ich mich bei dir ausgeweint habe, ist mir sowieso schon wohler. Brauchst du vielleicht etwas? Lebensmittel, Medikamente?«

»Danke. Ljoscha ist bei mir, ich bin bestens versorgt.«

»Hör mal, soll ich dich vielleicht zu meinem Schwiegervater in die Klinik bringen, damit er dich mal anschaut? Immerhin ist es das Herz bei dir, damit spaßt man nicht.«

Gordejews Schwiegervater, Professor Woronzow, leitete ein großes Herzzentrum in Moskau und genoss weltweite Anerkennung als Herzspezialist.

»Nicht nötig, ich liege noch nicht im Sterben«, sagte Nastja scherzhaft. »Ich ruhe mich ein paar Tage aus, dann bin ich wieder völlig in Ordnung.«

»Wie du meinst. Ruf an, wenn du etwas brauchst.«

Nastja legte den Hörer auf und setzte sich aufs Sofa, um sich zu beruhigen. Das Herz klopfte ihr bis zum Hals. Knüppelchen war in das Spiel eingestiegen. Jetzt war sie, Nastja, am Zug.

* * *

Nachdem Jewgenij Morozow sich von Nastja verabschiedet hatte, machte er sich mit Vergnügen allein an die Arbeit. Zuallererst wollte er versuchen, den spurlos verschwundenen Sascha Djakow zu finden, und begab sich in den nördlichen Bezirk, wo Djakow polizeilich gemeldet war und wo außerdem ein zuverlässiger Informant von Morozow wohnte. Der Informant hatte einen komplizierten Namen, er hieß Nafanail Anfilochijewitsch, aber seine Bekannten nannten ihn einfach Nafanja oder Opa Nafanja, da er inzwischen alt geworden war.

Opa Nafanja hatte zahllose Haftstrafen hinter sich, aber er gehörte nicht zur kriminellen Elite, sondern wurde hauptsächlich wegen Delikten verurteilt, die unter die Rubrik Trunksucht und Rowdytum fielen. In den kurzen Phasen zwischen seinen Lageraufenthalten ging er einer Arbeit nach und besserte sich vorübergehend, trank deshalb aber nicht weniger. Die Natur hatte Nafanja mit einer beneidenswerten Gesundheit ausgestattet, der der regelmäßige Alkoholkonsum nichts anhaben konnte. Auf seine alten Tage beschloss er, sich in der Nähe seiner Kinder und Enkel niederzulassen, und obwohl ihm klar war, dass diese keinerlei Zuneigung zu ihm hegten, hoffte er dennoch darauf, dass sie ihn nicht dem Schicksal eines hilflosen, gebrechlichen Alters überlassen würden.

Aufgrund seiner häufigen Lageraufenthalte hatte Opa Nafanja es nicht geschafft, in den Genuss einer Rente zu kommen, deshalb arbeitete er trotz seines Alters an drei verschiedenen Stellen als Wächter und verdiente sich außerdem da und dort noch etwas hinzu. Schließlich war es mit so einer Latte von Haftstrafen nicht gerade billig, sich eine Wohnberechtigung in Moskau zu verschaffen.

Morozow hatte Nafanja kennen gelernt, als er noch Oberleutnant war, weshalb dieser ihn stets »Oberst« nannte. Die beiden verband eine stabile, beinah herzliche Beziehung. Nafanja war Morozow zu nichts verpflichtet, aber von allen Milizionären, die die Dienste des Alten in Anspruch nahmen, war der »Oberst« der Einzige, der immer sofort bar bezahlte.

»Tag, Oberst«, sagte Nafanja zur Begrüßung, als er den Hauptmann in der Eingangshalle der Behörde erblickte, in der er heute Wache hielt.

»Tag, Opa«, erwiderte Morozow freundlich. »Wie geht's, wie steht's?«

»Nichts geht, alles steht«, sagte Nafanja wie üblich. »Was führt dich zu mir?«

»Ich möchte eine Tasse Tee mit dir trinken und mich ein bisschen unterhalten. Hast du Zeit?«

»Warum denn nicht, ist doch eine gute Sache, so eine Unterhaltung. Heute ist ein kurzer Arbeitstag, um eins gehen schon alle nach Hause, danach können wir uns in Ruhe ein Teechen gönnen und ein Schwätzchen machen. Oder brennt es bei dir?«

Morozow warf einen Blick auf seine Armbanduhr. Es war Viertel vor zwölf. Einerseits kam es auf anderthalb Stunden nicht an, zumal diese Nebelkrähe von der Petrowka jetzt aus dem Spiel war, andererseits … Wie es der Teufel wollte …

»Ein bisschen brennt es schon«, gestand der Hauptmann.

»So ist das also«, grunzte der Alte zufrieden. »Sobald es brennt, kommt ihr alle zu Nafanja gelaufen, ohne mich geht bei euch nichts. Setz dich hierhin, in den Sessel, rück ihn näher zu mir heran, damit wir uns bequem unterhalten können und ich dabei noch das Telefon abnehmen kann. So weit habe ich es also gebracht!« Der Alte lächelte siegesgewiss. »Ich empfange die Miliz höchstpersönlich und biete ihr Platz in meinem Sessel an. Also, Oberst, sprich, wo drückt der Schuh?«

Das vertrauliche Geplapper des Alten konnte Morozow nicht täuschen. Er kannte Nafanja schon zu lange und zu gut, um seiner demonstrativen Freude darüber, dass er die Miliz empfangen durfte, Glauben zu schenken. Der Hauptmann wusste, was sich hinter seiner Freundlichkeit verbarg. Nafanja fragte sich angestrengt, was der »Oberst« wohl von ihm wollte und was er ihm sagen durfte und was nicht, um sich nicht den Zorn der anderen Seite zuzuziehen.

»Ich suche einen jungen Burschen, der Sascha Djakow heißt. Er ist verschwunden, und wir können ihn nicht finden.«

»Warum suchst du ihn denn? Hat er etwas angestellt, dieser Djakow, oder gibt es andere Gründe?«

»Du stellst vielleicht Fragen, Nafanja. Du weißt doch, dass ich bei der Vermisstenfahndung arbeite. Ich frage nicht danach, ob jemand etwas angestellt hat oder nicht, meine Aufgabe ist es, den Vermissten zu finden.«

»Und warum suchst du ihn ausgerechnet hier?«

»Er ist hier, im nördlichen Bezirk, polizeilich gemeldet. Und es gehört zum kleinen Einmaleins des Milizionärs, mit der Suche nach einer verschwundenen Person an ihrem Wohnort zu beginnen, bei der Familie, bei den Freunden.«

»Zählst du mich etwa zu seiner Familie oder zu seinen Freunden?«

»Ist gut, Opa Nafanja, genug gescherzt. Kannst du mir weiterhelfen?«

Aus Opa Nafanjas Gesicht verschwand in einem einzigen Augenblick das schalkhafte Grinsen. Den Namen Djakow hatte er noch nie gehört, das beruhigte ihn, und er begann, angestrengt darüber nachzudenken, wie er dem »Oberst« helfen könnte.

»Wo wohnt dieser Djakow?«

Nachdem Morozow ihm die Adresse genannt hatte, fielen dem Alten sofort die Orte ein, wo die jungen Leute aus diesem Viertel ihre Treffpunkte hatten, zudem nannte er dem Hauptmann den Namen des Mannes, der in dieser Gegend der »Boss« war und über jeden alles wusste. Dieser Mann hatte angeblich lange Zeit für den KGB gearbeitet, später wurde er nicht mehr gebraucht und vergessen. Aus Zorn darüber verkaufte er sich an die örtliche Miliz und gleichzeitig an die Mafia, die den regionalen Schwarzmarkt für Autoersatzteile kontrollierte.

»Wenn der nichts über diesen Djakow weiß, dann weiß niemand etwas«, versicherte der Alte dem Hauptmann. »Nur sag auf keinen Fall, dass du von der Miliz bist und dass ich dich geschickt habe. Geh zuerst zum Markt, zu Said, er ist dort der Boss, bei ihm kannst du dich auf mich berufen, und wenn du Glück hast, wird er dich zu diesem Mann bringen. Aber mit Said ist es nicht ganz einfach, er ist sehr misstrauisch, man kommt schwer an ihn heran.«

»Mach dir keine Sorgen, Alter, deinen Said werde ich schon überreden. Hast du vergessen, wie oft du mir schon solche Tipps gegeben hast? Und es war nie ein Reinfall. Und in Schwierigkeiten habe ich dich auch noch nie gebracht. Ich bin ja kein Anfänger und gehe nicht mit leeren Händen zu ihnen.«

»Das ist auch wieder wahr«, bestätigte Opa Nafanja, während er indischen Tee aufbrühte. »Auf dich, Oberst, konnte ich mich immer verlassen, dein Wort ist wie ein Fels. Du bist eben noch ein Bulle der alten Schule, solche wie dich gibt es nicht mehr viele. Und diese Jungen wissen gar nicht mehr, was Arbeit ist. Sie finden mit uns Alten keine gemeinsame Sprache mehr. Soll ich dir den Tee etwas stärker machen?«

Der Alte goss Tee-Extrakt in die Gläser, füllte sie mit kochendem Wasser auf, öffnete eine Schachtel Würfelzucker und kramte aus seinem Schreibtisch eine Plastiktüte mit Gebäck hervor.

»Du beleidigst mich, Alter«, sagte Morozow vorwurfsvoll und holte aus seiner Sporttasche eine große runde Dose, die mit lustigen Schlittschuhfahrern bemalt war. »Ich war noch nie ein Kostgänger. Bedien dich, es sind holländische Kekse.«

»Das lasse ich mir gefallen«, sagte Nafanja erfreut. »Gleich sind hier alle weg, und wir kippen uns ein paar Tropfen Wodka in den Tee, um das bevorstehende neue Jahr zu begießen. Schmeckt gut«, sagte er, nachdem er die Dose geöffnet und sich gleich mehrere Kekse in den Mund geschoben hatte.

»Greif zu«, lächelte Morozow. »Und was die Jungen betrifft, da hast du hundertprozentig Recht, Alter. Die alte Schule ist ausgestorben, diese Jungen sind völlig unfähig. Entweder bringt man ihnen nichts mehr bei, oder sie wollen selbst nichts lernen. Früher, als man noch eine hohe Aufklärungsrate von uns verlangt hat, haben wir Kopfstände gemacht, um ein Verbrechen aufzuklären. Wer sein Soll nicht erfüllte, bekam eine Rüge oder wurde sogar degradiert. Eine einzige Rüge, und die Prämie war weg. Nach fünf Rügen wurde man aus der Warteliste der Wohnungsbaugesellschaft gestrichen und so weiter. Man hielt uns an der Kandare, und wir haben pariert. Heute interessiert sich niemand mehr für die Aufklärungsrate, kostenlose Wohnungen stehen nicht mehr zur Verfügung, die Partei ist abgeschafft, wen oder was sollte man noch fürchten? Die Jungen wollen nicht mehr arbeiten und nichts mehr lernen, und uns Alte betrachten sie von oben herab.«

»Ja, ja, so ist es«, bestätigte Nafanja, »ich habe auch schon festgestellt, dass sie nichts mehr können, diese Jungen, und vor allem wollen sie nicht lernen. Da kommt doch neulich einer von der örtlichen Miliz zu mir, die haben gerade einen Praktikanten für einen Monat bekommen, und ausgerechnet ich soll ihm auf die Sprünge helfen, damit er einen glänzenden Praktikumsabschluss macht. Man stelle sich bloß einmal vor, Oberst, was mit der Welt passiert sein muss, wenn die Miliz sich an mich, einen mehrfach Vorbestraften, wendet, damit ich einem Praktikanten zu einer hohen Aufklärungsrate verhelfe und er dann aufgrund seiner Erfolge einen guten Posten bekommt. Es wäre ja noch angegangen, wenn man ihn zu mir geschickt hätte, damit ich ihm etwas Verstand beibringe, ihm die Gegend zeige und etwas von den Leuten hier erzähle, das hätte ich verstanden, aber ich sollte mich schließlich an einem Betrug beteiligen. Die haben überhaupt kein Gewissen mehr.«

»Und was ist aus der Geschichte geworden?«, erkundigte sich Morozow. »Hast du dem Knaben geholfen?«

»Es kam nicht dazu, Gott sei Dank.«

»Und warum nicht?«

»Man hat mir gesagt, dass er am ersten Dezember anfangen wird, aber bis jetzt ist er nicht bei mir aufgetaucht. Vielleicht haben sie es sich überlegt und ihm eine andere Praktikantenstelle zugewiesen. Da hast du wieder ein Beispiel«, sagte der Alte ärgerlich. »Man kann sich auf niemanden mehr verlassen. Da wird man um einen Gefallen gebeten, und dann hört man einfach nichts mehr. Man teilt mir nicht einmal mit, dass ich nicht mehr gebraucht werde. Mir kann es ja egal sein, wenn nicht, dann nicht, aber Ordnung muss sein. Was meinst du dazu, Oberst?«

Nafanjas Worte erreichten Morozow wie durch Watte. Er erinnerte sich an den Praktikanten Mestscherinow, den er einmal hatte sagen hören, er sei im letzten Moment zur Petrowka gekommen. Eigentlich hätte man ihm bereits eine Praktikantenstelle im nördlichen Bezirk zugewiesen.

Wer musste ein ganz gewöhnlicher Student der Polizeihochschule sein, dass man sich so rührend um ihn kümmerte? Mindestens der Sohn des Innenministers. Oder … Morozow hatte sich ohnehin gewundert, dass die Nebelkrähe von der Petrowka den Fall plötzlich aufgegeben hatte. Warum hatte sie das getan? Hatte sie womöglich der Praktikant so durcheinander gebracht? Hatte er ihr vielleicht ebenfalls Informationen vorenthalten, wie auch er, Morozow selbst, nur mit einer anderen Absicht? Mit welcher Absicht? Die Antwort auf diese Frage war nicht nur unangenehm, sondern ausgesprochen beängstigend.

Und noch beängstigender erschien Morozow nun der morgige Tag. Wenn in den Mordfall Jeremina solche Mächte verwickelt waren, dann war es möglich, dass er, Jewgenij, den morgigen Tag gar nicht mehr erleben würde. Er hatte mit dem Kopf durch die Wand gehen wollen, hatte sich etwas auf seine Professionalität eingebildet, auf seine Erfahrung, seine Zähigkeit, darauf, dass es ihm gelungen war, die Kamenskaja auszubooten. Aber in Wahrheit war er schon die ganze Zeit an einem Abgrund entlanggegangen, und es erschien ihm jetzt wie ein Wunder, dass er überhaupt noch am Leben war.

Schon heute oder spätestens morgen würden die entsprechenden Leute von Nafanja erfahren, dass er, Morozow, sich für Djakow interessierte, und dann würde er nicht mehr lange unter den Lebenden weilen. Sollte er den Alten bitten, die Sache für sich zu behalten? Dann würde er erst recht seinen Gönner von der örtlichen Miliz informieren, und wahrscheinlich nicht nur den.

»Was ist mit dir, Oberst?«, fragte Nafanja. »Warum bist du plötzlich so nachdenklich?«

»Nur so«, erwiderte der Hauptmann matt. »Es wird Zeit zum Abtreten für mich, ich bin müde. Die Rente ist mir schon sicher, wozu den Karren noch weiterziehen. Mit den Jungen komme ich sowieso nicht mehr zurande, sie bringen mich nur unter die Erde.

Ich bin zu dir gekommen, um dich nach diesem Djakow zu fragen, aber in Wirklichkeit denke ich an meinen Garten, an das neue Treibhaus, das ich brauche. Allein kann ich es nicht bauen, und um einen Handwerker zu bezahlen, fehlt mir das Geld. Und überhaupt …«

Nachdem Morozow auf die Straße hinausgetreten war, in die kalte Luft, fasste er wieder etwas Mut. Er versuchte, sich an alles zu erinnern, was er über Oleg Mestscherinow wusste, wie er ging, wie er sprach, wie er arbeitete. Doch sosehr er sein Gedächtnis auch anstrengte, er konnte keinerlei Anzeichen dafür entdecken, dass der Praktikant die Aufklärung des Falles hintertrieb. Dafür sah er jetzt glasklar vor sich, dass die Nebelkrähe niemandem traute, auch dem Praktikanten nicht.

Hat sie etwa schon damals gewusst, dass er auf der anderen Seite steht?, fragte er sich. Die Gedanken des Hauptmannes begannen sich sehr schnell zu verwirren, er konnte komplizierte Zusammenhänge nicht durchschauen, dazu besaß er nicht genug Scharfsinn und analytische Fähigkeit. Er verfluchte sich für seine Begriffsstutzigkeit, versuchte, alles noch einmal von vorn aufzurollen, und begriff plötzlich, dass es sinnlos war. Heute wurden ganz andere Verbrechen begangen als früher, und mit den alten Methoden kam man ihnen nicht mehr bei. Heute brauchte man solche wie die Kamenskaja, die ausländische Bestseller las und tagelang in uralten Akten im Archiv herumwühlte. Und er hatte versucht, die Täter auf die alte Weise, mit seinen nackten Händen, zu fassen, er hatte versucht, im Alleingang einen Mordfall aufzuklären und es mit Leuten aufzunehmen, die sogar ihre eigenen Praktikanten bei der Kripo hatten. Es war tatsächlich ein Wunder, dass er noch lebte.

Hauptmann Jewgenij Morozow bestieg die Metro, verließ sie an der Tschechowskaja und wollte sich auf den Weg zur Petrowka 38 machen. Doch noch bevor er seinen Fuß auf die Rolltreppe setzen konnte, hatte die Nachricht, dass Hauptmann Morozow Sascha Djakow suchte, die entsprechenden Leute bereits erreicht, und diese hatten die für sie notwendigen Konsequenzen daraus gezogen. Opa Nafanja finanzierte sich gewissenhaft sein geruhsames Alter. Im Gegensatz zu Morozow hatte er sich der neuen Generation der Kriminellen längst angepasst.

* * *

Arsenns kleine helle Äuglein versprühten Blitze. Er hatte von Anfang an gewusst, dass diese Sache kein gutes Ende nehmen würde. Nichts, aber auch gar nichts war nach Plan verlaufen, und das war jetzt das Resultat! Warum nur hatte er sich auf diese Geschichte eingelassen, warum nur!

Der erste Fehler bestand darin, dass er sich zu spät eingeschaltet hatte. Diejenigen, die die Dienste des Kontors nicht zum ersten Mal in Anspruch nahmen, wussten, dass es besser war, sich nicht erst nach der Verübung eines Verbrechens an Arsenn zu wenden, sondern nach Möglichkeit vorher. Das Kontor verfügte über erfahrene Berater, die genau wussten, was man tun musste, um danach möglichst wenig Druck auf möglichst wenig Leute ausüben zu müssen. Je weniger Arbeit, desto weniger Geld, aber dafür war auch das Risiko geringer, das hatte die Erfahrung eindeutig gezeigt. Deshalb nahm Arsenn immense Honorare für solche Konsultationen. Ideale Kunden befragten ihn nicht nur nach dem Wie, sondern auch nach dem Wann und Wo, sodass Arsenn in Übereinstimmung mit dem Dienstplan seiner Leute Zeit und Ort der Handlung festlegen und seine Leute entsprechend einsetzen konnte. »Arbeite prophylaktisch« war Arsenns Devise, und sie zahlte sich immer und in allem aus. Aber mit diesem Gradow hatte er sich zu spät eingelassen, zwei Morde waren bereits begangen, und dann stellte sich auch noch heraus, dass man das Mädchen vor seiner Ermordung eine ganze Woche in einem Haus auf dem Land gefangen gehalten hatte. Kurz, Gradows Leute hatten sehr unprofessionell gearbeitet und eine Menge Spuren hinterlassen, die selbst einem Blinden auffallen mussten. Die meiste Arbeit hatte man darauf verwenden müssen, diese Spuren wieder zu verwischen.

Arsenns zweiter Fehler hatte darin bestanden, dass er sich auf die Zusammenarbeit mit Gradows Leuten eingelassen hatte. Das hätte er nicht tun dürfen, er hätte seine eigenen Leute einsetzen müssen, anstatt die Sache den Bengeln zu überlassen, die Onkel Kolja für sich arbeiten ließ. Aber Gradow war geizig, er war habgierig, und das, was er Onkel Kolja bezahlen musste, stand in keinem Verhältnis zu den kolossalen Honoraren, die Arsenn verlangte. Um Geld zu sparen, war er auf Onkel Koljas Leute ausgewichen, und Arsenn hatte das zugelassen. Jetzt verfluchte er sich dafür.

Und Arsenn hatte noch einen dritten Fehler gemacht. Gradow hatte sich nicht nur einmal, sondern sogar zweimal darüber beklagt, dass er sich mit dem Kontor eingelassen hatte. Angeblich hatte er Verbindungen zu Leuten, die mit der Staatsanwaltschaft zusammenarbeiteten, und er hatte Arsenn deutlich zu verstehen gegeben, dass er besser daran getan hätte, sich an diese Leute zu wenden statt an Arsenns Kontor. Gleich beim ersten Mal hätte Arsenn ihm den Stuhl vor die Tür setzen oder, noch besser, eine entsprechende Lektion erteilen sollen.

Soeben hatte man Arsenn mitgeteilt, dass die Kamenskaja einen Anruf von ihrem Chef bekommen hatte, aus dem hervorging, dass Gradow irgendwelche zusätzlichen Hebel betätigt hatte, was bedeutete, dass er Arsenn den erfolgreichen Abschluss der Sache nicht zutraute. Eine Unverschämtheit ohnegleichen! Das gefährdete nicht nur die Sicherheit, sondern verletzte auch Arsenns Eigenliebe. Er wusste, dass er in einem solchen Fall sofort von dem Vertrag mit dem Klienten zurücktreten musste, er konnte ihm eine Abfindung bezahlen oder auch nicht und ihn für die Gefährdung der Sicherheit bestrafen, um anderen ein abschreckendes Beispiel zu geben. Auf jeden Fall war es höchste Zeit, aus dieser Sache auszusteigen, aber Arsenn musste sich eingestehen, dass das nicht so einfach war. Gradows eigenmächtiges Verhalten hatte zu unangenehmen Folgen geführt, die Welle der neuen Ereignisse hatte inzwischen die Kamenskaja erreicht, und jetzt musste man versuchen, sich ohne größeren Schaden aus der Affäre zu ziehen.

Die Kamenskaja war der Ansicht, dass sie von dem unter Druck gesetzt wurde, der die Jeremina umgebracht hatte. Und wenn dieser Druck plötzlich ausbleiben würde, konnte sie auf die Idee kommen, dass derjenige, der das alles organisiert hatte, keine eigenen Interessen verfolgte. Und dann war es auch bis zum Gedanken an die Existenz von Mittelsmännern nicht mehr weit. Die Kamenskaja war ein kluges Mädchen, wenn auch noch sehr unerfahren, aber wenn man sie ein bisschen herannehmen würde, konnte ein guter Profi aus ihr werden. Sie hatte natürlich nicht viel auf dem Kasten, denn sie hatte gar nicht bemerkt, dass ihr die Leute von Arsenn und Onkel Kolja tagelang auf Schritt und Tritt gefolgt waren.

Aber sie hatte ein helles Köpfchen, deshalb musste man sich das Mädchen warm halten, Arsenn hatte sehr weit reichende Pläne mit ihr. Der liebe Gott hatte sie reichlich mit Scharfsinn und Resolutheit ausgestattet.

Arsenn fürchtete sich nicht vor einem Treffen mit Gradow. Wäre man in der Petrowka auf ihn aufmerksam geworden, hätte man sich ihn längst vorgeknöpft oder zumindest eine Observation angeordnet. Aber bis jetzt war nichts dergleichen geschehen. Die Kamenskaja hatte zwar Wind von der Geschichte aus dem Jahr neunzehnhundertsiebzig bekommen, sie ahnte etwas, aber nicht genug, um auf Gradow zu kommen. Anders verhielt es sich natürlich mit Onkel Kolja. Djakow, diesen Burschen, der für ihn arbeitete, hatte sie bestimmt in Verdacht, aber das stellte vorläufig keine große Gefahr dar.

Zu dem Treffen mit Gradow kam Arsenn sieben Minuten zu spät. In Wirklichkeit war er schon vorzeitig da gewesen, aber er hatte sich erst einmal aufmerksam nach allen Seiten umgesehen, nach Gradows Erscheinen hatte er die Straße noch eine Weile beobachtet, und erst als er festgestellt hatte, dass keine verdächtige Person zu sehen war, hatte er die Bar betreten.

»Sie verhalten sich nicht richtig, Alexander Sergejewitsch«, begann er das Gespräch in ruhigem Tonfall, während er den Inhalt des kleinen Likörglases in seinen Kaffee goss.

»Wie meinen Sie das?«, fragte Gradow und zog seine imposanten Augenbrauen hoch.

»Sie wissen sehr gut, was ich meine. Ich habe nicht vor, Ihnen eine Szene zu machen, ich möchte mich im Guten von Ihnen trennen.«

»Aber warum denn? Was ist passiert?«

»Sie sind nicht mehr in dem Alter, mein Lieber, in dem man Sandkastenspiele spielt. Nur Kinder, die etwas angestellt haben, leugnen hartnäckig ihre Schuld, in der Hoffnung, dass die Erwachsenen von nichts wissen.«

»Sie können mich umbringen, aber ich weiß nicht, wovon Sie reden.«

»Keine schlechte Idee«, grinste Arsenn. »Das würde viele Probleme auf einmal lösen. Vielleicht muss man Sie wirklich umbringen, damit Sie endlich keinen Schaden mehr anrichten können. Warum belügen Sie mich? Warum verheimlichen Sie mir die Geschichte mit Nikifortschuk? Trauen Sie mir nicht? Tun Sie sich ruhig mit diesem Schwachkopf von Onkel Kolja und seiner Kinderbande zusammen. Aber ich werde meinen Hintern dafür nicht hinhalten.«

»Ich verstehe nichts«, murmelte Gradow verwirrt. »Ich schwöre Ihnen, ich habe nichts getan, was uns schaden könnte.«

»Das Gespräch ist beendet, Sergej Alexandrowitsch. Wir werden uns jetzt voneinander verabschieden, ich hoffe, für immer. Sie haben meine Arbeit von Anfang an behindert, Sie haben mir wichtige Informationen vorenthalten und mich und meine Leute immer wieder gezwungen, unsere Vorgehensweise zu ändern. Sie haben diese debilen Rambos angeheuert und behauptet, dass sie großartige Profis seien, aber sie haben sich als hirnlose Idioten erwiesen, die die ganze Sache in den Sand gesetzt haben. Und alles das nur deshalb, weil Sie Geld sparen wollten. Ich bin mir sicher, dass Sie mir auch jetzt nicht alles sagen, und das ist gefährlich für mich, denn aufgrund Ihrer Raffgier – verzeihen Sie den Ausdruck – kann ich in eine sehr missliche Situation geraten. Sie trauen mir nicht, und ich traue Ihnen nicht, deshalb sollten wir uns so schnell wie möglich trennen. Unser Vertrag verliert hiermit seine Gültigkeit.«

»Aber Sie können doch nicht ... Was soll ich denn jetzt tun?«

»Das interessiert mich nicht mehr.«

»Aber ich habe Sie doch bezahlt! Arsenn, Sie können mich doch jetzt nicht einfach meinem Schicksal überlassen! Sie haben selbst gesagt, dass wir nur noch ein paar Tage durchhalten müssen, bis zum dritten Januar. Warum lassen Sie mich jetzt im Stich? Wenn ich etwas falsch gemacht habe, dann verzeihen Sie mir bitte, es war bestimmt nicht böse gemeint. Arsenn, ich flehe Sie an, Sie können doch nicht ...«

»Was kann ich nicht?«, sagte Arsenn kalt. »Ich kann alles. Und ich mache, was ich will. Sie interessieren mich nicht, ich brauche Sie nicht, verstehen Sie das endlich. Ich habe auch ohne Sie genug zu tun, ich habe meine eigene Arbeit, die ich sehr gern mache und, wie ich zu hoffen wage, auch nicht schlecht. Und da kommen Sie daher und verlangen von mir, dass ich meine Gewohnheiten ändere und mit fremden Leuten zusammenarbeite. Aber unter solchen Bedingungen kann ich nicht arbeiten, Sie behindern mich nur. Warum sollte ich mich Ihretwegen verrenken? Sie, Herr Gradow, haben große Macht in der Duma, aber für mich sind Sie nichts und niemand. Glauben Sie etwa, ich bin auf Ihr Honorar angewiesen? Mit Ihrem provinziellen Geiz haben Sie nur eines erreicht. Ich bin bereit, Ihnen Ihr gesamtes Honorar zurückzuzahlen, weil mir meine persönliche Sicherheit wichtiger ist als Geld. Womöglich glauben Sie, dass die Auflösung des Vertrages mit Ihnen meinem Ruf schaden wird. Aber ich versichere Ihnen, dass mir das nur zum Vorteil gereichen wird. Schon morgen werden in den entsprechenden Kreisen alle wissen, dass mir Sicherheit mehr wert ist als Geld und dass ich mit solchen, die meine Bedingungen nicht akzeptieren und mich in der Arbeit behindern, kurzen Prozess mache. Merken Sie sich eines, Sergej Alexandrowitsch, es gibt auf der ganzen Welt keinen einzigen Klienten, um dessentwillen ich Kompromisse machen würde. Möchten Sie noch etwas sagen?«

»Ich möchte ... Was muss ich tun, damit Sie mich als Klienten behalten? Nennen Sie mir Ihre Bedingungen, ich bin zu allem bereit.«

Arsenn betrachtete interessiert Gradows schönes, rassiges Gesicht. Sogar jetzt, in der Unsicherheit und Angst, hatte es nichts von seiner Anziehungskraft eingebüßt. Sollte er ein wenig mit ihm handeln? Natürlich konnte von einer Fortsetzung der Zusammenarbeit keine Rede sein, mit solchen Typen musste man sofort alle Beziehungen abbrechen, aber es interessierte Arsenn einfach, wie weit er gehen würde, um seine Haut zu retten. Wenn sich niemand mehr um den Fall Jeremina kümmerte, würde er in spätestens zwei Tagen aufgeklärt sein. Ob Gradow das bewusst war?

Das Schweigen zog sich hin und wurde unerträglich für Gradow. Er verlor die Beherrschung.

»Warum antworten Sie mir nicht? Gefällt es Ihnen, mich zu demütigen und meine Angst zu sehen? Sie hassen mich, Sie hassen uns alle, weil wir das alte System zerstört haben, das euch immer mit Brot, Butter und Kaviar versorgt hat, ihr hattet die Macht, und jetzt braucht euch niemand mehr, niemand mehr fürchtet euch, darum hasst ihr die ganze Welt und lasst eure Wut an solchen wie mir aus. Sie glauben, dass Sie sehr mächtig sind, nicht wahr? In Wirklichkeit sind Sie nur eine kleine bösartige Ratte, die sich von den Abfällen dieser Gesellschaft ernährt und als Erste das sinkende Schiff verlässt, sobald es brenzlig wird. Sie sind eine Ratte, eine Ratte ... O mein Gott!«

Gradow bedeckte sein Gesicht mit den Händen. Arsenn erhob sich wortlos, ging zum Barmann an der Theke, bezahlte seinen Kaffee und seinen Likör, überlegte einen Moment und zog noch einige Geldscheine aus seiner Brieftasche.

»Dieser Mann dort ist sehr verwirrt«, sagte er und deutete mit dem Kopf auf den in der Ecke sitzenden Gradow. »Leider musste ich ihm eine Mitteilung machen, die ihn sehr schwer getroffen hat. Wenn er in etwa fünf Minuten immer noch hier ist, bring ihm bitte zweihundert Gramm Cognac. Aber guten.«

»Wird gemacht«, sagte der Barmann. »Und wenn der Cognac nicht benötigt wird?«

»Dann kannst du das Geld behalten.«

Arsenn verließ ohne Eile das Lokal und stellte erstaunt fest, dass das Gespräch mit Gradow ein unangenehmes Gefühl in ihm hinterlassen hatte. Im Laufe seines Lebens hatte Arsenn oft genug unangenehme Gespräche führen müssen, aber er hatte sie immer ohne größere emotionale Erschütterungen überstanden. Doch Gradow hatte irgendeinen wunden Punkt in ihm berührt. Er hatte ihm Hass gegen die ganze Welt unterstellt und ihn eine Ratte genannt ... Jetzt war Arsenn sich erst recht sicher, dass es höchste Zeit gewesen war, Gradow die Zusammenarbeit aufzukündigen. Einer, der so schwache Nerven hatte und so leicht die Kontrolle über sich verlor, war gefährlich. Mit so einem durfte man sich nicht einlassen. Und was die kleine bösartige Ratte betraf ... darauf würde Arsenn gewiss noch zurückkommen.

* * *

Gordejew legte in Olschanskijs Büro den Telefonhörer vorsichtig auf die Gabel, holte tief Luft und wischte seine schweißglänzende Glatze mit einem großen hellblauen Taschentuch ab.

»Wie war ich?«, fragte er, während er in dem düsteren, unaufgeräumten Büro auf und ab zu gehen begann.

»Ich habe noch nie so viele Lügen auf einmal von Ihnen gehört«, bemerkte Konstantin Michajlowitsch. »Ich habe sogar an den Fingern mitgezählt, um mich nicht zu verrechnen.«

»Und worauf sind Sie gekommen?«

»Erstens bin ich nicht auf Sie losgegangen. Zweitens haben Sie mir keine Abreibung erteilt. Wenn mein Gedächtnis mich nicht trügt, kennen wir beide uns bereits seit zehn Jahren und haben in dieser Zeit nie ernsthafte Konflikte gehabt, wir haben uns nie gegenseitig angebrüllt. Oder irre ich mich?«

»Nein, Sie irren sich nicht.«

»Gut, ich zähle weiter auf. Gontscharow ist nicht bei Ihnen gewesen, und Sie Ihrerseits waren nicht beim General. Das sind Nummer drei und vier. Und schließlich stammt die letzte Unterlage in der Akte Jeremina nicht vom sechsten Dezember. Das ist Nummer fünf. Ist das genug?«

»Mehr als genug. Kommt es Ihnen nicht seltsam vor, dass ich alles das im Namen der Rechtsprechung tun muss? Oder, anders gefragt, kommt es Ihnen nicht seltsam vor, dass man in einem Beruf, der der Wahrheit dienen soll, lügen muss, dass sich die Balken biegen? Ist das nicht paradox?«

»Was soll man tun, Viktor Alexejewitsch, Krieg ist Krieg, wir spielen ja nicht Räuber und Gendarm mit ihnen.«

»Nein, das ist kein Krieg, das ist es ja eben«, widersprach Knüppelchen. Er unterbrach seinen Rundgang und umklammerte mit seinen festen, kräftigen Händen die Lehne eines Stuhles, der ihm im Weg stand. Der Stuhl ächzte bedenklich unter seinem Gewicht. »Ein Krieg wird nach Gesetzen geführt, die für beide Seiten verbindlich sind. Und hinterher können sie wenigstens ihre Kriegsgefangenen wieder austauschen. Und wir? Auf uns wird nach Belieben geschossen, und wir können nichts anderes tun, als tonnenweise Berichte darüber zu verfassen. Die andere Seite verfügt über Geld, Leute, Waffen, über die neueste Technik, und wir besitzen nur unser Besteck für kriminaltechnische Untersuchungen, das noch aus der Nachkriegszeit stammt. Wir sind nichts weiter als Autodidakten und haben nicht einmal Geld für Benzin. Nein, Konstantin Michajlowitsch, wir beide befinden uns leider nicht im Kampf, wir verteidigen uns aus letzter Kraft und versuchen, das zu retten, was man früher Berufsehre und Stolz nannte.«

Olschanskij sah Gordejew nachdenklich an, innerlich stimmte er ihm zu, aber er wollte nicht auf das gefährliche Thema eingehen. Es fehlte nicht mehr viel, und das Gespräch würde auf Larzew kommen. Kannte der Oberst die Wahrheit oder nicht? Es war besser, nichts zu riskieren.

»Glauben Sie, dass Ihre Inszenierung funktionieren wird?«, fragte er ausweichend.

»Ich will es hoffen.«

Gordejew ließ sich schwerfällig auf dem Stuhl nieder, ließ die Verschlüsse seines Diplomatenkoffers schnalzen, entnahm dem

Koffer ein Döschen Validol und schob eine Tablette unter seine Zunge.

»Ich bin in letzter Zeit nicht mehr auf dem Damm«, sagte er müde. »Jeden Tag macht mir mein Herz zu schaffen. Und was Anastasija betrifft, so kann man nur darauf hoffen, dass sie auch mitgezählt hat. Mehr können wir nicht tun, wir können ihr nicht helfen. Lob und Ehre für sie, wenn sie verstanden hat, wenn nicht, dann haben wir Pech gehabt.«

»Angenommen, sie hat verstanden. Was erwarten Sie von ihr?«

Knüppelchen sah den Untersuchungsführer erstaunt an, während er fortfuhr, sich mechanisch die linke Seite der Brust zu reiben.

»Wissen Sie denn nicht, wer meine Anastasija ist, Konstantin Michajlowitsch? Im Unterschied zu allen anderen weiß man bei ihr nie, was sie tun wird. Es hat keinen Sinn, etwas anderes von ihr zu erwarten als ein Endergebnis. Sie liefert immer nur Ergebnisse, wenn das prinzipiell möglich ist, aber wie sie das macht, weiß Gott allein. Mein Korotkow sagt, dass sie ein völlig unverständliches Gehirn hat.«

»Sie reden über Ihre Leute wie ein Sklavenhalter«, lachte Olschanskij und nahm seine Brille ab. »Meine Anastasija, mein Korotkow. Gehören die anderen Mitarbeiter auch alle Ihnen oder nur diese beiden?«

»Lachen Sie nicht«, sagte Gordejew ernst. »Sie sind alle meine Kinder, die ich erziehen und beschützen muss, was immer auch geschieht. Kein Einziger von ihnen, hören Sie, kein Einziger musste sich je von einem Vorgesetzten abkanzeln lassen, weil ich alle ihre Fehler immer auf mich genommen habe. Ich bin selbst zu den Vorgesetzten gegangen und habe mit ihnen verhandelt, ich habe mich mit ihnen herumgestritten, habe mich gerechtfertigt und gefleht. Ich bin für meine Leute wie eine Wand, hinter der sie in Ruhe arbeiten und Erfahrungen sammeln können, ohne ihre Energie auf Auseinandersetzungen mit den Vorgesetzten verschwenden zu müssen. Ich liebe sie alle und vertraue ihnen. Deshalb sind sie meine Kinder.«

Und Larzew?, dachte Konstantin Michajlowitsch. Die Frage hatte Gordejew natürlich nicht gehört, aber er hatte sie in Olschanskijs schönen großen Augen gelesen, die jetzt nicht hinter dicken Brillengläsern versteckt waren.

Warum fragst du?, dachte Gordejew. Weißt du Bescheid? Ja, auch Wolodja Larzew gehört zu meinen Kindern, und an der Tatsache, dass er einen großen, nicht wieder gutzumachenden Fehler begangen hat, bin zum Teil auch ich schuld. Es ist mir nicht gelungen, ihn glauben zu machen, dass er mit dieser Sache zu mir kommen kann, dass ich dieses Vertrauens würdig bin. Er versucht, mit seinem Unglück allein fertig zu werden, ohne Hilfe. Daran sind wir beide schuld, und wir werden beide dafür bezahlen müssen. Er hat einen Fehler gemacht, aber er gehört weiterhin zu meinen Kindern, die ich nach Kräften beschützen muss, antwortete Gordejew dem Untersuchungsführer innerlich, aber laut sagte er:

»Anastasija sitzt in ihrer Wohnung und kann nicht viel tun. Sie wird ernsthaft bedroht, deshalb hat sie Angst vor einem unvorsichtigen Schritt. Ihr Telefon wird abgehört, im Treppenhaus sitzt irgendein Typ und bewacht die Wohnung, damit sie niemand verlässt und niemand betritt. So, wie ich es verstanden habe, würde ein einziger verdächtiger Schritt von ihrer Seite genügen, und die Erpresser würden ihre Drohung sofort wahr machen. Deshalb können wir nicht mit der Brechstange vorgehen.«

»Sie haben gesagt, dass heute Morgen der Arzt bei ihr war. Wieso hat man den zu ihr gelassen?«

»Offenbar haben die Erpresser verlangt, dass sie einen Arzt kommen und sich krankschreiben lässt, um ihr Fernbleiben von der Arbeit zu legitimieren.«

»Und woher haben sie gewusst, dass derjenige, der dann kam, wirklich ein Arzt war und nicht jemand von der Kripo? Haben sie sich die Papiere zeigen lassen?«

Gordejew erstarrte vor Schreck. In der Tat, warum hatten sie die Ratschkowa zu Nastja gelassen, ohne sich davon zu überzeugen, dass sie wirklich Ärztin war? Angeblich war der Mann ihr auf der

Treppe gefolgt und hatte nachgesehen, wer an der Wohnungstür der Kamenskaja läutete. Aber das genügte doch keinesfalls, um sich zu vergewissern, dass es sich wirklich um eine Ärztin der Poliklinik handelte und nicht um eine Kripobeamtin. Oder hatte Tamara Sergejewna ihm etwas verschwiegen? Verdammt, wieso hatte er das nicht bedacht? Offenbar wurde er alt, er ließ nach, übersah völlig offensichtliche Dinge ...

Viktor Alexejewitsch riss den Telefonhörer von der Gabel.

»Pawel? Was liegt an? Morozow ist da? Gut, er soll auf mich warten, ich komme gleich. Pawel, ich brauche die Daten von Tamara Sergejewna Ratschkowa, sie ist eine der Ärztinnen in unserer Poliklinik. Es eilt. Aber es darf niemand etwas merken, bitte so unauffällig wie möglich. Ich bin in einer halben Stunde da.«

Etwas hinderte Gordejew daran, Olschanskijs Büro zu verlassen. Vielleicht war es der sichtbare Schmerz in den Augen des Untersuchungsführers, vielleicht waren es seine eigenen Herzschmerzen, aber er wusste, dass er jetzt nicht einfach so gehen konnte, ohne etwas gesagt, ohne etwas gefragt zu haben. Deshalb überwand er seine Scheu und seine gewohnte Vorsicht und sprach Olschanskij doch auf Larzew an.

Das Gespräch dauerte eine gute Viertelstunde, und danach sah Gordejew klarer.

»Wenn Sie sich nicht getäuscht haben und Larzew wirklich froh darüber war, dass Sie ihn mit der Nase auf die von ihm gefälschten Protokolle gestoßen haben, dann kann das nur eines bedeuten: Er tat das, was er tat, unter Zwang, und nun glaubte er, dass man ihn in Ruhe lassen würde, weil er entdeckt worden war und insofern ein Sicherheitsrisiko darstellte. Hat er jetzt viel Geld zur Verfügung?«

»Woher sollte er das haben?«

»Woher schon. Er hat schließlich nicht umsonst für sie gearbeitet. Sie kennen Wolodja schon lange, Konstantin Michajlowitsch, sagen Sie mir, ob sich in den letzten Monaten etwas an seinem Lebensstil verändert hat. Hat er irgendwelche großen Anschaffungen gemacht, Investitionen, was weiß ich ...?«

»Ich hoffe, dass ich von solchen Veränderungen in seinem Leben etwas wüsste. Noch gestern hätte ich Ihnen eine eindeutige Antwort auf Ihre Frage gegeben, aber heute garantiere ich für nichts mehr«, sagte Olschanskij deprimiert.

»Verzeihen Sie mir bitte, ich weiß, dass Sie mit Larzew sehr eng befreundet sind«, erwiderte Gordejew schuldbewusst. »Ich hätte dieses Gespräch nicht beginnen dürfen, alles das ist für Sie genauso bedrückend wie für mich. Aber da ist noch Anastasija, die bedroht wird, und ich möchte nicht, dass ihr etwas zustößt. Deshalb muss ich so viel wie möglich wissen, um einschätzen zu können, was ich tun kann und was ich lassen muss. Verzeihen Sie mir«, sagte Gordejew noch einmal und erhob sich mühsam vom Stuhl.

Ich habe tatsächlich ganz schön nachgelassen, dachte der Oberst, während er mit steifen Fingern seinen Mantel zuknöpfte, in dem immer noch die Feuchtigkeit von der Straße hing. Diese Mattigkeit, die Taubheit in den Händen, das Schwindelgefühl, wenn ich aufstehe. Ich bin erst vierundfünfzig, aber in diesen letzten zwei Monaten bin ich ein Wrack geworden. Ach, Larzew, Larzew, warum hast du das nur getan? Warum bist du nicht zu mir gekommen? Wie haben sie es geschafft, dich so in die Zange zu nehmen?

Er stieg die Treppen hinab, ankämpfend gegen das Schwindelgefühl, festgeklammert am Treppengeländer, die Augen auf seine Füße geheftet. Und plötzlich begriff er, womit sie Larzew erpressten. Und im selben Moment begriff er auch, dass Nastja aus demselben Grund die Hände gebunden waren. So schnell er konnte, lief er nach unten, zum Sergeanten, der den Eingang zur Staatsanwaltschaft bewachte, und griff ohne Erlaubnis zum Telefonhörer.

»Pawel? Wo ist Larzew?«

»Im Gefängnis. Er hat heute zwei Verhöre.«

»Du musst ihn finden, Pawel, koste es, was es wolle. Finde ihn auf der Stelle.«

»Wo steckst du eigentlich?«, fragte Sherechow unfreundlich. »Du wolltest in einer halben Stunde hier sein. Hast du vergessen, dass Morozow auf dich wartet?«

»Ja, ich habe es vergessen. Aber ich bin schon auf dem Weg. Ist er noch bei dir im Büro?«

»Er ist Zigaretten kaufen gegangen.«

»Entschuldige mich bei ihm, Pawel, er soll bitte noch kurz warten. Ehrenwort, ich bin auf dem Weg.«

Von der Staatsanwaltschaft bis zur Petrowka war es nicht weit, und Oberst Gordejew ging so schnell wie möglich. Aber er kam trotzdem zu spät.

VIERZEHNTES KAPITEL

Nastja zog ihren Morgenmantel aus und schlüpfte in Jeans und einen strengen schwarzen Pullover.

»Was ist los?«, fragte Ljoscha. »Erwartest du Besuch?«

»Ich versuche, meine Gedanken zu ordnen«, sagte sie kurz angebunden und ging ins Bad.

Sie bürstete lange und sorgfältig ihr Haar und band es am Hinterkopf zu einem festen Knoten zusammen, den sie mit Haarnadeln feststeckte. Sie betrachtete sich aufmerksam im Spiegel und holte ihre Schminkutensilien aus dem Wandschrank.

Ich bin ein Miststück, herzlos, gemein, unverschämt, selbstgewiss, kalt und berechnend, sagte sie sich, während sie ihr Gesicht vorsichtig mit Pinseln verschiedener Größe bearbeitete. Das Schminken war eine mühsame, langwierige Kleinarbeit, und als Nastja endlich fertig war, hatte der Inhalt ihrer Selbstbezichtigungen Gestalt angenommen. Aus dem Spiegel sah sie eine strenge, kalte Frau an. Die Augen dieser Frau kannten keine Tränen, ihr Herz kein Erbarmen und ihr Verstand keine Zweifel.

Sie stand noch eine Weile im Bad, dann ging sie leise, so, dass Ljoscha sie nicht hören konnte, nach nebenan und stellte sich vor den großen Spiegel. Schultern gerade, Rücken gestreckt, Kinn nach oben. Ein Körper wie eine gespannte Saite. Sie schloss die Augen, um sich von ihrer äußeren Erscheinung abzulenken und in die entsprechende innere Verfassung zu kommen. Die Menschen sind Dreck, sagte sie sich, es ist völlig legitim, sie hinter die eigenen Interessen zu stellen. Ich will nicht, dass ein Wahnsinniger mich und

Tschistjakow erschießt. Ich bin bereit, alles und jeden zu verraten, um am Leben zu bleiben. Larzews Tochter ist mir völlig egal, aber ich weiß, dass auch ich sterben muss, wenn ihr etwas zustößt. Mir geht es nur darum, mich selbst zu retten, nur darauf kommt es an. Diese Larzews, Gordejews, Olschanskijs und wie sie alle heißen sind genau derselbe Abschaum wie diese Typen, die meine Treppe und meinen Hauseingang bewachen. Nichts als Ungeziefer, auf das es nicht ankommt, wenn es darum geht, das eigene Leben zu retten.

»Was ist mit dir?«, fragte Ljoscha bestürzt, als er seine Freundin sah.

»Was soll sein?«

»Von dir geht eine Kälte aus wie von einem Kühlschrank. Und dein Gesicht ist irgendwie ...«

»Wie?«

Sie durfte sich kein Lächeln erlauben, um nicht aus ihrer Rolle herauszufallen.

»Fremd. Deins und doch nicht deins. Wie das einer Schneekönigin.«

»So ist es genau richtig. Ich gehe jetzt. Verhalte dich bitte ruhig, mische dich nicht ein.«

Sie öffnete entschlossen die Wohnungstür und blieb auf der Schwelle stehen. Sofort wurden leise Schritte von unten hörbar, auf der Treppe erschien der blonde Kopf eines sympathischen jungen Mannes mit hellblauen Augen und vollen Lippen. Das engelhafte Gesicht konnte Nastja nicht täuschen. Sie bemerkte sofort die geschmeidigen Bewegungen des Mannes, seine ausgeprägte Muskulatur, seinen gespannten, eingezogenen Nacken.

»Komm näher«, sagte sie mit halblauter Stimme.

»Warum?«, fragte der Mann ebenso halblaut und rührte sich nicht von der Stelle.

»Komm näher, habe ich gesagt.«

Der metallische Klang in Nastjas Stimme ließ den Mann gehorchen. Er nahm ein paar Stufen nach oben, hielt inne, holte seinen Revolver hervor und machte noch zwei Schritte auf Nastja zu.

»Sag ihnen, dass sie mich anrufen sollen«, sagte Nastja kalt.

»Wem soll ich das sagen?«, fragte der Mann verblüfft.

»Das soll nicht meine Sorge sein. Ich brauche Djakow. Sie sollen ihn zu mir schicken.«

»Warum?«

»Das wiederum soll nicht deine Sorge sein. Du bist nur ein billiger Handlanger, dem man nicht mehr zutraut, als mich zu bewachen. Sie sollen mich anrufen, und ich werde ihnen sagen, warum ich Djakow brauche. Ich warte zehn Minuten.«

Sie trat zurück in den Wohnungsflur und schloss die Tür. Nicht zu heftig, um nicht den Anschein von Nervosität zu erwecken, aber auch nicht zu sacht.

»Nastja, was geht hier vor?«, fragte Ljoscha bestimmt und versperrte ihr den Weg.

»Nicht jetzt«, presste sie zwischen den Zähnen hervor, schob ihn zur Seite, ging ins Zimmer und blieb vor dem Fenster stehen.

Ljoscha ging in die Küche und schlug die Tür zu. Was bin ich doch für ein Miststück, dachte Nastja. Aber vielleicht ist es besser so. Eine Primadonna in einem Provinztheater. Halt die Ohren steif, Mädchen, entschuldigen kannst du dich später. Zwei Minuten waren schon vergangen, blieben noch acht. Das Bürschlein, das die Medizin aus der Apotheke geholt hatte, lief die Straße entlang und verschwand hinter einer Ecke. Wahrscheinlich lief er zur Telefonzelle. Oder zu einem Wagen mit Autotelefon. Wir werden sehen, ob ich Recht hatte, dachte Nastja. Die Beamten, die den Mann beobachtet haben, der mich in der Poliklinik gesucht hat, haben festgestellt, dass dieser Mann immer um eine bestimmte Uhrzeit irgendwo anrief, aber nie mit jemandem sprach. Irgendein schlaues Kommunikationssystem ohne persönliche Kontaktaufnahme. Ob es auch diesmal funktionieren wird? Wenn ich nicht Recht habe, werden sie in zehn Minuten anrufen. Aber was, wenn ich Recht habe? Vergiss das Kind, vergiss Larzew, vergiss alles, du löst eine Rechenaufgabe, nimm dich zusammen, reg dich nicht auf, du rettest dein Leben, die Menschen sind Dreck, du brauchst dich ihretwegen nicht aufzuregen, denk nur an dich selbst. Es gibt dich und Tschistjakow. Und es gibt das Leben. Einfach nur das Leben. Noch vier Minuten. Du wirst alles tun, was sie von dir verlangen, was immer dich das kosten wird. Du bist eine nüchtern denkende Frau und weißt genau, dass du ihnen nicht gewachsen bist. Darum hat es keinen Sinn, mit ihnen zu kämpfen. Sie sind viele, und du bist allein. Niemand wird dich für dein Verhalten verurteilen, niemand wird das wagen. Fünf Minuten waren vorüber ...

Sie ließ die Straße hinter der Fensterscheibe nicht aus den Augen. Dreck, Matsch, die dunklen, nassen Kleidungsstücke der Passanten, die Schmutzfontänen der vorüberfahrenden Autos. War das wirklich erst vor zehn Tagen gewesen – die helle italienische Sonne, die weißen Paläste, die immergrünen Bäume, das blaue Wasser der Springbrunnen, ihre fröhliche Mutter und der verliebte Professor Kühn? War es wirklich erst zehn Tage her, dass sie sich zum ersten Mal nach vielen Jahren frei und glücklich gefühlt hatte? Sieben Minuten waren vorüber. Das Bürschlein tauchte wieder auf der Straße auf. Wie schnell er laufen konnte, der kleine Schweinehund ...

Als es an der Tür läutete, war eine Minute bis zum Ablauf der von Nastja gestellten Frist geblieben. Sie öffnete die Tür und trat majestätisch auf die Schwelle. Der Blonde mit dem Engelsgesicht stand in einer angemessenen Entfernung von der Tür. Hätten die Wohnungsinhaber die Absicht gehabt, ihn zu packen und in ihre Wohnung zu zerren, wäre ihnen das schwerlich gelungen.

Nastja schwieg, ihr Blick war voller Hochmut und kalter Verachtung. Keine Andeutung einer Frage, sie musste Gewissheit ausstrahlen, so wirken, als hätte sie die Situation bestens im Griff.

»Ich soll Ihnen ausrichten, dass man Sie um Entschuldigung bittet«, sagte der Typ mit halblauter Stimme. »Man wird Ihrer Bitte in zwanzig Minuten nachkommen.«

»Du verwechselst etwas, Kleiner«, erwiderte sie eisig. »Das war keine Bitte, sondern eine Forderung.«

Sie warf einen demonstrativen Blick auf ihre Armbanduhr.

»Aber du machst deine Sache gut, du hast es in zehn Minuten geschafft. Geh und iss eine von deinen Piroggen auf der Fensterbank, du hast es verdient.«

Ein Schritt zurück, das Schnalzen des Türschlosses.

Sie lehnte ihren Kopf an den Türstock, unfähig, sich zu bewegen. Diese Hundesöhne würden sie also noch zwanzig Minuten auf die Folter spannen. Und sie würde es nicht aushalten. Zwanzig Minuten warten und dann das Gespräch mit ihnen führen. Es würde ein kurzes Gespräch sein, da sie sich auf ein langes nicht einlassen konnten, das war zu riskant. Sie würde ihnen in wenigen Minuten klar machen müssen, dass sie zu allem bereit war, dass sie alles tun wollte, was sie von ihr verlangten. Sie würde Worte finden müssen, die sie ihr glaubten. Das war die einzige Chance. Aber einem lieben, intelligenten Mädchen mit humanistischer Bildung würden sie nicht glauben, weil so ein Mädchen sich niemals auf ein Geschäft mit Kriminellen einlassen würde. Dazu war nur eine kaltblütige, berechnende und völlig gewissenlose Kreatur fähig, eine, zu der sie, Nastja, werden musste.

Sie ging langsam über den Flur, so, als würde sie eine Kristallschale mit kostbarem Inhalt vor sich hertragen, betrat das Zimmer und setzte sich in den Sessel vor den Fernseher, krampfhaft bemüht, in der so mühsam hergestellten inneren Verfassung zu bleiben. Sie nahm eine Zigarette und drehte sie eine Weile nachdenklich zwischen den Fingern, bevor sie das Feuerzeug schnalzen ließ. Warum ließen sie sie zwanzig Minuten warten? Das Bürschlein hatte also nicht telefoniert. Offenbar war die dafür vereinbarte Zeit noch nicht gekommen. Aber wohin war er gelaufen? Hinter der Ecke hatte jemand auf ihn gewartet, und dieser Jemand würde den Anruf machen, wenn es so weit war. Sie hatten Disziplin, das musste man ihnen lassen! Sie verfügten offenbar wirklich über ein kompliziertes System indirekter Kontaktaufnahme. Warum sich nicht ein wenig damit beschäftigen, warum Zeit verlieren? Wenn sie, Nastja Kamenskaja, so ein System hätte schaffen müssen, wie hätte sie das gemacht?

Ohne Papier und Stift, sitzend im Sessel, fiel ihr das Denken schwer. Nastja war es gewohnt, über schwierige Dinge bei einer Tasse Kaffee nachzudenken, mit Hilfe komplizierter Planspiele, die sie auf dem Papier entwarf. Aber um zu einem Kaffee zu kommen, hätte sie in die Küche gehen müssen, und dort saß der ungerecht behandelte Ljoscha in seinem Groll gegen sie. Es war jetzt nicht der richtige Augenblick, um mit ihm zu sprechen, Nastja musste an ihrem eisigen inneren Hochmut festhalten. Was also musste einer tun, der an Informationen herankommen und dabei selbst unauffindbar bleiben wollte?

Die Antwort erwies sich als denkbar einfach. Es war zwar sehr schwierig, so ein Kommunikationssystem zu installieren, aber die Idee an sich war höchst simpel. Und wenn es sich tatsächlich so verhielt, wie Nastja annahm, dann wurde klar, warum Knüppelchens Leute kein Auto mit Abhöranlage in der Nähe entdecken konnten. So ein Auto existierte ganz einfach nicht. Heute setzten alle auf die neue, raffinierte Technik und vergaßen dabei, dass immer und bei allem der Mensch die entscheidende Rolle spielte. Der Mensch und sein Geld. Dieser vermochte, was keine noch so vollkommene Technik leisten konnte.

Wenn man der Uhr trauen durfte, waren inzwischen dreiundzwanzig Minuten vergangen. Es war nicht höflich von ihnen, eine Dame warten zu lassen …

Als das Telefon läutete, stellte Nastja mit Genugtuung fest, dass sie nicht einmal zusammenzuckte. Sie hatte sich fest in der Hand.

»Was haben Sie mir zu sagen, Anastasija Pawlowna?«

Es war wieder die ihr bekannte, samtige Männerstimme, die jetzt aber angespannt klang. Das war nicht weiter verwunderlich, da die störrische und unnachgiebige Kamenskaja plötzlich selbst um einen Anruf gebeten hatte.

»Ich werde es kurz machen«, sagte sie trocken. »Ich bin noch jung genug, um den Tod zu fürchten. Ihr Freund Larzew ist in sehr schlechter Verfassung und stellt eine ganz reale Gefahr für mein Leben dar. Deshalb ist es in meinem ureigenen Interesse, dass seiner Tochter nichts zustößt. Ich möchte, dass Sie Djakow zu mir schicken.«

»Wozu brauchen Sie Djakow?«

»Er ist in Kartaschows Wohnung in eine dumme Falle geraten. Der Untersuchungsführer wird in den verbleibenden Tagen vielleicht noch Schritte zur Aufklärung des Falles unternehmen, unter anderem wird er vielleicht versuchen, Djakow zu schnappen. Da ich genau weiß, welche Spuren er in Kartaschows Wohnung hinterlassen hat, werde ich ihm präzise Anweisungen geben, was er sagen soll, falls man ihn fasst. Sie haben mich in eine Lage gebracht, in der ich alles dafür tun muss, damit nichts schief läuft. Haben Sie mich verstanden?«

»Ja, ich habe Sie verstanden, Anastasija Pawlowna. Djakow wird in einer Stunde bei Ihnen sein. Ich freue mich, dass wir zu Verbündeten geworden sind.«

»Auf Wiederhören«, sagte Nastja zurückhaltend.

Die Ironie des Schicksals! Erst vor kurzem hatte Boris Kartaschow ihr dasselbe gesagt. Auch er hatte seine Freude darüber ausgedrückt, dass sie Verbündete geworden waren.

Wie lange würden sie diesen Djakow nun suchen? In einer Stunde würden sie ihn nicht finden, das stand fest. In einer Stunde würde der angenehme Bariton ihr voll Bedauern mitteilen, dass sie auf den Gesuchten noch eine Weile würde warten müssen. Dieses Gespräch würde noch kürzer sein als das vorherige, und es würde keine großen Anstrengungen von Nastja verlangen. Sie würde nur ein leichtes Missvergnügen zum Ausdruck bringen müssen, vielleicht ein wenig Erstaunen darüber, dass eine so gewichtige Organisation nicht in der Lage war, eine dringend gesuchte Person auf die Schnelle ausfindig zu machen. Nastja konnte sich entspannen.

Ljoscha klapperte in der Küche demonstrativ mit dem Geschirr. Er hatte wahrscheinlich Hunger, konnte sich aber trotz seines Gekränktseins offenbar nicht dazu entschließen, allein zu essen. Er würde wohl warten, bis Nastja sich dazu herabließ, sich ihm anzuschließen. Sie hätte ihn nicht so behandeln dürfen …

Nastja atmete ein paar Mal tief durch, entspannte ihre Rücken- und Nackenmuskulatur und öffnete die Tür zur Küche.

»Wenn du der Meinung bist, dass ich dich gekränkt habe und Strafe verdiene, werde ich nicht widersprechen. Aber lass uns die Erziehungsmaßnahmen bitte auf später verschieben. Im Moment brauche ich deinen Kopf.«

Ljoscha blickte von seinem Buch auf und sah sie unfreundlich an.

»Bin ich bei dir nach wie vor für Hilfsarbeiten eingeteilt?«

»Ljoscha, ich brauche dich. Lass uns jetzt nicht diskutieren. Dafür haben wir noch das ganze Leben Zeit.«

»Bist du dir sicher? Wenn es stimmt, was du mir erzählt hast, bleibt uns vielleicht gar nicht mehr viel, weil jeden Augenblick dein Freund Larzew hier auftauchen und uns über den Haufen schießen kann. Aber selbst in dieser Situation hörst du nicht auf, mich wie ein Küchengerät zu behandeln. Worüber hast du mit diesem Bullterrier verhandelt? Und wer hat dich angerufen?«

»Ich werde dir alles erklären, aber hilf mir erst, eine Denkaufgabe zu lösen.«

»Schieß los«, sagte Tschistjakow mit einem tiefen Seufzer.

* * *

Das Erste, was Knüppelchen erblickte, nachdem er die Treppen hinaufgestiegen und in den langen Korridor abgebogen war, war das kreidebleiche Gesicht von Pawel Wassiljewitsch Sherechow. Erst dann bemerkte er, dass sein Stellvertreter inmitten eines Menschenauflaufs stand, der in ein Gewitter von Blitzlichtern getaucht war. Ohne ein Wort zu sagen, bahnte Gordejew sich einen Weg durch die Menge und erblickte einen Mann, der mit einem Kopfschuss auf dem Fußboden im Büro seines Stellvertreters lag. Die Kugel hatte ihn genau in der Mitte der Stirn getroffen, Hauptmann Morozow war tot.

»Wie ist das passiert?«, presste Gordejew zwischen den Zähnen hervor.

»Er hat bei mir im Büro gesessen und auf dich gewartet. Man rief mich an und bat mich, im Sekretariat vorbeizukommen, um ein wichtiges Papier abzuholen. Ich konnte Morozow wegen dieser fünf Minuten doch nicht auf den Korridor hinausschicken. Ich habe alle meine Papiere in den Safe eingeschlossen und bin gegangen. Im Sekretariat wusste man von nichts, niemand hatte mich von dort angerufen. Da habe ich begriffen, dass etwas nicht stimmte, und lief schnell zurück in mein Büro. Aber es war bereits zu spät. Niemand hat den Schuss gehört, offenbar hat der Mörder einen Schalldämpfer benutzt.«

»Alles klar. Hat Morozow dir gesagt, was er von mir wollte?«

»Nein, er hat nichts gesagt, aber er war sehr nervös. Er wirkte völlig verändert auf mich.«

»Hat er etwas bei sich gehabt?«

»Eine Sporttasche.«

»Bring die Tasche in Sicherheit, bevor sie jemand wegnimmt. Sobald sich die Wellen hier gelegt haben, sehen wir nach. Vielleicht finden wir irgendwelche Unterlagen. Hast du Larzew gefunden?«

»Er ist schon auf dem Weg hierher.«

»Lauf zum Tor, fange ihn ab und bring ihn über den Notausgang direkt zu mir. Geh mit ihm nicht an deinem Büro vorbei und verliere kein Wort über Morozow.«

* * *

Nikolaj Fistin, alias Onkel Kolja, war sehr verwirrt. Arsenn hatte ihm befohlen, sofort nach Sascha Djakow zu suchen und ihn zur Kamenskaja zu bringen. Diese Forderung erschien Onkel Kolja völlig verfehlt und unsinnig. Zumal sie allem Anschein nach unerfüllbar war.

Nikolaj Fistin war wegen besonders schweren Rowdytums zum ersten Mal mit siebzehn Jahren im Straflager gelandet. Nach drei Jahren wurde er wieder entlassen, aber da er im Lager nicht gescheiter geworden war und das Zuschlagen nach wie vor für die einzige Möglichkeit hielt, seinen Unwillen auszudrücken, wurde er sofort wieder verhaftet, diesmal musste er eine achtjährige Haftstrafe wegen schwerer Körperverletzung mit tödlichen Folgen absitzen.

Angesichts seiner wilden Jugendjahre entzog man ihm das Wohnrecht in Moskau und verbannte ihn in die Provinz. Nikolaj lebte in einem Wohnheim, arbeitete in einer Ziegelfabrik, trank viel und fluchte, was das Zeug hielt. Sein weiteres Schicksal schien für immer besiegelt. Doch er hatte Glück. Der Zufall bot ihm eine neue Chance, und es gelang ihm, diese Chance voll und ganz zu nutzen.

Eines Tages lernte er in Zagorsk eine Frau kennen, die zu einer Stadtbesichtigung gekommen war. Tonja arbeitete bei einer Wohnungsbaugesellschaft, die über sehr begehrte Wohnobjekte des gehobenen Standards verfügte. In der Zeit der Stagnation war es Usus geworden, die im ersten Stock gelegenen Wohnungen dieser Häuser den Mitarbeitern der Wohnungsbaugesellschaft zur Verfügung zu stellen. So kam die unscheinbare, unglückliche alte Jungfer zu einer mehr als anständigen Behausung. Durch die Verheiratung mit einer Moskauerin gewann Nikolaj sein Wohnrecht in der Hauptstadt zurück, aber seine eigennützigen Motive verwandelten sich sehr bald in das, was Nikolaj für Liebe hielt. Er hatte sich dazu zwingen müssen, Tonja zu heiraten, aber schon nach einem Monat begriff er, dass sie der einzige Lichtstrahl in seinem Leben war. In seiner Kindheit hatte er nichts anderes gekannt als die Flüche und Schläge seiner betrunkenen Eltern. Mit siebzehn Jahren war er in die Strafkolonie gekommen. Seinen Brüdern war es nicht besser ergangen. Einer war ebenfalls im Knast gelandet, der andere hatte sich um den Verstand gesoffen, der dritte war inzwischen tot. Und Tonja war eine warmherzige, zärtliche Frau, die ihn liebte und voller Mitgefühl für ihn war. Sie verlangte nichts von ihm, sondern nahm ihn so, wie er war. Aus Nikolajs anfänglicher scheuer Begeisterung für Tonja, mit der er zum ersten Mal Nähe und Zärtlichkeit erlebte, wurde glühende Liebe. Er war bereit, jeden auf der Stelle umzubringen, der seine Frau auch nur schief ansehen würde.

Nachdem Fistin bei Tonja eingezogen war, wurde er Schlosser in derselben Wohnungsbaugesellschaft, in der auch seine Frau arbeitete. Doch die eheliche Idylle verwandelte ihn nicht in einen Menschen, der das Gesetz ernst nahm. Allmählich begann er, in kriminellen Geschäften aktiv zu werden, zumal er viele Freunde in diesen Kreisen hatte. Das Leben erschien ihm nun durchaus akzeptabel, langsam kam er zu etwas Geld und war überglücklich, wenn er seiner Tonja wieder einmal ein Geschenk mitbringen konnte, ein Armband, ein Kostüm oder teure Kosmetik, die sie mit schüchterner, schlecht verhohlener Freude entgegennahm. Woher Nikolaj das Geld dafür hatte, wusste sie natürlich nicht, er machte ihr weis, dass er nebenher etwas in einer Autowerkstatt dazuverdiente.

»Aber nicht doch, Kolja«, sagte Tonja, »ich brauche doch nichts, Hauptsache, du bist gesund und glücklich. Du sollst mir keine Geschenke machen, gönne dir lieber mehr Ruhe und schufte nicht ständig in dieser Autowerkstatt. Wir haben doch alles, wir brauchen keinen zusätzlichen Verdienst.«

Solche Worte brachten das Herz des zweifach vorbestraften Fistin zum Schmelzen.

Eines späten Abends fühlte sich Tonja plötzlich unwohl. Sie nahm sich lange zusammen, spielte die Tapfere und Fröhliche und redete sich ein, ihr Unwohlsein hätte natürliche Gründe, da sie schwanger war. Als eine Blutung einsetzte, erschrak sie nicht wenig, und ihr Mann verfiel in Panik. Als die Erste Hilfe nach einer halben Stunde immer noch nicht da war, beschloss Nikolaj, seine Frau selbst ins Krankenhaus zu bringen. Zu einem eigenen Auto hatte er es bis dahin noch nicht gebracht, er musste einen Privatwagen auf der Straße anhalten und dachte mit Entsetzen an die Szene, zu der es mit dem Wagenbesitzer wegen des Blutes auf dem Autositz kommen würde. Seine größte Angst war in diesem Moment, dass Tonja das Kind verlieren würde. Aber an zweiter Stelle stand die Angst davor, dass er sich nicht würde zurückhalten können und den Autobesitzer verprügeln, falls er einen Aufstand machen sollte. Das würde ihm eine dritte Haftstrafe einbringen, und dann war es vorbei mit dem schönen Familienleben ...

Er lief nach unten, stürzte mit erhobener Hand auf die Kreuzung und wäre fast unter die quietschenden Räder eines Wolga gekommen, hinter dessen Steuer Gradow saß, ein Nachbar aus dem fünften Stock, der in Fistin sofort den Schlosser erkannte, der gelegentlich seine teure, importierte Sanitäreinrichtung reparierte.

»Was ist los, Nikolaj?«, fragte Gradow.

»Meine Frau muss dringend ins Krankenhaus. Ich habe die Erste Hilfe angerufen, aber sie kommt nicht. Ich habe Angst, dass Tonja verblutet, und möchte einen Privatwagen anhalten.«

»Ich werde sie fahren«, sagte Gradow, ohne zu überlegen. »Kommt sie bis auf die Straße, oder müssen wir sie tragen?«

»Wo denken Sie hin, Sergej Alexandrowitsch«, sagte Nikolaj verwirrt, »das Blut würde Ihnen die ganzen Autositze ruinieren.«

Die Sitze in Gradows Wagen waren in der Tat luxuriös, mit weißem Fell bezogen.

»Unsinn, lass uns fahren«, erwiderte Gradow bestimmt. »Mach dir keine Sorgen wegen der Sitze, wenn sie anschließend hinüber sind, wirst du mir bis an dein Lebensende umsonst mein Klo reparieren.«

Sergej Alexandrowitsch brachte Tonja nicht irgendwohin, sondern in eine gute Klinik, wo er sie als eine Verwandte ausgab. Als Fistin all die Pracht dort sah, das luxuriöse Einzelzimmer, die hypermoderne Apparatur, die freundlichen, zuvorkommenden Krankenschwestern, war es um ihn geschehen. Es gelang den Ärzten, die Blutungen zu stoppen, und nachdem Nikolaj ein Sohn geboren war, zweifelte er nicht mehr daran, dass er für ewig in Gradows Schuld stand.

Bei einem Restaurantbesuch mit Freunden wurde Gradow im Jahr 1991 Zeuge einer gewalttätigen Auseinandersetzung mit Schlagringen und Schusswechsel. Einige der Beteiligten kamen ihm bekannt vor.

Gradow ging zum Direktor des Restaurants, den er seit vielen Jahren kannte, und wollte von ihm wissen, warum man die Miliz nicht benachrichtigte. Der Direktor zuckte mit den Schultern.

»Wozu?«, sagte er. »Die Jungs sorgen hier für Ordnung, und wer sich nicht an die Regeln hält, bekommt eine Abreibung. Die Miliz tut hier nichts zur Sache.«

»Ich glaube, ich habe einige dieser Jungs schon einmal in der Nähe meines Hauses gesehen, sie haben sich mit Nikolaj Fistin, unserem Schlosser, unterhalten«, sagte Gradow nachdenklich.

»Wissen Sie es denn nicht?«, fragte der Direktor erstaunt. »Er ist doch ihr Boss. Sie nennen ihn Onkel Kolja.«

Als Gradow kurze Zeit später Nikolaj zu sich rief und ihm ein neues Betätigungsfeld anbot, stimmte Nikolaj mit Freuden zu. Es wurde mit jedem Tag schwerer, die Gegend zu kontrollieren. Nikolaj war es gelungen, ein Stück des Terrains an sich zu reißen und es eine Weile zu beherrschen, aber allmählich tauchten jüngere Haie mit schärferen Zähnen auf, die die bestehenden Spielregeln nicht anerkannten und denen Nikolaj nicht gewachsen war. In den neuen Verhältnissen kam man mit Muskelkraft allein nicht mehr weit, es war Köpfchen gefragt, aber damit sah es bei Nikolaj nicht so gut aus. Gradows Angebot kam genau im richtigen Moment. Nikolaj konnte sich, ohne sein Gesicht zu verlieren, aus dem Geschäft zurückziehen und sich einer anderen, gut bezahlten Tätigkeit zuwenden, die zudem viel ruhiger war. Gradow bestand darauf, dass Nikolaj alle Verbindungen zur kriminellen Szene abbrach. Er machte Karriere in der Politik und brauchte Sicherheitspersonal, das auf Massenveranstaltungen seiner Partei für Ordnung sorgte und verschiedene vertrauliche Aufgaben übernahm. Nikolaj hatte nur sehr vage Vorstellungen von der Art seiner zukünftigen Tätigkeit, aber er wollte Gradow mit Herz und Seele dienen.

Seitdem waren zwei Jahre vergangen, und jetzt schien zum ersten Mal Gefahr im Verzug zu sein. Diese Gefahr ging nicht von der Miliz aus, die Nikolaj eine durchaus ansehnliche Rechnung hätte präsentieren können, die Gefahr kam von Arsenn. Onkel Kolja hatte ihn vom ersten Augenblick an nicht gemocht. Was wollte sein Boss von diesem glatzköpfigen Fiesling?

Onkel Kolja hatte alles erledigt, was Gradow ihm befohlen hatte: Er hatte das Haus gemietet, das Gradow nicht zum ersten Mal für seine Zwecke nutzte, seine Jungs hatten das Mädchen gefunden und alles richtig gemacht. Sie hatten sich Vika gegenüber als Freunde von Bondarenko ausgegeben und ihr gesagt, Bondarenko hätte keine Zeit, sie am Montag zu Smeljakow zu begleiten, deshalb hätte er sie, seine Freunde, gebeten, das an seiner

Stelle zu tun. Die Jungs brachten sie in das abgelegene Haus und pressten alles aus ihr heraus, was sie wusste. Es war nicht allzu viel, aber immerhin hatte Vika ihnen den Hinweis auf irgendeinen Kosarj gegeben. Die Jungs brachten beide um, Vika und diesen Kosarj, und löschten in Kartaschows Wohnung Bondarenkos Nachricht auf dem Anrufbeantworter. Damit war alles erledigt. Wozu brauchte Gradow Arsenn? Er kritisierte Nikolaj ständig, misstraute seinen Leuten und wollte Gradow stattdessen seine eigenen Mitarbeiter aufschwatzen. Der Boss hatte freilich nichts auf Nikolaj kommen lassen und Arsenn erklärt, er sei sehr zufrieden mit Fistin und seinen Leuten, sie würden beste Arbeit leisten. Doch Arsenn hörte trotzdem nicht auf, ihn bei jeder Gelegenheit zu beleidigen, zu demütigen und Unverständliches daherzureden.

Onkel Kolja machte es schwer zu schaffen, dass sein Boss mit Arsenn irgendeine ihm unverständliche Sprache sprach, dass er auf die Forderungen und Befehle dieses alten Tatterichs einging, während er, Nikolaj, etwas Wesentliches nicht erfassen konnte, sosehr er sich auch darum bemühte. Er hatte Angst, sein Boss könnte merken, dass er nicht richtig mithalten konnte, und ihn, Nikolaj, schließlich durch Arsenn, diese Laus im Pelz, ersetzen. Er tröstete sich zwar mit dem Gedanken, dass Gradow ihn nicht einfach an die Luft setzen konnte, dazu verbanden die beiden zu viele unschöne und sogar blutige Geheimnisse. Aber der Trost war schwach, denn Onkel Kolja wollte nicht, dass Gradow ihn als Schwächling ansah und nur aus Angst behielt. Fistin war sehr ehrgeizig und hätte sich mit so etwas nie abfinden können. Während der Unterredungen mit Arsenn versuchte er angestrengt, dem Gespräch zu folgen, er verbarg seine wachsende Angst und lächelte sein seltsames Lächeln. Ein Lächeln, das dem Zähnefletschen eines in die Enge getriebenen Schakals glich, der mit letzter Kraft versuchte, seinen Gegner in die Flucht zu schlagen, obwohl er wusste, dass er der Unterlegene war und dass das Ende nahte …

An diesem 30. Dezember begriff Nikolaj Fistin, dass der entscheidende Moment gekommen war. Arsenn hatte den Vertrag mit seinem Boss aufgelöst und wollte nicht mehr für ihn arbeiten, obwohl er seinen Auftrag noch nicht erfüllt hatte. Kaum hatte Onkel Kolja aufgeatmet, kam der nächste Schlag. Arsenn verlangte von ihm, dass er sofort Sascha Djakow ausfindig machen sollte. Warum? Wozu brauchte er Djakow, wenn er nicht mehr für Gradow arbeitete? Zudem hatte Arsenn ihn selbst beauftragt, die Sache mit Djakow zu regeln. Und Onkel Kolja hatte sie geregelt. Er hatte Sascha befohlen, in eine andere Stadt zu fahren und sich dort drei, vier Monate lang zu verstecken. Zu Hause hatte er sagen sollen, dass er in geschäftlichen Angelegenheiten verreisen müsse und erst im Frühjahr zurückkommen würde. Onkel Kolja hatte alle Maßnahmen getroffen, damit Djakow in der anderen Stadt entsprechend »empfangen« wurde. Bis zum April würde ihn niemand suchen, und dann, wenn der Schnee weggetaut war, musste man seine Leiche erst noch entdecken und identifizieren ... Was wollte dieser alte Esel von Arsenn jetzt eigentlich noch?

»Die Kamenskaja will, dass Djakow bei ihr erscheint«, hatte er gesagt. »Sie möchte ihm für den Notfall die entsprechenden Anweisungen geben.«

»Die Kamenskaja kann viel wollen«, erwiderte Nikolaj wütend. »Vielleicht verlangt sie morgen eine Million Dollar von Ihnen. Bekommt sie die dann auch?«

Arsenn war erstaunlich geduldig und tat so, als hätte er Koljas ausfallende Bemerkung überhört.

»Ihre Forderung ist durchaus vernünftig und muss erfüllt werden«, erwiderte er ruhig. »Ich überwerfe mich nie mit der Miliz, ich führe mit ihr eine friedliche Koexistenz. Verstehst du das? Eine friedliche Ko-exis-tenz«, wiederholte er, Silbe für Silbe betonend. »Würde ich auf Konfrontationskurs mit der Miliz gehen, könnte ich meine Arbeit gleich sein lassen. Die Kamenskaja muss begreifen, dass man mit mir verhandeln und dass man mir trauen kann. Nur dann erreiche ich das, was ich erreichen will. In einer Stunde muss Djakow bei ihr sein.«

Arsenns Worte klangen so kategorisch, dass Kolja es nicht wagte, ihm zu widersprechen. Er begann, hektisch in der Stadt anzurufen, in der Sascha sich befand, hoffend, dass man seinen Auftrag noch nicht ausgeführt hatte. Aber das Glück war ihm nicht hold, er erreichte niemanden von seinen Leuten, offenbar waren vor den Feiertagen alle irgendwo unterwegs. Alle halbe Stunde rief Arsenn an und erkundigte sich mit bedrohlicher Ruhe in der Stimme nach dem Stand der Dinge.

Endlich traf Fistin eine Entscheidung.

»Ich habe gewisse Schwierigkeiten«, sagte er. »Wir müssen uns treffen.«

Das Treffen mit Arsenn erwies sich als sehr viel unangenehmer als von Nikolaj befürchtet.

»Du hirnloser Idiot«, zischte Arsenn ihn an. »Verstehst du kein Russisch? Habe ich dir gesagt, dass du Djakow beseitigen lassen sollst? Ich habe dir aufgetragen, die Sache zu regeln.«

»Ich habe sie geregelt.«

»Nichts hast du geregelt, du Trottel. Regeln bedeutet regeln, das heißt, sich in eine Sache hineindenken, sie verstehen, herausfinden, wer Recht und wer Unrecht hat, und dann eine Entscheidung treffen. Hast du dich schon einmal mit richtigen Dieben unterhalten? Die haben die Gesetze noch gekannt und nie jemanden einfach so ins Jenseits befördert. Wenn du das Wort ›regeln‹ hörst, fällt dir nichts anderes ein, als jemandem den Hals umzudrehen oder ihm ein Messer in den Bauch zu rammen. Zu mehr reicht dein Verstand nicht. Um etwas zu regeln, muss man sein Gehirn anstrengen, nachdenken, aber bei dir gibt es nichts, was du anstrengen könntest. Du bist einfach nur ein Stück Scheiße und weiter nichts. Du kannst nicht nur nicht denken, du kannst auch niemanden selbst umbringen, sondern nur Befehle erteilen. Im Ernstfall würdest du sofort die Knarre fallen lassen und dir in die Hosen machen. Was soll ich der Kamenskaja jetzt sagen? Dass man Djakow umgebracht hat und dass ich das nicht wusste? Wer bin ich denn, dass man in meiner Organisation meine eigenen Leute umbringt und ich nichts davon weiß. Mit so einem Verein wird die Kamenskaja nichts zu tun haben wollen.«

»Na und?«, knurrte Nikolaj. »Sie arbeiten doch sowieso nicht mehr für meinen Boss. Warum regen Sie sich so auf? Wenn die Kamenskaja nichts mit Ihnen zu tun haben will, dann soll sie es eben bleiben lassen.«

»Du bist wirklich ein Kretin. Verstehst du wenigstens, dass du deine eigene Epidermis retten musst?«

»Meine was?«

»Deine Haut, du Schwachkopf. Sobald man Djakows Leiche gefunden hat, bleibt nur noch ein einziger Schritt, und dann haben sie dich auch. Sie wollen Djakow wegen des Einbruchs in Kartaschows Wohnung verhören. Und damit werden sie nicht bis zum Frühjahr warten, darauf kannst du dich verlassen. Sie suchen ihn bereits seit heute Morgen. Wäre er noch am Leben, könnte die Kamenskaja ihm beibringen, was er bei einem Verhör zu sagen hat, und das Geschoss wäre an uns vorübergegangen. Aber jetzt suchen sie ihn, und selbst wenn sie ihn erst im Frühjahr finden, werden sie einen Zusammenhang herstellen. Und man wird den Fall erneut der Kamenskaja übertragen. Darum muss ich mich mit ihr gut stellen. Aber du hast, wie immer, alles verdorben. Denkst du vielleicht, ich weiß nicht, dass du mich hasst? Du traust keinem einzigen meiner Worte, obwohl ich weiß, wovon ich rede, und es dir nicht schaden würde, ein wenig bei mir in die Lehre zu gehen. Wie oft habe ich dich schon auf deine Fehler aufmerksam gemacht! Wie oft habe ich dir schon erklärt, was du tun musst! Hast du auch nur ein einziges Mal auf mich gehört? Du siehst und hörst nur eins, deinen heiß geliebten, vergötterten Gradow, nur sein Wort gilt für dich. Du bist wie ein Köter, der nur dann etwas versteht, wenn man ihn tritt. Aber dein Gradow ist genauso ein Schwachkopf wie du selbst, er wird dir nie etwas Vernünftiges sagen. Du wirst krepieren, bevor du etwas kapiert hast auf dieser Welt, weil du nicht auf Leute hören willst, die gescheiter sind als du.«

Onkel Kolja ertrug geduldig alle Beleidigungen, weil er jetzt ein Ziel hatte. Jetzt wusste er, dass er seinem Boss helfen musste. Und deshalb musste er Arsenn zwingen, seinen Vertrag doch noch zu erfüllen. Offenbar hatte Sergej Alexandrowitsch ihn nicht dazu überreden können. Aber Fistin würde gar nicht erst den Versuch machen, ihn zu überreden. Er würde ihn zwingen. Aber vorher musste er etwas über ihn in Erfahrung bringen. Deshalb hatte er Arsenn auch um dieses Treffen gebeten, obwohl er wusste, dass Arsenn ihn mit Kübeln von Dreck übergießen würde.

Als Erstes musste Onkel Kolja jetzt seine Jungs losschicken, damit sie Arsenns Adresse herausfanden. Danach würde man weitersehen. Diesmal wird Arsenn einen Tritt in seine widerliche, zerknitterte Fresse bekommen, sagte sich Fistin.

Mit seinem winzigen Verstand konnte Onkel Kolja sich nicht einmal annähernd vorstellen, wer und was das war, Arsenn und sein Kontor.

* * *

Oberst Gordejew sah aus dem Fenster. Aus irgendeinem Grund sahen bei schmutzigem Winterwetter alle Straßen gleich aus, überall dasselbe Bild, ob im Zentrum oder am Stadtrand, auf der Stschelkowskij-Chaussee, wo Nastja wohnte. Hier und dort von Schmutzwasser überflutete Trottoirs, brauner Matsch, der unter den Rädern der Autos hervorspritzte, graue, mit Schneeregen voll gesogene Mäntel und Jacken. Oder sah das alles nur heute so eintönig aus? An diesem Tag, an dem er und Nastja unter Aufbietung all ihrer Kräfte aufhören mussten, sie selbst zu sein, an dem sie sich in widerwärtige, zynische, bösartige Kreaturen verwandeln mussten …

Gordejew sah durch die trübe Scheibe des seit langem nicht mehr geputzten Fensters und dachte daran, dass er jetzt einen Menschen in die Enge treiben musste, den er liebte und schätzte, einen, der wie ein Sohn für ihn war. Er musste einem Menschen, der ein schreckliches Unglück hinter sich hatte und dessen Leben ohnehin schwer genug war, einen tödlichen Schrecken einjagen. Er musste etwas tun, das ihm Schmerzen, sehr große Schmerzen bereiten würde, er musste seine Ehrlichkeit und Standfestigkeit, seinen Verstand und seine Ausdauer auf die Probe stellen, und das nur deshalb, weil dieser Mensch etwas tun musste, wozu ihn weder logische Argumente noch Überredungskünste hätten bringen können. Und er, Gordejew, würde erneut lügen müssen. Zum wievielten Mal an diesem Tag?

Gordejew hörte, wie die Tür sich leise öffnete, aber er drehte sich nicht um.

»Haben Sie mich gerufen, Viktor Alexejewitsch?«

»Ja.«

Er löste sich langsam vom Fenster, ließ sich schwerfällig in seinen Schreibtischsessel fallen und bedeutete Larzew mit einer müden Handbewegung, Platz zu nehmen.

»Entschuldige, dass ich dich von dem Verhör weggeholt habe.«

»Macht nichts, im Grunde hatte ich es bereits abgeschlossen.«

»Gut, gut«, murmelte Gordejew. »Ich wollte mich nämlich mit dir beraten, du bist doch der beste Psychologe in unserer Abteilung. Es sieht schlimm aus bei uns, mein Freund.«

»Was ist los?«, fragte Larzew angespannt. In seinem Gesicht zuckte kein einziger Muskel, es war wie aus Stein. Hinter diesem Stein erblickte der Oberst die riesige innere Anspannung eines Menschen, der so viel auszuhalten hatte, dass er keine Kraft mehr für Gefühle aufbrachte.

»Ich fürchte, unsere Anastasija ist abgesprungen.«

Larzew schwieg, aber der Oberst sah das schlecht verhohlene Entsetzen in seinen Augen.

»Noch gestern hatte sie interessante Ideen im Fall Jeremina, aber heute Morgen hat sie mich plötzlich angerufen und erklärt, sie sähe in weiteren Ermittlungen keinen Sinn mehr, alle ihre Versionen hätten sich als falsch erwiesen, nun würde ihr nichts mehr einfallen. Außerdem würde es ihr nicht gut gehen, sie hätte sich krankschreiben lassen. Was folgt aus alledem?«

Larzew schwieg immer noch, nur das Entsetzen in seinen Augen wich langsam einem Ausdruck von Resignation.

»Daraus folgt«, fuhr Viktor Alexejewitsch mit monotoner Stimme fort, während er an Larzew vorbeisah, »dass sie sich entweder hat kaufen lassen, oder man hat sie eingeschüchtert, und sie hat sofort kampflos nachgegeben. Eins ist so mies wie das andere.«

»Nicht doch, Viktor Alexejewitsch, das kann nicht sein«, sagte Larzew endlich mit fremder, zu lauter Stimme und holte seine Zigaretten aus der Hosentasche.

Natürlich kann es nicht sein, dachte Gordejew. Der ganze Witz besteht nur darin, dass du so nicht denkst. Du weißt genau, dass man sie eingeschüchtert hat. Du sagst die volle Wahrheit über Anastasija und lügst gleichzeitig. Was für Streiche das Leben doch so spielt. Nun gut, ganz offensichtlich hast du nicht vor, mir reinen Wein einzuschenken. Ich habe dir eine Chance gegeben, aber du hast sie nicht genutzt. Deine Angst vor ihnen ist größer als dein Vertrauen zu mir. Hol dir jetzt eine Zigarette aus der Schachtel, danach wirst du eine halbe Stunde lang nach deinem Feuerzeug suchen und ewig daran herumschnippen, bis es brennt. Schinde ruhig Zeit und überlege, wie du mich davon überzeugen kannst, dass Nastja ehrlich ist, aber schwach. Komm schon, mein Freund, überzeuge mich, ich werde dir nicht widersprechen. Ich werde den Vernichteten spielen und dir vielleicht zustimmen. Ich bin mir inzwischen selbst so zuwider, dass ich bereit bin, allem zuzustimmen.

»Ich glaube, Sie übertreiben, Viktor Alexejewitsch. Es ist ihr erster Fall, den sie nicht hinter dem Schreibtisch löst, sie schlägt sich schon seit anderthalb Monaten damit herum, ohne jedes Ergebnis, und es ist verständlich, dass sie erschöpft ist. Was hat sie denn bisher getan? Sie hat in ihrem Büro gesessen, Informationen ausgewertet und Rechenaufgaben gelöst. Bisher hat sie kaum je einen Verbrecher mit eigenen Augen gesehen. Und jetzt, da sie dieselbe Arbeit machen muss wie alle andern, ist ihr klar geworden, dass ihre Theorien zu nichts nutze sind, dass man damit keinen Mord aufklären kann. Das hat ihre Nerven angegriffen. Und wer sollte sie unter Druck setzen? Es ist ein ganz primitiver Fall, das Opfer eine Herumtreiberin und Alkoholikerin, wer sollte sich dafür interessieren? Die Mafia hat andere Sorgen. Nein, das alles ist völlig unwahrscheinlich. Und unsere Nastja ist ein nervöses Mädchen, sehr sensibel und nicht gerade von strotzender Gesundheit. Insofern ist ihr Verhalten durchaus verständlich. Denken Sie nichts Schlechtes von ihr.«

Falsch, mein Freund, dachte Gordejew, ganz falsch. Hast du vergessen, wie sie eine ganze Nacht allein mit einem Mörder zugebracht hat, der gekommen war, um sie zu töten? Ist dir entgangen, dass sie vor zwei Monaten eine höchst gefährliche Mafiabande entlarvt hat, auf deren Konto mehr als ein Dutzend Morde ging und mit deren Mitgliedern sie täglich in Kontakt war? Nichts hast du vergessen, nichts ist dir entgangen, aber du verfolgst dein eigenes Ziel, und ich verstehe dich. Du kannst nicht anders. Du willst mich glauben machen, dass Anastasija von niemandem eingeschüchtert wurde, dass sie den Fall Jeremina ganz freiwillig aufgegeben hat. Nur zu, lass dich nicht abhalten. Immerhin verteidigst du dein eigenes Interesse und versuchst gleichzeitig, mich auszuhorchen. Du hoffst darauf, dass ich dir jetzt brühwarm erzähle, was Nastja in diesem Fall herausgefunden hat. Hoffe nur.

»Es war von Anfang an aussichtslos, Viktor Alexejewitsch. Wie soll man den Mörder einer trunksüchtigen jungen Frau mit Dachschaden finden? Sie kann mit jedem x-Beliebigen mitgegangen sein, an jeden x-beliebigen Ort. Nastja hat sich überschätzt, hat sich in ihre schlauen Versionen verbissen und ihre ganze Kraft in den Fall investiert. Ich kann sie verstehen. Es war immerhin ihr erster Fall, und natürlich sollte es ein möglichst diffiziler Fall mit mafiosem Hintergrund sein. Das organisierte Verbrechen hat zwar stark zugenommen, aber wir dürfen nicht vergessen, dass mindestens die Hälfte aller Morde immer noch aus ganz banalen Gründen begangen wird. Eifersucht, Rache, Geld, Neid, Familienstreit, kurz, ganz simple menschliche Gefühle. Nach Mafia hat es in dieser ganzen Geschichte nie gerochen. Aber damit wollte Nastja sich nicht abfinden, sie hat sich einen spektakulären Mordfall gewünscht. Sie hat sich ständig neue Versionen ausgedacht, eine schlauer als die andere, und auf die Überprüfung dieser Versionen hat sie ihre ganze Zeit und Energie verschwendet.«

»Nein, Wolodja, ich glaube nicht, dass es so einfach ist«, sagte Gordejew. »Wir beide kennen Nastja nicht erst seit gestern, sie gibt nicht so schnell auf. Es kann passieren, dass sie krank wird, aber sie gibt nicht auf. Und wenn ihr nach Sterben zumute ist, sie wird die Zähne zusammenbeißen und tun, was nötig ist. Nein, ich glaube nicht, dass alles so einfach ist. Hier stimmt etwas nicht, mein Freund, das fühle ich. Ich muss etwas unternehmen. Sobald sie wieder gesund ist, werde ich ein Dienstaufsichtsverfahren gegen sie einleiten und darauf bestehen, dass sie aus dem Polizeidienst entlassen wird. Obwohl ich sie liebe, wie jeden von euch, aber Verrat und Feigheit kann ich nicht dulden.«

So, Nastjenka, dachte Gordejew, jetzt habe ich dich mit Haut und Haaren verraten und verkauft. Jetzt wird sich herausstellen, was für einer unser Larzew ist, ob es ihn nach Blut dürstet oder nach Gerechtigkeit. Er wird natürlich gegen deine Entlassung sein, denn ein Dienstaufsichtsverfahren kann er in diesem Fall nicht gebrauchen. Gleich wird er den Edelmütigen spielen und mir raten, dich aus dem operativen Dienst auf einen anderen, ruhigeren Posten zu versetzen. Ich bin gespannt, welche Tätigkeit er mir für dich vorschlagen wird. Es scheint ihm jetzt etwas leichter zu sein, weil er verstanden hat, welche Strategie er verfolgen muss. Gleich werde ich ihn endgültig beruhigen, er soll noch etwas Luft holen vor dem letzten Schlag, und dann ... Sieg oder Fall. Oh, Nastjenka, Kindchen, wenn du wüsstest, wie schwer mir das alles fällt, wie mir das Herz blutet, wie Leid mir Wolodja tut, für den es nichts Wichtigeres auf der Welt gibt als seine Tochter. Ich schlage auf seine empfindlichste Stelle, verflucht soll ich sein.

»Aber warum denn gleich entlassen, Viktor Alexejewitsch, und dem Mädchen das Leben kaputtmachen. Sie haben Recht, für den operativen Dienst taugt sie nicht, dazu ist sie zu schwach auf der Brust. Aber es kann nicht sein, dass sie unehrlich ist, das versichere ich Ihnen. Ich lege meine Hand für sie ins Feuer. Am besten wäre es, sie würde im Stab arbeiten, in der Verwaltung für Informationsauswertung, dort kann sie ihre geliebten Rechenaufgaben machen. So wird sie der Sache größeren Nutzen bringen, und es ist ein ruhiger Posten, der sie nervlich nicht belasten wird.«

»Ich weiß nicht, ich weiß nicht.«

Gordejew erhob sich und begann, langsam in seinem Büro auf und ab zu gehen. Für alle seine Untergebenen war dies das erste Anzeichen dafür, dass er sich in einem schwierigen Entscheidungsprozess befand. Er würde erst dann innehalten, wenn die Entscheidung getroffen war.

»Das alles müssen wir genau klären. Bis zum Ablauf der Zweimonatsfrist ist noch etwas Zeit, ich werde den Fall Jeremina selbst in die Hand nehmen. Oder ihn jemand anderem übertragen. Am besten gleich dir, du hast ja am Anfang schon daran gearbeitet, und jetzt bekommst du die Karten in die Hand zurück.«

»Natürlich, Viktor Alexejewitsch. Wenn hier etwas zu finden ist, werde ich es finden. Und wenn nicht, dann nicht. Ich bin überzeugt davon, dass es sich um einen ganz banalen Mord handelt.«

Gordejew warf einen Blick auf die Uhr. Seit Larzews Erscheinen war eine halbe Stunde vergangen. Dem Oberst war es gelungen, sich genau an die Zeit zu halten, die er mit Sherechow vereinbart hatte. Er begann, irgendwelche allgemeinen, unverbindlichen Sätze von sich zu geben, als die Tür plötzlich aufgerissen wurde.

»Viktor Alexejewitsch, es ist etwas passiert. Im Büro von Pawel Wassiljewitsch wurde Hauptmann Morozow ermordet.«

* * *

Nachdem Major Larzew sich aus der Menschenmenge vor Sherechows Büro gelöst hatte und nun in Richtung Ausgang unterwegs war, bekamen die zwei Männer, die im Innenhof der Petrowka in einem Wagen warteten, ein Zeichen. Es war so weit. Sie folgten ihrem Beobachtungsobjekt in gebührender Entfernung bis zur Metro, auf der Rolltreppe verringerten sie die Distanz und bestiegen mit ihm zusammen den Zug. Larzew stieg in der Nähe seines Hauses aus, kaufte am Kiosk eine Schachtel Zigaretten, ging bis zur Grünanlage, setzte sich auf eine Bank und steckte sich eine Zigarette an.

Die beiden Männer sollten feststellen, ob Larzew versuchte, mit jemandem Kontakt aufzunehmen. Unterwegs war er mehrmals mit Passanten und Fahrgästen zusammengestoßen, hatte eine Entschuldigung gemurmelt, und daraus war nicht ohne weiteres ersichtlich gewesen, ob es sich womöglich um ein vereinbartes Zeichen handelte. Er hatte nirgends angerufen, kein Gebäude betreten und mit niemandem gesprochen. Er saß einfach auf der Bank und rauchte.

Die beiden Männer holten sich je einen heißen Tscheburek am Kiosk, und während sie nachdenklich kauten, wandten sie ihren Blick nicht von der bewegungslosen Gestalt in der Grünanlage.

* * *

Major Larzew hatte am vierten Kiosk hinter der Metrostation eine Schachtel Davidoff-Zigaretten gekauft. Das war das Zeichen dafür, dass er dringend eine Kontaktaufnahme wünschte. Dann setzte er sich auf eine Bank und beobachtete den Kiosk.

Er hatte allerdings keineswegs vor, mit seinen Erpressern in Kontakt zu treten. Der Mord an Morozow hatte ihn aus der Fassung gebracht. Anastasija hatte alle ihre Forderungen erfüllt, warum hatten sie ihr Versprechen gebrochen? Ganz offensichtlich durfte man ihnen nicht trauen, womöglich hatten sie auch nie vorgehabt, Nadja wieder freizulassen, sobald die Gefahr vorüber war. Vielleicht war seine Tochter gar nicht mehr am Leben. Er durfte nicht mehr warten, er musste sein Kind finden und selbst retten. Keinerlei Verhandlungen, keinerlei Abmachungen mehr, denn nun war klar, dass man sich nicht auf sie verlassen konnte. Er musste den abfangen, der das Zeichen entgegennehmen würde, und ihn dann an der Gurgel packen. Über ihn würde er den Weg bis zum Boss finden, und dem würde er sein Kind dann schon entreißen, und wenn er ihn umbringen musste.

Larzew beobachtete aufmerksam den Kiosk, aber bis jetzt geschah dort nichts von Bedeutung. Der Verkäufer verließ seinen Standort nicht, auch an den Nachbarkiosken blieben die Verkäufer alle da, wo sie waren. Larzews Hoffnung war, dass das Zeichen einer Person galt, die sich ständig in der Einkaufszone aufhielt, einem der Verkäufer, der nun seinen Kiosk verlassen musste, um anzurufen und die Nachricht weiterzugeben. Wenn es sich bei dieser Person allerdings um einen Kunden handelte, dem der Verkäufer mitteilen musste, dass Larzew eine Schachtel Davidoff-Zigaretten gekauft hatte, verlor das ganze Unterfangen seinen Sinn. Er konnte ja nicht allen Leuten folgen, die etwas an dem Kiosk kauften. Aber es bestand immerhin eine Hoffnung … Er dachte an Nadja. Wie es ihr wohl ging? Ob sie ihr zu essen gaben? Die Kidnapper besaßen jede nur denkbare Information über das Mädchen. Sie kannten alle ihre Wege, wussten, an welchen Krankheiten sie litt, welche Noten sie in der Schule hatte, mit wem sie befreundet war. Sie hatten Nadja zwar ständig beobachtet, aber an die Informationen, die sie besaßen, konnte man durch eine gewöhnliche Außenobservation nicht herankommen. Es war, als würden sie auch von Nadjas Lehrern informiert werden, von ihren Ärzten aus der Poliklinik, von den Eltern ihrer Freundinnen. Wobei Larzew klar war, dass so etwas nicht sein konnte. Aber woher wussten sie all das, was sie wussten?

Er spannte sich plötzlich an. Diese Frau dort. Etwas über vierzig, kräftig, ein wenig füllig, einfaches Gesicht, einfache, etwas nachlässige Kleidung, glattes, helles, schon etwas angegrautes Haar, das am Hinterkopf von einem Gummiband zusammengehalten wurde. Diese Frau hatte Larzew in den vergangenen anderthalb Jahren auf jedem Elternabend in der Schule gesehen.

Als Larzews Frau gestorben war, hatte er seine Tochter in der nächstgelegenen Schule angemeldet, damit sie auf dem Weg nicht so viele Straßen überqueren musste. Früher hatte Natascha sie immer zur Schule gebracht und wieder abgeholt, deshalb hatten sie sich den Luxus erlauben können, ihr Kind auf eine französische Schule zu schicken. Jetzt ging Nadja schon seit anderthalb Jahren auf eine ganz gewöhnliche Schule, die nur zehn Gehminuten von zu Hause entfernt war.

Larzew ging regelmäßig zu den Elternabenden, aber er freundete sich mit niemandem an, außer mit den Eltern von Nadjas Freundinnen. Er hatte nie einen Sinn darin gesehen, sich die Gesichter der anderen Eltern zu merken, da zu den Abenden bei weitem nicht alle kamen, außerdem waren es mal die Mütter, mal die Väter, mal die Großmütter. Die Elternabende fanden alle drei Monate statt, und jedes Mal sah Wolodja neue Gesichter. Nur diese eine Frau ... Sie war immer da. Und sie schrieb sich immer etwas auf. Das unterschied sie deutlich von den anderen, die immer vor Langeweile zu sterben schienen, weil sie über ihre Kinder sowieso alles wussten. Sie gaben flüsternde Kommentare über die Ausführungen der Klassenlehrerin ab, manche Frauen strickten, das Wollknäuel unter der Schulbank versteckt, die Väter hatten in der Regel eine Zeitung oder einen Krimi auf den Knien. Nur diese Frau hörte immer aufmerksam zu. Die anderen saßen ihre Zeit ab, aber sie arbeitete.

Je länger er an diese Frau dachte, desto mehr auffällige Einzelheiten fielen ihm ein.

Eines Tages kam er zu spät zum Elternabend und versuchte nicht, sich in die hinterste Schulbank zu drängen, in der er gewöhnlich saß, sondern setzte sich in die erste Bankreihe neben diese Frau. Sie schrieb etwas, wie immer, aber nach Larzews Erscheinen packte sie ihren Block sofort weg. Er hatte damals innerlich gelächelt, weil er annahm, dass sie sich genauso langweilte wie alle anderen und deshalb einen Brief oder vielleicht Gedichte schrieb.

Und Larzew erinnerte sich jetzt noch an etwas anderes.

Die Klassenlehrerin berichtet über die Ergebnisse der letzten Kontrollarbeit in Russisch.

»Möchten Sie einmal sehen, wie gut Ihre Kinder schon schreiben?«, fragt sie und fängt an, die Hefte auszuteilen.

Die Frau beginnt zu hüsteln, mit einem Taschentuch vor dem Mund, und verlässt das Klassenzimmer.

Am Ende des Elternabends strömen alle nach vorn zur Klassenlehrerin, um das Frühstücksgeld bei ihr abzugeben. Alle bis auf diese Frau, die sofort in Richtung Tür geht ...

Larzew verlässt das Schulgebäude und sieht diese Frau in einer Nachbarstraße in einen Wagen steigen, in einen luxuriösen silbergrauen Wolga mit Halogenscheinwerfern, Michelinreifen, teuren Lammfellbezügen. Nicht schlecht, hatte Larzew damals gedacht, eine so unscheinbare Frau, die so einen Wagen fährt. Er hatte näher hingesehen. Auf dem Rücksitz des Wagens lagen Gummistiefel, ein Rucksack und ein Jagddress mit Patronentasche ...

Jetzt schalt Larzew sich dafür, dass er dieser Frau niemals Beachtung geschenkt hatte. Natürlich waren diese verdammten Elternabende die Quelle fast aller Informationen über Nadja. Nadja, der einmal in der zweiten Schulstunde schlecht geworden war, wurde als Beispiel aufgeführt, als die Klassenlehrerin die Eltern daran erinnerte, dass die Kinder ein gutes Frühstück vor der Schule brauchten. Über Nadja wurde gesprochen, als man die Eltern darauf zu achten bat, dass die Kinder keine Spielsachen in den Unterricht mitnahmen, weil es sich oft um sehr teure Dinge handelte, die sich bei weitem nicht alle leisten konnten, was häufig zu Konflikten zwischen den Kindern führte. Einmal war es fast zu einer Keilerei zwischen Nadja und Rita Birjukowa gekommen, weil diese eine Barbiepuppe in den Unterricht mitgebracht und sie Nadja zum Spielen gegeben hatte. Und als Rita die Puppe wiederhaben wollte, konnte Nadja sich nicht mehr von dem märchenhaften Spielzeug trennen. Ach, hätte er das alles nur früher bedacht!

Er sprang von der Bank auf und lief schnell zur Metro. Er fuhr zwei Stationen, stieg um und nahm die Linie, die zur Universität fuhr. Dort befand sich das Büro des Moskauer Jagd- und Angelvereins.

Als man ihm auf seine Bitte hin die etwa dreißig mit Adressen und Fotos versehenen Karten der weiblichen Mitglieder in der Sparte Jagdsport aushändigte, erkannte er auf einer von ihnen sofort das Gesicht der bewussten Frau. In einem einzigen Augenblick prägte er sich ihren Namen und ihre Adresse ein, schob die Karten wieder zu einem Stapel zusammen und gab sie zurück, ohne sich eine Notiz gemacht zu haben.

»Haben Sie gefunden, was Sie gesucht haben?«, fragte die Angestellte, während sie die Karten wieder in den Safe schloss.

»Ja, ich habe es gefunden, danke.«

Natalja Jewgenjewna Dachno, Lenin-Prospekt 19, Wohnung 84. Das also war sie.

FÜNFZEHNTES KAPITEL

»Platz, Cäsar!«, hörte Larzew eine herrische Frauenstimme hinter der Wohnungstür sagen. Es ertönten Schritte, die Tür öffnete sich. Vor Larzew stand die gesuchte Frau.

»Guten Tag, erkennen Sie mich?«, fragte er. »Wir sind uns auf den Elternabenden in der Schule Nr. 64 begegnet. Erinnern Sie sich? Ich bin der Vater von Nadja Larzewa.«

Die Frau gab einen leisen Schrei des Erstaunens von sich und stützte sich gegen den Türstock.

»Sie meinen, ihr Stiefvater …«, erwiderte sie.

»Nein, ihr richtiger Vater. Wie kommen Sie darauf, dass ich ihr Stiefvater bin?«

»Aber wieso denn?« Ihre Augenlider begannen nervös zu flattern. »Ich dachte, Nadjas Vater …«

»Was dachten Sie?«, fragte Larzew aggressiv, während er den Flur betrat und die Tür hinter sich schloss.

Die Frau brach in Tränen aus.

»Verzeihen Sie mir, in Gottes Namen, verzeihen Sie mir, ich habe gewusst, dass das alles kein gutes Ende nehmen wird. So viel Geld … ich habe es gefühlt.«

Ihr zusammenhangloses Murmeln wurde ständig von Schluchzen unterbrochen, aber schließlich gelang es Larzew, ihren wirren Wortfetzen zu entnehmen, was geschehen war. Im letzten Jahr hatte sich ein Mann an sie gewandt, der sie darum bat, die Elternabende in der Schule Nr. 64, auf die Nadja Larzewa ging, zu besuchen. Er hatte sich als Nadjas Vater ausgegeben und behauptet, er hätte sich von seiner Frau, Nadjas Mutter, getrennt. Es sei eine sehr böse Trennung mit schrecklichen Auseinandersetzungen gewesen, seine Exfrau wolle nichts mehr mit ihm zu tun haben und würde alle Kontakte zu seiner Tochter unterbinden. Er würde aber so gern etwas über Nadja wissen, wie sie jetzt leben würde, wie es ihr in der Schule ginge, welche Probleme sie hätte, ob sie gesund sei. Er schien seine Tochter so aufrichtig zu lieben und so unter der Trennung zu leiden, dass die Frau ihm seine Bitte nicht abschlagen konnte. Noch dazu bot er ihr eine sehr gute Entlohnung für ihren einfachen Dienst an.

»Wer ist dieser Mann?«, fragte Larzew.

»Ich weiß es nicht.« Natalja Jewgenjewna begann wieder zu schluchzen.

»Wie haben Sie ihn kennen gelernt?«

»Wir standen zusammen in einer Warteschlange in einem Geschäft. Wir mussten sehr lange warten, kamen ins Gespräch, und schließlich erzählte er mir von seinen familiären Problemen ... Das ist alles. Ich habe ihn nie wiedergesehen. Er ruft mich immer nur an.«

»Und wie bekommen Sie das Geld von ihm?«

»Er wirft es mir in einem Kuvert in den Briefkasten, immer am Tag nach dem Elternabend. Gleich nach dem Elternabend ruft er an, ich erzähle ihm alles, was ich über Nadja gehört habe, und am nächsten Tag ist das Geld im Briefkasten. Sie müssen mich verstehen«, schluchzte die Frau erneut auf, »ich bin eine leidenschaftliche Jägerin, und das kostet furchtbar viel Geld. Ich brauche ein Auto, Gewehre, Munition, Lizenzen. Ohne die Jagd kann ich nicht leben, ich würde sterben. Ich bin in Sibirien geboren, mein Vater war Jäger und hat mich schon als Kind auf die Jagd mitgenommen. Wenn man mir das wegnimmt, ersticke ich hier in der Stadt.«

Natalja Jewgenjewna rechtfertigte sich, griff sich ständig ans Herz, nahm Tropfen, schluchzte und schnäuzte sich ins Taschentuch. Sie saßen in einem geräumigen, ungemütlichen Zimmer, das mit bunt zusammengewürfeltem Mobiliar eingerichtet war, jedes

Stück aus einer anderen Zeit, rein zufällig erstanden, nichts zeugte von Geschmack oder Stilbewusstsein. Alle Wände der großen Dreizimmerwohnung waren mit Jagdtrophäen und Gewehren voll gehängt. Auf der Türschwelle lag in majestätischer Pose der riesige, reinrassige Dobermann, der auf den Namen Cäsar hörte.

»Beruhigen Sie sich, Natalja Jewgenjewna«, sagte Larzew mit weicher Stimme. »Lassen Sie uns versuchen, alles von Anfang an durchzugehen, sagen Sie mir alles, woran Sie sich erinnern, was Sie über diesen Mann wissen. Lassen Sie sich Zeit, denken Sie nach.«

»Was wollen Sie von diesem Mann?«, fragte die Frau plötzlich misstrauisch.

»Es ist so, Natalja Jewgenjewna, man hat meine Tochter entführt, und er ist für diese Entführung verantwortlich.«

»Wie bitte?« Die Frau griff sich wieder ans Herz. »O mein Gott, wie schrecklich, wie schrecklich ...«, schluchzte sie, während sie ihren Kopf mit den Händen festhielt und auf dem Stuhl hin und her schaukelte. »Daran bin ich schuld, ich gutgläubige Idiotin, ich habe mich für Geld verkauft, ich habe einem Verbrecher vertraut ...«

Und so ging es weiter. Schluchzen, Worte der Reue, Selbstanklagen. Larzew empfand plötzlich tiefes Mitleid mit dieser nicht mehr jungen Frau. Die Lichter der Großstadt hatten sie angelockt wie eine blinde Motte und verbrannten sie nun. Das sibirische Mädchen erstickte in dieser riesigen, steinernen, versmogten und verdreckten Stadt. Ihre einzige Freude war die Jagd, die einzige Möglichkeit für sie, Luft zu holen, reine, unverdorbene Luft, ohne die sie nicht leben konnte.

* * *

Larzew war mit der Metro zu Natalja Jewgenjewna Dachno gefahren, aber beim Umsteigen in eine andere Linie hatten seine Beobachter ihn aus den Augen verloren. Es war gerade Stoßzeit, die

Massen schoben und drängten, wälzten sich ineinander, zwängten sich an den zahllosen Bücher- und Zeitungskiosken in den Metrounterführungen vorbei und versperrten den Weg.

»Lass uns zum Jagdverein zurückfahren«, sagte der Ältere von den beiden. Sein Partner, ein sympathischer, dunkelhaariger junger Mann, entzog sich geschickt dem Sog der Massen, die die beiden vorwärts drängten, schloss sich dem entgegenkommenden Menschenstrom an und bahnte eine Schneise für seinen älteren, ihm folgenden Partner.

Der Arbeitstag war zu Ende, die Mitarbeiterin des Jagd- und Angelvereins, mit der Larzew gesprochen hatte, war bereits nach Hause gegangen. Nachdem die beiden sich vom Dienst habenden Wachmann ihre Adresse hatten geben lassen, riefen sie in der Petrowka an und berichteten von ihrem Missgeschick, dann fuhren sie in Windeseile nach Kunzewo. Sie überredeten die Frau mit Mühe und Not, in ihr Auto einzusteigen und an ihren Arbeitsplatz zurückzukehren. Ohne ihren Unmut zu verbergen, öffnete sie den Safe und warf die Mitgliedskarten auf den Tisch. Sie hatte ihre eigenen Pläne für den Abend, und diese seltsamen Milizionäre, die sie am heutigen Tag einer nach dem anderen heimsuchten, machten sie nur wütend.

»Hat er sich für eines Ihrer Mitglieder interessiert?«, fragte der Jüngere der beiden höflich, während er die Mitgliedskarten der Frauen betrachtete, die für die Jagd angemeldet waren.

»Ich weiß es nicht. Er hat sich nichts aufgeschrieben. Er hat die Karten nur durchgesehen, sonst nichts.«

»Hat er vielleicht irgendeine Karte länger betrachtet als die anderen, hat er Ihnen irgendwelche Fragen gestellt? Wir sind an jeder Einzelheit interessiert.«

»Da war nichts dergleichen. Er hat einfach die Karten angesehen, hat sich bedankt und ist wieder gegangen.«

»Hatten Sie den Eindruck, dass er gefunden hat, was er suchte?«

»Ich habe ihn danach gefragt, und er hat gesagt, dass er es gefunden hat. Wie lange wollen Sie mich eigentlich noch aufhalten?«

»Wir gehen gleich, wir schreiben nur noch die Adressen der Mitglieder ab«, erwiderte der Jüngere der beiden und wandte sich plötzlich an seinen Partner.

»Hör mal«, sagte er, »die meisten der weiblichen Mitglieder sind hier im Verein angestellt. Wenn Larzew wieder gegangen ist und keine Fragen gestellt hat, dann bedeutet das, dass er keine von den Frauen gesucht hat, die hier arbeiten, sondern eine andere. Und von denen, die nicht hier arbeiten, gibt es gar nicht so viele.«

»Jetzt wird die Sache etwas einfacher«, sagte der Ältere erfreut. »Gut gemacht, Junge, du hast Köpfchen. Lass uns schnell die Adressen abschreiben, die Route planen und Sherechow um Unterstützung bitten.«

An die erste Stelle ihrer Route setzten sie die Domodedowskaja-Straße, an die zweite die Ljubinskaja-Straße. Sie wollten zuerst die Adressen im Süden der Stadt überprüfen und dann durchs Zentrum in den östlichen und nördlichen Teil weiterfahren. Der Lenin-Prospekt, auf dem Natalja Jewgenjewna Dachno wohnte, stand in ihrer Route an dritter Stelle. Es war neunzehn Uhr vierzig.

* * *

Gegen sieben Uhr abends begriff Gradow, dass seine Lage alles andere als rosig war. Als Arsenn die Bar verlassen hatte, hatte er versucht, seine Gedanken zu ordnen, und plötzlich war es ihm wie Schuppen von den Augen gefallen. Es hatte ein dummes Missverständnis gegeben. Als Arsenn Nikifortschuk erwähnt hatte, war Gradow so erschrocken, dass er die Fähigkeit zum Denken und erst recht zum Widerstand gegen Arsenn verloren hatte. Jetzt, während ihm die Einzelheiten des Gesprächs einfielen, erinnerte er sich daran, dass Arsenn ihm Eigenmächtigkeiten vorgeworfen hatte. Was hatte er damit gemeint? Gradow hatte sich keinerlei Alleingänge erlaubt. Das war ein bedauerlicher Irrtum, der aufgeklärt werden musste, und danach würde Arsenn wieder in den Vertrag einsteigen und alles tun, wozu er sich verpflichtet hatte. Er musste sich dringend mit ihm in Verbindung setzen.

Sergej Alexandrowitsch verließ eilig die Bar, setzte sich ins Auto und fuhr nach Hause. Von zu Hause rief er einige Male die Geheimnummer an und wartete auf den Rückruf, um sich mit Arsenn zu verabreden. Doch es erfolgte kein Rückruf. Er machte einen erneuten Versuch, aber sein Telefon blieb stumm. Gradow wurde nervös, rief seinen Bekannten im Innenministerium an und bat ihn festzustellen, auf welchen Namen die Telefonnummer angemeldet war. Die Antwort kam schnell und war entmutigend. Es handelte sich um eine Nummer, die bereits seit fünf Jahren keinen Inhaber mehr hatte.

Es gab noch den Weg, über den Sergej Alexandrowitsch zum ersten Mal Kontakt mit Arsenn aufgenommen hatte. Er rief den Mann an, der damals die Verbindung zum Kontor für ihn hergestellt hatte.

»Guten Tag, Pjotr Nikolajewitsch, hier ist Gradow«, sagte er hastig. »Ich muss dringend mit Ihrem Bekannten sprechen. Können Sie mir sagen, wie ich ihn erreichen kann?«

»Gradow?«, fragte die Bassstimme im Hörer erstaunt. »Ich kann mich an Ihren Namen nicht erinnern. Wer sind Sie?«

»Aber ich habe Sie doch vor zwei Monaten angerufen, Pjotr Nikolajewitsch, und Sie haben mir damals die Telefonnummer des Mannes gegeben, der mir in einer heiklen Situation helfen sollte. Ich muss dringend mit diesem Mann sprechen.«

»Ich verstehe nicht, wovon Sie reden. Haben Sie sich vielleicht verwählt?«

Gradow zweifelte nicht daran, dass der vorsichtige und vorausschauende Arsenn sofort nach dem Gespräch mit ihm bei Pjotr Nikolajewitsch angerufen und ihm gesagt hatte, dass er für Gradow nicht mehr zu sprechen war.

Sergej Alexandrowitsch dachte mit Entsetzen daran, dass nun alles verloren war. Er würde Arsenn nicht finden, niemals mehr. Es blieb nur noch eine letzte Hoffnung. Diese letzte Hoffnung war Fistin.

* * *

Sergej Gradow war ein verwöhntes, verzärteltes Kind. Er litt sehr darunter, dass alle seine Freunde einen Vater hatten, mit dem sie zusammenlebten, er hingegen nur einen, der gelegentlich zu Besuch kam. Und auch dann schickte ihn die Mutter meistens zum Spielen hinunter in den Hof. Der Vater brachte ihm immer Geschenke mit, Spielsachen und Süßigkeiten, die Mutter liebte ihn über alles und erklärte Sergej immer wieder: Dein Papa ist der beste von allen, er hat einfach eine andere Frau und zwei Kinder, die er als verantwortungsvoller Mensch nicht verlassen kann. Und der Vater sagte oft: Ich bin für dich da, wenn du mich brauchst, Söhnchen, du kannst immer auf mich zählen, du und deine Mutter seid mir die liebsten Menschen auf der Welt. In seiner Kindheit und Jugend machte Sergej oft Dummheiten, aber er wurde nie bestraft, im Gegenteil, seine Eltern fühlten sich schuldig vor ihm, weil er ohne richtige Familie aufwachsen musste, sie brachten die Dinge jedes Mal selbst wieder in Ordnung und schimpften ihren Sohn nicht, sondern schienen ihn zu bedauern.

Mit den Jahren wurde Sergej immer unfähiger, über die Folgen seines Verhaltens nachzudenken und wenigstens einen einzigen Schritt vorauszudenken. Er tat, was ihm gerade einfiel, und überließ seinen Eltern die ehrenvolle Aufgabe, sich mit den Folgen seiner unbedachten und manchmal gefährlichen Handlungen herumzuschlagen.

Nach der Armee besorgte der Vater Sergej einen Studienplatz im Institut für internationale Beziehungen. Dort studierten vor allem die Kinder hoch gestellter Eltern, denen es dank ihrer Beziehungen gelungen war, ihrem Nachwuchs gleich nach dem Schulabschluss ein Studium zu ermöglichen. Deshalb gab es an diesem Institut nicht viele Studenten, die den Armeedienst abgeleistet hatten. Sie waren bewunderte Ausnahmen, richtige, erwachsene Männer, die die harte Schule des Militärs hinter sich hatten. Sie erzählten schmutzige Witze, konnten von Weibergeschichten und Saufgelagen berichten und hatten die derben Manieren der Soldateska.

Am meisten fühlte Sergej sich zu Arkadij Nikifortschuk hingezogen, der ihm selbst so unähnlich war. Arkadij war als Diplomatensohn im Ausland aufgewachsen, seine Kindheit hatte aus Lesen, Klavierspielen und Sprachstudien bestanden. Er hatte meistens nur seine Mutter um sich und briet im Saft des sowjetischen Diplomatenghettos. Die letzte Schulklasse absolvierte er in Moskau und trat danach sofort sein Studium an. Nachdem er die Freiheit des Studentenlebens kennen gelernt hatte und voll und ganz unter Gradows Einfluss geraten war, gingen die Pferde mit ihm durch. Seine Eltern, die erneut für längere Zeit ins Ausland gefahren waren, überließen ihrem Sohn ihre Wohnung und versorgten ihn regelmäßig mit Geld und modischen Klamotten.

Nach dem, was im Wald geschehen war, hatten Gradow und Nikifortschuk keine großen Schwierigkeiten, sich mit Geld von dem Ehemann des Opfers loszukaufen. Sie verkauften mal dies, mal jenes von den Sachen, die Arkadijs Eltern regelmäßig aus dem Ausland schickten. Aber Gradow, der seine Mutter nicht um Geld bitten konnte, wollte nicht ewig in der Schuld seines reichen Freundes stehen.

Die Idee, den aufsässigen Erpresser loszuwerden, stammte von Gradow. Tamara Jeremina war eine Bekannte von ihm, und es fiel ihm nicht schwer, Vitalij Lutschnikow nach einer der obligatorischen Geldübergaben zu einem gemeinsamen Besuch bei einer »offenherzigen Dame« zu überreden. Sehr schnell gelang es ihnen, Tamara besinnungslos betrunken zu machen und in ihr Bett zu befördern. Lutschnikow machte es ihnen nicht ganz so einfach, aber schließlich landete auch er in Tamaras Bett. Gradow und sein Freund stachen abwechselnd mit einem Küchenmesser auf ihn ein. Dann saßen sie in der Küche und warteten darauf, dass Tamara wieder zu sich kam. Nikifortschuk rutschte auf seinem Stuhl herum, als hätte er Nadeln im Hintern, und wollte so schnell wie möglich verschwinden, aber Sergej erklärte ihm fachmännisch, sie müssten unbedingt hier bleiben und warten, bis Tamara die Leiche entdeckt hatte, um sie davon zu überzeugen, dass sie es war, die im volltrunkenen Zustand zum Messer gegriffen hatte. Sonst könne die Sache schief gehen.

»Wir müssen die Kontrolle über die Situation behalten«, sagte Gradow mit gewichtiger Miene, während er sich Kartoffeln auf den Teller lud und noch eine Scheibe Brot abschnitt. Der soeben begangene Mord hatte seinen Appetit nicht geschmälert. Tamaras dreijährige Tochter Vika, die leise unter dem Tisch herumkroch und von irgendwelchen Kinderangelegenheiten plapperte, beachtete er gar nicht.

Sie mussten lange warten. Doch endlich rührte sich etwas im Zimmer nebenan, die zuerst undeutlichen Laute gingen in gellendes Geschrei über. In der Küchentür erschien Tamara, mit Blut an den Händen und grün im Gesicht. Das Blut tropfte von ihren Händen, sie starrte fassungslos auf ihre Finger, stürzte plötzlich zur Wand und wischte sie an der weiß gestrichenen Fläche ab. Es war ein so Grauen erregender Anblick, dass Arkadij sich fast erbrochen hätte. Er wollte sein Gesicht vor dem Freund nicht verlieren, und um seine Coolness zu demonstrieren, griff er nach einem Stück grüner Schneiderkreide, die auf dem Küchenbuffet lag, und zeichnete über die blutigen Streifen an der Wand einen Violinschlüssel. Er hielt seine Idee für sehr ausgefallen und originell und begann zu lachen. Er konnte stolz auf sich sein.

Alles Weitere verlief wie geplant. »Du Schlampe, was hast du angerichtet, du hast ihn umgebracht!«, schrien sie und stürzten hinaus ins Treppenhaus, um die Nachbarn auf das Geschehene aufmerksam zu machen und, wie Gradow sich ausdrückte, eine öffentliche Meinung herzustellen. Kurz darauf kam die Miliz, die beiden machten eine Zeugenaussage, und erst da besann sich Arkadij.

»Sie haben unsere Adressen und wissen jetzt, wo wir studieren. Wenn sie nun eine Meldung ans Institut schicken, dass wir unsere Zeit mit einer Trinkerin und Mörderin verbringen? Wir werden sofort fliegen.«

Daran hatte Gradow nicht gedacht. Aber er erschrak auch nicht besonders. Er hatte schließlich einen Vater, der ihm in jeder Lebenslage half.

Seinem Vater erzählte er dasselbe wie der Miliz. Aber Alexander Alexejewitsch kannte seinen Sohn zu gut, um ihm diese Mär zu glauben.

»Habt ihr ihn umgebracht?«, fragte er ohne Umschweife.

»Ja. Wie bist du darauf gekommen?«

Sergej sah seinem Vater provokativ in die Augen. Er hatte keinerlei Gewissen mehr, und da er bisher immer straffrei ausgegangen war, empfand er auch keine Angst mehr vor seinen Eltern.

Der Vater machte seinem Sohn mit unverblümten, eindringlichen und durchaus deftigen Worten klar, dass er eine große Dummheit begangen hatte. Aber er versprach trotzdem, ihm zu helfen. Und er hielt Wort.

Nach Abschluss des Studiums trennten sich die Wege von Sergej Gradow und Arkadij Nikifortschuk. Alexander Alexejewitsch, der inzwischen weiter die Parteileiter hinaufgeklettert war, besorgte seinem Sohn einen Posten im Moskauer Stadtkomitee der KPdSU. Aus einer Versetzung ins Ausland wurde nichts, da Sergej zu faul war, um seltene Fremdsprachen zu lernen, und mit seinem mittelmäßigen Englisch und schwachen Französisch kam er nicht weit. Aber Sergej war durchaus zufrieden mit dem, was er hatte, und machte sich mit Ausdauer daran, seine Parteikarriere aufzubauen. Zu Beginn der Perestroika knüpfte er viele Verbindungen und fand eine einfache Methode, an Valuta zu kommen. Er machte in Paris ein Häufchen junger, mittelloser Literaten und Übersetzer aus russischen Emigrantenkreisen ausfindig und lieferte ihnen Stoff für nervenzerfetzende Thriller.

Nach dem Putsch im Jahr 1991, als die einzige existierende Partei endgültig untergegangen war und an ihrer Stelle zahllose andere wie Pilze aus dem Boden schossen, ging Sergej Alexandrowitsch, gut ausgestattet mit konvertierbarer Währung, voller Enthusiasmus daran, sein Leben in neue Bahnen zu lenken. Und da tauchte nach vielen Jahren plötzlich Nikifortschuk wieder auf …

Sergej hatte in den achtzehn Jahren, die inzwischen vergangen waren, ganz anders gelebt als Nikifortschuk. Schon im letzten Semester hatte er eine Kommilitonin geheiratet, ein hageres, brünettes Mädchen mit verlockenden kleinen Brüsten und großen Ansprüchen. Sie stammte aus einer sehr guten Familie und hatte einen sehr schlechten Charakter. Seit dem Zwischenfall im Wald mied Sergej instinktiv den klassischen russischen Frauentypus, füllige, hellhaarige, grauäugige weibliche Wesen mit runden Gesichtern. Er konnte sich nicht vorstellen, so eine Frau zu berühren, geschweige denn, mit ihr zu schlafen. Selbst schmal, hoch gewachsen, mit schönen, feinen Gesichtszügen, wählte er unter allen Anwärterinnen diejenige aus, die der russischen Schönheit Lena Lutschnikowa am wenigsten glich.

Nikifortschuk, der schon seit seiner Kindheit mit Fremdsprachen vertraut war, hatte am Institut mit Begeisterung Holländisch gelernt, was ihm schließlich auch zu einer Stelle als Leiter der sowjetischen Außenhandelsstelle in den Niederlanden verhalf. Seine Frau war begeistert. Alles lief so, wie sie es sich erhofft hatte, als sie Arkadij heiratete. Bald wurde ihnen eine Tochter geboren.

Doch die so glänzend begonnene Karriere begann plötzlich zu bröckeln. Arkadij betrank sich immer öfter und verfiel in Schwermut, er hörte traurige Musik und stellte Fragen nach dem Sinn des Lebens, nach Sünde, Schuld und anderem Unsinn. Seine Frau wurde nervös, sie wollte einen Diplomaten aus ihm machen und war der Meinung, dass er arbeiten, Empfänge besuchen und sich bei den entsprechenden Leuten beliebt machen musste, aber stattdessen faulenzte er. Eines Tages betrank sich Nikifortschuk hemmungslos auf einem wichtigen Empfang, redete eine Menge Unsinn und machte sich lächerlich. Wir alle, meinte er hitzig, sitzen hier satt und zufrieden und tun so, als sei alles in bester Ordnung, in Wirklichkeit geht jeder von uns über Leichen und hat schwere Sünden auf sich geladen. Innerhalb der nächsten vierundzwanzig Stunden wurde er nach Moskau zurückbeordert. Von nun an durfte er das Land nicht mehr verlassen, Auslandsreisen konnte er für immer vergessen, weshalb seine Frau kurzerhand die Tochter nahm, das gesamte ersparte Vermögen und ohne eine Träne im Auge das eheliche Lager verließ. Das geschah im Jahr 1977. 1980 wurde Arkadij wegen Trunksuchts aus den Diensten der Außenhandelsstelle entlassen und landete als Übersetzer beim Progress-Verlag. Als seine Eltern ein Jahr später endgültig aus dem Ausland zurückkehrten, wurde sein Leben unerträglich. Er konnte sich keine eigene Wohnung leisten und musste sich täglich die Vorwürfe und Strafpredigten seiner Eltern anhören. Eine Weile hielt er aus, dann heiratete er eine Kellnerin und zog zu ihr. Sergej Gradow, seinen einst besten Freund, hatte er in diesen Jahren nur ein einziges Mal gesehen, auf einem Kommilitonentreffen, das 1983 stattfand, zehn Jahre nach dem gemeinsamen Abschluss des Studiums. Sie wechselten ein paar Worte miteinander, tauschten ihre Telefonnummern aus, Arkadij druckste noch ein wenig herum und verließ klammheimlich das Fest. Er hatte nichts, womit er sich hervortun konnte.

Mit Zunahme der Auslandsgeschäfte verbesserte sich Arkadijs Lage ein wenig. Man begann, ihn als Dolmetscher bei mehr oder weniger seriösen Verhandlungen einzusetzen. Im Jahr 1991 fungierte er als Dolmetscher bei Verhandlungen mit irgendeinem holländischen Geschäftsmann. Der Holländer warf sofort ein Auge auf die attraktive Sekretärin Vika, die Kaffee und kalte Getränke servierte, und am Ende des offiziellen Teils lud er sie in ein Restaurant ein. Er bat Arkadij, ihn zu begleiten, da er sich ohne dessen Hilfe nicht mit dem Mädchen verständigen konnte. Im Restaurant sprachen alle drei ordentlich dem Alkohol zu, und anschließend nahm der Holländer die beiden mit in seine Luxussuite im Hotel. Während er sich mit Vika vergnügte, schlief Nikifortschuk auf dem Sofa im anderen Zimmer. Schließlich erschien der Holländer in der Tür und bot Arkadij mit einem müden Lächeln die Reste des Festmahls an. Arkadij verfluchte sich für seine Schwäche, aber das Mädchen war außergewöhnlich schön, er überwand seinen Selbstekel und nahm das Angebot an. Vika erinnerte ihn undeutlich an jemanden, er fragte sie nach ihrem Namen, in der Hoffnung zu erfahren, wann und wo er ihr begegnet sein könnte.

Als er den Namen Jeremina hörte, zuckte er zusammen und erstarrte vor Entsetzen, aber er tröstete sich sofort mit dem Gedanken, dass es sich um einen weit verbreiteten Namen handelte und alles nichts als Zufall war.

Aber es erwies sich als nicht so einfach, das quälende Interesse an Vika loszuwerden. Arkadij bot ihr an, sie nach Hause zu fahren, und blieb bis zum nächsten Morgen bei ihr. Mitten in der Nacht erwachte sie plötzlich schreiend, schweißgebadet, tränennass, sie sprang aus dem Bett, goss sich ein Glas Wodka ein, kippte es hinunter und erzählte Nikifortschuk ihren Albtraum. Sie schluchzte hysterisch, musste sich erbrechen, Arkadij trocknete ihr die Tränen und dachte mit Entsetzen daran, was er und Gradow diesem Mädchen angetan hatten. Sie waren schuld an ihrem verpfuschten Leben und ihrer beschädigten Psyche. Er empfand qualvolles Mitleid mit Vika und ebenso qualvolle Scham. Zwanzig Jahre hatte er unter Schuldgefühlen gelitten, die Begegnung mit Vika hatte ihm den Rest gegeben.

Am nächsten Morgen rief er Gradow an und faselte etwas davon, dass sie Vika helfen müssten, sie seien schuld an ihrem verpfuschten Leben und hätten eine schwere Sünde begangen. Für den Moment gelang es Gradow, seinen Freund ein wenig zu beruhigen.

»Wem willst du denn helfen?«, sagte er besänftigend, »du kommst doch keinen einzigen Tag ohne Alkohol aus. Lass uns erst einmal dein eigenes Leben in Ordnung bringen, und dann denken wir darüber nach, wie wir dem Mädchen helfen können. Ich bringe dich zu meinem Arzt, er setzt dir ein Antidot zum Alkohol, und wenn es dir wieder besser geht, werden wir weitersehen.«

Zunächst schien es, als sei es Gradow wirklich gelungen, seinen Freund zu beschwichtigen, aber dann begann Arkadij, ihn immer öfter nachts anzurufen und Wahnideen zu äußern. Er drohte damit, Hand an sich zu legen und einen Brief mit einem Schuldbekenntnis zu hinterlassen oder zu einem Priester zu gehen und eine Beichte abzulegen oder Vika alles zu gestehen und Vergebung von ihr zu erbitten. Gradow begriff, dass Nikifortschuk gefährlich geworden war. Und er traf, wie immer, eine brutale und radikale Entscheidung.

* * *

»Wie geht es ihr?«, fragte Arsenn leise. Er fröstelte und wärmte sich die kalten Hände mit seinem Atem.

Im Zimmer war es halbdunkel, man hörte nur das leise Geräusch des EKG-Gerätes. Der Schreiber warf geheimnisvolle Kurven und Zacken aus, die die verschlüsselte Antwort auf die gestellte Frage gaben.

»Bis jetzt hält sie sich ganz gut«, erwiderte der Arzt, während er die Elektroden vom Körper des Mädchens nahm und den Apparat wieder in seinem Koffer verstaute. »Stabiler Puls, reine Herztöne.«

»Aber so wird es wahrscheinlich nicht mehr lange bleiben, oder?«, fragte Arsenn nach.

»Was soll ich Ihnen sagen ...«, murmelte der Arzt ausweichend. »Sagen Sie mir, was Sie wünschen, dann sage ich Ihnen, was ich tun kann.«

Er sah Arsenn unterwürfig an, wozu er seinen Kopf weit nach unten senken musste, da Arsenn sehr viel kleiner war als er.

»Richten Sie sich nicht nach mir«, erwiderte Arsenn scharf. »Sie sind der Arzt, sagen Sie mir klipp und klar, wie lange wir dem Mädchen das Präparat noch verabreichen können, ohne seiner Gesundheit zu schaden. Wenn ich weiß, wie viel Zeit wir noch haben, werde ich eine entsprechende Entscheidung treffen.«

»Nun ja ...« Der Arzt wollte es Arsenn recht machen und versuchte zu verstehen, was er von ihm hören wollte. »Im Prinzip ... Das hängt von ihrer Herztätigkeit ab ... Ich weiß nicht, wie stabil sie ist, ob sie in letzter Zeit vielleicht schwere Erkrankungen durchgemacht hat.«

»Hören Sie auf, mir blauen Dunst vorzumachen«, sagte Arsenn verärgert. »Mit Ihrer Frau ist die Zusammenarbeit viel einfacher als mit Ihnen. Sie kann die Situation und ihre eigenen Möglichkeiten immer genau einschätzen, sie fürchtet sich nicht vor präzisen Aussagen. Ich bezahle Sie als Fachmann und erwarte von Ihnen, dass Sie einen Standpunkt vertreten. Wenn ich medizinische Fragen selbst lösen könnte, würde ich Ihnen nicht so viel bezahlen für Ihre Dienste. Seien Sie also so freundlich, und tun Sie etwas für Ihr Geld. Sie haben dem Mädchen eben eine Spritze gegeben. Wie lange wird sie wirken?«

»Zwölf Stunden.«

»Das heißt, morgen früh um acht müssen wir erneut spritzen?«

»Nun ... Im Prinzip schon.«

»Was heißt im Prinzip?«

»Das ist riskant. Die nächste Spritze kann sie umbringen. Es kann sein, dass sie nicht mehr aufwacht.«

»Gut, jetzt beginnt sich die Situation wenigstens etwas zu klären«, brummte Arsenn. »Ist es im Prinzip möglich, dass sie die nächste Spritze überlebt?«

»Natürlich. Ich sage Ihnen ja, es hängt von ihrer Gesundheit ab, davon, wie stark ihr Herz ist ...«

»Wir machen Folgendes«, sagte Arsenn. »Morgen früh untersuchen Sie das Mädchen wieder und teilen mir mit, ob Sie Ihr die nächste Injektion verabreichen können. Wenn ja, dann ist es gut. Wenn nein, werde ich entscheiden, ob wir das Mädchen aufwachen lassen oder trotzdem spritzen. Morgen früh werde ich genügend Informationen haben, um so eine Entscheidung treffen zu können.«

»Aber Sie verstehen doch, dass die nächste Spritze ...« Der Arzt verstummte und schluckte krampfhaft.

Arsenn hob leicht den Kopf und fixierte den Arzt mit seinen kleinen, sehr hellen Augen. Sein Schweigen war sehr viel beredter und drohender als alle scharfen Worte, die er hätte sagen können. Endlich erlosch das böse Funkeln in seinen Augen, das Gesicht des alten Mannes nahm wieder einen ganz gewöhnlichen, unauffälligen Ausdruck an.

»Wie geht es dem Kaiser?«, fragte er beinah vergnügt, während er den Fahrplan für Vorstadtzüge, den er aus seiner Tasche geholt hatte, zu studieren begann.

»Sie meinen Cäsar? Dem geht es prächtig. Er frisst für zwei und macht Unsinn für drei. Aber dafür ist er boshaft wie zehn seiner Art.« Der Arzt war sichtlich erleichtert. Er wollte es Arsenn nicht nur recht machen, er hatte tödliche Angst vor ihm.

»Nach Ihrem Sohn frage ich nicht, von dem weiß ich sowieso alles. Ist Ihre Frau wohlauf?«

»Danke, bei uns ist alles in Ordnung.«

»Irgendwie ist es kalt hier bei Ihnen«, sagte Arsenn und fröstelte erneut. »Wird das Mädchen sich nicht erkälten?«

»Es ist warm zugedeckt. Außerdem muss der Raum kühl sein. Für Menschen, die sich im Narkoseschlaf befinden, ist ein warmer Raum schädlich«, erklärte der Arzt fachmännisch.

»Gut, mein Freund, es wird Zeit für mich.«

Arsenn hatte endlich einen passenden Zug gefunden und schickte sich zum Gehen an.

»Morgen früh um acht untersuchen Sie das Mädchen, um Viertel nach acht erwarte ich Ihren Anruf. Wenn ich entscheide, dass sie keine Injektion mehr bekommt, sagen Sie meinen Leuten Bescheid. Sie sollen sie in die Stadt bringen und in der Grünanlage absetzen. Sie haben entsprechende Anweisungen.«

»Und wenn …?«, fragte der Arzt schüchtern.

»Dann werden Sie ihr die Spritze geben. Auf Wiedersehen. Und zerbrechen Sie sich nicht unnütz den Kopf.«

Arsenn verließ das Zimmer, ging die Außentreppe hinunter und trat auf den knirschenden Schnee. Hier draußen, hinter der Stadt, war richtiger Winter, der Schnee schmolz nicht unter den Füßen und Autorädern weg, sondern blieb wie ein glatter weißer Teppich liegen. Arsenn wusste, dass es bei mittlerer Gehgeschwindigkeit von hier, dem einstigen Winterlager für Junge Pioniere, bis zum Bahnhof genau dreiundzwanzig Minuten waren. Er hatte genau dreiundzwanzig Minuten vor Abfahrt des Zuges das Haus verlassen, um keine Sekunde länger als nötig auf dem Bahnsteig herumzustehen und aufzufallen.

Das Gespräch mit dem Arzt hatte in ihm, wie immer, ein Gefühl leichten Widerwillens hinterlassen. Er war zweifellos ergeben und sehr bemüht, aber feige und unterwürfig. Seine Frau gefiel Arsenn sehr viel besser. Aber ohne ihren Mann konnte er auch nicht auskommen, man musste ihn an der kurzen Leine halten und durfte ihn nicht zu sehr verschrecken. Immerhin war er bereit, einiges zu tun, wie jetzt mit dem Mädchen. Arsenn war völlig klar, dass es gefährlich war, Nadja wieder freizulassen, sie verstand bereits alles und konnte der Miliz helfen, die Spur zu ihm zu finden. Und trotzdem musste man sie freilassen, um ein Druckmittel gegen Larzew in der Hand zu behalten und dieses Druckmittel in Zukunft auch gegen die Kamenskaja einzusetzen. Es war eine ideale Lösung, das Mädchen in Tiefschlaf zu versetzen. Es sah und hörte nichts, deshalb konnte man es ohne jedes Risiko wieder freilassen. Und dem besorgten Vater würde klar werden, dass man, sollte er nicht mehr mitspielen, das nächste Mal mit seiner Tochter ganz anders verfahren würde. Die praktische Erfahrung hatte allerdings gezeigt, dass es nie zu einem nächsten Mal kam, nach einer Kindesentführung wurden widerspenstige Eltern völlig zahm, der durchlebte Schrecken reichte ihnen für den Rest ihres Lebens. Nadjas Entführung war bereits die fünfte in Arsenns Laufbahn, und für die noch kommenden Fälle musste er sich den Arzt warm halten.

Arsenn betrat den Bahnsteig in genau dem Moment, in dem die automatischen Türen des Zuges sich öffneten. Er begab sich ins Innere des warmen Wagens, setzte sich in eine Ecke, lehnte den Kopf zurück und schloss die Augen.

* * *

Oberst Gordejew sah sich die Informationen an, die Oleg Mestscherinow nach einem Besuch bei Nikifortschuks Witwe mitgebracht hatte. Gestern, am 29. Dezember, hatte Viktor Alexejewitsch erfahren, dass Gradow an dem Vorfall in Tamara Jereminas Wohnung beteiligt gewesen war. Unglücklicherweise konnte der Untersuchungsführer Smeljakow sich nicht mehr erinnern, an welchem Institut die beiden jungen Leute, deren Namen man aus den Akten gestrichen hatte, damals studierten. Bis Nastja Gradow gefunden, bis man Daten über ihn gesammelt und herauszufinden versucht hatte, wo er studiert hatte, bis man seinen Kommilitonen Nikifortschuk ausfindig machen konnte, war nicht wenig Zeit verstrichen. In der gewöhnlichen Zeitrechnung handelte es sich nur um einige Stunden, aber diese Stunden hatten sich als Ewigkeit erwiesen, als Abgrund, den Oberst Gordejew nicht mehr überspringen konnte. Als er die zwei Jahre alten Unterlagen über Nikifortschuks Tod endlich vor sich hatte, war Nastja bereits in ihrer Wohnung gefangen, und er konnte sie nicht mehr anrufen. Das war äußerst bedauerlich, da Gordejew in diesen Unterlagen auf eine sehr wichtige Einzelheit gestoßen war. Damals, vor zwei Jahren, wurde Nikifortschuks Tod als Unglücksfall eingestuft. Es gab schließlich genug Alkoholiker, die trotz des Antidots zum Alkohol, das man ihnen einsetzte, das Trinken nicht lassen konnten und daran starben. Die Kriminalbeamten hatten sorgfältig ermittelt, konnten aber nicht feststellen, dass der dem Alkohol verfallene Übersetzer Feinde gehabt hatte. Aber von heute aus gesehen, nach allem, was in den letzten zwei Monaten geschehen war, erschien Arkadijs Tod in einem ganz neuen Licht.

Deshalb hatte Gordejew am gestrigen Tag Mestscherinow zu der Witwe des Verstorbenen geschickt.

Viktor Alexejewitsch konnte nicht wissen, dass Oleg sofort Arsenn angerufen und ihn informiert hatte.

»Sprich mit der Frau«, befahl Arsenn, »aber bevor du Gordejew von dem Gespräch berichtest, setz dich mit mir in Verbindung, damit ich dich instruieren kann.«

Am Abend hatte Mestscherinow die Frau nicht angetroffen, sie arbeitete als Kellnerin und kam nicht vor halb zwei Uhr nachts nach Hause. An ihrem Arbeitsplatz wollte der Praktikant sie in dieser heiklen Angelegenheit nicht aufsuchen. Er ging am nächsten Morgen zu ihr, fand alles heraus, was er wissen wollte, und erstattete Arsenn ausführlich Bericht. Zu diesem Zeitpunkt wusste Arsenn bereits, dass Gordejew die Kamenskaja angerufen und sich bei ihr über den massiven internen Druck von oben beschwert hatte. Das, was Mestscherinow über Nikifortschuks Tod in Erfahrung gebracht hatte, bestärkte Arsenn nur in seiner Entscheidung, mit Gradow zu brechen und ihm die Regelung seiner Angelegenheit selbst zu überlassen.

»Was für ein ausgekochter Schurke er doch ist, unser Sergej Alexandrowitsch«, stellte er sarkastisch fest, während er den präzisen Bericht des Praktikanten anhörte. Er hatte nicht nur den lange zurückliegenden Mord an Lutschnikow vertuscht, sondern auch die Geschichte mit seinem Komplizen. Er schien den alten Arsenn für einen kompletten Dummkopf zu halten. Der Leiter des Kontors war daran gewöhnt, dass Leute, die sich an ihn wandten, ihm uneingeschränkt vertrauten, so wie Kranke einem Arzt. Würde es einem normalen Menschen denn in den Sinn kommen, dem Arzt die Hälfte seiner Symptome zu verschweigen und dann Heilung von ihm zu erwarten? Wenn Gradow so einfache Dinge nicht verstand, dann durfte er seine Hoffnungen auch nicht auf das Kontor und Arsenn setzen.

»Du kannst deinem Chef alles so berichten, wie es tatsächlich ist«, erlaubte er Oleg gnädig.

Nikifortschuks Witwe hatte berichtet, dass ihr Mann einen Monat vor seinem Tod noch stärker zu trinken angefangen und nachts oft irgendeinen Sergej angerufen hatte, er hatte geweint und immer wieder von irgendeiner Vika gesprochen. Wer dieser Sergej und diese Vika waren, wusste die Frau nicht, und sie hatte es auch für sinnlos gehalten, damals, vor zwei Jahren, als ihr Mann gestorben war, in einer Achtmillionenstadt nach zwei völlig Unbekannten zu suchen. Und wozu auch, da hinter Arkadijs Tod keinerlei Verbrechen zu stehen schien. Außerdem, berichtete sie, habe ihr Mann in letzter Zeit häufig ein Gespräch über Kinder angefangen.

»Was meinst du«, hatte er gefragt, »verstehen dreijährige Kinder, was um sie herum passiert? Meinst du, sie können sich später, wenn sie erwachsen sind, an das erinnern, was sie in ihrer frühen Kindheit erlebt haben? Erinnerst du dich an dich selbst als dreijähriges Kind?«

Arkadij hatte seiner Frau nie erklärt, woher dieses leidenschaftliche Interesse für die kindliche Psyche bei ihm kam, aber einmal verplapperte er sich und gestand, er wolle wissen, ob seine Tochter sich noch an ihn erinnern würde, wenn sie erwachsen war. Seine erste Frau, die beim Weggehen das Mädchen mitgenommen und eine neue Familie gegründet hatte, hatte Arkadij ganz und gar aus dem Leben ihrer Tochter verbannt.

Diese Erklärung hatte für Arkadijs zweite Frau überzeugend geklungen, aber Oberst Gordejew befriedigte sie ganz und gar nicht. Er hatte den ausführlichen Lebenslauf des einstigen Diplomaten vor sich und sah sofort, dass Nikifortschuks Tochter zum Zeitpunkt der Ehescheidung nicht drei, sondern erst anderthalb Jahre alt gewesen war.

Aber die wichtigste Entdeckung, die Gordejew machte, bestand in der Identität des Passanten, der Nikifortschuks Leiche in einer dunklen Ecke neben einer Metrostation entdeckt hatte. Er war zufällig auf den leblos auf der Erde liegenden Mann gestoßen und wollte loslaufen, um die Erste Hilfe zu alarmieren, da er annahm, der Mann könnte noch am Leben sein. Aber im selben Moment erblickte er einen vorüberfahrenden Streifenwagen und rief die Milizionäre um Hilfe. Der Name dieses Passanten war Nikolaj Fistin.

Viktor Alexejewitsch sah bei Sherechow vorbei. Die Aktivitäten in dessen Büro waren bereits beendet, man hatte Morozows Leiche weggeschafft, die Gutachter hatten alles Notwendige erledigt und einen leichten Geruch nach Reagenzien hinterlassen.

»Was ist mit Larzew?«, fragte Gordejew, kaum hatte er die Tür geöffnet.

»Er war im Jagd- und Angelverein, danach haben die Jungs ihn verloren und versuchen jetzt, ihn wiederzufinden.«

»Pawel, er hat etwas aufgespürt, er sucht irgendeine konkrete Person. Schick ihm noch ein paar Leute hinterher. Wir müssen ihn absichern, in seiner Verzweiflung kann er das Gefühl für Gefahr verlieren.«

»Wird gemacht.«

»Was hast du über die Ärztin, diese Ratschkowa, herausgefunden?«

»Nichts Verdächtiges. Sie ist verheiratet, ihr Mann ist Rentner, ein Hobbyphilatelist. Die Familie tut sich nicht durch Wohlstand hervor. Die Kinder sind schon außer Haus. Keinerlei Auffälligkeiten.«

»Dann habe ich vor lauter Schreck wohl zu viel des Guten getan. Mir scheint jede Intuition abhanden gekommen zu sein. Aber jetzt etwas anderes. Wir brauchen Verstärkung für Fistins Observation. Das könnte uns sehr interessante Aufschlüsse geben.«

»Viktor, überlege dir, was du sagst!«, erwiderte Pawel Wassiljewitsch verdrossen. »Wo soll ich die Leute dafür hernehmen? Wir haben schließlich keine unerschöpflichen Reserven. Um die Lage in der Umgebung von Nastjas Haus zu kontrollieren und die Ratschkowa zu überprüfen, musste ich Fistins Beschattung einstellen. Jetzt willst du zusätzliche Leute, die Larzew hinterherlaufen sollen. Die werde ich irgendwie auftreiben. Aber wo ich die Leute hernehmen soll, die außerdem noch Fistin beschatten, ist mir völlig schleierhaft. Gontscharow hat mich heute schon dreimal zum Teufel geschickt, jedes Mal wütender. Und er hat Recht, Viktor. Wir haben keinerlei Konzept, wir fuhrwerken nur wild in der Gegend herum, schreien mal hü, mal hott und haben keine Ahnung, was im nächsten Augenblick passieren wird. Da ist es kein Wunder, dass Gontscharow die Wut packt. Wir bringen ständig seine Leute durcheinander, machen unsere Pläne rückgängig, noch bevor wir sie ausgeführt haben ...«

»Irgendwann werde ich dich noch umbringen«, stieß Gordejew wütend hervor. »Du wirst als Langweiler und Kleinkrämer sterben. Hast du etwa keine Freunde bei der Miliz? Lebst du etwa erst seit gestern in Moskau und hast keine Beziehungen? Ruf an, bitte, flehe, versprich den Leuten fässerweise Wodka, wirf dich ihnen zu Füßen, aber ich möchte, dass Fistin in einer halben Stunde einen Rattenschwanz hinter sich herzieht. Die Diskussion ist beendet, Pawel. Ich weiß, dass es dir widerstrebt, Dinge zu tun, die die Vorschriften verletzen, und erst recht jemanden zu bitten, dir einen Gefallen zu erweisen, der gegen die Dienstanweisung verstößt. Aber es geht jetzt nicht darum, was dir widerstrebt und was nicht. Dies ist ein Befehl. Wenn es Schwierigkeiten gibt, werde ich das auf meine Kappe nehmen.«

Pawel Wassiljewitsch seufzte tief auf und nahm den Telefonhörer ab.

* * *

Die Männer, die in Onkel Koljas Auftrag Arsenn beschatteten, sahen verwirrt dem davonfahrenden Zug hinterher. Sie hatten den Auftrag, Arsenns Adresse herauszufinden, aber der Alte hatte sich nach der Unterredung mit Onkel Kolja zum Jaroslawskij-Bahnhof begeben und war in einen Vorstadtzug gestiegen. Die Männer waren mit ihm bis zu der Station gefahren, an der er wieder ausstieg, dann hatte sich Arsenn gleichmäßigen Schrittes auf einer völlig leeren Straße in Richtung Wald entfernt. Es war zu riskant, ihm in geringem Abstand zu folgen, deshalb hatten die Männer neben dem Bahnhof eine dicke Frau mit Einkaufstaschen angesprochen.

»Sagen Sie bitte, welcher Ort liegt in dieser Richtung?«, fragten sie und deuteten in die Richtung, in die Arsenn entschwunden war.

»Dort ist überhaupt kein Ort«, erklärte die Frau bereitwillig. »Dort ist überhaupt nichts, nur ein ehemaliges Pionierlager.«

»Ist es weit bis dorthin?«

»Etwa eine halbe Stunde. Aber ihr seid noch jung, vielleicht schafft ihr es auch schneller.«

»Danke, Mütterchen«, sagten die Männer und trafen eine ganz einfache Entscheidung. Da sie Arsenn auf der leeren Straße nicht in geringem Abstand folgen konnten und es keinen Sinn gehabt hätte, das auf größere Entfernung zu tun, weil es bereits dunkel war und man kaum noch etwas sah, musste man die Beschattung für den Moment aufgeben und Arsenn etwas später zum Pionierlager folgen. Da sich nach Aussage der Frau in der Richtung, in der er verschwunden war, nur dieses Lager befand, konnte er nur dorthin unterwegs sein.

Die Rechnung ging auf. Nachdem die Männer das Lager erreicht und etwa eine halbe Stunde in der Kälte gewartet hatten, trat der Alte durch das Tor und schlug mit seinem gleichmäßigen, selbstsicheren Schritt wieder den Weg in Richtung Bahnhof ein. Sie ließen ihn ein Stück vorausgehen, um sich durch das Knirschen ihrer Schritte auf dem frischen Schnee nicht zu verraten, und folgten ihm dann in der von ihm vorgegebenen Geschwindigkeit. Dass dies ein Fehler war, wurde in dem Moment offensichtlich, als aus der Ferne das Pfeifen und Rattern des herannahenden Zuges ertönte. Arsenn war in diesem Moment nur noch etwa dreißig Meter von der Bahnstation entfernt, und seine Verfolger waren noch weit hinter ihm. Sie beschleunigten ihren Schritt und begannen schließlich zu laufen, im Lärm des einfahrenden Zuges waren ihre Schritte ohnehin nicht zu hören. Aber sie schafften es trotzdem nicht mehr. Im letzten Moment versperrte ihnen ein Zug den Weg, der in die entgegengesetzte Richtung fuhr. Sie berieten sich eine Weile und kehrten schließlich zum Lager zurück. Vorsichtig gingen sie um die Gebäude herum und entdeckten im Verwaltungstrakt zwei Männer, die in der Dunkelheit im Büro des Direktors saßen. Auf dem ganzen Gelände brannte nirgends Licht, nur in zwei Räumen bemerkten sie einen schwachen Schimmer, der von zwei laufenden Heizgeräten stammte.

»Irgendein Schwachsinn«, meine der kleine Rothaarige namens Slawik, ein einstiger Meister des Autorennsports. »Ich kapiere nicht, wie viele da drin sind, drei oder was?«

»Es sieht so aus, als wären es nur zwei«, sagte der etwas schwächlich wirkende Blonde unsicher, während er angestrengt durch die Fensterscheibe sah und versuchte, etwas im Innern des dunklen Raumes zu erkennen. »Der Teufel weiß, wie viele es sind, man sieht nichts.«

»Ziemlich bullige Typen«, stellte Slawik fest. »Verstecken die sich hier oder was?«

»Oder was, oder was«, äffte der Blonde ihn gehässig nach. »Vielleicht verstecken sie sich, vielleicht halten sie hier jemanden gefangen. Oder es ist ein Hinterhalt, und sie sitzen hier und warten.«

»Auf wen sollten sie denn warten?« fragte Slawik beunruhigt. »Auf uns oder was?«

»Kannst du keinen einzigen Satz ohne dein ewiges oder was sagen, du Trottel?«

»Du kannst mich mal«, erwiderte der einstige Autorennfahrer gleichmütig. »Was sollen wir nun machen?«

»Wir müssen Onkel Kolja anrufen, er soll uns neue Anweisungen geben«, sagte der Blonde und rückte die Maschinenpistole unter seiner weiten Jacke zurecht. »Und was zu fressen wäre jetzt auch nicht schlecht. Den Alten haben wir sowieso verloren, also brauchen wir uns nicht mehr zu beeilen. Unseren Anschiss von Onkel Kolja bekommen wir noch früh genug.«

»Das ist so sicher wie das Amen in der Kirche«, bestätigte Slawik. »Der wird uns ganz schön zur Sau machen.«

Sie gingen zurück zum Bahnhof und fanden im Ort eine Post, von der aus man in Moskau anrufen konnte.

Onkel Kolja war höchst unzufrieden, aber er verschwendete keine Zeit für Standpauken. Die beiden hatten zwar Arsenn verloren, aber dafür hatten sie irgendwelche anderen Leute entdeckt. Das war gut. Was hatte Arsenn doch gleich gesagt? Dass er, Fistin, sich im Ernstfall sofort in die Hosen machen würde? Jetzt würde er die Quittung dafür bekommen. Natürlich wollte Fistin dem bösartigen, gefährlichen Alten die Beleidigung heimzahlen, aber das war jetzt nicht das Wichtigste. Vor allem wollte er Arsenn beweisen, dass er, Fistin, etwas gegen ihn in der Hand hatte, dass er gar nicht so dumm und einfach gestrickt war, wie es schien. Vor allem musste er diese alte Stinkmorchel dazu zwingen, den Vertrag mit dem Chef zu erfüllen. Er musste den Chef retten und seine eigene Position bei ihm festigen. Darum ging es jetzt.

»Ihr fahrt jetzt zurück nach Moskau«, befahl er den Männern, »nehmt euch einen Wagen und noch zwei Leute. Dann kehrt ihr zurück zum Lager und schafft dort Ordnung. Hinterlasst keinen

Dreck, schafft die Leichen hinaus und werft sie im Wald in einen Graben.«

Fistin hatte in der Tat eine recht armselige Phantasie. Etwas Besseres, als Menschen zu töten und ihre Leichen in einen Graben zu werfen, fiel ihm nicht ein.

* * *

Natalja Jewgenjewna Dachno tropfte sich zum x-ten Mal Valocordin in ein Glas, vergaß dabei nicht, rechtzeitig aufzuschluchzen, und überlegte kaltblütig, wie sie ihren Gast in ihrer Wohnung festhalten konnte. Sie musste sich dringend mit Arsenn in Verbindung setzen, aber solange sie allein war, ohne ihren Mann und ihren Sohn, war das unmöglich. Sie musste ihren Besucher hinhalten, bis einer von beiden nach Hause kam. Leider war nicht abzusehen, wann das geschehen würde. Ihr Mann war an den Ort hinter der Stadt gefahren, wo Larzews Tochter gefangen gehalten wurde, es konnte noch lange dauern, bis er nach Hause kam. Wann ihr Sohn erscheinen würde, war erst recht unklar, vielleicht in der nächsten Minute, vielleicht auch erst irgendwann im Lauf der Nacht.

Natalja Jewgenjewna fühlte, dass ihr die Inszenierung gelang, der unglückliche Vater glaubte ihr. Sie verfügte über eine außerordentliche Intuition, wie ein Tier witterte sie den Geruch von Aggressivität und Misstrauen, sodass sie Situationen sehr genau einschätzen konnte und immer wusste, wie weit sie gehen konnte, wie lange ihr Spiel funktionierte und wann der kritische Punkt erreicht war. Diese Eigenschaft schätzte Arsenn ganz besonders an ihr. Als Gott das Gespür für das richtige Maß und das vernünftige Risiko verteilt hat, müssen Sie in erster Reihe gestanden haben, sagte er oft. Und auf der Jagd haben Sie sich Ausdauer und das Gefühl für Gefahr erworben. Ich weiß, dass ich mich auf Ihr Gespür absolut verlassen kann.

Natalja Jewgenjewna war tatsächlich in Sibirien geboren, als Tochter eines Jägers, in dieser Hinsicht hatte sie Larzew nicht angelogen. Sie war nach Moskau gekommen, um Medizin zu studieren, sie bekam das Leninstipendium und machte einen erfolgreichen Abschluss. Sie betrieb leidenschaftlich Schießsport, vertrat bei Wettkämpfen die Mannschaft ihres Instituts und ging immer als Siegerin hervor. Dem Studium folgte die Zeit als Assistenzärztin, dann die Dissertation, schließlich eine Stelle an der Poliklinik des KGB.

Natalja Jewgenjewna hatte einen Kommilitonen geheiratet, der keine so glänzende Karriere gemacht hatte wie sie, sondern als Anästhesist in einem der städtischen Krankenhäuser arbeitete. Im Offiziersrang beim KGB verdiente Natalja sehr viel mehr als ihr Mann, der dadurch in finanzielle Abhängigkeit von ihr geriet. Leider bekam das Ehepaar keine Kinder. Natalja Jewgenjewna, die über weit reichende Beziehungen in medizinischen Kreisen verfügte, hatte alle nur denkbaren Behandlungen über sich ergehen lassen, aber nichts hatte geholfen. Ohne die Hoffnung auf die Geburt eines eigenen Kindes aufzugeben, hatte das Ehepaar Dachno schließlich einen Antrag auf Adoption gestellt, aber wegen der beengten Wohnverhältnisse, in denen das Ehepaar lebte, wurde der Antrag abgelehnt. Die Dachnos bewohnten zusammen mit dem alten Vater des Ehemannes eine Einzimmerwohnung. Sie standen zwar auf der Warteliste für eine größere Wohnung, doch es war klar, dass sie erst in frühestens zehn Jahren an die Reihe kommen würden.

Das Unglück ereilte Natalja Jewgenjewna am Tag vor dem Abschluss einer erneuten, sehr qualvollen Behandlung. Sie bekam den endgültigen Urteilsspruch. Sie würde niemals Kinder haben, wurde ihr mitgeteilt, alle weiteren Behandlungsversuche seien sinnlos und würden nur ihrer Gesundheit schaden.

Sie weinte die ganze Nacht, am Morgen betäubte sie sich mit Tranquilizern und schleppte sich zur Arbeit. Der Kopf schien ihr zu bersten, sie hatte Herzschmerzen, ständig schossen ihr die Tränen in die Augen, das Leben schien jeden Sinn verloren zu haben. Und da erschien der General bei ihr, ein stellvertretender Verwaltungsleiter mit einer roten Trinkernase. Er roch deutlich nach Alkohol und sprach mit dem typischen Kommandeursbass. Der arme Mann hatte Schmerzen in der Seite. Macht nichts, dachte die Dachno gereizt, du hättest einfach nicht so viel trinken dürfen. Sie verschrieb ihm ein Medikament gegen Leberbeschwerden und forderte ihn auf, in drei Tagen wiederzukommen.

Der General kam, er war etwas blasser geworden, zog aber nach wie vor eine Alkoholfahne hinter sich her. Und er starb. Direkt im Sprechzimmer der Chirurgin Dachno. Es stellte sich heraus, dass der General an einer Blinddarmentzündung gelitten hatte, die nahtlos in eine Bauchfellentzündung übergegangen war. Vier Tage lang war er mit dieser Entzündung herumgelaufen und hatte die Schmerzen mit dem berühmten Volksmittel betäubt. Im Gutachten der Ärztekommission hieß es, die Symptome der Blinddarmentzündung seien von Anfang an offensichtlich gewesen, doch die behandelnde Ärztin hätte auf die Durchführung der notwendigen Untersuchungen verzichtet und den Patienten falsch behandelt. Infolge dieser sträflichen Fahrlässigkeit sei der Patient verstorben. Die Dachno musste mit einer Gefängnisstrafe rechnen, sie fühlte bereits den tödlichen Hauch des unabwendbaren Schicksals, das ihr bevorstand. Und in diesem Moment tauchte Arsenn auf.

»Ich kann Ihnen helfen, Natalja Jewgenjewna«, sagte er mitfühlend. »Sie sind ein guter Mensch und eine ausgezeichnete Ärztin, das Schicksal hat Ihnen einfach ein Bein gestellt, und Sie sind gestolpert. Ins Gefängnis gehören Kriminelle und Banditen, aber nicht anständige Menschen wie Sie, die ins Unglück geraten sind. Stimmen Sie mir zu?«

Die Dachno nickte schweigend und trocknete sich die Tränen.

»Heute werde ich Ihnen helfen, morgen werden Sie mir helfen, abgemacht?«, fuhr Arsenn fort. »Wir beide werden gemeinsam gute, anständige Menschen vor dem Unglück retten. Wenn Sie meine Mitstreiterin werden, werden Sie eine gute Wohnung haben, und ich werde Ihnen mit der Adoption helfen. Sie werden nicht irgendein Kind mit den Genen unbekannter, womöglich trunksüchtiger Eltern bekommen, sondern das beste, gesündeste, begabteste und klügste Kind, das es nur geben kann. Das wird allerdings kein Kleinkind mehr sein, sondern ein halbwüchsiges, aber so werden wir wenigstens wissen, dass Gesundheit, Psyche und Intellekt intakt sind, während man sich bei einem Kleinkind immer täuschen kann. Außerdem werden Sie die Möglichkeit haben, Ihrer geliebten Jagd nachzugehen. Sind Sie einverstanden?«

Natürlich war sie einverstanden, wie hätte es anders sein können. Arsenn versuchte nie, eine Person anzuwerben, über die er nicht schon alles wusste. Alles, was er über Natalja Jewgenjewna Dachno in Erfahrung gebracht hatte, bestätigte ihm, dass sie genau das war, was er suchte. Sie würde seine treue Mitstreiterin werden. Und er hatte sich nicht getäuscht.

Nach dem Vorfall mit dem General durfte Natalja Jewgenjewna nicht mehr als Ärztin praktizieren. Arsenn verschaffte ihr eine Stelle in der Serviceabteilung eines Moskauer Telefonamtes. Das Gehalt war miserabel, aber Arsenn bezahlte die Dienste seiner neuen Mitarbeiterin so gut, dass sich die Wünsche der Dachnos schon bald zu erfüllen begannen. Sie konnten sich eine luxuriöse Wohnung leisten, ein Auto, teure Gewehre, schließlich kam auch eine Datscha hinzu. Es war nicht so, dass Natalja Jewgenjewna ihre Stadtwohnung nicht geliebt hätte, aber sie hielt es einfach nicht für nötig, ihren Moskauer Bekannten ihren auffälligen Wohlstand zu demonstrieren.

Dafür legten die Dachnos ihre ganze Seele in die Datscha. Und ihren Sohn erzogen sie so, wie Arsenn es wollte.

Natalja Jewgenjewna warf einen Blick auf die Uhr. Es war fast neun Uhr abends. Wie lange konnte sie den Kripobeamten noch hinhalten, ohne sein Misstrauen zu erregen? Zwei Mal hatte sie sich bereits an der Grenze zur Ohnmacht befunden, ein drittes Mal würde der Trick nicht mehr funktionieren, Natalja Jewgenjewna tat nie zu viel des Guten. Sie musste versuchen, Larzew in ein Gespräch zu verwickeln.

»Ihre Frau ist wahrscheinlich verzweifelt«, sagte sie schuldbewusst. »Ich werde mir das alles nie verzeihen … Es gibt keinen schlimmeren Schmerz als den einer Mutter um ihr Kind.«

»Meine Frau ist gestorben«, erwiderte Larzew knapp. »Lassen Sie uns noch einmal versuchen, alles zu rekonstruieren, was Sie über diesen Mann wissen.«

In der Wohnungstür wurde ein Schlüssel umgedreht, die Tür fiel ins Schloss.

»Mama, bist du zu Hause?«, hörte Larzew jemanden rufen. Die Stimme kam ihm irgendwie bekannt vor.

Er wandte seinen Kopf zur Tür und stieß mit den Augen auf einen präparierten Elchkopf, der an der Wand hing. Und in diesem Augenblick begriff er, dass er einen schrecklichen, nicht wieder gutzumachenden Fehler begangen hatte. Diese Frau, die sich bereits seit zwei Stunden mit ihm unterhielt, konnte keine Jägerin sein. Die Tränen, die Klagen, die Ohnmachtsanfälle, die ihm hier so überzeugend vorgespielt wurden, konnten nicht zu einer Frau gehören, die stundenlanges, bewegungsloses Warten in der Wildnis gewohnt war, bis ein wütender Eber auf sie zuschoss, einer Frau, die sich während der Entenjagd mit dem Boot einen Weg durch mannshohes Schilf bahnte, in dem man so leicht die Orientierung verlieren und sich verirren konnte, einer Frau, die es gewohnt war, erlegtes Wild zu häuten und ausbluten zu lassen. Auch ihr Hund war kein Jagdhund, sondern ein Polizeihund, ein reinrassiger Dobermann, der die Funktionen eines Leibwächters erfüllte und dazu da war, einem unerwünschten Gast den Eintritt in die Wohnung zu verwehren. Ein Jäger hielt sich einen Setter oder einen Terrier. Aber wenn sich jemand einen Dobermann zulegte, dann musste es in seinem Leben sehr viel gefährlichere Dinge geben als die Jagd ... Larzew hatte sich hereinlegen lassen. In seiner Qual und blinden Angst um seine Tochter war der Profi in ihm zu spät erwacht.

Larzew griff nach seinem Revolver, aber Oleg Mestscherinow, der das Zimmer betrat, riss im selben Moment ein Gewehr von der Wand. Es fielen zwei Schüsse gleichzeitig.

SECHZEHNTES KAPITEL

Vor acht Jahren hatte Arsenn die Dachno eines Tages angerufen und ihr eine erfreuliche Mitteilung gemacht.

»Natalja, ich habe einen zauberhaften kleinen Halunken für Sie gefunden«, hatte er gesagt. »Dreizehn Jahre, ein prächtiges Kerlchen, absolut gesund, physisch und psychisch, keinerlei Dummheiten oder intellektuelle Flausen im Kopf. Fahren Sie zum Waisenhaus, die Direktorin erwartet Sie.«

Natalja Jewgenjewna fuhr sofort los. Die Direktorin, die bereits großzügig entlohnt worden war, empfing Natalja mit offenen Armen und zeigte ihr bereitwillig Oleg Mestscherinows Papiere.

»Er stammt aus einer sehr guten Familie«, versicherte die Direktorin diensteifrig. »Die Eltern waren Akademiker, beide Kandidaten der Wissenschaften, sie sind vor zwei Jahren bei einer Hochgebirgsexpedition im Pamir ums Leben gekommen. In der Familie gab es keine chronischen Erkrankungen, keinen Alkoholmissbrauch. Der Junge wurde richtig erzogen, er hat einen sehr guten Charakter, ruhig und umgänglich. Oleg ist der am besten erzogene, höflichste Junge bei uns. Soll ich ihn rufen?«

»Ja, rufen Sie ihn«, stimmte die Dachno zu.

Sie war sehr aufgeregt, denn sie war klug genug, um zu wissen, dass sie keine Wahl hatte. Sie musste das Kind nehmen, ob sie wollte oder nicht, denn es handelte sich um einen Befehl von Arsenn, auch wenn es nach außen nach liebevoller Fürsorge und Hilfe aussah. Natalja machte sich nichts vor, sie wusste genau zu unterscheiden.

Sollte der Junge ihr nicht gefallen, musste sie ihn trotzdem adoptieren, sie musste dieses Kreuz dann auf sich nehmen und für den Rest ihres Lebens tragen.

Die Tür öffnete sich vorsichtig, das Büro betrat ein hoch aufgeschossener, breitschultriger Junge mit hellem Haar, geradem Blick und energischem Kinn.

»Guten Tag«, sagte er ohne jede Verlegenheit. »Ich bin Oleg Mestscherinow. Die Direktorin hat mir gesagt, dass Sie mich sprechen möchten.«

Natalja Jewgenjewna bemerkte sofort, dass der Junge sehr angespannt war, aber er unterdrückte diese Anspannung mit ganz unkindlicher Willenskraft.

»Guten Tag, Oleg«, lächelte sie. »Man hat dir sicher gesagt, dass ich dich adoptieren möchte. Natürlich nur dann, wenn du damit einverstanden bist. Deshalb würde ich gern von dir wissen, ob du für eine Weile zu uns nach Hause mitkommen und mich und meinen Mann näher kennen lernen möchtest, oder ob es dir genügt, wenn ich dir gleich hier alle deine Fragen beantworte.«

»Haben Sie Kinder?«, fragte Oleg unvermittelt.

»Nein.« Die Dachno schüttelte den Kopf.

»Das heißt, wenn Sie mich adoptieren ...«

» ... dann wirst du unser einziges Kind sein«, beendete Natalja Jewgenjewna den von Oleg begonnenen Satz.

»Ich bin einverstanden mit der Adoption«, erklärte der Junge entschieden.

»Aber du kennst mich doch noch gar nicht«, entgegnete sie verwirrt. »Du hast mich noch nicht einmal gefragt, wie ich heiße, wer ich bin, was ich mache ... Bist du dir sicher, dass du diese Entscheidung jetzt sofort treffen kannst?«

»Ich würde sehr gern Mama zu Ihnen sagen«, erwiderte Oleg leise und sah ihr direkt in die Augen.

Und in diesem Moment begriff Natalja Jewgenjewna sehr viel über den dreizehnjährigen Oleg Mestscherinow. Arsenn hat dich nicht umsonst einen kleinen Halunken genannt, dachte sie. Du bist wirklich ein Halunke, wenn auch kein kleiner mehr. Du bist ein kluger, belesener, frühreifer Halunke. Mit deinen dreizehn Jahren besitzt du bereits eine gewisse Menschenkenntnis. Bei deinen Eltern hattest du es offenbar sehr gut, du bist an Bequemlichkeit und Komfort gewöhnt, man hat dich geliebt, verwöhnt, mit Geschenken überhäuft. Zumindest aber hat man deine kindlichen Leidenschaften und Eigenheiten respektiert, man hat dich nicht bevormundet, nicht in Watte gepackt, nicht unterdrückt und nicht wegen jeder Kleinigkeit zurechtgewiesen. Du hast deine Eltern nicht blind und bedingungslos geliebt, nur deshalb, weil sie deine Eltern waren. Du hast sie so geliebt, wie man eine wohlschmeckende Speise liebt, einen bequemen Sessel oder ein gutes Buch. Sie waren für dich die Quelle des Komforts und der Bequemlichkeit, und als sie starben und das Schicksal dich ins Waisenhaus verschlug, hast du beschlossen, alles dafür zu tun, um so bald wie möglich wieder in eine Familie zu kommen, wo du wieder den Teller hausgemachter Suppe haben wirst, ein weiches Bett und normale Kleidung. Du hast mich gefragt, ob ich Kinder habe. Natürlich ist es für dich wichtig, dass du der Einzige bist, dass du unsere ungeteilte Aufmerksamkeit und Liebe bekommst. Du möchtest mich Mama nennen? Das ist gut, aber denke nicht, dass ich deshalb dahinschmelze und nicht mehr vernünftig denken kann. Du bist ein wenig zu klug für dein Alter. Und ein bisschen mehr Halunke, als es dir in deinem Alter zusteht. Aber ich werde dich trotzdem adoptieren. Weil ich fühle, dass wir beide von einem Blut sind.

»Ich bin sehr froh, dass wir einander mögen«, sagte Natalja mit einem weichen Lächeln. »Ich hoffe, dass es mir möglichst schnell gelingt, alle Formalitäten zu erledigen, und wenn du es dir nicht anders überlegst, werden wir in zwei, drei Tagen schon zusammen sein. Aber weißt du, Oleg, ich fürchte mich ein wenig vor voreiligen Entschlüssen. Denke noch einmal gut nach. Und wenn du es dir anders überlegst, werde ich dich verstehen und nicht böse sein.«

»Ich werde es mir nicht anders überlegen«, entgegnete der Junge mit leiser, ernster Stimme.

»Dann werden wir uns jetzt verabschieden, und ich werde sofort alles in die Wege leiten. In den nächsten Tagen werde ich dich abholen. Auf Wiedersehen, Oleg.«

»Auf Wiedersehen ... Mama«, sagte er verlegen und fügte etwas ungezwungener hinzu: »Darf ich Ihnen zum Abschied einen Kuss geben?«

Du Schlitzohr!, dachte die Dachno entzückt, während sie Oleg ihre Wange hinhielt. Wo hast du das gelernt? Jede Frau, die ein Kind adoptieren will, träumt davon, dass dieses Kind sich genau so verhält, wie du das tust.

Sie steuerte den Wagen sicher über die Straße und dachte an das bevorstehende Gespräch mit ihrem Mann. Er sollte das Gefühl haben, dass sie sich mit ihm beriet, obwohl sie sich längst zu der Adoption entschlossen hatte. Ihr Herz war nicht in heißer Liebe zu dem Jungen entbrannt, so, wie es früher immer in ihren Träumen war, wenn sie sich ein lockiges, nach Milch und kindlicher Unschuld duftendes Engelchen mit blauen Augen und Grübchen in den Wangen vorgestellt hatte.

Oleg roch nicht nach Milch und Unschuld, er roch nach starker Willenskraft, nach kaltem Verstand und nach Gefahr. Aber das musste ihr Mann nicht unbedingt wissen.

Als sie die Wohnung betrat, saß ihr Mann vor dem Fernseher und sah sich ein Fußballspiel an.

»Wo warst du?«, fragte er gleichgültig, ohne vom Bildschirm aufzusehen.

»Ich werde dir alles erzählen«, erwiderte Natalja Jewgenjewna mit einem geheimnisvollen Lächeln. »Lass uns bis zur Halbzeit warten, dann unterhalten wir uns. Ich esse einstweilen etwas zu Abend.«

Sie hatte sich nicht verkalkuliert. Ihr Mann war in nachgiebiger, zugänglicher Stimmung, weil sie rücksichtsvoll genug gewesen war, ihm den Spaß am Fußball nicht zu verderben.

»Ich war heute im Waisenhaus«, begann sie vorsichtig, nachdem ihr Mann in der Halbzeit zu ihr in die Küche gekommen war.

»Warum hast du mich nicht mitgenommen?«, fragte ihr Mann verärgert. »Schließlich willst nicht nur du allein ein Kind adoptieren, mich geht die Sache auch etwas an.«

»Verzeih, Lieber, aber du hast gesagt, du hättest heute eine schwierige Operation. Und ich habe beschlossen, dich nicht zu stören. Weißt du, der Junge, den ich gesehen habe, hat einen sehr ungewöhnlichen Eindruck auf mich gemacht. Er ist klug, selbständig, gesund, gut erzogen. Allerdings hat er eine schreckliche Tragödie erlebt, er hat beide Elternteile gleichzeitig verloren, insofern befindet er sich in einem nicht ganz einfachen Seelenzustand ... Ich weiß nicht, was wir tun sollen. Was meinst du? Entscheide du, wir machen es so, wie du es für richtig hältst.«

»Wie alt ist er denn?«

»Dreizehn.«

»Schon so alt?«, wunderte sich der Ehemann.

»Ein kleines Kind ist sehr schwer zu bekommen«, erklärte Natalja geduldig. »Du erinnerst dich, was wir durchgemacht haben, als wir nach einem kleinen Kind gesucht haben. Mit einem Halbwüchsigen ist es einfacher, die meisten Familien wollen keine Kinder in diesem Alter. Was meinst du dazu?«

Ihr Mann stellte eine Vielzahl von Fragen, die Natalja umfassend beantwortete. Schließlich begriff sie, dass sie ihn in eine Sackgasse gebracht hatte. Er versuchte, wie immer, es ihr recht zu machen und das zu sagen, was sie hören wollte, aber er konnte einfach nicht verstehen, was sie dieses Mal von ihm wollte. Gefiel ihr der Junge oder nicht? Wollte sie ihn adoptieren, oder suchte sie nach einem Vorwand, um die Adoption abzulehnen? Und Natalja ihrerseits äußerte keine Meinung, weil sie auf keinen Fall den Verdacht erwecken wollte, dass sie die Entscheidung bereits getroffen hatte. Aber ihr Mann hatte sie zu Recht gefragt, ob Oleg Mestscherinow ihr gefiel oder nicht. Er hatte nichts mit dem Sohn gemeinsam, dessen Bild sie so lange in ihrem zerquälten, sehnsuchtsvollen Mutterherzen herumgetragen hatte. Aber mit derselben Sicherheit wusste sie auch etwas anderes. Arsenn persönlich hatte diesen Jungen ausgesucht, und er hatte etwas ganz Bestimmtes mit ihm vor.

Nataljas Aufgabe bestand darin, den Jungen so zu erziehen, wie Arsenn es haben wollte, ihn zuerst zu Arsenns Gehilfen zu machen, dann zu seinem Gleichgesinnten und schließlich zu seinem Mitstreiter. Dabei hatte es nicht die geringste Bedeutung, ob Oleg ihr gefiel ihr oder nicht, ob sie seine Mutter werden wollte oder nicht. Bedeutung hatte nur eines: War der Junge geeignet, den Weg einzuschlagen, den Arsenn für ihn bestimmt hatte? Natalja war ins Waisenhaus gefahren, um einen zukünftigen Mitarbeiter des Innenministeriums zu begutachten, der als solcher der Mafia zuarbeiten musste. Ihr Urteil war nicht schlecht ausgefallen, der Kandidat hatte eine hohe Punktzahl bekommen. Jetzt musste sie ihrem Mann das Gefühl geben, er sei das Familienoberhaupt und der Entscheidungsträger in dieser Angelegenheit. Natalja musste ihren Ehemann gut behandeln, darauf bestand Arsenn kategorisch, und Natalja wusste, dass er Recht hatte. Ihr Mann war ein schwacher Mensch, der leicht in Abhängigkeiten geriet. Man musste diesen Mann sehr behutsam behandeln, man durfte ihn nicht beleidigen und vor den Kopf stoßen, er konnte sonst leicht zum Opfer einer anderen Frau werden. Er wusste zu viel, deshalb durfte man ihn keinesfalls aus der Familienbande, sprich aus Arsenns Klauen, entlassen. Zudem hatte er den sehr wertvollen, nützlichen Beruf des Anästhesisten. Ohne einen solchen Spezialisten konnte Arsenn nicht auskommen, und es wäre sehr aufwendig und riskant gewesen, einen anderen zu suchen.

Ich muss ihm zu verstehen geben, dass der Junge mir gefallen hat, sonst kommt er nie zu einer Entscheidung, dachte die Dachno und sagte:

»Weißt du, mit diesem Jungen muss man sehr behutsam umgehen, man muss ihm helfen, sein schweres seelisches Trauma zu verarbeiten. Ich glaube, ich wäre dazu in der Lage. Wie denkst du darüber?«

Dachnos Mann atmete erleichtert auf.

Vor sechs Jahren ... Natalja lief auf der eisglatten Straße, das Herz klopfte ihr bis zum Hals vor Aufregung und vor Zärtlichkeit. Unter dem Persianermantel bewegte sich ein kleines weiches

Knäuel an ihrer Brust – ein Welpe, den sie eben gekauft hatte. Aus dem ganzen Wurf hatte sie diesen einen ausgesucht, weil ein einziger Blick auf dieses kleine Bündel ihr Herz in sinnloser Liebe zerschmelzen ließ.

»Sieh mal, was ich mitgebracht habe!«, rief sie triumphierend, als sie endlich die Wohnungstür aufriss und den Mantel öffnete.

Olegs Gesicht drückte gleichgültige Verständnislosigkeit aus. Er mochte keine Hunde. Doch schon nach einer halben Stunde kroch er zusammen mit Natalja auf Knien um den Welpen herum, er spielte und unterhielt sich mit ihm, kraulte mit den Fingern sein Bäuchlein und küsste ihn auf die runde Stirn und das feuchte Näschen.

»Mam, darf ich mit ihm spazieren gehen?«

»Du darfst, Söhnchen, aber erst in ein paar Monaten. Er ist noch zu klein, um auf die Straße zu gehen, wir müssen ihn erst impfen lassen.«

»Darf ich ihn füttern? Ich kaufe Fachbücher und werde alles ganz genau nach Vorschrift machen.«

»Natürlich, Söhnchen«, lächelte Natalja Jewgenjewna, der der plötzliche Stimmungsumschwung des Jungen nicht entgangen war. Er mochte keine Hunde, das hatte sie schon vorher gewusst, und im ersten Moment hatte er nicht verbergen können, dass ihm das Auftauchen eines neuen Familienmitglieds nicht behagte. Er wollte das einzige Objekt der Liebe und Aufmerksamkeit seiner Eltern sein, deshalb missfiel es ihm natürlich, dass da plötzlich ein zweites Wesen war, das Fürsorge und Pflege brauchte. Aber er war mit der Situation fertig geworden. Mit seinen fünfzehn Jahren war es ihm gelungen, über seinen eigenen Schatten zu springen und der zu werden, den seine Adoptivmutter in ihm sehen wollte.

Vor vier Jahren ... Natalja Jewgenjewna kehrte von der Jagd zurück, mit einem schweren Rucksack auf den Schultern. Ihr Mann hatte nie etwas von ihrer Jagdleidenschaft gehalten. Im Grunde war es ihm völlig gleichgültig, welchen Hobbys seine Frau in ihrer Freizeit nachging, aber das, was mit diesem Hobby verbunden war ... Das erlegte Wild musste zerhackt und tranchiert werden, die Hasen mussten gehäutet, die Enten gerupft werden. Das war eine schwere, schmutzige, blutige Arbeit, an deren Ende die ganze Küche jedes Mal von oben bis unten mit Blut und Innereien besudelt war. Auch der Geruch des rohen Fleisches war sehr spezifisch und gewöhnungsbedürftig. Dachnos Mann half seiner Frau nie bei dieser Arbeit, er ging zu Freunden, wenn es wieder einmal so weit war, oder machte Bereitschaftsdienst in der Klinik.

Mit Olegs Auftauchen veränderte sich alles für Natalja. Oleg ließ sich mit Begeisterung von ihren Jagderlebnissen erzählen, stellte Fragen, hörte mit großer Anteilnahme zu, hielt an besonders dramatischen Stellen ihrer Berichte den Atem an, tröstete seine Mutter wie ein Erwachsener, als sie einmal in der Dunkelheit aus Versehen einen Schwan erschossen hatte und deshalb ganz niedergeschmettert nach Hause gekommen war. Aber vor allem scheute er nicht die aufwendige, schmutzige Küchenarbeit, er half seiner Mutter beim Zerlegen des Fleisches, beim Häuten und Rupfen der Tiere, wischte die Blutlachen vom Boden, scheuerte die Wände und Küchenmöbel. Manchmal, wenn Oleg nicht angespannt war und seinen Gesichtsausdruck nicht kontrollierte, bemerkte Natalja aus dem Augenwinkel, wie schwer es ihm fiel, den Ekel vor dem Anblick und dem Geruch des Blutes zu unterdrücken. Aber immer stand er seiner Mutter mannhaft und selbstlos in Sachen Jagd zur Seite. Diesmal hatte Natalja Jewgenjewna einen erlegten Eber nach Hause mitgebracht.

Der riesige Keiler war plötzlich direkt auf sie zugeschossen. Natalja schoss aus einer Entfernung von zwanzig Schritten und traf das Tier in die Stirn, aber es war so in Fahrt, dass selbst der Schuss es nicht aufhalten konnte, ein rasendes Halbtonnengewicht, das auf Natalja zusteuerte. An ihren zweiten Schuss erinnerte sie sich später nicht mehr, erst recht nicht daran, wie es ihr, schon halb bewusstlos vor Angst, gelungen war, das Tier direkt ins Auge zu treffen. Aber sie erinnerte sich noch sehr gut an das, was sie in diesem Moment gefühlt hatte. Sogar als sie bereits zu Hause in der Küche saß und mit Oleg Tee trank, zitterten ihr noch die Knie. Anstelle des Tees hätte sie gern etwas Stärkeres zu sich genommen, aber sie hielt es für unangebracht, in Anwesenheit eines Siebzehnjährigen Alkohol zu trinken. Aus irgendeinem Grund war es ihr peinlich, ihre Schwäche zu zeigen.

»Du bist ganz schön erschrocken, was, Mam?«, fragte Oleg und sah ihr forschend in die Augen.

»Ja, Söhnchen, wozu leugnen. Mir ist immer noch ganz mulmig«, gab Natalja ehrlich zu.

Oleg erhob sich, öffnete den Kühlschrank und entnahm ihm eine angebrochene Flasche Wodka.

»Lass uns ein Gläschen trinken, Mam. Du musst dich entspannen, sonst kannst du nicht schlafen«, sagte er, während er Gläser aus dem Schrank holte und schnell ein paar Brote belegte.

»Danke, Oleg«, sagte sie mit einem tiefen Seufzer. »Ich wollte in der Tat sehr gern etwas trinken, aber es war mir peinlich.«

Oleg legte das Messer zur Seite, trat zu Natalja und schmiegte seine Wange an die ihre.

»Ich bin dein Sohn. Vor mir muss dir nichts peinlich sein. Denn du bist meine Mutter und wirst für mich immer die beste, die richtigste, die wunderbarste und weiseste von allen sein, was immer du anstellst.«

»Danke, mein Bester.« Sie zauste zärtlich sein dichtes helles Haar, streichelte seinen Nacken und seine Schulter. »Ich bin sehr glücklich, dass du so für mich empfindest. Aber vielleicht ist es nicht gut, wenn du mir beim Trinken Gesellschaft leistest.«

»Erstens ist es unanständig, allein zu trinken, das tun nur Alkoholiker«, lachte Oleg. »Zweitens bin ich nicht weniger erschrocken als du. Du bist sehr mutig, Mam, aber du musst auf dich aufpassen. Ich möchte dich nicht verlieren.«

Natalja fühlte fast körperlich, wie ihre Seele sich spaltete. Die eine Hälfte wusste, dass alles das ein gekonntes Spiel war, dass Oleg in jedem Moment nur die Erwartungen seines Gegenübers erfüllte. Er war ein außergewöhnlicher Junge, der über ein höchst feines psychologisches Gespür verfügte. Er erahnte immer sofort, was in seinem Gesprächspartner vor sich ging, und stellte sich auf ihn ein, er passte sich perfekt an und erfüllte jede noch so hohe Erwartung. Nicht umsonst waren ausnahmslos alle von ihm begeistert. In vier Jahren hatte er kein einziges Mal etwas gesagt oder getan, wofür man ihn hätte tadeln müssen.

Aber die andere Hälfte ihrer Seele wollte so sehr glauben, dass das alles wahr war, dass Oleg wirklich ein zärtlicher, fürsorglicher, feinfühliger Sohn war, der seine Mutter vergötterte, ein begabter, zielstrebiger, ehrlicher, anständiger Junge.

Gib dich keinen Sentimentalitäten hin, ermahnte Natalja Jewgenjewna sich ständig, man darf ihm nicht glauben, du weißt genau, wer und was er ist. Er ist dein Zögling und wird niemals dein Sohn sein. Er spielt den liebenden Sohn nur deshalb, weil er will, dass du ihm eine fürsorgliche Mutter bist. Aber sie wollte so sehr daran glauben, dass ihr Traum sich erfüllt hatte ...

Vor zwei Jahren ... Natalja nahm Oleg zum ersten Mal zum Schießstand mit. Gewöhnlich ging sie allein zum Training, ihr Sohn hatte seinen eigenen Tagesablauf und machte seine Schießübungen zu anderen Zeiten und an anderen Orten. Natalja Jewgenjewna wusste von Olegs sportlichen Erfolgen, er erzählte ihr davon und brachte des Öfteren Urkunden und Pokale mit nach Hause. Zu seinen Sportarten gehörte, neben dem Schießen, auch das Schwimmen und Ringen, außerdem spielte er Schach.

Die Ergebnisse des gemeinsamen Schießtrainings verblüfften Natalja. Oleg konnte besser schießen als sie selbst. In Nataljas Verblüffung mischte sich ein ihr bisher unbekanntes Glücksgefühl. Es hatte noch nie jemanden gegeben, der ihr im Schießen ebenbürtig war. Und die Vorstellung, dass es jemanden gab, der sie eines Tages übertreffen könnte, war ihr immer unangenehm gewesen. Bis jetzt. Sie hätte am liebsten geweint vor Freude. So eine Freude konnten nur echte Lehrer oder liebende Eltern empfinden.

»Ich danke dir, Söhnchen«, murmelte sie, während sie Oleg umarmte und ihr Gesicht an seine Schulter drückte, um ihre aufsteigenden Tränen zu verbergen.

»Wofür?«, fragte Oleg erstaunt.

Dafür, dass ich durch dich dieses Gefühl der Freude und des Stolzes erfahre. Dafür, dass ich dich offenbar wirklich liebe, dachte die Dachno. Aber sie zog sich mit einer scherzhaften Bemerkung aus der Affäre.

»Dafür, dass du deiner Mutter, der Meisterschützin, keine Schande gemacht hast«, erwiderte sie.

»Aber Mam, ich bin noch lange nicht so weit wie du. Ich habe heute einfach nur Glück gehabt. Ein zweites Mal bringe ich das nicht. Aber ich gebe zu, dass ich mich sehr angestrengt habe. Ich wollte immer so sein wie du.«

Vor einem Monat ...

»Hast du dich mit Onkel Arsenn beraten?«

»Ja, er hat gesagt, ich soll mich um gutes Mittelmaß bemühen und nicht auffallen. Es wäre falsch, das Praktikum bei der Petrowka abzulehnen, das würde Verdacht erregen. Man müsse es so einrichten, dass ich am Ende des Praktikums eine gute Beurteilung bekomme, ohne dass sie mir eine Stelle anbieten.«

»Warum?«

»Weil Onkel Arsenn mich im nördlichen Bezirk braucht. Man wird mir eine Stelle bei der dortigen Kripo zuweisen, egal, wo ich das Praktikum mache. Onkel Arsenn hat seine eigenen Pläne mit mir.«

»Nun ja, er wird schon wissen, was er tut ...«

Vor einer Woche ...

»Vielleicht solltest du ein bisschen leiser treten, Söhnchen. Nicht jeder muss merken, wie gescheit du bist. Nach allem, was wir wissen, ist die Kamenskaja gar nicht so einfach gestrickt. Pass auf, dass sie dir nicht auf die Schliche kommt.«

»Du meinst, ich soll das Gas etwas zurücknehmen?«

»Genau.«

»Ich gehorche, mein General! Deine Intuition ist einmalig, Mam ...«

* * *

Die beiden Schüsse fielen gleichzeitig. Larzew stürzte sofort zu Boden, Oleg sank langsam in sich zusammen.

Natalja Jewgenjewna hatte noch gar nicht begriffen, was passiert war, als es an der Tür läutete. Cäsar begann sofort wütend zu bellen. Nataljas Mann hatte einen Schlüssel, er konnte es nicht sein, der läutete. Und einem anderen gedachte Natalja nicht zu öffnen.

Es läutete erneut. Cäsars Bellen wurde noch lauter, dann ein Hämmern an der Tür, Stimmen.

»Aufmachen, Miliz!«

Das Hämmern wurde immer stärker. Die Dachno begriff, dass die Miliz drauf und dran war, die Tür aufzubrechen. Warum sind sie hier?, fragte sie sich. Etwa wegen Oleg? Hat er einen Fehler gemacht, sich verrechnet, etwas übersehen, haben sie Verdacht geschöpft und sind ihm gefolgt? Oleg, mein Söhnchen, warum hast du denn nicht besser aufgepasst?

Sie wollte schreien. Schon zu oft hatte sie den Tod gesehen, als Ärztin und als Jägerin. Oleg war tot, daran bestand kein Zweifel. Oleg, ihr Zögling, den sie zu lieben begonnen hatte wie ihr leibliches Kind, der ihr Augenblicke fast unerträglichen Mutterglücks geschenkt hatte, auf den sie so stolz gewesen war, durch den sie das Wunder der Freundschaft und Zusammengehörigkeit zwischen Mutter und Sohn erfahren hatte. In diesen acht Jahren mit ihm hatte sie mehr Freude erlebt als in ihrem gesamten vorherigen Leben. Niemand mehr würde sie jemals so unterstützen, so trösten, so aufrichten können wie er. Auch wenn das alles nicht die Wahrheit war, sondern nur ein gekonntes Spiel. Trotzdem hatte es Oleg doch gegeben, es hatte ihn wirklich gegeben … und es war wunderbar.

Doch außer Oleg gab es noch ihren Mann, es gab sie selbst und den Rest ihres Lebens, den sie nicht im Gefängnis verbringen wollte.

Man hörte das Splittern der Tür. Cäsars Bellen ging in ein heiseres Heulen über. Natalja Jewgenjewna wollte ebenfalls heulen, in Schluchzen ausbrechen. Sie fühlte plötzlich einen scharfen Schmerz in der Brust und verlor das Bewusstsein.

* * *

Am späten Abend des 30. Dezember stellte Nastja mit Genugtuung fest, dass die Taktik, die sie gemeinsam mit Knüppelchen eingeschlagen hatte, gewisse Erfolge zeitigte. Der Mann mit dem angenehmen Bariton rief regelmäßig an, entschuldigte sich höflich dafür, dass man Djakow immer noch nicht gefunden hatte, fragte nach, ob er auf irgendeine andere Weise zum positiven Ausgang der Angelegenheit beitragen könne, und stellte keinerlei Forderungen. Nastjas feines Ohr nahm sehr genau die wachsende Anspannung in seiner Stimme wahr, die er gekonnt zu verbergen versuchte. Bis jetzt lief alles nach Plan. Es gelang ihr, Zeit zu schinden und den Anrufer glauben zu machen, dass sie zu jeder Art von Zusammenarbeit mit ihm bereit war, um ihr Leben zu retten.

Die Angst, die in den letzten Tagen die Oberhand über sie gewonnen hatte, ließ allmählich nach, die übermenschliche Anspannung, die sie erzeugt hatte, war nicht länger durchzuhalten. Nastja war bereit, alles, wirklich alles zu tun, damit Nadja Larzewa nichts zustieß. Mochte der Fall unaufgeklärt bleiben, mochten die Täter ihrer Strafe entgehen, mochte man sie, Nastja, anschließend entlassen – auf alles das kam es nicht mehr an. Hauptsache, man konnte das Kind retten.

Aber Nastja wäre nicht Nastja gewesen, hätte sie ihren Gefühlen gestattet, ihr professionelles Interesse ganz zu verschlucken. Konnte man es nicht trotz allem so anstellen, dass das Verbrechen aufgeklärt wurde? War es nicht möglich, das Mädchen zu retten und gleichzeitig vielleicht wenigstens einen der Täter zu fassen?

Die Lösung einer Frage zog die nächste nach sich. Gemeinsam mit Ljoscha hatte sie verschiedene Konzepte zum Aufbau eines konspirativen Kommunikationsnetzes erarbeitet. Am vielversprechendsten erschien ihnen das Konzept, in dem die Verbindungen über mehrere Mitarbeiter eines Telefonamtes liefen und einen zusätzlichen Mittelsmann, der in dem von diesem Amt betreuten Gebiet wohnte. Nastja hatte sich nur beiläufig mit diesen Konzepten beschäftigt, um die Zeit totzuschlagen, aber nun kam sie zu einem Schluss, der ihre schlimmsten Befürchtungen bestätigte. Es wäre völlig sinnlos gewesen, so ein Verbindungsnetz aufzubauen, um nur einen einzigen Fall vor der Miliz zu vertuschen. Genauso gut hätte man jahrelang an einem kostbaren Gobelin weben können, um anschließend darin den Müll aus der Wohnung zu tragen. Insofern hatte Larzew sich nicht getäuscht, Nastja hatte es mit einem Mittelsmann zu tun, der im Fall Jeremina kein eigenes Interesse verfolgte, sondern die Interessen anderer vertrat.

Wer war dieser Mittelsmann? Fistin, der Leiter des Waräger-Clubs, für den Djakow arbeitete? Das war durchaus möglich. Gradow kannte diesen Mann, er wohnte mit ihm in einem Haus, vielleicht hatte er sich in der Not an ihn gewandt. Aber wenn es doch nicht Fistin war, wer war es dann? Und welche Rolle spielte dann Fistin mit seinen Warägern bei der ganzen Sache?

Nastja fragte sich beunruhigt, wie lange es ihr noch gelingen würde, den Anrufer hinzuhalten, wie lange sie ihn noch mit ihrer Forderung, Djakow zu finden, an der Nase herumführen konnte. Früher oder später würde er ihr auf die Schliche kommen. Darüber, was dann geschehen würde, wollte sie gar nicht nachdenken.

Sascha Djakow wurde in dem Moment festgenommen, als er den Zug bestieg, mit dem er Moskau verlassen wollte. Die Kripobeamten, die die Verhaftung vornahmen, wussten zu dieser Zeit bereits, dass Sascha alle seine Bekannten über seine bevorstehende Abreise aus Moskau informiert und ihnen gesagt hatte, er würde erst nach drei bis vier Monaten zurückkommen. So verhielt sich keiner, der auf der Flucht war. Man musste davon ausgehen, dass jemand vorhatte, ihn zu beseitigen, aber erst sollte er die Stadt quasi aus eigenem Willen verlassen, damit niemand auf die Idee käme, ihn zu suchen. Die Beamten folgten ihm bis zum Zug, ließen ihn Abschied von seinen Verwandten nehmen, die ihn zum Bahnhof begleitet hatten, und eine Minute vor Abfahrt des Zuges holten sie ihn von seinem Platz und stiegen mit ihm zur anderen Seite des Bahnsteigs wieder aus.

Als Gordejew sich bei Nastja am Telefon über den »Druck von oben« beschwert hatte, war ihr sofort klar gewesen, was er ihr auf diese verklausulierte Art sagen wollte. Auch er war auf den Gedanken gekommen, dass ein Mittelsmann im Spiel war, und er hatte den Versuch unternommen, einen Konflikt zwischen Gradow und diesem Mittelsmann zu inszenieren. Sie ihrerseits hatte versucht, den Mittelsmann mit Fistin zu konfrontieren, indem sie die erfolglose Suche nach Djakow initiierte. Solange sie Djakow suchten, konnte man davon ausgehen, dass Nadja in Sicherheit war. Sofern sie sie nicht schon gleich zu Anfang umgebracht hatten. Aber jeden Moment konnte die Wahrheit über Djakows Verhaftung ans Licht kommen, und dann würde der Mittelsmann begreifen, dass Nastja ihn verschaukelte. Es konnte nicht sein, dass sie von dieser Verhaftung nichts wusste, da sie zu einem Zeitpunkt stattgefunden hatte, als Nastja sich noch nicht in Isolation befand. Die einzige Hoffnung bestand jetzt darin, dass es Knüppelchen gelingen würde, Djakows Verhaftung geheim zu halten, obwohl Gott allein wusste, wie das möglich sein sollte, da die Informanten des Mittelsmannes sich offenbar in allen Ritzen und Fugen der Petrowka eingenistet hatten. Aber vielleicht ist alles gar nicht so schlimm, beschwichtigte sich Nastja, vielleicht übertreibt Larzew. Es gibt sie, zweifellos, aber vielleicht sind es gar nicht so viele. Im Moment jedenfalls suchten sie Djakow noch, und das machte Hoffnung. Zumindest blieb Nastja Zeit, sich Gedanken über einen neuen Trick zu machen, mit dem sie sie hinhalten konnte.

Es kam ihr gar nicht in den Sinn, dass man das Mädchen mit Medikamenten betäubte und dass alles genau andersherum lief. Dass Arsenn nur noch bis zum nächsten Morgen warten und dann eine neue Injektion anordnen würde, wenn sie Djakow bis dahin nicht gefunden hatten. Solange dieser eine potenzielle Gefahr für Arsenn darstellte, musste er das Druckmittel gegen Larzew in der Hand behalten. Aber die nächste Injektion konnte für das Mädchen tödlich sein. Wenn Nastja Kamenskaja das gewusst hätte …

* * *

In der Nacht vom 30. auf den 31. Dezember verließ Nikolaj Fistin eilig seine Wohnung, stieg in seinen unauffälligen Shiguli und fuhr zur Staljewarow-Straße, wo Slawik, der Rennfahrer, wohnte.

Vor einer halben Stunde hatten ihn seine Jungs angerufen und ihm konsterniert mitgeteilt, dass sie in dem Lager, wo sie Arsenns Leuten den Garaus gemacht hatten, ein krankes Mädchen entdeckt hatten.

Sie hatten gedacht, das Mädchen würde schlafen, aber alle Versuche, es zu wecken, waren erfolglos. Offenbar war es nicht bei Bewusstsein.

Eine Geisel, schoss es Fistin durch den Kopf, Arsenn hatte eine Geisel. Jetzt werde ich dir die Flötentöne beibringen, du alte Stinkmorchel, dachte er. Jetzt kommst du mir nicht mehr aus.

»Bringt das Mädchen zu Slawik, er wohnt allein«, hatte Onkel Kolja befohlen.

Sie saßen die ganze Nacht neben dem Bett des Mädchens und versuchten, es zur Besinnung zu bringen, aber es war aussichtslos. Der Pulsschlag war verlangsamt, aber gleichmäßig. Sie öffnete die Augen nicht und reagierte nicht auf Stimmen.

Gegen Morgen war Fistin bereits drauf und dran, die Erste Hilfe zu rufen, aber was sollte er dem eintreffenden Arzt sagen? Wer war dieses Mädchen, und wie war es in Slawiks Wohnung gekommen? Man hätte sagen können, dass man das Mädchen auf der Straße aufgelesen hatte, aber das klang nicht sehr glaubhaft. Außerdem würde die Klinik den Fall womöglich der Miliz melden, und das konnte Fistin im Moment am wenigsten gebrauchen.

Er war bereits der Verzweiflung nahe, als das Mädchen endlich doch zu sich zu kommen begann. Gegen neun Uhr morgens öffnete es die Augen und versuchte, etwas zu sagen, aber es kam nur ein kaum hörbares Hauchen aus seinem Mund. Onkel Kolja geriet in Bewegung. Er konnte sich schwer vorstellen, wie dem Mädchen zu helfen war, aber irgendwo hatte er gelesen, dass man nach einer Narkose (und er zweifelte nicht daran, dass es sich um eine Narkose oder etwas Ähnliches handelte) viel trinken musste, damit das Gift aus dem Körper gespült wurde. Einige Flaschen Mineralwasser standen bereit, er hatte Slawik bereits im Morgengrauen danach geschickt.

Er flößte dem Mädchen abwechselnd heißen gesüßten Tee und

Mineralwasser ein und erreichte damit, dass es tatsächlich zu sprechen begann.

»Wo ist mein Papa?«

»Wer ist dein Papa, Kleine?«, fragte Fistin besorgt.

»Ein Milizionär«, flüsterte sie. »Er arbeitet bei der Petrowka, in der Kriminalabteilung. Bitte rufen Sie meinen Papa an, damit er mich holt.«

»Gleich«, erwiderte Fistin bereitwillig. »Sag mir seinen Namen und seine Telefonnummer.«

Das war keine schlechte Chance. Arsenns Geisel war die Tochter eines Kripobeamten. So also machte dieser Schweinehund seine Geschäfte. Aber jetzt würde er, Fistin, dem Kripobeamten seine eigenen Bedingungen diktieren, um seinen Chef zu retten. Wenn es ihm gelingen würde, mit den Bullen gemeinsame Sache zu machen, würde Gradow endlich begreifen, dass er mehr auf dem Kasten hatte als Arsenn, dieser alte Knickstiefel.

Unter der von dem Mädchen genannten Telefonnummer meldete sich niemand.

»Dann müssen Sie meinen Papa im Büro anrufen«, sagte es mit kaum hörbarer Stimme und diktierte Fistin eine neue Telefonnummer.

Doch auch an seinem Arbeitsplatz was Nadjas Vater nicht zu erreichen.

»Er kommt heute später ins Büro«, antwortete man Fistin. »Wer ist denn am Apparat?«

»Ein Bekannter. Larzew hat mich gebeten, ihn heute Morgen anzurufen.«

»Wenn Sie Ihre Telefonnummer hinterlassen, kann er Sie zurückrufen.«

»Er hat meine Telefonnummer«, log Kolja. »Ich rufe später noch einmal an, wann wird er anzutreffen sein?«

»Ich kann es Ihnen nicht sagen, ich weiß es nicht.«

Kolja goss Nadja noch eine Tasse Tee ein und beruhigte sie.

»Mach dir keine Sorgen, Kleine«, sagte er, »dein Papa ist gerade irgendwo unterwegs. Sobald ich ihn erreiche, wird er kommen und dich holen.«

Nadja ging es indessen schlecht. Sie hatte Durchfall und musste sich erbrechen, immer wieder bekam sie Schweißausbrüche und wurde leichenblass. Und ihr Vater war nach wie vor nicht zu erreichen.

»Er ist im Moment nicht da, versuchen Sie es später noch einmal«, sagte man Fistin erneut.

Allmählich begann er die Hoffnung zu verlieren, dass ihm das Glück hold gewesen war und er tatsächlich ein Druckmittel gegen die Kripo in die Hand bekommen hatte. Ihm schien, das Mädchen könne jeden Moment sterben, und er musste versuchen, etwas für sie zu bekommen, solange es noch nicht zu spät war. Wenigstens irgendeine Kleinigkeit. Und das musste geschehen, solange das Mädchen noch zu retten war. Es durfte nicht sterben. Und wenn es mit der Miliz nicht klappte, dann musste Kolja es eben mit Arsenn versuchen. Die Rückgabe der Geisel gegen die Erfüllung des Vertrags mit Gradow.

Kolja fuhr zum Club, weil er nur von dort aus Kontakt mit Arsenn aufnehmen konnte. Er hatte schon mehrfach versucht, ihn von anderen Telefonapparaten anzurufen, aber das hatte nie funktioniert. Nur ein Anruf vom Clubtelefon führte dazu, dass Arsenn ihn nach einiger Zeit zurückrief. Fistin war in großer Eile, da für die Kontaktaufnahme eine genaue Uhrzeit festgelegt war. Wenn er eine dringende Mitteilung für Arsenn hatte, musste er sechs Minuten vor der jeweils vollen Stunde anrufen. Jetzt war es 13.45 Uhr. Wenn er es nicht schaffen würde, innerhalb der nächsten sechs Minuten anzurufen, würde er mindestens eine Stunde auf Arsenns Rückruf warten müssen. Ansonsten konnte er innerhalb der nächsten zwanzig Minuten mit seinem Rückruf rechnen.

Onkel Kolja schaffte es. Als er die Nummer wählte, zeigte die elektronische Uhr in dem kleinen Raum hinter der Sporthalle 13.54 Uhr.

Um 14.15 Uhr läutete das Telefon, und Fistin riss den Hörer von der Gabel.

»Hast du etwa Djakow gefunden?«, fragte Arsenn spöttisch.

»Nein«, erwiderte Kolja. »Aber ich habe Ihre Geisel gefunden. Und ich möchte Ihnen ein Angebot machen. Ich gebe Ihnen das Mädchen zurück, ganz offensichtlich brauchen Sie es dringend, aber dafür erfüllen Sie den Vertrag mit meinem Chef.«

»Welches Mädchen?«, fragte Arsenn verwundert. »Du redest schon wieder Blödsinn.«

»Das Mädchen aus dem Lager«, erwiderte Onkel Kolja schadenfroh. »Und mit denen, die Ihre Geisel bewacht haben, habe ich kurzen Prozess gemacht. Nach denen können Sie jetzt lange suchen. Also, nehmen Sie mein Angebot an?«

»Ich habe keine Ahnung, von welchem Mädchen und von welchem Lager du sprichst«, sagte Arsenn leise und deutlich. »Und überhaupt, Oberhäuptling, du kannst mich am Arsch lecken.«

Die kurzen Zeichen in der Leitung, die besagten, dass Arsenn aufgelegt hatte, ernüchterten Fistin. Auch das hat nicht geklappt, dachte er verzweifelt. Er musste sich damit abfinden, dass er Arsenn und seine Handlungen nicht verstand. Jetzt dachte er nur noch daran, wie er es anstellen sollte, seinem Boss und dem Mädchen gleichzeitig zu helfen. Er beschloss, zu Slawik zurückzukehren, er wollte noch einmal versuchen, Nadjas Vater, den Milizionär, zu erreichen.

* * *

Arsenn hatte von Fistin nichts Neues erfahren. Er hatte am Morgen nicht auf den Anruf des Arztes gewartet, war zum Lager gefahren und hatte dort mit eigenen Augen die Überreste des Blutbades gesehen. Das Mädchen war verschwunden. Es war nicht schwer zu erraten, dass alles dies nicht auf das Konto der Miliz ging, sondern auf das von Onkel Kolja und seinen Männern. Die Miliz hätte auf jeden Fall einen Hinterhalt hinterlassen.

Kaum war Arsenn nach Hause zurückgekehrt, rief Natalja Dachno an und berichtete von der Tragödie des Vortags. Oleg war tot, Larzew schwer verletzt.

Man hatte sie und ihren Mann die ganze Nacht in der Petrowka festgehalten und verhört. Die Dachno hatte genug Nerven und

Kaltblütigkeit besessen, alles auf Oleg zu schieben. Angeblich war Larzew zu ihm gekommen und nicht zu ihr. Er hatte zwei Stunden auf Oleg gewartet, ohne etwas zu erklären. Der Junge lebte ja sowieso nicht mehr, also spielte es keine Rolle, was man ihm in die Schuhe schob.

»Was meinst du, wird Larzew überleben?«, fragte Arsenn.

»Kaum. Die Verletzung ist zu schwer. Aber selbst dann, wenn die Operation erfolgreich verläuft, wird er noch mindestens eine Woche bewusstlos sein und anschließend Invalide bleiben«, erklärte die einstige Chirurgin sachkundig.

»Dann bleibt also noch mindestens eine Woche Zeit, um alle Spuren hinter dir und deinem Mann zu verwischen«, konstatierte Arsenn. »Wenn Larzew erst in einer Woche wieder sprechen kann, wird das niemandem mehr etwas nutzen. Gut, meine Liebe, gegen Abend werde ich alle Fragen geklärt haben, dann entscheiden wir alles Weitere. Sag heute Nachmittag einem Techniker Bescheid, damit er die Telefonnummer stilllegt. Und Valera kannst du sagen, dass das Telefon der Kamenskaja nicht mehr abgehört zu werden braucht.«

Valera war der Chefingenieur des besagten Telefonamtes und arbeitete ebenfalls für Arsenn.

Angesichts der neuesten Ereignisse machte sich Arsenn keine Sorgen mehr um Nadja. Larzew war für lange Zeit oder für immer aus dem Spiel, Arsenn brauchte seine Tochter nicht mehr. Sollte Fistin mit ihr machen, was er wollte. Im Laufe des heutigen Tages würde die Telefonnummer, über die Onkel Kolja und Gradow bisher Kontakt mit ihm aufgenommen hatten, aufhören zu existieren. Gradow hatte bereits den ganzen gestrigen Abend versucht, sich mit dem Kontor in Verbindung zu setzen, doch Arsenn hatte auf seine Anrufe nicht reagiert. Der energische Sergej Alexandrowitsch hatte sogar den Versuch unternommen, über seine Freunde bei der Miliz herauszufinden, wem der Telefonanschluss gehörte, doch Natalja Dachno hatte, wie immer, allerbeste Arbeit geleistet. Für die Vergabe und Verwaltung der Telefonnummern war sie ganz allein zuständig, und nur sie konnte offizielle

Auskünfte erteilen. Und ihre schriftlichen Unterlagen waren so perfekt, dass kein Mensch auf der Welt irgendetwas Verdächtiges darin hätte entdecken können. Im Grunde hätte man die Nummer bereits gestern stilllegen können, für gewöhnlich tat Arsenn das sofort nach Beendigung eines Vertrags, aber diesmal hatte er die Nummer noch für den Fall gebraucht, dass Onkel Kolja Djakow gefunden hätte. Doch jetzt hatte das alles keine Bedeutung mehr.

Selbst dann, wenn Fistin oder Gradow verhaftet würden, was aller Wahrscheinlichkeit nach auch geschehen würde, bestand keine Möglichkeit, den geheimnisvollen Arsenn zu finden. Was immer die beiden der Kripo auch erzählen würden, alles würde so klingen, als wollten sie sich selbst reinwaschen und die Schuld von sich abwälzen.

Aber das Gespräch mit Fistin hatte Arsenn wütend gemacht. Was erlaubte sich dieser Knastbruder eigentlich? Er bildete sich ein, er könne mit ihm, Arsenn, handeln! Dieses Stück Dreck, diese kleine stinkende Ratte. Offenbar hatte er schon zu lange keine Lagerluft mehr gerochen und vergessen, dass sein Platz neben der Latrine war.

Arsenn ging hinaus auf die Straße, spazierte gemächlich zur nächsten Telefonzelle, nahm den Hörer ab und wählte die Nummer der Miliz.

»Die Tochter Ihres Mitarbeiters Major Larzew wurde entführt. Der Entführer ist der zweifach vorbestrafte Nikolaj Fistin, wohnhaft Federatiwnyj-Prospekt 16, Block 3«, sagte Arsenn und legte auf.

* * *

Der Anruf erreichte die Petrowka zu einer Zeit, als Onkel Kolja sich noch im Club befand. Die Beamten, die ihn beobachteten, hatten mitgeteilt, dass er die ganze Nacht und einen Teil des Tages in der Staljewarow-Straße zugebracht hatte. Sofort nach Arsenns Anruf wurde ein Überfallkommando zu dieser Adresse geschickt. Eine Stunde später waren Nikolaj Fistin und Slawik, der

Wohnungsinhaber, verhaftet. Nadja Larzewa wurde in eine Klinik gebracht.

* * *

Sergej Alexandrowitsch Gradow suchte Onkel Kolja bereits seit dem frühen Morgen des 31. Dezember. Seine Frau hatte ihm gesagt, ihr Mann habe mitten in der Nacht das Haus verlassen und sei noch nicht zurückgekommen.

»Sobald er auftaucht, soll er sich sofort mit mir in Verbindung setzen«, hatte Gradow Fistins Frau gebeten.

Die Zeit verging, aber Onkel Kolja blieb verschwunden, auch im Club war er nicht zu finden, niemand wusste, wo er steckte. Gradow überfielen ungute Vorahnungen, ihm war klar, dass alles, was jetzt geschah, mit Arsenns Rücktritt vom Vertrag zusammenhing. Gegen fünf Uhr abends rief er noch einmal bei Fistin zu Hause an.

»Sergej Alexandrowitsch«, sagte Fistins Frau schluchzend, »Kolja wurde verhaftet.«

In Momenten der Panik konnte Gradow nicht denken. Es dauerte einige Minuten, bis er begriff, dass Nikolaj Fistin sein letzter Schutz vor der Justiz war. Wenn Onkel Kolja verhaftet war, dann würde er, Gradow, der Nächste sein. Entsprechend seiner eingefleischten Gewohnheit versuchte Sergej Alexandrowitsch, sich auf eine andere Person zu besinnen, auf die er sich verlassen konnte und die alles wieder ins Lot bringen würde. In der Kindheit war immer sein Vater da gewesen, der ihn fast bis zur Hochzeit an der Hand gehalten hatte, später hatte er seine Sekretäre gehabt, seine Beauftragten, seine Referenten, die Speichellecker vom Dienst und schließlich Arsenn. Alle diese Leute überbrachten ihm stets dieselbe Botschaft: »Machen Sie sich keine Sorgen, wir bringen alles in Ordnung.« Jetzt musste er zum ersten Mal der unangenehmen Tatsache ins Auge sehen, dass da niemand mehr war, der die Suppe für ihn auslöffeln konnte.

Als Nächstes fragte sich Gradow, ob sein Problem wirklich so kompliziert und unlösbar war, wie es schien. Vielleicht war alles ganz einfach, vielleicht brauchte gar nichts gelöst zu werden, weil gar kein Problem existierte. Doch nachdem er noch einige Minuten angestrengt nachgedacht hatte, kam er zu dem wenig tröstlichen Schluss, dass er um Verhaftung und Gefängnis nicht herumkommen würde. Onkel Kolja war ihm natürlich ergeben wie ein Hund, aber was konnte der mit seinem winzigen Verstand schon für ihn tun.

Die erste Variante war, sich in stolzes Schweigen zu hüllen und keinerlei Aussagen zu machen. Doch die Ermittler von der Petrowka bewerteten Schweigen in der Regel als Schuldeingeständnis. Man konnte sie nicht täuschen, wenn man die beleidigte Unschuld spielte. Wenn einer schwieg, dann hatte er Angst vor dem Sprechen, und wer Angst vor dem Sprechen hatte, der hatte etwas zu verbergen oder deckte einen anderen.

Variante zwei war Onkel Kolja. Man konnte ihn veranlassen, sich ein solides Lügenmärchen auszudenken und alle Schuld auf sich zu nehmen, so, als hätte Gradow mit der ganzen Geschichte überhaupt nichts zu tun. Das wäre ideal gewesen, aber der Haken an der Sache bestand darin, dass der zwar immer zu allem bereite, aber beschränkte Nikolaj nicht in der Lage war, eine hieb- und stichfeste, von keiner Seite angreifbare Lügengeschichte zu erfinden. Diese Variante entfiel also.

Und die dritte Möglichkeit bestand schließlich darin, dass Fistin sich als undankbarer, ehrloser Schweinehund erweisen und der Miliz sofort alles erzählen würde, was er über Gradow wusste. In diesem Fall war ohnehin alles klar und jede weitere Überlegung überflüssig.

Von den drei Varianten, die Gradow in Erwägung zog, schienen nur zwei realistisch zu sein, und beide führten zu Verhaftung und Gefängnis. Insoweit war die Lage also klar. Aber waren Verhaftung und Gefängnis wirklich so schlimm? Konnte man nicht auch das überleben?

Sergej Alexandrowitsch wusste genau, dass er weder die Gefängniszelle noch das Lager überstehen würde. Darüber brauchte er nicht nachzudenken. Er würde alles im Leben ertragen können, nur eines nicht: das Gefängnis. Die Angst davor verfolgte ihn sein ganzes Leben lang und ließ mit den Jahren nicht etwa nach, sondern wurde stärker. Die Pressefreiheit bescherte eine Vielzahl von literarischen Veröffentlichungen und Dokumentationen darüber, wie es in den Gefängnissen und Lagern wirklich zuging.

Voller Entsetzen und Ekel, mit fast pathologischer Neugier las Gradow all diese Veröffentlichungen, in denen die schreckliche Wahrheit über die Strafanstalten des Landes ans Tageslicht kam, und er stellte fest, dass diese Wahrheit alle seine albtraumhaften Vorstellungen übertraf. Schließlich bestätigte ein erfahrener Sträfling wie Onkel Kolja, dass alles tatsächlich so war, wie es beschrieben wurde, nur leider noch schlimmer. Offenbar war es den Autoren peinlich, über manche Details zu berichten, zum Beispiel darüber, dass im Untersuchungsgefängnis dreißig bis vierzig Personen in drei Schichten in einer Zelle schliefen und vor aller Augen die Latrine benutzten.

Nichts auf der Welt fürchtete Gradow so sehr wie das Gefängnis. Als die Gefahr, hinter Schloss und Riegel zu kommen, zum ersten Mal konkret wurde, fiel ihm nichts Besseres ein, als Vitalij Lutschnikow zu ermorden. So brachte er die unselige Tamara Jeremina an seiner Stelle ins Gefängnis. Doch alles das kam ihm nichtig und unbedeutend vor im Vergleich zu der Angst, die ihn innerlich verbrannte. Zum zweiten Mal holte ihn die Gefahr ein, als dieser Schwachkopf von Arkadij ihn mit seinem Ansinnen zu bedrängen begann, alles zu gestehen und Sühne zu leisten. Auch Arkadij musste er beseitigen, um dem Grauen zu entgehen.

Schließlich tauchte Tamaras Tochter Vika auf. Gradow räumte auch sie aus dem Weg und entging so ein weiteres Mal dem Gefängnis.

Heute, am 31. Dezember, am Vorabend des Jahres 1994, begriff Sergej Alexandrowitsch plötzlich, dass er erneut darüber nachdachte, wen er umbringen musste, um das zu vermeiden, was er um jeden Preis vermeiden musste. Und er kam zu dem Schluss, dass er niemanden mehr umbringen konnte außer sich selbst.

Gradow besaß sehr viele negative Charaktereigenschaften, denn er war ein zutiefst unmoralischer Mensch. Doch auch bei strengster und missgünstigster Burteilung konnte man ihm nicht nachsagen, dass er an Unentschiedenheit litt.

Zwei Stunden später blickte Sergej Alexandrowitsch Gradow, der jetzt in einem Sessel auf seiner gemütlichen, warmen Datscha saß, zum letzten Mal in den schwarzen Lauf seines Revolvers und schloss die Augen. Schon seit dreiundzwanzig Jahren trug er das in sich. Er hatte Vitalij Lutschnikow und Arkadij Nikifortschuk umgebracht und Vika Jeremina und Valentin Kosarj umbringen lassen. Aber er hatte nie Reue oder Schuld empfunden, nur manchmal hatte ihn der Gedanke beunruhigt, das schreckliche Geheimnis, das Tamara Jereminas Wohnung barg, könnte ans Tageslicht kommen. Die Hälfte dieses Geheimnisses war vor zwei Jahren mit Arkadij Nikifortschuk gestorben. Jetzt würde die zweite Hälfte sterben.

Nach einigen Sekunden drückte er mit ruhiger Hand auf den Abzug.

* * *

Gegen Mittag des 31. Dezember hatte Nastja große Mühe, ihre Fassung zu bewahren. Der Mittelsmann hatte kein einziges Mal mehr angerufen, von Gordejew gab es keinerlei neue Nachrichten, sie fühlte, dass ihr die Kontrolle über die Lage endgültig zu entgleiten begann.

Sie lag auf dem Sofa, mit dem Gesicht zur Wand, versuchte, ihre Nervosität zu bekämpfen, und ging die möglichen Varianten durch. Was war geschehen? Hatten sie von Djakows Verhaftung erfahren? Dann musste sie damit rechnen, dass es jeden Moment an der Tür läuten und Larzew mit dem Revolver in der Hand hereinstürzen würde. Was konnte noch geschehen sein?

Wie zum Trotz läutete ständig das Telefon. Freunde und Bekannte riefen an, um Glück für das bevorstehende neue Jahr zu wünschen. Bei jedem Läuten zuckte Nastja zusammen wie von einem Stromschlag, das Herz begann ihr im Hals zu klopfen, die

Hände wurden feucht. Alle möglichen und unmöglichen Leute riefen an, nur sie nicht …

Gegen acht Uhr abends meldete sich Knüppelchen endlich. Seine Stimme klang traurig.

»Wie geht es dir, Nastjenka?«

»Gut«, sagte sie so ruhig wie möglich. »Und wie sieht es bei euch aus?«

»Bei uns sieht es schlecht aus. Jewgenij Morozow ist tot. Dein Praktikant Oleg Mestscherinow ebenfalls. Wolodja Larzew ist schwer verletzt, ich fürchte, er wird es nicht überleben.«

»O, mein Gott …«

Nastja knickten die Beine ein, sie musste sich gegen den Schrank lehnen, um nicht umzukippen.

»Das ist ja grauenvoll. Was ist passiert, Viktor Alexejewitsch?«

»Das ist eine längere Geschichte. Ich mache dir einen Vorschlag, Kindchen. Nimm deinen genialen Rotschopf und komm mit ihm zu uns. Meine Frau hat für ein ganzes Bataillon gekocht und gebacken, immerhin stehen Feiertage bevor.«

»Ich kann nicht, Viktor Alexejewitsch, ich kann wirklich nicht.«

»Doch, du kannst, Nastjenka. Es bewacht dich niemand mehr.«

»Wie bitte? Was?«, murmelte sie konsterniert.

»Es ist so, wie ich sage. Fistin ist verhaftet, Larzews Tochter ist wieder frei, der Abgeordnete der Staatsduma Sergej Alexandrowitsch Gradow hat sein Schicksal selbst besiegelt, ohne unser Zutun.«

»Was heißt das?«

»Er hat sich erschossen.«

»Bedeutet das, dass alles vorbei ist?«

»Ja. Nichts ist so gekommen, wie wir es wollten, aber es ist vorbei. Warum sagst du nichts?«

»Ich weine«, stieß sie unter Tränen hervor. Die unmenschliche Anspannung war endlich von ihr abgefallen, und nun kam die Reaktion.

»Weine ruhig ein bisschen. Und anschließend zieht ihr euch an und kommt vorbei. Hier können wir uns in Ruhe unterhalten.«

* * *

Die Neujahrsnacht im Haus von Oberst Gordejew verlief nicht besonders fröhlich. Um Mitternacht tranken sie zu viert ein Glas Sekt und stocherten anschließend lustlos in dem schmackhaften Essen auf ihren Tellern herum. Niemand tat so, als sei alles in Ordnung. Nadeschda Andrejewna, seit dreißig Jahren mit einem Kripobeamten verheiratet, verstand alles ohne Worte und erhob sich bei der ersten passenden Gelegenheit vom Tisch.

»Euch beiden brennt es auf der Seele, ihr müsst miteinander reden«, sagte sie. »Alexej und ich schauen uns einstweilen einen Film an.«

Nastja hob den Kopf und begegnete Ljoschas Blick. Sie wirkte angespannt.

»Bitte, darf Ljoscha hier bleiben?«, fragte sie Gordejew. »Er hat das Recht zu erfahren, was passiert ist.«

Niemand konnte sich entschließen, das Gespräch zu beginnen. Sowohl Nastja als auch Gordejew waren bedrückt und niedergeschlagen.

»Djakow und Fistin haben ausgesagt«, begann Gordejew endlich. »Djakow ist ja noch ein halbes Kind und hat nichts weiter als Muskeln. Was den Vorfall in Kartaschows Wohnung angeht, hält er sich an die ursprüngliche Version. Angeblich hat ihm irgendein Mann die Schlüssel zu Kartaschows Wohnung gegeben und ihm Geld versprochen, wenn er ihm den Zettel mit Vikas Nachricht bringt. Alles Weitere nach dem üblichen Schema: Ich weiß nicht, ich erinnere mich nicht, ich habe nichts gesehen. Unter solchen Umständen ist gar kein Anklagepunkt gegen ihn zu finden. Wenn er uns wenigstens dasselbe gesagt hätte wie Kartaschow, wenn es sich um Einbruch mit dem Vorsatz des Diebstahls gehandelt hätte ... Aber er hat die Wohnung ja nur betreten, um einen Fetzen Papier ohne jeden materiellen Wert zu entwenden.

Was soll man damit machen? Der Mann, in dessen Wohnung man Nadja entdeckt hat, besitzt ein Auto von genau derselben Farbe wie dasjenige, von dem Kosarj überfahren wurde. Insofern könnte man versuchen, hier anzusetzen, um dann zu sehen, wo man hinkommt. Fistin ist etwas gerissener. Er fing an zu handeln und hat versprochen, uns irgendeinen allmächtigen Arsenn auszuliefern, der angeblich sämtliche Morde und die Entführung des Mädchens organisiert hat. Aber er versucht natürlich nur, seinen Freund Gradow zu decken. Mal sehen, was er sagt, wenn ich ihm mitteile, dass Sergej Alexandrowitsch sich umgebracht hat. Diesen mysteriösen Arsenn haben wir natürlich nicht gefunden.«

»Aber es gibt ihn doch«, wandte Nastja zögernd ein.

»Natürlich gibt es ihn«, seufzte Gordejew, »aber versuch mal, den zu finden. Er hat sich in Luft aufgelöst, wie ein Gespenst in der Morgendämmerung. Die Telefonnummer, unter der Fistin Kontakt mit ihm unterhielt, existiert nicht. Unsere einzige Hoffnung ist Larzew. Wenn er überlebt, wird er uns vielleicht etwas sagen können. Zum Beispiel, warum er Mestscherinow in seiner Wohnung aufgesucht hat. Und warum die beiden aufeinander geschossen haben.«

»Mestscherinow hat für Arsenn gearbeitet«, sagte Nastja entschieden. »Ich bin davon überzeugt. Er war es, der meine Schlüssel hat nachmachen lassen, als ich aus Italien zurückgekommen bin und zum ersten Mal der Name Brisac fiel. Er war bei Kosarjs Witwe, hat dort das Notizbuch ihres Mannes an sich genommen und dann behauptet, dass er es verloren hat. In Wirklichkeit wollte er es mir nicht geben, weil Bondarenkos Telefonnummern in dem Notizbuch standen.«

»Und was weiter? Warum hat Larzew sich nicht mit ihm zusammengetan?«

»Vielleicht hat er erfahren, dass Oleg für diesen mysteriösen Arsenn gearbeitet hat, vielleicht hat er geglaubt, dass Oleg an Nadjas Entführung beteiligt war«, schlug Nastja als Erklärung vor.

»Vielleicht hat er es geglaubt. Aber warum hat er dann nicht mit ihm gesprochen, warum hat er nicht versucht, aus ihm herauszubekommen, wo seine Tochter ist? Stattdessen hat er auf ihn geschossen. Olegs Mutter hat ausgesagt, dass die beiden kein einziges Wort miteinander gewechselt haben. Es gibt noch eine andere Möglichkeit: Vielleicht hat Larzew erfahren, dass Oleg es war, der Morozow ermordet hat. Vielleicht war er in seine Wohnung gefahren, um den Verräter umzubringen. Unsere Jungs sind buchstäblich eine halbe Minute zu spät gekommen. Sie waren bereits im Treppenhaus, als die Schüsse fielen.«

»Das glaube ich nicht«, sagte Nastja. »Losfahren, um einen Menschen vor den Augen seiner eigenen Mutter umzubringen ... So etwas würde Wolodja nie im Leben tun.«

»Ich glaube es ja auch nicht. Bevor Larzew zu Oleg gefahren ist, war er im Jagd- und Angelverein. Offenbar brauchte er dringend Mestscherinows Adresse, und Oleg hat ihm wahrscheinlich gesagt, dass seine Mutter eine passionierte Jägerin ist. Es war wahrscheinlich einfacher für ihn, die Adresse so herauszufinden, als zur Petrowka zurückzufahren und die Anschrift über das Adressbüro zu ermitteln. Hast du noch andere Versionen?«

»Bis jetzt nicht. Aber ich werde darüber nachdenken. Ich habe das ungute Gefühl, dass wir die ganze Wahrheit über diese Geschichte nie erfahren werden. Was ist mit Morozow passiert?«

»Das ist eine ungute Geschichte, Nastjenka. In seiner Tasche wurde ein Block mit Notizen zum Fall Jeremina gefunden. Er hat auf eigene Faust ermittelt und die Informationen vor dir geheim gehalten, er wollte die Mörder wahrscheinlich selbst fassen. Du sitzt in der Tinte, und er macht sein eigenes Ding. Aber seine Notizen werden uns genügen, um Fistin und seinen Leuten die Verwicklung in den Mordfall Jeremina nachzuweisen, dafür können wir ihm immerhin dankbar sein. Aber gestern ist offenbar etwas vorgefallen, was ihn zu einer großen Gefahr für den Mittelsmann gemacht hat. Was das war, werden wir nun nie mehr erfahren. Er hat die ganze Zeit auf mich gewartet, Pawel Sherechow wollte er nichts erzählen. Das hat er nun davon. Man soll über Tote nicht schlecht sprechen, aber er war ein Dummkopf. Man darf die Regeln nicht verletzen, wenn man in einer Mannschaft spielt. So etwas nimmt nie ein gutes Ende. Sie haben nicht einmal den Versuch gemacht, zu erfahren, ob er die Informationen, die er besaß, an jemanden weitergegeben hat, sie haben ihn sofort umgebracht. Weißt du, was das bedeutet?«

»Das war eine Erziehungsmaßnahme, die unter anderem auch mich warnen sollte«, erwiderte Nastja. »Wir machen keine leeren Versprechungen, sollte das heißen, du hast versprochen, dass im Mordfall Jeremina niemand mehr etwas unternehmen wird, und du hast dein Versprechen nicht gehalten. Jetzt haben wir dir ein anschauliches Beispiel dafür geliefert, was mit denen geschieht, die sich so verhalten wie du. Du guter Gott, was sind das für Ungeheuer, die einen Menschen nur deshalb töten, um einem anderen etwas zu beweisen! Hat Oleg Morozow umgebracht?«

»Höchstwahrscheinlich. Jedenfalls hat man bei dem Praktikanten einen Revolver mit Schalldämpfer gefunden, das Gutachten wird erst nach den Feiertagen vorliegen. Mein Gott, mein Gott, tauge ich denn wirklich überhaupt nicht mehr für diese Arbeit?«

Viktor Alexejewitsch schüttelte den Kopf und stützte die Stirn müde auf seine Faust.

»Ich habe nicht begriffen, dass dieses Bürschlein, der Praktikant, unser Feind ist. Ich habe Larzew mit eigenen Händen in den Rachen des Ungeheuers gestoßen, und ich habe es nicht geschafft, ihn genügend abzusichern. Ich habe auf seine Professionalität und auf die Observation vertraut. Hätten die Jungs ihn nicht aus den Augen verloren, wäre alles vielleicht ganz anders gekommen. Ich verliere nicht zum ersten Mal jemanden von meinen Leuten, aber so schwer habe ich mich noch nie getäuscht.«

»Sie sollten sich keine Vorwürfe machen«, versuchte Nastja ihren Chef zu trösten. »Hätten Sie genug Leute gehabt, hätten Sie, nachdem man Larzew aus den Augen verloren hatte, zehn andere losschicken können, um ihn zu suchen und die Tragödie zu verhindern. Aber so ...«

»Weißt du, was mir gerade einfällt?«, sagte Gordejew, plötzlich wieder lebhaft werdend. »Warum hat Oleg, der alles dafür getan hat, damit wir die Wahrheit nicht erfahren, mir plötzlich die ganze Geschichte über Nikifortschuk erzählt?«

»Warum?«

»Weil wir, obwohl wir mit verbundenen Augen gespielt haben, ein Tor geschossen haben. Wir haben Gradow mit seinem Mittelsmann entzweit, und dieser brach seine Zusammenarbeit mit ihm ab. Glaubst du etwa, es ist purer Zufall, dass wir zwei Monate lang auf der Stelle getreten sind, um dann in vierundzwanzig Stunden alle auf einmal zu kriegen? Das konnte nur deshalb passieren, weil der Mittelsmann sich aus der Sache herausgezogen hat. Wir haben es geschafft, ihn nicht nur mit Gradow, sondern auch mit Fistin zu entzweien, und auf diese Weise haben wir das Mädchen gerettet, wenn auch nur dank Onkel Kolja.«

»Also arbeiten wir auch nur mit Manipulation, wir benutzen die Leute für unsere Zwecke wie Marionetten, genau wie dieser Mittelsmann. Inwiefern sind wir dann besser als er?«

»Das ist eine heikle Frage, Nastjenka. So schwer es auch sein mag, es sich einzugestehen, aber in unserem Beruf kann niemand moralisch sauber bleiben. Wir müssen der Wahrheit ins Gesicht sehen, nur Dummköpfe glauben an idealistische Lügenmärchen. Aber wir beide sind keine Dummköpfe. Die Mafia ist natürlich unsterblich, aber es gibt zum Glück auch noch gute Kripobeamte. Und auch sie werden nicht aussterben. Basiert das vielleicht auf irgendeinem sozialbiologischen Gesetz? Sag du es uns, Alexej, du bist schließlich Professor.«

»Vom Standpunkt der natürlichen Auslese her wird die Mafia immer brutaler werden und die Miliz immer schlagkräftiger. Die Schwächeren werden aussterben und die Stärkeren überleben«, erwiderte Ljoscha sehr ernst. »Aber vom Standpunkt der Mathematik her werdet ihr immer parallel existieren. Und eure Wege werden sich niemals überkreuzen. Niemals. Sie werden euch das Rückgrat nicht brechen. Aber auch ihr werdet sie nie vernichten.«

»Schöne Aussichten«, sagte Gordejew mit einem freudlosen Lächeln.

* * *

Tamara Sergejewna Ratschkowa schnitt eine Scheibe von dem appetitlichen, mit Kräutern gewürzten Filetbraten ab und legte sie ihrem Mann auf den Teller.

»Danke, Mamotschka«, sagte ihr Mann und hob sein Glas. »Lass uns auf das neue Jahr trinken, möge es genauso gut werden wie das vergangene. Wir beide sind schon alt, wir brauchen nicht mehr viel vom Leben. Möge Gott uns Gesundheit und stille Freuden schenken. Habe ich Recht?«

»Du hast Recht, Papotschka«, stimmte Tamara Sergejewna zu. »Lass uns auf das neue Jahr trinken und auf uns beide. Wir sind immerhin seit vierzig Jahren zusammen, das ist keine Kleinigkeit. Du bist zwar ein verrückter Philatelist, aber ich liebe dich.«

»Ich liebe dich auch«, lächelte Arsenn und leerte mit kleinen Schlucken sein Glas.